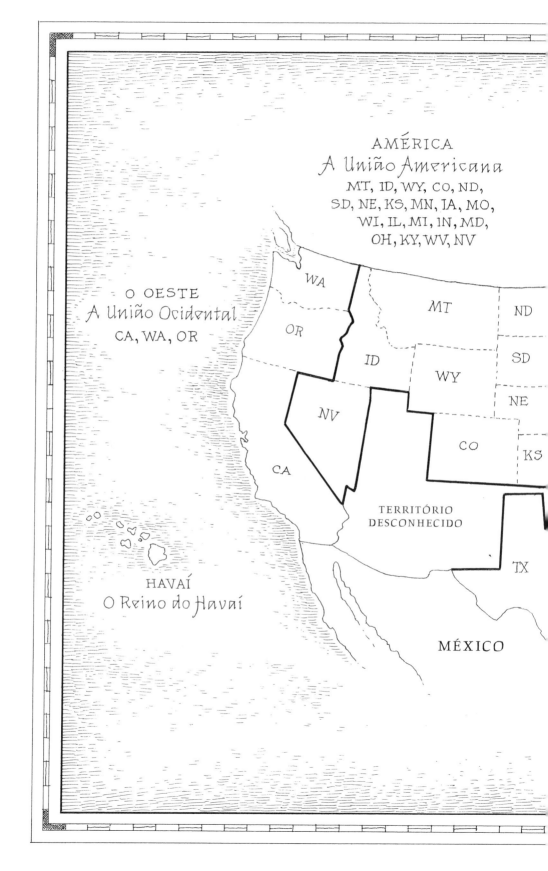

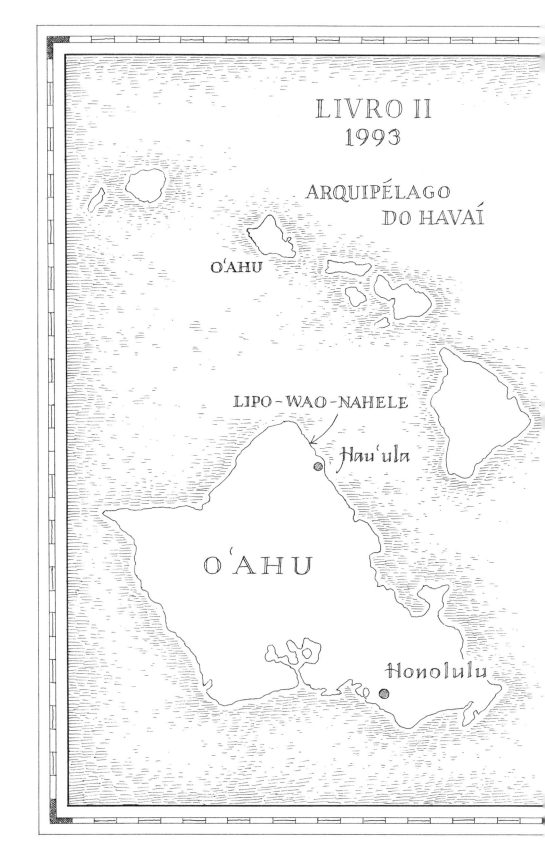

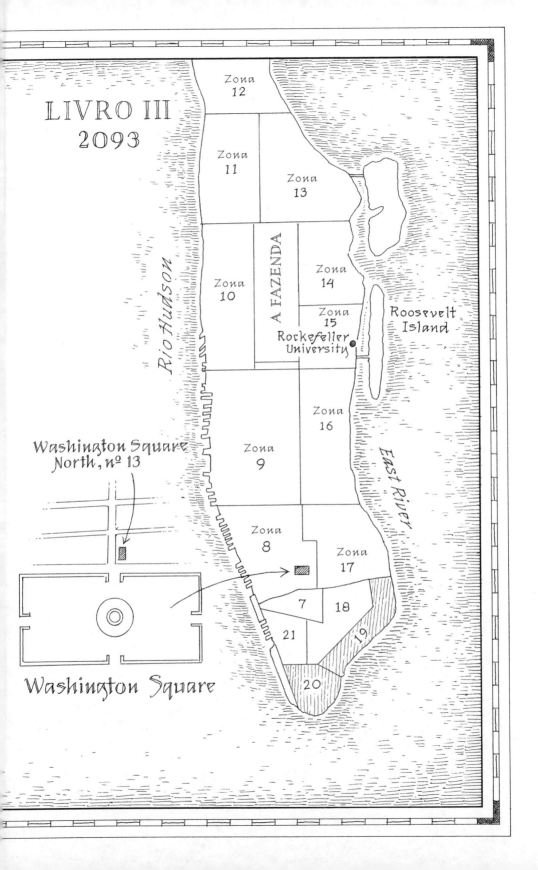

HANYA YANAGIHARA

Ao paraíso

Tradução
Ana Guadalupe

Copyright © 2022 by Hanya Yanagihara

Grafia atualizada segundo o Acordo Ortográfico da Língua Portuguesa de 1990, que entrou em vigor no Brasil em 2009.

Título original
To Paradise

Capa
Na Kim

Imagem de capa
History and Art Collection/ Alamy/ Fotoarena

Mapas
John Burgoyne

Preparação
Adriane Piscitelli
Mariana Donner

Revisão
Camila Saraiva
Paula Queiroz

Dados Internacionais de Catalogação na Publicação (CIP)
(Câmara Brasileira do Livro, SP, Brasil)

Yanagihara, Hanya
    Ao paraíso / Hanya Yanagihara ; tradução Ana Guadalupe. —
1ª ed. — São Paulo: Companhia das Letras, 2022.

    Título original: To Paradise.
    ISBN 978-65-5921-167-8

    1. Ficção norte-americana I. Título.

22-112091	CDD-813

Índice para catálogo sistemático:
1. Ficção : Literatura norte-americana   813

Eliete Marques da Silva – Bibliotecária – CRB-8/9380

[2022]
Todos os direitos desta edição reservados à
EDITORA SCHWARCZ S.A.
Rua Bandeira Paulista, 702, cj. 32
04532-002 — São Paulo — SP
Telefone: (11) 3707-3500
www.companhiadasletras.com.br
www.blogdacompanhia.com.br
facebook.com/companhiadasletras
instagram.com/companhiadasletras
twitter.com/cialetras

Para Daniel Roseberry
Que me apoiou

Para Jared Hohlt
Sempre

Sumário

LIVRO I
Washington Square, 11

LIVRO II
Lipo-wao-nahele, 189

LIVRO III
Zona Oito, 367

Agradecimentos, 711

LIVRO I

Washington Square

I.

Ele tinha se acostumado a caminhar pelo parque antes do jantar: dez voltas, em algumas noites com toda a calma, em outras mais rápido, e depois subia de novo as escadas da casa para ir a seu quarto lavar as mãos e ajeitar a gravata antes de descer mais uma vez e se sentar à mesa. Nesse dia, porém, quando estava prestes a sair, a criadinha que entregou as luvas lhe disse: "O sr. Bingham pediu que eu lembrasse o senhor de que seu irmão e sua irmã virão para o jantar", ao que ele respondeu: "Sim, obrigado, Jane, por me lembrar", como se de fato tivesse se esquecido, e ela fez uma breve reverência e fechou a porta.

Ele teria de avançar mais depressa do que faria se o tempo estivesse a seu dispor, mas, pelo contrário, se pegou dificultando essa tarefa de propósito, afrouxando o passo, ouvindo os estalidos resolutos da sola de suas botas em contato com o pavimento ressoarem no ar frio. O dia estava acabando, ou quase, e o céu ostentava aquele tom específico arroxeado que ele não podia ver sem ser acometido pela lembrança dolorosa de quando estava na universidade, longe dali, e ficava observando tudo se tingir de preto e o contorno das árvores desaparecer à sua frente.

O inverno não demoraria muito a chegar, e ele só vestira seu casaco leve, mas ainda assim seguiu em frente, cruzando os braços junto ao peito e levantando a lapela. Mesmo depois de os sinos baterem às cinco, ele abaixou a cabeça e continuou, e foi só depois de terminar a quinta circum-navegação que se virou, suspirando, e seguiu rumo ao norte por uma das trilhas que levavam até a casa, onde subiu os impecáveis degraus de pedra. A porta se abriu antes que ele chegasse ao topo, e o mordomo já tinha a mão estendida para pegar seu chapéu.

"Na sala de estar, sr. David."

"Obrigado, Adams."

Ele se postou diante das portas da sala de estar, passando as mãos pelos cabelos várias vezes seguidas — um de seus tiques nervosos, como o hábito de ficar alisando o topete enquanto lia ou desenhava, ou de posicionar o dedo indicador embaixo do nariz enquanto pensava ou esperava sua vez numa partida de xadrez — antes de soltar mais um suspiro e abrir ambas as portas de uma só vez, num gesto de confiança e convicção que ele, evidentemente, não tinha. Todos se viraram juntos para observá-lo, mas com uma expressão indiferente, nem satisfeitos nem consternados com sua chegada. Ele era uma cadeira, um relógio, um lenço que decorava o espaldar do sofá, algo que os olhos haviam registrado tantas vezes que agora se limitavam a entrever, uma presença tão conhecida que parecia ter sido desenhada e colada no cenário antes de as cortinas se abrirem.

"Atrasado mais uma vez", disse John, antes que ele pudesse falar algo, mas sua voz era branda e ele não parecia estar disposto a lhe dar uma bronca, embora, em se tratando de John, fosse impossível saber.

"John", ele respondeu, ignorando o comentário do irmão, mas apertando sua mão e a mão do marido dele, Peter; "Eden" — beijando primeiro sua irmã e em seguida a esposa dela, Eliza, do lado direito do rosto —, "cadê o vovô?"

"Adega."

"Ah…"

Todos ficaram em silêncio por um instante, e por um segundo David foi tomado pelo velho constrangimento que tantas vezes sentia em nome dos três, os irmãos da família Bingham, pelo fato de que talvez não tivessem nada a dizer uns aos outros — ou melhor, de que talvez não soubessem como fazê-lo — não fosse a presença de seu avô, como se a única coisa que os tornava reais aos olhos uns dos outros fosse ele, e não o sangue ou a história.

"Dia cheio?", perguntou John, e David o procurou com os olhos num movimento rápido, mas, como a cabeça do irmão estava inclinada sobre o cachimbo, foi impossível precisar o tom da pergunta. Sempre que ficava em dúvida, ele conseguia interpretar o que John queria dizer observando o rosto de Peter — Peter falava menos, mas era mais expressivo, e muitas vezes David pensava que os dois se comportavam como uma só unidade comunicativa, Peter ilustrando com os olhos e a mandíbula o que John dizia, ou John articulando aqueles esgares, caretas e breves sorrisos que atravessavam o rosto de Peter, mas dessa vez Peter estava vazio, tão vazio quanto a voz de John, e portanto não podia ajudar em nada, de forma que ele foi obrigado a responder como se a pergunta não tivesse nenhum outro significado, e talvez isso fosse verdade.

"Nem tanto", ele respondeu, e essa constatação — sua obviedade, sua inegabilidade — era tão inquestionável e absoluta que a sala pareceu ficar em silêncio outra vez, e até John aparentou ter se envergonhado da pergunta que acabara de fazer. E então David tentou fazer o que às vezes fazia, dificultando ainda mais a situação: ele começou a se explicar, a tentar dar forma e palavras ao que eram seus dias. "Eu estava lendo…" Mas por sorte ele foi poupado dessa humilhação, porque de repente seu avô entrou no salão, erguendo uma garrafa de vinho escura e envolta numa camada de poeira acinzentada, declarando sua vitória — ele a tinha encontrado! — antes mesmo de estar presente por completo, dizendo a Adams que seriam espontâneos, pedindo que decantasse o vinho porque eles o beberiam durante o jantar. "E, vejam só, no tempo que levei para encontrar esta maldita garrafa, recebemos mais uma agradável visita", ele disse, sorrindo para David antes de se virar de frente para o grupo, a fim de que seu sorriso incluísse a todos, um convite para que o acompanhassem, como fizeram, até a mesa de jantar, onde ocorreria uma das habituais refeições de domingo, os seis em seus lugares de sempre ao redor da mesa de carvalho lustrosa — o avô numa ponta, David à sua direita e Eliza à direita de David, John à esquerda do avô e Peter à sua esquerda, Eden na outra ponta —, com a conversa sussurrada e irrelevante de sempre: novidades do banco, novidades sobre os estudos de Eden, novidades sobre as crianças, novidades sobre as famílias de Peter e Eliza. Lá fora, o mundo explodia — os alemães se embrenhavam cada vez mais na África, os franceses continuavam devastando a Indochina, e, mais perto deles, havia os recentes horrores das Colônias: tiroteios, enforcamentos e espancamentos, imolações, acontecimentos terríveis sobre os quais era difícil sequer pensar, mas ao mesmo tempo tão próximos —, porém eles não permitiam que nenhuma dessas coisas, sobretudo as que aconteciam ali perto, perfurasse a nuvem dos jantares do avô, ocasiões em que tudo era macio e o que era duro se tornava maleável à força; até o linguado havia sido cozido no vapor com tamanha técnica que bastava pegá-lo com a colher, os ossos cedendo ao mínimo pressionar da prata. Mas ainda assim era difícil, talvez até mais difícil, não deixar o que acontecia lá fora entrar, e na hora da sobremesa, um *syllabub* de vinho de gengibre batido até o ponto de espuma de leite, David se perguntou se os outros também estariam pensando naquela preciosa raiz de gengibre que havia sido encontrada e desenterrada nas Colônias e trazida até eles, nos Estados Livres, e comprada pelo cozinheiro por um valor altíssimo: quem havia sido obrigado a colher e a cultivar as raízes? Das mãos de quem havia sido roubada?

Depois do jantar, eles se reuniram na sala de estar, onde Matthew serviu o café e o chá, e o avô se remexeu no assento, mas só um pouco, quando Eliza se levantou de repente e disse: "Peter, faz tempo que quero lhe mostrar aquela foto da ave marinha extraordinária que vi naquele livro e sobre a qual comentei na semana passada, e prometi que hoje não esqueceria de novo. Vovô Bingham, o senhor me dá licença?", e o avô assentiu e disse: "Claro, minha querida", e então Peter também se levantou, e os dois saíram do salão de braços dados, e Eden pareceu orgulhosa por ter uma esposa tão atenta a tudo o que acontecia ao redor, que conseguia prever quando os Bingham desejariam ficar sozinhos e sabia se retirar com tamanha elegância. Eliza era ruiva e corpulenta, e, quando atravessou o salão, os pequenos ornamentos de vidro que decoravam os abajures tremeram e chocalharam, mas nesse aspecto ela era leve e ágil, e todos tinham bons motivos para ser gratos a essa sua sabedoria.

Então eles teriam a conversa que o avô prometera em janeiro, quando o ano começara. Mas a cada mês que se passava eles haviam esperado, e a cada mês, depois de cada jantar em família — e depois do Dia da Independência, e da Páscoa, e do Dia de Maio, e por fim do aniversário do avô, e de todas as outras ocasiões especiais para as quais todos haviam se reunido —, não tinham tido a conversa, e de novo, e de novo, até que aquele dia chegou, o segundo domingo de outubro, e eles, enfim, conversariam. Os outros também entenderam instantaneamente do que se tratava, e houve uma sensação geral de tomada de consciência, um retorno aos pratos e pires e pãezinhos já mordidos e xícaras de chá bebidas pela metade, e um descruzar de pernas e um endireitar de posturas, a não ser pelo avô, que se afundou ainda mais na cadeira, o assento rangendo sob o corpo.

"Sempre foi importante para mim criar vocês três com honestidade", ele começou a falar depois de um de seus silêncios. "Sei que outros avôs prefeririam não tratar desse assunto com vocês, seja por discrição ou para se poupar das discussões e decepções que isso sempre acaba fomentando... E por que alguém faria isso, se essas discussões podem ocorrer quando a pessoa já se foi e não precisa mais se envolver? Mas não sou esse tipo de avô, e nunca fui, e por isso acho melhor falar com vocês de forma direta. Vejam bem" — e nesse momento ele fez uma pausa e olhou com atenção para cada um deles —, "isso não significa que pretendo me sujeitar a decepções agora: o fato de eu lhes dizer o que estou prestes a dizer não significa que esse assunto está mal resolvido em minha mente; esse é o fim dessa discussão, não o começo. Estou exprimindo isso a vocês para que não haja mal-entendidos nem especulações. Vocês ouvirão isso de mim, com os próprios ouvidos, e não de um pedaço de papel no escritório de Frances Holson, com todos vocês trajados de preto.

"Não deve surpreender ninguém que pretendo dividir meu patrimônio de forma proporcional entre os três. Todos têm itens pessoais e bens herdados de seus pais, é claro, mas designei a cada um alguns dos meus tesouros, coisas de que acredito que vocês ou seus filhos vão gostar, individualmente. Vocês só vão descobrir que itens são esses quando eu não estiver mais aqui. Há dinheiro reservado para os filhos que venham a ter. Para os filhos que já têm, criei fundos: Eden, há um fundo para Wolf e outro para Rosemary; John, há também um para Timothy. E, David, separamos o mesmo valor para os herdeiros que você possa ter.

"O Bingham Brothers vai continuar sendo controlado pelo conselho administrativo, e as ações serão divididas entre vocês. Os três farão parte do conselho. Se decidirem vender suas ações, as punições serão rígidas, e antes vocês deverão oferecer aos seus irmãos a oportunidade de comprá-las por um valor reduzido, e a transação também deverá ser aprovada pelo restante dos conselheiros. Já conversei sobre isso com cada um separadamente. Nada disso deve ser uma grande novidade."

Nesse momento ele se remexeu de novo, e os irmãos fizeram o mesmo, pois sabiam que aquilo que seria comunicado em seguida seria a verdadeira charada, e eles sabiam, e sabiam que seu avô sabia, que, qualquer que tivesse sido, sua decisão entristeceria algum deles ou vários deles — só restava saber quais seriam.

"Eden", ele anunciou, "você ficará com o Frog's Pond Way e o apartamento da Quinta Avenida. John, você ficará com a propriedade em Larkspur e a casa em Newport."

E a essa altura o ar pareceu se comprimir e tremular, pois todos se deram conta do que isso significava: que David ficaria com a casa de Washington Square.

"E para o David", o avô disse, devagar, "Washington Square. E o chalé de Hudson."

Parecendo cansado, ele se recostou ainda mais na cadeira, tomado pelo que parecia ser uma verdadeira exaustão, e não mera performance, e ainda assim o silêncio se prolongou. "E é isso, essa é a minha decisão", o avô declarou. "Quero que vocês todos digam que estão de acordo, em voz alta, agora."

"Sim, vovô", todos murmuraram, e em seguida David retomou a consciência e acrescentou: "Obrigado, vovô", e John e Eden, saindo de seus respectivos transes, imitaram o irmão.

"Não há de quê", o avô respondeu. "Mas vamos torcer para que ainda leve muitos anos até que Eden resolva derrubar minha adorada estufa de tubérculos em Frog's Pond", e ele sorriu para ela, que retribuiu o sorriso da melhor forma que pôde.

Depois disso, e sem que nenhum deles o dissesse, a noite terminou de forma abrupta. John pediu que Matthew fosse chamar Peter e Eliza e aprontasse suas charretes, depois, antes de irem até a porta, todos trocaram apertos de mão, beijos e despedidas, e os irmãos e seus companheiros se cobriram com mantos e xales e se enrolaram em cachecóis, e o que costumava ser um processo estranhamente ruidoso e demorado, com declarações de última hora a respeito da refeição e dos comunicados feitos, além de pequenas informações esquecidas sobre suas vidas pessoais, foi breve e silencioso, tanto Peter quanto Eliza já ostentando a expressão esperançosa, tolerante e compreensiva que qualquer pessoa que se juntasse à esfera dos Bingham por meio do casamento aprendia a exibir já no início de seu mandato. E depois eles se foram, numa última rodada de abraços e adeuses que incluíam David no gesto, e até no calor e na intenção.

Depois desses jantares nas noites de domingo, ele e o avô tinham o hábito de ir até o escritório para beber outra taça de vinho do porto ou mais uma xícara de chá e discutir os acontecimentos da noite — pequenas observações que por pouco não descambavam para a fofoca, o avô um pouco mais cruel do que o normal, como podia e devia: David também tinha achado que Peter estava um pouco abatido? O professor de anatomia de Eden não parecia um homem insuportável? Mas, nessa noite, assim que a porta se fechou e os dois voltaram a ficar sozinhos na casa, o avô disse que estava cansado, que o dia havia sido longo, e que iria se deitar.

"Claro", ele respondera, ainda que ninguém houvesse pedido sua permissão, e seu desejo também era ficar sozinho para pensar no ocorrido, por isso beijou o avô no rosto e ficou por um minuto sob a luz dourada das velas na entrada do que um dia seria sua casa, antes de também se virar para subir as escadas e ir para o seu quarto, pedindo a Matthew que lhe trouxesse mais uma taça de *syllabub*.

II.

Ele havia imaginado que não conseguiria dormir e, de fato, permaneceu acordado pelo que pareceram muitas horas, ciente de que estava sonhando e que ao mesmo tempo continuava consciente, que sob seu corpo sentia os lençóis de algodão engomados, e que a posição em que estava, com a perna esquerda dobrada num triângulo, o deixaria dolorido no dia seguinte. Mas aparentemente ele tinha dormido, no fim das contas, pois quando voltou a abrir os olhos havia finas tiras de luz branca onde as cortinas não chegavam a se encontrar, além dos sons dos cascos dos cavalos pelas ruas e, do lado de fora da porta, das empregadas que andavam de um lado para o outro com baldes e vassouras.

As segundas-feiras eram sempre terríveis para ele. Despertava ainda mergulhado no horror da noite anterior, e geralmente tentava se levantar cedo, antes mesmo do avô, para que também pudesse sentir que se juntava ao fluxo de atividades que impulsionava a vida da maioria das pessoas, que ele, assim como John, Peter ou Eden, também tinha tarefas a cumprir, ou, como Eliza, lugares aos quais comparecer, em vez de um dia tão indefinido como todos os outros, um dia que ele deveria se empenhar para preencher sozinho. Não que ele não tivesse nada: na teoria era diretor da fundação filantrópica da empresa, sendo encarregado de aprovar as doações feitas aos vários indivíduos e causas que, quando vistos em conjunto, compunham uma espécie de histórico familiar — os membros da resistência que encabeçavam a luta no sul e as instituições de caridade que trabalhavam para dar moradia e reintegrar os fugitivos, o grupo que se dedicava a oferecer educação aos Negros, a organização que conscientizava a sociedade sobre as crianças abandonadas e negligenciadas, aqueles que educavam as turbas de imigrantes pobres e desesperados que chegavam todos os dias à costa do país, os povos por quem um ou outro membro da família havia se comovido ao longo de sua vida e que agora ajudava de alguma maneira —, mas essa responsabilidade se limitava à aprovação dos pagamentos e à contabilidade mensal de valores e despesas que já haviam sido enviados aos contadores e advogados da empresa por sua secretária, uma jovem muito eficiente chamada Alma, que, na prática, administrava sozinha a fundação; ele só estava ali porque tinha o sobrenome Bingham. Também fazia trabalho voluntário, explorando as várias habilidades que uma pessoa como ele, ainda quase jovem e com boa formação, poderia ter: montava pacotes de gaze, curativos e compressas com ervas medicinais para os combatentes das Colônias; tricotava meias para os pobres; uma vez por semana, ministrava uma aula de desenho na escola para crianças abandonadas mantida por sua família. Mas, combinadas, todas essas tentativas e atividades ocupavam não mais do que as horas equivalentes a uma semana de cada mês, e ele passava o resto do tempo sozinho e sem rumo. Às vezes sentia que sua vida era algo que estava guardando para consumir depois, de forma que, ao final de cada dia, ele se deitava na cama com um suspiro, sabendo que havia lidado com outra pequena parte de sua existência e se aproximado mais um centímetro de seu desfecho natural.

Nessa manhã, porém, ele gostou de ter acordado tarde, porque ainda não sabia como interpretar os acontecimentos da noite anterior, e se sentiu grato por poder contemplá-los com a mente descansada. Mandou trazerem ovos, torradas e chá e comeu e bebeu na cama, lendo o jornal do dia — mais expurgos nas Colônias, mas a notícia não oferecia detalhes; um ensaio grandiloquente de um filantropo excêntrico, conhecido por suas opiniões por vezes radicais, que novamente propunha que se estendessem os privilégios de cidadania aos Negros que tivessem vivido nos Estados Livres antes de sua fundação; um longo artigo, o nono em nove meses, em comemoração ao décimo aniversário da conclusão das obras da Brooklyn Bridge afirmando que a ponte havia reorganizado o tráfego comercial da cidade, dessa vez com ilustrações grandes e minuciosas de suas imensas torres avultando sobre o rio —, e depois se lavou, se vestiu e saiu, avisando Adams que almoçaria no clube.

O dia estava frio e ensolarado e, como a manhã já estava quase no fim, emanava uma energia alegre e vivaz: era cedo o bastante para que todos ainda estivessem animados e esperançosos — esse poderia ser o dia em que a vida daria uma encantadora e muito esperada guinada, em que haveria um golpe de sorte, ou os conflitos do Sul chegariam ao fim, ou simplesmente haveria duas fatias de bacon no jantar, em vez de uma —, mas não tarde o suficiente para que essas esperanças mais uma vez acabassem frustradas. Quando andava, costumava fazê-lo sem ter um destino específico em mente, deixando os pés decidirem o caminho, e nesse momento virou à direita na Quinta Avenida, acenando com a cabeça para o cocheiro que estava amarrando o cavalo marrom na frente da estrebaria.

A casa: agora que não estava mais em seu interior, esperava ser capaz de pensar nela de forma um pouco mais objetiva, mas o que isso significava, afinal? Ele e os irmãos não haviam passado a primeira metade da infância lá — essa honra coubera a uma grande e friorenta mansão bem ao norte, a oeste da Park Avenue —, mas fora para lá que os três, e, antes deles, seus pais, haviam ido para todos os eventos familiares importantes, e quando os pais morreram, abatidos pela doença, fora para aquela casa que os irmãos se mudaram. Eles precisaram abandonar na casa de sua infância todos os objetos que fossem feitos de tecido ou de papel, qualquer coisa que pudesse servir de esconderijo para uma pulga, qualquer coisa que pudesse ser queimada; ele se lembrava de ter chorado a perda de uma boneca que adorava, cujos cabelos eram feitos de crina de cavalo, e de o avô ter lhe prometido outra igual, e quando os três entraram em seus respectivos quartos em Washington Square, viram suas vidas antigas recriadas de maneira caprichosa e detalhada — suas bonecas, brinquedos, cobertores e livros, seus tapetes, pijamas, casacos e almofadas. Na parte inferior do emblema do Bingham Brothers havia as palavras "SERVATUR PROMISSUM" — "uma promessa mantida" —, e naquele momento os irmãos tiveram a oportunidade de descobrir que aquelas palavras também se referiam a eles, que seu avô honraria tudo o que lhes dissesse, e nas mais de duas décadas que haviam passado sob sua responsabilidade desde então, primeiro como crianças, depois como adultos, essa promessa nunca fora traída.

Seu avô mostrara tamanho domínio da nova situação em que ele e os irmãos se encontravam que havia ocorrido o que só depois, em lembranças, ele identificou como uma interrupção quase imediata do luto. Era improvável que fosse esse o caso, é claro, tanto para ele e os irmãos quanto para o avô, privado de seu filho único de forma repentina, mas David tinha ficado tão maravilhado pelo que hoje entendia ser a confiança, a plenitude de seu avô e do reino que ele criara para os netos que desde então não conseguia imaginar aqueles anos de nenhuma outra forma. Era como se, desde o nascimento dos três, seu avô tivesse planejado um dia se tornar seu guardião, recebendo-os numa casa onde um dia vivera sozinho, ditando seu único ritmo, e não sido surpreendido por essa responsabilidade. Mais tarde, David teria a sensação de que a casa, já muito espaçosa, havia se dividido para criar novos cômodos, que novas alas e espaços tinham se materializado num passe de mágica para acomodá-los, que o quarto que ele passou a chamar de seu (e ainda chamava) fora sido conjurado por necessidade, e não apenas reconstruído para ser o que era e deixar de ser o que havia sido antes, uma outra sala de estar que quase não se usava. Ao longo dos anos, o avô passou a dizer que os netos davam um propósito à casa, que sem eles o lugar seria apenas um amontoado de cômodos, e uma das provas de que ele tinha razão era que os três, até David, aceitavam isso como verdade, e passaram a acreditar verdadeiramente que haviam oferecido à casa — e, por consequência, à própria vida do avô — algo extraordinário e fundamental.

Ele imaginava que cada um deles julgava que a casa fosse só sua, mas sempre gostou de pensar que era seu cantinho especial, um lugar onde ele não só morava como era compreendido. Agora, na vida adulta, às vezes a via como as pessoas de fora a viam, seus ambientes que consistiam em coleções organizadas mas excêntricas de objetos que o avô reunira em suas viagens pela Inglaterra e pelo Continente e até pelas Colônias, onde tinha passado algum tempo num breve período pacífico, mas, acima de tudo, o que mais se destacava era a impressão que ele formara na infância, quando podia passar horas indo de um andar a outro, abrindo gavetas e armários, espiando debaixo das camas e dos sofás, os assoalhos de madeira frios e lisos sob seus pés descalços. Ele se lembrava em detalhes de, certa manhã, quando ainda era um menininho, ficar na cama até mais tarde, observando um feixe de luz do sol que atravessava a janela, e entender que aquele era seu lugar no mundo, e da sensação de conforto que essa certeza lhe trouxera. Mesmo depois, quando se tornara incapaz de sair da casa, do quarto, quando sua vida se limitara à sua cama, ele nunca deixou de pensar na casa como nada menos que um santuário — com paredes que não só afastavam os horrores do mundo como sustentavam sua própria identidade. E agora ela seria dele, e ele, dela, e pela primeira vez a casa lhe pareceu opressiva, um lugar de que ele agora talvez nunca conseguisse escapar, um lugar que o possuía tanto quanto ele era capaz de possuí-lo.

Tais pensamentos o ocuparam pelo tempo que levou até chegar à rua 22, e, embora ele não quisesse mais entrar no clube — um lugar que vinha frequentando cada vez menos, por receio de ver seus antigos colegas de classe —, a fome o guiou até lá, onde pediu chá, pão e linguiças e comeu depressa. Depois saiu e mais uma vez andou na direção norte, subindo até a Broadway e até o limite sul do Central Park, quando se virou e voltou para casa. Quando enfim chegou a Washington Square já havia passado das cinco, e mais uma vez o céu se tingia daquele azul escuro e solitário, e ele só teve tempo de trocar de roupa e se aprontar antes de ouvir, lá embaixo, seu avô conversando com Adams.

Ele não esperava que o avô fosse mencionar os acontecimentos da noite anterior, não com os empregados por perto, mas mesmo quando os dois estavam em seu escritório, sozinhos com suas bebidas, o avô continuou falando apenas sobre o banco e as atividades do dia, e sobre um novo cliente, proprietário de uma frota de navios de tamanho considerável em Rhode Island. Então Matthew chegou trazendo chá e um pão de ló com uma grossa cobertura de baunilha; o cozinheiro, conhecendo o gosto de David como conhecia, havia feito uma decoração com lascas de gengibre caramelizado. O avô comeu sua fatia com agilidade e elegância, mas David não conseguiu saborear o bolo como gostaria, pois não conseguia parar de pensar no que seu avô poderia dizer sobre a conversa da véspera e porque tinha receio do que ele próprio poderia dizer sem querer, de que ele, de alguma forma, acabasse revelando a própria ambivalência ou parecesse ingrato. Mas, por fim, seu avô deu duas baforadas do cachimbo e, sem encará-lo, disse: "Olhe, há outro assunto sobre o qual eu gostaria de conversar com você, David, mas seria impossível com os ânimos exaltados de ontem à noite".

Essa era a oportunidade de mais uma vez expressar seus agradecimentos, mas o avô os rejeitou com um meneio, afastando também a fumaça do cachimbo. "Não há por que agradecer. A casa é sua. Você ama a casa, afinal de contas."

"Sim", David começou a falar, pois aquilo era verdade, mas ele continuava pensando naquelas sensações estranhas que experimentara mais cedo, enquanto investigava, ao longo de todos aqueles quarteirões, por que a ideia de herdar a casa não lhe trouxera uma sensação de segurança, mas sim uma espécie de pânico. "Mas..."

"Mas o quê?", perguntou o avô, agora o fitando com uma expressão estranha toda sua, e David, com medo de parecer indeciso, se apressou em dizer: "Só estou preocupado com Eden e John, só isso", ao que o avô reagiu com mais um gesto despreocupado. "Eden e John vão ficar bem", ele logo disse. "Você não precisa se preocupar com eles."

"Vovô", ele disse com um sorriso, "o senhor também não precisa se preocupar comigo", ao que o avô não respondeu, e então ambos ficaram constrangidos, tanto porque aquilo era mentira quanto porque era uma mentira imensa, uma informação tão incorreta que nem os bons modos exigiam que alguém tentasse negá-la.

"Recebi uma oferta de casamento para você", seu avô disse, enfim, quebrando o silêncio. "Uma boa família... os Griffith, de Nantucket. No começo eram construtores de navios, é claro, mas agora têm sua própria frota, assim como uma empresa pequena porém lucrativa de comércio de peles de animais. O nome de batismo do cavalheiro é Charles e ele é viúvo. A irmã dele, que também é viúva, mora com ele, e os dois criam juntos os três filhos dela. Ele passa a temporada de vendas na ilha e mora no Cabo durante o inverno.

"Não conheço a família, mas são pessoas muitos respeitadas... Têm bastante envolvimento no governo local, e o irmão do sr. Griffith, com quem ele e a irmã administram o negócio da família, é o diretor da associação mercantil. Eles também têm mais uma irmã, que mora no Norte. O sr. Griffith é o mais velho; os pais ainda são vivos... Foram os avós maternos do sr. Griffith que fundaram o negócio. A oferta foi feita a Frances, por meio do advogado da família."

Ele sentiu que deveria dizer alguma coisa. "Quantos anos tem o cavalheiro?"

O avô pigarreou. "Quarenta e um", respondeu, relutante.

"Quarenta e um!", David exclamou, com mais veemência do que pretendia. "Peço desculpas", disse, "mas quarenta e um! Ora, ele já é um senhor!"

O avô reagiu com um sorriso. "Nem tanto", disse. "Não para mim. Nem para a maioria das pessoas. Mas, sim, ele é mais velho. Mais velho que você, pelo menos." E, como David não respondeu, continuou: "Meu querido, você sabe que não quero que você se case sem desejar. Mas é, sim, algo de que falamos e em que você expressou interesse, ou eu nem sequer mencionaria essa oferta. Devo dizer a Frances que a recuse? Ou você gostaria de se encontrar com o cavalheiro?"

"Sinto que estou me tornando um fardo para o senhor", murmurou, enfim.

"Não", o avô respondeu. "Um fardo, não. Como eu disse, nenhum dos meus netos precisa se casar, a não ser que deseje isso. Mas acho que você deveria pensar com carinho. Não precisamos dar uma resposta a Frances imediatamente."

Eles ficaram sentados em silêncio. Era verdade que fazia muitos meses — um ano, talvez mais — que ele não recebia ofertas nem despertava o interesse de ninguém, embora não soubesse se era porque havia rejeitado as duas últimas propostas tão depressa e com tanta indiferença ou porque seus confinamentos, algo que ele e o avô haviam se esforçado tanto para manter em segredo, enfim haviam se tornado públicos e notórios. Era verdade que a ideia de um casamento o assustava em certa medida, mas, ao mesmo tempo, não era preocupante que essa última oferta tivesse vindo de uma família que eles não conheciam? Sim, a família de fato parecia ter uma posição social adequada — Frances não ousaria falar com o avô se esse não fosse o caso —, mas isso também significava que os dois, o avô e Frances, tinham passado a considerar opções que extrapolassem as relações dos Bingham, as cinquenta e poucas famílias que haviam construído os Estados Livres, e entre as quais não só ele como seus irmãos e seus pais, e antes seu avô, haviam vivido desde sempre. Era a essa pequena comunidade que Peter pertencia, bem como Eliza, mas agora se tornara evidente que o herdeiro mais velho da família Bingham, se decidisse se casar, teria de encontrar alguém de fora desse círculo privilegiado, teria de buscar em outros grupos. Eles não eram arrogantes, os Bingham, não excluíam ninguém, não eram o tipo de gente que evitava se associar a comerciantes e mercadores, pessoas que tinham começado sua vida neste país como um tipo de gente e, depois, com dedicação e esperteza, tinham se tornado outro. A família de Peter era assim, mas eles não. E, ainda assim, ele não conseguia evitar a sensação de ter decepcionado sua família, de que sua presença maculava o legado que seus antepassados haviam se esforçado tanto para construir.

Mas ele também sentia, independentemente do que seu avô dissesse, que não podia se dar ao luxo de recusar de pronto aquela oferta: ele era o único culpado por sua situação atual, e, como a presença dos Griffith evidenciava, suas opções não seriam infinitas, apesar de seu sobrenome e do dinheiro do avô. Então ele disse que concordava em se encontrar com o homem, e seu avô — com o que parecia ser uma expressão de alívio mal contida, talvez? — respondeu que avisaria Frances na mesma hora.

Nesse momento David se sentiu cansado, pediu licença e foi para o quarto. Embora agora não lembrasse em nada o quarto ao qual chegara tantos anos antes, ele o conhecia tão bem que conseguia atravessá-lo até no escuro. Uma segunda porta levava à antiga sala de brinquedos dele e dos irmãos, agora transformada em escritório, e foi para lá que ele se retirou com o envelope que o avô lhe dera antes de se recolher para seus aposentos. Dentro havia uma pequena gravura do homem, Charles Griffith, e ele a observou, atentamente, sob a luz da lamparina. O sr. Griffith tinha pele branca, sobrancelhas claras e um rosto redondo e delicado, além de um bigode cheio, sem ser excessivo; David pôde notar que o homem era corpulento pela gravura, que mostrava apenas o rosto e o pescoço e a parte superior dos ombros.

Invadido de súbito por um pavor, foi até a janela e a abriu, num gesto rápido, inalando o ar limpo e frio. Estava tarde, ele notou, mais tarde do que pensara, e lá embaixo nada se mexia. Será que ele de fato deveria contemplar a possibilidade de deixar Washington Square, tão pouco tempo depois de pensar, não sem certo receio, que talvez isso nunca acontecesse? Ele tornou a se virar e observou o cômodo, tentando imaginar tudo o que havia nele — suas estantes de livros; seu cavalete; sua escrivaninha com papéis, tintas e o retrato emoldurado de seus pais; o divã, com sua estrutura escarlate achatada e danificada pela passagem do tempo, que era dele desde os tempos da universidade; seu cachecol de estampa colorida feito da lã mais macia, que seu avô lhe dera no Natal dois anos antes, uma encomenda especial vinda da Índia; tudo organizado para lhe oferecer conforto ou prazer, ou ambos — e ser transportado para uma casa de madeira em Nantucket, ele próprio entre os itens.

Mas não conseguiu. Essas coisas pertenciam a esta casa: era como se a própria casa as tivesse cultivado, como se fossem uma coisa viva que murcharia e morreria caso fossem transferidas para outro local. E, então, ele pensou: isso também não valia para ele? Ele também não era algo que a casa possuía, se não gerava, depois acalentava e nutria? Se deixasse Washington Square, como ele saberia onde era seu lugar no mundo, de fato? Como ele seria capaz de abandonar aquelas paredes que o haviam encarado sem expressão, sem emoção, em cada um dos estados em que se encontrara? Como seria capaz de abandonar aqueles pisos sobre os quais ouvira seu avô andando tarde da noite, vindo ele mesmo lhe trazer caldo de carne e remédio nos meses em que não conseguia sair do quarto? Aquele nem sempre havia sido um espaço de felicidade. Em certos períodos havia sido terrível. Mas como qualquer outro lugar poderia parecer tão exatamente seu?

III.

Uma vez por ano, na semana que antecedia o Natal, havia o costume de presentear as alas da Escola de Caridade e Instituição Hiram Bingham com um almoço festivo em uma das salas da diretoria do Bingham Brothers. Serviam-se pernil, guloseimas finas, maçãs cozidas e manjares, e, ao final da refeição, Nathaniel Bingham, patrono da instituição e proprietário do banco, passava cumprimentando um por um, acompanhado de dois de seus funcionários, ambos ex-alunos daquela mesma escola, que ofereciam um vislumbre de uma vida adulta que ainda era (e para a maioria deles permaneceria sendo, infelizmente) tão distante e abstrata que se tornava inimaginável. O sr. Bingham fazia um breve discurso, encorajando-os a serem esforçados e obedientes, e depois as crianças formavam duas filas para que cada uma recebesse, das mãos de funcionários, uma barra lisa e grossa de bala de menta.

Todos os três irmãos compareciam a esse almoço, e o momento favorito de David não eram as expressões das crianças ao serem surpreendidas pela visão do banquete, mas sim as que elas assumiam logo que pisavam no saguão do banco. Ele entendia aquele assombro, pois ele próprio nunca havia deixado de experimentá-lo: o vasto piso de mármore com tons prateados, polido até ficar brilhante; as colunas jônicas, talhadas na mesma pedra; a grandiosa cúpula, incrustada com um reluzente mosaico; os três murais que cobriam as três paredes de fora a fora e alcançavam tamanha altura que qualquer um se via obrigado a adotar uma postura de súplica para conseguir enxergar as pinturas — a primeira retratava seu tataravô, Ezra, o herói de guerra, que se destacou na batalha pela independência dos Estados Unidos da Grã-Bretanha; a segunda, seu trisavô, Edmund, marchando rumo ao norte, da Virginia até o estado de Nova York, com alguns de seus colegas utopianos para fundar o que mais tarde todos conheceriam como Estados Livres; a terceira, seu bisavô, Hiram, que ele nunca conhecera, fundando o Bingham Brothers e sendo eleito prefeito da cidade de Nova York. No plano de fundo de todos esses painéis, retratados em tons de marrom e cinza, havia momentos tanto da história de sua família quanto do país: a Batalha de Yorktown, na qual Ezra havia lutado, deixando a esposa e os filhos pequenos em casa, em Charlottesville; Edmund se casando com seu marido, Mark, e as primeiras guerras das Colônias, que os Estados Unidos venceriam, mas não sem um grande custo financeiro e humano; Hiram e seus dois irmãos, David e John, quando moços, sem imaginar que, dentre os três, só Hiram, o mais jovem, viveria até completar quarenta anos, e que só ele deixaria um herdeiro — seu filho, Nathaniel, avô de David. Na base de cada painel havia uma placa de mármore embutida com uma só palavra entalhada — Civilidade; Humildade; Humanidade —, que, junto da frase do emblema do banco, formavam o lema da família Bingham. O quarto painel, que ficava sobre as imponentes portas de entrada do banco, que se abriam para a Wall Street, estava em branco, um imenso espaço liso e vazio, e era nele que as conquistas do avô de David um dia seriam registradas: como ele tinha conseguido transformar o Bingham Brothers na instituição financeira mais abastada não só dos Estados Livres, mas também da América; como, até ter colaborado com o financiamento da batalha na Guerra da Rebelião e garantido para a autonomia de seu país, ele conseguira barrar todas as tentativas de destruir os Estados Livres e anular os direitos de seus cidadãos; como ele havia financiado o restabelecimento dos Negros libertos que chegavam aos Estados Livres, ajudando-os a começar uma vida nova no Norte ou no Oeste, assim como as pessoas que fugiam das Colônias. Muitos diriam que o Bingham Brothers tinha deixado de ser a única ou a mais poderosa instituição dos Estados Livres, e era verdade, ainda mais com o recente surgimento dos bancos dos judeus arrivistas que haviam começado a se estabelecer na cidade, mas ninguém duvidava que também era a mais influente, a mais prestigiosa, a mais renomada. Ao contrário dos novatos, como o avô de David gostava de dizer, os Bingham não confundiam ambição com ganância, nem inteligência com ardileza — sua responsabilidade era tanto com os próprios Estados quanto com as pessoas que eles serviam. Os jornais chamavam Nathaniel de "o grande sr. Bingham", às vezes em tom de escárnio, como quando ele tentou dar início a um de seus projetos mais ambiciosos — sua proposta, feita uma década antes, de estender o sufrágio universal à América —, mas na maioria das vezes com sinceridade, pois não havia dúvida de que o avô de David era um grande homem, alguém cujos feitos e cujas feições mereciam ser pintados em gesso, o artista oscilando perigosamente num banco de madeira pendurado no alto, sobre o piso de pedra, tentando não olhar para baixo enquanto movia seu pincel, brilhante de tinta, pela superfície.

Mas, apesar de tudo isso, não havia quinto ou sexto painel: nenhum espaço havia sido reservado para o seu pai, o segundo herói de guerra da família, nem para ele e seus irmãos. Se bem que… o que seu terço do painel retrataria, afinal? Um homem, dentro da casa de seu avô, esperando uma estação se sobrepor à outra, sua vida se revelar enfim?

Essa autocomiseração, essa indulgência, era pouco atraente e indecorosa, ele sabia, e atravessou o salão até chegar às imensas portas de carvalho dos fundos, onde o secretário de seu avô, um homem a que ele e seus irmãos tinham chamado de Norris desde que se conheciam por gente, já o esperava.

"Sr. David", ele disse. "Há quanto tempo não nos vemos!"

"Olá, Norris", ele respondeu. "De fato. Espero que tenha estado bem."

"Sim, sr. David. E o senhor?"

"Sim, muito."

"O cavalheiro já chegou; levarei o senhor até ele. Seu avô vai querer vê-lo depois."

Ele seguiu Norris pelo corredor com lambris de madeira. Norris era um homem aprumado, elegante, com traços delicados e bem desenhados, cujos cabelos, quando David era jovem, tinham sido de um tom de louro claro e ao longo das décadas ganharam uma cor de pergaminho. Seu avô falava sem rodeios sobre quase todos os assuntos de sua vida e de sua família, mas a respeito de Norris se mostrava discreto; era do conhecimento de todos que Norris e seu avô tinham um acordo tácito, mas, embora Nathaniel Bingham se declarasse tolerante a todas as classes sociais e avesso às convenções, ele nunca havia apresentado Norris como seu companheiro, nem chegado a sugerir, para seus netos ou para qualquer pessoa, que um dia poderia se unir a ele perante a lei. Norris entrava e saía da casa quando bem entendia, mas não tinha uma cama, nem um quarto; ele nunca se dirigia às crianças, desde que eram pequenas, sem usar palavras como "senhor" ou "senhorita" antes de seus nomes, e eles, por sua vez, tinham deixado de insistir que parasse com isso havia muito tempo; ele era convidado para determinados eventos da família, mas nunca era incluído nas conversas com o avô na sala de estar depois das refeições, ou no Natal, ou na Páscoa. Até o momento, David não sabia ao certo onde Norris morava — tinha a impressão de ter ouvido anos antes, em algum lugar, que o homem morava num apartamento próximo ao Gramercy Park que o avô lhe comprara —, nem qualquer informação sobre sua origem, nem sobre quem poderia ter sido sua família; ele tinha vindo, antes de David nascer, das Colônias, e trabalhava como carvoeiro para o Bingham Brothers quando o avô o conhecera. Na empresa dos Bingham, ele era reservado e quieto, mas ao mesmo tempo tranquilo; era tão familiar que muitas vezes esqueciam que estava por perto — sua presença era dada como garantida, mas sua ausência não era notada.

Nesse momento Norris parou diante de uma das salas de conferência privativas e abriu a porta. Tanto o homem quanto a mulher que estavam lá dentro se levantaram e se viraram quando ele entrou.

"Deixarei vocês à vontade", Norris disse, fechando a porta atrás de si com gestos silenciosos enquanto a mulher se aproximava.

"David!", ela exclamou. "Não vejo você há tanto tempo!" Era Frances Holson, a antiga advogada de seu avô, que, assim como Norris, sabia de quase todos os detalhes da vida dos Bingham. Ela também era uma presença constante, mas seu lugar na esfera familiar era mais importante e mais reconhecido — ela havia arranjado os casamentos de John e Eden e, ao que tudo indicava, também estava decidida a providenciar um para David.

"David", ela prosseguiu, "é com imenso prazer que lhe apresento o sr. Charles Griffith, de Nantucket e Falmouth. Sr. Griffith, aqui está o jovem de quem tanto lhe falei, o sr. David Bingham."

Ele não tinha uma aparência envelhecida, como David temera, e, apesar da pele clara, tampouco era extremamente corado: Charles Griffith era alto e grande, tinha os ombros largos e o tronco e o pescoço avantajados, mas isso lhe conferia um ar confiante. Seu paletó era bem cortado, de lã macia e de boa qualidade, e sob o bigode seus lábios eram definidos e ainda rosados — e agora tinham se curvado num sorriso. Ele não era belo, exatamente, mas transmitia certa astúcia, e vigor, e saúde, e esses elementos combinados criavam um aspecto de algo quase agradável.

Sua voz, quando ele falou, também era atraente, grave e de certa forma macia: havia uma delicadeza, uma suavidade, que contrastava com seu tamanho e a força física que parecia sugerir. "Sr. Bingham", ele disse, quando os dois se cumprimentaram com um aperto de mão. "É um prazer conhecê-lo. Ouvi falar muito bem do senhor."

"E eu do senhor", ele disse, embora não tivesse descoberto mais informações desde que ouvira falar de Charles Griffith pela primeira vez, quase seis semanas antes. "Muito obrigado por ter vindo até aqui... Fizeram boa viagem?"

"Fizemos, sim", Griffith respondeu. "E por favor... me chame de Charles."

"Pois me chame de David."

"Bem", disse Frances. "Deixarei os dois cavalheiros conversarem, então. Quando terminarem, David, toque a campainha, e Norris vai acompanhar o sr. Griffith até a porta."

Eles esperaram até que ela se retirasse, fechando a porta, e em seguida se sentaram. Entre os dois havia uma mesinha com uma bandeja de biscoitos amanteigados e uma chaleira com o que David sabia, só pelo aroma, ser Lap-Sang SouChong, um chá muitíssimo caro e difícil de encontrar que era o preferido de seu avô, reservado apenas para as ocasiões mais especiais. Ele sabia que esse era o jeito de o avô lhe desejar boa sorte, e esse gesto o comoveu e o entristeceu a um só tempo. Charles já havia tomado chá, mas David se serviu e, quando levou a xícara aos lábios, Charles fez o mesmo, e os dois sorveram a bebida em uníssono.

"É bem forte", ele disse, pois sabia que muitos achavam aquele sabor desagradável. Peter, que detestava aquele chá, certa vez o descrevera como "um pedaço de madeira que foi deixado no fogo por muito tempo, mas em forma líquida".

Mas Charles disse: "Me agrada muito. Me faz lembrar do tempo que vivi em San Francisco. Lá não era difícil de encontrar esse chá. Era caro, sem dúvida. Mas não tão difícil de encontrar quanto é aqui nos Estados Livres".

Isso o surpreendeu. "Você esteve no Oeste?"

"Estive. Isso foi há… vinte anos. Meu pai tinha acabado de renovar nossa parceria com os caçadores lá do Norte, e San Francisco tinha, é claro, enriquecido àquela altura. Ele sugeriu que eu fosse para lá e montasse um escritório para fazer parte das vendas. Então eu fui. Foi uma experiência maravilhosa, para falar a verdade; eu era jovem e a cidade estava crescendo, era uma época fantástica para estar lá."

David ficou impressionado. Ele nunca havia conhecido ninguém que de fato tivesse vivido no Oeste. "Aquelas histórias são reais?"

"Muitas são. Lá há uma atmosfera de… de insalubridade, acho. De libertinagem, com certeza. Às vezes parecia perigoso. Tanta gente tentando construir uma vida nova; tanta gente em busca de riqueza; tanta gente condenada à decepção… Mas também era libertador. E ao mesmo tempo muito incerto. Fortunas iam e vinham tão rápido, e pessoas também: o homem que lhe devia dinheiro poderia desaparecer no dia seguinte e você nunca mais conseguiria encontrá-lo. Fomos capazes de manter o escritório por três anos, mas depois tivemos de sair em 66, é claro, depois que as leis foram aprovadas."

"Mesmo assim", David disse, "eu o invejo. Sabia que eu nunca nem sequer visitei o Oeste?"

"Mas você viajou pela Europa inteira, pelo que a sra. Holson me disse."

"Eu fiz minha Grand Tour, sim. Mas não houve nenhuma libertinagem nisso… A não ser que você considere as pinturas de Canaletto, Tintoretto e Caravaggio libertinas."

Nesse momento Charles riu, e depois disso a conversa fluiu de forma natural. Os dois falaram mais sobre suas respectivas andanças — Charles era bastante viajado, pois seus negócios o levavam não só para o Oeste e para a Europa como para o Brasil e a Argentina — e sobre Nova York, onde Charles havia morado e ainda tinha uma casa que visitava com frequência. À medida que conversavam, David procurou o sotaque de Massachusetts que vários de seus colegas de faculdade tinham, com suas vogais abertas e não arredondadas e uma cadência mais rápida que a média, mas não encontrou. A voz de Charles era agradável, mas genérica, e revelava pouco sobre sua origem.

"Espero que não pense que sou muito atrevido por tocar nesse assunto", Charles disse, "mas nós, lá de Massachusetts, sempre achamos muito intrigante essa tradição do casamento arranjado; nunca deixamos de achar."

"Sim." Ele riu, mostrando não estar ofendido. "Todos os outros estados acham isso. E entendo o porquê… É um costume regional, que só existe em

Nova York e Connecticut." Os casamentos arranjados tinham surgido cerca de um século antes, como uma forma de as primeiras famílias que se estabeleceram nos Estados Livres criarem alianças estratégicas e consolidarem sua riqueza.

"Entendo por que esse costume surgiu aqui. Essas sempre foram as províncias mais ricas... Mas por que você acha que essa tradição vingou?"

"Não sei dizer ao certo. A teoria do meu avô é que, como dinastias importantes logo começaram a surgir a partir desses casamentos, dar continuidade a essa tradição se tornou essencial para a integridade financeira dos Estados. Ele fala disso como se falasse de uma plantação de árvores..." — mais uma vez, Charles riu, emitindo um som agradável — "A manutenção de uma teia de raízes a partir das quais a nação se sustenta e floresce."

"Bastante poético para um banqueiro. E patriótico."

"Sim. Ele é tudo isso, meu avô."

"Bem, imagino que nós, dos Estados Livres, só tenhamos a agradecer essa propensão de vocês aos casamentos arranjados. É isso que garante nosso bem-estar, afinal." Era uma provocação, David sabia, mas a voz de Charles era amável, e ele retribuiu seu sorriso.

"Imagino que sim. Não deixarei de agradecer ao meu avô em seu nome e em nome de seus companheiros de Massachusetts. Vocês nunca realizam casamentos arranjados na Nova Inglaterra? Ouvi em algum lugar que sim."

"Sim, mas com muito menos frequência. Quando acontece, os motivos são parecidos, isto é, unir famílias com costumes semelhantes, mas as consequências nunca são tão significativas quanto são aqui. Há pouco tempo, minha irmã mais nova facilitou um casamento entre sua criada e um dos nossos marujos, por exemplo, mas foi porque a família da criada tem uma pequena madeireira, e a do marujo, uma oficina de corda, e os dois queriam consolidar seus recursos. E, além do mais, os dois jovens gostavam muito um do outro, mas eram tímidos e não tinham coragem de começar o processo de cortejo por conta própria.

"Mas é como eu disse: nada que possa afetar o resto da nação. Então, sim, por favor agradeça a seu avô em nosso nome. Embora eu tenha tido a impressão de que você também deveria agradecer aos seus irmãos... A srta. Holson contou que ambos também estão em casamentos arranjados."

"Sim, com membros de famílias que sempre foram muito próximas da nossa: Peter, marido de John, meu irmão, também é da cidade; Elisa, esposa de Eden, é de Connecticut."

"Eles têm filhos?"

"John e Peter têm um; Eden e Eliza, dois. E você ajuda a criar seus sobrinhos, é isso?"

"Sim, isso mesmo, e tenho imenso carinho por eles. Mas eu gostaria de ter meus próprios filhos, um dia."

David sabia que deveria expressar sua concordância, dizer que ele também desejava ter filhos, mas se viu incapaz de fazê-lo. Charles, porém, soube preencher o espaço que aquela resposta deveria ocupar, e os dois falaram sobre seus sobrinhos, e irmãs e irmãos, e a casa em Nantucket, e a conversa voltou a fluir, até que Charles enfim se levantou e David fez o mesmo.

"Devo me despedir", Charles disse. "Mas foi um grande prazer, e agradeço sua disposição em vir me encontrar. Voltarei à cidade na próxima quinzena; espero que queira me ver novamente. Que tal?"

"Sim, claro!", ele respondeu, e tocou a campainha, e os dois se cumprimentaram com um aperto de mão mais uma vez. Depois Norris acompanhou Charles de volta à entrada, e David bateu à porta do lado oposto e, quando ouviu uma voz o convidando a entrar, adentrou a sala de seu avô.

"Ah!", exclamou seu avô, levantando-se de sua mesa e entregando a seu contador um calhamaço de papéis. "Aí está você! Sarah…"

"Sim, senhor, estou indo", Sarah disse e saiu em silêncio, gesticulando e fechando a porta.

Seu avô saiu de detrás da mesa e se sentou em uma das duas cadeiras que ficavam de frente para ela, indicando a David que se sentasse na outra. "Bem", disse seu avô, "não vou me fazer de tímido, e você também não precisa. Eu estava ansioso para vê-lo e ouvir suas impressões sobre o cavalheiro."

"Ele era…", David começou a falar e ficou sem palavras. "Ele era adequado", prosseguiu, enfim. "Mais adequado do que eu tinha imaginado."

"Fico feliz em saber disso", o avô disse. "Sobre o que conversaram?"

Ele contou ao avô a respeito da conversa que tinham tido, guardando para o final a parte sobre o tempo em que Charles vivera no Oeste, e, quando repetiu o relato, observou as sobrancelhas grisalhas do avô se erguerem. "É mesmo?", seu avô perguntou num tom comedido, e David soube o que ele estava pensando: que essa informação não tinha vindo à tona na investigação que haviam feito sobre Charles Griffith, e, como o Bingham Brothers tinha acesso às figuras mais destacadas em todas as profissões — médicos, advogados, investigadores —, ele se perguntava que outras coisas poderiam ter ficado de fora, que outros mistérios continuariam à espreita.

"Você vai encontrá-lo novamente?", o avô perguntou quando ele terminou de falar.

"Ele voltará na próxima quinzena e perguntou se poderia me encontrar de novo; eu disse que talvez pudesse."

David imaginara que essa resposta o deixaria satisfeito, mas, com uma expressão pensativa, seu avô se levantou e andou até uma das amplas janelas, acariciando de leve a ponta da cortina longa e pesada de seda enquanto observava a rua lá embaixo. Por um instante ele permaneceu ali, em silêncio, mas quando se virou estava sorrindo de novo, exibindo aquele sorriso familiar e estimado que sempre fizera David sentir que, mesmo quando a vida lhe parecia terrível, estava num lugar confortável.

"Bem", seu avô disse, "então ele é um homem de muita sorte."

IV.

As semanas se passaram depressa, como sempre parecia acontecer no fim do outono, e embora a chegada do Natal nunca fosse uma surpresa, a sensação era de que eles nunca seriam capazes de se preparar a tempo, por mais que no ano anterior prometessem que *dessa vez* planejariam tudo com antecedência, de forma que nesse Dia de Ação de Graças os cardápios estariam decididos; os presentes para as crianças, comprados e embrulhados com laços de fita; os envelopes de dinheiro para os empregados, selados; os enfeites, pendurados.

Foi em meio a esses afazeres que ele se encontrou pela segunda vez com Charles Griffith, no início de dezembro; os dois foram a um concerto no qual a Orquestra Filarmônica de Nova York interpretava as primeiras composições de Liszt e, depois, caminharam rumo ao norte até um café na ponta sul do parque, onde David às vezes interrompia suas andanças pela cidade para comer bolo e tomar um café. Dessa vez a conversa também fluiu naturalmente, e eles falaram sobre livros que haviam lido, peças e exposições que tinham visto e sobre a família de David — sobre o avô e, brevemente, a irmã e o irmão.

Casamentos arranjados exigiam que as intimidades fossem inevitavelmente aceleradas e, por consequência, que os bons costumes fossem deixados de lado. Por isso, depois de terem conversado por algum tempo, ele tomou coragem para perguntar a Charles sobre seu ex-marido.

"Ah", Charles disse. "Bem... Imagino que você já saiba que o nome dele era William, William Hobbes, e que ele morreu nove anos atrás." David assentiu. "Foi um câncer que começou na garganta e se alastrou muito rápido.

"Ele era professor numa pequena escola em Falmouth, vinha de uma família de pescadores de lagosta do Norte. Nós nos conhecemos pouco depois de eu voltar da Califórnia. Foi uma época muito feliz para nós dois, creio eu; eu estava aprendendo a administrar o negócio da minha família, ao lado da minha irmã e do meu irmão, e nós dois éramos jovens e arrojados. No verão, nas férias da universidade, ele ia comigo para Nantucket, e todos nós, minha irmã mais nova e seu marido e filhos, meu irmão e sua esposa e filhas, meus pais, minha outra irmã e sua família, que vinham do Norte, ficávamos morando juntos na casa da família. Em um dos anos, meu pai me mandou para a fronteira para conhecer alguns dos nossos caçadores, e passamos a temporada quase inteira no Maine e no Canadá, com nossos parceiros de negócios, indo de um lugar a outro. Aquela é uma região tão bonita.

"Imaginei que ficaria minha vida inteira ao lado dele. Decidimos ter filhos mais tarde; queríamos uma menina e um menino. Iríamos para Londres, Paris, Florença... Ele era muito mais inteligente do que eu... Eu queria ser a pessoa que lhe mostraria os afrescos e as estátuas sobre os quais ele tinha lido a vida inteira. Pensei que caberia a mim levá-lo àqueles museus. Eu sonhava com isso. Visitaríamos todas as catedrais, comeríamos mexilhões à beira do rio, eu teria a chance de ver aqueles lugares que eu achava lindos, mas que nunca tinha valorizado como ele faria, e dessa vez eu os veria com ele, e por isso os veria com novos olhos.

"Quando você é um marujo, ou quando passou um bom tempo na companhia deles, você aprende que fazer planos é tolice. Deus faz o que quer, e nossos planos não são nada quando comparados aos Dele. Eu sabia disso e, ainda assim, não me contive. Eu sabia que era uma bobagem e, ainda assim, não me contive. Fui sonhando cada vez mais. Planejei a casa que construiria para nós, sobre um penhasco com vista para as pedras e para o mar, com arbustos por todo lado.

"Mas depois ele faleceu, e um ano depois o marido da minha irmã mais nova morreu durante a pandemia de 85, e desde então, como você sabe, eu moro com ela. Nos primeiros anos depois que William foi tirado de mim, me concentrei no trabalho, e no trabalho encontrei consolo. Mas, curiosamente, quanto mais me afasto dessa morte, mais penso nela… e não só nele, mas também na relação de companheirismo que tínhamos, e que eu imaginava que sempre teríamos. E agora meus sobrinhos já são quase adultos, minha irmã está noiva, e eu, nesses últimos anos, comecei a entender que eu…" E aqui Charles se deteve, de súbito, e suas bochechas coraram. "Falei demais e me abri demais", ele disse, enfim. "Espero que aceite meu pedido de desculpas."

"Não há por que se desculpar", David disse em voz baixa, embora na verdade estivesse surpreso, ainda que não constrangido, com a franqueza do homem, com sua quase confissão de solidão. Mas depois disso nenhum dos dois soube recomeçar a conversa, e em pouco tempo o encontro chegou ao fim, com Charles lhe agradecendo, formalmente, mas sem oferecer um terceiro encontro, e os dois recolhendo seus casacos e chapéus. Quando saíram, Charles foi para o norte em sua charrete, e David rumou para o sul na sua, de volta a Washington Square. No caminho de volta, ele pensou longamente naquele estranho encontro e em como, apesar de sua estranheza, não havia sido desagradável, e na verdade o fizera se sentir *prestigiado* — não havia outra palavra para isso — por ouvir algo tão íntimo de alguém, por ganhar a permissão de testemunhar tamanha vulnerabilidade.

Por isso ele estava mais despreparado do que normalmente estaria quando, sentado na sala de estar depois do almoço de Natal (pato, recém-saído do forno e com a pele crocante, ladeado por groselhas que pareciam pérolas escarlate), John anunciou com um tom vitorioso: "Aliás, David, eu soube que você está sendo cortejado por um cavalheiro de Massachusetts".

"Cortejado, não", o avô logo respondeu.

"É uma oferta, então? Bem, quem é ele?"

David permitiu que o avô oferecesse uma descrição bastante resumida: exportador e comerciante, o Cabo e Nantucket, viúvo, sem filhos. Eliza foi a primeira a opinar: "Ele parece encantador", disse ela, com firmeza — Eliza sempre tão querida e alegre, usando suas calças de lã cinza e um lenço de seda estampada enrolado no pescoço rechonchudo! —, enquanto o resto da família permanecia em silêncio ao redor da mesa.

"Você se mudaria para Nantucket, então?", perguntou Eden.

"Não sei", ele respondeu. "Não pensei nisso."

"Então você não aceitou", Peter disse — uma afirmação, não uma pergunta.

"Não."

"Mas pretende aceitar?" (Peter, novamente.)

"Não sei", ele repetiu, sentindo que começava a ficar agitado.

"Mas se…"

"Chega", disse seu avô. "É Natal e, além do mais, cabe a David decidir, não a nenhum de nós."

O grupo se separou pouco depois disso, e seus irmãos foram reunir as crianças e as babás no quarto de John, que fora transformado num quarto de brinquedos para seus filhos e os filhos de Eden, e houve despedidas e votos de felicidade, e depois ele e seu avô ficaram sozinhos mais uma vez.

"Vamos lá para cima comigo", seu avô disse, e David foi, sentando-se no mesmo lugar que sempre procurava no escritório do avô: de frente para ele, ligeiramente à esquerda. "Eu não queria me intrometer, mas admito que estou curioso. A essa altura vocês já se encontraram duas vezes. Você tem alguma ideia da sua decisão, se quer ou não aceitar a oferta do cavalheiro?"

"Eu sei que deveria, mas não tenho… Eden e John se decidiram tão rápido. Quem me dera saber, como eles souberam…"

"Você não deve pensar no que Eden e John fizeram. Você não é eles, e essas decisões não devem ser tomadas às pressas. A única coisa que lhe é exigida é pensar seriamente na oferta do homem e, se a resposta for negativa, informá-lo de imediato, ou pedir a Frances que faça isso… Embora depois de dois encontros seja mais adequado que você dê a notícia, na verdade. Mas você não deve se apressar, nem se sentir mal por isso. Quando seu pai e sua mãe foram arranjados, ela levou seis meses para aceitar." Ele abriu um ligeiro sorriso. "Não que isso deva lhe servir de exemplo."

Ele também sorriu. Mas em seguida fez a pergunta que sabia ser necessária: "Vovô", ele disse, "o que ele sabe sobre mim?". Depois, na ausência de uma resposta do avô, que se limitou a encarar seu copo de uísque, ele estendeu a pergunta. "Ele sabe sobre meus períodos de confinamento?"

"Não", o avô respondeu, convicto, erguendo a cabeça prontamente. "Ele não sabe. E não precisa saber. Isso não é da conta dele."

"Mas", ele começou, "não é uma espécie de fingimento não contar isso a ele?"

"É claro que não. Seria fingimento se tivéssemos a intenção de esconder uma informação importante, e isso não é importante. Não se trata de uma informação que deveria afetar a decisão dele."

"Talvez não devesse... mas será que não afetaria mesmo?"

"Se afetasse, isso só serviria para mostrar que ele não é um homem digno de se casar com você."

Seu avô, em geral um exemplo de coerência, nesse momento mostrava um raciocínio tão falho que mesmo que David estivesse disposto a contradizê-lo não o faria, por medo de que o edifício da narrativa de seu avô viesse abaixo. Se seus períodos de confinamento não eram importantes, por que não se podia levá-los a público? E contar-lhe a verdade completa e honesta de quem ele era não seria, afinal, a melhor forma de conhecer o verdadeiro caráter de Charles Griffith? Ademais, se suas enfermidades de fato não eram motivo de vergonha, por que ambos haviam se esforçado tanto para mantê-las em segredo? Era verdade que eles não haviam descoberto tudo o que poderiam sobre Charles com antecedência — seu avô tinha resmungado, depois daquele primeiro encontro, que não sabia sobre o período em que o homem vivera em San Francisco —, mas o que *de fato* tinham descoberto era simples e irrefutável. Não havia nenhuma evidência de que Charles Griffith não era um homem honrado.

Seu medo era de que, embora talvez não tivesse consciência disso e fosse ficar ofendido se o questionassem, seu avô houvesse concluído que os defeitos de David eram um fardo que Charles poderia aceitar de bom grado, já que em troca teria a chance de se casar com um Bingham. Era fato que Charles era rico — não tanto quanto os Bingham, mas isso ninguém seria —, no entanto sua família enriquecera havia pouco tempo. Era fato que era inteligente, mas não tinha estudo formal; não frequentara a universidade, não sabia latim nem grego, tinha viajado o mundo não para adquirir conhecimento, mas para fazer negócios. Era fato que era viajado, porém não era sofisticado. David não se via como uma pessoa que acreditava em tais coisas, mas se perguntava se seria defeituoso a ponto de seu avô pensar que ele e Charles pertenciam aos dois lados de um livro-razão: de suas enfermidades se descontava a falta de refinamento de Charles. De sua falta de tenacidade, a idade avançada de Charles. No final, será que os dois chegariam ao mesmo valor, um zero sublinhado em tinta pelas mãos de seu avô?

"Logo o ano-novo vai chegar", seu avô disse, rompendo o silêncio, "e os novos anos sempre revelam mais do que os anteriores. Você tomará sua decisão, e dirá sim ou não, e os anos continuarão terminando e começando, e terminando e começando, seja qual for sua escolha." E com isso David entendeu que seu avô queria encerrar o assunto, então se levantou e se curvou para lhe oferecer um beijo de boa-noite antes de subir para o seu quarto.

Então, rápido demais, o novo ano se aproximava, e os Bingham mais uma vez se reuniram para brindar sua chegada. Era tradição que, no último dia do ano, a família convidasse todos os empregados para beber uma taça de champanhe na sala de jantar, ocasião em que todos eles — os netos e os bisnetos, as criadas e os lacaios, o cozinheiro, o mordomo, a faxineira, o cocheiro e seus vários subordinados — se reuniam ao redor da mesa, sobre a qual as criadas antes haviam posto garrafas de champanhe enfiadas em baldes de cristal cheios de gelo e arranjos de laranjas perfuradas por cravos e pratos cheios de nozes e travessas de tortas de carne, para ouvir o avô saudar o ano-novo. "Só faltam seis anos para o século XX!", o avô exclamou, e os empregados deram risadinhas nervosas, porque eles não gostavam de mudanças e incerteza, e só de pensar em uma época terminando e outra começando sentiam medo, ainda que soubessem que na casa de Washington Square nada mudaria: David permaneceria ocupando o quarto que sempre ocupara, e seus irmãos iriam e viriam, e Nathaniel Bingham continuaria sendo seu patrão para todo o sempre.

Alguns dias depois da comemoração, David foi com uma das charretes até o orfanato. Essa era uma das primeiras instituições desse tipo na cidade, e os Bingham tinham sido seus principais patronos desde a sua fundação, que ocorrera poucos anos depois da fundação dos próprios Estados Livres. Ao longo das décadas, sua população diminuiu e cresceu à medida que as Colônias passaram por períodos ou de relativa riqueza ou de crescente pobreza; a jornada para o Norte era difícil e árdua, e muitas das crianças haviam ficado órfãs porque seus pais tinham morrido na travessia, tentando fugir dos Estados Livres. O pior período acontecera três décadas atrás, durante e logo depois da Guerra da Rebelião, logo antes do nascimento de David, quando a população de refugiados em Nova York cresceu mais do que nunca, e os governadores de Nova York e da Pensilvânia enviaram soldados a cavalo para a fronteira sul deste último estado, numa missão humanitária que consistia em encontrar e resgatar fugitivos das Colônias. Todas as crianças desacompanhadas que encontraram — e também algumas que estavam com os pais, mas pais visivelmente incapazes de oferecer-lhes os cuidados necessários — foram, dependendo da idade, enviadas ou para uma das escolas profissionalizantes dos Estados Livres ou para uma de suas instituições de caridade, onde seriam oferecidas para a adoção.

Como a maioria das instituições desse tipo, a de Hiram Bingham abrigava pouquíssimos bebês e crianças pequenas — havia tanta procura que eram adotados rapidamente; era raro que um bebê permanecesse mais de um mês no orfanato, a não ser que estivesse doente, tivesse uma deficiência ou algum tipo de retardo mental. Ambos os irmãos de David haviam encontrado seus filhos ali, e, se o próprio David um dia desejasse um herdeiro, também seria na instituição que o encontraria. O filho de John e Peter era um órfão das Colônias; os filhos de Eden e Eliza haviam sido salvos da precária barraca de um casal de imigrantes irlandeses miseráveis que mal tinha condições de lhes dar de comer. Havia debates acalorados, nos jornais e nos escritórios, sobre o que se devia fazer com o número cada vez maior de imigrantes que davam um jeito de chegar a Manhattan pelo mar — ultimamente vindos da Itália, da Alemanha, da Rússia e da Prússia, isso sem falar no Oriente —, mas um ponto em que todos concordavam, mesmo que a contragosto, era que os imigrantes europeus ofereciam crianças para os casais que quisessem filhos, não só naquela cidade como em todo o território dos Estados Livres.

A procura pelos bebês era tão grande que, havia pouco tempo, o governo lançara uma campanha que estimulava as pessoas a adotarem crianças mais velhas. Mas esse esforço fora em vão, e era de comum entendimento, até para as próprias crianças, que as maiores de seis anos tinham poucas chances de encontrar um lar. Como consequência disso, as instituições dos Bingham, como as outras, se dedicavam a ensinar as crianças a ler e a fazer contas, de forma a prepará-las para ter uma profissão; quando chegavam aos catorze anos, eram empregadas como aprendizes de alfaiates, ou de carpinteiros, ou de costureiras, ou de cozinheiros, ou de qualquer pessoa cujas habilidades fossem essenciais para garantir a prosperidade e a manutenção dos Estados Livres. Ou se alistavam no Exército ou na Marinha e serviam o país dessa forma.

Enquanto essa hora não chegava, no entanto, eram crianças, e sendo crianças frequentavam a escola, conforme a lei dos Estados Livres exigia. A nova filosofia que norteava a educação dizia que as crianças se tornavam cidadãos mais saudáveis e melhores quando adultos se fossem expostas não só às habilidades necessárias para a vida (matemática, leitura, escrita), mas também à arte, à música e aos esportes. Por isso, no verão anterior, quando seu avô lhe perguntara se ele gostaria de ajudar a encontrar um professor de artes para a instituição, David surpreendera até a si mesmo ao se voluntariar para a tarefa — ele não havia estudado arte por muitos anos, afinal? E não vinha procurando algo, alguma atividade útil, que desse forma a seus dias?

Ele ministrava suas aulas toda quarta-feira, quase no fim da tarde, pouco antes de as crianças jantarem, e no início havia se perguntado muitas vezes se elas se remexiam e davam risadinhas por causa dele ou porque estavam ansiosas pela refeição — ele pensara até mesmo em pedir permissão à governanta para dar sua aula mais cedo, mas ela inspirava temor nos adultos (embora, curiosamente, fosse adorada pelas crianças que viviam sob seus cuidados), e, ainda que as circunstâncias a obrigassem a aceitar seu pedido, ele estava muito intimidado para fazê-lo. Ele sempre tivera certo receio de crianças, de seus olhares incansáveis e ininterruptos que pareciam sugerir que elas o viam de um jeito que os adultos não faziam mais questão de ver ou simplesmente não conseguiam, mas, com o passar do tempo, primeiro se acostumou e depois se afeiçoou a elas, e, à medida que os meses se passaram, elas também foram ficando mais à vontade, mais calmas em sua presença silenciosa, enquanto trabalhavam com seus bastões de carvão e blocos de papel e faziam o melhor que podiam para reproduzir a tigela de porcelana azul e branca com motivos chineses que ele enchera de marmelo e colocara sobre um banquinho na frente da sala.

Naquele dia David ouviu a música antes mesmo de abrir a porta — algo conhecido, uma canção popular, uma canção que não lhe parecia adequada para crianças — e levou a mão à maçaneta e a girou com firmeza, mas, antes que pudesse expressar consternação ou desagrado, foi atingido por um sem-número de imagens e sons que o deixaram emudecido e imóvel.

Ali, na frente da sala, estava o piano decrépito que nunca era utilizado e por isso havia sido relegado a um canto, a madeira tão retorcida que ele imaginara que o instrumento jamais pudesse ser afinado de novo. Mas agora alguém o tinha consertado, limpado e posicionado no centro da sala, como se fosse uma coisa linda, maravilhosa, e sentado diante dele estava um rapaz,

45

talvez poucos anos mais jovem que David, de cabelos escuros penteados para trás como se fosse noite e estivesse numa festa, e um rosto belo, vivaz, harmonioso, que servia de complemento à bela voz com que cantava: "Por que não se casou e vive só a vagar?/ Não tem filhos, não tem lar?".

A cabeça do homem estava inclinada para trás, revelando seu pescoço longo, mas gracioso e forte, como uma cobra, e enquanto ele cantava David observou um músculo que subia e descia ao longo de sua garganta, uma pérola que se projetava para o alto e depois descia escorregando:

As luzes piscavam no salão grandioso,
Tão belo e suave era o som melodioso!
Lá veio meu bem, meu doce, meu amor,
Quero um copo d'água, deixe-me em paz por favor!
Quando voltei, minha nossa, havia um camarada
Beijando o meu bem com uma fúria apaixonada...

Era o tipo de canção que se ouvia em ambientes vulgares, em cabarés e apresentações de menestréis, e por isso completamente inadequada para se cantar a crianças, ainda mais crianças como aquelas, que graças às circunstâncias já tinham mais propensão a tais entretenimentos carregados de sentimentalismo. Mas, ainda assim, David ficou sem palavras, tão fascinado pelo homem, e por sua voz grave e doce, quanto as crianças. Ele só tinha ouvido aquela canção interpretada como uma valsa, melosa e tristonha, mas o homem a transformara numa versão rápida e agradável, de forma que sua história carregada de pieguice — uma moça pedindo a seu tio velho e solteiro que explicasse por que nunca havia se apaixonado, nem se casado e constituído família — havia ganhado esperteza e vivacidade. Era uma canção que David detestava, em parte porque sentia que um dia poderia cantá-la sabendo ter vivido o que a letra descrevia, que nela residia seu inevitável destino, mas naquela versão o homem da música parecia garboso e descontraído, como se, ao escolher não se casar, não tivesse sido privado, e sim se livrado, de um futuro lúgubre.

Quando o baile chega ao fim, quando o sol nasce,
Quando os dançarinos partem e cada estrela desaparece,

São muitos os corações partidos em cada esquina…
São muitos os sonhos desfeitos quando o baile termina.

O jovem concluiu sua apresentação com alguns floreios, depois se levantou e se curvou diante das mais ou menos vinte crianças reunidas, que até então o observavam extasiadas e nesse momento começaram a gritar e a bater palmas, e David se endireitou e pigarreou.

No mesmo instante, o homem olhou para ele e sorriu, um sorriso tão largo e brilhante que David mais uma vez se viu tomado pelo nervosismo. "Crianças", ele disse, "creio que fiz vocês se atrasarem para a próxima aula. Não resmunguem, é grosseria" — David corou —, "peguem seus cadernos de desenho, e eu os verei na semana que vem." Ele começou, ainda sorrindo, a andar na direção de David, que permanecia em pé junto à porta.

"Minha nossa, que música estranha para se tocar para crianças!", David disse, esforçando-se ao máximo para parecer austero, mas o homem riu, imperturbável, como se fosse só uma brincadeira. "Creio que sim", ele respondeu, em tom amistoso, e então, antes que David tivesse a chance de perguntar: "Que grosseria a minha! Não só o atrasei para a sua aula, ou melhor, atrasei a sua turma, afinal *você* chegou na hora certa!, como não me apresentei. Sou Edward Bishop, o novo professor de música desta distinta instituição".

"Compreendo", David respondeu, sem saber como tinha perdido o controle da conversa tão rápido. "Bem, devo dizer que muito me surpreendeu ouvir…"

"E eu sei quem *o senhor é*", o jovem o interrompeu, mas de forma tão afável, tão calorosa, que David mais uma vez se viu desarmado. "O senhor é David Bingham, da família Bingham, de Nova York. Imagino que eu não precise dizer 'Nova York', não é mesmo? Embora deva haver outros Bingham em algum lugar dos Estados Livres, não acha? Os Bingham de Chatham, por exemplo, ou os Bingham de Portsmouth. Imagino como eles devem se sentir, esses Bingham inferiores, sabendo que seu nome sempre representará uma só família, e que eles não são parte dela e, portanto, estão condenados e decepcionar quaisquer pessoas que lhes perguntem 'Ah, você é *daquela* família Bingham?', e eles, tendo que se desculpar, 'Ah, infelizmente não, sou da família Bingham de Utica', vendo a decepção no rosto de seu interlocutor."

Essa colocação, tão ágil e espontânea, deixou David bastante atordoado, e tudo o que ele conseguiu responder foi um canhestro "Eu nunca tinha pensado por esse lado", o que fez o jovem rir mais uma vez, mas discretamente, como se estivesse rindo não de David, mas de algo muito perspicaz que ele dissera, como se os dois tivessem compartilhado um segredo.

E então ele pousou a mão sobre o braço de David e disse, com o mesmo tom divertido: "Bem, sr. David Bingham, foi um imenso prazer conhecê-lo, e novamente peço desculpas por ter atrasado a sua aula".

Depois que a porta se fechou, foi como se algo de essencial tivesse sido arrancado da sala; as crianças, que antes haviam se mostrado alertas e atentas, de repente ficaram pálidas e desanimadas, e até David sentiu o próprio corpo se curvando, como se não pudesse mais compactuar com o simulacro de entusiasmo ou de retidão que uma vida bem estabelecida exigia.

Apesar disso, ele seguiu em frente. "Boa tarde, crianças", disse, e em troca recebeu um morno "Boa tarde, sr. Bingham" enquanto ajeitava sobre o banco a natureza-morta do dia: um vaso de brilho leitoso dentro do qual colocou alguns ramos de azevinho. Como era de costume, ele se posicionou nos fundos da sala, tanto para supervisionar os alunos quanto para também conseguir desenhar, caso quisesse. Nesse dia, no entanto, era como se o único objeto de estudo que ele enxergasse na sala fosse o piano, que estava atrás do banco com seu arranjo modesto e, apesar de sua precariedade, parecia o objeto mais lindo e mais comovente que havia ali: um farol, algo luminoso e puro.

Ele olhou de relance para a aluna à sua direita, uma menininha franzina e desgrenhada de oito anos, e viu que ela estava desenhando (mal) não só o vaso e as flores como também o piano.

"Alice, você deve desenhar apenas a natureza-morta", ele relembrou-a.

Ela levantou a cabeça, só olhos no rostinho chupado, os dois dentes saltados parecendo lascas de osso. "Desculpe, sr. Bingham", ela murmurou, e ele suspirou. Por que ela *não* incluiria o piano, se ele também não conseguia parar de olhar para ele, como se também fosse capaz de conjurar o pianista só pela força de vontade, como se seu fantasma permanecesse perambulando pela sala? "Tudo bem, Alice", ele respondeu. "Apenas recomece numa folha em branco." Ao redor dele, as outras crianças estavam silenciosas e emburradas; dava para ouvi-las se remexendo nas carteiras. Era uma tolice se sentir tão aflito, mas era como ele se sentia — sempre pensara que as crianças gostas-

48

sem de sua aula, que gostassem dela tanto quanto ele gostava de ministrá-la, pelo menos, mas, depois de testemunhar como haviam ficado fascinadas, soube que, mesmo se um dia aquilo tivesse sido verdade, já não era mais. Ele era uma mordida na maçã, porém Edward Bishop era a mesma maçã transformada numa torta com uma crosta gordurosa e salpicada de açúcar, e depois de experimentá-la ninguém a trocaria pelo que conhecera antes.

Durante o jantar daquela noite ele estava taciturno, mas o avô estava bastante contente — todas as pessoas do mundo eram assim tão felizes? —, e haviam servido um dos pratos favoritos de David, pombo assado, além de alcachofras cozidas, mas ele comeu pouco, e quando o avô perguntou, como fazia toda quarta-feira, como tinha sido a aula, ele se limitou a murmurar "Ótima, vovô", embora normalmente tentasse fazê-lo rir com histórias sobre o que as crianças haviam desenhado ou lhe perguntado, e sobre como ele distribuíra as frutas e as flores da natureza-morta entre os alunos responsáveis pelos melhores desenhos.

Mas o avô pareceu não notar sua introspecção, ou preferiu não mencioná-la, e depois do jantar, enquanto subia as escadas a passos pesados para ir ao escritório, David, disparatadamente, teve uma visão de Edward Bishop e do que ele poderia estar fazendo enquanto David se preparava para passar mais uma noite dentro de casa, perto da lareira, diante de seu avô: nela, o jovem estava numa casa noturna, do tipo a que David só fora uma vez, e seu longo pescoço estava nu, e sua boca estava aberta, porque ele cantava, e ao redor dele havia outros jovens e belos homens e mulheres, todos usando roupas finas de cores vibrantes, e a vida era animada, e o ar recendia a lírios e a champagne enquanto, sobre eles, um lustre de vidro lapidado lançava pontinhos oscilantes de luz ao redor do salão.

V.

Os seis dias que faltavam para a próxima aula se passaram ainda mais devagar que o normal, e na quarta-feira seguinte ele chegou tão cedo, tamanha era a expectativa, que decidiu caminhar um pouco para se acalmar e passar o tempo.

O instituto ficava num edifício grande e quadrado, simples mas bem cuidado, na esquina da rua 20 Oeste com a Greenwich Street — uma região que se tornara mais insalubre com o passar das décadas e a chegada da zona dos bordéis da cidade, a três quarteirões ao norte e um a oeste. De tempos em tempos, os administradores da escola debatiam se deviam ou não transferi-la para outro lugar, mas no fim sempre decidiam permanecer ali, pois fazia parte da natureza da cidade que aparentes opostos — os ricos e os pobres, os bem estabelecidos e os recém-chegados, os inocentes e os criminosos — tivessem de viver próximos uns dos outros, já que não havia território suficiente para criar as divisões naturais que seriam possíveis em outra situação. Ele andou rumo ao sul, até a Perry Street, depois para o oeste e o norte, na Washington Street, mas, depois de completar o circuito duas vezes, até ele estava com muito frio e foi obrigado a parar, soprando ar quente entre as mãos e voltando para a charrete para buscar o pacote que trouxera consigo.

A essa altura, fazia meses que ele vinha prometendo às crianças que as deixaria desenhar algo incomum, mas ele também havia se dado conta, enquanto entregava o objeto para que Jane embrulhasse em papel e barbante no início daquele dia, de que estava torcendo para que Edward Bishop o visse carregando uma coisa tão estranha e volumosa e talvez ficasse intrigado, talvez até ficasse para assistir à revelação, talvez ficasse admirado. Ele não tinha orgulho disso, é claro, nem da exaltação que sentiu enquanto atravessava o corredor para chegar à sua sala de aula: ele estava consciente da própria respiração se acelerando, do coração dentro do peito.

Mas, quando abriu a porta da sala de aula, não havia nada — nem música, nem jovem algum, nem encantamento —, apenas seus alunos, brincando, brigando e gritando uns com os outros, antes de notar sua presença e empurrar uns aos outros para que ficassem quietos.

"Boa tarde, crianças", ele disse, se recompondo. "Onde está o professor de música de vocês?"

"Agora ele vem às quintas, senhor", ele ouviu um dos meninos dizer.

"Ah", ele disse, tomando consciência tanto de sua decepção, uma corrente de ferro ao redor do pescoço, quanto da vergonha que sentia dela.

"O que tem no pacote, senhor?", perguntou outro aluno, e ele se deu conta de que ainda estava apoiado na porta, as mãos dormentes segurando firme o objeto que carregava nos braços. De repente aquilo pareceu absurdo, uma tolice, mas era a única coisa que ele havia trazido para as crianças desenharem e não havia mais nada na sala para ajudar a compor o quadro, então ele levou o pacote até a mesa na frente da sala e o desembrulhou, com cuidado, para revelar a estátua, uma réplica em gesso de um torso de mármore romano. Seu avô tinha a peça original, comprada quando ele fizera *sua própria* Grand Tour, e encomendara a réplica quando David estava começando a aprender a desenhar. A peça não tinha nenhum valor monetário, mas David a havia revisitado muitas vezes ao longo dos cerca de vinte anos desde que a ganhara, e, muito antes que visse o peito de outro homem, a estátua tinha lhe ensinado tudo o que sabia a respeito de anatomia, a respeito da forma como o músculo se assentava sobre o osso, e a pele sobre o músculo, a única prega feminina que surgia na lateral do abdômen quando alguém se curvava em determinada direção, as duas linhas que, como flechas, apontavam para baixo, na direção da virilha.

Pelo menos as crianças se mostraram interessadas, até mesmo impressionadas, e, enquanto posicionava a estátua sobre o banco, ele lhes contou acerca da estatuária romana e como a maior expressão da técnica de um artista residia na representação da forma humana. Enquanto observava os alunos desenhando, encarando, com olhares breves e ágeis, suas folhas de papel e depois a estátua, ele pensou em como John achava suas aulas inúteis: "Por que você os educaria a respeito de algo que não vai fazer parte de suas vidas quando forem adultos?", ele perguntara. John não era o único a pensar assim — até o avô, por mais tolerante que fosse às suas vontades, considerava um passatempo peculiar, se não cruel, expor as crianças a hobbies e gostos para os quais dificilmente teriam tempo, e muito menos dinheiro, no futuro. Mas David teimava em discordar: ele acreditava estar ensinando algo de que qualquer pessoa poderia desfrutar tendo apenas um pedaço de papel, um pouco de tinta ou uma ponta de grafite, e, além do mais, como dizia ao avô, se o senhor tivesse criados com um melhor entendimento de arte, que soubessem seu valor, talvez fossem mais cuidadosos, mais respeitosos, em relação às obras de arte que havia nas casas que limpavam e administravam, argumento diante do qual seu avô — que ao longo dos anos tivera vários de seus objetos destruídos acidentalmente por criadas e lacaios desastrados — se vira obrigado a rir, admitindo que talvez ele tivesse razão.

Naquela noite, depois de se sentar com o avô, retornou ao seu quarto e pensou em como, mais cedo, enquanto estava no fundo da sala de aula, desenhando com seus alunos, tinha imaginado Edward Bishop, não o busto de gesso, empoleirado no banquinho, e tinha pousado o lápis e se obrigado a andar por entre as crianças, observando seus esboços, para conseguir se distrair.

O dia seguinte era uma quinta-feira, e ele estava tentando inventar um motivo para visitar a escola mais uma vez quando ficou sabendo que Frances precisava se encontrar com ele para averiguar uma discrepância nos livros-razão relacionados à fundação Bingham, que financiava todos os diversos projetos da família. Ele não tinha nenhuma justificativa para não comparecer, é claro, e sabia que Frances também sabia disso, então se viu obrigado a ir ao sul, onde os dois examinaram os livros até perceber que um número tinha sido manchado e estava parecendo um sete, e isso havia causado um erro de contabilidade. Um número um transformado em sete: um erro tão simples, mas, se não o tivessem descoberto, Alma teria sido chamada e questionada, e talvez até mesmo afastada de seu cargo na empresa dos Bingham. Quando chegaram ao fim do processo, ainda era cedo o suficiente para chegar à escola antes que a aula de Edward tivesse acabado, mas seu avô pediu que ficasse para tomar chá, e, mais uma vez, ele não tinha nenhum motivo para recusar — seu ócio era tão notório que se tornara uma prisão muito particular, um cronograma na ausência de outro.

"Você parece ansioso a respeito de algo", observou o avô enquanto servia chá na xícara de David. "Precisa ir a algum lugar?"

"Não, lugar nenhum", respondeu.

Ele se despediu assim que as boas maneiras permitiram, entrando na charrete com dificuldade e pedindo ao cocheiro que se apressasse, por favor, mas já eram muito mais que quatro horas quando chegaram à rua 20 Oeste, era improvável que Edward tivesse ficado por ali sem motivo, sobretudo naquele frio. Ainda assim, ele ordenou que o cocheiro esperasse e andou a passos decididos em direção à sua sala de aula, fechando os olhos e prendendo o fôlego antes de girar a maçaneta, e expirando quando ouviu nada além de silêncio lá dentro.

E em seguida: "Sr. Bingham!", ele ouviu uma voz dizer. "Que surpresa vê-lo aqui!"

Ele vinha esperando por esse momento, é claro, mas ao abrir os olhos e ver Edward Bishop à sua frente, exibindo aquele mesmo sorriso alegre, segurando as luvas em uma das mãos, a cabeça inclinada para um lado como se tivesse acabado de fazer uma pergunta a David, ele se viu incapaz de responder, e sua expressão deve ter revelado parte de sua confusão, porque Edward se aproximou dele e seu rosto ganhou uma expressão preocupada. "Sr. Bingham, está tudo bem?", perguntou. "O senhor está muito pálido. Olhe, venha se sentar em uma dessas cadeiras enquanto eu busco um pouco d'água."

"Não, não", enfim conseguiu dizer. "Estou ótimo. Só estou… Pensei ter deixado meu caderno de desenhos aqui ontem… Eu o estava procurando hoje e não consegui encontrá-lo… Mas agora vejo que também não o deixei aqui… Perdoe-me se o interrompi."

"É claro que o senhor não me interrompeu! Perder seu caderno… que situação terrível! Eu não sei o que faria se perdesse meu caderno. Deixe-me procurar um pouco."

"Não precisa", ele respondeu, debilmente — era uma mentira esfarrapada: a sala tinha tão pouca mobília que havia poucos lugares em que seu caderno imaginário poderia estar, mas Edward já tinha começado a sua busca, abrindo as gavetas vazias da mesa que ficava na frente da sala, olhando dentro do armário vazio que estava atrás da mesa, ao lado da lousa, chegando a ficar de joelhos, apesar dos protestos de David, para procurar embaixo do piano (como se David não fosse ter visto imediatamente se o caderno — que estava a salvo em seu escritório — estivesse mesmo por ali). Em nenhum momento Edward deixou de fazer exclamações de alarme e espanto em nome de David. Seu jeito de falar era muito dramático, afetado e propositalmente antiquado — repleto de "Oh!" e "Ah!" —, mas era menos desagradável do que poderia parecer: era a um só tempo artificial e sincero, e parecia menos uma pretensão e mais um reflexo de certa sensibilidade artística, uma insinuação de vivacidade e bom humor, como se Edward estivesse determinado a não ser muito sério, como se a *seriedade*, aquela com que a maioria das pessoas encarava o mundo, fosse a afetação, e não o entusiasmo.

"Não parece estar aqui, sr. Bingham", Edward declarou por fim, levantando-se e olhando diretamente para David com uma expressão, um quase sorriso, que David não conseguiu interpretar: seria uma expressão galanteadora, ou até sedutora, ou uma confirmação dos papéis de cada um naquela pantomima? Ou seria (o que era mais provável), no fundo, uma provocação, talvez até uma zombaria? Com quantos homens com planos e afetações absurdos Edward Bishop havia precisado lidar em seus poucos anos de vida? Qual era o tamanho da lista à qual David agora deveria adicionar seu nome?

Ele teria preferido encerrar essa encenação, mas não sabia ao certo como fazê-lo: fora o autor dela, mas percebeu tarde demais que não havia imaginado uma conclusão antes de começar. "Você foi muito gentil em procurar meu caderno", disse, constrangido, olhando em direção à porta. "Mas estou certo de que o guardei no lugar errado lá em casa. Eu não deveria ter vindo até aqui… Não vou mais perturbá-lo." *Nunca*, prometeu a si mesmo. *Nunca mais vou perturbá-lo*. Mas ele permaneceu onde estava.

Houve um silêncio e, quando Edward voltou a falar, sua voz estava diferente, menos excessiva, menos tudo. "Imagine", ele disse, e depois de mais uma pausa: "Está muito frio nesta sala, não está?". (Estava. A governanta deixava que o edifício ficasse um gelo durante o horário escolar, afirmando que isso aguçava a concentração dos alunos e os tornava mais determinados. As crianças tinham se acostumado com isso, mas os adultos nunca foram capazes: todos os professores e membros da administração viviam cobertos de camadas de casacos e xales. David visitara a escola durante a noite uma só vez, e ficara surpreso ao ver o lugar aquecido, quase aconchegante.)

"Sempre está", respondeu, ainda melancólico.

"Eu pensei em me aquecer com uma xícara de café", Edward disse, e porque David não reagiu, mais uma vez em dúvida sobre como interpretar essa afirmação, sugeriu: "Tem um café na esquina, gostaria de me acompanhar?".

David concordou antes mesmo de saber que estava concordando, antes de ter a chance de argumentar, antes de conseguir analisar o que esse convite poderia de fato significar, e de repente, para sua surpresa, Edward estava fechando seu paletó e os dois estavam saindo da escola e andando rumo ao leste e, depois, ao sul, na Hudson Street. Eles não conversaram, embora Edward cantarolasse alguma coisa no caminho, mais uma canção popular, e por um instante David duvidou de si mesmo: era possível que Edward fosse superficial e apenas um rostinho bonito? Até então ele supunha que havia uma pessoa séria debaixo daqueles sorrisos e gestos, daqueles dentes brancos e perfeitos, mas e se não houvesse? E se ele fosse apenas um desmiolado, um homem que só buscava o prazer?

Mas então ele pensou: e daí se ele for? Era um café, não uma proposta de casamento, e, convencendo-se disso, pensou então em Charles Griffith, de quem não tivera notícias desde o último encontro, antes do Natal, e sentiu o pescoço ficar quente, mesmo naquele frio.

O café, quando chegaram, era menos um café e mais uma espécie de casa de chá, um lugar apertado, de piso rústico, com mesas de madeira caindo aos pedaços e bancos sem encosto. A parte da frente era uma loja, e eles precisaram passar com dificuldade por entre os clientes aglomerados que examinavam barris que continham uma variedade de grãos de café e flores de camomila e folhas de hortelã secas, que os dois funcionários chineses do estabelecimento colocavam em sacos de papel e pesavam numa balança de latão, somando os números num ábaco de madeira cujo clique-claque constante e rítmico conferia ao lugar uma música percussiva própria. Apesar disso, ou talvez por causa disso, a atmosfera era jovial e descontraída, e os dois homens encontraram um lugar para se sentar próximo da lareira, que lançava pelo ar brasas crepitantes que pareciam fogos de artifício.

"Dois cafés", Edward disse à garçonete, uma garota oriental rechonchuda, que assentiu e saiu andando.

Por um momento, os dois permaneceram sentados, se entreolhando, um de cada lado da pequena mesa, e então Edward sorriu, e David retribuiu o sorriso, e os dois sorriram ao ver cada um sorrindo para o outro, e então ambos começaram, ao mesmo tempo, a rir. E então Edward se debruçou para chegar mais perto, como se para proporcionar uma espécie de intimidade, mas, antes que pudesse falar, um grande grupo de homens e mulheres jovens — estudantes universitários, pela aparência e pela forma como falavam — chegou, instalando-se numa mesa próxima à deles sem sequer interromper o debate acalorado no qual se encontravam, um tema que era considerado do interesse de homens e de mulheres daquela idade havia décadas, desde antes da Guerra da Rebelião: "Só estou dizendo que nosso país não pode se dizer livre se não pudermos receber os Negros como cidadãos plenos", uma moça bonita, de traços marcantes, ia dizendo.

"Mas eles *são* bem-vindos aqui", contra-argumentou um rapaz que estava sentado do outro lado da mesa.

"São, mas só se estiverem de passagem a caminho do Canadá ou do Oeste. Não queremos que eles fiquem, e quando falamos que abrimos nossas fronteiras para qualquer pessoa que venha das Colônias, não nos referimos a eles, e ainda assim eles sofrem mais perseguição do que aqueles a quem oferecemos abrigo! Nós nos consideramos tão melhores que a América e as Colônias, mas não somos!"

"Mas os Negros não são pessoas como nós."

"São, sim! Eu conheci Negros que são *iguaizinhos* a nós! Bem, não eu, mas meu tio, quando estava viajando pelas Colônias…"

Parte do grupo reagiu a esse comentário com deboche, e em seguida um dos rapazes disse, com seu sotaque arrastado e um tom arrogante: "A Anna quer convencer a gente que até os *peles-vermelhas* são iguais a nós, e que não deveríamos ter acabado com eles, e sim deixado que fizessem a selvageria deles".

"Existiam índios iguais a nós, *sim*, Ethan! Isso foi *documentado*!"

A mesa inteira reagiu a essa resposta com uma gritaria, e, em meio ao tumulto que fizeram, o clique-claque do ábaco, agora mais alto do que nunca, e o calor da lareira em suas costas, David começou a ficar zonzo. Deve ter sido perceptível, porque Edward mais uma vez se debruçou sobre a mesa e lhe perguntou, quase gritando, se ele queria ir a outro lugar, e David disse que sim.

Edward foi procurar a garçonete para avisar que não queriam mais os cafés, e os dois abriram caminho para passar pela mesa dos estudantes e pelos clientes que esperavam seus sacos de chá, então voltaram para a rua, que pareceu, apesar de todo o burburinho e o movimento, um alívio, espaçosa e calma.

"Às vezes fica muito barulhento lá dentro", disse Edward, "sobretudo no fim da tarde. Eu deveria ter me lembrado disso. Mas em geral é agradável."

"Não duvido", ele murmurou educadamente. "Há algum outro lugar a que possamos ir?" Pois, embora estivesse lecionando na escola havia seis meses, aquela não era uma vizinhança pela qual costumava se aventurar — suas incursões eram breves e objetivas, e ele se sentia muito velho para frequentar os pubs e as cafeterias baratas que tornavam aquela região tão atraente aos estudantes.

"Bem", disse Edward depois de um momento de silêncio, "poderíamos ir ao meu apartamento, se essa ideia não o repelisse... Fica muito próximo daqui."

Essa oferta o surpreendeu, mas também o satisfez — não era esse, afinal, o tipo de comportamento que o fizera se interessar por Edward desde o início? Uma promessa de descontração, um vibrante desdém pelas convenções, um desinteresse pelos velhos comportamentos e pelas formalidades? Ele era moderno, e em sua companhia David também se sentia moderno, tanto que aceitou o convite na mesma hora, incentivado pela irreverência do novo amigo, e Edward, balançando a cabeça como se esperasse essa resposta (ainda que David estivesse momentaneamente atordoado pela própria ousadia), levou-o primeiro em direção norte e, depois, oeste, pela Bethune Street. Havia casas bonitas nessa rua, recém-construídos sobrados de tijolinhos em cujas janelas se via velas tremeluzindo — eram cinco da tarde, porém a noite já começava a envolvê-los —, mas Edward passou por elas até chegar a uma estrutura grande e precária perto do rio, que um dia havia sido luxuosa, uma mansão como aquela em que o avô de David tinha sido criado, embora malcuidada, com uma porta de madeira estufada que Edward precisou forçar várias vezes para abrir.

"Cuidado com o segundo degrau, tem uma pedra faltando", ele alertou antes de se virar para David. "Não é Washington Square, isso eu garanto, mas é onde moro." Essa frase era um pedido de desculpas, mas seu sorriso — aquele feixe de luz! — a transformou em outra coisa: não exatamente uma ostentação, mas uma afirmação de rebeldia.

"Como você sabia que eu moro em Washington Square?", ele perguntou.

"Todo mundo sabe", Edward respondeu, mas de um jeito que insinuava que morar em Washington Square era uma conquista de David, algo por que ele merecia ganhar os parabéns.

Uma vez lá dentro (depois de tomar o cuidado de evitar o segundo degrau problemático), David pôde ver que a mansão havia sido transformada numa pensão; à esquerda, onde seria a sala de estar, ficava uma espécie de refeitório, com meia dúzia de mesas de diferentes estilos e uma dúzia de cadeiras, também de diferentes modelos. Bastou um olhar para que percebesse que a mobília era de má qualidade, mas em seguida notou, num canto, uma escrivaninha muito bonita da virada do século, parecida com a que seu avô tinha em sua sala de estar, e foi vê-la de perto. A madeira aparentava não ter sido lustrada havia meses, com o acabamento destruído por algum óleo de má qualidade; a superfície do móvel, quando ele a tocou, estava grudenta, e quando afastou a mão seus dedos estavam cobertos de poeira. Mas um dia aquela havia sido uma bela peça, e, antes que pudesse perguntar, Edward, atrás dele, disse: "A proprietária deste lugar um dia foi rica, ou foi o que me disseram. Não rica como os Bingham, é claro" — lá estava, mais uma vez, uma menção à sua família e à sua fortuna —, "mas tinha dinheiro".

"E o que houve?"

"Um marido dado aos jogos de azar, que depois fugiu com a irmã dela. Pelo menos foi o que eu soube. Ela mora no último andar, e raramente a vejo… É bastante idosa. Hoje em dia sua prima distante administra o lugar."

"Qual é o nome dela?", David perguntou. Se a proprietária de fato havia sido rica, seu avô a conheceria.

"Larsson. Florence Larsson. Venha, meu quarto é por aqui."

O carpete da escadaria estava desgastado em alguns pontos e completamente destruído pelo uso em outros, e, à medida que subiam os lances de escada, Edward explicou quantos pensionistas estavam hospedados ali (doze, contando com ele) e há quanto tempo ele vivia ali (um ano). Ele não pareceu nem um pouco envergonhado de seu entorno, da pobreza ou do mau estado de conservação (infiltrações tinham descolorido o papel de parede de florezinhas, transformando-o numa estampa acidental que consistia em grandes e irregulares nódoas amarelas), nem sequer de estar morando numa pensão. Muitas pessoas moravam em pensões, é claro, mas David nunca havia visto uma, e muito menos tinha entrado nesse tipo de edifício, e olhava ao redor com curiosidade e alguma medida de inquietação. Como as pessoas viviam nesta cidade! De acordo com Eliza, que no trabalho voluntário que fazia ajudava refugiados das Colônias e imigrantes da Europa a se restabelecer e encontrar moradia, as condições da maior parte dos novos moradores eram deploráveis; ela lhes contara sobre famílias de dez membros amontoadas num só cômodo, sobre janelas que não eram calafetadas mesmo nos dias mais frios, sobre crianças que se queimavam porque chegavam perto demais de uma lareira sem grade, na tentativa de se aquecer; sobre telhados que derramavam água da chuva nos ambientes privativos. Eles ouviam essas histórias e balançavam a cabeça, e o avô estalava a língua, e depois a conversa tomava outros rumos — os estudos de Eden, quem sabe, ou uma exposição de pinturas que Peter tinha visto recentemente —, e as casas deploráveis de Eliza logo desvaneciam de suas memórias. Mas aqui estava ele, David Bingham, numa casa em que nenhum de seus irmãos se atreveria a entrar. Ele se viu consciente de estar vivendo uma aventura, e logo depois envergonhado de sua soberba, pois, na verdade, ser um visitante não exigia coragem alguma.

No patamar do terceiro andar, Edward virou à direita e David o seguiu a um quarto no final do corredor. Tudo estava em silêncio, mas, quando destrancou a porta de seu quarto, Edward levou um dedo aos lábios e apontou para a porta ao lado: "Ele deve estar dormindo".

"Tão cedo?", David respondeu, também sussurrando. (Ou será que era tarde?)

"Ele trabalha à noite. É estivador. Só sai de casa depois das sete, mais ou menos."

"Ah", disse, e mais uma vez se surpreendeu por saber tão pouco sobre o mundo.

Eles entraram no quarto, e Edward fechou a porta sem fazer barulho. Estava tão escuro que David não conseguiu enxergar nada, mas pôde sentir um cheiro de fumaça e um leve odor de sebo. Edward avisou que acenderia algumas velas, e, a cada sibilo do fósforo, o quarto clareou, ganhando formas e cores. "Eu mantenho as cortinas fechadas… assim fica mais quente", Edward disse, mas nesse momento ele as abriu e o espaço enfim se revelou.

Era menor que o escritório de David em Washington Square, e em um canto havia uma cama estreita, sobre a qual um cobertor de lã de má qualidade havia sido colocado e alisado com capricho. Aos pés da cama havia um baú com tiras de couro descascadas, e à direita, um guarda-roupa de madeira embutido na parede. Do outro lado do quarto havia uma mesa pequena e humilde, sobre a qual se via um antiquado lampião a óleo, um maço de papéis e um mata-borrão, e ao redor da mesa havia pilhas de livros, todos muito desgastados. Também havia um banco, claramente barato, como o resto da mobília. No canto em frente à cama havia uma lareira de tijolos de tamanho considerável, e pendurada em um gancho de ferro havia uma panela preta, pesada e antiquada, do tipo que ele se lembrava de ter visto na infância, quando ficava no pátio dos fundos da casa da família no norte da ilha e observava as criadas mexendo suas roupas sujas em grandes caldeirões de água fervente. De ambos os lados da lareira havia grandes janelas, contra as quais os galhos nus dos amieiros desenhavam sombras desordenadas.

Para David, aquele era um lugar extraordinário, como algo que vira numa notícia de jornal, e mais uma vez ele se admirou por estar ali, e por sua presença no quarto ser ainda mais notável do que o fato de estar acompanhado da pessoa à qual o quarto pertencia.

Então ele se lembrou dos bons modos e voltou os olhos para Edward, que estava em pé no centro do espaço, com os dedos entrelaçados diante dele, no que David reconhecia, desde já, como uma demonstração atípica de vulnerabilidade, e, pela primeira vez naquele breve relacionamento, notou uma espécie de insegurança no rosto do outro homem, algo que ele ainda não havia visto, e entender isso fez com que se sentisse a um só tempo mais sensível e corajoso, de forma que, quando Edward enfim disse "Devo preparar um chá para nós?", ele foi capaz de dar um passo adiante — um só passo, mas o espaço era tão pequeno que aquele gesto o colocou a poucos centímetros de Edward Bishop, tão perto que ele pôde ver cada um de seus cílios, todos tão pretos e úmidos quanto uma pincelada de tinta.

"Por favor", ele disse, com uma voz especialmente delicada, como se qualquer som mais alto pudesse fazer Edward cair em si e ir embora. "Eu adoraria um chá."

Então Edward foi buscar a água e, depois que ele saiu, David se viu livre para examinar o quarto e seu conteúdo com mais atenção e cuidado e perceber que a serenidade com que aceitara que aquele era o lar de Edward na verdade não se tratava de serenidade, mas sim de perplexidade. Ele era, conforme David pôde então reconhecer, pobre.

Mas o que ele tinha esperado? Que Edward fosse alguém como ele, é claro, um homem bem-criado e de boa formação que estivesse lecionando na escola por caridade, e não — como ele agora era obrigado a cogitar, ou talvez a dar como certo — por dinheiro. Ele havia notado a beleza de seu rosto, o corte de suas roupas, e disso intuíra uma semelhança, uma proximidade, onde não havia nada disso. Mas nesse momento ele se sentou no baú aos pés da cama e olhou para o paletó de Edward, que deixara ali antes de sair do quarto: sim, a lã e a modelagem eram de boa qualidade, mas a lapela (quando a virou para examiná-la mais de perto) era um pouco larga demais para os padrões da época, e os ombros, graças ao desgaste, haviam ganhado um brilho acetinado, e um pedaço da carcela havia sido cerzido com fileiras de pontos minúsculos, e havia uma prega na manga, no lugar em que uma bainha tinha sido solta. Ele se arrepiou um pouco, tanto pelo seu equívoco quanto pelo que reconhecia ser um de seus defeitos: Edward não havia tentado enganá-lo, fora David quem decidira que Edward era de um jeito e ignorara qualquer evidência do contrário. Ele tinha procurado sinais de si mesmo e de outros de seu mundo, então quando os achou, ou algo que se assemelhasse a eles, simplesmente deixou de procurar, deixou de ver. "Um cidadão do mundo", seu avô o cumprimentara no dia seguinte ao seu retorno de viagem de um ano pela Europa, e David acreditara nele, até concordara com ele. Mas será que era mesmo um cidadão do mundo? Ou era apenas um cidadão de um mundo criado pelos Bingham, um mundo rico e diverso, mas, como ele sabia, muitíssimo incompleto? Aqui estava ele, num quarto em uma casa que ficava a menos de quinze minutos de charrete de Washington Square, mas que lhe parecia mais estrangeiro do que Londres, do que Paris, do que Roma; ele poderia estar em Pequim, ou na Lua, tamanho o estranhamento que aquele ambiente lhe despertava. E também havia algo de pior nele — uma espécie de incredulidade que era sinal de uma inocência não apenas desfavorável, mas também perigosa: mesmo quando entrara na casa, ele insistira na ideia de que Edward morava ali por alguma espécie de galhofa, porque fingia ser pobre.

Essa consciência, junto do frio que tomava conta do quarto, um frio que parecia quase molhado, de tão difuso e insistente, fez com que ele percebesse que era absurdo estar ali, então se levantou, voltando a abotoar seu paletó, que nem chegara a tirar, e estava prestes a ir embora, se preparando para cruzar com Edward Bishop nas escadas, pedir licença e se desculpar, quando seu anfitrião retornou, carregando uma panela de cobre cheia até a boca. "Afaste-se, por favor, sr. Bingham", ele disse, simulando uma formalidade exagerada, tendo recuperado sua confiança de outrora, e derramou a água na chaleira antes de se ajoelhar para acender o fogo, as chamas ganhando vida de imediato, como se ele as tivesse invocado. David ficou ali o tempo inteiro, sem ação, e quando Edward se virou para encará-lo de novo, ele se sentou na cama, resignado.

"Ah, eu não deveria me sentar na cama, quanta presunção!", disse, voltando a se levantar na mesma hora.

Então Edward sorriu. "Não tem outro lugar para se sentar", ele disse, simplesmente. "Por favor." Então David se sentou de novo.

O fogo fez o cômodo parecer mais amigável, menos gélido, e as janelas ficaram opacas com o vapor, e quando Edward enfim serviu seu chá — "Não é bem chá, infelizmente; são só flores de camomila secas" —, David estava se sentindo menos incomodado, e por um instante houve um silêncio cordial, e os dois beberam.

"Tenho biscoitos, quer?"

"Não, obrigado."

Os dois beberam pequenos goles de chá. "Deveríamos voltar ao café um dia… mais cedo, talvez."

"Sim, seria ótimo."

Por um momento, pareceu que nenhum dos dois sabia o que dizer. "E *você*, acha que devemos deixar os Negros entrarem?", perguntou Edward, em tom provocativo, e David, retribuindo o sorriso, balançou a cabeça. "Eu me compadeço dos Negros, é claro", respondeu com convicção, repetindo a opinião de seu avô, "mas é melhor que encontrem seus próprios lugares para viver… no Oeste, quem sabe?" Não era, segundo seu avô, que fosse impossível educar os Negros — na verdade se tratava do contrário, e o problema era esse, pois, uma vez que um Negro se instruísse, quem garantiria que ele não iria querer gozar das oportunidades dos Estados Livres ele mesmo? Ele pensou em como seu avô só se referia a esse tema como "a questão dos Negros", nunca "o dilema dos Negros" ou "o problema dos Negros", pois "se chamarmos assim, isso se torna um problema que cabe a nós resolver". "A questão dos Negros é a perversão que reside no coração da América", ele costumava dizer. "Mas nós não somos a América, e a perversão não é nossa." A respeito desse assunto, assim como de muitos outros, David confiava no discernimento de seu avô, e a possibilidade de ter outra opinião nunca lhe passara pela cabeça.

Outro silêncio, interrompido apenas pelo som das xícaras de porcelana batendo nos dentes de ambos, e Edward sorriu para ele. "Minhas condições de vida o deixaram chocado."

"Não", ele disse, "não chocado", embora estivesse. Ele estava tão atordoado, aliás, que suas habilidades sociais e seus bons modos tinham desaparecido. Em seus tempos de aluno tímido, que tinha dificuldade para fazer amigos e muitas vezes era ignorado pelos colegas de classe, seu avô certa vez lhe dissera que, se quisesse parecer interessante, bastava fazer perguntas às outras pessoas. "O que as pessoas mais gostam é de falar de si mesmas", seu avô dissera. "E se um dia você se vir numa situação de insegurança em relação ao seu lugar ou reputação — embora isso não deva acontecer: você é um Bingham, não se esqueça, e a melhor criança que eu conheço —, tudo o que você precisa fazer é perguntar à outra pessoa algo sobre ele ou ela, e essa pessoa passará o resto da vida convencida de que você é o indivíduo mais fascinante que ela já conheceu." Isso era um exagero, naturalmente, mas seu avô não estivera de todo errado, e esse conselho, quando colocado em prática, se não havia lhe conferido outra posição entre seus pares, sem dúvida o livrara do que prometia ser uma vida de infâmia, e ele lançara mão disso em incontáveis ocasiões desde então.

Até mesmo nesse momento ele estava consciente de que, dentre os dois, Edward era de longe a figura mais misteriosa, mais interessante. Ele era David Bingham, e todos sabiam tudo a seu respeito. Como seria viver como uma pessoa anônima, alguém cujo nome não significava nada, que era capaz de passar pela vida como uma sombra, que era capaz de cantar uma cançoneta de cabaré numa sala de aula sem que na mesma hora esse boato se espalhasse por todo o grupo social, viver num quarto gélido numa pensão, com um vizinho que se levantava quando os outros se recolhiam em suas salas de estar para beber e conversar, ser alguém que não devia nada a ninguém? Ele não era romântico a ponto de desejar isso, necessariamente; não lhe agradaria muito viver naquela celinha fria tão perto do rio, ter de buscar água toda vez que quisesse beber alguma coisa, em vez de dar um simples puxão numa torneira — ele nem sequer acreditava que seria capaz disso. Mas ser tão conhecido era trocar aventura por certeza, e consequentemente ser condenado a uma vida sem surpresas. Até mesmo na Europa ele ficara sob os cuidados de vários conhecidos de seu avô: ele nunca trilhava seu próprio caminho, pois sempre havia alguém para fazê-lo, destruindo obstáculos que ele nunca saberia que tinham existido. Ele era livre, mas ao mesmo tempo não era.

Então foi com interesse genuíno que ele começou a fazer perguntas sobre Edward, sobre quem ele era e por que levava a vida que levava, e enquanto o outro falava, com toda a naturalidade e fluência, como se tivesse esperado por anos que David surgisse em sua vida e lhe fizesse aquelas perguntas, David tomou consciência, embora estivesse prestando atenção à história de Edward, de uma nova e desagradável soberba que havia nele — a consciência de que ele estava aqui, nesse lugar improvável, e que estava conversando com um homem estranho, belo e improvável, e que, embora percebesse que, para lá da janela enevoada, o céu ia escurecendo e, portanto, seu avô deveria estar se sentando para jantar e se perguntando onde ele estava, ele não fez nenhum esforço para pedir licença, nenhum esforço para partir. Era como se estivesse enfeitiçado e, sabendo disso, tentasse não se opor, e sim se render, abandonar o mundo que julgava conhecer em troca de outro mundo, e tudo porque ele queria a chance de não ser a pessoa que era, e de ser a pessoa que sonhava ser.

VI.

Ao longo das semanas seguintes, ele viu Edward mais uma vez, de início, depois duas, depois três, depois quatro vezes. Os dois se encontravam após as aulas de um ou de outro. No segundo encontro, preferiram se ater ao pretexto de tomar café primeiro, mas depois passaram a ir direto para o quarto de Edward, e lá ficavam até o mais tardar que David ousasse antes de precisar voltar para sua charrete, que o esperava na frente da escola, e correr para casa antes que seu avô se apresentasse para o jantar — ele não parecera chateado, e sim curioso, quando David chegara muito tarde depois do primeiro encontro, e, embora David tivesse se esquivado de suas perguntas na ocasião, ele sabia que logo se tornariam mais insistentes se houvesse um segundo atraso, e não sabia como respondê-las.

Ele de fato estava em dúvida em relação a como poderia descrever, caso fosse obrigado, sua amizade com Edward. À noite, depois que ele e o avô conversavam e bebiam no escritório — "Está mesmo tudo bem com você?", seu avô perguntou depois do terceiro encontro secreto de David. "Você parece mais... distraído do que o normal" —, ele se recolhia em seu próprio escritório e registrava em seu diário o que aprendera com Edward naquele dia, depois se sentava e relia tudo como fosse um daqueles romances de mistério de que Peter gostava, e não coisas que ele de fato ouvira em primeira mão.

Edward tinha vinte e três anos, cinco a menos que David, e havia frequentado por dois anos um conservatório em Worcester, Massachusetts. Mas, embora tivesse ganhado uma bolsa de estudos, ele não tinha dinheiro para se graduar, por isso, quatro anos antes, havia se mudado para Nova York para procurar emprego.

"O que você fez?", David lhe perguntara.

"Ah, um pouco de tudo", havia sido a resposta, e eis que isso não era mentira, ou pelo menos não de todo: por breves períodos, Edward havia sido assistente de cozinheiro ("Pavoroso. Mal consigo ferver uma panela de água, como você mesmo pôde ver"), babá ("Terrível. Eu negligenciava a educação das crianças e as deixava comer doces o dia inteiro"), aprendiz de carvoeiro ("Não sei por que cargas d'água eu imaginei que seria a pessoa adequada para esse tipo de trabalho") e modelo-vivo ("Muito mais tedioso do que parece. A pessoa precisa ficar empoleirada numa posição insuportável, sentindo dor e frio, enquanto uma turma de viúvas afetadas que se comportam feito mocinhas e velhos tarados tenta desenhá-lo"). Mas por fim (por vias para as quais ainda não havia explicação) ele encontrara um emprego como pianista numa pequena casa noturna.

("Uma casa noturna!", David não conseguiu se conter e exclamou.

"Sim, sim, uma casa noturna! Onde mais eu teria aprendido todas aquelas músicas inapropriadas que tanto desagradam os ouvidos dos Bingham?" Mas essa resposta foi dita em tom de brincadeira, e eles sorriram um para o outro.)

Enquanto estava na casa noturna, ele havia recebido um convite para lecionar no instituto (para isso também não houve explicação, e David cultivou uma breve e satisfatória fantasia na qual a governanta entrava andando a passos firmes num salão escuro, agarrava Edward pelo pescoço, o empurrava pela escadaria até chegar à rua e, depois, o levava para a escola); ultimamente, ele vinha tentando complementar a renda com aulas particulares, embora soubesse que conseguir esse tipo de trabalho seria difícil, se não impossível.

("Mas você *é* qualificado para esse trabalho", David protestara.

"Mas há muitos outros mais qualificados e com um histórico melhor que o meu. Por exemplo… você tem sobrinhas e sobrinhos, não tem? Seu irmão ou irmã contrataria alguém como eu? Ou contrataria professores treinados no Conservatório Nacional, ou músicos profissionais, para ensinar seus filhos amados? Vamos, seja sincero... Ah, não, não se sinta mal, não precisa se desculpar; eu sei que essa é a verdade e que é assim que as coisas são. Um jovem pobre e desconhecido que não tem diploma nem num seminário de última categoria não é nem nunca será alguém muito procurado.")

Edward gostava de lecionar. Seus amigos (ele não ofereceu mais informações sobre eles) zombavam dele por esse emprego tão modesto, em todos os sentidos, mas ele tinha carinho por aquele ofício e pelas próprias crianças. "Elas me lembram do que eu era", ele disse, embora mais uma vez não tivesse explicado em que aspecto. Ele, como David, sabia que seus pupilos jamais poderiam se tornar músicos, e talvez não pudessem nem se dar ao luxo de assistir a uma apresentação musical, mas ele pensava que pelo menos podia levar algum encanto, alguma alegria às suas vidas, algo que pudessem levar consigo, uma fonte de prazer a que sempre pudessem recorrer sem precisar de ninguém.

"Eu me sinto exatamente assim!", David exclamou, entusiasmado pelo fato de alguém compartilhar de sua opinião a respeito da educação das crianças. "Elas podem até não conseguir tocar nada, e é provável que nenhuma delas consiga, mas isso lhes dará certo refinamento de espírito, não é? E quem disse que isso não vale a pena?"

Nesse momento, alguma coisa, uma névoa, atravessou muito rapidamente o rosto de Edward e, por um instante, David se perguntou se havia dito algo que o tinha ofendido. Mas "Você tem toda a razão" foi o que seu novo amigo se limitou a dizer, e em seguida a conversa tomou outro rumo.

Tudo isso David havia registrado, junto dos detalhes que Edward lhe contara sobre seus vizinhos, que também lhe tinham despertado riso e assombro: um velho solteirão que nunca saía de seu quarto, mas que Edward tinha visto enfiando os sapatos no balde de um engraxate que ficava na calçada lá embaixo; o estivador, cujos roncos eles às vezes ouviam ronronando por entre as paredes finas; o menino do quarto acima do dele, que Edward supunha passar seus dias ministrando aulas de dança para senhorinhas, como comprovavam os ruídos de seus sapatos trotando pelo assoalho de madeira. David tinha consciência de que Edward o achava ingênuo, e também de seu imenso prazer em surpreendê-lo, em tentar, muitas vezes, chocá-lo. E ele ficava feliz em colaborar: era *mesmo* ingênuo. Ele *de fato* gostava de se sentir aturdido. Na presença de Edward ele se sentia a um só tempo mais velho e mais jovem, e leve, também — estava ganhando a oportunidade de reviver sua juventude, de enfim experimentar aquele descontrole que as pessoas mais jovens sentiam, com a diferença de que agora tinha idade suficiente para saber seu valor. Edward tinha começado a chamá-lo de "meu inocente", e, embora pudesse ter se sentido subestimado por essa demonstração de afeto — pois era *exatamente* isso que parecia, não era? —, ele não se sentiu. Para Edward, ele não era ignorante, no fim das contas, mas sim inocente, uma coisa delicada e preciosa, uma coisa que deveria ser estimada e protegida de tudo o que existia para lá das paredes da pensão.

Mas algo que Edward lhe dissera em seu terceiro encontro, desde então, passara a ocupar muito de seu tempo e muitos de seus pensamentos. Eles haviam tido relações íntimas pela primeira vez naquele dia, quando Edward se levantara no meio de uma frase (ele vinha falando de um amigo que trabalhava como professor de matemática para uma suposta família rica da qual David nunca ouvira falar) e fechara as cortinas, juntando-se a ele na cama sem fazer rodeios, e, embora não fosse sua primeira relação sexual — ele, como qualquer outro homem da cidade, rico ou pobre, de quando em quando subia numa charrete e ia até a ponta leste da Gansevoort Street, alguns quarteirões ao norte da pensão, onde homens como ele se dirigiam às casas do lado sul, e homens que procuravam mulheres, às do lado norte, e aqueles que procuravam algo totalmente diverso iam ao lado oeste da rua, onde havia alguns salões que atendiam a desejos mais específicos, inclusive uma só casa muito ajeitada que recebia apenas clientes do sexo feminino —, aquilo pareceu extraordinário, como se ele estivesse reaprendendo a andar, ou a comer, ou a respirar: uma sensação física que ele até então aceitava como um sentimento, mas que se revelava algo completamente diferente.

Depois, eles ficaram deitados juntos, e a cama de Edward era tão estreita que ambos se viram obrigados a deitar de lado, ou David teria caído da cama. Eles também riram disso.

"Sabe", ele havia começado a falar, tirando o braço de debaixo do cobertor de lã, cuja aspereza lhe parecia quase insuportável, como se alguém o cobrisse com uma trama feita de urtigas — precisarei lhe arranjar outro cobertor, ele pensou —, e pousando-o sobre a pele macia de Edward, sob a qual ele conseguia sentir as saliências de sua caixa torácica, "você me contou tantas coisas sobre você, mas ainda não me contou de onde é, nem quem é sua família." Essa discrição o intrigara no início, mas agora ele a achava ligeiramente preocupante — temia que Edward tivesse vergonha de suas origens, que pensasse que David as reprovaria. Mas ele não era esse tipo de pessoa: Edward não tinha nada a temer. "De onde você é?", ele perguntou, rompendo o silêncio de Edward. "Não de Nova York", ele continuou. "Connecticut? Massachusetts?"

Enfim Edward falou. "Das Colônias", respondeu, em voz baixa, e diante dessa resposta David ficou sem palavras.

Ele nunca conhecera alguém que tivesse vindo das Colônias. Sem dúvida havia visto essas pessoas, no entanto: todos os anos, Eliza e Eden realizavam um salão em sua casa para angariar doações para os refugiados, e sempre havia um foragido, em geral recém-chegado, para fazer um relato trêmulo de sua experiência com a voz adorável e melosa que os Colonos tinham. Com o passar do tempo, eles começaram a vir não por motivos religiosos, nem para fugir da perseguição, mas porque, nas décadas desde sua derrota (embora seus cidadãos nunca usassem esse termo) na Guerra da Rebelião, as Colônias tinham se tornado cada vez mais miseráveis — não que não houvesse exceções, mas nunca mais teriam o tipo de riqueza que uma vez haviam tido, muito menos a riqueza que os Estados Livres haviam acumulado nos cerca de cem anos desde sua fundação. Mas não eram esses migrantes que sua irmã e a esposa recebiam, e sim rebeldes, aqueles que vinham para o norte porque permanecer onde haviam nascido e se criado seria brincar com o perigo, porque queriam viver em liberdade. A guerra havia terminado, mas a luta permanecia; para muitos as Colônias continuavam sendo um lugar terrível, repleto de conflitos e de invasões no meio da noite.

Então era verdade que ele não desconhecia a situação caótica das Colônias. Mas *essa* era uma questão completamente diversa: *essa* era uma pessoa de quem ele estava se tornando próximo, com quem havia conversado e rido, e em cujos braços agora repousava, ambos nus.

"Mas você não fala como alguém que veio das Colônias", ele disse por fim, e, para seu alívio, Edward reagiu a isso com uma risada.

"Não, não falo… Mas eu moro aqui há muitos anos", ele disse.

Devagar no início e, depois, de um só golpe, sua história veio à tona. Ele chegara aos Estados Livres, à Filadélfia, na infância. A família havia vivido por quatro gerações na Georgia, perto de Savannah, onde seu pai tinha sido professor numa escola só para meninos. Com quase sete anos, no entanto, seu pai anunciara que sairiam de viagem. Eram seis: ele, sua mãe, seu pai e suas três irmãs — duas mais velhas, a terceira mais nova.

David fez as contas. "Então isso aconteceu em 77?"

"Sim. Naquele outono."

O que se seguiu foi um típico relato de refugiado; antes da guerra, os estados do sul negavam os Estados Livres, mas não impediam que seus cidadãos circulassem pelo país. Depois da guerra, porém, e de o sul ter se separado da União, as pessoas que residissem nos Estados Livres foram proibidas de viajar para o sul, agora rebatizados de Colônias Unidas, e os Colonos, de viajar para o norte. Mas muitos Colonos viajavam mesmo assim. A viagem para o norte era longa e difícil, e na maioria das vezes feita a pé. Era considerado mais seguro fazer o deslocamento em grupo, mas esse grupo não deveria ter mais de, digamos, dez membros, nem conter mais de cinco crianças, pois elas se cansavam depressa e era menos provável que mantivessem a calma caso encontrassem uma patrulha. Ouvia-se histórias espantosas de tentativas de travessia abortadas: de crianças que eram arrancadas, aos berros, dos braços dos pais e, de acordo com os boatos que circulavam, vendidas para famílias da região para trabalhar nas fazendas; de esposas que eram separadas de seus maridos e obrigadas a se casar com outros homens; de prisões; de mortes. As piores histórias eram de pessoas como essas, pessoas que vinham para os Estados Livres na expectativa de viver de acordo com a lei. Não muito tempo antes, os convidados de Eliza haviam sido dois homens, recém-chegados, que estavam viajando com seus amigos, outro casal, de Virginia. Estavam a menos de um quilômetro de Maryland, de onde seguiriam até a Pensilvânia, e tinham parado para descansar à sombra de um carvalho. Ali se deitaram, abraçados uns aos outros, mas, tão logo começaram a relaxar, ouviram os primeiros tropéis, ao que se puseram de pé e começaram a correr. Mas o segundo casal era mais lento e, quando ouviu os gritos dos amigos, que tinham caído, o primeiro casal não deu meia-volta, pelo contrário, eles correram mais rápido do que jamais haviam se imaginado capazes. Atrás deles, cada vez mais perto, ouviram-se mais tropéis, e por poucos metros eles conseguiram atravessar a fronteira, e só então se viraram e viram o patrulheiro, seu rosto obscurecido pelo capuz, puxando com força as rédeas de seu cavalo e derrapando até parar o animal antes de apontar seu rifle para os dois. Os patrulheiros eram proibidos de cruzar a fronteira para capturar um fugitivo, ainda mais matar um deles, mas todo mundo sabia que bastava uma só bala para anular essa lei. O casal se virou e voltou a correr, com os relinchos do cavalo ecoando no ar pelo que pareceram quilômetros, e foi só no dia seguinte, quando estavam seguros no interior do estado, que se permitiram chorar por seus amigos, não só porque tinham planejado começar suas vidas juntos nos Estados Livres, mas também porque todo mundo sabia o que acontecia quando pessoas como eles eram capturadas: surras, queimaduras, torturas... morte. Ao contar a história no salão de Eliza e Eden, os homens tinham chorado mais uma vez, e David, como todos os outros convidados, havia ouvido tudo com fascínio e horror. Naquela noite, de volta a Washington Square, ele pensara em como tinha sido abençoado por nascer nos Estados Livres, em como nunca conhecera e nunca conheceria barbárie como a que aqueles cavalheiros haviam enfrentado.

A família de Edward tinha feito sozinha sua jornada. Seu pai não havia contratado um contrabandista — era mais provável conseguir fugir com um, se fosse de confiança (e alguns eram) —, e eles não haviam viajado com outra família, o que permitiria que um casal dormisse enquanto o outro cuidava das crianças. Saindo da Georgia, a viagem durava quase quinze dias, mas no fim da primeira semana as temperaturas tinham caído e, depois, despencado, e o estoque de comida da família estava praticamente esgotado.

"Meus pais nos acordavam muito cedo, ao raiar do dia, e eu e minhas irmãs saíamos para procurar frutos secos", Edward contou. "Não podíamos correr o risco de fazer uma fogueira, mas minha mãe usava um pilão para fazer uma pasta, e nós cobríamos biscoitos água e sal com isso e comíamos."

"Que horror", ele murmurou. David se sentiu tolo, mas não conseguiu pensar em outra coisa.

"Era mesmo. Ainda mais para a minha irmã mais nova, Belle. Ela só tinha quatro anos e não entendia que precisava ficar quieta; só sabia que tinha fome e não entendia por quê. Ela chorava sem parar, e minha mãe precisava tapar sua boca com a mão para que ela não acabasse nos entregando."

Nem seu pai, nem sua mãe tomavam café da manhã ou almoçavam. Eles guardavam os restos de comida para o jantar, e à noite todos os membros da família se deitavam juntos, agarrados uns aos outros, para se aquecer. Edward e seu pai tentavam encontrar um pequeno bosque onde pudessem dormir, ou pelo menos uma ravina, e eles se cobriam com folhas e galhos, tanto para se proteger do vento quanto para que os cães da patrulha não farejassem seu cheiro. O que era pior, Edward se lembrava de pensar, mesmo enquanto vivia aquilo: o terror ou a fome? Todos os seus dias eram marcados por ambos.

Quando por fim chegaram a Maryland, eles foram direto para um dos centros sobre o qual um amigo do pai de Edward lhe falara, onde permaneceram por alguns meses. O pai de Edward ensinava os filhos de alguns dos outros refugiados a ler e a fazer operações matemáticas; a mãe de Edward, uma costureira muito habilidosa, consertava as roupas estragadas que o centro ganhava como doação para pagar uma ninharia a seus residentes. Quando a primavera chegou, eles tinham deixado o centro e voltado a viajar — numa jornada difícil, mas menos árdua, já que agora ao menos estavam na União —, dessa vez até os Estados Livres, onde continuaram rumo ao norte até chegar a Nova York. Aqui, na cidade, o sr. Bishop depois de um tempo havia conseguido trabalho numa gráfica (havia certo preconceito, nos Estados Livres e na União, contra os padrões educacionais das pessoas que vinham das Colônias, de forma que muitos fugitivos instruídos se encontravam em circunstâncias inferiorizadas), e os seis tinham conseguido se mudar para um pequeno apartamento na Orchard Street.

Ainda assim, Edward disse (e David detectou uma nota de sinceridade, de orgulho, em sua voz), quase todos eles tinham conquistado uma vida boa. Seus pais haviam morrido, levados pela gripe de 90, mas suas duas irmãs mais velhas eram professoras em Vermont, e Belle era enfermeira e morava com seu marido, um médico, em New Hampshire, em Manchester.

"De fato, eu sou o único fracassado da família", ele disse, e soltou um suspiro dramático, embora David intuísse que Edward em certa medida acreditava que aquilo fosse verdade, e que isso o perturbava.

"Você não é um fracassado", ele disse a Edward, puxando-o mais para perto de seu corpo.

Eles passaram um tempo em silêncio, e David, com o queixo pousado sobre a cabeça escura de Edward, fez desenhos com o dedo nas costas de Edward. "Seu pai", ele disse, enfim, "ele era como nós?"

"Não, não como nós, mas, se tinha alguma objeção a gente do nosso tipo, ele nunca o disse. Não creio que tivesse."

"Era seguidor do reverendo Foxley, então?" Em segredo, muitos dos refugiados seguiam a doutrina do famoso Utopiano, um defensor do amor aberto e um dos fundadores dos Estados Livres. Era considerado um herege nas Colônias, onde a posse de seus textos era considerada ilegal.

"Não, não... Ele não era muito religioso."

"Então... se você me permite perguntar... por que ele quis vir para o norte?"

Nesse momento David sentiu Edward suspirar, o hálito quente contra o peito. "Devo ser honesto e dizer que, mesmo depois de tanto tempo, eu mesmo não sei. Tínhamos uma vida boa na Georgia, afinal. Éramos conhecidos, tínhamos amigos.

"Quando fiquei mais velho e suficientemente insolente, eu lhe perguntei por que tínhamos feito a travessia. E tudo o que ele me disse foi que queria que tivéssemos uma vida melhor. Uma vida melhor! Ele tinha deixado de ser um professor respeitado para se tornar um copiador... uma profissão bastante respeitável, é claro, mas um homem que trabalha com a mente não costuma achar que uma vida de trabalho manual possa ser melhor. Então eu nunca compreendi, não o suficiente para me dar por satisfeito... E acho que nunca compreenderei."

"Mas talvez", David disse, em voz baixa, "talvez ele tenha feito isso por você."

Edward também ficou quieto. E em seguida: "Não acho que ele fosse capaz de saber disso quando eu tinha seis anos".

"Talvez ele soubesse. Meu pai sabia, acho que sabia tudo sobre todos nós. Bem, não sobre a Eden, talvez... Ela era praticamente um bebê quando ele e minha mãe morreram. Mas eu e John, embora fôssemos tão jovens... Sim, acredito que ele sabia."

"E ele não se incomodou?"

"Não, e por que se incomodaria? O pai dele também era como nós. Não éramos estranhos a ele, nem algo de mau gosto."

Nesse momento, Edward soltou uma risada que era como uma baforada e se afastou dele, virando-se até ficar de barriga para cima. A essa altura já era noite, e o quarto havia ficado escuro — logo David teria de partir, pois não podia perder outro jantar. Mas tudo o que ele queria fazer era ficar deitado na cama dura e estreita de Edward Bishop, sentindo a terrível coceira causada pelo humilde cobertor de lã que o cobria, o calor residual do fogo baixo da lareira e a pele de Edward ao lado da sua. "Você sabe como chamam os Estados Livres nas Colônias, não sabe?", Edward perguntou, e David, embora não se importasse muito com o que as Colônias pensavam ou deixavam de pensar deles, sabia, é claro, dos apelidos cruéis e vulgares com que se referiam ao seu país, e, em vez de responder à pergunta de Edward, cobriu sua boca com a mão.

"Sei", respondeu. "Me dê um beijo." E Edward o beijou.

Ele voltou a Washington Square depois disso, vestindo-se a contragosto e enfrentando o frio, mas depois, em seu escritório, conseguiu reconhecer que aquela conversa, aquele encontro, o havia transformado. Ele tinha um segredo, e seu segredo era Edward, e não só ele, sua pele branca e lisa e seu cabelo escuro e macio, mas as experiências de Edward, o que ele vira e o que enfrentara: ele vinha de outro lugar, outra existência, e, ao compartilhar sua vida com David, tornara a vida de David mais rica, mais profunda, jubilosa e misteriosa a um só tempo.

Agora, em seu escritório, ele mais uma vez releu seu diário, prestando atenção aos detalhes que conhecia tão bem, como se tomasse conhecimento deles pela primeira vez: o primeiro sobrenome de Edward (Martins, o nome de solteira da mãe); a composição favorita de Edward (a *Suíte nº 1 para violoncelo solo em sol maior*, de Bach); o prato preferido de Edward ("Não ria! É canjica com bacon. Não, *não pode* rir! Eu sou da Georgia, afinal de contas!"). Ele devorou as páginas que havia escrito com uma avidez que não sentia fazia muitos anos, e quando enfim se retirou aos seus aposentos, sem parar de bocejar, o fez com prazer, pois sabia que logo chegaria o dia seguinte, e isso significava que ele veria Edward mais uma vez. A atração que ele sentia por Edward era eletrizante, mas igualmente eletrizante era a *intensidade* dessa atração e a velocidade com que se desenvolvera. Ele se sentia, talvez pela primeira vez em toda a sua vida, irresponsável, destemido — como se estivesse montado em um cavalo em fuga, mal conseguindo se segurar enquanto o animal galopava por uma longa planície, perdendo o ar de tanto medo e de tanto rir.

Por muitos anos — tantos anos — ele tinha se perguntado se não só havia algo de errado com ele como também algo de defeituoso. Não era que não fosse convidado para as mesmas festas que John e Eden; a questão era o que acontecia nessas festas. Isso foi na época em que os três eram mais jovens e chamados somente de irmãos Bingham, e ele era conhecido apenas como o mais velho, não como "o solteiro", "o que não se casou" ou "o que ainda mora em Washington Square": eles chegavam à festa, subindo os degraus de pedra baixos e largos de uma mansão recém-construída na Park Avenue, Eden e John à frente, de braços dados, ele andando atrás, e, ao entrar no espaço brilhante, com iluminação chamativa, ele ouvia o que lhe soava como uma aclamação, enquanto admiradores beijavam o rosto de John e Eden, maravilhados com sua chegada.

E ele? Ele também recebia todos os cumprimentos, é claro; eram pessoas de boa formação, seus conhecidos e colegas, e ele era um Bingham, de forma que ninguém se atreveria a lhe faltar com educação, não de forma explícita. Mas ele passava o resto da festa se sentindo estranhamente distante, como se flutuasse por sobre o salão, e no jantar, durante o qual se sentava não junto dos jovens promissores e atrevidos, mas sim entre os amigos e parentes de seus pais — a irmã do pai, por exemplo, ou o tio idoso da mãe —, ele sentia mais do que nunca que destoava, era inegável, e que todos em seu círculo social tinham conseguido reconhecer e julgar tudo o que ele se esforçara para esconder. Em alguns momentos, ouvia-se risadas vindas da outra ponta da mesa, e a pessoa que estava a seu lado, fosse homem ou mulher, balançava a cabeça com ar compreensivo, depois se voltava para ele e fazia um comentário sobre a frivolidade incontrolável dos jovens e sobre como era necessário permitir que se expressassem livremente. Às vezes, depois de dizer isso, a pessoa se dava conta de sua gafe e se apressava em adicionar que ele também devia ter seus momentos de farra, mas às vezes não; ele se via envelhecido antes da hora, arremessado da ilha da juventude não por sua idade, mas por seu temperamento.

Ou talvez não se tratasse de seu temperamento, e sim de algo mais. Ele nunca fora alegre ou descontraído, nem mesmo quando criança. Certa vez ele entreouvira seu avô comentando sobre seu jeito melancólico com Frances, acrescentando que, por ser o mais velho dos três, seu luto havia sido o mais intenso quando ele e os irmãos tinham perdido os pais. Mas as qualidades que costumavam acompanhar esse tipo de introspecção — certa dedicação aos estudos, certa resolução, certa erudição — não se manifestavam nele. Ele era sensível aos perigos do mundo, mas não a suas delícias e seus encantos; nem o amor, para ele, era um estado de júbilo, mas sim uma fonte de ansiedade e de medo: seu amado realmente o amava? Quando ele seria abandonado? Ele observara primeiro Eden, depois John, em seus cortejos, testemunhara os dois voltando para casa no fim da noite, as bochechas vermelhas de vinho e dança, notara a rapidez com que arrancavam as cartas da bandeja que Adams lhes estendia, rasgando os envelopes às pressas, ainda a caminho de seus quartos, os lábios já se curvando num sorriso. O fato de ele nunca ter experimentado o mesmo tipo de felicidade lhe causava tanto tristeza quanto preocupação; nos últimos tempos ele havia começado a suspeitar, com temor, que não era que ninguém fosse capaz de amá-lo, mas que ele fosse incapaz de *receber* tal amor, e isso parecia ainda pior. A intensa paixão que sentira por Edward, portanto, o despertar que sentira dentro de si, não era só um veículo para a sensação em si, mas também servia para intensificar seu alívio: não havia nada de errado com ele, afinal de contas. Não era ele quem nascera avariado; era só uma questão de encontrar a pessoa que instigaria sua plena capacidade de sentir prazer. Mas agora ele a encontrara, e enfim vivenciava aquela transformação que o amor havia empreendido em todos ao seu redor, mas de que sempre o privara.

Naquela noite ele teve um sonho: passava-se anos à frente, no futuro. Ele e Edward estavam vivendo juntos em Washington Square. Os dois estavam sentados, lado a lado, em cadeiras na sala de estar, onde agora havia um piano sob a janela com vista para a face norte do parque. A seus pés havia três crianças de cabelos escuros, uma menina e dois meninos, lendo livros ilustrados, a menina com um laço de veludo escarlate no topo dos cabelos brilhantes. Havia uma lareira acesa e galhos de pinheiro organizados sobre a cornija. Lá fora, ele sabia, nevava, e da sala de jantar vinha a fragrância de perdiz assada, e os sons do vinho sendo servidos nas taças e das louças sendo dispostas sobre a mesa.

Nessa visão, Washington Square não era uma prisão, nem algo a temer — era seu lar, o lar de todos eles, e aquela era a sua família. A casa, ele se deu conta, de fato se tornara dele — e se tornara dele também porque havia se tornado a casa de Edward.

VII.

Na quarta-feira seguinte, ele estava saindo para dar aula quando Adams correu até a porta. "Sr. David, o sr. Bingham enviou uma mensagem do banco hoje de manhã. Ele pediu que o senhor estivesse em casa hoje às cinco em ponto", ele disse.

"Obrigado, Matthew, deixe que eu cuido disso", disse ao empregado, tirando de suas mãos a caixa de frutas que levava para os alunos desenharem e voltando sua atenção ao mordomo. "Ele mencionou o motivo, Adams?"

"Não, senhor. Só pediu que o senhor estivesse presente."

"Muito bem. Diga a ele para me esperar."

"Excelente, senhor."

Apesar do tom cortês da mensagem, David sabia que não se tratava de um pedido, e sim de uma ordem. Poucas semanas antes — meras semanas! Havia se passado um mísero mês desde que ele conhecera Edward, desde que seu mundo se redesenhara? — ele teria ficado temeroso, ansioso para saber o que o avô tinha para lhe dizer (sem motivo, já que seu avô nunca o tratara com crueldade e raramente o censurara, mesmo quando era criança), mas agora ele só sentia irritação, pois aquilo significava que teria menos tempo para ficar com Edward. Depois da aula, portanto, foi direto para a casa de Edward, e pareceu que logo em seguida precisou se vestir de novo e partir, prometendo voltar logo.

Os dois se demoraram diante da porta do quarto de Edward, David de paletó e chapéu, Edward enrolado em seu cobertor áspero e repugnante.

"Nos vemos amanhã, então?", Edward perguntou, com uma ânsia tão explícita que David, pouco habituado a ser o responsável pela resposta afirmativa que determinaria a felicidade de outrem, sorriu e assentiu. "Amanhã", concordou, e enfim Edward o soltou e David desceu correndo as escadas.

Enquanto subia os degraus de sua casa, ele percebeu que o encontro com o avô o deixara nervoso como nunca acontecia, como se esse fosse seu primeiro contato depois de meses longe um do outro, e não em menos de vinte e quatro horas. Mas seu avô, já em seu escritório, limitou-se a receber o beijo de David, como sempre fazia, e os dois se sentaram com suas taças de xerez e conversaram sobre temas corriqueiros até Adams anunciar que o jantar estava servido. Foi só quando estavam descendo que ele abordou seu avô num sussurro. Mas "depois do jantar" foi a resposta.

Nada de marcante, tampouco, ocorreu no jantar, e perto do fim David se pegou experimentando um raro ressentimento em relação ao avô. Não havia nenhuma notícia, nada que seu avô devesse comunicar? Teria sido apenas uma artimanha para lembrá-lo de sua própria dependência, do fato — que ele conhecia muito bem — de que ele estava longe de ser o dono daquela casa, de que não era sequer um homem adulto, e sim alguém que apenas na teoria tinha permissão de ir e vir conforme quisesse? Ele ouviu suas respostas às perguntas do avô se tornarem breves, e precisou se segurar para não passar de taciturno a rude. Pois o que ele poderia fazer, como poderia questionar qualquer coisa? Ele não mandava naquela casa. Não mandava em si mesmo. Não era muito diferente dos criados, dos funcionários do banco, dos alunos do instituto: ele dependia de Nathaniel Bingham e sempre dependeria.

E, assim, ele já estava transbordando emoções — irritação, autocomiseração, raiva — quando enfim se acomodou em seu lugar de sempre ao lado da lareira do primeiro andar e seu avô lhe entregou uma carta grossa, muito danificada, as pontas retorcidas de umidade.

"Isto chegou hoje ao escritório", o avô disse, com um olhar inexpressivo, e David, com ar curioso, virou o envelope ao contrário e viu seu nome, com o endereço do Bingham Brothers e um carimbo postal de Massachusetts.

"Uma encomenda expressa", seu avô disse. "Pegue, leia e devolva", e David se levantou, sem palavras, e foi até seu próprio escritório, sentando-se por um instante com o envelope nas mãos antes de enfim abri-lo.

Meu querido David,
20 de janeiro de 1894

Não há outra maneira de começar esta carta senão com meu mais profundo e sincero pedido de desculpas por não ter escrito antes. Muito me entristece pensar que posso ter lhe causado mágoa ou tristeza, embora com isso eu talvez esteja tentando me vangloriar... Talvez você não tenha pensado em mim tanto quanto pensei em você nessas quase sete semanas que se passaram.

Minha intenção não é justificar meus maus modos, e sim explicar por que não entrei em contato, pois não desejo que confunda meu silêncio com falta de devoção.

Pouco depois de deixar sua companhia no início de dezembro, fui obrigado a fazer uma viagem para o norte para visitar nossos caçadores e mercadores de pele. Como imagino ter mencionado, minha família tem, há muito tempo, um acordo com uma família de caçadores do norte do Maine, e ao longo dos anos esse se tornou um aspecto importante do nosso negócio. Nessa viagem eu fui acompanhado por meu sobrinho mais velho, James, que havia abandonado a universidade na primavera anterior para se dedicar ao nosso negócio. Minha irmã, como era de imaginar, não recebeu essa notícia com grande entusiasmo, nem eu — ele teria sido o primeiro membro de nossa família a ter um diploma universitário —, mas ele é um homem feito e não tivemos escolha senão concordar. Ele é um jovem formidável, vivaz e entusiasmado, mas, como não é acostumado a navegar e tem a saúde bastante frágil, eu, meus irmãos e meus pais decidimos que ele deveria ser treinado para um dia supervisionar nosso comércio de peles.

O Norte tem estado mais frio do que o habitual este ano, e, como já mencionei, nossos caçadores vivem muito perto da fronteira canadense. Nossa visita era mais uma cerimônia do que qualquer outra coisa; eu apresentaria James aos nossos parceiros, e eles o levariam para mostrar como caçavam os animais, tiravam sua pele e a curtiam, e depois voltariam para o Cabo a tempo de celebrar o Natal. Mas não foi isso o que ocorreu.

No começo, tudo correu conforme planejado. James logo fez amizade com um dos membros da família, um jovem muito amável e inteligente chamado Percival, e foi Percival quem passou vários dias mostrando a James como seu ofício funcionava enquanto eu ficava na casa para discutir como poderíamos expandir nossa gama de produtos. Você já deve estar se perguntando por que perdemos tempo com o comércio de peles, sendo que a indústria tem estado em declínio nos últimos sessenta anos; certamente era isso que nossos parceiros pensavam. Mas é exatamente porque os britânicos agora abandonaram a região que acho que temos a oportunidade de ampliar nosso negócio vendendo não só pele de castor como, sobretudo, de vison e arminho, que são muito mais macias e de melhor qualidade, e para as quais acredito que haverá um pequeno mas significativo grupo de compradores. A família, os Delacroix, também são uma das raras famílias europeias que restaram nesse mercado, ou seja, são muito mais confiáveis e entendem muito mais a realidade e as complexidades desse negócio.

Reservamos a tarde do quinto dia de nossa visita para o lazer, e depois haveria um jantar para celebrar nossa parceria. Mais cedo, enquanto conhecíamos a propriedade dos Delacroix, havíamos passado por um laguinho muito bonito, agora congelado, e James se entusiasmara para patinar nele. Fazia um dia frio, mas calmo e de céu claro, e, como o lago ficava a poucas centenas de metros da casa principal e ele se portara muito bem até então, permiti que fosse até lá.

Ele se fora havia menos de uma hora quando, de súbito, o tempo mudou. Em questão de minutos os céus ficaram primeiro brancos, depois cor de chumbo, depois quase pretos. Em seguida começou a nevar de repente, os flocos caindo em montinhos.

Pensei em James na mesma hora, e o mesmo ocorreu a Olivier, o patriarca da família, que correu ao meu encontro enquanto eu corria para encontrá-lo. "Enviaremos Percival e os cães", ele disse. "Ele sabe fazer esse caminho no escuro, porque o conhece muito bem." Para proteger o garoto, ele amarrou uma das pontas de uma longa corda na base do corrimão da escadaria e a outra no cinto do sobrinho, que por precaução estava armado de um machado e uma faca, pedindo que retornasse o quanto antes.

E lá foi o menino, intrépido e calmo, enquanto Olivier e eu ficamos ao lado da escada, observando a corda se desenrolar e, depois de algum tempo, se retesar. A essa altura a neve estava tão volumosa que eu, em pé diante da porta, só pude ver a extensão branca. E então o vento começou a soprar, suave de início, e em seguida com tanta violência, com tanto estrondo, que me vi obrigado a voltar para dentro.

Mas a corda permaneceu retesada. Olivier puxou-a com força duas vezes, e alguns segundos depois recebemos dois puxões enérgicos em resposta. Quando isso finalmente ocorreu, o pai do menino, Marcel, irmão mais jovem de Olivier, se juntara a nós, quieto e ansioso, assim como o outro irmão dos dois, Julien, e suas respectivas esposas e seus pais idosos. Lá fora, o vento soprava tão alto que até a cabana, que parecia tão robusta, se sacudia.

E então, de repente, a corda se afrouxou. Haviam se passado cerca de vinte minutos desde que Percival nos deixara, e quando Olivier puxou a corda mais uma vez ninguém respondeu a seu sinal. São gente estoica, os Delacroix: não se pode viver naquela parte do mundo, com aquele clima (isso sem falar nos outros perigos: os lobos, os ursos e os pumas, e, é claro, os índios), e não manter a calma nas circunstâncias mais terríveis. Era verdade, porém, que todos tinham adoração por Percival, e no mesmo instante um murmúrio de nervosismo circulou pelo hall de entrada.

Houve uma conversa rápida e sussurrada sobre o que deveria ser feito. Percival levara consigo dois dos melhores cães de caça da família, portanto estaria protegido até certo ponto — os cães eram treinados para trabalhar em grupo, e era possível confiar que um ficaria com ele enquanto o outro retornasse para buscar ajuda. Isso considerando que Percival não tivesse, por exemplo, mandado que os cães encontrassem James e ficassem com ele. A essa altura a neve e o vento estavam tão intensos que parecia que a casa inteira balançava de um lado para o outro, as janelas estremecendo nos caixilhos como se alguém batesse os dentes.

Todos vínhamos cronometrando o tempo desde que ele havia partido: dez minutos. Vinte minutos. Meia hora. A nossos pés, como uma víbora morta, estava a corda.

Então, quase quarenta minutos depois da partida de Percival, ouviu-se uma pancada na porta, um baque que de início confundimos com o vento, mas que em seguida percebemos ser o barulho de uma criatura que se lançava contra a porta. Marcel, com um grito, logo abriu a pesada tranca de madeira, e ele e Julien abriram a porta e se depararam com um dos cães, que estava com a pelagem coberta de neve de tal forma que parecia ter sido assado numa crosta de sal e, agarrado às costas do animal, James. Nós o puxamos para dentro — ele ainda calçava os patins, que, como descobrimos mais tarde, provavelmente o haviam salvado, oferecendo um ponto de apoio enquanto ele subia a ladeira — e as esposas de Julien e de Olivier o embrulharam em cobertores e o carregaram para um quarto; elas vinham aquecendo água para o retorno dos meninos, e nós as escutávamos correndo de um lado para o outro com baldes cheios, e o som da água espirrando na banheira de metal. Eu e Olivier voltamos para interrogá-lo, mas o pobre garoto estava tão enregelado, tão exausto, tão histérico que não falava coisa com coisa. "Percival", ele repetia sem parar, "Percival." Seus olhos se reviravam de um jeito que o fazia parecer um louco, e admito que fiquei muito assustado. Algo acontecera, algo que aterrorizara meu sobrinho.

"James, onde ele está?", Olivier exigiu saber.

"Lago", James balbuciou, "lago." Mas não conseguimos arrancar nenhuma outra informação do rapaz.

No hall de entrada, conforme Julien depois nos contou, o cão que havia retornado estava cavando o assoalho, choramingando para que o deixassem sair. Marcel o puxou pela coleira, mas o cachorro estava desesperado, latindo e fazendo força para se soltar, e enfim, sob as ordens do pai, eles mais uma vez abriram a porta e o cão correu rumo à extensão branca.

A espera recomeçou, e depois que ajudei James a vestir uma roupa limpa, o segurei enquanto a esposa de Julien lhe deu uma bebida quente e o coloquei na cama, voltei a me juntar ao grupo no hall a tempo de ouvir mais uma vez aquela batida assustadora na porta, que dessa vez Marcel abriu imediatamente, com um grito de alívio que logo se tornou um lamento. Ali, diante da porta, estavam ambos os cães, cobertos de gelo, exaustos e ofegantes, e, entre eles, Percival, seus cabelos transformados em pingentes de gelo, seu rosto jovem e belo tomado por certo tom insólito de azul que só poderia significar uma coisa. Os cães o haviam arrastado do lago até a casa.

A hora que se seguiu foi pavorosa. O restante das crianças, os irmãos, as irmãs e os primos e Percival, que haviam sido instruídos por seus pais a ficar no andar de cima, desceram correndo e viram seu amado irmão morto por congelamento, e seu pai e sua mãe chorando pelo filho, e também caíram em prantos. Não consigo lembrar como conseguimos acalmá-los, nem como conseguimos fazer todos irem se deitar, mas lembro que a noite pareceu interminável, e lá fora o vento permaneceu gritando — de forma perversa, agora nos parecia —, e a neve, caindo. Foi só no meio da tarde seguinte, quando enfim despertou e recuperou a lucidez, que James conseguiu relatar, com modos trêmulos, o que acontecera: quando a tempestade começara, ele entrara em pânico e tentara voltar por conta própria, mas a neve era tão ofuscante, e o vento, tão selvagem, que ele sempre acabava sendo arrastado de volta para o lago. Então, bem quando ele havia se convencido de que morreria ali, ele ouvira um som distante de latido e vira o topo do gorro vermelho vivo de Percival, e soube que seria salvo.

Percival havia estendido o braço e James o agarrara, mas naquele momento foram surpreendidos uma rajada de vento mais forte do que o normal e Percival havia derrapado na direção do gelo com ele, e os dois haviam caído juntos. Mais uma vez eles se levantaram, aproximando-se junto da beira do lago, e mais uma vez caíram. Mas dessa segunda vez, depois de ser novamente empurrado pelo vento, Percival caiu de mau jeito. Ele estava segurando seu machado — James contou que ele pretendia cravá-lo na terra à beira do lago para usá-lo como alavanca para saírem, mas, em vez disso, acabou perfurando o gelo, que se quebrou sob seus corpos.

"Meu Deus", James contou que Percival havia gritado. "James, afaste-se do gelo."

Ele se afastou — os cães se aproximaram da água para que ele pudesse se agarrar a eles e se equilibrar — e em seguida se virou para ajudar Percival, que mais uma vez escorregava pela superfície congelada em direção à terra firme, mas, antes que conseguisse alcançá-lo, foi golpeado por mais uma rajada de vento e caiu para trás pela terceira vez, dessa vez aterrissando de barriga para cima perto da rachadura irregular. E nesse momento, James contou, o gelo emitiu um ruído, uma espécie de grunhido horrível, e se abriu, e Percival foi engolido pela água.

James gritou, de pavor e desespero, mas então a cabeça de Percival emergiu. Meu sobrinho agarrou a ponta da corda, que agora não estava mais presa ao cinto de Percival, e a jogou para ele. Mas quando Percival tentou sair da água, o buraco no gelo se abriu ainda mais, e sua cabeça afundou mais uma vez. A essa altura James começava a entrar em pânico, naturalmente, mas Percival, conforme ele contou, se mantinha muito calmo. "James", ele disse, "volte para a casa e peça para enviarem ajuda. Rosie" — uma das cadelas — "vai ficar comigo. Leve o Rufus e conte o que aconteceu." E, vendo que James hesitou, ele disse: "Vá! Depressa!".

Então James partiu, virando-se para ver Rosie atravessar o gelo com cuidado e ir até Percival, e Percival estendendo o braço para tentar alcançá-la.

Eles haviam avançado poucos metros quando ouviram um baque surdo às suas costas; o vento estava tão alto que amortecia qualquer outro ruído, mas James se virou e voltou para o lago com Rufus, mal conseguindo enxergar por entre a neve. Lá, eles viram Rosie correndo em círculos sobre o gelo, latindo sem parar e, então, Rufus correu para perto dela e os dois ficaram lado a lado, choramingando. Através da neve, James pôde ver a luva vermelha de Percival agarrada à superfície, mas não a cabeça de Percival. Mas ele conseguiu ver uma movimentação na água, uma espécie de violência. E então a luva vermelha se soltou, e Percival se foi. James correu para o lago, porém quando pisou na superfície ela se partiu em placas, encharcando seus pés, e ele só teve tempo de voltar para a terra firme antes que o gelo se partisse mais uma vez. Ele chamou os cães com um grito, e por mais que chamasse Rosie ela não se afastava de seu bloco de gelo. Foi Rufus quem o levou de volta para a casa, mas por uma porção de minutos ele continuou ouvindo Rosie choramingando, seus ganidos sendo levados pelo vento.

Ele vinha contando essas histórias aos prantos, e nesse momento começou a soluçar, lutando para respirar. "Sinto muito, tio Charles!", ele disse. "Sinto muitíssimo, sr. Delacroix!"

"Nem deu tempo de ele afundar", Marcel disse numa voz estranha, débil, estrangulada. "Não se os cães o tivessem salvado."

"Ele não sabia nadar", Olivier acrescentou em voz baixa. "Tentamos ensinar, mas ele nunca aprendeu."

Como você pode imaginar, aquela foi mais uma noite terrível, e eu a passei com James, segurando-o junto a mim e o confortando até que ele enfim adormeceu. A neve e o vento arrefeceram no dia seguinte, e os céus ficaram azuis e acesos, e o tempo, ainda mais frio. Eu e alguns dos primos de Percival, munidos de pás, abrimos uma trilha que levava até a câmara de gelo, onde Marcel e Julien manteriam o corpo de Percival até que a neve tivesse derretido o suficiente para que pudessem enterrá-lo da maneira correta. No dia seguinte eu e James partimos, fazendo uma parada em Bangor para contar à minha irmã sobre o ocorrido.

Desde então, como você pode imaginar, as coisas já não são as mesmas. Não me refiro aos negócios, sobre os quais sequer me atrevo a perguntar — expressei nossas mais profundas condolências aos Delacroix, e meu pai ordenou que lhes oferecêssemos o dinheiro para o defumadouro que vinham planejando construir. Mas eles nunca nos enviaram uma resposta.

James está mudado. Passou as festas de fim de ano em seu quarto, comendo muito pouco e falando menos ainda. Ele fica sentado, olhando para o nada, e às vezes chora, mas passa a maior parte do tempo em silêncio, e nada do que seus irmãos ou sua mãe ou eu possa fazer parece suficiente para trazê-lo de volta. Tudo indica que ele se culpa pela tragédia do falecimento de Percival, mesmo que eu tenha lhe dito tantas vezes que não havia nada que pudesse fazer. Meu irmão passou a administrar o negócio temporariamente, enquanto eu e minha irmã passamos todo o tempo que podemos com ele, na esperança de conseguir atravessar a névoa do luto, na esperança de um dia voltar a ouvir sua bela risada. Temo por ele e por minha amada irmã.

Sei que isto lhe parecerá horrível e egoísta, mas, enquanto passo esses dias e semanas ao lado dele, me pego voltando muitas vezes à nossa conversa, da qual saí me sentindo envergonhado — de ter falado muito, de ter me permitido ficar tão emotivo, de tê-lo oprimido —, e me perguntando o que você pensaria de mim. Minha intenção com isso não é repreendê-lo, mas me pergunto se é por isso que decidiu não me escrever, embora você possa ter interpretado meu silêncio como falta de interesse e ter ficado ofendido, o que eu certamente compreenderia.

A morte de Percival me fez pensar com mais frequência também em William, e na tristeza enlouquecedora em que me vi quando ele morreu, e em como, no breve tempo que passei com você, comecei a imaginar que eu pudesse ser capaz de viver com um companheiro mais uma vez, alguém com quem pudesse partilhar as alegrias da vida, mas também as tristezas.

Espero que você possa perdoar minha comunicação falha, e que esta carta tão longa possa ajudar, pelo menos um pouco, a lhe provar que meu interesse e afeto se mantêm intactos. Voltarei à sua cidade na próxima quinzena e espero que me permita encontrá-lo de novo, mesmo que seja para lhe pedir perdão pessoalmente.

Desejo a você e à sua família toda a saúde e envio um voto de boas-festas atrasado. Aguardo sua resposta.

Sinceramente seu,
Charles Griffith

VIII.

Por alguns instantes David permaneceu sentado, atordoado com a história que Charles relatara, uma história que se mostrara capaz de arrancá-lo abruptamente de seu estado de felicidade leviana, bem como de apagar qualquer aborrecimento que antes tivesse sentido em relação ao avô. Ele se compadeceu do pobre James, um homem tão moço que tivera sua vida, como Charles dissera, transformada, e que seria assombrado por aquele acontecimento para sempre — ele não tinha culpa, mas nunca acreditaria nisso de todo. Passaria a vida adulta ou tentando se desculpar por aquilo que pensava ter feito ou negando esse fato. Um dos caminhos o tornaria frágil; o outro, amargo. E pobre Charles, que mais uma vez entrara em contato com a morte, mais uma vez se vira associado à perda de alguém tão jovem!

Mas David também tinha consciência de uma vergonha que era só sua, pois até o momento em que seu avô lhe entregara a carta ele praticamente se esquecera de Charles Griffith.

Ou… talvez não se tratasse de esquecer, mas de deixar de se interessar pelo homem. A própria ideia de se casar também perdera todo o apelo de outrora, mesmo que esse apelo tivesse sido marcado, desde o início, pelo receio. De súbito lhe pareceu que permitir que o pressionassem a se casar, e abrir mão da ideia do amor em nome da estabilidade, da dignidade ou da segurança, era uma demonstração de insegurança. E por que ele se resignaria a uma vida apagada, se poderia ter outra? Ele se imaginou — e certamente foi injusto, pois nunca vira a casa de Charles Griffith — dentro de uma estrutura de madeira branca bastante ampla, mas muito comum, ladeada de belíssimos arbustos de hortênsias, sentado numa cadeira de balanço, com um livro no colo, olhando o mar como uma senhorinha, esperando ouvir os passos arrastados do marido na varanda. Naquele instante, ele mais uma vez sentiu raiva de seu avô e do desejo de seu avô de condená-lo a uma existência desprovida de cor. Será que seu avô pensava que aquilo era o melhor que ele poderia almejar para si? Será que, apesar de sempre ter dito o contrário, ele acreditava que o melhor lugar para ele era uma instituição, se não uma instituição propriamente dita, então uma instituição doméstica?

Foi com esses pensamentos confusos que ele adentrou o escritório do avô, fechando a porta com mais força do que pretendia, o que fez o avô erguer a cabeça e olhar para ele com ar surpreso. "Peço desculpas", ele resmungou, ao que seu avô apenas respondeu: "O que ele tinha a dizer?".

David, em silêncio, lhe entregou as folhas, e seu avô as pegou, colocou os óculos e começou a ler. David o observou, e pôde discernir, conforme seu cenho se franzia cada vez mais, o trecho da narrativa de Charles que ele lia a cada momento. "Minha nossa!", disse o avô, enfim, tirando os óculos e voltando a dobrá-los. "Coitados desses rapazes. Coitada da família dele. E coitado do sr. Griffith… Ele parece muito abalado."

"Sim, é mesmo uma coisa terrível."

"O que ele quis dizer quando escreveu que ficou envergonhado depois da última conversa?"

Ele contou a seu avô, rapidamente, sobre a solidão de Charles, sobre como se expusera, e seu avô balançou a cabeça, não com ar de censura, mas de compaixão.

"Então", ele disse, depois de um silêncio, "você pretende revê-lo?"

"Não sei", David respondeu, depois de também ter ficado em silêncio, olhando para o seu colo.

Um terceiro silêncio se seguiu. "David", disse o avô, com delicadeza. "Há algum problema?"

"O que o senhor quer dizer?"

"Você tem estado tão… distante. Tem se sentido bem?"

Nesse momento ele percebeu que o avô pensava que aquele era o começo de uma de suas crises e, ainda que isso o incomodasse, também teve vontade de rir da forma equivocada com que seu avô interpretara sua vida e de como sabia tão pouco a seu respeito, embora essa conclusão também o entristecesse.

"Tenho me sentido ótimo."

"Pensei que gostasse de conversar com o sr. Griffith."

"Eu gosto."

"Ele certamente parece gostar de conversar com você, David. Não acha?"

Nesse instante ele se levantou, pegou o atiçador e remexeu o fogo, observando os pedaços de lenha perfeitamente empilhados caírem. "Creio que sim." E, depois, vendo que o avô não disse nada: "Por que o senhor quer que eu me case?".

Ele conseguiu ouvir a surpresa do avô em sua voz. "O que quer dizer com isso?"

"O senhor fala que a decisão é minha, mas me parece que é sua. Sua e do sr. Griffith. Por que o senhor quer que eu me case? É porque acha que não vou conseguir coisa melhor? É porque pensa que não consigo me virar sozinho?"

Ele não era capaz de se virar e encarar o avô, mas sentiu o próprio rosto se aquecer, tanto por causa do fogo quanto por sua atitude impertinente.

"Não sei, tampouco entendo, o que o levou a isso", seu avô começou a falar devagar. "Como eu disse não só a você, mas a todos vocês, trabalhei para garantir que meus netos só se casassem se quisessem a companhia de alguém. Você, David, *você* tinha demonstrado interesse nessa possibilidade; foi só por isso que Frances começou a sinalizar que estávamos abertos a propostas. Como sabe, *você* quem tinha recusado uma porção de propostas antes mesmo de conhecer os cavalheiros, que eram candidatos excelentes, devo dizer, e por isso, quando a oferta do sr. Griffith chegou, Frances sugeriu, e eu concordei, que eu tentasse encorajá-lo a pelo menos *tentar* cogitar a ideia de dar uma chance ao homem antes de desperdiçar o tempo de todos mais uma vez.

"Isso é para que *você* tenha um futuro feliz, David... Isso tudo. Não é para que eu me satisfaça, nem Frances, eu lhe garanto. Isso está sendo feito para *você*, e só para você, e se pareço ressentido, ou melindrado, não é minha intenção... estou desconcertado, só isso. Cabe só a *você* tomar as decisões, e foi graças a *seu* pedido que esse processo se iniciou."

"E por isso, porque eu já havia rejeitado tantos candidatos, me restou apenas… quem? Pessoas que não interessariam a mais ninguém? Um viúvo? Um velho sem estudo?"

Diante disso, seu avô se levantou, tão rápido que David temeu que fosse para lhe dar um tapa, e o agarrou pelos ombros, obrigando-o a encará-lo.

"Você me espanta, David. Não ensinei você nem seus irmãos a falar das outras pessoas dessa forma. Você é jovem, sim, mais jovem do que ele. Mas você tem, ou eu pensava que tivesse, discernimento, e não há dúvidas de que ele é um homem sensível, e as pessoas se casam por muito, muito menos. Não sei o que causou esse… esse ataque, essa desconfiança sua.

"É óbvio que ele tem sentimentos por você. Talvez até o ame. Suponho que ele estaria disposto a conversar sobre quaisquer questões que você tenha, sobre o local em que vocês morariam, por exemplo. Ele tem uma casa na cidade e nunca sugeriu a Frances que você precisaria se mudar para Massachusetts, se é isso que o preocupa. Mas se você não está interessado nele, de fato, tem a obrigação de lhe dizer isso. Você deve isso a esse cavalheiro. E deve fazê-lo pessoalmente, e com gentileza e gratidão.

"Não sei o que está havendo com você, David. Nesse último mês você mudou. Eu já pretendia conversar sobre isso com você, mas tem sido tão difícil encontrá-lo."

Seu avô fez uma pausa, e David mais uma vez virou o rosto para olhar para o fogo, ardendo de vergonha.

"Ah, David", seu avô disse docemente. "Tenho tanto carinho por você. E você tem razão… eu *quero* que você tenha alguém que cuide de você. Não porque acho que você seja incapaz de cuidar de si mesmo, mas porque acredito que seria mais feliz com outra pessoa. Nos anos desde que voltou da Europa, você tem participado cada vez menos do mundo. Sei que suas enfermidades têm sido um desafio… Sei quanto o exaurem e, ademais, quanto você se envergonha delas. Mas, querido, estamos falando de um homem que suportou grandes tristezas e doenças no passado e não fugiu delas; ele é, portanto, um homem que merece sua consideração, pois é um homem que nunca deixará de se preocupar com a sua felicidade. É alguém *assim* que eu desejo para você."

Juntos, eles ficaram em silêncio; seu avô olhando para ele e David olhando para o chão. "David, me diga", disse o avô, devagar, "há outra pessoa na sua vida? Você pode me contar, querido."

"Não, vovô", ele respondeu, ainda encarando o chão.

"Então", seu avô disse, "você deve escrever para o sr. Griffith o quanto antes e lhe dizer que aceita encontrá-lo novamente. E durante o encontro você deve ou cortar relações por completo ou lhe comunicar suas intenções de prosseguir com a correspondência. E se você *de fato* decidir continuar falando com ele, David, apesar de não ter me feito essa pergunta, embora devesse, na minha opinião, tem a obrigação de continuar com sinceridade e com a generosidade de espírito de que sei que é capaz. Você deve isso a esse homem. Promete que fará isso?"

E David disse que faria.

IX.

Os dias que se seguiram foram excepcionalmente atribulados — a família se reuniu para o aniversário de Wolf numa noite, e para o de Eliza na noite seguinte —, de forma que só na próxima quinta-feira ele pôde se encontrar com Edward na frente da escola depois de sua aula e acompanhá-lo até a pensão. No caminho, Edward passou seu braço esquerdo pelo braço direito de David, e David, que nunca havia andado de braços dados com alguém até então, puxou Edward mais para perto, embora primeiro tivesse se virado para ver se o cocheiro testemunhara a cena, pois não queria que a notícia chegasse a Adams e, por consequência, a seu avô.

Naquela tarde, quando estavam deitados juntos — David trouxera consigo um cobertor de lã de qualidade num tom cinza-arroxeado, que arrancara elogios de Edward e com o qual agora se enrolavam —, Edward falou sobre seus amigos. "Um bando de desajustados", ele disse, rindo, quase se vangloriando, e de fato pareciam ser: havia Theodora, a filha pródiga de uma família rica de Connecticut, que sonhava em ser cantora "numa de suas temidas casas noturnas"; Harry, um jovem pobretão, mas extremamente belo, que era o companheiro de um "banqueiro muito rico… é provável que seu avô o conheça"; Fritz, um pintor que, pela descrição, parecia ser acima de tudo um desocupado (embora David não tivesse dito isso, é claro); e Marianne, que frequentava a escola de belas-artes e ministrava aulas de desenho para ganhar dinheiro. Todos tinham um perfil em comum: eram pessoas jovens, pobres (embora só alguns tivessem nascido assim) e inconsequentes. David os imaginou: Theodora, bonita, esguia, inquieta, com cabelos escuros e brilhantes; Harry, loiro, de olhos pretos e lábios carnudos; Fritz, lívido e inquieto, sempre com um riso afetado; Marianne, com um sorriso sem malícia e cachos cor de pêssego. "Eu adoraria conhecê-los algum dia", ele disse, embora não soubesse se isso era verdade — ele queria fingir que aquelas pessoas não existiam, que Edward era só dele —, e Edward, como se soubesse disso, limitou-se a sorrir e a dizer que algum dia isso poderia acontecer.

Logo chegou a hora de David se despedir, e enquanto abotoava o paletó disse: "Nos vemos amanhã, então".

"Ah, não… Esqueci de dizer que vou partir amanhã."

"Partir?"

"Sim, uma das minhas irmãs, uma das duas que moram em Vermont, vai ter um bebê, e vou até lá vê-la e ver os outros."

"Ah", ele disse. (Será que Edward não teria dito aquilo se ele não tivesse pedido para vê-lo? Será que David teria se apresentado, como sempre, à pensão e ficado sentado na sala de estar, esperando Edward chegar? Por quanto tempo teria esperado — horas, sem dúvida, mas quantas? — antes de admitir a verdade e voltar derrotado para Washington Square?) "Quando você volta?"

"No fim de fevereiro."

"Mas isso é muito longe!"

"Nem tanto! Fevereiro é um mês curto. Além do mais, não será bem no fim. Voltarei no dia 20 de fevereiro. Não está tão longe! E eu lhe escreverei." Um sorriso lento e insinuante invadiu o rosto de Edward, e ele jogou o cobertor de lado, se levantou e envolveu David nos braços. "Ora, por quê? Sentirá minha falta?"

Ele ruborizou. "Você sabe que sim."

"Mas que encanto! Que imensa honra!" Ao longo das semanas, o discurso de Edward perdera parte da teatralidade, da expressividade dramática, mas nesse momento essas características tinham retornado, e, ao ouvir novamente essas modulações, David de repente se sentiu incomodado — o que antes não o perturbara agora lhe pareceu falso, pouco sincero e curiosamente preocupante, e foi com genuína tristeza, mas também com algum outro sentimento, algo que não sabia nomear, mas que o desagradava, que se despediu de Edward.

Mas, na semana seguinte, qualquer inquietação que ele sentira se dissipou e foi substituída pela mais pura saudade. Com que rapidez Edward o transformara! Como a vida sem ele era aborrecida! Agora suas tardes haviam voltado a ser vazias, e ele as passava como antigamente: lendo, desenhando e bordando, embora passasse a maior parte do tempo sonhando acordado, ou fazendo caminhadas lânguidas pelo parque. Ele até se pegou caminhando ao estabelecimento onde quase haviam tomado o primeiro café, e dessa vez se sentou e pediu uma xícara, que bebeu, devagar, lançando olhares ansiosos para a porta sempre que a abriam, como se qualquer pessoa que entrasse pudesse ser Edward.

David estava voltando de uma visita ao café quando Adams lhe informou sobre a chegada de uma carta. Eis que era de Charles Griffith, e nela este o convidava para um jantar em sua casa quando estivesse na cidade, na semana seguinte. Ele aceitou, de maneira educada, mas sem nenhum sinal de expectativa, pretendendo apenas atender ao pedido de seu avô, e também ao de Charles, que desejava se desculpar pessoalmente, e na noite do encontro voltou tão atrasado do café que mal teve tempo de se trocar e de jogar uma água no rosto antes de subir na charrete que o aguardava.

A casa de Charles Griffith ficava perto da casa em que David passara sua infância, embora imediatamente ao lado da Quinta Avenida. Aquela casa era grande, mas a de Charles era ainda maior, além de muito mais imponente, com uma escadaria de mármore ampla e curva que levava ao andar em que ficava a sala de estar, onde seu anfitrião o aguardava, pondo-se em pé assim que David entrou. Eles se cumprimentaram de maneira formal, com um aperto de mão.

"David… É um prazer revê-lo."

"O prazer é meu", ele disse.

E, para sua surpresa, isso acabaria sendo verdade. Eles se sentaram na esplêndida sala de estar — David imaginando o ar desdenhoso com que Peter, que se importava com esse tipo de coisa, reagiria se visse esse ambiente, as cores e os revestimentos exuberantes até demais, os sofás luxuosos até demais, a abundância de luminárias resplandecentes, as paredes cobertas de brocados, quase sem pinturas — e mais uma vez a conversa fluiu com naturalidade. David perguntou sobre James e viu uma expressão de profunda tristeza atravessar o rosto de Charles ("Obrigado por perguntar, mas a situação dele não mudou, infelizmente"), e os dois comentaram o silêncio prolongado dos Delacroix e suas respectivas festas de fim de ano.

Assim que se acomodaram para jantar, Charles disse: "Lembro de ouvi-lo mencionar que ensopado de ostras era um de seus pratos favoritos".

"E é", ele respondeu, enquanto uma terrina que desprendia um vapor de perfume delicioso era trazida à mesa e uma concha de sopa era servida em sua tigela. Ele experimentou a comida — o caldo era encorpado e bem temperado, as ostras, gordas e amanteigadas. "Que delícia!"

"Fico feliz que tenha gostado."

Esse gesto o comoveu, e algo no ensopado — um prato tão simples e honesto que se tornava ainda mais simples e honesto naquela sala de decoração excessiva, com sua mesa comprida e lustrosa que poderia acomodar vinte pessoas, mas recebia apenas duas, seus vasos de flores recém-colhidas espalhados por todas as direções em que ele olhasse — e na gentileza que o havia inspirado fez com que sentisse uma afeição por Charles, fez com que quisesse lhe oferecer algo em agradecimento. "Você sabia", David começou a falar, aceitando que lhe servissem mais ensopado, "que eu nasci aqui perto?"

"Eu fiquei me perguntando", Charles disse. "Você havia mencionado que seus pais morreram quando você ainda era jovem."

"Sim, em 71. Eu tinha cinco anos, John, quatro, e Eden tinha dois."

"Foi a gripe?"

"Foi… Eles morreram tão rápido. Meu avô nos levou para morar com ele logo depois."

Charles balançou a cabeça. "Coitado… Perdeu o filho e a nora…"

"Sim, e se viu responsável por três diabinhos, tudo em menos de um mês!"

Charles riu. "Tenho certeza de que não eram."

"Ah, éramos, sim. Se bem que, por mais que eu fosse difícil, John era pior."

Ambos riram disso, e ele se viu, como não fazia havia um bom tempo, recontando as poucas lembranças que tinha de seus pais: ambos haviam trabalhado para o Bingham Brothers, seu pai como banqueiro, sua mãe como advogada. Em suas memórias, eles estavam sempre se despedindo — pela manhã para ir ao trabalho; à noite, a jantares e festas ou à ópera e ao teatro. Ele tinha uma visão difusa e embaçada da mãe como uma mulher elegante e esguia, com um nariz longo e reto e cabelos escuros muito volumosos, mas nunca poderia saber ao certo se essa de fato era uma lembrança dela ou de algo que havia criado a partir de um pequeno desenho dela que haviam lhe dado quando falecera. Do pai ele se lembrava ainda menos. Sabia que tinha cabelos claros e olhos verdes — seu avô o adotara ainda bebê de uma família alemã que trabalhava em sua empresa e tinha muitos filhos e muito pouco dinheiro, e o criara sozinho — e que era dele que David e seus irmãos haviam herdado as mesmas cores. Ele se lembrava que o pai era terno, mas também mais brincalhão que sua mãe, e que aos domingos, depois que voltavam da igreja, ele pedia que David e John ficassem em pé diante dele e estendia os dois punhos fechados. Eles ganhavam a chance de escolher — David em uma semana, John na outra — qual mão escondia as balas, e quando erravam ele sempre se virava e saía andando, e os dois ficavam reclamando, e ele voltava, sorrindo, e dava as balas aos dois assim mesmo. Seu avô sempre dizia que David era parecido com o pai no temperamento, enquanto John e Eden tinham puxado à mãe.

A menção aos irmãos levou a uma descrição de ambos, e ele contou que John e Peter haviam desenvolvido hábitos e sensibilidades cada vez mais parecidos desde seu casamento, e que ambos trabalhavam para o Bingham Brothers — imitando seus pais, John era banqueiro, e Peter, advogado. E havia Eden, e sua formação em medicina, e o trabalho beneficente de Eliza. Charles sabia seus nomes — como todo mundo, pois eles sempre apareciam nas colunas sociais, eram vistos comparecendo àquele grande evento ou realizando aquela festa à fantasia, Eden ganhando elogios por seu estilo arrojado e sua sagacidade, John por ser um comunicador nato — e perguntou se ele era próximo dos irmãos, e, embora David não se importasse tanto com a opinião de Charles, ele se viu contando uma mentirinha e dizendo que sim.

"Então você e Eden são os rebeldes, que preferiram não entrar no negócio da família. Ou talvez John seja o rebelde, afinal ele é minoria!"

"Sim", ele respondeu, embora estivesse ficando ansioso, pois sabia o rumo que a conversa tomaria a partir desse momento, e antes que Charles pudesse perguntar ele se antecipou: "Eu *queria* trabalhar com o meu avô, queria mesmo. Mas eu...". E, para seu constrangimento e horror, ele foi incapaz de completar a frase.

"Bem", disse Charles, em voz baixa, preenchendo o silêncio que David deixara, "mas você é um artista maravilhoso, pelo que eu ouvi dizer, e artistas não devem passar a vida labutando num banco. Estou certo de que seu avô concordaria comigo. Ora, se algum membro da *minha* família algum dia demonstrasse o mínimo traço de talento artístico, tenha certeza de que não esperaríamos que essa pessoa passasse seu tempo fazendo cálculos e projetando rotas marítimas, bajulando parceiros de negócios e fazendo acordos comerciais! Mas, infelizmente, é muito improvável que isso aconteça, pois os Griffiths são pessoas prosaicas ao extremo, sinto dizer!" Ele riu, e a atmosfera ficou mais leve, e David, já recuperado do mal-estar, enfim riu com Charles, sentindo por ele uma repentina gratidão.

"A praticidade é uma virtude", ele disse.

"Talvez seja. Mas muita praticidade, como acontece com qualquer virtude, é um verdadeiro tédio, penso eu."

Depois do jantar e das bebidas, Charles o acompanhou até o hall de entrada. David notou, pela forma como ele se demorou, pela forma como pousou os dedos sobre suas duas mãos, que queria beijá-lo e, embora tivesse sido uma noite agradável, embora pudesse até admitir para si mesmo que gostava do homem, e de fato gostava bastante, ele era incapaz de olhar o rosto de Charles, avermelhado pelo vinho, e a barriga que nem seu colete bem cortado conseguia esconder e não compará-lo a Edward, que se sobressaía com seu corpo esbelto e magro, sua pele branca e lisa.

Charles não exigiria seu afeto, disso ele sabia, e então David se limitou a pousar sua outra mão sobre a mão de Charles, no que esperava ser um gesto conclusivo, e lhe agradecer por uma noite encantadora.

Se ficou decepcionado, Charles não deixou transparecer. "Imagine", ele disse. "Vê-lo foi uma pequena alegria neste ano tão penoso."

"Mas o ano ainda está começando."

"É verdade. Mas, se quisesse me encontrar novamente, essa seria uma garantia de que o ano só iria melhorar."

Ele sabia que deveria dizer sim, ou, se não sim, que deveria dizer a Charles que precisaria recusar sua oferta de casamento, e que se sentia tão agradecido por ela e tão honrado por ela — como de fato se sentia — e lhe desejava toda a felicidade e boa sorte.

Mas pela segunda vez naquela noite as palavras lhe faltaram, e Charles, como se entendesse que o silêncio de David era uma espécie de consentimento, apenas se curvou para beijar sua mão e abriu a porta para a noite fria. Lá fora, o segundo cocheiro dos Bingham aguardava paciente na calçada, com seu casaco preto sarapintado de neve, segurando a porta da charrete aberta.

X.

Ao longo da semana seguinte (como ocorrera na semana anterior), ele escreveu todos os dias para Edward. Edward prometera enviar o endereço de sua irmã na primeira carta, mas tinha partido havia quase duas semanas e não houvera nem sinal de correspondência. David perguntara na pensão se Edward deixara algum endereço, e havia até mesmo se sujeitado a um encontro com a aterrorizante governanta, mas todas as tentativas haviam sido em vão. Ainda assim, ele permanecia escrevendo, uma carta por dia, e mandando que um de seus criados as deixasse na pensão de Edward, caso ele informasse sua localização à equipe.

Ele sentia que sua falta de perspectivas começava a se transformar em desespero, e toda noite traçava um plano para o dia seguinte, um plano que o mantivesse longe de Washington Square até pouco depois da primeira entrega dos correios, momento no qual estaria ou descendo da charrete ou virando a esquina a pé, voltando do museu ou do clube ou de uma conversa com Eliza, que era a cunhada de que ele mais gostava e que às vezes visitava quando sabia que Eden estava assistindo às suas aulas. Seu avô fizera questão de não perguntar nada sobre o jantar com Charles Griffith, e David também havia preferido não dizer nada. A vida retomou seu ritmo pré-Edward, mas dessa vez os dias estavam mais cinzentos do que nunca. Agora ele se obrigava a esperar meia hora depois da chegada da correspondência para enfim subir as escadas, e se privava de perguntar a Adams ou a Matthew se algo havia chegado em seu nome, como se, ao fazer isso, pudesse induzir uma carta a se materializar como recompensa por sua disciplina e paciência. Mas dias e mais dias se passaram, e os correios apenas trouxeram duas cartas de Charles, ambas lhe perguntando se gostaria de ir ao teatro: o primeiro convite ele recusou, de forma rápida e cortês, mencionando obrigações familiares; o segundo ele ignorou, irritado com o fato de que a carta não era de Edward, até que estava prestes a ser grosseiro e, por isso, rabiscou um breve bilhete se desculpando e dizendo que havia se resfriado e não estava saindo de casa.

No começo da terceira semana da ausência de Edward, ele pegou a charrete e seguiu rumo ao oeste, a carta do dia em mãos, determinado a conseguir, por conta própria, respostas sobre o paradeiro de Edward. Mas a única pessoa que ele encontrou na pensão foi a criadinha abatida que parecia passar a maior parte do tempo arrastando um balde de água de aparência asquerosa de um andar a outro. "Sei não, senhor", ela balbuciou, olhando os sapatos de David com ar reticente e se esquivando da carta que ele lhe estendia como se o papel pudesse queimá-la, "ele num falou pra gente quando voltava." David saiu da casa, então, mas ficou parado na calçada com a cabeça erguida, olhando para as janelas de Edward, atrás das quais as cortinas escuras estavam completamente fechadas, como haviam estado nos últimos dezesseis dias.

Naquela noite, porém, ele se lembrou de algo que talvez o ajudasse, e quando ele e o avô se acomodaram em suas posições pós-jantar, perguntou: "Vovô, o senhor já ouviu falar de uma mulher chamada Florence Larsson?".

Seu avô o encarou friamente, depois pressionou o tabaco em seu cachimbo e deu uma baforada. "Florence Larsson", ele repetiu. "Eis um nome que não ouço há muito tempo. Por que pergunta?"

"Ah, Charles tinha mencionado que um de seus funcionários morava numa pensão que pertence a ela", ele disse, consternado não só pela rapidez com que aquela mentira lhe ocorrera, mas também por ter envolvido Charles.

"Então é verdade", seu avô sussurrou, quase para si mesmo, antes de suspirar. "Eu nunca a conheci pessoalmente, veja bem… Ela é ainda mais velha do que eu, e, sinceramente, me surpreende que ainda esteja viva… Mas quando tinha mais ou menos a sua idade ela se envolveu num terrível escândalo."

"O que houve?"

"Bem… Ela era a filha única de um homem que tinha uma vida bastante confortável. Era médico, se não me engano… E ela também estava estudando para se tornar médica. Então, certa noite, ela conheceu um homem, de cujo nome não me lembro, em uma festa dada por sua prima. Dizem que esse homem tinha uma beleza espetacular e um charme irresistível, mas não tinha um só tostão furado. Era um desses homens que parecem ter surgido do nada, que não conhecem ninguém e que mesmo assim, por meio da aparência e da lábia, conseguem se embrenhar na alta sociedade e conviver com a nata."

"E o que aconteceu depois?"

"O que muitas vezes acontece nessas circunstâncias, eu sinto dizer. Ele a seduziu, ela se apaixonou, o pai dela ameaçou deserdá-la se ela se casasse com o homem… e os dois se casaram mesmo assim. Ela tinha herdado uma fortuna da mãe, que já falecera, e logo depois do casamento o homem roubou todo o dinheiro, até o último centavo, e fugiu. Ela acabou sem nada e, apesar de ter conseguido voltar para a casa do pai, ele era tão cruel, um homem sem coração, conforme o que todos diziam, que ele cumpriu sua promessa e a deserdou. Se ela ainda estiver viva, ela deve estar morando na casa que pertencia à sua falecida tia, onde suponho que more desde a morte do pai. Ao que tudo indica, ela perdeu tudo. Ela nunca voltou a estudar. E nunca mais se casou. Nunca voltou a cogitar essa possibilidade, pelo que eu soube."

Ele sentiu um frio lhe atravessar o corpo. "E o que aconteceu com o homem?"

"Quem poderá dizer? Por muitos anos houve boatos sobre ele. Tinha sido visto aqui e ali, tinha se casado com essa ou aquela herdeira… mas ninguém sabia ao certo e, para todos os efeitos, nunca mais se soube nada do homem. Mas David… o que houve? Você ficou pálido!"

"Nada", ele disse, com dificuldade. "Acho que o peixe não me caiu muito bem."

"Ah, querido… Sei que você adora linguado."

No primeiro andar, de volta à segurança de seu escritório, ele tentou se acalmar. As comparações, que tinham vindo à tona espontaneamente, eram ridículas. Sim, Edward sabia sobre seu dinheiro, mas nunca lhe pedira nada — se mostrara acanhado até para aceitar o cobertor — e certamente não haviam falado em casamento. Mas, ainda assim, algo naquela história o incomodava, como se ela fosse um eco de outra história, uma história pior, uma história que ele ouvira um dia, mas de que não conseguia, por mais que tentasse, se lembrar.

Ele não conseguiu dormir naquela noite, e na manhã seguinte, pela primeira vez em muito tempo, não se levantou da cama, afugentando as criadas que vinham lhe oferecer café da manhã e observando uma mancha de umidade que havia no rodapé, bem no ponto em que as duas paredes se encontravam num V. Era um segredo dele, essa mancha amarela, e, na época em que estivera confinado, ele costumava observá-la por horas a fio, certo de que, caso desviasse os olhos, ou piscasse, quando os abrisse de novo o quarto estaria transformado num lugar desconhecido, algum lugar escuro, pequeno e aterrorizante: a cela de um monge, o porão de um navio, o fundo de um poço. A mancha era a única coisa que o prendia ao mundo, e para isso exigia toda a sua concentração.

Durante seus confinamentos, havia dias em que ele não conseguia sequer ficar em pé, mas agora não estava doente, e sim receoso de algo que não conseguia nomear, então enfim se obrigou a se lavar e se vestir, e quando finalmente se arriscou a descer a escada já era quase fim de tarde.

"Uma carta para o senhor, sr. David."

Ele sentiu seu coração se acelerar. "Obrigado, Matthew." Mas, depois de pegar a carta da bandeja de prata, ele a colocou sobre uma mesa e se sentou, cruzando as mãos no colo, tentando aquietar o coração, alongar e desacelerar a respiração. Por fim, e com cautela, estendeu o braço e pegou a carta. "Não é dele", disse a si mesmo.

E não era. Era mais um recado de Charles, perguntando sobre sua saúde e o convidando para acompanhá-lo a um recital que ocorreria na próxima sexta-feira à noite: "Apresentarão os sonetos de Shakespeare, dos quais sei que você gosta muito".

Ele ficou sentado, segurando a carta, a decepção que sentia se misturando a algo que mais uma vez não conseguia identificar. Então, antes que pudesse hesitar, tocou a campainha para chamar Matthew e pediu papel e tinta, e rabiscou depressa uma resposta para Charles, aceitando o convite, e devolveu o envelope a Matthew, pedindo que o levasse aos correios imediatamente.

Isso feito, suas últimas forças se esvaíram, e ele se levantou e subiu vagarosamente as escadas, retornando a seus aposentos, onde chamou a criada e a mandou dizer a Adams que contasse a seu avô que ele ainda estava se sentindo indisposto e não poderia comparecer ao jantar daquela noite. E então ele se pôs em pé no meio do escritório e olhou ao redor, tentando encontrar algo — um livro, uma pintura, uma pasta de desenhos — que o distraísse, que aplacasse o mal-estar que sentia por dentro.

XI.

Os sonetos foram apresentados por uma trupe só de mulheres, atrizes mais entusiasmadas que talentosas, mas jovens o suficiente para que, apesar de sua falta de habilidade, fossem atraentes e agradáveis de ver — e não foi difícil aplaudi-las ao final do espetáculo.

Depois do recital ele não estava com fome, mas Charles estava e sugeriu — com ar esperançoso, David pensou — que fossem comer alguma coisa em sua casa. "Algo simples", ele disse, e David, sem ter nada melhor a fazer e precisando de uma distração, concordou.

Na casa, Charles sugeriu que se sentassem na sala de estar do primeiro andar, que, embora ostentasse a mesma extravagância excessiva da sala do térreo — tapetes tão grossos que pareciam peles de um animal sob os pés; cortinas de seda que crepitavam, como um papel pegando fogo, quando alguém roçava nelas —, pelo menos era menor, e por isso mais aconchegante. "Que tal comermos aqui mesmo?", David lhe perguntou.

"Podemos?", Charles perguntou, erguendo as sobrancelhas. "Eu havia pedido que Walden preparasse a sala de jantar. Mas eu preferiria ficar aqui, se você preferir."

"Como preferir", ele respondeu, de repente perdendo todo o interesse, não só na refeição como na conversa a respeito dela.

"Eu o avisarei", disse Charles, tocando o sino. "Pão, queijo, manteiga e talvez um pouquinho de frios", ele instruiu o mordomo, voltando-se para David em busca de sua aprovação, que este expressou com um breve aceno.

Ele estava decidido a permanecer quieto, infantil, emburrado, mas, mais uma vez, o jeito agradável de Charles logo fez com que se animasse a conversar. Ele contou a David sobre seus outros sobrinhos: Teddy, que estava no último ano de Amherst ("Então agora ele vai tirar o título de James, que até então era a primeira pessoa da nossa família a se formar na universidade, e eu pretendo recompensá-lo por isso"), e Henry, que logo se matricularia na Universidade da Pensilvânia ("Pois é, tudo indica que precisarei ir ao sul — bem, para *mim* aqui é sul! — com muito mais frequência"). Ele falava deles com tanto amor, tanto carinho, que David se viu sentindo um ciúme irracional. Ele não tinha nenhum motivo para isso, é claro — seu avô nunca lhe dissera nem uma palavra maldosa, e em sua vida ele nunca conhecera nenhuma dificuldade. Mas talvez aquela fosse uma inveja mal direcionada; talvez viesse da consciência do orgulho que Charles sentia dos sobrinhos, e da certeza de que ele próprio nunca fizera nada para dar aquele mesmo tipo de orgulho ao avô.

À medida que a noite avançava, eles falaram de vários aspectos de suas vidas: suas famílias, os amigos de Charles, as guerras no sul, o relaxamento das tensões entre seu país e o Maine, onde, devido à semiautonomia desse estado em relação à União, os cidadãos dos Estados Livres eram mais bem tolerados, mas não exatamente aceitos, e suas relações com o Oeste, onde o risco se tornara muito maior. Apesar dos temas desagradáveis que surgiam vez ou outra, era prazeroso estar com Charles, e em diversos momentos David se viu prestes a se abrir com ele, como se estivesse diante de um amigo, e não de alguém que lhe fizera uma oferta de casamento, a respeito de Edward: seus olhos escuros, velozes; o cor-de-rosa que lhe subia pelo pescoço quando falava de música ou de arte; os muitos obstáculos que precisara superar para trilhar sozinho seu caminho no mundo. Mas então ele se lembrava de onde estava, e de quem Charles era, e engolia as palavras. Se não pudesse ter Edward em seus braços, ele queria ter o nome de Edward na boca; ao falar dele, ele dava vida a Edward. Ele queria exibi-lo, queria contar a todo mundo que se dispusesse a ouvir que *aquela* era a pessoa que o escolhera, que *aquela* era a pessoa com quem ele passava seus dias, que *aquela* era a pessoa que lhe devolvera a vida. Mas, na ausência disso, ele teria de se satisfazer com Edward transformado em um segredo que ele levava dentro de si como uma língua de fogo branca e brilhante; uma coisa que ardia alta e pura e que aquecia só a ele, e que ele temia que desaparecesse caso chegasse perto demais. Ao pensar em Edward, ele quase sentia que o tinha conjurado, um fantasma que só ele podia enxergar, apoiando-se na escrivaninha nos fundos da sala, atrás de Charles, sorrindo para David e só para David.

Mas, ainda assim — ele sabia —, Edward não estava ali, nem em corpo, nem em essência. Com o passar das semanas, enquanto ele esperava ansioso por notícias de Edward, escrevendo com toda a dedicação suas cartas (cujo conteúdo, que antes consistia no que ele esperava serem notícias divertidas sobre sua vida e sobre a cidade, tendia cada vez mais a expressões de afeição e de saudades), sua preocupação se transmutara em confusão, e confusão em perplexidade, e perplexidade em mágoa, e mágoa em frustração, e frustração em raiva, e raiva em desespero, até que se viu de volta ao início do ciclo. Agora, a qualquer momento, ele experimentava todas essas sensações de uma só vez, de forma que era impossível distinguir uma da outra, e todas eram potencializadas por um desejo puro e profundo. Curiosamente, era o fato de estar na presença de Charles, alguém gentil em cuja companhia ele podia se permitir relaxar, que tornava esses sentimentos ainda mais intensos, e, portanto, opressivos — ele sabia que, se confidenciasse a Charles seu sofrimento, receberia conselhos, ou pelo menos compaixão, mas a crueldade da situação era que Charles era a única pessoa para quem ele jamais poderia contar aquilo.

David pensava nisso tudo, recapitulando seu dilema repetidas vezes, como se na próxima inspeção do problema uma solução pudesse se apresentar num passe de mágica, quando percebeu que Charles tinha parado de falar, e que ele, estando tão profundamente consumido por seu conflito, tinha deixado de escutar o que o outro dizia.

Ele se apressou em pedir desculpas, muitas delas, mas Charles se limitou a balançar a cabeça e em seguida se levantou da cadeira, indo até o divã em que David estava e se sentando ao seu lado.

"Há algo que o preocupa?", Charles perguntou.

"Não, não… Eu sinto muitíssimo. Creio que estou cansado, apenas isso, e essa lareira é tão linda e tão agradável que posso ter ficado com um pouco de sono, infelizmente… Sinto muito."

Charles assentiu e pegou em sua mão. "Mas você parece muito distraído", ele prosseguiu. "Incomodado, até. É algo que você não pode me contar?"

Ele sorriu para que Charles não se preocupasse. "Você é tão gentil comigo", ele disse, e então, com mais fervor, "tão gentil. Imagino como seria ter um amigo como você."

"Mas você conta com minha amizade", disse Charles, retribuindo o sorriso, e David compreendeu que havia dito a coisa errada, que estava fazendo exatamente o que seu avô lhe dissera para não fazer. O fato de não ser intencional não fazia nenhuma diferença.

"Espero que você me veja como amigo", Charles continuou, em voz baixa, "mas também como algo mais", e pousou as mãos sobre os ombros de David e o beijou, e continuou beijando-o até enfim fazer David se levantar e começar a desabotoar suas calças, e David deixou que Charles o despisse e esperou até que Charles se despisse em seguida.

Na charrete que o levou para casa, ele lamentou sua própria estupidez e o fato de, em seu estado de confusão, ter deixado Charles acreditar que queria, afinal, ser seu marido. Ele sabia que a cada vez que se encontrava com Charles, a cada conversa que tinham, a cada tentativa de contato a que respondia, ele avançava um pouco mais num caminho que levaria, inexoravelmente, a um só lugar. Não era tarde demais para desistir, para anunciar sua intenção de se virar e se retirar — ele não havia dado sua palavra, eles não haviam assinado nenhum documento e, ainda que tivesse se comportado de forma deselegante e enganosa, ele não estaria quebrando uma promessa —, mas se o fizesse ele sabia que tanto Charles quanto seu avô ficariam magoados, se não horrorizados, e com razão, pois a culpa seria toda dele. Ele havia permitido que Charles se aproximasse em parte porque se sentia agradecido por sua compaixão (e, David devia admitir, para recompensar Charles por gostar dele, quando não tinha a mesma certeza dos sentimentos de Edward), mas seus outros motivos eram muito menos respeitáveis e generosos: uma atração sexual frustrada e redirecionada, uma vontade de punir Edward por seu silêncio e distanciamento, uma vontade de se distrair dos próprios problemas. Ao fazer isso, ele havia criado, sem a ajuda de ninguém, um novo problema, um cenário no qual ele sem dúvida era o objeto do desejo de outra pessoa. Ele se arrepiou ao se dar conta de que esses eram seus pensamentos, de que era tão vaidoso e egoísta que havia encorajado não só qualquer pessoa, mas uma boa pessoa, a nutrir falsas esperanças e expectativas apenas porque seu orgulho estava ferido e porque queria se sentir lisonjeado.

Mas tamanha era a potência desse sentimento, desse desejo de amenizar as sensações desagradáveis que a ausência de Edward e seu silêncio prolongado lhe haviam despertado, que ao longo das três semanas seguintes — três semanas nas quais o dia 20 de fevereiro chegou e se foi, três semanas nas quais ele não teve nenhuma notícia de Edward — ele voltou a visitar Charles muitas vezes. Ao ver Charles, o entusiasmo e a excitação que ele sequer tentava disfarçar, David se via invadido a um só tempo por uma sensação de poder e pelo desprezo; ao ver Charles se atrapalhando para tirar a própria camisa, desajeitado de tanta urgência, a porta da sala do primeiro andar fechada e trancada às pressas assim que Walden os deixava, ele se sentia um sedutor, um feiticeiro, mas, depois, quando ouvia Charles sussurrar palavras de ternura em seu ouvido, ele só conseguia se sentir envergonhado pelo homem. Ele sabia que aquilo era errado, e até mesmo perverso — esperava-se que houvesse contato sexual antes de um casamento arranjado entre homens, mas isso em geral acontecia apenas uma ou duas vezes, e apenas para determinar se os envolvidos eram compatíveis —, mas não conseguia parar, mesmo que, em seu íntimo, suas motivações se tornassem cada vez mais indefensáveis, mesmo à medida que seu novo e injustificável desdém por Charles começava a se transformar numa espécie de repulsa. Mas quanto a isso ele também se sentia confuso. Ele não chegava a gostar das relações sexuais com Charles — embora tivesse passado a gostar da atenção que recebia, e da excitação e da força física de Charles, que se mostravam sempre consistentes e prolongadas, ele achava o homem muito sério, monótono e deselegante ao mesmo tempo —, mas quanto mais se entregava a elas, mais vívidas, ironicamente, se tornavam as lembranças de Edward, pois ele nunca deixava de comparar os dois, e de achar o primeiro inferior. Quando sentia o volume do corpo de Charles se lançando contra o seu, ele se via ansiando pela magreza graciosa de Edward, e imaginava como contaria a Edward sobre Charles, e como Edward reagiria com sua risadinha baixa e fascinante. Mas, é claro, não havia Edward a quem contar, com quem compartilhar aquele seu deboche não dito e tão cruel sobre a pessoa que de fato *estava* à sua frente, disposta, sincera e receptiva em todos os sentidos: Charles Griffith. Charles havia se tornado desagradável para ele exatamente *porque* ele se colocara à sua disposição, mas essa mesma disponibilidade tão generosa também fazia com que David se sentisse menos vulnerável, menos desamparado diante do silêncio prolongado de Edward. Ele passara a nutrir uma espécie de ódio por Charles, porque este o amava tanto e, sobretudo, porque este não era Edward. Graças à crescente repulsa que sentia por Charles, os momentos que passava com ele pareciam quase um sacrifício, uma autopenitência deliciosa, um ato de degradação quase religioso que — ao menos para ele — só provava que estava disposto a tudo para um dia reencontrar Edward.

"Acho que estou apaixonado por você", Charles lhe disse certa noite no início de março enquanto ele se aprontava para partir, abotoando a camisa e procurando a gravata ao seu redor. Mas, embora tivesse dito isso em alto em bom som, David fingiu não ouvir, limitando-se a olhar por cima dos ombros em uma despedida apressada. Ele sabia que, a essa altura, Charles estava chocado, até mesmo magoado, com sua frieza, com sua relutância cada vez mais explícita em corresponder às suas demonstrações de afeto, e também tinha consciência de que, no tratamento que oferecia a Charles, estava perpetuando um mau menor, mas muito verdadeiro: estava retribuindo honradez com crueldade.

"Preciso ir", ele anunciou, preenchendo o silêncio no qual a declaração de Charles se instalara, "mas lhe escreverei amanhã."

"É mesmo?", perguntou Charles, com jeitinho, e David mais uma vez sentiu aquela combinação de impaciência e ternura.

"Sim", ele disse. "Prometo."

Ele voltou a ver Charles em uma tarde de domingo, e, quando estava indo embora, Charles lhe perguntou — como sempre fazia depois de seus encontros — se gostaria de ficar para o jantar, se gostaria de ir a esse concerto ou àquela peça de teatro. Ele sempre inventava alguma justificativa, por saber que a cada novo encontro a pergunta que David sabia que Charles não ousava fazer avultava, e a sensação passou a ser de que se materializara como uma névoa, de forma que todo movimento que os dois faziam os conduzia cada vez mais fundo num breu ofuscante e impermeável. David mais uma vez havia passado a maior parte de seu tempo com Charles pensando em Edward, tentando imaginar que Charles *era* Edward, e embora fosse, como sempre, educado com Charles, seus modos se tornavam cada vez mais formais, apesar da intimidade crescente de seus comportamentos.

"Espere", Charles disse, "não se vista tão depressa… Deixe-me olhar para você um pouco mais." Mas David disse que seu avô o estava esperando, e foi embora antes que Charles pudesse pedir de novo.

Depois de cada visita, ele foi se sentindo cada vez mais infeliz: pelo tratamento que oferecia ao pobre Charles, um homem tão bom, pela maneira como se portava, sendo um Bingham, e por viver a cargo de seu avô, pela forma como seu desejo desvairado por Edward o levava a se comportar. Mas ele não poderia culpar Edward por suas escolhas, quaisquer que fossem seus motivos para não escrever — aquelas eram suas decisões, e apenas suas, e, em vez de suportar sua angústia sozinho e com coragem, ele agora havia permitido que ela também infectasse Charles.

Mas, embora voltasse para Charles em busca de distração, estar com ele também inspirava perguntas indesejadas e novas dúvidas: sempre que Charles falava sobre seus amigos, sobre seus sobrinhos, sobre seus parceiros de negócios, ele era lembrado de que Edward o havia impedido de descobrir seu paradeiro. Os amigos de Edward tinham sido identificados apenas pelo primeiro nome, nunca pelo sobrenome — David se deu conta de que nem sequer sabia os nomes de casadas das irmãs. Toda vez que Charles lhe fazia perguntas sobre ele, sua infância e seus tempos de escola, seu avô e seus irmãos, ele era lembrado de que Edward raramente fizera tais perguntas. Ele não havia notado na época, mas agora se lembrava disso. Teria sido por falta de interesse? Ele pensou com amargura em como certa vez havia sentido que Edward queria sua aprovação e se mostrou grato quando David a demonstrou, e agora compreendeu como havia se equivocado, como, desde o início, Edward tinha estado sempre no controle.

Na quarta-feira seguinte, ele estava organizando a sala depois de ministrar sua aula quando ouviu o som de seu nome ecoando pelo corredor. Na semana anterior, o piano, que até então permanecera intacto na frente da sala, uma homenagem a Edward e mais tarde a seu desaparecimento, havia sido relegado a um canto, onde o descuido o devolveria a seu mau estado natural.

Ele se virou, e na sala entrou a governanta, pisando firme e olhando para ele com uma expressão reprovadora, como sempre. "Voltem para suas salas agora, crianças", ela disse aos últimos alunos que tinham ficado para trás, dando-lhes palmadinhas na cabeça ou nos ombros quando a cumprimentavam. E, então, voltando-se para ele: "Sr. Bingham, como vão indo suas aulas?".

"Muito bem, obrigado."

"O senhor faz muito bem em vir ensinar minhas crianças. Elas gostam muito do senhor, como já deve saber."

"E eu delas."

"Vim lhe trazer isto", a governanta disse, e tirou do bolso um envelope branco e fino, que ele pegou e quase derrubou quando viu a caligrafia.

"Sim, é do *sr. Bishop*", ela disse, secamente, falando o nome de Edward. "Ele enfim se dignou a voltar para nós, ao que parece." Nas semanas desde o desaparecimento de Edward, a governanta havia sido a única aliada improvável e involuntária de David, a única pessoa na vida de David que tinha tanto interesse no paradeiro de Edward quanto ele próprio. A motivação de cada um para trazê-lo de volta, entretanto, era bastante diversa — pelo que ela confidenciara a David quando este finalmente se obrigara a lhe perguntar, Edward lhe implorara por uma licença por causa de uma emergência familiar, e voltaria a ministrar suas aulas no dia 22 de fevereiro, mas essa data havia se passado e ela não recebera nenhuma notícia dele, de forma que a governanta fora obrigada a pôr fim à aula de música.

("Acredito que a mãe dele, que vive em New England, está muito doente", a governanta dissera, parecendo irritada com a ideia da mãe doente.

"Acredito que ele seja órfão", David se arriscara a dizer, depois de uma pausa. "Acredito que foi a irmã dele que teve um bebê."

A governanta parou e pensou nisso. "Tenho quase certeza de que ele disse que era a mãe", ela disse. "Eu não teria concedido uma licença por causa de um bebê. Mas nunca se sabe", ela disse, perdendo a convicção — a certa altura de todas as interações com David, ela parecia se lembrar de que ele era patrono de sua escola e adaptava sua voz e seus trejeitos — "talvez eu tenha me enganado. Só Deus sabe como tem gente me contando sobre suas vidas e suas dificuldades o dia inteiro, e eu simplesmente não consigo memorizar cada detalhe. Ele disse que ela estava em Vermont, não era? E são três irmãs?"

"Sim", ele dissera, sentindo o alívio lhe invadir, "isso mesmo.")

"Quando a senhora recebeu isso?", ele perguntou, com uma voz débil, querendo se sentar e ao mesmo tempo que a governanta fosse embora imediatamente, para que ele pudesse rasgar o envelope e ler a carta.

"Ontem", a governanta respondeu bufando. "Ele teve a empáfia de vir até aqui para pedir seu último pagamento, e eu aproveitei para lhe dar um puxão de orelha, disse que ele tinha desapontado muito as crianças, que tinha sido muito egoísta, indo embora assim e não voltando conforme o prometido. E ele disse…"

David a interrompeu. "Senhora, eu sinto muitíssimo", ele disse, "mas eu preciso mesmo ir, tenho um compromisso para o qual não posso me atrasar."

A governanta se endireitou inteira, e era óbvio que estava contrariada. "Claro, sr. Bingham", ela disse. "A última coisa que quero é importunar o *senhor*. Pelo menos o *senhor* eu verei na semana que vem."

Eram poucos metros da frente da escola para sua charrete, mas ele não conseguiu esperar nem isso e abriu a carta nos degraus da entrada, quase a derrubando mais uma vez, os dedos tremendo de frio e de ansiedade.

Meu adorado David…
5 de março de 1894

O que você deve pensar de mim! Estou tão envergonhado, tão constrangido, sinto muito, muitíssimo! Tudo o que posso dizer é que meu silêncio não foi uma escolha, e que pensei em você em todos os minutos de todas as horas de todos os dias. Foi tudo o que pude fazer, quando retornei ontem, para não me jogar diante da porta da sua casa em Washington Square e esperar para implorar por seu perdão, mas eu não sabia como seria recebido.

E permaneço não sabendo. Mas se me conceder o privilégio de tentar consertar o que lhe fiz, imploro que venha até minha pensão a qualquer hora.

Até lá, eu continuo sendo…
Seu amoroso Edward

XII.

Não lhe restava outra opção. Ele pediu ao cocheiro que fosse até sua casa e enviasse a seu avô uma mensagem avisando que ele iria encontrar com Charles Griffith naquela noite, e em seguida, virando-se e estremecendo por ter mentido, ele observou a charrete virar a esquina e começou a correr, sem se importar com uma cena que estava fazendo. Nesse momento, a possibilidade de se humilhar publicamente não significava nada comparada à chance de reencontrar Edward.

Na pensão, ele foi recebido pela mesma criada de feições pálidas e subiu correndo os lances de escada. Foi só no último patamar que hesitou, ciente de que sob seu entusiasmo também espreitavam outras sensações muito diversas: dúvida, confusão, raiva. Mas isso não foi suficiente para impedi-lo, e, antes mesmo que parasse de bater, a porta se abriu e Edward estava em seus braços, beijando-o onde pudesse, afoito como um filhote de cachorro, e David, por sua vez, sentiu suas preocupações desaparecerem, varridas pela felicidade e pelo alívio.

Mas, quando conseguiu se afastar um pouco de Edward, ele viu seu rosto: seu olho direito estava roxo, seu lábio inferior, cortado e manchado de sangue seco. "Edward", ele disse, "meu Edward querido! Minha nossa, o que é isso?"

"Isso", respondeu Edward, num tom quase atrevido, "é um dos motivos pelos quais não pude lhe escrever", e, depois que conseguiram se acalmar, ele começou a explicar o que havia acontecido em sua infeliz visita às suas irmãs.

No início, Edward disse, tudo correu bem. Tudo correra bem em sua viagem, apesar do frio, e ele tinha saído do caminho para passar três noites em Boston, visitando alguns velhos amigos da família antes de seguir viagem até Burlington. Lá, ele foi recebido por suas três irmãs: Laura, que logo teria seu bebê, Margaret e Belle, é claro, que tinha vindo de New Hampshire. Laura e Margaret, que tinham idades próximas e eram parecidas em todo o resto, compartilhavam uma casa de madeira muito ampla, e cada irmã e seu respectivo marido viviam num andar diferente, e Belle se acomodou com Laura, e Edward, com Margaret.

Margaret saía todas as manhãs para ir à escola comunitária, mas Laura, Belle e Edward passavam os dias conversando e rindo, admirando os casaquinhos, cobertores e meias que Laura, Margaret e seus maridos tinham tricotado, e, quando Margaret voltava, à tarde, eles ficavam sentados diante da lareira e falavam sobre seus pais e sobre suas lembranças de quando eram crianças, enquanto os maridos de Laura e de Margaret — o marido de Laura também era professor, o de Margaret era contador — terminavam os afazeres domésticos que as irmãs geralmente teriam feito para que tivessem mais tempo juntas.

("É claro que contei a eles sobre você", Edward disse.

"É mesmo?", David perguntou, lisonjeado. "O que você disse?"

"Eu disse que tinha conhecido um homem belo e inteligente, e que já sentia saudade dele."

David se viu ruborizando de alegria, mas se limitou a dizer: "Prossiga".)

No sexto dia dessa agradável visita, Laura deu à luz um bebê saudável, um menino, que ela chamou de Francis, em homenagem a seu pai. Esse era o primeiro filho dos irmãos Bishop, e todos comemoraram como se tivessem gerado a criança. O plano era que Edward e Belle ficariam por mais duas ou três semanas, e, apesar da exaustão de Laura, todos estavam contentes: eram seis adultos para cuidar de um bebê. Mas o fato de todos os quatro estarem juntos, depois de tanto tempo, os fez pensar também em seus pais, e em mais de uma ocasião algum deles foi às lágrimas enquanto falavam em como seus pais haviam se sacrificado para lhes dar uma vida melhor nos Estados Livres, e em como, independentemente de suas decepções, gostariam de ver os filhos reunidos.

("Ficamos tão ocupados que mal tive tempo de fazer outras coisas", disse Edward, antes que David pudesse lhe perguntar por que ele não escrevera. "Eu sempre pensava em você; comecei centenas de cartas para você em pensamento. E então o bebê começava a chorar, ou tínhamos de esquentar o leite, ou eu precisava ajudar meus cunhados com as tarefas — eu jamais teria imaginado o trabalho que um só bebezinho poderia dar! —, e qualquer intervalo no qual eu poderia levar a caneta ao papel desaparecia."

"Mas por que você não me enviou o endereço das suas irmãs, pelo menos?", ele perguntou, odiando a si mesmo pelo tremor que surgira em sua voz.

"Ora! *Isso* eu só posso atribuir à minha estupidez… Eu tinha certeza *absoluta* de que tinha lhe dado o endereço antes de partir. Na verdade, achei muito curioso que *você* não tivesse *me* enviado nada; todos os dias, quando uma das minhas irmãs voltava do correio, eu perguntava se tinha chegado algo com seu nome, mas nunca chegava. Não consigo expressar a tristeza que senti. Tive medo de que você tivesse me esquecido."

"Como você pode ver, eu não me esqueci", ele murmurou, tentando não parecer petulante quando apontou para a imensa e embaraçosa pilha de cartas que a criada havia amarrado com um barbante e que agora repousava, intocada, sobre o baú aos pés da cama de Edward. Mas Edward, mais uma vez antevendo a mágoa que David sentia, o envolveu nos braços. "Eu as guardei na esperança de que um dia pudesse encontrá-lo e explicar minha ausência pessoalmente", ele disse. "E então, depois que você tivesse me perdoado, como eu tanto desejava, e ainda desejo, que nós talvez as lêssemos juntos, e você pudesse me contar tudo o que estava sentindo e pensando quando as escreveu, e seria como se nosso período separados nunca tivesse ocorrido, como se estivéssemos sempre juntos.")

Depois de quase uma quinzena, Edward e Belle estavam se preparando para partir. Iriam para Manchester, onde Edward ficaria com a sua irmã por vários dias antes de finalmente fazer a viagem de volta para Nova York. Mas quando chegaram à casa de Belle, e esta chamou o nome do marido assim que entraram pela porta, foram recebidos apenas pelo silêncio.

No início eles não se preocuparam. "Ele ainda deve estar na clínica", Belle disse, descontraída, e mandou Edward subir para o quarto de hóspedes enquanto ela ia à cozinha preparar algo para comerem. Mas, quando desceu, Edward a encontrou em pé, imóvel, no meio do cômodo, olhando para a mesa, e quando se virou para encará-lo seu rosto estava muito pálido.

"Ele sumiu", ela disse.

"O que você quer dizer com isso?", Edward lhe perguntou, mas, ao olhar ao redor, percebeu que a cozinha não era usada havia pelo menos uma semana: o forno estava enegrecido e frio, os pratos e chaleiras, secos e marcados por uma leve camada de poeira. Ele pegou o bilhete que Belle segurava e viu que a caligrafia era de seu cunhado, e que ele pedia desculpas e dizia a ela que era um homem indigno, mas havia partido para viver com outra mulher.

"Sylvie", Belle sussurrou. "Nossa empregada. Ela também não está aqui." Ela desmaiou, e Edward a pegou nos braços antes que caísse e a levou até a cama.

Como os dias que se seguiram foram difíceis! A pobre Belle oscilava entre o silêncio e o choro, e Edward enviou uma carta às irmãs para lhes dar aquela triste notícia. Ele, muito nervoso, foi até a clínica do cunhado, Mason, mas ambas as enfermeiras afirmaram não saber nada; ele chegou até a informar à polícia sobre o desaparecimento de Mason, mas os policiais disseram que não podiam se envolver em assuntos domésticos. "Mas esse não é qualquer assunto doméstico", Edward protestou. "Esse homem abandonou a esposa, minha irmã, uma mulher e uma companheira boa e fiel, e fugiu às escondidas enquanto ela estava cuidando da irmã grávida em Vermont. Esse homem precisa ser encontrado e apresentado ao tribunal!" Os policiais demonstraram compaixão, mas se disseram impotentes, e a cada dia Edward sentiu sua revolta crescer lado a lado com o desespero — ver a irmã encarando o fogão vazio, calada, os cabelos presos num coque descuidado, esfregando as mãos e usando o mesmo vestido de lã que usava havia quatro dias fez com que ele ficasse ainda mais consciente de sua impotência e ainda mais determinado a, se não pudesse trazer de volta o marido de sua amada irmãzinha, pelo menos vingá-la.

E então, certa noite, ele estava na taverna da região, bebendo cidra e pensando no dilema da irmã, quando viu ninguém menos que Mason.

("Ele não tinha mudado em nada", Edward respondeu à pergunta de David. "Percebi naquele momento que eu havia pensado que, se o visse de novo, estaria transformado de alguma forma, como se seu mau caráter e seus modos grosseiros pudessem se revelar, de alguma forma, em suas feições. Mas isso não tinha acontecido. Graças aos céus ele não estava com aquela menina, Sylvie, ou eu não teria sido capaz de fazer o que fiz.")

Ele não planejava fazer nada quando se aproximou de Mason com passos firmes, mas assim que notou que seu cunhado o reconhecera, Edward cerrou o punho e deu um soco na cara de Mason. Logo que se recuperou do choque inicial, Mason reagiu, mas no mesmo instante a briga foi apartada por vários outros clientes, que os separaram — porém, como Edward comentou com certa satisfação, não antes que ele pudesse lhes contar sobre o comportamento desprezível de seu antigo cunhado.

"Manchester é muito pequena", ele disse. "Todos se conhecem, e Mason não é o único médico da cidade. Ele nunca vai conseguir limpar sua imagem, e é isso que merece, pois prejudicou seu futuro com seu mau comportamento."

Segundo Edward, Belle reagiu com horror à sua atitude — e Edward também sentia remorso: não por ter atacado Mason, mas porque a briga trouxera ainda mais tristeza e constrangimento à irmã —, mas ele se permitiu pensar que, no fundo, ela também estava satisfeita. Os dois tiveram uma longa conversa no dia seguinte, depois que Belle havia limpado seu rosto e suturado seu lábio ("Não quero me vangloriar, mas tenho certeza de que Mason levou a pior, embora eu também deva admitir que bater em alguém não foi a decisão mais sábia, dada a minha profissão"), e concordaram que Belle não podia permanecer em Manchester — onde toda a família estendida de Mason vivia —, nem no casamento. Laura e Margaret já tinham enviado um telegrama e depois uma carta insistindo que Belle fosse morar com elas em Vermont — havia espaço de sobra na casa, e Belle, que, conforme David se lembrava, era uma enfermeira treinada, conseguiria encontrar um bom trabalho por lá. Mas Belle não queria interferir num período tão alegre e movimentado da vida de Laura e, além do mais, como ela confidenciou a Edward, desejava ter um pouco de silêncio, tempo e espaço para pensar. E assim os irmãos decidiram que Belle acompanharia Edward numa viagem a Boston, onde ele mais uma vez permaneceria por algumas noites, na casa dos amigos da família, antes de enfim retornar a Nova York. Belle gostava muito desses amigos, e eles, dela, e lá ela poderia refletir sobre suas opções com mais calma: ela se divorciaria de Mason, isso era certo, mas ainda não sabia se permaneceria em Manchester ou se talvez se juntaria às irmãs em Vermont.

"Então, como pode ver", Edward concluiu, "a viagem foi muito diferente do que eu havia previsto, e as dificuldades de Belle ofuscaram todas as minhas boas intenções. Eu errei, errei *tanto*, em não me comunicar com você, mas eu estava tão consumido pelos problemas da minha irmã que deixei todo o resto de lado. Foi uma atitude terrível, eu sei, mas espero que você possa compreender. Por favor, diga que você me perdoa, querido David. Por favor, diga que sim."

Ele o perdoava? Sim e ao mesmo tempo não — ele lamentava por Belle, é claro, mas, ainda assim, em seu egoísmo, era incapaz de não continuar pensando que Edward poderia ter encontrado algum tempo para rabiscar um mísero bilhetinho, e até mesmo que Edward *deveria* tê-lo feito, porque se houvesse lhe confidenciado os acontecimentos, ele poderia tê-lo ajudado de alguma forma. *Como* ele não sabia, mas gostaria de ter tido a oportunidade de tentar.

Mas mencionar qualquer uma dessas coisas teria sido muito infantil, muito mesquinho. De maneira que sua resposta para Edward foi "é claro". "Meu pobre Edward. É claro que eu o perdoo", e foi recompensado com um beijo.

Mas a história de Edward ainda não havia terminado. Quando enfim chegaram à casa de seus amigos, os Cooke, Bella já estava muito mais calma, mais resoluta, e Edward sabia que alguns dias na companhia deles serviriam para animá-la ainda mais. Os Cooke, Susannah e Aubrey, eram casados e um pouco mais velhos que Margaret; Susannah, ela mesma uma fugitiva das Colônias, havia morado com seus pais no prédio ao lado da casa dos Bishop, e ela e seus irmãos e Edward e os seus tinham sido amigos desde que eram crianças. Agora ela e seu marido tinham uma pequena fábrica têxtil em Boston e moravam numa casa nova e bonita próximo ao rio.

Edward gostou de rever os Cooke, também porque Susannah e Belle tinham muito carinho uma pela outra, com Susannah assumindo o papel de uma terceira irmã mais velha — as duas se recolhiam para o quarto de Belle e ficavam conversando até tarde, enquanto Edward e Aubrey ficavam na sala de estar jogando xadrez. Na quarta noite de sua estada, porém, Aubrey e Susannah disseram aos irmãos Bishop que precisavam discutir com eles um assunto importante, e assim, depois do jantar, todos eles se reuniram na sala e os Cooke anunciaram que tinham uma notícia importante.

Pouco mais de um ano antes, o casal havia sido procurado por um francês com quem tinha feito negócio ao longo dos anos e que lhe apresentara uma proposta irresistível: estabelecer a Califórnia como a principal região produtora de seda do Novo Mundo. O francês, Étienne Louis, já havia adquirido uma propriedade de mais de 2 mil hectares ao norte de Los Angeles, plantado quase mil árvores e estabelecido chocadeiras que poderiam receber dezenas de milhares de bichos-da-seda e ovos. Com o passar do tempo, a propriedade se tornaria uma colônia autossustentável: Louis já estava empregando a primeira do que se esperava serem cem pessoas especializadas em vários aspectos da produção da seda, desde os cuidados com as árvores até a alimentação dos bichos e a colheita dos casulos, além, é claro, das etapas em que se fiava e tecia a própria seda. Os trabalhadores seriam, em sua maioria, chineses — muitos dos quais haviam ficado sem trabalho depois da implantação da ferrovia transcontinental, sem conseguir voltar para suas casas ou, graças às leis de 92, trazer suas famílias do Oriente. Um número alarmante tinha perdido tudo ou se entregado à depravação e ao ópio, entre outras atividades reprováveis — e os Cooke e Louis só precisariam lhes pagar uma ninharia; a cidade de San Francisco, onde a maioria deles vivia, estava ajudando Louis a encontrar candidatos adequados que ele poderia convencer a irem para o Sul. O plano era que a colônia começasse suas operações no início do outono.

Os irmãos Bishop ficaram quase tão entusiasmados em ouvir a notícia dos Cooke quanto eles ficaram ao contá-la. Era, conforme todos os quatro concordaram, um plano brilhante — a população da Califórnia estava crescendo tão rápido, e a indústria têxtil organizada era tão pequena, que não havia dúvida de que o retorno seria generoso. Todos sabiam que uma pessoa inteligente e dedicada poderia ganhar um bom dinheiro no Oeste, e os Cooke não eram só uma pessoa inteligente e dedicada, mas duas. Estavam destinados ao sucesso. Era uma novidade animadora, ainda mais depois de uma semana tão difícil.

Mas essa não era a única surpresa que os Cooke lhes reservavam. Pretendiam convidar Belle e Edward para supervisionar o empreendimento. "Íamos convidar vocês de qualquer forma", Susannah disse. "Vocês dois e Mason. Mas agora, querida Belle, espero que saiba que digo isso sem nenhuma maldade, isso parece providencial. É uma nova oportunidade para você, uma nova vida, uma chance de recomeçar."

"Quanta generosidade!", disse Belle assim que se recompôs. "Mas nem eu nem Edward sabemos qualquer coisa sobre tecidos, nem sobre a administração de uma fábrica!"

"É verdade", Edward concordou. "Querida Susannah, querido Aubrey... Ficamos muito lisonjeados, mas certamente vocês precisam de alguém que tenha experiência nesses aspectos."

Mas Susannah e Aubrey insistiram. Haveria um capataz, e o próprio Aubrey viajaria para o Oeste no outono para se encontrar com Louis e para supervisionar o negócio no começo. Assim que Belle e Edward chegassem, eles aprenderiam aos poucos, na prática. O mais importante era que os Cooke tivessem ao seu lado pessoas em quem confiar. Havia tantos aspectos misteriosos a respeito do Oeste que eles precisavam de parceiros de negócios com quem pudessem contar, cuja história e cujo caráter conhecessem completamente. "E quem conhecemos melhor ou em quem confiamos mais do que vocês?", Susannah disse. "Você e Belle são quase como irmãos para nós!"

"Mas e Louis?"

"Nós confiamos nele, é claro. Mas não o conhecemos como conhecemos vocês."

Belle riu. "Aubrey querido", ela disse, "eu sou enfermeira; Edward é pianista. Não sabemos nada do cultivo do bicho-da-seda, ou de amoreiras, ou de tecidos, ou de negócios! Ora, colocaríamos tudo a perder!"

Os quatro discutiram essas questões por um tempo, de forma acalorada mas bem-humorada, até que, por fim, Aubrey e Susannah conseguiram fazer com que os Bishop prometessem pensar na oferta, e depois, como já estava muito tarde, todos foram se deitar, mas com um sorriso e congratulações nos lábios, pois, embora os Bishop ainda considerassem aquela ideia improvável, estavam lisonjeados com o convite e cheios de uma nova gratidão pela generosidade e pela confiança dos amigos.

No dia seguinte Edward partiria, mas, depois de se despedir dos Cooke e antes de pegar sua carruagem, ele e Belle saíram para uma rápida caminhada. Por algum tempo os irmãos andaram em silêncio, de braços dados, parando para olhar os patos que iam voando até o rio e, depois de mergulhar seus pés palmados na água, saíam voando mais uma vez, grasnando bem alto, incomodados com a água fria.

"E a gente pensa que eles já nascem sabendo disso...", Edward comentou, observando os patos. E em seguida, para sua irmã: "O que você pretende fazer?".

"Ainda não sei ao certo", ela respondeu. Mas então, quando se aproximaram novamente da casa dos Cooke, onde as malas de Edward os aguardavam, ela disse: "Mas acho que poderíamos avaliar a oferta".

"Belle, minha querida!"

"Poderia ser uma vida nova para nós, Edward, uma aventura. Ainda somos tão jovens, nós dois... Eu só tenho vinte e um anos! E, não diga nada, mas não estaríamos completamente sozinhos. Teríamos um ao outro."

Nesse momento foram eles que discutiram o assunto de forma enérgica, mas Edward quase perdeu a carruagem, e eles enfim se despediram, com gestos carinhosos, Edward prometendo a Belle que pensaria na proposta dos Cooke, embora não tivesse nenhuma intenção de fazê-lo. Mas assim que entrou na carruagem, e depois, nas muitas horas da primeira parte da jornada, ele se pegou pensando cada vez mais naquela ideia. Por que ele *não* iria para o Oeste? Por que ele *não* iria atrás de fazer um bom dinheiro? Por que ele *não* iria querer viver uma aventura? Belle estava certa: eles eram jovens e o sucesso da empreitada estava garantido. E mesmo se não fosse, ele não vivera sempre desejando uma vida emocionante? Por acaso havia chegado a se sentir em casa em Nova York? Na situação atual suas irmãs já viviam muito longe, e ele estava sozinho numa cidade cujas brutalidades cotidianas — relacionadas a dinheiro, status, clima — o desgastavam tanto que, embora só tivesse vinte e três anos, ele se sentia muito mais velho, cansado de viver num lugar onde sempre passava frio, onde vivia se desdobrando para ganhar algum dinheiro, onde ainda sentia, com mais frequência do que jamais imaginara, que era apenas um visitante, uma criança da Colônia esperando para descer na última estação e chegar a seu destino. E ele pensou também mais uma vez em seus pais, que haviam feito sua longa e transformadora jornada de um lugar a outro — não estaria na hora de ele se lançar na sua própria jornada espelhada? Laura e Margaret haviam encontrado seu lar, e ele ficava nos Estados Livres, e ele estava feliz por elas. Mas, se pudesse ser honesto consigo mesmo, precisaria admitir que durante a vida inteira, desde que se conhecia por gente, ele também vinha sonhando com aquela sensação de contentamento e de segurança que as duas tinham conquistado, mas essa possibilidade parecia mais distante a cada ano que se passava.

Depois de alguns dias às voltas com esses pensamentos, ele retornou a Nova York, e foi como se a cidade, intuindo sua dúvida crescente, tivesse decidido puni-lo com suas características mais desagradáveis para que chegasse à inevitável decisão correta. Seu primeiro passo no solo da cidade não havia sido sobre terra, e sim numa grande poça que se formara num buraco na via, um lago de água gélida e imunda que o encharcara até a panturrilha. E depois vieram os odores, os sons, as visões: os moradores de rua puxando seus carrinhos de madeira com rodas disformes que acabam desviando da calçada e iam, com um solavanco, parar nas ruas enlameadas, os homens curvados como mulas; as crianças de rostos cinza e olhos de fome saindo enfileiradas e apáticas da fábrica onde haviam passado horas pregando botões em peças de roupa de má qualidade; os mascates desesperados para vender suas parcas mercadorias, coisas que ninguém queria exceto os mais miseráveis, os desgraçados que não tinham nem um centavo para pagar por uma cebola tão mirrada, seca e dura quanto uma concha de ostra, uma xícara de feijões que se retorciam junto das larvas brancas, meio cinza; os pedintes, cambistas e batedores de carteira; as turbas de gente pobre, que passava frio e fome e que levava a vida aos trancos e barrancos nessa cidade intolerável, soberba, desalmada, e as únicas testemunhas de tanta miséria humana eram as gárgulas de pedra que olhavam tudo de soslaio, com seus sorrisos zombeteiros, empoleiradas nos edifícios imponentes muito acima da algazarra das ruas. E depois, já na pensão, uma criada lhe entregou uma carta na qual Florence Larsson, que ninguém nunca tinha visto, ameaçava despejá-lo, mas ele prontamente a acalmou pagando adiantado o aluguel de um mês adicional junto do montante que não havia pagado devido à sua longa viagem, e lá ele subiu a escada uma vez mais, aquela escada que cheirava a repolho e a bolor mesmo no verão, e depois chegou ao seu quarto congelante com seus poucos pertences e sua vista melancólica das árvores negras e nuas. E foi então, soprando ar quente nas próprias mãos para recuperar a sensibilidade dos dedos o suficiente para poder buscar um pouco d'água e dar início ao exaustivo processo de se aquecer, que ele tomou sua decisão: ele iria para a Califórnia. Ele ajudaria os Cooke a começar sua produção de seda. Ele se tornaria um homem rico, um homem livre. E se um dia voltasse a Nova York — embora não conseguisse pensar em um motivo para voltar —, o faria sem se sentir um indigente, sem pedir desculpas a ninguém. Nova York nunca poderia libertá-lo, mas talvez a Califórnia pudesse.

Houve um longo silêncio.

"Então você está indo embora", David disse, embora mal conseguisse articular essas palavras.

Edward vinha olhando para cima e para além dele enquanto falava, mas nesse momento olhou David nos olhos. "Sim", ele respondeu. E em seguida: "E você virá comigo".

"Eu?", ele enfim conseguiu responder. E em seguida: "Eu! Não, Edward. Não".

"Mas por que não, afinal?"

"Edward! Não... eu... não. Aqui é a minha casa. Eu nunca poderia deixá-la."

"Mas por que não?" Edward saiu da cama e se ajoelhou a seus pés, pegando as mãos de David entre as suas. "Pense nisso, David... Pense nisso. Estaríamos juntos. Seria uma nova vida para nós, uma nova vida juntos, uma nova vida juntos sob o sol, aquecidos. David. Você não quer estar comigo? Você não me ama?"

"Você sabe que eu o amo", ele admitiu num tom sofrido.

"E eu amo você", Edward disse, fervoroso, mas essas palavras, que David tanto havia esperado e desejado ouvir, foram eclipsadas pelo contexto extraordinário em que foram ditas.

"Podemos ficar juntos aqui!"

"David, meu querido, você sabe que isso não é verdade. Você sabe que seu avô jamais deixaria que você se relacionasse com alguém como eu."

Para isso ele não tinha resposta, pois sabia que era verdade, e sabia que Edward também sabia. "Mas nunca poderíamos estar juntos no Oeste, Edward. Pense bem! É *perigoso* ser como nós naquela região... Poderíamos ser presos, poderíamos ser assassinados."

"Nada nos acontecerá! Sabemos ser cautelosos. David, as pessoas que correm perigo são aquelas que são, que são... *excessivas* em sua maneira de ser, que *fazem alarde* a respeito disso, que *pedem* para ser notadas. Não somos esse tipo de gente e nunca seremos."

"Mas somos, *sim*, esse tipo de gente, Edward! Não há diferença entre nós e essas pessoas! Se um dia suspeitassem de nós, se um dia nos pegassem no flagra, sofreríamos graves consequências. Se não pudéssemos viver sendo quem somos, como seríamos livres?"

E nesse momento Edward se levantou e girou para longe dele, e quando se virou de volta tinha uma expressão gentil no rosto, e se sentou ao lado de David na cama e voltou a pegar suas mãos. "Perdoe-me, David, por perguntar isso", ele disse, em voz baixa, "mas você é livre hoje?" E, vendo que David era incapaz de lhe responder: "David. Meu inocente. Você algum dia pensou em como sua vida poderia ser se seu nome não significasse nada para ninguém? Se você pudesse fugir daquilo que as pessoas supõem que você deveria ser e, em vez disso, se tornar quem você quer ser? Se o sobrenome Bingham fosse qualquer outro, como Bishop, ou Smith, ou Jones, em vez de uma palavra cinzelada em mármore no topo de um grandioso monumento?

"E se você fosse apenas o sr. Bingham, assim como eu sou apenas o sr. Bishop? O sr. Bingham de Los Angeles: um artista talentoso, um homem amável, bondoso e inteligente, e casado, secretamente, talvez, mas nem por isso com menos verdade, com Edward Bishop? Que morasse com ele numa casinha num imenso pomar de árvores de folhas prateadas numa terra em que não houvesse gelo, nem inverno, nem neve? Que passasse a entender quem ele gostaria de ser? Que, depois de um tempo, talvez alguns anos, talvez muitos, pudesse se mudar novamente para o Leste com seu marido, ou vir sozinho visitar seu amado avô? Que me teria nos braços todas as noites e manhãs, e que seria sempre amado por seu marido, e mais amado porque seu marido seria só dele, e apenas dele? Que poderia escolher, quando quisesse, ser o sr. David Bingham de Washington Square, de Nova York, dos Estados Livres, neto mais velho e mais adorado de Nathaniel Bingham, que também seria algo menos, e portanto algo mais; que pertenceria a alguém que ele escolheu, e ao mesmo tempo pertenceria também apenas a si mesmo. David. É possível que isso não seja você? É possível que isso não seja quem você realmente é?"

Ele se levantou, afastando-se de Edward num gesto brusco, e subiu o único degrau que levava à lareira, que estava fria e preta e vazia, mas que, ainda assim, ele encarou como se olhasse o fogo.

Atrás dele, Edward continuava falando. "Você está assustado", ele disse. "Eu entendo. Mas você sempre terá a mim. Eu, meu amor, minha afeição e minha admiração por você... David, você sempre terá isso. Mas morar na Califórnia seria mesmo tão diferente de estar aqui, em certos sentidos? Aqui, somos livres como pessoas, mas não como casal. Lá, não seríamos livres como pessoas, mas *seríamos* um casal, seríamos reais um para o outro e viveríamos um com o outro, e não haveria ninguém para nos importunar, ninguém para nos impedir, ninguém para nos dizer que entre as paredes da nossa casa não poderíamos ficar juntos. David, eu lhe pergunto: de que servem os Estados Livres se não podemos ser livres de fato?"

"Você me ama mesmo?", ele enfim conseguiu perguntar.

"Ah, David", respondeu Edward, levantando-se, aproximando-se por trás dele e o envolvendo com os braços, e David se lembrou, sem querer, de como era sentir o corpanzil de Charles contra si e estremeceu. "Eu quero passar minha vida com você."

Ele se virou para encarar Edward, e nesse instante se atracaram, e quando, mais tarde, deitaram-se, esgotados, David sentiu a perplexidade dominá-lo mais uma vez e se sentou, e começou a se vestir, enquanto Edward o observava.

"Preciso ir", ele anunciou, pegando suas luvas, que haviam caído embaixo da cama.

"David", Edward disse, enrolando o lençol no próprio corpo e se levantando de repente, depois se postando diante de David e fazendo com que olhasse para cima. "Por favor, considere minha oferta. Ainda preciso contar a Belle. Mas agora que falei com você, comunicarei a ela minha decisão… embora eu prefira informar a ela, seja na próxima carta ou na carta que virá logo depois, que me juntarei a ela como um homem casado, acompanhado de meu marido.

"Os Cooke haviam sugerido que, caso aceitássemos, um de nós deveria partir em maio, e o outro em junho, o mais tardar. Belle só terá de pensar em si mesma… Eu a encorajarei a ser a pioneira, e ela não só se mostrará apta como vai gostar muito. Mas, David… eu *irei* em junho. Aconteça o que acontecer. E eu espero, David, espero sinceramente… Não posso exprimir o quanto… Que eu não faça essa viagem sozinho. Por favor, diga que você vai pensar nisso. Por favor… David? Por favor."

XIII.

Era uma tradição da família Bingham dar uma festa no dia 12 de março, no aniversário da independência dos Estados Livres, embora o evento tivesse um teor menos festivo e mais reflexivo, oferecendo aos amigos e conhecidos dos Bingham a oportunidade de rever a coleção de artefatos e curiosidades da família, que documentava a fundação de seu país e o papel significativo que os Bingham haviam desempenhado nesse processo.

Neste ano, porém, a data coincidiria com a inauguração de um pequeno museu que Nathaniel Bingham havia fundado. Os documentos e as recordações da família seriam os principais itens do acervo, mas a ideia era que as outras famílias pioneiras também doassem objetos, cartas, diários e mapas de seus arquivos. Várias, inclusive a família de Eliza, já o tinham feito, e esperavam que muitas outras seguissem seus passos depois da abertura do museu.

Na noite de inauguração, David estava diante do espelho em seu quarto, escovando seu paletó. A peça já fora escovada diversas vezes por Matthew e não necessitava de mais cuidados. Ele nem sequer prestava atenção no que fazia, seus movimentos eram feitos a esmo, mas o acalmavam.

Aquela seria sua primeira noite fora de casa desde que vira Edward pela última vez, quase uma semana antes. Depois daquela noite extraordinária, ele havia voltado para casa e ido para sua cama, e dela não saíra pelos próximos seis dias. Seu avô tinha ficado alarmado, certo de que sua doença retornara, e embora David se sentisse profundamente culpado por ter mentido, aquela também parecia ser uma explicação mais simples do que tentar expressar a profunda inquietação que sentia — pois mesmo se tivesse vocabulário para comunicá-la, ele ainda precisaria encontrar uma forma de introduzir a existência de Edward, quem ele era e quem era para David, e essa era uma conversa para a qual ele se sentia completamente despreparado. E por isso ficara ali deitado, emudecido e imóvel, permitindo que o médico da família, sr. Armstrong, viesse examiná-lo, abrisse à força seus olhos e sua boca, medisse seu pulso e recebesse os resultados com um grunhido; que as criadas viessem entregar bandejas de seus pratos favoritos, apenas para buscá-las, intocadas, horas depois; que Adams lhe trouxesse (por ordem de seu avô, ele sabia) flores frescas — anêmonas, flores-do-campo e peônias — diariamente, compradas em lugares desconhecidos a preços inacreditáveis durante as semanas mais gélidas do final do inverno. O tempo todo, por todas aquelas horas, ele havia encarado a mancha de infiltração. Mas, ao contrário de uma verdadeira crise de sua doença, na qual ele não teria pensado em nada, nesse caso pensar era a *única* coisa que ele conseguia fazer: na inevitável partida de Edward, em sua oferta estarrecedora, na conversa que haviam tido, que David não compreendera por completo na hora, mas a que agora se via retornando diversas vezes — ele questionava a definição de liberdade que Edward oferecera, e a insinuação de que David estaria acorrentado, preso ao seu avô e a seu sobrenome e portanto a uma vida que não era de todo sua; ele questionava a certeza de Edward de que seriam de alguma forma poupados das punições que recaíam sobre qualquer pessoa que supostamente violasse as leis antissodomia da região. Essas leis sempre tinham existido, mas desde que haviam sido fortalecidas, em 76, o Oeste, antes um lugar promissor — tão promissor que um grupo de legisladores dos Estados Livres tinha cogitado tentar tomar o controle territorial —, havia se tornado, em certos aspectos, mais perigoso do que as Colônias. A lei não permitia, como acontecia nas Colônias, que as pessoas exercessem o tipo de atividade ilegal que eles praticavam, mas se ela de fato *fosse* descoberta as consequências eram tão severas quanto irremissíveis. Dinheiro nenhum poderia garantir a liberdade de um indivíduo acusado. A única coisa que ele não conseguia questionar era o próprio Edward, pois Edward não o havia procurado nem enviado qualquer tipo de mensagem, fato que te-

126

ria incomodado David se não estivesse tão preocupado com o dilema que lhe fora apresentado.

Mas, embora Edward não tivesse se comunicado com ele, Charles o fizera, ou pelo menos tentara. A essa altura, mais de uma semana havia se passado desde que David o vira pela última vez, e, com o passar dos dias, os bilhetes que Charles lhe enviava haviam se tornado mais suplicantes, e já não conseguiam disfarçar o desespero do autor, um desespero de que David se lembrava das cartas que ele mesmo escrevera para Edward. Mas, no dia anterior, um imenso buquê de jacintos azuis havia sido entregue, o cartão — "Meu adorado David, a srta. Holson me disse que você não estava se sentindo bem, o que lamento profundamente ouvir. Sei que está sendo muitíssimo bem cuidado, mas se precisar ou desejar algo, qualquer coisa, basta dizer e me colocarei à sua disposição de imediato. Nesse ínterim, eu lhe envio meu desejo de melhoras, bem como minha devoção" — expressando o que David interpretou como um alívio palpável pelo fato de que seu silêncio não era consequência da falta de interesse, afinal, e sim de uma doença. Ele olhou as flores e o cartão de Charles e se deu conta de que mais uma vez havia se esquecido da existência daquele homem, de que bastara Edward ressurgir em sua vida para que todo o resto perdesse o brilho e a importância.

Acima de tudo, porém, ele pensava em como seria partir — ou talvez nem isso, mas se questionava se era de fato capaz de pensar em partir. O medo que sentia do Oeste e do que poderia lhe acontecer, acontecer aos dois, era inquestionável e, em sua opinião, justificado. Mas e seu medo de deixar seu avô, ou de deixar Washington Square? Também não era isso que o impedia de agir? Sabia que Edward tinha razão: enquanto estivesse em Nova York, até quando fosse, ele sempre pertenceria a seu avô, a sua família, a sua cidade, a seu país. Isso também era inquestionável.

O que era questionável era se ele de fato desejava outra vida, uma vida diferente daquela. Sempre havia pensado que sim. Durante sua Grand Tour, tinha até brincado de ser outra pessoa. Um dia, na Uffizi, havia parado no meio do salão para observar o Corredor Vasariano, sua simetria tão inumana que se tornava desconcertante, quando um jovem, moreno e esguio, se postou a seu lado.

"Inacreditável, não é?", ele perguntou a David, depois de os dois ficarem parados em silêncio por um instante, e David se virou para encará-lo.

Seu nome era Morgan e ele vinha de Londres, estava em sua própria Grand Tour, era filho de um advogado e voltaria para casa em poucos meses. Ele disse: "Nada. Ou nada interessante, pelo menos. Um cargo na empresa de meu pai, pois ele insiste, e cedo ou tarde, suponho, um casamento com alguma moça que minha mãe encontrará para mim. *Ela* insiste".

Eles passaram a tarde juntos, andando pelas ruas, parando para tomar café e comer um doce. Até a essa altura da viagem de David, ele não tinha falado com quase ninguém, exceto pelos vários amigos de seu avô que o haviam recebido a cada parada, e falar com outro homem de sua idade foi como voltar a entrar na água e reconhecer seu toque sedoso na pele, lembrando-se de como aquilo poderia ser reconfortante.

"Há uma moça esperando o senhor em casa?", Morgan perguntou a ele enquanto andavam pela Piazza Santa Croce, e David, sorrindo, respondeu que não.

"Só um instante", disse Morgan, observando-o atentamente. "De que lugar da América você disse que era, exatamente?"

"Eu não disse", ele respondeu, sorrindo mais uma vez, já sabendo o que viria em seguida. "E não sou. Sou de Nova York."

Diante disso, Morgan arregalou os olhos. "Então você é dos Estados Livres!", ele exclamou. "Ouvi tantas coisas sobre seu país! Me conte tudo, por favor", e os Estados Livres passaram a ser o tema da conversa: as relações relativamente cordiais que agora mantinham com a América, contando com leis próprias no que tangia ao casamento e à religião, mas adotando as leis da União no que se referia à arrecadação de impostos e à democracia; o apoio, financeiro e militar, que haviam oferecido à União na Guerra da Rebelião; o Maine, que em grande medida os apoiava, e onde a segurança dos moradores dos Estados Livres estava mais ou menos garantida; as Colônias e o Oeste, onde corriam perigo em diferentes sentidos; como as Colônias haviam perdido a guerra, mas se separado mesmo assim, mergulhando ainda mais na miséria e na degradação, que cresciam a cada ano, assim como sua dívida com os Estados Livres e o ressentimento que esta despertava; a luta contínua dos Estados Livres para serem reconhecidos por outros países como uma nação individual e distinta, algo que todos lhes negavam, exceto os reinos de Tonga e do Havaí. Morgan havia estudado história na universidade e lhe fez uma série de perguntas, e ao respondê-las David tomou consciência tanto do amor que tinha por sua nação quanto da saudade que sentia dela, uma sensação que se tornara mais aguçada depois que ele e Morgan foram para o quartinho precário que Morgan alugava numa pensão jogada às traças. Voltando para a casa de seu anfitrião, tarde da noite, David foi lembrado, como muitas vezes lhe ocorrera naquela viagem, de como tinha sorte de viver num país em que nunca precisaria se esconder por trás de uma porta, esperando que alguém lhe dissesse que poderia sair sem ser visto, onde poderia passear numa praça de braços dados com seu amado (se um dia ele existisse), assim como via casais de homens e mulheres (mas nenhuma outra variante) fazerem em praças pelo Continente inteiro, onde um dia poderia se casar com o homem que amasse. Ele vivia num país onde todos os homens e todas as mulheres podiam ser livres e viver com dignidade.

Mas o outro aspecto memorável daquele dia era que, nele, David não havia sido David Bingham; ele havia sido Nathaniel Frear, um nome inventado na hora a partir dos nomes de seu avô e de sua mãe, filho de médico que viajava durante um ano pela Europa antes de voltar para Nova York para estudar direito. Ele havia inventado meia dúzia de irmãos e irmãs, uma casa modesta e alegre numa região desvalorizada mas acolhedora da cidade, uma vida confortável, mas não extravagante. Quando Morgan lhe contara sobre a bela residência de um de seus antigos colegas de classe, que teria água quente em todos os banheiros, David não revelou que a casa em Washington Square já tinha encanamento com água quente, nem que ele só precisava empurrar a torneira para um lado para que um fluxo límpido surgisse gorgolejando. Em vez disso ele fez companhia a Morgan, admirando a sorte que o colega de sala tinha e as inovações da vida moderna. Ele não negaria seu país — fazer isso lhe parecia uma espécie de traição —, mas de fato negou sua própria biografia, e algo nesse ato o deixou empolgado, e até um pouco zonzo, tanto que quando ele enfim chegou à casa de seu anfitrião — um grandioso *palazzo* que pertencia a um velho amigo de faculdade de seu avô, um expatriado dos Estados Livres, e sua esposa, uma condessa de cenho franzido e movimentos desajeitados com quem era óbvio que o homem se casara pelo título — este o olhou brevemente e abriu um sorriso malicioso.

"Teve um bom dia, então?", ele perguntou, com seu sotaque arrastado, ao ver a expressão sonhadora e o olhar baço de David, e David, que havia passado sua semana em Florença saindo de casa de manhã bem cedo e voltando tarde da noite, de forma a evitar as mãos do amigo de seu avô, que pareciam sempre encontrar uma forma de flutuar sobre seu corpo, aves de rapina que um dia acabariam mergulhando e agarrando algo, limitou-se a sorrir e a dizer que sim.

Ele raramente pensava nesse incidente, mas quando o fazia, tentando em vão se lembrar de como se sentira no momento daquela invenção, e percebendo que, qualquer que fosse sua natureza, o êxtase que experimentara podia ser atribuído em parte à sua própria consciência de que sua mentira era muito frágil. A qualquer momento ele poderia ter revelado quem realmente era, e até Morgan conheceria seu nome. Era uma performance de que só ele tinha conhecimento, mas sob a performance havia algo verdadeiro, algo significativo: seu avô, sua fortuna, seu sobrenome. Caso ele fosse para o Oeste, seu sobrenome só representaria imoralidade, se é que representaria alguma coisa. Nos Estados Livres e no Norte, ser um Bingham era ser respeitado e até mesmo reverenciado. Mas no Oeste ser um Bingham só poderia ser uma abominação, uma perversão, uma ameaça. Que ele mudasse seu nome na Califórnia não se tratava de uma *possibilidade*, mas, antes, de uma necessidade, porque ser quem ele era seria arriscado demais.

O simples fato de dar vazão a esses pensamentos lhe causava remorso, sobretudo porque ele não raro era arrancado de seu devaneio pelo aparecimento de seu avô, que o visitava antes de sair para ir ao banco pela manhã e, depois, duas vezes durante a noite, uma vez antes de jantar, outra logo após. A terceira visita era sempre a mais longa, e o avô se sentava na cadeira que ficava ao lado da cama de David e, sem nenhum preâmbulo, começava a ler em voz alta o jornal do dia ou um volume de poesia. Às vezes ele apenas falava sobre seu dia, lançando-se em um monólogo calmo e ininterrupto que a David dava a sensação de boiar num rio plácido e corrente. Sentar-se a seu lado e falar ou ler: esse era o método com que seu avô havia abordado todas as suas enfermidades anteriores, e, embora fosse impossível provar que sua constância delicada ajudava em algo — como David certa vez entreouvira seu médico dizendo a seu avô —, era uma atividade previsível que o auxiliava a se sentir estável, e, portanto, reconfortante, algo que, como a mancha no papel de parede, o mantinha preso ao mundo. E, ainda assim, porque essa não era uma de suas enfermidades, só um simulacro autoimposto, David só conseguia sentir vergonha enquanto ouvia seu avô nessas ocasiões — vergonha por lhe causar preocupação; ainda mais vergonha por sequer cogitar deixá-lo, e não só ele como os direitos e a segurança pelos quais seu avô e seus ancestrais tinham lutado para lhe garantir.

Seu avô não o lembrara da inauguração do museu, mas foi com a intenção de amenizar a própria vergonha que, no dia do evento, ele pediu que os empregados lhe preparassem um banho e passassem seu terno. Ele olhou para si mesmo vestindo suas roupas escovadas e notou que estava pálido e abatido, mas não havia o que fazer a esse respeito e, depois de descer as escadas a passos trêmulos, bateu à porta do escritório de seu avô — "Entre, Adams!" — e foi recompensado com a perplexidade do avô: "David! Meu querido... está se sentindo melhor?".

"Estou", ele mentiu. "E não poderia perder o evento."

"David, você não precisa comparecer se ainda estiver doente", seu avô disse, mas David conseguia sentir o quanto ele desejava sua presença, e aquela parecia a única coisa, e o mínimo, que poderia fazer depois de tantos dias considerando trair seu avô.

Teria sido uma caminhada muito rápida até a casa geminada na rua 13, a oeste da Quinta Avenida, comprada para abrigar o museu, mas seu avô avisou que, devido ao frio e ao estado debilitado de David, seria melhor que fossem de charrete. Dentro do museu, foram recebidos por John e Peter e Eden e Eliza, e também por Norris e Frances Holson, e por outros amigos, familiares e parceiros de negócios, além de muitas pessoas que David não conhecia, mas que seu avô cumprimentava com simpatia. Enquanto o diretor do museu, um historiador engomadinho que era empregado da família havia muito tempo, explicava a alguns convidados uma coleção que continha desenhos da propriedade que os Bingham um dia tinham possuído perto de Charlottesville, a fazenda e a propriedade que Edmund, filho de um fazendeiro muito rico, abandonara para se aventurar pelo Norte e fundar os Estados Livres, os Bingham seguiram seu patriarca à medida que ele ia andando pelo espaço, comentando tanto as coisas lembradas quanto as esquecidas: aqui, sob uma lâmina de vidro, estava parte do pergaminho, agora quase destruído, no qual o tataravô de David, Edmund, havia rascunhado a constituição dos Estados Livres em novembro de 1790, assinada por todos os catorze dos fundadores, os primeiros Utopianos, inclusive a tataravó materna de Eliza, prometendo garantir a liberdade de matrimônio, abolir a escravidão e a servidão de contrato e, ainda que não oferecesse a plena cidadania aos Negros, proibia que fossem agredidos e torturados; ali estava a Bíblia de Edmund, que ele consultara em seus estudos com o reverendo Samuel Foxley quando os dois eram estudantes de direito na Virginia, com quem ele havia idealizado seu futuro país, um lugar em que pudesse haver liberdade para que homens e mulheres amassem quem desejassem, uma ideia que Foxley formulara depois de conhecer, em Londres, um excêntrico teólogo prussiano que mais tarde teria Friedrich Daniel Ernst Schleiermacher entre seus alunos e discípulos, e que o encorajou a uma interpretação emocional e cívica do cristianismo; ali estavam os primeiros esboços do desenho da bandeira dos Estados Livres, feitos pela irmã de Edmund, Cassandra: um retângulo de lã escarlate em cujo centro um pinheiro, uma mulher e um homem apareciam em uma pirâmide com oito estrelas, uma para cada um dos estados — Pensilvânia, Connecticut, Nova Jersey, Nova York, New Hampshire, Massachusetts, Vermont e Rhode Island —, formando um arco sobre eles, e o lema "Pois liberdade é dignidade, e dignidade é liberdade" bordado sob eles; ali estavam as propostas das leis que permitiam que mulheres estudassem e, em 1799, votassem. Ali estavam as cartas, datadas de 1790 e 1791, enviadas por Edmund a um amigo de faculdade, que atestavam as condições precárias do que no futuro seriam os Estados Livres, as florestas repletas de índios vingativos, os bandoleiros e ladrões, a luta para subjugar as pessoas que já residiam na terra, o que logo conseguiram, não com armas e derramamento de sangue, mas sim com recursos e infraestrutura, os fanáticos religiosos, aqueles que se sentiam enojados pelas crenças dos Estados Livres e haviam recebido dinheiro para se mudar para o Sul, os índios, levados para o Oeste aos montes ou assassinados, na surdina, em grandes grupos reunidos nas mesmas florestas que um dia haviam aterrorizado, os Negros nativos que não tinham colaborado com a luta pelo controle da terra (bem como Negros refugiados das Colônias), levados de barco ao Canadá ou ao Oeste em caravanas. Ali estava uma cópia dos documentos entregues em mãos à Casa do Presidente, na Filadélfia, em 12 de março de 1791, anunciando que os estados tinham a intenção de se separar da América, mas prometendo se aliar ao país contra qualquer ataque, nacional ou internacional, em qualquer momento do futuro; ali estava a resposta ferina do presidente Washington, na qual acusava Foxley e Bingham, autores da carta, de traição e de privar seu país de sua riqueza e seus recursos; ali estavam as páginas e mais páginas de negociações, nas quais Washington enfim concedia, a contragosto, o direito de existência aos Estados Livres, mas só enquanto fosse de seu interesse, e só se os Estados Livres prometessem que nunca recrutariam quaisquer estados ou territórios americanos futuros para sua causa, e permanecessem pagando impostos para a capital americana como se fossem seus vassalos.

Ali estava uma gravura, de 1793, que mostrava Edmund se casando com o homem com quem morava desde que sua esposa falecera durante o parto, três anos antes, a primeira união legal entre dois homens em seu novo país, oficializada pelo reverendo Foxley, e outra, datada de cinquenta anos depois, documentando o casamento de dois dos empregados mais antigos e mais leais da família Bingham. Ali estava um desenho de Hiram sendo empossado prefeito de Nova York em 1822 (um pequeno Nathaniel, que na ocasião era apenas um garotinho, aparecia em pé a seu lado, olhando para cima com ar de adoração); ali estava uma cópia da carta de Nathaniel para o presidente Lincoln, jurando lealdade à União em nome dos Estados Livres no início da Guerra da Rebelião, e, ao lado dela, o original da resposta de agradecimento de Lincoln, uma carta tão famosa que toda criança dos Estados Livres sabia seu conteúdo de cor, o presidente americano prometendo, de forma implícita, respeitar o direito de autonomia do país, um compromisso ao qual haviam recorrido inúmeras vezes para justificar a existência dos Estados para Washington D.C.: "… e terão não só minha eterna Gratidão como também o reconhecimento oficial de sua Nação como parte da Nossa". Ali estava o acordo, elaborado pouco depois dessa carta, entre o congresso americano e o congresso dos Estados Livres, no qual este último prometia pagar impostos generosos à América para, em troca, garantir sua liberdade religiosa, de educação e de matrimônio. Ali estava a declaração oficial que permitia que Delaware se unisse aos Estados Livres pouco depois do fim da guerra, uma decisão voluntária, mas que, ainda assim, ameaçou a existência do país mais uma vez. Ali estava o alvará da Sociedade de Abolicionistas dos Estados Livres, cofundada por Nathaniel, que permitia a circulação dos Negros pelo país e oferecia assistência financeira para que se restabelecessem na América ou no Norte — os Estados Livres tinham precisado se proteger do fluxo de Negros fugitivos, já que os cidadãos não queriam ter suas terras invadidas, naturalmente, ainda que se compadecessem de sua miséria.

A América não era para todos — não era para eles —, mas aonde quer que fosse havia sinais dos esforços contínuos que faziam para manter boas relações com a América, para manter os Estados Livres autônomos e independentes: ali estavam os primeiros desenhos do arco que coroaria o parque, homenageando, assim como o próprio parque, o general George Washington, que o vizinho dos Bingham havia construído cinco anos antes, com estuque e madeira; ali estavam os próximos desenhos do arco, que dessa vez seria reconstruído em mármore luminoso extraído da terra da família Bingham em Westchester, pelo qual o avô de David — que se recusava a deixar que um homem de negócios qualquer, que morava do outro lado da Quinta Avenida, numa casa muito menos imponente, ofuscasse seus planos — havia pagado praticamente sozinho.

David já havia visto todos esses objetos muitas vezes, mas, ainda assim, como os outros, se viu examinando tudo com cuidado, como se fosse a primeira vez. O ambiente estava silencioso, de fato, e o único ruído vinha do farfalhar das saias de seda das mulheres e das ocasionais tosses e pigarros dos homens. Ele observava com atenção a mão pontiaguda de Lincoln, a tinta desbotada que resultara num tom de mostarda escuro, quando sentiu, mais do que ouviu, a presença de alguém atrás dele, e, quando se endireitou, se virou e viu que era Charles, sua expressão oscilou entre a surpresa, a felicidade, a tristeza e a dor.

"É você mesmo", Charles disse, numa voz baixa e estrangulada.

"Charles", ele respondeu, sem saber como se portar, e houve um silêncio antes que Charles prosseguisse com suas falas entrecortadas.

"Ouvi dizer que você estava doente", ele começou a falar e, depois que David assentiu, continuou: "Sinto muito por abordá-lo dessa forma, sem avisar... Frances me convidou... eu tinha imaginado... ou melhor... não quero constrangê-lo, nem quero que pense que eu estava tentando pegá-lo de surpresa".

"Não, não... Não pensei isso. Estive doente... mas era importante para o meu avô que eu viesse hoje, por isso...", David fez um gesto de impotência com as mãos, "eu vim. Obrigado pelas flores. Eram muito bonitas. E pelo cartão."

"Imagine", disse Charles, mas ele pareceu tão infeliz, tão perturbado, que David estava prestes a se aproximar dele, pensando que talvez caísse, quando o próprio Charles chegou mais perto. "David", ele disse, com uma voz baixa e urgente, "eu sei que não é o momento nem o lugar apropriado para que eu o aborde dessa maneira, mas... estou... ou melhor... será que você... por que você não... eu estava esperando..." Ele estava quieto, seus movimentos eram contidos, mas David ficou paralisado, pensando que todas as pessoas no recinto deviam conseguir sentir aquele fervor, aquela angústia, que cercava o homem, e que todos deviam saber, também, que era ele a causa de tamanha angústia, que era ele a fonte de tamanha aflição. Mesmo sentindo tanto horror, por Charles e por si mesmo, ele pôde ver como Charles estava sofrendo — sua boca parecia amolecida, seu rosto redondo e simpático estava inchado e úmido de suor.

Charles estava prestes a voltar a falar quando Frances surgiu ao seu lado e deu uma palmadinha em seu braço. "Charles!", ela exclamou. "Minha nossa... Parece que você vai desmaiar! David, mande alguém buscar água para o sr. Griffith!", e a multidão se abriu enquanto ela levava Charles até um banco e Norris saía para buscar água.

Mas antes que Frances levasse Charles para fora, David tinha visto o olhar que ela lhe lançara — um olhar de reprovação, talvez até de asco — e de súbito se virou para ir embora, tomando consciência de que deveria escapar antes que Charles se recuperasse e Frances o procurasse. Ao fazer isso, porém, ele quase trombou com seu avô, que estava observando Frances se afastar por cima de seu ombro. "Que diabos está acontecendo?", seu avô perguntou, e antes que David pudesse formular uma resposta: "Ora, aquele é o sr. Griffith? Ele está se sentindo mal?" Ele começou a andar em direção a Charles e Frances, mas, ao fazê-lo, virou-se e olhou o ambiente. "David?", ele perguntou voltando-se ao espaço que seu neto ocupara havia pouco. "David? Cadê você?"

Mas David já havia partido.

XIV.

Quando abriu os olhos, ele ficou confuso por um instante — onde estava? E, então, ele se lembrou: ah, sim. Ele estava na casa de Eden e de Eliza, em um dos quartos.

Desde que saíra escondido da festa, duas noites antes, ele estava hospedado na casa de sua irmã em Gramercy Park. David não tinha tido notícias do avô — embora Eden, antes de sair para sua aula na manhã seguinte, tivesse garantido que ele estava furioso — ou de Edward, a quem enviara um bilhete curto, ou de Charles. Pelo menos no momento presente, ele não precisaria se explicar.

Ele então tomou um banho, se vestiu e cumprimentou as crianças em seu quarto antes de descer ao térreo, onde Eliza estava na sala de estar, de calças, ajoelhada no chão, o tapete coberto de novelos de lã felpudos, meias de lã cinza e pilhas de camisolas de algodão. "Ah, David!", ela exclamou, erguendo os olhos e lhe oferecendo um daqueles seus sorrisos radiantes. "Venha aqui me ajudar!"

"O que está fazendo, Liza querida?", ele perguntou, agachando ao lado dela.

"Estou reunindo esses suprimentos para os refugiados. Olhe, em cada pacote coloco dois pares de meias, duas camisolas, dois destes novelos de lã e duas destas agulhas de tricô… Estão na caixa perto de você. Você as amarra assim… aqui está o barbante e uma faca… e depois coloca os pacotes prontos nesta caixa aqui, perto de mim."

Ele sorriu — era difícil ficar muito desanimado perto de Eliza —, e os dois se concentraram em suas tarefas. Depois de trabalharem em silêncio por vários minutos, Eliza disse: "Então, você precisa me contar sobre seu sr. Griffith".

Ele estremeceu. "Ele não é meu."

"Mas ele me pareceu bastante agradável, ou o pouco que conheci dele, de qualquer forma, antes de ele ficar indisposto."

"Ele é *mesmo* agradável, muito agradável." E ele começou a contar a Eliza sobre Charles Griffith — sobre sua gentileza e generosidade; sobre como era trabalhador; sobre sua forma prática de lidar com as coisas, ainda que tivesse seus inesperados arroubos de romantismo; sobre sua forma de demonstrar autoridade, que nunca resvalava no pedantismo; sobre as experiências dolorosas que vivera e a resignação elegante com que as suportara.

"Bem", disse Eliza, depois de uma pausa. "Ele de fato parece adorável, David. E de fato parece que ama você. Mas… você não sente o mesmo por ele."

"Não sei", ele admitiu. "Acho que não."

"E por que não?"

"Porque", ele começou a falar, e em seguida se deu conta de qual seria sua resposta: porque ele não é Edward. Porque a sensação de tê-lo nos braços não era a mesma de ter Edward, porque ele não tinha os modos vivazes de Edward, não era imprevisível como Edward, não tinha o charme de Edward. Quando o comparava com Edward, a estabilidade de Charles lhe parecia conservadorismo, sua sensatez, timidez, sua dedicação, estupidez. Ambos, Edward e Charles, buscavam companheiros, mas o companheiro de Charles seria um parceiro na complacência, na regularidade, enquanto o de Edward seria um parceiro de aventuras, alguém arrojado e corajoso. Um lhe oferecia uma visão de quem ele era, o outro, de quem desejava se tornar. Ele sabia como a vida com Charles seria. Charles sairia para trabalhar pela manhã e David ficaria em casa, e, quando Charles retornasse ao anoitecer, os dois jantariam juntos em silêncio, e depois ele se sentiria obrigado a se submeter às mãos carnudas de Charles, a seu bigode áspero, a seus beijos e elogios demasiadamente entusiasmados. De vez em quando, ele acompanharia Charles a um jantar com seus parceiros de negócios — o marido bonito, rico e jovem do sr. Griffith — e, quando David fosse ao banheiro, os amigos e colegas de Charles o parabenizariam pelo bom partido que arranjara — jovem e agradável *e ainda por cima* um Bingham! Griffith, seu espertalhão, que homem de sorte você é! —, e Charles daria uma risadinha, constrangido, orgulhoso e apaixonado, e naquela noite procuraria David várias vezes seguidas, entrando em seu quarto sem fazer barulho e erguendo uma das pontas de sua coberta, procurando-o com as mãos. E então, certo dia, David se olharia no espelho e perceberia que havia se transformado em Charles — a mesma cintura larga, o mesmo cabelo cada vez mais ralo — e perceberia também que havia entregado seus últimos anos de juventude para um homem que o envelhecera antes do tempo.

Mas desde que Edward fizera sua proposta, David vinha fazendo novos castelos no ar, e o castelo com o qual sonhava era outro. Ele voltaria depois de fazer o que quer que fizesse na produção da seda — talvez pudesse se tornar um documentador das árvores, fazendo ilustrações botânicas delas e supervisionando sua saúde — para o bangalô no qual ele e Edward viveriam juntos. Seriam dois quartos, cada um com uma cama, para caso algum dia fossem denunciados e tivessem sua casa invadida, mas, assim que a noite cobrisse a propriedade com sua cortina, era para um só quarto que eles iriam, e seria nesse quarto, nessa cama, que fariam tudo o que desejassem fazer, numa continuação infinita de seus encontros na pensão. Viver uma vida em cores, uma vida de amor: não era esse o sonho de qualquer pessoa? Em menos de dois anos, quando completasse trinta, ele receberia parte de sua fortuna, a parte que havia sido deixada por seus pais, mas Edward nem sequer mencionara seu dinheiro — ele mencionara apenas ele, e a vida que teriam juntos —, então como, e por que motivo, ele diria não? Era verdade que seus antepassados tinham lutado para fundar um país em que ele fosse livre, mas também não tinham garantido, e por consequência estimulado, um outro tipo de liberdade, uma liberdade maior, justamente por ser menor? A liberdade de estar com a pessoa que ele desejava; a liberdade de colocar sua própria felicidade acima de qualquer coisa. Ele era David Bingham, um homem que sempre se comportava da maneira correta, que sempre tomava decisões conscientes: agora iria recomeçar, exatamente como seu tataravô Edmund fizera, mas a dele seria a coragem do amor.

Dar-se conta disso o deixou um pouco zonzo, então ele se levantou e perguntou a Eliza se poderia usar sua charrete, e ela respondeu que sim, mas quando estava saindo ela o puxou para perto pela manga da camisa. "Tome cuidado, David", ela disse, com uma voz delicada, mas ele se limitou a roçar sua bochecha com os lábios e desceu correndo a escada que levava à rua, percebendo que deveria falar aquelas palavras em voz alta para torná-las verdadeiras, e que deveria fazê-lo antes de voltar a pensar em sua decisão.

No caminho, ele percebera que não tinha como saber se Edward estaria na pensão, mas subiu mesmo assim, e logo que Edward abriu a porta David se jogou em seus braços. "Eu vou", ele se ouviu dizer. "Eu vou com você."

Que cena! Ambos choravam, choravam e se agarravam, agarravam as roupas um do outro, os cabelos um do outro, de forma que quem os visse não conseguiria precisar se aquele era um estado de luto violento ou de êxtase.

"Eu tinha certeza de que você diria não, já que não tinha recebido nenhuma resposta sua!", Edward confessou depois que se acalmaram um pouco.

"Resposta?"

"Sim, à carta que lhe enviei quatro dias atrás... contando que eu havia dito a Belle que tentaria conseguir convencê-lo e que tinha implorado que me deixasse tentar de novo."

"Eu não recebi essa carta!"

"Não? Mas eu a enviei... Onde pode ter parado?"

"Bem... eu... eu não tenho estado em casa, exatamente. Mas... explicarei tudo depois", pois mais uma vez a ânsia, a paixão, os havia dominado.

Foi só muito tempo depois, quando estavam deitados em suas posições costumeiras na caminha dura de Edward, que Edward perguntou: "E o que seu avô disse sobre isso tudo?".

"Bem, é que... Eu não contei a ele. Ainda."

"David! Meu querido. O que ele vai dizer?"

Eis que nesse momento ela surgiu: a menor das tristezas em meio à felicidade dos dois. "Ele vai mudar de opinião", David disse, convicto, mais para se ouvir dizer aquilo do que por acreditar no que dizia. "Ele vai. Pode levar algum tempo, mas vai acontecer. E seja como for... ele não pode me impedir. Sou um adulto, afinal de contas, e ele não é mais responsável por mim perante a lei. Em dois anos, receberei parte do meu dinheiro."

A seu lado, Edward chegou mais perto. "Ele não pode impedi-lo de receber?"

"Certamente não… O dinheiro não pertence a ele, afinal. Pertence aos meus pais."

Os dois ficaram em silêncio, e então Edward disse: "Bem… até lá… você não precisa se preocupar. Ganharei um salário mensal, e vou cuidar de nós dois", e David, a quem até então ninguém havia oferecido ajuda financeira, se comoveu e beijou o rosto de Edward, que estava virado para cima.

"Eu poupei quase todos os centavos da minha mesada desde que era criança", ele tranquilizou Edward. "Teremos milhares de dólares sem esforço algum. Minha intenção não é que se preocupe comigo." De fato, era *ele* quem cuidaria de Edward, e ele sabia disso. Edward iria querer trabalhar, porque era esforçado e ambicioso, mas David providenciaria para que a vida deles não fosse apenas emocionante, mas também confortável. Haveria um piano para Edward e livros para ele, e tudo — tapetes de tons rosados do Oriente, porcelana branca e fina, cadeiras com espaldar de seda — que ele tinha em Washington Square. A Califórnia seria seu novo lar, uma nova versão de Washington Square, e David a tornaria familiar e agradável ao máximo.

Eles passaram a tarde inteira deitados daquela maneira, depois permaneceram assim à medida que a noite caía, e, pelo menos uma vez na vida, não havia outro lugar onde David quisesse estar: ele não despertou do cochilo e entrou em pânico ao ver o céu escurecido, nem precisou se vestir com gestos atabalhoados e se afastar dos braços desejosos de Edward para voltar correndo à charrete e implorar ao cocheiro — ora, ele estava *rindo*? Da cara *dele*? Como *ousava* fazer isso? — que corresse o máximo que pudesse, como se tivesse voltado para a escola, uma criança prestes a perder o último sinal, depois do qual as portas que levavam ao refeitório seriam trancadas e ele precisaria ir para a cama sem jantar. Naquele dia e, depois, naquela noite, eles dormiram e acordaram, dormiram e acordaram, e quando enfim se levantaram para ferver alguns ovos, Edward não deixou que olhasse seu relógio de bolso. "De que isso importa?", ele perguntou. "Temos todo o tempo que quisermos, não?" E em vez disso ele se pôs a cortar uma fatia de pão preto, que eles depois tostaram sobre as chamas.

No dia seguinte os dois acordaram tarde e matraquearam sem parar sobre a nova vida que teriam juntos — sobre as flores que David plantaria no jardim, sobre o piano que Edward compraria ("Mas só depois de termos segurança", ele disse, em tom espontâneo, e David riu. "Eu lhe comprarei um",

140

ele prometeu, estragando a própria surpresa, mas Edward balançou a cabeça: "Não quero que você gaste seu dinheiro comigo… ele é seu"). Sobre como David se afeiçoaria a Belle, e ela a ele. Então chegou a hora da aula de David — como estivera ausente havia duas semanas, dissera à governanta que ministraria uma aula especial na quinta-feira, em vez de na quarta — e ele se obrigou a se vestir e ir ver seus alunos, a quem instruiu que desenhassem o que quisessem, e depois ficou andando por entre eles enquanto o faziam, olhando, de vez em quando, seus esboços de rostos tortos, de cães e gatos de olhos arregalados, de margaridas toscamente executadas e rosas com pétalas pontudas, sem nunca deixar de sorrir. E depois, quando voltou para casa, havia um fogo recém-aceso e uma mesa repleta de comida que Edward comprara com o dinheiro que lhe dera, e o próprio Edward, para quem David agora contava histórias sobre sua tarde — histórias como aquelas que outrora havia contado a seu avô, uma lembrança que o fez ruborizar: um homem feito que só tinha seu avô para lhe fazer companhia! Ele pensou nos dois, nas noites silenciosas no escritório de seu avô, a forma como ele se retirava depois para o seu próprio, onde ficava desenhando em seu caderno. Aquela havia sido uma vida de inválido, mas agora ele tinha recuperado a saúde — agora ele estava curado.

Ele havia mandado a charrete de Eden e Eliza de volta com um bilhete na noite de sua chegada à pensão de Edward, mas, na terceira noite, ouviu-se uma batida na porta, e David a abriu e se deparou com uma criada desmazelada lhe estendendo uma carta, que ele logo pegou e substituiu por uma moeda.

"De quem é?", Edward perguntou.

"Frances Holson", ele respondeu, franzindo o cenho. "A advogada da família."

"Bem, leia… Vou encarar esta parede e fingir que fui para outro cômodo para lhe oferecer um pouco de privacidade."

Caro David,
16 de março

Trago más notícias. O sr. Griffith adoeceu. Começou a ter uma febre na noite da inauguração do museu — seu avô cuidou para que ele chegasse em casa em segurança.

Não posso ter certeza do que se passou entre vocês, mas posso lhe dizer que ele é muito afeiçoado ao senhor e que, se você é o homem que conheço desde que era um garotinho, terá a bondade de procurá-lo, sobretudo porque ele acredita que vocês têm um acordo. Ele partiria para o Cabo logo depois da festa, mas se viu obrigado a ficar mais tempo aqui. E não só obrigado, desconfio… Ele quis ficar, na esperança de rever o senhor. Espero que sua consciência e sua boa índole o inspirem a procurá-lo.

Não vejo motivo para que essas informações cheguem aos ouvidos de seu avô.

Sinceramente, F. Holson

Frances devia ter descoberto seu paradeiro através de Eden, que sem dúvida descobrira essa informação por meio de seu cocheiro, aquele traidor, embora David só tivesse a agradecer à velha amiga da família e advogada por sua discrição — por mais houvesse certo tom de censura naquela carta, ele sabia que ela não o exporia a seu avô, pois Frances sempre fizera suas vontades, desde que era um garotinho. Ele amassou o papel, o arremessou no fogo e em seguida, numa provocação a Frances, voltou para a cama, tranquilizando Edward. Mas, mais tarde, quando mais uma vez estavam deitados nos braços um do outro, ele pensou em Charles e foi invadido pela tristeza e pela raiva: tristeza por Charles, raiva de si mesmo.

"Você está tão sério", Edward lhe disse, docemente, acariciando seu rosto. "Não quer me contar o que é?"

E, então, por fim, contou: sobre a proposta de seu avô, sobre a oferta de Charles, sobre o próprio Charles, sobre seus encontros, sobre como Charles se apaixonara por ele. Suas antigas suposições, de que ele e Edward ririam juntos da maneira desastrada com que Charles se portava na cama, agora o fizeram arder de vergonha, e nunca deveriam ter existido. Edward escutou tudo em silêncio, com uma expressão compreensiva, e, diante disso, David se viu ficando cada vez mais arrependido: ele tinha tratado Charles de forma abominável.

"Coitado", disse Edward, enfim, com um tom comovido. "Você precisa dizer a ele, David. A não ser… a não ser que você realmente o ame?"

"É claro que não!", ele disse, violentamente. "Eu amo você!"

"Bem, então", disse Edward, chegando mais perto, "você precisa dizer a ele, David. É preciso."

"Eu sei", ele disse. "Eu sei que você tem razão. Meu bom Edward. Me deixe ficar aqui com você só mais uma noite, e amanhã irei até ele."

E em seguida eles decidiram dormir, pois, por mais que ainda quisessem conversar, ambos estavam muito cansados. Então apagaram as velas e, embora David tivesse pensado que teria dificuldade para adormecer de tanto se preocupar com a provação pela qual passaria no dia seguinte, isso não ocorreu — bastou ele pousar a cabeça no único travesseiro que Edward tinha e fechar os olhos quando o sono lhe cobriu, que seus receios se diluíram no breu de seus sonhos.

XV.

"Sr. Bingham", disse Walden, em tom seco. "Lamento por tê-lo deixado esperando."

David se enrijeceu — ele nunca tinha simpatizado muito com Walden, pois conhecia bem seu tipo: vindo de Londres, convencido por Charles a deixar seu emprego anterior em troca de um valor generoso, ele ora se sentia diminuído por ser o mordomo de um novo-rico, um homem sem sobrenome... ora ficava orgulhoso por ter um papel de autoridade tão incontestável a ponto de um homem rico tê-lo feito atravessar o oceano. Como acontecia em todas as tramas de sedução, é claro, esse encanto havia se dissipado, e agora Walden se via preso nesse território ordinário do Novo Mundo, trabalhando para alguém que tinha recursos, mas não bom gosto. Para Walden, David simbolizava a vida melhor que ele poderia ter conquistado se tivesse sido contratado por um novo-rico que não fosse assim *tão* novo.

"Não há problema nenhum, Walden", respondeu David, fingindo tranquilidade. "Vim sem avisar, afinal."

"De fato. Há algum tempo sentimos falta de vê-lo por aqui, sr. Bingham."

O comentário era impertinente, e tinha sido feito com a intenção de perturbá-lo, o que de fato aconteceu, mas ele não disse nada, até que Walden por fim prosseguiu: "O sr. Griffith continua bastante frágil, infelizmente. Ele gostaria de saber, embora compreenda se o senhor não quiser, se o senhor poderia ir vê-lo em seus aposentos".

"É claro... Não haveria problema, se ele tiver certeza disso."

"Ah, sim. Ele tem certeza. Por favor. Acredito que o senhor já saiba o caminho."

Walden dissera isso em tom ameno, mas David se levantou com um movimento brusco, furioso, e seguiu Walden pela escada, ruborizando ao pensar nas muitas vezes que Walden testemunhara os momentos em que ele era puxado por um ávido Charles até seu quarto, a mão pousada sobre sua lombar, e em como David notara na expressão do mordomo, ao passar por ele, a sugestão de um sorriso ao mesmo tempo lascivo e zombeteiro.

Diante da porta, ele passou por Walden, por sua reverência formal e irônica — "Sr. Bingham" —, e entrou no quarto, que estava escuro, com as cortinas fechadas contra os céus do fim da manhã, e iluminado por um só lampião que ficava próximo da cabeceira de Charles. O próprio Charles estava sentado na cama, apoiado sobre vários travesseiros e ainda vestindo seu roupão de banho. Ao seu redor havia papéis espalhados e uma mesinha com um tinteiro e uma pena, que Charles moveu do alto de seus joelhos.

"David", ele disse em voz baixa. "Venha aqui, para que eu possa vê-lo." Ele estendeu o braço e acendeu o lampião do outro lado da cama, e David avançou, levando consigo uma cadeira.

Ele se surpreendeu com a má aparência de Charles. Seu rosto e lábios estavam cinza, as bolsas sob os olhos enrugadas e flácidas, seus parcos cabelos despenteados e eriçados, e algo dessa surpresa pareceu ter transparecido em seu rosto, pois Charles abriu um sorriso meio retorcido e disse: "Eu deveria tê-lo alertado antes que entrasse".

"Imagine", ele respondeu. "É sempre um prazer ver você", uma afirmação que era ao mesmo tempo verdadeira e falsa, e Charles, como se intuísse isso, estremeceu.

Até então ele temia — e, como teria de admitir a si mesmo mais tarde, quase desejava — que Charles estivesse adoecido por amor, pelo amor que sentia por ele, e por isso, quando Charles explicou que tinha sido acometido por uma tosse, ele experimentou uma leve e indesejada pontada de decepção, junto de um alívio muito maior. "Fazia muito tempo que eu não sentia algo assim", Charles disse. "Mas acredito que agora o pior já passou, embora subir e descer as escadas ainda seja muito cansativo. Infelizmente, passei quase o tempo todo preso neste quarto e no meu escritório, examinando estes" — ele mostrou as pilhas de papéis — "livros-razão e contas e escrevendo minhas cartas." David começou a murmurar suas condolências, mas Charles o interrompeu com um gesto que não era cruel, mas assertivo. "Não é preciso", ele disse. "Eu lhe agradeço, mas ficarei bem; já estou melhorando."

Por um longo momento houve um silêncio, durante o qual Charles olhou para David e este olhou para o chão, e quando enfim falou Charles também o fez.

"Me desculpe", eles disseram um para o outro e, então, ao mesmo tempo: "Por favor... você primeiro".

"Charles", ele começou. "Você é um homem maravilhoso. É sempre um grande prazer conversar com você. Você não é só uma boa pessoa, mas também uma pessoa sábia. E eu me senti, e me sinto, honrado por seu interesse e por sua afeição. Mas... não posso me casar com você.

"Se você fosse um homem insensível ou egoísta, a forma como o tratei teria sido inaceitável. Mas, considerando o tipo de homem que você é, é repudiável. Não tenho justificativas para a maneira como agi, nem explicações, nem defesas. Eu estive e estou completamente errado, e a tristeza que sinto por ter lhe causado sofrimento me assombrará pelo resto da vida. Você merece alguém muito melhor que eu, disso não há dúvida. Torço para que um dia você me perdoe, embora não espere que isso aconteça. Mas nunca vou deixar de lhe desejar o melhor... disso eu sei."

Ele não sabia exatamente o que diria, enquanto subia as escadas que levavam ao quarto de Charles. Aquela tinha sido uma temporada de pedidos de desculpas, ele agora se dava conta: Charles se desculpara por não lhe escrever; Edward também, pelo mesmo motivo; e agora ele havia procurado Charles. Restava apenas um pedido de desculpas, e este seria a seu avô, mas ele não conseguia pensar nisso, pelo menos por enquanto.

Charles ficou em silêncio, e por um tempo os dois permaneceram sentados em meio ao eco das palavras de David, e quando Charles enfim falou, seus olhos estavam fechados e sua voz estava rouca e entrecortada. "Eu sabia", ele disse. "Eu sabia que essa seria sua resposta. Eu sabia, e tive dias... semanas, para ser sincero... para me preparar. Mas ouvir isso de você..." Ele silenciou.

146

"Charles", ele disse, delicadamente.

"Me diga... não, não diga nada. Mas... David, eu sei que sou mais velho que você, e que não tenho nem um terço de sua beleza. Mas... estive pensando muito nisso, prevendo que essa conversa aconteceria... e me perguntei se poderia haver uma forma de estarmos juntos na qual... na qual você também pudesse se satisfazer com outros."

Ele não compreendeu de imediato o que Charles queria dizer, mas assim que o fez suspirou, profundamente comovido. "Ah, Charles, você é muito bonito", ele mentiu, ao que Charles reagiu abrindo um sorrisinho triste, mas sem dizer uma palavra. "E muito generoso. Mas você não iria querer estar num casamento desse tipo."

"Não", Charles admitiu. "Eu não iria. Mas se fosse uma forma de estar com você..."

"Charles... eu não posso."

Charles suspirou e virou a cabeça sobre o travesseiro. Ele não disse nada por um tempo. E então: "Você está apaixonado por outra pessoa?".

"Estou", ele disse, e sua resposta surpreendeu a ambos. Foi como se ele tivesse gritado uma palavra horrível, um insulto terrível, e nenhum dos dois soubesse como reagir.

"Há quanto tempo?", perguntou Charles, enfim, com uma voz baixa e inexpressiva. E então, na ausência de uma resposta de David: "Antes de nos tornarmos íntimos?". E depois: "Quem é ele?".

"Não muito tempo", ele murmurou. "Não. Ninguém. Um homem que eu conheci." Era uma traição reduzir Edward a um qualquer, uma figura sem nome, mas ele bem sabia, também, que era seu dever poupar os sentimentos de Charles, que bastava reconhecer a existência de Edward em voz alta sem especificar outros pormenores.

Um terceiro silêncio, e então Charles, que até então estava afundado em seus travesseiros, sem encarar David, se endireitou com um farfalhar dos lençóis. "David, há algo que eu preciso lhe dizer, ou vou me arrepender para sempre", ele começou a falar devagar. "Devo levar a sério sua declaração de amor por outra pessoa, por mais que isso me machuque... e me machuca. Mas há algum tempo venho me perguntando se você poderia estar... com medo. Se não do matrimônio, do fato de precisar guardar segredos de mim, e se é possível que isso o tenha acuado, o tenha afastado de mim.

"Eu sei das doenças as quais você sofre, David. Não me pergunte quem me contou, mas sei disso há algum tempo, e quero lhe dizer agora... Talvez, ou melhor, com certeza, eu devesse ter dito isso antes... que essa informação nunca me impediu de querer me casar com você, de querer passar minha vida ao seu lado."

Ele agradeceu por estar sentado, pois sentiu que poderia desmaiar, e ainda pior, se sentiu como se suas roupas lhe tivessem sido arrancadas e ele estivesse no meio da Union Square, rodeado de gente, e todos apontassem para ele e zombassem de sua nudez, jogando folhas gosmentas de repolho podre em sua cabeça, e houvesse cavalos de tração saltitantes ao seu redor. Charles tinha razão: não havia motivo para tentar descobrir quem havia revelado seu segredo. Ele sabia que não era ninguém de sua família, por mais distante que fosse seu relacionamento com os irmãos; informações como essa eram quase sempre divulgadas por empregados, e, apesar de os dos Bingham serem leais, e alguns estivessem com a família fazia décadas, sempre havia alguns que iam embora, à procura de empregos melhores, e até aqueles que não conversavam com seus pares. Bastava que uma camareira contasse à sua irmã, que era copeira de outra casa, que então contaria a seu amado, que era cocheiro em outra casa, que então contaria ao segundo cocheiro, que então contaria ao amado *dele*, assistente do cozinheiro, que, para adular seu chefe, contaria ao próprio cozinheiro, que então contaria ao seu amigo ocasional e eterno nêmesis, o mordomo, a figura que, ainda mais que o dono da casa, ditava o andamento e por consequência os modestos momentos de alívio de sua vida, que então, depois que o jovem amigo de seu patrão partisse no meio da noite, voltando à sua mansão em Washington Square, bateria à porta do quarto de seu patrão e seria convidado a entrar e, pigarreando, diria: "Com licença, senhor... Pensei muito se deveria ou não dizer algo, mas sinto que é minha obrigação moral", e seu patrão, irritado e habituado a esse tipo de cena dramática em que os empregados tanto gostavam de se envolver, que compreendia a forma como eles se ressentiam e ao mesmo tempo se regozijavam desse conhecimento dos aspectos mais íntimos das vidas de seus empregadores, diria: "Bem, o que é? Desembucha, Walden!", e Walden, baixando a cabeça com uma humildade dissimulada, também para esconder o sorriso que teimava em curvar seus lábios longos e finos, revelaria: "É sobre o jovem sr. Bingham, senhor".

"Sua intenção é me ameaçar?", ele sussurrou, quando se recuperou.

"Ameaçá-lo? Não, David, é claro que não! Você está me interpretando mal. Minha intenção é apenas reconfortá-lo, dizer que, se seu passado o deixou desconfiado, e com razão, você não deve ter receio de mim, que..."

"Porque você não pode fazer isso. Você está esquecendo... que eu ainda sou um Bingham. E você? Você é um qualquer. Você não é nada. Você pode até ter dinheiro. Pode até ter alguma importância lá em Massachusetts. Mas aqui? Aqui ninguém lhe dará ouvidos. Ninguém nunca vai acreditar em você."

Essas palavras cruéis ficaram pairando entre os dois, e por um longo tempo nenhum dos dois disse nada. E de repente, num movimento rápido e abrupto, tão abrupto que David se levantou, pensando que Charles talvez lhe desse um tapa, Charles afastou suas cobertas e se pôs de pé, apoiando uma das mãos na cama para se equilibrar, e, quando falou, sua voz era quase metálica, diferente de tudo o que David já ouvira.

"Acho que me equivoquei. Sobre o que pensei que você pudesse temer. Sobre você, em termos gerais. Mas agora eu lhe disse tudo o que queria, e agora nunca mais precisamos falar um com o outro.

"Eu lhe desejo o melhor, David... Acredite. Espero que esse homem que você ama também o ame, e o ame para sempre, e que tenham uma longa vida juntos, e que você nunca se veja na situação em que me encontro na minha idade, sendo um tolo de pijama diante de um homem jovem e belo a quem você confiou seu coração e que lhe parecia honesto, e bom, e que revelou ser nem uma coisa nem outra, mas sim uma criança mimada."

Ele deu as costas a David. "Walden o acompanhará até a porta", ele disse, mas David, que reconhecera na mesma hora o horror do que havia feito, limitou-se a ficar paralisado onde estava. Os segundos se passaram, e quando ficou claro que Charles não voltaria a encará-lo, ele também se virou e andou até a porta, sabendo que do outro lado Walden o esperava, com a orelha colada à madeira, um sorriso se insinuando no rosto, já planejando como relataria essa história extraordinária a seus colegas durante o jantar dos empregados naquela noite.

XVI.

Ele se viu saindo da casa em um transe e, uma vez na rua, ficou parado na calçada, perplexo. Ao seu redor, o mundo continuava ridiculamente vívido: o céu de um azul agressivo, os pássaros opressivos, de tão ruidosos, o cheiro de esterco de cavalo, mesmo no frio, marcante e desagradável, os pontos da costura de suas luxuosas luvas de pelica tão precisos, minúsculos e numerosos que ele se perderia com facilidade contando um a um.

Uma tempestade se formava dentro dele, e, para contrariá-la, David deu início a outra só dele, mandando sua charrete parar em loja após loja, gastando dinheiro como nunca fizera, em caixas de merengues muito frágeis, macios como toucinho; em um cachecol de caxemira tão preto quanto os olhos de Edward; em quilos de laranjas carnudas e tão perfumadas quanto botões de flor; numa lata de caviar, cada bolinha brilhosa como uma pérola. Ele gastou de maneira extravagante, e só com coisas extravagantes — nada que comprou era necessário, e na verdade a maior parte das coisas apodreceria ou azedaria antes que ele tivesse tempo de consumi-las do modo correto. Ele foi comprando mais e mais, levando alguns dos pacotes consigo, mas enviando a maioria direto para a casa de Edward, e por isso, quando enfim chegou à Bethune Street, precisou esperar no primeiro degrau enquanto dois entregadores arrastavam entre eles um pé de laranja kinkan cheio de flores pelo hall de entrada e outro saía, carregando um baú vazio que antes continha um serviço de chá completo de porcelana de Limoges, com gravuras de animais da selva africana pintadas à mão. Lá em cima, Edward estava em pé no centro do quarto, as duas mãos na cabeça, apontando — ou melhor, sem conseguir apontar — onde a árvore deveria ficar. "Minha nossa!", ele repetia. "Acho que é melhor colocar aqui... ou não, aqui, talvez. Mas... não, aí também não..." E, quando viu David, ele deu um grito de surpresa e alívio e talvez irritação também. "David!", ele exclamou. "Meu querido!" O que significa tudo isso? Não, por favor, ali, acho eu...", disse, então, ao entregador. "David! Meu bem, você voltou tão tarde! O que andou fazendo?"

Em resposta a isso, ele começou a tirar coisas dos bolsos, jogando-as na cama: o caviar, um triângulo de queijo White Stilton, uma caixinha de madeira que continha lascas de seu gengibre cristalizado favorito, bombons recheados de licor, cada um embrulhado num pedaço de tecido de cores vivas — tudo o que havia de doce e saboroso, coisas cuja única função era deliciar e encantar, levando embora o remorso que o rodeava como uma nuvem. Tão intenso havia sido seu frenesi que ele tinha comprado coisas em múltiplos: não uma barra de chocolate encrustada de groselhas, mas sim duas; não um cone de castanhas cobertas de açúcar, mas três; não outro cobertor de pura lã para combinar com o que já comprara para Edward, mas dois.

Porém eles só descobriram isso, aos risos, depois que tinham se refestelado, e quando enfim conseguiram retomar os sentidos — nus e, ainda assim, suados na umidade fria do quarto, deitados no chão porque a cama estava coberta de pacotes —, ambos estavam segurando a própria barriga e soltando gemidos exagerados por causa de todo aquele açúcar, da gordura cremosa e salgada, do pato defumado e do patê que tinham acabado de consumir.

"Ah, David", disse Edward, "você não vai se arrepender disso?"

"É claro que não", ele respondeu, e de fato não se arrependia — ele nunca se comportara assim em toda a sua vida. Suas ações haviam sido necessárias, ele sentia. E ele só sentiria que sua fortuna era sua quando começasse a se portar como se fosse.

"Não poderemos viver assim na Califórnia", Edward murmurou, em tom sonhador, e em vez de responder David se levantou, procurou suas calças — que estavam jogadas no canto oposto (ou o equivalente) do quarto — e colocou a mão no bolso.

"O que é isso?", Edward perguntou, pegando o pequeno estojo de couro de sua mão, e abrindo sua tampa articulada. "Ah", ele disse.

Era uma pequena pomba de porcelana, uma representação perfeita, o bico pequenino aberto para começar a cantar, os olhos negros brilhando. "É para você, porque você é meu passarinho", David explicou, "e porque espero que continue sendo para sempre."

Edward tirou o pássaro do estojo e o aninhou na palma da mão. "Você está me pedindo em casamento?", ele perguntou calmamente.

"Sim", David lhe disse, "estou", e Edward o abraçou num ímpeto. "É claro que eu aceito", ele disse. "É claro que sim!"

Eles nunca voltariam a ser tão felizes quanto foram naquela noite. Tudo ao redor deles, tudo dentro deles, era prazer. David, sobretudo, se sentiu nascer de novo: em um só dia, ele perdera uma oferta de casamento, mas fizera a própria. Ele, naquela noite, se sentiu invencível; toda a felicidade contida naquele quarto, em cada detalhe, provinha dele. Todo gosto doce na boca de ambos, toda almofada macia em que pousavam a cabeça, toda fragrância que perfumava o ar: tudo isso provinha *dele. Ele* tinha proporcionado tudo aquilo. Correndo por entre esses triunfos, porém, como um rio escuro e envenenado, estava sua desgraça — as coisas injustificáveis que dissera a Charles e, por trás disso, seu próprio comportamento, o desrespeito com que tinha tratado Charles, como o havia usado por inquietação e medo e porque desejava elogios e atenção. E abaixo disso *ainda* existia o espectro de seu avô, a quem ele havia traído e a quem nenhum pedido de desculpas jamais bastaria. Sempre que a consciência dessas coisas brotava dentro dele, ele as reprimia de novo enfiando mais um bombom em sua boca ou na boca de Edward, ou fazendo com que Edward o virasse de bruços.

Ele sabia, porém, que nunca seria o suficiente, que ele estava maculado, e que a mancha era irreversível. E assim, na manhã seguinte, quando a criadinha bateu à porta, arregalando os olhos ao ver o quarto, e lhe entregou um bilhete sucinto e indiscutível de seu avô, ele soube tanto que tinha sido descoberto, enfim, quanto que não havia nada a fazer senão retornar a Washington Square, onde apresentaria sua desonra — e declararia sua liberdade.

XVII.

Sua casa! Ele estivera longe por pouco menos de uma semana, mas ela já lhe pareceu tão estranha — tão estranha e ao mesmo tempo tão familiar, sua fragrância de cera de móveis e lírios, de chá Earl Grey e fogo. E, é claro, de seu avô: seu tabaco e sua colônia de flor de laranjeira.

Ele prometera a si mesmo que não ficaria nervoso quando adentrasse Washington Square — aquela *era* sua casa; aquela *seria* sua casa —, mas, ainda assim, quando chegou ao patamar do lance de escada, hesitou: normalmente, teria entrado a passos largos, mas por um instante sentiu que deveria bater, e, se a porta não tivesse se aberto de repente (Adams, acompanhando Norris), ele poderia ter permanecido ali para sempre. Norris não conteve uma expressão de surpresa ao vê-lo, mas logo se recompôs e desejou boa-noite a David, acrescentando que esperava revê-lo em breve, e mesmo Adams, que era muito mais competente que o detestável Walden, ergueu sem querer as sobrancelhas antes de baixá-las depressa com uma careta, como se as punisse por serem desobedientes.

"Sr. David, o senhor parece ótimo. Bem-vindo de volta. Seu avô está no escritório dele."

Ele agradeceu a Adams, entregando-lhe seu chapéu e permitindo que tirasse seu paletó, e subiu. O jantar era servido mais cedo aos domingos, por isso ele também havia chegado cedo, pouco depois do horário de almoço do avô. Ficar longe de Washington Square o fizera perceber como ele havia passado a medir o tempo pelo metrônomo da casa: o meio-dia não era só o meio-dia, era o horário em que ele e o avô terminavam sua refeição do meio do dia nos fins de semana; as cinco da tarde não eram apenas cinco da tarde, era quando voltavam a se reunir para o jantar. Era às sete da manhã que seu avô saía e ia para o banco; às cinco da tarde era quando ele retornava. Seu relógio, seus dias, eram determinados por seu avô, e por todos aqueles anos ele tinha cedido ao seu ritmo sem se questionar. Mesmo no exílio ele era capaz de sentir a velha melancolia daqueles jantares de domingo à noite, de ver, com a nitidez de uma pintura, seus irmãos e seu avô reunidos em torno do brilho espelhado da mesa da sala de jantar, de sentir o cheiro da gordura da codorna assada.

Do lado de fora do escritório de seu avô, ele parou mais uma vez e esperou, respirando fundo antes de enfim bater com as juntas dos dedos na porta e, ao ouvir a voz do avô, entrar. Quando ele o fez, seu avô se pôs de pé, algo que lhe pareceu incomum, e os dois ficaram em silêncio, encarando um ao outro como se estivessem diante de alguém que tinham visto uma vez e depois esquecido.

"David", disse seu avô, com uma voz branda.

"Vovô", ele disse.

Seu avô se aproximou, "Me deixe olhar para você", ele disse, e tomou nas mãos o rosto de David, inclinando um pouco sua cabeça para um lado e para o outro, como se talvez os enigmas da vida que David levava atualmente estivessem gravados em sua face, antes de deixar as mãos caírem junto ao corpo mais uma vez, a expressão inescrutável. "Sente-se", disse a David, que se sentou em sua cadeira de sempre.

Por um tempo permaneceram em silêncio, e então seu avô começou a falar. "Não vou começar por onde poderia: repreendendo você, ou questionando você, embora não possa lhe prometer que serei capaz de resistir a essas duas tentações até o fim da conversa. Por ora, porém, tenho duas coisas que pretendo lhe mostrar." Ele observou seu avô pegar uma caixa sobre a mesa ao seu lado e retirar de dentro dela uma pilha de cartas, dezenas delas, amarradas com um barbante, e, ao pegá-las, David viu que eram todas de Edward e levantou a cabeça com uma expressão indignada. "*Não*", seu avô disse, antes que ele pudesse falar. "Não *se atreva.*" E David, embora estivesse furioso, desfez o nó rapidamente e abriu a primeira carta em silêncio. Dentro dela estavam a primeira das cartas que ele escrevera para Edward quando este havia partido para visitar as irmãs e, em outra folha, a resposta de Edward. O segundo envelope continha outra de suas cartas e outra resposta de Edward. Assim como o terceiro, o quarto e o quinto — todas as cartas a que Edward nunca respondera, finalmente entregues. À medida que lia, não conseguiu deixar de sorrir, nem de ficar com as mãos trêmulas: pelo romantismo daquele gesto, por perceber o quanto tinha precisado daquelas respostas, pela crueldade de ter sido privado delas, pelo alívio de saber que as cartas não tinham sido abertas para que ele, e apenas ele, as lesse. Entre elas também estava a carta que Edward mencionara, aquela que ele tinha entregado dois dias antes da inauguração do museu, quando David estava deitado em sua cama, inconsciente e atormentado, ali estava, além de muitas mais. *Ali* estava a prova do amor que Edward sentia por ele, sua devoção em cada palavra, em cada folha de papel translúcido — *ali* estava o motivo pelo qual ele não tivera notícias de Edward durante seu confinamento: porque Edward lhe escrevera aquelas cartas. De súbito ele teve uma visão de si mesmo, na cama, encarando a mancha, e, a oeste dali, Edward escrevendo à luz de velas, sua mão retesada e dolorida, ambos ignorantes do incômodo do outro, mas pensando apenas um no outro.

E então ficou irritado, mas, novamente, seu avô começou a falar antes que ele pudesse fazê-lo. "Peço que não se apresse em me julgar, querido... Embora eu peça desculpas, sim, por ter escondido essas cartas de você. Mas você estava tão doente, tão chateado, que eu não poderia saber se essas palavras lhe causariam ainda mais dor. Era uma quantidade tão extraordinária de cartas que pensei que elas pudessem ser de... de..." Ele parou de falar.

"Bem, não eram", ele retrucou.

"Agora eu sei disso", seu avô prosseguiu, e sua expressão se enrijeceu. "E isso me leva à segunda coisa que preciso que você leia", e mais uma vez pegou algo de dentro da caixa, entregando a David um grande envelope pardo, que continha um maço de folhas costuradas, em cuja primeira página se lia, em letras grandes, "Confidencial: A pedido do sr. Nathaniel Bingham", e de repente David se sentiu invadido por um temor e segurou as folhas no colo, fazendo questão de não olhar para elas.

Mas "leia isto" foi o que o seu avô lhe disse, naquela mesma voz firme e branda. E, vendo que David não se moveu, *"leia isto"*.

Caro sr. Bingham,
17 de março de 1894

Concluímos o relatório a respeito do cavalheiro em questão, Edward Bishop, e registramos as informações sobre sua vida nestas páginas.

O indivíduo em questão nasceu Edward Martins Knowlton em 2 de agosto de 1870 em Savannah, Georgia, filho de Francis Knowlton, um professor, e Sarabeth Knowlton (nome de solteira: Martins). Os Knowlton tiveram outra filha, Isabelle (conhecida como Belle) Harriet Knowlton, nascida em 27 de janeiro de 1873. O sr. Knowlton era um professor muito estimado, mas também era conhecido por seu vício nos jogos de azar, e não era raro que a família contraísse dívidas. Knowlton pegava emprestado grandes quantias de seus parentes e dos parentes da esposa, mas foi quando descobriram que ele vinha roubando dos cofres da escola que foi demitido e ameaçaram prendê-lo. Nesse mesmo período, descobriu-se que Knowlton estava muito mais endividado do que a própria família sabia — ele devia centenas de dólares e não tinha condições de devolver tais valores.

Na véspera do dia em que seria indiciado, Knowlton fugiu com a esposa e seus dois filhos. Seus vizinhos encontraram a casa quase como a tinham deixado, mas com sinais de que haviam partido às pressas; não restava nenhum alimento seco na despensa e as gavetas tinham sido deixadas abertas. Havia uma meia de criança esquecida num degrau da escada. As autoridades começaram a procurá-lo na mesma hora, mas se especula que Knowlton tenha se refugiado em um dos abrigos subterrâneos, provavelmente alegando perseguição religiosa.

A partir daqui não há mais informações sobre o paradeiro de Knowlton e sua esposa. Os dois filhos, Edward e Belle, aparecem na lista de admissões de um esconderijo para refugiados em Frederick, Maryland, em 4 de outubro de 1877, mas são identificados como órfãos. De acordo com os registros do abrigo, nenhuma das crianças conseguia ou se dispunha a falar sobre o que acontecera com seus pais, mas em determinado momento o menino chegou a dizer que "o homem do cavalo encontrou os dois e a gente se escondeu", o que levou o diretor da instituição a crer que os pais haviam sido capturados por um patrulheiro das Colônias pouco antes de cruzarem a fronteira com Maryland, e que as crianças haviam sido encontradas depois e levadas para o abrigo por um benfeitor anônimo.

Os irmãos permaneceram no lar por mais dois meses, antes de serem transferidos, com um grande grupo de crianças sem pais encontradas na região, para uma instituição que abrigava órfãos das Colônias, na Filadélfia, em 12 de dezembro de 1877. Nesse momento eles foram quase imediatamente adotados por um casal de Burlington, Vermont, Luke e Victoria Bishop, que já tinham duas filhas, Laura (oito) e Margaret (nove), também órfãs das Colônias, embora ambas tivessem sido adotadas ainda bebês. Os Bishop eram cidadãos ricos e respeitados: o sr. Bishop era proprietário de uma madeireira bem-sucedida, que administrava ao lado da esposa.

Mas, apesar do começo auspicioso, a relação dos Bishop com seu novo filho logo começou a se deteriorar. Enquanto Belle se adaptou depressa à nova vida, Edward mostrou resistência. O garoto era muito atraente, além de inteligente e carismático, mas, como Victoria Bishop descreveu, "carecia de qualquer traço de diligência ou autocontrole". De fato, enquanto suas irmãs faziam suas tarefas domésticas e escolares com capricho, Edward vivia encontrando novas maneiras de se esquivar das responsabilidades, inclusive chantageando Belle para que fizesse suas tarefas em seu lugar. Embora sua inteligência fosse inquestionável, era um aluno relapso e chegou a ser expulso da escola quando descobriram que tinha colado numa prova de matemática. Ele adorava doces, e diversas vezes furtou balas do armazém. E, ainda assim, como fez questão de destacar a mãe que o adotou, era também muito querido pelas irmãs, especialmente por Belle, mesmo que muitas vezes estas fossem vítimas de suas pequenas manipulações. Ela relata que ele reservava uma paciência excepcional aos animais, inclusive com o cão manco da família, e que era um cantor talentoso, um excelente leitor e escritor e uma pessoa muito afetuosa. Embora tivesse muito poucos amigos verdadeiros, preferindo a companhia de Belle, era estimado na comunidade e tinha muitos conhecidos, portanto nunca parecia estar solitário.

Quando o garoto estava com dez anos, a família adquiriu um piano — o sr. Bishop aprendera a tocar o instrumento na infância — e, embora todos os irmãos frequentassem aulas de música, foi Edward quem demonstrou maior talento e aptidão natural. "Era como se o piano aquietasse alguma coisa dentro dele", disse a sra. Bishop, acrescentando que ela e o marido ficaram "aliviados" ao perceber que o filho talvez começasse a demonstrar interesse por alguma atividade. Eles contrataram mais professores para ele e ficaram satisfeitos ao ver que Edward enfim estava se dedicando a alguma coisa.

À medida que Edward crescia, os Bishop passaram a ter ainda mais dificuldades com o filho. Ele era, como sua mãe comenta, uma espécie de mistério para os pais; embora fosse um jovem habilidoso, se sentia entediado na escola e começou a cabular aulas, sendo mais de uma vez flagrado roubando — lápis, moedas e por aí vai — de seus colegas de classe, uma atitude que chocou seus pais, já que nunca haviam lhe negado nada. Depois que foi expulso de sua terceira escola preparatória, seus pais contrataram um professor particular para que assim pudesse concluir seus estudos; ele conseguiu o diploma, ainda que com muita dificuldade, e por isso frequentou um conservatório de pouco prestígio na região oeste de Massachusetts, onde terminou apenas o primeiro ano antes de ganhar uma pequena herança de um de seus tios e fugir para Nova York, onde se mudou para a casa de sua tia-avó por parte de mãe, Bethesda, no Harlem. Tanto seu pai quanto sua mãe concordaram com essa decisão: desde que a mulher se tornara viúva, nove anos antes, seu estado mental havia se deteriorado consideravelmente, e, embora tivesse vários cuidadores, pois era bastante rica, ambos pensaram que a presença de Edward ajudaria a acalmá-la; ela sempre tivera profunda afeição pelo garoto e, por não ter sido mãe, o considerava quase como um filho.

No primeiro outono depois de abandonar os estudos, Edward retornou para visitar sua família no Dia de Ação de Graças, e todos tiveram um fim de semana agradável. Depois que Edward partira para Nova York e suas irmãs para suas respectivas casas — Laura e Margaret, que havia se casado recentemente, estavam morando em Burlington, próximo aos pais, e Belle estava se preparando para estudar enfermagem em New Hampshire —, a sra. Bishop decidiu limpar a casa. Foi então, em seu quarto, que ela descobriu que seu colar favorito, um cordão de ouro e pérolas que seu marido lhe dera no aniversário de casamento dos dois, tinha desaparecido. Ela se pôs a procurar a joia, mas depois de várias horas, depois de verificar em todos os lugares possíveis, não conseguiu encontrá-la. Foi nesse momento que se deu conta de onde o colar poderia estar e, como que para afastar esse pensamento, se pôs a desdobrar e dobrar novamente todos os lenços de seu marido, tarefa que não precisava fazer, mas que lhe pareceu necessária.

Ela teve muito medo de perguntar a Edward se ele havia pegado o colar, e não ousou tocar no assunto com o marido, que era bem menos tolerante que ela em se tratando do filho e, como sabia, diria algo de que depois se arrependeria. Ela prometeu a si mesma que não suspeitaria do próprio filho, mas, depois que o Natal veio e passou, e com ele seus filhos, e com eles, ou melhor, com um deles — como ela mais tarde descobriu —, uma pulseira de filigrana de prata, ela foi obrigada a confrontar suas suspeitas mais uma vez. Ela não entendia por que Edward não lhe dizia, simplesmente, que precisava de dinheiro, pois ela teria lhe dado, mesmo que seu marido negasse. Mas, da próxima vez que ele os visitou, ela escondeu tudo o que ele poderia encontrar de forma fácil numa caixa trancada a chave que havia em seu armário, ocultando seus objetos de valor do próprio filho.

A respeito da vida atual de Edward, ela sabia muito pouco. Tinha sabido por meio de conhecidos que ele cantava numa casa noturna, o que a preocupava — não pela reputação da família, mas porque seu filho, embora fosse inteligente, era muito jovem e poderia, em sua opinião, se deixar influenciar. Ela enviava cartas ao jovem, mas ele raramente respondia, e, diante de seu silêncio, ela tentava não se perguntar se sequer o conhecia. Mas pelo menos ela sabia que ele estava com sua tia e, embora o estado mental de Bethesda piorasse cada vez mais, de vez em quando recebia uma carta lúcida na qual Bethesda escrevia em tom afetuoso e elogioso sobre seu sobrinho-neto e sua presença.

Então, pouco mais de dois anos atrás, ela cortou relações com Edward. Certo dia ela recebeu um telegrama desesperado do advogado de sua tia, informando que o banco da qual a tia Bethesda era cliente informara que grandes somas de dinheiro haviam sido retiradas de sua conta. A sra. Bishop viajou na mesma hora para Nova York, onde, depois uma série de reuniões preocupantes, descobriu que, ao longo dos doze meses anteriores, a assinatura do próprio Edward aparecia em solicitações de saques cada vez maiores da conta de sua tia; uma investigação realizada pelo banco (um dos seus concorrentes, o senhor ficará aliviado em saber) revelou que Edward havia seduzido o assistente do gestor do patrimônio de Bethesda Carroll, um jovem simplório e ingênuo, que confessou, gaguejando, que tinha violado o estatuto da instituição de propósito para ajudar Edward a ter acesso ao dinheiro — milhares de dólares, embora a sra. Bishop tenha se recusado a especificar o valor exato — que ele desejava. Quando foi até a casa, a sra. Bishop se deparou com sua tia bem cuidada, mas tão alheia ao que acontecia ao seu redor que nem sequer sabia quem Edward era. Ela também descobriu que pequenas coisas — peças de jogos de jantar de prata e de porcelana, o colar de diamante da tia — haviam desaparecido. Perguntei-lhe como ela tinha certeza de que havia sido seu filho, e não um dos vários cuidadores ou empregados de sua tia, que roubara esses objetos, e nesse momento ela começou a chorar e disse que essas pessoas trabalhavam para sua tia havia anos e nada nunca desaparecera — ela admitiu em meio às lágrimas que a única novidade na vida de sua tia era seu filho.

Mas *onde*, afinal, estava seu filho? Ele parecia ter sumido da face da Terra. A sra. Bishop o procurou e até contratou um detetive particular, mas ele não havia sido encontrado até a data em que ela foi obrigada a voltar para Burlington.

Durante todo esse tempo, ela tinha conseguido esconder os deslizes de Edward do marido. Agora que suas atividades tinham cruzado o limite e se tornado criminosas, porém, ela foi obrigada a confessar. Como ela temia, seu marido reagiu de forma violenta, deserdando Edward e, depois de convocar as filhas para contar a elas sobre as perversidades do irmão, proibindo que voltassem a se comunicar com ele. Todas as três choraram muito, pois amavam o irmão, e Belle ficou especialmente arrasada.

Mas o sr. Bishop se manteve impassível: elas nunca mais deveriam falar com o irmão e, se ele tentasse entrar em contato, deveriam ignorá-lo. "Nós cometemos um erro", sua esposa se lembra de vê-lo dizendo, e, embora ele tivesse se apressado em dizer "Não me refiro a você, Belle", a sra. Bishop diz: "Vi a cara dela e soube que era tarde demais".

Mesmo que as irmãs *pudessem* entrar em contato com Edward, porém, elas não teriam conseguido, pois ele parecia ter desaparecido por completo. O detetive que sua mãe tinha contratado continuou investigando, mas concluiu que o jovem deveria ter saído da cidade, e provavelmente do estado, e talvez até dos Estados Livres. O silêncio perdurou por quase um ano. E, então, cerca de seis meses atrás, o detetive escreveu mais uma vez para a sra. Bishop: Edward havia sido localizado. Ele estava em Nova York e tocava piano numa casa noturna perto de Wall Street, um local muito popular entre jovens endinheirados da alta sociedade, e estava morando num quarto de pensão na Bethune Street. A sra. Bishop ficou perplexa ao saber disso: uma pensão! Mas onde o dinheiro tinha ido parar, toda aquela fortuna que ele roubara da tia? Será que Edward era viciado em jogos, como seu falecido pai havia sido? Nunca houvera sinais de tal comportamento, mas, considerando tudo o que ela não sabia sobre seu filho, aquilo não lhe parecia impossível. Ela pediu que o detetive acompanhasse as idas e vindas de Edward por uma semana, para ver se conseguia obter mais informações sobre suas atividades diárias, mas isso também foi em vão: Edward nunca foi a um banco, nem visitou nenhuma casa de jogos. Em vez disso, seus movimentos se restringiam a seu quarto e a uma casa luxuosa que ficava nas redondezas de Gramercy Park. Depois de uma investigação mais aprofundada, determinou-se que se tratava da residência de um tal sr. Christopher D. (Optei por não divulgar seu nome neste documento para proteger sua privacidade e a privacidade da família), um homem bem-nascido de vinte e nove anos que vivia com seus pais, já idosos, o sr. e a sra. D., que são proprietários de uma empresa e têm um patrimônio considerável. O jovem sr. D. foi descrito pelo detetive como alguém "solitário" e "caseiro", e tudo indica que Edward Bishop conseguiu seduzi-lo rapidamente, de tal forma que o sr. D. o pediu em casamento, e ele aceitou, três meses depois de terem se conhecido. Parece, no entanto, que seus pais, ao tomar conhecimento da decisão do filho, à qual se opunham veementemente, chamaram Edward para uma reunião, durante a qual lhe ofereceram um emprego como professor numa fundação de caridade que conheciam, bem como uma boa quantia, caso em troca ele prometesse cortar todas as relações com seu filho e herdeiro. Edward concordou, os valores foram entregues, e ele cortou contato com o jovem sr. D., que, segundo fontes, estaria "desolado" até os dias de hoje e, conforme o detetive dos Bishop me contou, tem tentado, de forma recorrente e cada vez mais desesperada, entrar em contato com seu ex-noivo. (Sinto lhe informar que a instituição de caridade em questão é a Escola de Caridade e Instituição Hiram Bingham, onde até o mês de fevereiro Edward Bishop estava empregado como professor de música.)

E aqui chegamos à situação atual do sr. Bishop. De acordo com a governanta da instituição, o sr. Bishop — a que ela se referiu, em tom desdenhoso, como "uma figura excêntrica" e "um desmiolado", apesar de admitir que ele era muitíssimo querido pelos alunos: "O professor mais popular que já tivemos, lamento dizer" — solicitou um período de licença quase no final de janeiro, pois iria cuidar de sua mãe, que estava doente, em Burlington. (O que é uma mentira, é claro, já que a sra. Bishop tem e sempre teve uma saúde excelente.) Edward de fato seguiu para o Norte, mas seu relato também não corresponde à verdade. Sua primeira parada foi na casa de amigos em Boston, os Cooke, dois irmãos, uma mulher e um homem, que se apresentam como jovens recém-casados por motivos que retomarei mais adiante nesta narrativa. Sua segunda parada foi Manchester, onde Belle estava morando numa pensão respeitável e concluindo seu curso de enfermagem. Tudo indica que Belle, apesar das advertências do pai, permaneceu se comunicando com Edward desde que este foi expulso da família, chegando até a lhe enviar uma parte de sua mesada. Não se sabe exatamente o que ocorreu entre os irmãos, mas no fim de fevereiro, pelo menos uma semana depois da data de retorno que Edward informara à governanta, os dois viajaram para Burlington, onde, ao que parece, Belle tinha a intenção de reunir seu irmão e seu pai para que fizessem as pazes. Laura, a mais jovem das irmãs mais velhas, se tornara mãe havia pouco tempo, e Belle parece ter imaginado que os pais estariam mais dispostos a perdoar Edward.

Nem preciso dizer que essa visita não correu como os irmãos haviam esperado. O sr. Bishop, ao ver o filho rebelde, teve um acesso de fúria que levou a uma discussão acalorada; a essa altura ele já sabia que o filho havia roubado as joias e os objetos pessoais de sua esposa e confrontou Edward a respeito disso. Edward, ao ouvir isso, de súbito avançou na própria mãe, que até agora insiste que Edward estava simplesmente reagindo no calor do momento e não tinha intenção real de feri-la, mas sua atitude assustou o sr. Bishop, que deu um soco no filho, arremessando-o no chão. A isso se seguiu uma briga, e todas as mulheres tentaram separar os dois, e, no meio da confusão, o sr. Bishop foi golpeado no rosto.

Era impossível dizer se o golpe fora desferido por Edward, mas isso já não importava: o sr. Bishop colocou Edward para fora da casa e disse a Belle que ela tinha uma escolha — ou ela continuava com a família, ou ela ia embora com o irmão, mas não poderia fazer as duas coisas. Para o grande espanto dos Bishop, ela partiu, dando as costas sem dar uma palavra à família que a havia criado. (Essa, como a sra. Bishop me disse aos prantos, é mais uma

162

prova do poder de sedução de Edward, e do feitiço que ele é capaz de lançar sobre aqueles que encantou.)

Juntos, Edward e Belle — ela agora completamente dependente do irmão — fugiram. Os dois voltaram a Manchester para buscar os pertences de Belle (e certamente seu dinheiro) e seguiram para Boston, para a casa dos Cooke. Como os Bishop, os Cooke também eram órfãos das Colônias e, como eles, também haviam sido adotados por uma família rica. Acredita-se que Aubrey, o irmão, conheceu Edward em Nova York quando este estava morando com a tia Bethesda, e com ele começou um relacionamento — bastante intenso e verdadeiro, ao que tudo indica — que dura até hoje. Aubrey era, e é, um homem extremamente bonito de cerca de vinte e sete anos, que tem boa formação e bom domínio dos costumes da alta sociedade, e ele e sua irmã tinham uma vida fácil garantida. Quando Aubrey tinha vinte anos e sua irmã, Susannah, dezenove, porém, seus pais morreram num desastre de carro, e, quando o inventário foi elaborado, descobriu-se que o dinheiro que seus filhos sempre tinham imaginado que herdariam não existia, pois havia sido consumido ao longo de anos de maus investimentos e dívidas acumuladas.

Outros homens e mulheres teriam recorrido a um trabalho honesto, mas não era assim que Aubrey e Susannah levavam a vida. Em vez disso, apresentando-se como jovens recém-casados, eles começaram, cada um por sua conta, a se aproveitar de homens e mulheres — ambos os gêneros eram bem-vindos — casados, solitários e donos de grandes fortunas, muitas vezes presos em relações de aparências, oferecendo-lhes sua amizade e companhia. Depois, quando conseguiam que as vítimas se apaixonassem, eles exigiam dinheiro, ameaçando expor essas pessoas a seus cônjuges. Todas as vítimas, sem exceção, pagaram o que eles pediram, tanto por medo das consequências quanto por vergonha da própria ingenuidade, e, juntos, os Cooke conseguiram juntar um bom dinheiro, que, supõe-se, somado aos valores que Edward roubou de sua tia e recebeu dos pais do pobre sr. D., pretendem usar para abrir um negócio de cultivo de seda no Oeste. Segundo minhas fontes, Edward, ao lado dos Cooke, vem se dedicando a essa ideia há pelo menos um ano; o plano é que, estando ciente das leis de 76, Edward fingirá ser casado com Susannah Cooke, e Belle, com Aubrey.

De novembro do ano passado em diante, o plano estava prestes a ser colocado em prática quando uma praga matou a maioria das amoreiras. Desesperados, Aubrey e Edward concordaram em tentar encontrar uma última fonte de dinheiro. Eles sabem que é uma questão de tempo até que uma das vítimas de Aubrey venha a público e eles arranjem graves problemas com a lei. Tudo o que precisavam era de uma última boa quantia, o suficiente para custear a abertura do negócio e os primeiros anos da operação.

E então, em janeiro deste ano, Edward Bishop conheceu seu neto.

XVIII.

Havia mais informações, mas ele não suportou continuar. Já estava tão trêmulo — e o recinto, tão silencioso — que conseguia ouvir o ruído seco e trepidante que o papel fazia em suas mãos, seus próprios arquejos breves e intermitentes. A sensação era de que o tinham golpeado na cabeça com um objeto denso, mas flexível, talvez uma almofada, e a pancada o deixara aturdido e sem fôlego. Ele tinha consciência de seus dedos soltando as folhas, do ato de se levantar, vacilante, e de em seguida tombar para a frente, momento em que alguém — seu avô, de cuja presença ele quase se esquecera — o pegou nos braços e o devolveu ao sofá, repetindo seu nome. Como que de um lugar muito distante, ele ouviu seu avô chamando Adams e, quando voltou a si, estava novamente sentado, e seu avô aproximava uma xícara de chá de sua boca.

"Tem um pouco de gengibre no chá, e mel", o avô disse. "Beba devagar. Isso, menino… Muito bem! E tem um biscoito de melado… Consegue segurar? Muito bem."

Ele fechou os olhos e jogou a cabeça para trás. Mais uma vez, ele era David Bingham, e estava fragilizado, e seu avô tentava acalmá-lo, e era como se nunca tivesse lido o relatório do detetive, como se nunca tivesse descoberto o que havia naquelas folhas, como se nunca tivesse conhecido Edward. Seu estado de confusão era muito profundo. Muito perigoso. E, ainda assim, por mais que tentasse, por mais que tentasse separar um fio da história do outro, ele não conseguia. Era como se ele tivesse *vivenciado* a história, e não apenas a lido, e, ao mesmo tempo, ele sentia que aquilo não tinha nenhuma ligação com ele, ou com o Edward que conhecia, que era, afinal de contas, a única versão de Edward que importava. Havia a história que ele acabara de consumir, e ela era uma âncora que caía depressa pela água, atravessando milhares e milhares de léguas, caindo, caindo até ser engolida pela areia no fundo do mar. E, acima disso, havia o rosto de Edward e os olhos de Edward, Edward se virando para ele e sorrindo, perguntando "Você me ama?", seu corpo roçando a superfície da água como um pássaro, sua voz reduzida a um sussurro pelo vento. "Você confia em mim, David?", perguntou a voz, a voz de Edward, "Você acredita em mim?". Ele pensou na pele de Edward contra a sua, o encanto em sua expressão quando viu David diante de sua porta, a forma como tinha acariciado a ponta do nariz de David e dito que dentro de um ano ela teria sardas cor de caramelo, uma dádiva do sol da Califórnia.

Ele abriu os olhos e fitou o rosto belo e austero do avô, seus olhos cor de grafite, e soube que precisava dizer algo, mas, quando o fez, suas palavras surpreenderam a ambos: a David porque ele sabia que era o que realmente sentia, ao avô porque — embora quisesse acreditar no contrário — ele também sabia.

"Eu não acredito", ele disse.

Ele observou a preocupação se transformar em perplexidade na expressão do avô. "Não acredita? Não *acredita*? David... eu já não sei o que dizer. Você sabe que quem fez esse relatório foi Gunnar Wesley, o melhor detetive particular da cidade, e talvez dos Estados Livres?"

"Mas ele já cometeu erros no passado. Ele não descobriu que o sr. Griffith tinha vivido no Oeste, por exemplo." Mas, antes mesmo de terminar a frase, ele soube que não deveria ter mencionado o nome de Charles.

"Ah, por favor, David... Isso não é relevante. E isso não era algo que o sr. Griffith tentava esconder. Wesley só omitiu esse fato, e não colocou ninguém em risco. Mas as informações que ele *de fato* encontrou estavam todas corretas.

"David. David. Eu não estou zangado. Eu lhe garanto que não estou. Eu *fiquei*, sim, quando recebi isso. Mas não estou zangado com você, e sim com esse... *vigarista*, que se aproveitou de você. Ou tentou se aproveitar, pelo menos. David. Meu menino. Sei que é difícil ler isso. Mas não é melhor saber disso agora, antes que você se prejudique seriamente, antes de colocar em risco seu relacionamento com o sr. Griffith? Se ele descobrisse que é com esse tipo de gente que você estava andando..."

"Isso não é da conta do sr. Griffith", ele ouviu sua voz dizer, uma voz que ele não reconheceu, tamanha era sua frieza e rispidez.

"Não é da conta dele? David, ele tem sido muito tolerante com você... tolerante até demais, eu diria. Mas nem um homem devotado como o sr. Griffith deixaria isso passar. É *claro* que ele daria importância a uma coisa dessas!"

"Mas não dá importância, e não dará, pois eu recusei a oferta dele", David disse, e sentiu, no âmago de seu ser, um cerne endurecido de triunfo ao testemunhar a perplexidade emudecida do avô, e a forma como este se afastou como se tivesse se queimado.

"Você recusou! David, quando você fez isso? E por quê?"

"Há pouco tempo. E antes que me pergunte, não, não há chance de mudarmos de ideia, nem eu, nem ele, porque nos desentendemos. Quanto ao motivo, é muito simples: eu não o amo."

"Você não...!" Diante disso, seu avô se levantou de repente e andou até o canto oposto da sala, antes de voltar a encarar David. "Com todo o respeito, David... quem é você para dizer o que é amor?"

Ele se ouviu rindo, um cacarejo alto e grosseiro. "Quem seria mais qualificado? Você? Frances? O sr. Griffith? Eu sou um *adulto*. Em junho terei vinte e nove anos. Decidir isso só cabe a *mim*. Estou apaixonado por Edward Bishop, e vou ficar com ele, não importa o que você ou Wesley ou qualquer pessoa diga."

David pensou que seu avô perderia o controle, mas em vez disso ele ficou muito silencioso e, antes de voltar a falar, segurou o espaldar da cadeira com ambas as mãos. "David, eu prometi a mim mesmo que nunca mais tocaria nesse assunto. Eu jurei. Mas agora preciso, e pela segunda vez esta noite, porque isso é relevante para a sua situação atual. Me perdoe, meu querido, mas: você já pensou que estava apaixonado antes. E você descobriu que estava enganado, e da pior maneira possível.

"Você acha que estou mentindo. Você acha que estou equivocado. Eu lhe garanto que não estou. E também lhe garanto que daria toda a minha fortuna para estar equivocado a respeito do sr. Bishop. E toda a sua fortuna para impedir que ele o machuque.

"Ele não ama você, meu querido. Ele já ama outra pessoa. O que ele ama em você é o seu dinheiro, é pensar que seu dinheiro pode ser dele. É doloroso para mim, como alguém que *de fato* ama você, dizer isso, precisar dizer isso em voz alta. Mas é meu dever, pois eu me recuso a vê-lo de coração partido de novo, quando eu poderia ajudar a mantê-lo intacto.

"Você me perguntou antes por que eu queria que se casasse com o sr. Griffith, e respondi com sinceridade: porque, pelo que Frances falava sobre ele, tive a impressão de que era uma pessoa que não prejudicaria você, que buscaria apenas sua companhia e mais nada, que nunca o abandonaria. Você é inteligente, David; você é sensível. Mas nesse aspecto você é insensato, e sempre foi, desde que era menino. Não posso me vangloriar de seus talentos, mas *posso*, sim, protegê-lo de suas limitações. Não posso mais mandar você para longe, mas se você quisesse, eu o faria de bom grado. O que *posso* fazer é alertá-lo, de todas as formas que eu puder, para que não cometa o mesmo erro mais uma vez."

Ele não imaginara, apesar da alusão que o avô acabara de fazer, que ele mencionaria os acontecimentos de sete anos antes, os acontecimentos que, como às vezes pensava, o tinham transformado para sempre. (E mesmo assim ele sabia que isso era errado: era quase como se estivesse predestinado a vivê--los.) Na época ele estava com apenas vinte e um anos, tinha acabado de concluir a faculdade e frequentava a escola de belas-artes havia um ano antes de começar a trabalhar no Bingham Brothers. E, então, um dia, no início do semestre, ele estava saindo da aula e derrubou seus materiais, e quando agachou para recolhê-los havia alguém ao seu lado, um colega de classe chamado Andrew, que era tão iluminado, dono de um charme tão espontâneo, que David, depois de se dar conta de sua existência no primeiro dia de aula, não havia se permitido observá-lo por nem mais um minuto — ele em nada se assemelhava ao tipo de pessoa que um dia poderia querer conhecê-lo. Em vez disso, ele havia tentado se aproximar de homens como ele: as figuras quietas, sóbrias, arredias, as pessoas com quem, nas últimas semanas, ele vinha conseguindo se encontrar para tomar um chá ou almoçar, ocasiões nas quais conversariam sobre os livros que liam ou sobre as obras de arte que pretendiam replicar quando ganhassem mais prática. Seu lugar era ao lado *desses* homens — em geral os caçulas de irmãos ou irmãs mais dinâmicos; alunos competentes, mas não elogiados; de aparência agradável, mas não excepcional; capazes de oferecer um bom diálogo, mas não uma conversa memorável. Eram, todos eles, herdeiros de fortunas consideráveis ou extraordinárias; tinham, todos eles, se mudado da casa dos pais para colégios internos e para universidades e, depois, voltado para a casa dos pais, onde permaneciam até que lhes arranjassem um casamento com um homem ou uma mulher adequados — e alguns deles até se casavam uns com os outros. Havia vários deles, rapazes artísticos e sensíveis que ganhavam de seus pais um ano de desbunde antes de ser obrigados a voltar para os estudos ou para as empresas da família, onde se tornavam banqueiros, expedidores, comerciantes, advogados. Ele sabia disso e aceitava isso: ele era um deles. Já naquela época, John era o melhor aluno de sua turma na universidade, onde estudava direito e negócios — embora tivesse apenas vinte anos, seu casamento com Peter, que também era seu colega de classe, já havia sido arranjado —, e Eden, a representante de sua turma. Os amigos de ambos, montes deles, lotavam a festa anual de verão que seu avô realizava, todos gritando e rindo sob a luz das velas que os empregados haviam pendurado pelo jardim horas antes.

Mas David nunca havia sido assim, e sabia que nunca seria. Ele tinha passado sua vida quase inteira sendo deixado de lado: seu sobrenome o protegera de insultos e de assédios, mas na maior parte do tempo o ignoravam, nunca o procuravam, nunca notavam sua ausência. Por isso, quando Andrew, naquela tarde, dirigiu-se a ele pela primeira vez e, depois, ao longo dos próximos dias e semanas, passou a falar com ele cada vez mais, David sentiu que estava se tornando uma pessoa irreconhecível. Lá estava ele, gargalhando pelas ruas, como Eden; lá estava ele, fazendo afirmações petulantes durante uma discussão e sendo elogiado por isso, como John fazia quando estava com Peter. Ele sempre havia gostado muito de ter contato íntimo com outras pessoas, embora por muito tempo tivesse sido tímido demais para tentar iniciar esses contatos — preferindo visitar o bordel que frequentava desde os dezesseis anos, onde sabia que nunca seria rejeitado —, mas com Andrew ele pedia o que desejava e recebia; ele se sentia encorajado, deslumbrado com sua nova percepção do que significava ser um homem, uma pessoa jovem e rica. Sim, ele se lembrava de pensar: então é *assim*! É isso que John sentia, que Peter sentia, que Eden sentia, que todos os seus colegas de classe com suas vozes animadas, suas risadas sonoras, sentiam!

Foi como se ele tivesse sido dominado por uma loucura. Ele apresentou Andrew — que era filho de médicos de Connecticut — ao avô, e quando, mais tarde, o avô, que havia permanecido em silêncio pela maior parte do jantar, um jantar durante o qual Andrew se comportara da melhor maneira possível e David reagira a tudo o que ele dissera com um sorriso, se perguntando o motivo do silêncio do avô, lhe dissera que tinha achado Andrew "muito artificial e insolente", ele o havia ignorado. E quando, seis meses depois, Andrew começou a parecer distraído quando estavam juntos, e então parou de procurá-lo, e então passou a evitá-lo, e David começou a enviar buquês de flores e caixas de chocolates — declarações de amor exageradas e embaraçosas —, sem receber nenhuma resposta e depois, mais tarde, as caixas de chocolates voltaram com os laços de fita intactos, os envelopes das cartas ainda fechados, os pacotes de livros raros lacrados, ele permaneceu ignorando o avô, suas perguntas gentis, suas tentativas de distraí-lo com convites para o teatro, uma sinfonia, uma viagem ao exterior. E então, certo dia, ele andava sem rumo pelo perímetro de Washington Square quando viu Andrew de braços dados com outro homem que pertencia à mesma turma dos dois, que frequentava as mesmas aulas a que David deixara de assistir. Ele conhecia o homem de fisionomia, mas não por nome, e sabia que ele vinha do mesmo círculo social a que Andrew pertencia, o mesmo do qual se afastara para passar seu tempo — por curiosidade, talvez — com David. Eles eram iguais, dois jovens bem-dispostos caminhando juntos e conversando, os rostos reluzentes de felicidade, e David se viu primeiro andando e depois correndo na direção dos dois, lançando-se contra Andrew e expressando aos gritos seu amor, seu desejo, sua mágoa, enquanto Andrew, de início impaciente e depois alarmado, tentou acalmá-lo, mas então fez de tudo para afastá-lo de si, seu amigo golpeando a cabeça de David com as luvas, numa cena que se tornou ainda mais medonha graças aos transeuntes que pararam para olhar, apontar e rir. E então Andrew lhe deu um empurrão violento e David caiu para trás, e os dois saíram correndo, e David, ainda desesperado, se viu nos braços de Adams, sim, Adams, que enxotou os curiosos aos berros enquanto meio carregava, meio arrastava David de volta para a casa.

Por dias, ele não saiu: nem da cama, nem de seu quarto. Pensar em Andrew e em sua degradação o atormentava, e quando não estava pensando em uma coisa, estava pensando em outra. Parecia que se parasse de interagir com o mundo este também poderia parar de interagir com ele, e, à medida que os dias se tornaram semanas, ele permaneceu deitado na cama e tentou não pensar em nada, certamente não em si mesmo inserido na imensidão vertiginosa do mundo, e por fim, depois de muitas semanas, o mundo de fato encolheu a ponto de se tornar algo com que ele era capaz de lidar — sua cama, seu quarto, as visitas diurnas e noturnas do avô, sem exigências. Por fim, depois de quase três meses, algo se rompeu, como se até então ele estivesse envolto em uma concha e alguém — não ele — a tivesse aberto com uma batidinha, e ele tivesse emergido débil, pálido e endurecido, ele pensou, o suficiente para se proteger de Andrew e de sua própria humilhação. David jurou, naquele momento, que nunca mais se permitiria sentir tamanho arrebatamento, que nunca mais se permitiria transbordar adoração, ficar tão repleto de felicidade, um voto que ele estenderia não só às pessoas como também à arte, de forma que, quando seu avô o mandou para a Europa por um ano, tendo sua Grand Tour como pretexto (mas na verdade ambos sabiam que era uma forma de evitar Andrew, que permanecia vivendo na cidade e permanecia com seu namorado, que agora se tornara seu noivo), ele andou calmamente por entre os afrescos e as pinturas que avultavam de cada teto, de cada parede: ele olhava para cima e os via, mas não sentia nada.

Quando retornou a Washington Square, catorze meses depois, ele estava mais calmo, mais distante, mas também mais solitário. Seus amigos, aqueles rapazes quietos que ele havia negligenciado e depois descartado quando começara a sair com Andrew, tinham seguido sua vida, e ele raramente os via. John e Eden também pareciam ter se tornado mais competentes do que nunca: John se casaria em breve, Eden estava na universidade. Ele ganhara algo, uma espécie de distanciamento, uma força maior, mas também perdera algo: ele se cansava depressa, ele ansiava por momentos de solidão, e seu primeiro mês no Bingham Brothers — onde começou como atendente, como tanto seu pai quanto seu avô tinham feito ao entrar na empresa — foi desafiador a ponto de se tornar debilitante, sobretudo quando ele se comparava a John, que estava passando pelo mesmo treinamento, mas que desde o início se destacara por sua habilidade com números e por sua postura ambiciosa. Foi o avô quem sugeriu que talvez David tivesse contraído alguma doença, algo desconhecido e debilitante, no Continente, e que algumas semanas de repouso lhe fariam bem, mas ambos sabiam que isso era invenção, e que ele estava oferecendo a David uma forma de se afastar sem precisar admitir seu fracasso. Exausto, David aceitou, e depois aquelas semanas se tornaram meses, e depois anos, e ele nunca mais voltou ao banco.

Ele fez de tudo para esquecer a intensidade da emoção, da paixão, que sentira quando estava com Andrew, mas de quando em quando era invadido pelas lembranças daquele período, e por sua humilhação, e mais uma vez se refugiava em seu quarto e ficava acamado. Esses episódios, o que ele e seu avô passariam a chamar de seus confinamentos — e a que seu avô se referia, com muita delicadeza, como "seu problema nervoso" quando falava com Adams e seus irmãos —, em geral precedidos ou sucedidos por períodos de mania, dias agitados em que, tomado por um frenesi, ele se punha a fazer compras, ou a pintar, ou a caminhar, ou a frequentar o bordel: todas as coisas que ele fazia em sua vida normal, mas intensificadas e excessivamente descritas. Eram todas, como ele bem sabia, maneiras de fugir de si mesmo, mas ele não havia criado aqueles métodos; eles haviam sido criados para ele, e ele se via à mercê desses hábitos, pois faziam com que seu corpo se movesse ou muito rápido ou não se movesse nada. Dois dias depois de voltar da Europa, ele recebeu um cartão de Andrew, em que este anunciava a adoção de sua primeira filha com o marido, e respondeu lhes dando os parabéns. Mas então, naquela noite, ele tinha começado a se perguntar: com que objetivo Andrew enviara aquele cartão? Será que o fizera de propósito ou sem querer? Era um gesto fraternal ou de deboche? Ele enviou uma carta mais longa para Andrew, perguntando sobre sua vida e confessando sentir sua falta.

E então foi como se uma barragem tivesse se rompido dentro dele, e ele começou a escrever cartas e mais cartas, ora acusando Andrew, ora pedindo seu perdão, ora o condenando, ora implorando por sua companhia. Depois do jantar, ele ficava sentado com seu avô em seu escritório, tentando não contorcer os dedos, tamanha a impaciência que sentia, olhando o tabuleiro de xadrez, mas vendo, em sua mente, sua escrivaninha com a folha de papel e o mata-borrão, e assim que podia ele se retirava e subia correndo os últimos degraus, e escrevia mais uma vez para Andrew, chamando Matthew tarde da noite para postar sua mais recente missiva. Sua derrocada, quando veio — e até ele sabia que isso aconteceria —, veio com tudo: um advogado que representava a família do marido de Andrew convocou uma reunião com Frances Holson e, com ar solene, lhe mostrou uma pilha de cartas que David enviara a Andrew, dezenas delas, as últimas vinte e poucas ainda fechadas, e disse a Frances que David deveria parar de aborrecer seu cliente. Frances falou com seu avô, e seu avô falou com ele, e, embora tivesse sido paciente, a angústia de David era tão intensa nesse período que foi o avô quem o confinou em seu quarto, ordenando que uma das criadas o vigiasse dia e noite, tamanho era seu medo de que David pudesse colocar a própria vida em risco. Foi então, David sabia, que seus irmãos perderam o último resquício de respeito por ele, que ele se tornou, de fato, um inválido; alguém que em estado normal era capaz de passar da saúde à doença, de forma que o bem-estar era algo que só se media em intervalos, uma pausa antes que ele fosse devolvido à sua insanidade de sempre. Ele sabia que havia se tornado um problema para o avô e, embora seu avô nunca lhe dissesse isso, temia que em breve pudesse deixar de ser uma dificuldade e passar a ser um fardo. Ele não saía de casa, não conhecia ninguém; era evidente que precisariam lhe arranjar um casamento, pois ele era incapaz de encontrar um parceiro por conta própria. E, ainda assim, ele rejeitava todos os candidatos de Frances, incapaz sequer de considerar a energia e a decepção necessárias para convencer alguém a se casar com ele. Pouco a pouco, as ofertas foram diminuindo e depois cessaram, até que, em dado momento, Frances e o avô deviam ter falado em encontrar um homem de outro nível — provavelmente Frances formulara a frase assim: "Outro nível, talvez alguém um pouquinho mais maduro", o que Nathaniel achava disso? — e o agente matrimonial havia entrado em contato com Charles Griffith, mostrando-lhe o dossiê de David e o apresentando como um possível candidato.

Não havia mais saída para David. Esse ano ele completaria vinte e nove anos. Se Charles sabia de seus confinamentos, outras pessoas também sabiam — ele não podia se iludir a esse respeito. A cada ano que se passava seu dinheiro tinha menos importância, pois o mundo estava enriquecendo: não agora, mas, ao longo das próximas décadas, surgiria uma família mais rica que os Bingham, e ele teria rejeitado todas as oportunidades, e ainda estaria vivendo em Washington Square, os cabelos brancos, a pele vincada, gastando seu dinheiro em distrações — livros, e papel de desenho, e tintas, e homens — como uma criança faz com doces e brinquedos. Ele não só *queria* acreditar em Edward, mas *precisava* acreditar nele; se fosse para a Califórnia, estaria abandonando sua casa e seu avô, mas não estaria, também, abandonando sua doença, seu passado, suas humilhações? Sua história, tão entrelaçada com a cidade de Nova York, que cada quarteirão que ele percorria era o cenário de algum constrangimento do passado? Não seria possível cobri-la com um lençol e pendurá-la no fundo do armário, como fazia com seu casaco de inverno? De que valia a vida se ele não pudesse ter sua chance, por menor que fosse, de sentir que ela de fato lhe pertencia, que cabia a ele construí-la ou destruí-la, que só ele poderia moldá-la como barro ou quebrá-la como louça?

Ele se deu conta de que o avô esperava sua resposta. "Ele *me* ama", ele sussurrou para seu avô. "E eu sei disso."

"Meu querido…"

"Eu o pedi em casamento", ele prosseguiu, sem conseguir se conter. "E ele aceitou. E vamos para a Califórnia juntos."

Ao ouvir isso, seu avô se afundou na cadeira, depois rotacionou o corpo para olhar o fogo, e, quando voltou a se virar, David se surpreendeu ao ver que seus olhos estavam úmidos. "David", ele começou a falar, em voz baixa, "se você se casar com esse homem, eu não poderei mais sustentar você… Você sabe disso, não sabe? Farei isso porque preciso, porque é minha única maneira de protegê-lo".

Ele sabia disso, mas, ainda assim, ao ouvir essa frase, sentiu que o chão tinha cedido sob seus pés. "Eu ainda terei o fundo dos meus pais", ele disse, enfim.

"Sim, você terá. Isso eu não posso impedir, por mais que deseje fazê-lo. Mas o dinheiro que *eu* lhe dou todos os meses, David, o auxílio que *eu* lhe dou: isso vai acabar. Washington Square não será mais sua, a não ser que você me prometa que não irá com essa pessoa."

"Não posso lhe prometer isso", ele disse, e agora ele também começou a sentir que estava à beira das lágrimas. "Vovô… por favor. O senhor não quer que eu seja feliz?"

Seu avô inspirou e depois expirou. "Eu quero que você esteja em segurança, David." Ele suspirou mais uma vez. "David, querido… por que a pressa? Por que você não pode esperar? Se ele o ama de verdade, ele vai esperar por você. E esse tal de Aubrey? E se Wesley estiver de fato correto, e você for com Edward até a Califórnia, um lugar perigoso para nós, devo lembrá-lo, um lugar em que corremos risco de vida, na verdade, e descobre que foi iludido, que eles são um casal, e você, seu joguete?"

"Não é verdade. Não pode ser verdade. Vovô, se o senhor visse a forma como ele me trata, o quanto ele me ama, como ele é bom para mim…"

"É *claro* que ele está sendo bom para você, David! Ele *precisa* de você! *Eles* precisam de você... Edward e seu amado. Não percebe?"

Nesse momento ele sentiu toda a fúria que vinha se acumulando em seu interior, mas que não ousava expressar porque não queria torná-la real ao dizê-la em voz alta. "Eu não imaginava que o senhor me subestimasse tanto, vovô... É tão difícil, tão impossível, acreditar que alguém possa de fato me amar pelo que sou? Alguém jovem, belo, que se fez sozinho?

"Agora eu vejo que o senhor nunca me julgou merecedor de alguém como Edward... Por muito tempo o senhor teve vergonha de mim, e eu entendo isso, entendo o porquê. Mas não é possível que eu seja outra pessoa, uma pessoa que o senhor não vê, uma pessoa que foi amada duas vezes, por dois homens diferentes, no intervalo de um ano? Não é possível que, por melhor que o senhor me conheça, só tenha conhecido um aspecto do que sou, que não tenha enxergado quem posso ser, justamente por nossa proximidade? Não é possível que, na intenção de me proteger, o senhor tenha me menosprezado, tenha perdido a capacidade de me enxergar de outra forma?

"Eu preciso ir, vovô... eu preciso. O senhor diz que jogarei minha vida para o alto se for, mas acho que, se ficar, enterrarei minha vida. Será que o senhor não pode me conceder esse direito à minha própria vida? Não pode me perdoar pela decisão que tomarei?"

Ele estava suplicando, mas seu avô mais uma vez se levantou: não com ar zangado, nem de forma eloquente, mas com um imenso cansaço, como se sentisse uma dor terrível. E, de súbito, e com grande violência, virou a cabeça para a direita e ergueu a mão direita para cobrir o rosto, e David percebeu que seu avô estava chorando. Essa foi uma visão assombrosa, mas, por um instante, ele não conseguiu compreender a desolação que logo se apoderou dele.

Mas em seguida soube. Não se tratava apenas do pranto do avô; a questão era que ele sabia que, daquela maneira, seu avô estava admitindo que tinha consciência de que David iria, enfim, desobedecê-lo. E, com isso, David também soube que seu avô não daria o braço a torcer, e que quando deixasse Washington Square ele estaria deixando-a para sempre. Ele permaneceu sentado, inerte, constatando que essa seria a última vez que sentaria nesse escritório, diante dessa lareira, a última vez que essa seria a sua casa. Ele entendeu que agora sua vida não era ali. Agora sua vida era ao lado de Edward.

XIX.

O fim do mês de abril era o único momento em que era possível descrever a cidade como agradável, e, por poucas e valiosas semanas, as árvores se transformavam em nuvens de flores brancas e cor-de-rosa, o ar se tornava mais puro, a brisa ficava mais suave.

Edward já havia saído para seus compromissos do dia, e David tinha de fazer o mesmo. Mas o silêncio lhe agradou — embora nunca houvesse silêncio completo na pensão —, pois ele sentia a necessidade de se recompor antes de sair na rua.

Ele estava morando com Edward no quarto de pensão havia pouco mais de quatro semanas. Depois de se despedir de seu avô e de Washington Square naquela noite, ele tinha ido direto para a pensão, mas Edward não estava. A criadinha havia deixado que David entrasse no quarto frio e escuro, porém, e David tinha ficado parado por alguns minutos antes de se levantar e dar início a uma inspeção, no começo metódica e depois febril, do quarto, tirando e substituindo roupas do baú de Edward, folheando cada um de seus livros, vasculhando seus papéis, pisando nas tábuas do assoalho para ver se havia alguma solta, que escondesse segredos. Ele encontrou respostas, ou pensou ter encontrado, mas era impossível dizer se aquelas eram as respostas que buscava: uma pequena gravura de uma moça bonita de cabelos escuros guardada dentro de uma cópia de *Eneida* — seria Belle? Um daguerreótipo de um homem bonito com um sorriso perspicaz e um chapéu inclinado de forma descontraída na cabeça — seria Aubrey? Um rolo de dinheiro amarrado com um barbante — teria sido roubado da tia Bethesda, ou seria parte de seu salário do instituto? Uma folha de papel translúcido comprimida entre as páginas de sua Bíblia, na qual se lia "Sempre amarei você" numa caligrafia trêmula — pertenceria a uma de suas mães, a primeira ou a segunda? Belle? Bethesda? Aubrey? Ou outra pessoa? O segundo baú, que ele comprara para Edward, com suas fivelas de cobre e tiras de couro, continha o passarinho de porcelana e alguns cadernos de música com folhas em branco, mas o jogo de chá que ele deixara ali antes de partir para conversar com seu avô — um gesto simbólico que aludia ao transporte de seus pertences, à criação da nova casa que teriam juntos — havia desaparecido, assim como o jogo de jantar de prata que ele comprara.

Ele se perguntava o que isso poderia significar quando Edward entrou no quarto, e David se virou e viu a bagunça que havia feito, todos os pertences de Edward espalhados ao seu redor, e o próprio Edward diante dele com uma expressão ilegível, e, depois que a primeira e absurda pergunta lhe escapou dos lábios, a única pergunta que ele conseguiu pensar em fazer, porque não sabia por onde começar as outras — "Onde está o jogo de chá que lhe comprei?" —, ele começou a chorar, deixando-se cair no chão. Edward abriu caminho por entre as pilhas de roupas e livros e agachou a seu lado, envolvendo-o em seus braços, e David se virou e encostou o rosto em seu paletó, soluçando. Mesmo quando conseguiu voltar a falar, suas perguntas surgiram como explosões em staccato, uma atrás da outra sem que houvesse lógica ou progressão aparente, mas todas parecendo igualmente urgentes: Edward amava outra pessoa? O que Aubrey de fato representava em sua vida? Ele havia mentido sobre quem era, sobre quem sua família era? Por que ele tinha ido para Vermont, afinal? Ele o amava? Ele o amava? Ele o amava *de verdade*?

Edward tentara responder às suas perguntas à medida que ele as fazia, mas David o interrompia antes que pudesse concluir qualquer uma de suas explicações; ele não conseguia compreender nada do que Edward dizia. As únicas coisas que trouxera consigo de Washington Square tinham sido a pilha de cartas que continham as respostas de Edward às suas próprias cartas e o relatório de Wesley, que ele enfim retirou, ainda aos soluços, do bolso de seu paletó e entregou a Edward, que por sua vez pegou as folhas e começou a ler, primeiro com curiosidade e depois com fúria, e foi o processo de testemunhar essa fúria, de ver Edward explodindo e gritando "Maldição!" e "Inferno!", que, curiosamente, apaziguou a angústia de David. Quando terminou, Edward, do outro lado do quarto, arremessou as folhas na lareira escurecida e então se virou para David. "Meu pobre David", ele disse. "Meu pobre inocente. O que deve pensar de mim?" E depois sua expressão se fechou. "Nunca pensei que ela seria capaz de fazer isso comigo", ele murmurou. "Mas ela foi, e colocou em risco o relacionamento que mais valorizo."

Ele disse que explicaria tudo, e explicou: seus pais de fato haviam morrido, suas irmãs mais velhas moravam em Vermont, a mais nova em New Hampshire. Mas admitiu que ele e a irmã de sua mãe, Lucy, que era a cuidadora de sua tia-avó Bethesda, *de fato* haviam cortado relações. Ele *de fato* havia morado com Bethesda por algum tempo depois de sair do conservatório — "Eu não quis lhe contar isso porque queria que pensasse que sou independente; queria que você me admirasse. Seria muito cruel se essa omissão, uma omissão motivada por meus medos, agora se tornasse o motivo que o levasse a duvidar de minha sinceridade" —, mas se mudaram para seu próprio espaço em uma questão de meses: "Tenho um imenso carinho por minha tia-avó, sempre tive. Ela e minha tia chegaram logo depois de nos estabelecermos nos Estados Livres, e ela foi a avó que nunca tive. Mas falar que ela é rica e que roubei dinheiro dela é risível".

"Então por que Lucy teria dito que você roubou?"

"Vai saber. Ela é uma mulher rancorosa e mesquinha, que nunca se casou, nunca teve filhos, não tem amigos, mas tem uma imaginação fértil... como você pode ver. Minha mãe costumava nos dizer que devíamos tratá-la com gentileza, pois sua amargura era consequência de seus muitos anos de solidão, e nos esforçávamos ao máximo para obedecer. Mas agora ela passou dos limites. E, de qualquer forma, minha tia Bethesda morreu há dois anos, e não vejo minha tia Lucy... minha tia só no nome... desde então; mas isso prova, embora da pior forma possível, que ela continua viva e continua querendo vingança, continua destrutiva e não vai mudar."

"Morreu? Mas antes, quando você falou de Bethesda, disse que tinha um imenso carinho por ela, como se ainda estivesse viva."

"Ela não está mais viva. Mas não posso continuar tendo um imenso carinho por ela? Não é como se minha afeição por ela tivesse se encerrado com sua morte."

"Então você não foi adotado por um casal dos Estados Livres?"

"Não, é claro que não! As mentiras que Lucy contou sobre meus supostos roubos, que só podem ter advindo de seu escárnio e ressentimento por minha juventude, são ultrajantes, mas o fato de ela negar minha família (que também é a dela, devo dizer) me tira do sério. Negar meus pais dessa forma…! Ela é uma mulher doente. Queria que Belle estivesse aqui para que ela mesma lhe dissesse que isso tudo é uma asneira, e lhe contasse sobre o caráter da minha tia."

"Bem… ela não pode fazer isso?"

"É claro, e essa é uma excelente ideia… Vou escrever para ela hoje à noite e pedirei que responda às perguntas que você possa ter."

"Bem, eu tenho outras… muitas outras."

"E como não teria, depois desse relatório? (Tenho o maior respeito por seu avô, mas devo admitir que estou chocado em saber que ele depositaria tanta confiança em alguém capaz de acreditar em tudo o que uma mulher solitária e obviamente louca lhe disse.) Ah, meu pobre David! Não posso descrever o meu desgosto em saber que as… *diabruras* dessa mulher tenham lhe causado tanta aflição. Você precisa permitir que eu explique tudo."

E ele permitiu. Edward tinha uma resposta para cada questionamento de David. Não, ele certamente *não* amava Aubrey, que, de qualquer forma, era casado com Susannah (sua irmã! Meu Deus, é *claro* que não! Que relatório perverso!) e, além do mais, não era como eles. Os dois eram bons amigos e nada mais — David veria com seus próprios olhos na Califórnia, e "não me surpreenderia se vocês dois se tornassem ainda mais amigos do que eu e ele somos; vocês dois são pessoas muito pragmáticas, entende? E aí sou eu quem vai ficar desconfiado!". Sim, ele havia se relacionado com Christopher D., e, sim, as coisas não tinham acabado bem ("Ele estava… e não digo isso para me vangloriar, e sim porque é verdade… apaixonado por mim, e depois que me pediu em casamento e eu recusei, ele se tornou obsessivo, e eu, embora tenha vergonha de dizer isso, comecei a evitá-lo, pois não sabia como fazer com que acreditasse que eu não o amava. Embora ele tenha me pressionado, minha covardia foi culpa minha, e só minha, e isso me causa um remorso profundo"), mas, não, Edward nunca havia estado com o homem por causa de seu dinheiro, disso não havia dúvida, nem seus pais tinham tentado intervir para proteger o filho: ele apresentaria David ao sr. D. para que ele mesmo lhe perguntasse. Não, iria mesmo! Sem dúvida iria! Ele não tinha nada a esconder. Não, ele nunca tinha roubado nada de ninguém, muito menos de seus pais, que, afinal de contas, não tinham nada que ele pudesse roubar, mesmo que ele fosse esse tipo de pessoa: "De todas as crueldades desse relatório, a mais cruel é a negação de meus pais, de minha infância, dos sacrifícios que minha mãe e meu pai fizeram por mim e por minhas irmãs, a forma caluniosa com que falaram de meu pai: um viciado em jogos de azar? Um fugitivo? Um trapaceiro? Ele era o homem mais honesto que conheci na vida. Que ele tenha sido transformado nisso... nesse *criminoso* é de um nível de maldade que eu não imaginava que nem mesmo Lucy fosse capaz."

Eles continuaram conversando, e, mais de uma hora depois, Edward pegou as mãos de David: "David... meu inocente. Eu posso e vou refutar tudo o que está nestas folhas. Mas o que mais quero lhe esclarecer é o seguinte: não é pelo seu dinheiro que o amo, que quero ter uma vida ao seu lado. Seu dinheiro é seu, e eu não preciso dele. Eu nunca tive dinheiro na vida... eu nem sequer saberia o que fazer com ele. Além do mais, logo terei o meu próprio dinheiro, e, embora não queira parecer ingrato, prefiro que seja assim.

"Você perguntou o que eu fiz com o conjunto de chá. Eu o vendi, David, e foi só depois que percebi o erro que havia cometido, que era algo que você tinha me dado com amor, e eu, no meu desejo de provar que poderia cuidar de você, cuidar de *nós*, o troquei por dinheiro. Mas não percebe que fiz isso também por amor, à minha maneira? Eu nunca quero precisar lhe pedir nada... Nunca quero constrangê-lo. Eu vou cuidar de nós dois. Querido David. Você não deseja estar com alguém que não espere que você seja David Bingham, mas apenas um companheiro amado, um marido honrado, um cônjuge tão querido? Aqui", e nesse momento Edward colocou a mão no bolso da calça e tirou de dentro dele uma sacola, colocando-a na mão de David, "aqui está o dinheiro que ganhei com ele. Eu o comprarei de volta amanhã, se você quiser. Mas, seja como for, você pode ficar com o dinheiro. Nós o gastaremos na nossa primeira refeição na Califórnia, no seu primeiro conjunto de tintas novas. Mas o mais importante é que devemos gastá-lo juntos, construindo nossa vida juntos."

Sua cabeça latejava. Era muita coisa para assimilar. As lágrimas haviam secado e sua pele coçava. Seus membros pareciam ocos, e ele foi dominado por um cansaço tão intenso que, quando Edward começou a despi-lo e depois o deitou na cama, não sentiu nem sinal da avidez e da excitação que costumava sentir nesses momentos, e sim uma espécie de indiferença, e, embora obedecesse às ordens de Edward, ele o fazia como que num torpor, como se seus braços e pernas se mexessem por conta própria e ele já não fosse mais seu dono. Ele não parava de pensar no que seu avô dissera — "*Eles* precisam de você: Edward e seu amado" — e, quando acordou pela manhã, ele se soltou do braço de Edward, se vestiu em silêncio e saiu da pensão.

Era tão cedo que as velas ainda tremeluziam nas lanternas dos postes, e a luz era desenhada em tons de cinza. Ele andou pelos paralelepípedos, a sola de suas botas ecoando, até o rio, onde observou as águas se chocarem contra o píer de madeira. Aquele seria um dia úmido, úmido e frio, e ele cruzou os braços para se esquentar e olhou na direção da margem oposta. Às vezes ele e Andrew andavam pela margem do rio e conversavam, embora esses acontecimentos agora lhe parecessem muito distantes, circunstâncias de décadas atrás.

O que ele iria fazer? Aqui, em um dos lados do rio, estava o Edward que ele conhecia, e lá, do outro, o Edward que seu avô pensava conhecer, e entre eles havia um corpo fluvial intransponível, que não era extenso, mas profundo e aparentemente dificílimo de atravessar. Se ele partisse com Edward, perderia seu avô para sempre. Se ficasse, perderia Edward. Ele acreditava em Edward? Acreditava e não acreditava. Ele não conseguia parar de pensar em como Edward se mostrara descontente na noite anterior — descontente, mas, ele lembrou a si mesmo, não confuso; não havia incongruências, ou havia muito poucas, nas coisas que dissera para acalmá-lo, e aquelas que havia não pareciam relevantes o suficiente para que David se preocupasse — e como isso, por si só, mostrava que estava falando a verdade. Ele pensou na ternura com que Edward se referia a ele, o tocava, o abraçava. Era impossível que fosse apenas obra de sua imaginação, não era? Aquilo não podia ser fingimento, ou podia? A paixão que sentiam um pelo outro, o furor de suas relações sexuais — era impossível que aquilo fosse uma farsa, ou não? Aqui estava Nova York, em meio a tudo o que ele conhecia. Lá, com Edward, era algum outro lugar, um lugar em que ele nunca estivera antes, mas que, como era capaz de admitir, estivera procurando a vida inteira. Ele acreditara que poderia ter encontrado esse lugar com Andrew, mas havia sido uma miragem. Ele nunca o teria encontrado com Charles. Não era essa a razão da vida, o motivo pelo qual seus antepassados haviam fundado esse país, afinal de contas? Para que lhe fosse permitido sentir o que sentia, de forma que ele mesmo se autorizasse a ser feliz?

Ele não tinha respostas para si mesmo, então se virou e voltou para a pensão, onde Edward o esperava. Os próximos dias se passaram da mesma maneira: David acordava mais cedo e ia andando até o rio, depois retornava e prosseguia com seu interrogatório, o qual Edward suportava com paciência e até com tolerância. Sim, a garota na ilustração era Belle; não, o homem no daguerreótipo não era Aubrey, mas um antigo namorado, do conservatório, e se aquilo incomodasse David ele — Viu? Ele já estava cuidando disso! — queimaria a imagem, pois o homem não significava nada, não mais; sim, o bilhete era de sua mãe. Ele sempre sabia explicar tudo, e David bebia essas explicações até a última gota e, quando a noite chegava, voltava a ficar desorientado e exausto, momento no qual Edward o despia e o levava para a cama, e então o ciclo recomeçava.

Ele não conseguia tomar uma decisão. "Meu adorado David, se você ainda tem dúvidas, talvez não devêssemos nos casar", Edward disse certa tarde. "Ainda vou querer estar com você, mas sua fortuna estará a salvo."

"Então você *não* quer se casar comigo?"

"Quero! É claro que quero! Mas se só assim poderei convencê-lo de que não tenho nenhuma intenção, nenhum desejo, de tomar seu dinheiro…"

"Mas nosso casamento não seria reconhecido na Califórnia, de qualquer forma, então não seria um grande sacrifício para você, seria?"

"Seria um sacrifício ainda *maior*, se eu tivesse qualquer intenção de roubar seu dinheiro, pois, se tivesse, eu precisaria me casar com você agora e tomar tudo o que você tem para *depois* deixá-lo. Mas essa *não* é a minha intenção, e por isso estou dizendo isso!"

Nos meses e nos anos que se seguiram, ele pensaria sobre esse período e se perguntaria se era possível que sua lembrança estivesse equivocada: não houvera um momento, uma hora, um dia, em que ele tivesse decidido, de forma declarada e definitiva, que amava Edward, e que seu amor por ele superaria todas as incertezas que ainda restavam em sua mente, apesar de todas as tentativas de Edward de tranquilizá-lo? Mas não, não houve um aconteci-mento isolado, uma revelação que ele pudesse datar e documentar. O que ocorreu foi que, a cada dia em que ele deixava de retornar a Washington Square, a cada carta — no começo apenas de seu avô, mas depois de Eliza, John, Eden, Frances e até de Norris — que ele ignorava, ou lançando-a ao fo-go ou guardando-a, ainda fechada, na pilha de cartas de Edward que levara consigo, a cada peça de roupa, livro e caderno que pedia que lhe mandassem da casa de seu avô, a cada dia em que decidia não enviar uma carta para Chris-topher D., pedindo que o encontrasse para uma conversa, a cada semana em que não perguntava se Edward tinha de fato enviado uma carta para Belle, pedindo-lhe que confirmasse sua versão dos fatos, e a cada semana que se pas-sava sem uma resposta dela, ele declarava sua intenção de começar uma vida diferente, uma vida nova, uma vida renovada.

Dessa maneira, quase um mês havia se passado, e, embora Edward nun-ca tivesse exigido que David se comprometesse de forma definitiva a partir com ele para a Califórnia, David não se opôs quando Edward comprou duas passagens do Expresso Transcontinental, não contestou quando seus perten-ces foram parar em um dos baús, escondidos entre os de Edward. Edward se ocupou de todos os preparativos — empacotando as coisas e planejando a via-gem, sempre tagarela — e quanto mais se dedicava, menos David queria par-ticipar. Todas as manhãs lembrava a si mesmo que ainda podia impedir o que agora parecia um acontecimento inevitável, que aquilo ainda estava a seu al-cance, por mais humilhante que pudesse ser, naquele momento e para sem-pre, mas, quando a noite caía, sentia que a correnteza do entusiasmo de Ed-ward o levava um pouco mais para longe, de forma que a cada dia se afastava mais da terra firme. E, ao mesmo tempo, também não almejava resistir, e por que deveria? Era tão encantador, tão agradável ser desejado como Edward o desejava, ser adorado e beijado e ouvir sussurros e ser tão benquisto, nem se-quer uma vez ter sua fortuna requisitada ou ser questionado sobre ela, ser des-pido com tamanha sofreguidão e ser o alvo de uma luxúria tão desavergonha-da. Ele alguma vez experimentara essas coisas? Pois nunca, de fato, mas ele sabia: *isso* era felicidade, *isso* era vida.

Ainda assim, nas horas mais frias — naquelas que precediam o amanhe-cer —, David conseguia perceber que o mês havia sido marcado por algumas dificuldades. Ele sabia tão pouco, pois nunca fizera uma tarefa doméstica sequer, e houvera momentos em que sua ignorância tinha dificultado a convivência dos dois; ele não sabia cozinhar um ovo, nem costurar uma meia, nem pregar um prego. A pensão não tinha lavatórios internos, só um banheiro externo, e a primeira e precária vez que o visitara, numa noite congelante, David tinha usado sem querer toda a água que deveria ser compartilhada entre os moradores da casa, e Edward havia reagido mal. "Mas o que você *sabe fazer*, afinal?", ele perguntara, perdendo a paciência, quando David confessou que nunca havia acendido uma lareira, e "Não vamos conseguir sobreviver à base do seu tricô, desenhos e bordados, sabia?", ao que David saíra pisando duro, andando pelas ruas com as lágrimas lhe ardendo os olhos, e, quando finalmente voltou para o quarto — pois estava frio e ele não tinha aonde ir —, Edward estava lá (a lareira ardia) para recebê-lo com ternura e pedidos de desculpas, para levá-lo até a cama, onde prometeu aquecê-lo de novo. Depois, ele tinha perguntado a Edward se poderiam se mudar para outro lugar, algum lugar mais confortável e moderno, pelo qual ele teria prazer em pagar, mas Edward apenas o beijara entre os olhos e dissera que deviam ser mais econômicos e que, de qualquer forma, David necessitava desenvolver aquelas habilidades, pois precisaria delas na Califórnia, onde, afinal de contas, eles morariam numa propriedade rural. Então ele tentou melhorar — com algum sucesso.

E então, de repente, faltavam cinco dias, quatro dias, três dias, dois dias para a data da viagem — e o processo tinha sido tão acelerado que agora eles chegariam à Califórnia poucos dias depois da chegada de Belle —, e o quartinho minúsculo que antes vivia lotado de coisas ficou vazio de forma abrupta, pois tudo o que tinham estava guardado nos três grandes baús, sendo que o último David havia mandado buscar em Washington Square. Na véspera de seu penúltimo dia na cidade, Edward dissera que talvez fosse útil guardar quaisquer valores que David tivesse antes de partirem: no dia seguinte, ele sairia mais cedo para comprar os últimos suprimentos de que pudessem precisar, e, embora não tenha se falado nisso, David iria visitar o seu avô.

Aquele não era um pedido despropositado; era, na verdade, algo inevitável. Mas, ainda assim, naquela manhã, quando David saiu da pensão pelo que seria uma das últimas vezes em sua vida, descendo a escadaria rachada para chegar à rua, ele se sentiu como se a beleza crua e suja da cidade lhe desse um tapa na cara, assim como as árvores lá no alto, cobertas de folhinhas verde-claras que pareciam plumas; como o som agradável e oco dos cascos dos cavalos que passavam; como as visões do trabalho que havia ao seu redor: as faxineiras esfregando os degraus da pensão; o carvoeiro puxando seu carrinho, devagar e sempre; o limpador de chaminés com seu balde, assoviando uma canção alegre. Essas pessoas não faziam parte do universo de David, é claro, mas ao mesmo tempo faziam: eram cidadãs dos Estados Livres, e era em conjunto que tinham transformado seu país e sua cidade no que eram — elas por meio de seu trabalho, e David por meio de seu dinheiro.

Ele cogitara ir de charrete, mas em vez disso foi andando a passos lentos, primeiro em direção ao sul, depois ao leste, avançando pelas ruas com ar relaxado, os pés parecendo saber onde desviar de um monte de esterco, um resto de nabo, um gato de rua saltitante, antes que seus olhos soubessem; ele se sentia como um estreito cone de fogo que passava queimando as queridas e imundas ruas que percorrera durante toda sua vida, e seus sapatos não deixavam marca, não produziam som, e as pessoas abriam caminho antes mesmo que ele precisasse pigarrear para pedir licença. E foi assim que, quando enfim chegou ao Bingham Brothers, ele se sentiu bastante deslocado de si mesmo, desgovernado até, e era como se estivesse pairando alguns metros acima da cidade, dando voltas vagarosas ao redor do edifício antes de se ver pousando, suave, nos degraus, e entrando pelas portas, exatamente como havia feito por quase vinte e nove anos, embora, é claro, nada fosse como antes.

Ele seguiu pelo corredor, passando pelas portas que levavam às salas do banco, e depois virou à esquerda, onde encontrou o bancário que era responsável pelas finanças da família e sacou todas as suas economias; a moeda dos Estados Livres era aceita no Oeste, embora não sem alguma resistência, e David havia avisado com antecedência que precisava de seu dinheiro em ouro. Ele observou as barras sendo pesadas, embrulhadas num tecido e, depois, empilhadas dentro de uma pequena bolsa de couro preto, cujas fivelas foram fechadas.

Ao lhe entregar a bolsa, o bancário — um funcionário novo, que ele não conhecia — fez uma reverência. "Desejo boa sorte ao senhor, sr. Bingham", ele disse, num tom lúgubre, e David, de súbito ofegante, seus braços puxados para baixo pelo peso do metal, limitou-se a agradecer com um aceno.

Mais uma vez, a impressão foi de que conheciam sua história, e, quando se afastou do funcionário e atravessou pela última vez o longo e acarpetado corredor que levava à sala de seu avô, percebeu um murmúrio coletivo, quase um zunido, embora não tivesse encontrado ninguém pelo caminho. Só quando tinha quase chegado à porta fechada da sala que ele de fato viu alguém, Norris, saindo depressa de uma antessala.

"Sr. David", ele disse. "Seu avô está lhe esperando."

"Obrigado, Norris", ele respondeu, com dificuldade. Mal conseguia falar; as palavras o sufocavam.

Ele se virou para bater à porta, mas nesse momento Norris encostou, de súbito, em seu ombro. David levou um susto — Norris nunca tocava nele ou em seus irmãos — e, quando olhou de novo para o homem, se chocou ao ver que seus olhos estavam úmidos. "Eu lhe desejo toda a felicidade, sr. David", Norris disse. E então ele havia desaparecido, e David girava a maçaneta de bronze da porta da sala de seu avô e entrava, e — ah! — lá estava seu avô, saindo de detrás da mesa, não o chamando com um gesto, como costumava fazer, mas esperando que se aproximasse andando pelo carpete macio, feito de um material tão fofo que era possível, como David certa vez fizera quando menino, derrubar uma taça de cristal sem que ela se quebrasse, mas sim quicasse delicadamente na superfície. Ele viu, na mesma hora, os olhos do avô se voltarem para a bolsa, e soube que ele sabia o que guardava ali dentro, que sabia inclusive o valor exato de ouro que a bolsa continha, e, quando se sentou, sem que seu avô tivesse dito uma só palavra, ele sentiu cheiro de fumaça, depois de terra, e quando abriu os olhos viu que alguém estava servindo chá LapSang SouChong numa xícara, e as lágrimas mais uma vez lhe feriram os olhos. Mas então se deu conta: só havia uma xícara, e era a de seu avô.

"Eu vim me despedir", ele disse depois de um silêncio tão denso que se tornou insuportável, embora conseguisse ouvir o tremor em sua voz à medida que pronunciava as palavras. E então, na ausência de uma resposta do avô, ele perguntou: "O senhor não vai dizer nada?". Ele pretendia reapresentar seus argumentos — as alegações que Edward negava, o quanto Edward se importava com ele, o quanto se esforçara para apaziguar suas preocupações —, mas nesse momento percebeu: não era preciso. Aos seus pés estava um baú de ouro, uma coisa digna dos contos de fadas, e pertencia a ele, e a pouco mais de um quilômetro dali estava um homem que o amava, e juntos eles percorreriam muitos outros quilômetros, e David torceria para que o amor dos dois o acompanhasse — porque acreditava nele; porque não havia outra opção.

186

"Vovô", ele disse, hesitante, e depois, quando a única resposta do avô foi beber um gole do chá, David repetiu, e depois repetiu de novo, e depois gritou — "*Vovô!*" —, mas o homem permaneceu impassível, levando a xícara à boca.

"Ainda há tempo, David", seu avô disse, enfim, e o som de sua voz — sua paciência, a autoridade que David nunca havia sentido necessidade, ou motivo, ou desejo de questionar — o encheu de tristeza, e ele precisou se segurar para não se curvar e levar as mãos à própria barriga, como se sentisse dor. "Você pode escolher. Eu posso proteger você… Eu ainda posso proteger você."

Nesse momento ele soube, como sempre soubera, que nunca seria capaz de se explicar — ele nunca teria os argumentos, ele nunca teria as palavras, ele nunca seria mais do que o neto de Nathaniel Bingham. Quem era Edward Bishop em comparação a Nathaniel Bingham? O que era o amor em comparação a tudo o que seu avô simbolizava e era? O que era ele em comparação a tudo isso? Ele não era ninguém; ele não era nada; ele era um homem que estava apaixonado por Edward Bishop e que estava, talvez pela primeira vez em sua vida, fazendo algo que queria, algo que o aterrorizava, mas algo que só dizia respeito a ele. Era provável que aquela fosse uma escolha tola, mas era sua escolha. Ele esticou o braço em direção aos pés; envolveu a alça da bolsa com os dedos; fechou a mão; se levantou.

"Adeus", ele sussurrou. "Eu amo você, vovô."

Ele estava a caminho da porta quando seu avô gritou, num tom de voz que David nunca ouvira vindo dele até então: "Você é um idiota, David!". Mas ele continuou andando e, quando estava fechando a porta, ouviu seu avô mais grunhir do que chamar seu nome, duas sílabas cheias de angústia: "David!".

Quando saiu, ninguém tentou impedi-lo. Ele atravessou o corredor acarpetado uma vez mais, depois passou pelas grandiosas portas, depois pelo saguão de mármore. E depois ele estava na rua, com o Bingham Brothers às suas costas e a cidade à sua frente.

Uma vez, quando ele e seus irmãos ainda eram muito pequenos, provavelmente pouco depois de terem ido viver em Washington Square, eles haviam tido uma conversa com seu avô sobre o Céu, e depois que o avô tinha explicado o que era, John se apressara em dizer: "Eu queria que o meu fosse todo feito de sorvete", mas David, que naquela época não gostava de coisas geladas, discordara: seu Céu seria feito de bolo. Ele conseguiu até imaginar:

oceanos que o creme tornava firmes; montanhas de pão de ló, cerejas caramelizadas dependuradas nas árvores. Ele não queria ir para o Céu de John; ele queria ir para o Céu dele. Mais tarde, quando seu avô foi lhe desejar boa-noite, ele, ansioso, lhe perguntara: como Deus sabia o que cada pessoa queria? Como ele podia ter certeza de que elas estavam no lugar com que sempre tinham sonhado? Seu avô tinha caído na gargalhada. "Ele sabe, David", ele dissera. "Ele sabe, e Ele faz quantos Céus precisar fazer."

E se isso fosse o Céu? Ele saberia se fosse? Talvez não. Mas ele sabia que não era o lugar de onde viera: aquele era o Céu de outra pessoa, mas não o dele. O dele estava em algum outro lugar, mas esse lugar não surgiria em sua frente; ele teria de encontrá-lo. E não era justamente isso que haviam lhe ensinado, que tinham lhe feito desejar, durante toda sua vida? Agora era a hora de procurar. Agora era a hora de criar coragem. Agora ele deveria seguir sozinho. Por isso ele ficaria aqui por mais um instante, a bolsa de chumbo na mão, e depois respiraria fundo, e depois daria o primeiro passo: o primeiro passo rumo a uma vida nova; o primeiro passo — rumo ao paraíso.

LIVRO II

Lipo-wao-nahele

Parte I

A carta chegou ao escritório no dia da festa. Ele raramente recebia correspondências, e quando recebia não eram para ele — apenas ofertas de assinatura de publicações especializadas que tinham um "assistente jurídico" como destinatário deixadas pelo funcionário do setor de correspondência numa pilha sobre uma das mesas —, por isso somente à tarde, enquanto tomava uma xícara de café, se deu ao trabalho de cortar o elástico que envolvia o monte de envelopes e dar uma olhada neles, momento em que de repente viu seu nome. Ao ver o endereço de devolução ao remetente, ele sentiu uma falta de ar tão intensa que por um momento todos os sons desapareceram, a não ser o de um vento quente e seco.

Ele pegou o envelope, guardou-o no bolso da calça e correu até a sala do arquivo, que era o espaço mais privativo daquele andar, e lá o segurou contra o peito por um instante antes de abri-lo, rasgando a própria carta com gestos apressados. Mas em seguida, no processo de retirar a folha de papel que havia dentro do envelope, mudou de ideia e a devolveu à posição inicial, dobrou o envelope no meio e o enfiou no bolso da camisa. E então ele precisou sentar-se sobre uma pilha de livros de direito antigos, juntando as mãos e assoprando dentro delas, algo que fazia quando ficava ansioso, até sentir que estava pronto para sair.

Quando enfim voltou para sua mesa, faltavam quinze minutos para as quatro horas. Ele já tinha pedido permissão para sair às quatro nesse dia, mas foi perguntar à gerente se poderia sair alguns minutos mais cedo. É claro, ela disse. Era um dia tranquilo, ela o veria de novo na segunda. Ele agradeceu e guardou a carta na bolsa.

"Bom fim de semana", ela disse quando ele saiu.

Pra você também, ele respondeu.

Ele precisou passar pela sala de Charles a caminho do elevador, mas não se despediu, porque tinham combinado que era mais seguro se fingissem não serem mais próximos do que um sócio sênior e um assistente jurídico júnior seriam. Quando tinham começado a sair, ele se pegava passando pela sala de Charles várias vezes por dia, na esperança de vislumbrá-lo fazendo algo corriqueiro, quanto mais corriqueiro melhor: alisando os cabelos com as mãos enquanto lia um dossiê; ditando um memorando no gravador; folheando um livro de direito; falando ao telefone e olhando o rio Hudson pela janela, de costas para a porta. Charles nunca demonstrava vê-lo, mas David tinha certeza de que ele notava sua presença.

Aquele havia sido o motivo de uma das primeiras discussões dos dois: o fato de Charles nunca se dirigir a ele. "E eu vou fazer o quê, David?", Charles lhe perguntara, sem usar um tom defensivo, quando estavam deitados na cama certa noite. "Eu não posso passar pelas mesas dos assistentes jurídicos a hora que eu quiser. E nem te ligar: a Laura consegue ver minhas chamadas no telefone dela, e cedo ou tarde ela ia acabar ligando os pontos."

Ele não disse nada, só enfiou o rosto no travesseiro, e Charles suspirou. "Não é que eu não *queira* ver você", ele disse, em tom gentil. "Mas é complicado. Você sabe como é."

Por fim, eles criaram um código: sempre que passasse pela sala de Charles e este não estivesse ocupado, ele iria pigarrear e girar um lápis entre os dedos; essa seria sua forma de sinalizar que tinha visto David. Era uma bobagem — David não ousaria contar a seus amigos que era assim que ele e Charles interagiam no escritório; eles já não confiavam em Charles —, mas também era prazeroso. "A Larsson, Wesley manda em mim durante o dia, mas você manda em mim à noite", Charles sempre dizia, e isso também era prazeroso.

Mas eles ainda têm direito a mais horas do seu dia do que eu, ele dissera a Charles certa vez.

"Não é verdade", respondeu Charles. "Você fica com os fins de semana, os feriados e as noites." Nesse momento ele esticou o braço, pegou a calculadora — Charles era a única pessoa com quem havia ido para a cama, ou mesmo se relacionado, que tinha uma calculadora na mesa de cabeceira, e que ainda por cima a usava durante as conversas e discussões — e começou a apertar os botões. "Vinte e quatro horas num dia, sete dias por semana", ele disse. "A Larsson, Wesley fica com… quantas? Doze horas por cinco dias, mais, vejamos, mais sete ao todo no fim de semana. Isso dá um total de sessenta e sete. Cento e sessenta e oito horas por semana, menos sessenta e sete… Ou seja, durante cento e uma horas por semana, no mínimo, eu estou completamente à sua disposição. E não estou contando as horas que passo na Larsson pensando em você, ou pensando em você e tentando não pensar em você."

Quantas são no total?, ele perguntou. A essa altura os dois estavam sorrindo.

"Um monte", respondeu Charles. "Incontáveis horas. Dezenas de milhares de dólares em horas pagas. Mais do que qualquer um dos meus clientes."

Nesse momento ele passou pela sala de Charles, e Charles pigarreou e girou um lápis entre os dedos, e David sorriu: ele fora notado. Já podia seguir em frente.

Em casa, estava tudo sob controle. Foi isso que Adams lhe disse quando chegou: "Está tudo sob controle, sr. David". Como sempre, ele parecia ligeiramente intrigado — pela existência de David, por sua presença na casa, por precisar servir David, e agora porque David acreditava que saberia contribuir de alguma forma para a organização de um jantar festivo, o tipo de evento que Adams vinha organizando havia anos, desde antes do nascimento de David.

Quando se mudara para a casa, um ano antes, ele havia pedido inúmeras vezes para que Adams o chamasse de David, não de sr. David, mas Adams nunca o faria, ou pelo menos nunca o fez. Adams nunca se acostumaria com ele, e ele nunca se acostumaria com Adams. Depois de uma das primeiras noites passadas com Charles, eles estavam na cama se beijando, quase transando, quando ouviu alguém falar o nome de Charles em tom solene, e ele soltou um gritinho, se afastou e levantou a cabeça, e então viu Adams parado à porta do quarto de Charles.

"Posso trazer o café da manhã agora, sr. Charles, a não ser que prefira esperar."

"Vou esperar, Adams, obrigado."

Depois que Adams partiu, Charles o puxou para perto mais uma vez, mas David se afastou, e Charles riu. "O que foi aquele *barulho* que você fez?", ele perguntou, provocando, e soltou ganidos agudos e breves. "Parecia um golfinho", disse. "Que fofo."

Ele *sempre* faz isso?, David perguntou.

"O Adams? Sempre. Ele sabe que eu gosto de rotina."

É meio bizarro, Charles.

"Ah, o Adams nunca faria mal a ninguém", Charles disse. "Ele só é um pouco antiquado. E é um mordomo excelente."

Ao longo dos meses, ele havia tentado falar com Charles sobre Adams, mas nunca tinha sido capaz, em parte porque nunca conseguia explicar, de fato, o que o incomodava. Adams sempre o tratara com um respeito severo e distante, mas David intuía que Adams não simpatizava com ele. Quando contou a Eden, sua melhor amiga e ex-colega de quarto, sobre Adams, ela revirou os olhos. "Um *mordomo*?", ela disse. "Como assim, David? Mas, enfim, ele deve odiar todos os rolos do Chuck." (Era assim que Eden chamava Charles: Chuck. A essa altura todos os amigos dos dois também o chamavam de Chuck.)

Eu não sou um rolo, ele corrigiu Eden.

"Ah, verdade, desculpa", Eden disse. "Você é o *namorado* dele." E ela apertou os lábios e pestanejou — ela era contra monogamia, e também era contra homens: "Tirando você, David", ela sempre dizia. "E você quase não conta."

Poxa, obrigado, ele dizia, e ela dava risada.

Mas ele sabia que não era verdade que Adams tinha reprovado todos os namorados de Charles, porque uma vez entreouvira Adams e Charles conversando sobre um ex-namorado de Charles, Olivier, com quem Charles se relacionara antes de conhecer David. "E o sr. Olivier ligou", Adams disse, entregando as mensagens a Charles, e David, parado logo em frente à porta do escritório, conseguiu ouvir algo diferente na voz de Adams.

"Ele parecia bem?", Charles perguntou. Ele e Olivier ainda tinham uma relação amigável, mas só se viam uma ou duas vezes por ano, no máximo.

"Muito bem", disse Adams. "Por favor, mande a ele minhas lembranças."
"Vou mandar, com certeza", Charles disse.

Fosse como fosse, tentar reclamar de Adams era inútil, porque Charles nunca abandonaria o homem: ele havia sido mordomo dos pais de Charles quando ele era adolescente, e quando ambos morreram, Charles, que era filho único, herdou não só a casa da família como também Adams. Ele nunca poderia dizer isso a seus amigos; eles pensariam que o fato de Charles empregar um homem de setenta e cinco anos numa função que exigia tanto fisicamente constituía exploração de idosos, embora David soubesse que Adams gostava de seu trabalho tanto quanto Charles gostava de seus serviços. Seus amigos nunca entenderam isso — que o trabalho era a única coisa que fazia certas pessoas se sentirem reais perante o mundo.

"Eu sei que ter um mordomo parece uma coisa antiquada", Charles disse — poucos de seus amigos tinham, mesmo aqueles que eram mais ricos ou vinham de famílias mais tradicionais que ele —, "mas quando você cresce com um, é um hábito difícil de abandonar." Ele suspirou. "Não espero que você, ou qualquer pessoa, entenda isso." David não disse nada. "A casa é minha, mas é igualmente do Adams", Charles muitas vezes dizia, e David sabia que falava sério, de certa forma, ainda que aquilo não fosse verdade. Habitação e propriedade não são a mesma coisa, ele lembrou a Charles, citando seu professor do primeiro ano de direito, e Charles o agarrou (eles também estavam na cama nessa ocasião). "Você vai *mesmo* me explicar os princípios jurídicos?", ele perguntou, brincando. "Pra *mim*? Você é um fofo mesmo." *Você não entenderia*, Charles lhe dizia, a respeito dessa e de tantas outras questões, e, sempre que o fazia, o rosto da avó de David de súbito lhe vinha à cabeça. Será que sua avó já tinha dito que a casa era tanto de Matthew e Jane quanto deles? Ele achava que não. A casa pertencia apenas aos Bingham, e a única forma de se tornar um Bingham era nascendo na família ou se casando com um membro dela.

Nunca teria passado pela cabeça de Matthew ou de Jane, sem dúvida, pensar na casa dos Bingham como sua própria casa, e David suspeitava que Adams sentia a mesma coisa: que aquela era a casa de Charles, e sempre seria, e, embora ele pudesse fazer parte dela, era apenas como uma cadeira ou um armário faziam parte dela — um acessório, mas nada que tivesse desejos próprios, motivações ou autonomia. Adams podia até *se comportar* como se a casa lhe pertencesse — olhe lá ele, ignorando a presença da produtora de eventos e direcionando os funcionários do buffet para a cozinha e os transportadores de móveis para a sala de jantar —, mas, embora sua autoridade fosse inata em certa medida, grande parte dela provinha de sua relação com Charles, cujo nome evocava apenas quando necessário, embora não raramente. "Você sabe que o sr. Griffith não gosta", ele repreendeu nesse momento a florista, que estava diante dele, reclamando e tentando convencê-lo, segurando contra o peito um vaso de plástico verde cheio de lírios-japoneses parcialmente abertos. "Já falamos sobre isso. Ele acha que lírios têm cheiro de enterro."

"Mas eu encomendei tudo isso!" (A florista, em um lamento muito similar ao choro.)

"Então eu sugiro que você entre em contato com o sr. Griffith e tente convencê-lo", Adams disse, sabendo que ela nunca o faria, e, de fato, a florista se virou e saiu andando, dizendo para sua equipe: "A gente vai ter que se livrar dos lírios!", e, em voz mais baixa: "Babaca".

David a viu indo embora e se sentiu exultante. Era para *ele* ter sido o responsável pelas flores. Depois da última grande festa — ocorrida pouco depois da mudança de David para a casa —, ele havia comentado com Charles que as flores estavam um pouco sem graça e perfumadas demais: flores com cheiro muito forte tiravam a atenção da comida. "Você tem razão", Charles lhe disse. "Da próxima vez é você quem vai cuidar disso."

Vou mesmo?

"Claro que sim. Eu por acaso entendo de flores? Você é o especialista", Charles disse, e o beijou em seguida.

Na ocasião isso lhe parecera um privilégio, um presente, mas desde então ele acabou descobrindo que, sempre que Charles se dizia ignorante, era só porque não via importância em determinado assunto. Ele conseguia fazer com que sua falta de conhecimento — sobre flores, beisebol, futebol, arquitetura modernista, literatura e arte contemporâneas, comida sul-americana — soasse como um autoelogio; ele não sabia nada porque não havia motivo para saber. Talvez *você* soubesse, mas só porque *você* havia perdido tempo com isso — *ele* tinha outras coisas mais importantes a aprender e das quais se lembrar. E, de qualquer forma, não foi o que aconteceu: Charles havia se lembrado de dizer à produtora de eventos que não contratasse a mesma florista, mas se esquecera de dizer que David cuidaria disso. David havia passado o mês anterior planejando os arranjos que faria, telefonando para diferentes floriculturas no Flower District para perguntar se vendiam jasmins e proteas por encomenda, e apenas uma ou duas semanas atrás, quando ele e Charles estavam bebendo na sala e Charles perguntara a Adams como estava a negociação com a produtora de eventos — "Sim, ela contratou outra florista" —, que David descobrira que, no fim das contas, não ia cuidar das flores.

Ele havia esperado Adams sair da sala para perguntar a Charles sobre o assunto, tanto porque tentavam não brigar na frente de Adams quanto porque quis ensaiar o que diria, para não parecer que estava fazendo birra. Mas acabou fazendo mesmo assim. Pensei que *eu* fosse cuidar das flores, ele disse, assim que Adams se retirou.

"O quê?"

Lembra? Que você disse que eu podia?

"Ah, meu Deus. Eu disse?"

Disse.

"Eu não lembro. Mas se você diz que eu disse, então eu disse. Ah, David, me desculpe." E então, percebendo que David não disse nada: "Você não ficou bravo, ficou? É só um monte de flores, uma bobagem. David... Você ficou chateado?"

Não, ele mentiu.

"Ficou chateado, sim. Me desculpe, David. Você pode cuidar das flores na próxima, eu prometo."

Ele acenou que sim com a cabeça, e depois Adams ressurgiu para avisar que o jantar estava servido, e os dois foram para a sala de jantar. Enquanto comiam, tentou se mostrar animado, porque era assim que Charles gostava, mas depois, na cama, Charles se virou para ele no escuro e perguntou: "Você ainda está chateado, né?".

Era difícil explicar por que estava chateado — ele sabia que soaria como uma pessoa mesquinha. Eu só quero ajudar, começou a dizer. Só quero sentir que estou *fazendo* alguma coisa.

"Mas você *já* está me ajudando", Charles disse. "Toda noite que você passa aqui comigo você já está me ajudando."

Bem... obrigado. Mas... eu quero sentir que estamos fazendo alguma coisa juntos, que estou *contribuindo* de alguma forma para a sua vida. Eu sinto que... que só estou ocupando espaço nesta casa, mas na verdade não estou fazendo nada, entende o que eu quero dizer?

Charles estava em silêncio. "Eu entendo", ele disse, enfim. "Da próxima vez, David, eu prometo. E… eu andei pensando… por que a gente não convida alguns amigos seus pra jantar? Só seus amigos. Você conhece todos os meus, mas sinto que quase não conheço os seus."

É mesmo?

"É. Aqui também é sua casa; quero que eles se sintam bem-vindos aqui."

Ele se sentira aliviado naquela noite, mas desde então Charles acabou não reiterando a sugestão, e David não tocou no assunto, em parte porque não sabia se Charles havia falado sério, mas também porque não tinha certeza se ele mesmo queria que seus amigos conhecessem Charles. Que não tivessem sido apresentados ainda, depois de tanto tempo juntos, já tinha deixado de ser uma curiosidade e se tornado motivo de desconfiança: o que David estava escondendo? O que não queria que vissem? Eles já sabiam a idade de Charles, e que Charles era rico, e como haviam se conhecido, então do que mais poderia ter vergonha? De forma que sim, eles viriam, mas viriam para reunir provas, e depois do jantar todos sairiam juntos e discutiriam por que David estava com Charles, para começo de conversa, e o que via num homem trinta anos mais velho.

"De uma coisa eu sei", ele já ouvia Eden dizendo.

Mas, ainda assim, David muitas vezes se perguntava se era apenas a diferença de idade que o fazia se sentir uma criança perto de Charles, de um jeito que nunca se sentira nem com o próprio pai, que era cinco anos mais novo que seu namorado. Olhe lá ele: estava se escondendo na escadaria que conectava a sala de estar e o segundo andar, agachado num degrau que ele sabia oferecer uma excelente visão do andar de baixo e que o mantinha totalmente escondido, de onde conseguia observar a florista, ainda resmungando, cortando o barbante dos ramos de zimbro e, logo atrás dela, os dois transportadores, luvas brancas de algodão nas mãos, tirando o armário lateral de madeira do século XVIII de seu lugar na sala de jantar e o levando devagar na direção da cozinha, como se fosse um caixão, onde permaneceria durante a noite. Quando criança, ele também tinha o costume de se esconder na escada, primeiro para ouvir seu pai e sua avó brigando, e mais tarde Edward e sua avó brigando, pronto para se levantar e voltar correndo para o quarto, para debaixo das cobertas, se assim precisasse.

Seu papel nessa noite tinha sido reduzido ao de um supervisor. "Você vai fazer o controle de qualidade", Charles lhe dissera. "Preciso de você lá pra garantir que tudo esteja nos conformes." Mas ele sabia que isso era uma gentileza de Charles — sua presença ali, assim como em muitas outras coisas, era amorfa e, no fim das contas, impotente. O que pensava, suas opiniões, fariam pouca diferença. Ali, na casa de Charles, suas sugestões eram tão irrelevantes quanto no trabalho.

"A autocomiseração é uma característica que cai mal a um homem", ele ouviu sua avó dizer.

Mas e a uma mulher?

"Também cai mal, mas é compreensível", a avó dizia. "Uma mulher tem muito mais motivos para sentir pena de si mesma."

Sua verdadeira tarefa naquela noite (como em todas as outras), David sabia, era se mostrar bonito e apresentável, e disso, ao menos, era capaz, então se levantou e subiu o lance de escadas seguinte para ir ao quarto que ele e Charles compartilhavam. Até cinco anos antes, quando Charles comprara um pequeno condomínio a um quarteirão ao norte, Adams tinha dormido exatamente em cima do cômodo, no quarto andar, naquele que se tornara outro quarto de hóspedes. David o imaginava ajoelhado no chão, ainda com o paletó preto, uma orelha colada ao tapete, ouvindo Charles e Olivier no andar de baixo. Ele não gostava dessa visão, na qual o rosto de Adams sempre aparecia virado para longe, porque não conseguia determinar qual seria sua expressão, mas assim mesmo continuava vendo aquilo.

A festa dessa noite seria para outro ex-namorado de Charles, mas esse era tão antigo — do colégio interno — que David não se sentia ameaçado e não via motivo para ter ciúmes. Peter havia sido a primeira pessoa com quem Charles tinha ido para a cama, quando Peter tinha dezesseis anos e Charles, catorze, e desde então os dois eram amigos, e o relacionamento às vezes voltava a ser sexual por alguns meses, embora isso não tivesse acontecido nenhuma vez na última década.

Mas Peter estava morrendo. Por isso a festa ocorreria numa sexta-feira, e não no sábado, dia que Charles preferia — porque no dia seguinte Peter tinha uma passagem comprada para Zurique, onde encontraria um velho colega da faculdade, um suíço que tinha virado médico e que concordara em administrar uma injeção de barbitúricos que fariam seu coração parar de bater.

David achava difícil compreender o que Charles de fato sentia a respeito do assunto. Ele estava triste, é claro — "Estou triste", Charles dizia —, mas o que "triste" queria dizer, de verdade? Charles nunca tinha chorado, nem ficado bravo, nem ficado sem saber o que dizer, não como acontecera a David quando perdera um amigo pela primeira vez, sete anos antes, e como lhe acontecia com os outros desde então; quando contou a David sobre a decisão de Peter, ele deu a notícia de um jeito muito direto, quase como se aquilo fosse um detalhe, e quando o próprio David ficou sem ar e quase começou a chorar (embora não conhecesse Peter muito bem nem gostasse muito dele) foi Charles quem precisou acalmá-lo. Charles havia se oferecido para acompanhar Peter, mas Peter recusara — seria difícil demais, ele disse. Ele passaria sua última noite com Charles, mas, na manhã seguinte, pegaria o voo só com a enfermeira que tinha contratado para lhe fazer companhia.

"Pelo menos não é a doença", Charles disse. Ele muitas vezes dizia isso. Às vezes dizia para David, e às vezes em momentos aleatórios, quase como um comunicado, embora a única pessoa a ouvi-lo fosse David. "Pelo menos não é a doença… Pelo menos não é assim que ele vai morrer." Peter ia morrer em razão de um mieloma múltiplo, tumor com que havia vivido por nove anos.

"E agora chegou minha hora", dissera, com uma descontração proposital e irônica, a um conhecido que ele e Charles não viam havia muito tempo, no último jantar que Charles organizara. "Eu já estava fazendo hora extra mesmo…"

"O diagnóstico é…"

"Ah, não, isso não… É o velho câncer, infelizmente."

"Você sempre foi meio atrasado, Peter."

"Prefiro pensar que sou tradicional. As tradições são importantes, sabia? Alguém tem que manter as tradições."

Nesse momento David trocou de roupa e vestiu um terno — todos os seus ternos de qualidade haviam sido comprados por Charles, mas ele tinha parado de usá-los para trabalhar quando outro assistente jurídico fizera um comentário sobre suas roupas — e escolheu uma gravata, mas em seguida decidiu não a usar: o terno seria suficiente. Ele era a única pessoa de vinte e cinco anos que conhecia que usava terno fora do trabalho, exceto Eden, que os usava para ser subversiva. Mas, quando se dirigiu ao seu lado do closet para devolver a gravata ao lugar, ele passou por sua bolsa e, enfiada na lateral, estava a carta.

Ele se sentou na cama, observando-a longamente. Não haveria nada de bom naquela carta, ele sabia; a carta falaria sobre seu pai, e a notícia seria ruim, e teria que ir para casa, para sua verdadeira casa, e vê-lo, uma pessoa que em certa medida tinha deixado de ser real para ele: era uma aparição, alguém que só aparecia nos sonhos de David, alguém que havia muito tinha se afastado do reino da consciência e ido parar aonde quer que estivesse, alguém que tinha se perdido dele. Ao longo daquela década, depois que o vira pela última vez, David fizera de tudo para nunca pensar nele, porque pensar nele era como se entregar a uma correnteza tão forte que ele tinha medo de nunca mais conseguir voltar à superfície, de que a água o levasse para tão longe da terra firme que nunca mais conseguiria voltar. Todos os dias ele acordava e treinava sua capacidade de não pensar no pai, como um atleta treina corrida ou um músico treina escalas. E agora essa disciplina estava prestes a sofrer um revés. O que quer que o envelope contivesse daria início a uma série de conversas com Charles, ou pelo menos uma só conversa muito demorada, uma conversa que ele deveria começar dizendo a Charles que precisaria passar um tempo longe. *Por quê?*, Charles perguntaria. E depois: *Onde? Quem? Pensei que você tivesse dito que ele tinha morrido. Calma, espera… Quem?*

Ele não teria a conversa nessa noite, decidiu. Era a festa de Peter. Ele já tinha lamentado a perda do pai por anos, e agora o que quer que houvesse naquele envelope podia esperar. E assim o enfiou no fundo da bolsa, como se, decidindo não ler a carta, ele também tornasse irreal o que quer que ela dissesse — ela ficaria suspensa, em algum lugar entre Nova York e o Hawai'i: uma coisa que quase tinha acontecido, mas que ele, não reconhecendo sua existência, conseguira evitar.

A festa começaria às sete, e Charles tinha jurado que estaria em casa às seis, mas às seis e quinze ainda não havia sinal dele, e David ficou junto à janela, olhando para a rua e, mais além, para o palco obscurecido de Washington Square, esperando Charles chegar.

Quando ele estava na faculdade, o grupo de teatro da universidade havia encenado uma peça sobre uma herdeira do século XIX que almejava se casar com um homem que, de acordo com seu pai, só estava interessado em seu dinheiro. A herdeira era sem graça, e o homem era bonito, e ninguém — nem seu pai, nem sua tia, uma solteirona afetada, nem seus amigos, nem o dramaturgo, nem a plateia — acreditava que ela de fato fosse capaz de cativar seu amado; a herdeira era a única pessoa que acreditava nisso. Na narrativa, essa teimosia só comprovava a tolice da mulher, mas David via isso como firmeza, característica que provinha de uma grande autoconfiança, característica que admirava em Charles. A cena de abertura do segundo ato mostrava a mulher em pé à janela de casa, o cabelo repartido ao meio e preso num coque junto à nuca, com dois cachinhos, como cortinas, pendendo um de cada lado do rosto redondo e meigo, e seu vestido, feito de seda cor de pêssego, farfalhando ao redor. Ela parecia calma e despreocupada; suas mãos repousavam uma sobre a outra na cintura. Ela estava aguardando seu amado; ela tinha certeza de que ele iria buscá-la.

E ele se viu numa posição parecida, esperando *seu* amado. Ele, ao contrário da herdeira, tinha menos motivos para estar ansioso, e mesmo assim estava. Mas por quê? Charles o amava, sempre cuidaria dele, havia lhe dado uma vida que nunca poderia ter conquistado sozinho, ainda que às vezes sentisse que não era de fato sua, que era um ator substituto que alguém tinha empurrado para o palco às pressas no meio de uma cena de que ele não se lembrava, tentando pegar a deixa dos outros atores, na esperança de que suas falas lhe voltassem à memória.

Quando conheceu Charles, um ano e meio antes, ele estava morando num apartamento de um quarto com Eden na esquina da rua 8 com a avenida B e, embora ela achasse a rua muito interessante — os bêbados resmungões que gritavam com você, sem mais nem menos, só para assustá-lo; os meninos de cabelo comprido que às vezes eram encontrados desacordados na entrada pela manhã —, ele não achava. David se acostumara a ir para o escritório de advocacia exatamente às sete da manhã: poucos minutos antes daria de cara com boêmios e traficantes frustrados que voltavam aos tropeços para casa depois de uma noite longa; poucos minutos depois seria obrigado a passar pelos primeiros mendigos do dia, que pediam dinheiro e cambaleavam na direção oeste, do Tompkins Square Park à St. Marks Place.

"Tem uma moedinha? Tem uma moedinha? Tem uma moedinha?", eles perguntavam.

Desculpa, não tenho, não, ele murmurou certa manhã, de cabeça baixa como se tivesse vergonha, tentando desviar do homem.

Normalmente isso bastava, mas dessa vez o homem — branco, com uma barba loura embaraçada e imunda, parte dela presa numa gravata borboleta — começou a segui-lo, tão de perto que David conseguiu sentir a ponta dos sapatos do homem batendo na sola dos dele, conseguiu sentir seu hálito ardido, engordurado. "Você tá mentindo", ele sibilou. "Pra que mentir? Eu tô ouvindo no seu bolso: as moedinhas fazendo esse barulho aí. Por que você tá mentindo? Porque você é igualzinho a eles, um chicano desgraçado, um chicano desgraçado, né?"

Ele ficou com medo — eram só sete e meia, e a rua estava praticamente deserta, mas por perto havia outras pessoas que ficaram olhando para os dois de boca aberta, como se eles estivessem fazendo uma performance para entretê-las. (Essa era uma coisa que ele logo tinha começado a odiar nesse lugar: a forma como os nova-iorquinos gostavam de dizer que ignoravam os famosos, mas assistiam com um interesse descarado aos dramas irrelevantes das pessoas comuns, à medida que se desenvolviam pelas ruas.) A essa altura ele já estava quase chegando à Terceira Avenida, e, em uma das raras salvações que a cidade às vezes oferecia, o ônibus estava parando no ponto — dez passos e ele estaria a salvo. Dez, nove, oito, sete. E então ele embarcou, depois se virou e gritou para o homem, a voz aguda de tanto medo: "Não sou chicano!".

"Ah!", exclamou o homem, que não fez nenhum movimento na direção do ônibus. Uma certa alegria tinha invadido sua voz, um prazer em receber uma resposta de alguém. "Seu japa desgraçado! Seu china desgraçado! Seu bicha desgraçado! Seu colono desgraçado! Vai se foder!" Quando a porta se fechou, o homem se agachou, e quando o ônibus começou a andar houve um baque na lateral, e David se virou e olhou pela janela e viu o homem, que então só estava com um sapato, mancando em direção à rua para recuperar o outro pé.

Quando enfim chegou ao escritório, cruzando a cidade a pé, da rua 56 até a Broadway, ele já tinha conseguido se recompor, mas depois viu seu reflexo na janela de vidro laminado do edifício e notou que sua caneta havia vazado e todo o lado direito de sua camisa estava encharcado de tinta azul-escura. Já na empresa, ele foi ao lavabo, mas o encontrou misteriosamente trancado, e, em pânico e quase sem fôlego, decidiu ir ao banheiro dos executivos, que estava vazio. Lá ele começou a esfregar, em vão, a camisa, e a tinta se dissolveu, mas não o suficiente. A essa altura seus dedos e seu rosto também estavam azuis. O que ia fazer? Estava calor; ele não trouxera casaco. Ele precisaria ir a uma loja e comprar uma camisa, mas não tinha dinheiro para isso — nem dinheiro para a camisa em si, nem dinheiro para perder o pagamento da hora que gastaria para comprá-la.

Quando estava se secando e xingando em voz alta a porta se abriu, e ele levantou a cabeça e viu Charles. Ele sabia quem era Charles; era um dos sócios sêniores e era, ou parecia, bonito. Ele nunca tinha pensado muito nisso, tinha no máximo se dado conta — Charles era um homem influente e mais velho. Passar mais tempo pensando em sua beleza era tanto contraproducente quanto potencialmente arriscado. O que ele sabia era que as secretárias também achavam Charles bonito. Também sabia que Charles não era casado — e as secretárias gostavam de especular sobre o motivo.

"Você acha que ele é homossexual?", David ouviu uma das secretárias perguntar à outra em voz baixa.

"O sr. Griffith?", ela disse. "Não! Ele não parece essas pessoas."

Nesse momento ele começou a pedir desculpas — por estar no banheiro dos executivos, por estar coberto de tinta, por ter nascido.

Charles, porém, ignorou os pedidos de desculpas. "Você sabe que essa camisa não tem mais jeito, né?", ele perguntou, e David tirou os olhos do que estava fazendo e viu Charles sorrindo. "Imagino que você não tenha outra."

Não, ele admitiu. Senhor.

"Charles", disse Charles, ainda sorrindo. "Charles Griffith. Depois eu aperto a sua mão."

Sim, ele falou. Certo. Meu nome é David Bingham.

Ele resistiu ao impulso de se desculpar mais uma vez por estar no banheiro dos executivos. *Terra nenhuma tem dono*, Edward sempre lhe dizia, na época em que ainda se chamava Edward. *Você tem direito de ir aonde quiser.* Ele se perguntava se Edward diria que o mesmo princípio valeria para um banheiro reservado aos gestores sêniores de um escritório de advocacia de Midtown Manhattan. Era provável que sim, embora só de pensar em um escritório de advocacia, em um escritório de advocacia em Nova York, em David trabalhando num escritório de advocacia em Nova York, ele fosse ficar enojado, antes mesmo de pensar no absurdo que era a existência de banhei-

ros separados de acordo com a hierarquia dos cargos do escritório de advocacia. *Que vergonha, Kawika. Que vergonha. Não foi isso que eu te ensinei.*

"Espera aqui", disse Charles, e saiu, então David, erguendo os olhos e
vendo-se no espelho, percebeu que estava muito mais desgrenhado do que
imaginara — havia um coágulo de tinta acima de seu olho direito que se assentava na pele como um hematoma —, ele pegou um chumaço de papel e
entrou em uma das cabines, para caso outro sócio aparecesse. Mas, quando a
porta voltou a se abrir, era só Charles com uma caixa de papelão estreita debaixo do braço. "Cadê você?", perguntou.

Ele olhou pela fresta da porta da cabine. Aqui, ele disse.

Charles pareceu achar aquilo engraçado. "O que você está fazendo escondido aí?", ele perguntou.

Eu não devia estar aqui, ele disse. Sou assistente jurídico, acrescentou,
para esclarecer a questão.

O sorriso de Charles se abriu um pouco mais. "Então, assistente jurídico", ele disse, abrindo a tampa da caixa e revelando uma camisa branca, limpa e dobrada, "só tenho isso aqui. Acho que pode ficar um pouco grande pra
você, mas é melhor do que andar por aí parecendo um eclipse lunar, não é?"

Ou pelado, ele se ouviu dizer, e viu a expressão de Charles ficar atenta e
satisfeita. "Pois é", ele falou, depois de um breve silêncio. "Ou pelado. Isso a
empresa não vai permitir."

Obrigado, David disse, pegando a caixa das mãos de Charles. Pela qualidade do algodão ele soube que a camisa era cara, e tirou as barbatanas e o papelão que havia sob a gola e a desabotoou com os dedos manchados de tinta.
Ele estava prestes a pendurá-la na parede traseira da cabine e a começar a desabotoar a própria camisa quando Charles estendeu a mão: "Deixa que eu seguro", disse, e pousou a camisa limpa sobre o braço, como uma caricatura de
um garçom de antigamente, enquanto David começava a se despir. Àquela
altura pareceu grosseiro fechar a porta e pedir licença, e, de fato, Charles não
se mexeu e ficou ali parado, em silêncio, observando-o desabotoar a camisa,
tirá-la, trocá-la pela camisa que segurava, e em seguida abotoar a nova. Ele estava consciente do som da respiração de ambos, e do fato de não estar usando uma camiseta por baixo, e de como sua pele estava se arrepiando, ainda
que o banheiro não estivesse exatamente frio. Quando terminou de abotoar a
camisa e de colocá-la para dentro da calça — virando-se de costas para Char-

les ao fazer isso para desafivelar o cinto: como era atrapalhado e deselegante esse processo de vestir-se e despir-se —, ele agradeceu a Charles novamente. Obrigado por segurar minha camisa, disse. Por tudo. Vou levá-la. Mas Charles sorriu e falou: "Acho que é melhor você jogar essa fora. Acho que não tem salvação". Sim, concordou, mas não acrescentou que precisaria tentar — ele só tinha seis camisas e não podia se dar ao luxo de perder uma.

A camisa de Charles pousou sobre seu corpo, um balão de algodão seco e fresco, e quando ele saiu da cabine Charles soltou um risinho de divertimento, dizendo: "Eu tinha me esquecido disso", e David olhou para seu flanco esquerdo, onde, logo acima do rim, estavam as iniciais de Charles bordadas em preto: CGG. "Olha", Charles disse, "eu cobriria isso, se fosse você. Senão as pessoas vão pensar que você roubou uma camisa minha." E então ele deu uma piscadinha e saiu, e David, por bobeira, ficou lá. Pouco depois, a porta se abriu de novo e o rosto de Charles apareceu. "Tem gente vindo", disse. "Delacroix." Delacroix era o diretor executivo do escritório. Então ele piscou de novo e se foi.

"Oi", disse Delacroix, entrando e olhando David dos pés à cabeça, obviamente sem reconhecê-lo, mas se perguntando se deveria — ele não parecia alguém que estaria usando o banheiro dos executivos, mas hoje em dia qualquer pessoa com menos de cinquenta anos lhe parecia uma criança, então como ia saber? Talvez aquele camarada também fosse sócio.

Oi, David respondeu da forma mais confiante possível, e em seguida saiu correndo.

Pelo resto do dia, ele manteve o braço dobrado num ângulo reto por sobre a barriga, escondendo o monograma. (À noite, lhe ocorreu que poderia simplesmente ter colado um pedaço de papel por cima do bordado.) E, embora ninguém tivesse notado, ele se sentiu marcado, estigmatizado, e quando, saindo da sala do arquivo, viu Charles andando em sua direção ao lado de outro sócio, ele ruborizou e quase derrubou seus livros, entrevendo as costas de Charles antes que este virasse à direita. Ao fim do expediente David estava exausto, e naquela noite seu braço se aproximou diversas vezes de seu tronco, já condicionado à submissão.

O dia seguinte era um sábado, e, apesar de sua tentativa de esfregá-la com força, provou-se que Charles estava certo: a camisa não tinha mais jeito. David se perguntara se seria capaz de lavar e passar a camisa de Charles por conta própria, mas para isso precisaria colocá-la no saco de roupa suja e levá-la à lavanderia de autoatendimento, e algo no processo de pôr a camisa no saco sintético que continha cuecas e camisetas o deixou envergonhado. Então teria de levar a camisa a uma lavanderia a seco e gastar um dinheiro que não tinha.

Na segunda-feira, ele fez questão de chegar ao escritório mais cedo do que o normal, e estava se dirigindo à sala de Charles quando percebeu que não poderia apenas deixar a caixa na frente da porta. Ele parou, e estava pensando no que fazer quando, de súbito, lá estava Charles, de terno e gravata, segurando sua pasta, observando-o com a mesma expressão de divertimento com que o encarara na semana anterior.

"Oi, assistente jurídico David", disse.

Oi, ele disse. Ahn… eu trouxe sua camisa. (Tarde demais, percebeu que deveria ter trazido algo para Charles, para lhe agradecer, embora não conseguisse pensar no que essa coisa poderia ser.) Obrigado… muito obrigado. Você me salvou. Está limpa, ele acrescentou, embora fosse uma tolice.

"Espero que sim", Charles falou, ainda sorrindo, e destrancou a porta de sua sala e pegou a caixa, que pousou sobre a mesa enquanto David esperava na soleira. "Olha", Charles disse, depois de uma pausa, voltando a fitá-lo, "acho que você me deve uma depois disso."

Devo?, ele enfim conseguiu articular.

"Acho que sim", Charles disse, aproximando-se dele. "Eu te salvei, não salvei?" Ele sorriu de novo. "Por que você não sai pra jantar comigo um dia desses?"

Ah, ele disse. E depois de novo: Ah. Tá. Eu saio.

"Ótimo", disse Charles. "Eu te ligo."

Ah, ele repetiu. Certo. Sim. Tá.

Só os dois estavam no escritório, e mesmo assim falavam baixo, quase sussurrando, e, quando David saiu e voltou para o departamento dos assistentes jurídicos, seu rosto estava queimando.

O jantar ficou combinado para a quinta-feira seguinte, e, a pedido de Charles, ele tinha saído da empresa antes, às sete e meia, e ido sozinho até o restaurante, que era escuro e discreto, onde o direcionaram a uma cabine e lhe entregaram um grande cardápio com capa de couro. Alguns minutos depois das oito, Charles chegou, e David observou o maître o cumprimentando e cochichando em seu ouvido algo que fez Charles sorrir e revirar os olhos. Depois que se sentou, lhe serviram um martíni que não tinha pedido. "Ele também vai querer um", Charles disse ao garçom, acenando para David, e quando lhe entregaram a bebida, Charles ergueu sua taça, com ar irônico, e a encostou na dele. "A canetas que não estouram", disse.

A canetas que não estouram, David repetiu.

Mais tarde, ele pensaria naquela noite em retrospecto e perceberia que aquele tinha sido o primeiro encontro de sua vida, o primeiro de verdade. Charles escolhera os pratos (um filé porterhouse, malpassado, com espinafre e batatas assadas com alecrim de acompanhamento) e tomara a frente da conversa. Logo ficou claro que ele supunha algumas coisas sobre David, e David não provou o contrário. Além do mais, a maioria dessas suposições não estavam erradas: ele de fato era pobre. Ele de fato não tinha estudado nos melhores colégios. Ele de fato era ingênuo. Ele de fato não tinha viajado. Mas, ainda assim, por baixo dessas verdades havia um conjunto de elementos que Charles, no tribunal, teria chamado de fatores de mitigação: ele nem sempre havia sido pobre. Em um dado momento tinha estudado nos melhores colégios. Ele não era completamente ingênuo. Ele tinha morado num lugar que nem Charles nem ninguém que conhecia poderia visitar.

Eles já estavam na metade do jantar quando David percebeu que não tinha feito nenhuma pergunta a respeito de Charles. "Ah, não, o que vou falar de mim? Eu sou o maior tédio, sinto dizer", Charles disse, da maneira descontraída que só as pessoas que sabiam que não eram um tédio podiam falar. "Daqui a pouco a gente fala de mim. Me conta do seu apartamento", e David, embriagado tanto de gim quanto da sensação incomum de ser tratado como uma fonte de cultura e de grande fascínio, o fez: ele contou a Charles sobre os ratos e os caixilhos cheios de sujeira, e sobre as drag queens tristes que gostavam de descansar na escada na entrada do prédio e adoravam cantar "Waltzing Matilda" aos berros às duas da manhã, e sobre sua colega de casa, Eden, que era artista, principalmente pintora, mas que de dia trabalhava como revisora numa editora de livros. (Ele não contou que Eden lhe telefonava todos os dias no escritório às três da tarde, e que os dois ficavam conversando por uma hora, David falando baixinho e fingindo ter ataques de tosse para disfarçar o riso.)

"De onde você é?", Charles perguntou, depois de ou sorrir ou rir de todas as histórias de David.

Do Hawai'i, ele disse, e depois, antes que Charles pudesse perguntar, O'ahu. Honolulu.

Charles tinha ido para lá, é claro, como todo mundo, e David passou um tempo falando de sua vida sem entrar em detalhes: sim, ainda tinha parentes que moravam lá. Não, não eram próximos. Não, seu pai tinha morrido. Não, ele não conhecera sua mãe. Não, nem irmãos nem irmãs, e seu pai também tinha sido filho único. Sim, uma avó, paterna.

Charles inclinou a cabeça para o lado e o observou atentamente por um momento. "Espero que isso não pareça uma grosseria", disse, "mas você é o quê? Você é..." Ele parou de falar, sem conseguir encontrar a palavra.

Havaiano, ele disse, com firmeza, embora essa não fosse toda a verdade.

"Mas seu sobrenome..."

É um nome de missionário. Os missionários americanos começaram a chegar às ilhas em grande quantidade no início do século XIX; muitos deles se casaram com as havaianas.

"Bingham... Bingham", Charles disse, pensativo, e David sabia o que ele diria em seguida. "Sabe que tem uma residência estudantil em Yale que se chama Bingham Hall? Morei nela no primeiro ano. Tem alguma relação com sua família?" Ele sorriu, arqueando a sobrancelha; ele já imaginava que não houvesse.

Sim... é um dos meus antepassados.

"É mesmo?", Charles disse, e se recostou na cadeira, o sorriso esvanecendo. Ele ficou quieto, e David entendeu que tinha surpreendido Charles pela primeira vez, surpreendido e desconcertado, e que Charles estava se perguntando se suas impressões a respeito de David estariam corretas ou não. Estava com Charles havia menos de uma hora, mas sabia que ele não gostava de ser surpreendido, não gostava de precisar recalibrar suas opiniões, a forma como havia decidido pensar nas coisas. Mais tarde, depois de ter ido morar com Charles, ele tinha pensado naquele momento e percebido que podia ter mudado o rumo da relação dos dois; e se, em vez de reagir como tinha reagido, tivesse dito algo como: *Ah, sim, venho de uma das famílias mais antigas do Hawai'i. Sou descendente da realeza. Lá, todo mundo sabe quem a gente é. Se as coisas tivessem sido diferentes, eu teria virado rei. E isso teria sido verdade.*

Mas de que servia a verdade? Quando estava na faculdade, em uma instituição pouco prestigiada, ele certa vez tinha contado a seu namorado da época — um jogador de lacrosse que, fora do quarto, ou ignorava David ou fingia que ele não existia — um resumo da história de sua família, e o rapaz debochara dele. "Nossa, que engraçado", ele dissera. "E eu sou descendente da rainha da Inglaterra. Com certeza." Ele havia insistido, e por fim seu namorado tinha lhe dado as costas, afastando-se dele, entediado com as histórias de David. Depois disso, tinha aprendido a ficar calado, porque mentir parecia mais fácil e melhor do que não ser levado a sério. Sua família era algo muito distante, mas mesmo assim não queria que zombassem dela; não queria ser lembrado de que o maior orgulho de sua avó não passava de piada para a maioria das pessoas. Ele não queria pensar no coitado de seu pai.

Por isso: a gente é do lado pobre da família, ele disse, e Charles deu risada, aliviado.

"Acontece nas melhores famílias", ele disse.

No táxi, em direção a Downtown, os dois ficaram em silêncio, e Charles, olhando para a frente o tempo todo, apoiou a mão no joelho de David, e David a pegou e colocou sobre sua virilha, e viu, em meio às sombras, o perfil de Charles mudar à medida que seu sorriso se abria. Naquela noite a despedida foi comportada — Charles o deixara na Segunda Avenida, porque, de tão envergonhado, David não queria que Charles visse o prédio em que de fato morava: a casa de Charles ficava a pouco menos de dois quilômetros a oeste dali, mas poderia muito bem ficar em outro país —, porém ao longo das semanas seguintes eles voltaram a se encontrar várias vezes, e seis meses depois do primeiro encontro ele se mudou para a casa de Charles em Washington Square.

Ele sentiu que tinha a um só tempo envelhecido e rejuvenescido ao longo dos meses em que ele e Charles estavam juntos. Isolado de seus próprios amigos, passava mais tempo com os de Charles, em jantares nos quais os amigos de Charles, muito educados, tentavam incluí-lo na conversa, enquanto os nem tão educados assim o transformavam em assunto do momento. Cedo ou tarde, porém, ambos os grupos se esqueciam de sua presença, e o diálogo se voltava a tópicos mais herméticos do direito ou do mercado de ações, e ele pedia licença e ia escondido para a cama, onde esperava Charles. Às vezes eles iam jantar na casa dos amigos de Charles, e lá ouvia em silêncio enquanto falavam — de pessoas de que ele nunca ouvira falar, de livros que nunca tinha lido, de atores e atrizes de cinema dos quais não gostava, de coisas que tinham acontecido antes de seu nascimento — até que chegasse a hora de voltar para casa (cedo, felizmente).

Mas ele também se sentia como um menino, e tinha consciência disso. Charles escolhia suas roupas e o lugar onde passariam as férias e o que comeriam: tudo o que um dia tinha precisado fazer por seu pai; tudo o que gostaria que seu pai tivesse feito por ele. Ele sabia que deveria se sentir infantilizado pela dinâmica desigual da vida que levavam, mas não se sentia — ele gostava, achava relaxante. Era um alívio estar com alguém tão assertivo; era um alívio não pensar. A autoconfiança de Charles, que se estendia a todos os aspectos da vida dos dois, o acalmava. Ele dava ordens a Adams ou ao cozinheiro com a mesma autoridade enérgica e calorosa que usava com David quando estavam na cama. Em dados momentos sentia que estava revivendo sua infância, dessa vez com Charles como pai, e isso o incomodava, porque Charles não era seu pai, e sim seu namorado. Mas a sensação persistia — tratava-se de alguém que permitia que ele fosse o objeto de preocupação, nunca a pessoa que se preocupava. Tratava-se de alguém cujos ritmos e padrões eram explicáveis e confiáveis e que, uma vez aprendidos, tendiam a se manter os mesmos. Desde sempre ele soubera que faltava algo em sua vida, mas só quando conheceu Charles entendeu que essa característica era a lógica — a fantasia, na vida de Charles, se restringia à cama, e mesmo lá ela fazia sentido à sua maneira.

Ele nunca tinha pensado muito no tipo de homem com quem talvez um dia vivesse, mas havia se encaixado com tanta facilidade no papel de namorado de Charles, de algo que pertencia a Charles, que só em raros momentos percebia, sentindo um peso no peito, que ficara parecido com seu pai de uma forma que nunca teria sido capaz de prever ou imaginar: uma pessoa que só queria ser amada e cuidada, que queria receber ordens. E era nesses momentos — momentos nos quais ele se postava sob a escuridão da janela da frente, a mão na persiana, procurando Charles pela praça obscurecida, esperando como um gato espera o dono voltar para casa — que conseguia admitir quem ele mesmo lembrava: não só a herdeira, com seu vestido cor-de-rosa lindo até demais, mas seu pai. Seu pai, em pé junto à janela da casa da família, perto do pôr do sol, exausto de ansiedade e de expectativa depois de passar o dia todo esperando, ainda esquadrinhando a rua para ver Edward chegar em seu carro velho, esperando para descer correndo os degraus da varanda e ir embora com o amigo, esperando que ele o levasse para longe da mãe e do filho, e de todas as decepções de sua vida pequena e inescapável.

O primeiro toque da campainha soou quando Charles ainda estava se vestindo. "Caramba", disse. "Quem chega exatamente na hora?"

Os americanos, ele disse, reproduzindo o que lera num livro, e Charles riu.

"É verdade", ele respondeu, e o beijou. "Você pode descer e falar com essa pessoa, seja lá quem ela for? Eu desço em dez minutos."

Dez?, ele perguntou, fingindo estar indignado. Você ainda precisa de dez minutos para ficar pronto?

Charles bateu nele com a toalha. "Não é todo mundo que sai do banho igual a você", disse. "Tem gente, como eu, que precisa fazer um esforço."

Então ele desceu, sorrindo. Eles tinham conversas assim com frequência — em que elogiavam a aparência um do outro e depreciavam a própria —, mas só na intimidade, porque ambos sabiam que eram bonitos, e ambos também sabiam que dizer algo assim em voz alta, nos tempos atuais, não era só feio como também podia ser cruel. Ambos eram vaidosos, mas a vaidade era um prazer a que se permitiam, uma demonstração de vitalidade, um sinal de boa saúde, um agradecimento. Às vezes, quando saíam juntos, ou mesmo quando estavam no apartamento de alguém na companhia de outros homens, eles se olhavam por um segundo e desviavam o olhar, porque sabiam que havia algo de obsceno a respeito de suas bochechas, ainda cheias e vistosas, e de seus braços, ainda marcados pelos músculos. Dependendo das pessoas que estavam ao redor, eles eram uma provocação.

No andar de baixo, não havia lírios para ver ou cheirar, só Adams voltando para a cozinha com uma bandeja de prata recém-esvaziada. Na sala de jantar, conforme David tinha verificado mais cedo, a equipe do buffet estava dispondo pratos de comida ao redor de vasos de azevinho e frésias: Charles sugerira a Peter que servissem sushi, mas Peter não havia gostado da ideia. "Olha, não é no meu leito de morte que eu vou começar a comer *peixe*", ele disse. "Não depois de uma vida inteira fazendo questão de não comer. Só compra alguma coisa normal, Charles. Alguma coisa normal e gostosa." Então Charles tinha pedido para o produtor de eventos contratar um fornecedor especializado em comida de inspiração mediterrânea, e a mesa estava sendo posta com pratos terracota de carne fatiada, abobrinha grelhada e tigelas de macarrão cabelinho de anjo com azeitonas e tomate seco. A equipe, toda vestida de preto, era composta só de mulheres — embora não tivesse ficado responsável pelas flores, David havia, pelo menos, dado um jeito de pedir apenas garçonetes mulheres para a empresa de buffet que Charles preferia. David sabia que ele ficaria irritado quando notasse que a equipe de sempre — toda formada por homens jovens e louros, que na última festa, pelo que David notara, tinham ficado encarando Charles, deixando-o deslumbrado com tanta atenção — fora trocada, mas também sabia que seria perdoado quando enfim fossem se deitar, porque Charles gostava quando David ficava com ciúmes, e gostava de ter a oportunidade de lembrar que ainda não lhe faltavam opções.

A sala de jantar, onde ele e Charles jantavam todas as noites em que não saíam, era antiquada e bolorenta, e continuava praticamente igual ao que fora na época em que os pais de Charles haviam morado na casa. O restante do imóvel fora reformado uma década antes, quando Charles se mudara, mas esse cômodo ainda contava com a mesa original, uma peça comprida de mogno polido, e o armário do período federalista que fazia conjunto com ela, e o papel de parede verde-escuro com estampa de ipomeia, e as cortinas de seda verde-escuras, e os retratos dos antepassados de Charles, os primeiros Griffith a chegar à América, vindos da Escócia, o relógio com o mostrador leitoso feito em osso de baleia — uma relíquia de família de que Charles tinha muito orgulho — posicionado sobre a lareira entre eles. Charles não tinha uma boa justificativa para o fato de não ter repaginado a sala, e, quando estava nela, David sempre pensava na sala de jantar de sua avó, um lugar muito diferente tanto na aparência quanto nos detalhes, mas igualmente conservado — e, mais do que na sala em si, ele pensava nos jantares em família: em como o pai ficava nervoso e derrubava a concha na terrina, espirrando sopa na toalha de mesa; em como a avó ficava zangada. "Pelo amor de Deus, filho", ela dizia. "Não pode tomar mais cuidado? Viu o que você fez?"

"Desculpa, mamãe", seu pai murmurava.

"Você sabe o exemplo que está dando", a avó continuava falando, como se o pai não tivesse dito nada. E depois para David: "Você vai ser mais cuidadoso do que seu pai, não vai, Kawika?".

Vou, prometia, embora se sentisse culpado ao fazer isso, como se estivesse traindo o pai, e quando ele entrava em seu quarto à noite para colocá-lo para dormir, David lhe dizia que queria ser igualzinho a ele. Nesse momento os olhos do pai ficavam marejados, tanto porque ele sabia que David estava mentindo quanto porque se sentia agradecido. "Não seja como eu, Kawika", dizia, dando-lhe um beijo no rosto. "E você não vai ser. Você vai ser melhor que eu, eu sei disso." Ele nunca sabia como responder, e por isso geralmente não dizia nada, e o pai beijava os próprios dedos e os pousava em sua testa. "Agora dorme", ele dizia. "Meu Kawika. Meu filho."

De repente ele se sentiu zonzo. O que seu pai pensaria sobre ele agora? O que diria? Como se sentiria se soubesse que seu filho tinha recebido uma carta que provavelmente continha uma notícia, uma má notícia, sobre ele, e que havia decidido não a ler? *Meu Kawika. Meu filho.* Ele foi tomado por um impulso de subir as escadas correndo, rasgar o envelope e abrir a carta, devorando-a, dissesse o que dissesse.

Mas, não, ele não podia fazer isso; se fizesse, a noite estaria perdida. Em vez disso, se obrigou a ir para a sala de estar, onde três dos velhos amigos de Peter e Charles estavam sentados: John, Timothy e Percival. Esses eram os amigos mais gentis, aqueles que só o olhavam de cima a baixo uma vez, bem rápido, quando ele chegava, e pelo resto da noite o olhavam só no rosto. Peter os chamava de "as Três Irmãs", porque os três eram solteiros e nada glamorosos, e porque Peter não os achava muito interessantes: "As solteironas". Tanto Timothy quanto Percival estavam doentes; era visível no caso de Timothy, mas Percival guardava segredo. Ele se abrira com Charles sete meses antes, e Charles contara a David. "Estou com uma cara boa, não estou?", Percival perguntava a Charles sempre que se viam. "Estou igual, não estou?" Ele era editor-chefe em uma editora pequena e bem-sucedida, e tinha medo de ser demitido se os donos descobrissem.

"Você não vai ser demitido", Charles sempre dizia. "E se tentarem fazer isso eu sei exatamente pra quem você deve telefonar, e aí você vai processar esses caras e tirar uma fortuna deles, e eu também vou ajudar."

Percival ignorava essa parte. "Mas eu estou igual, não estou?"

"Está, Percy... Você está igual. Está ótimo."

Ele observou Percival. Os outros estavam segurando taças de vinho, mas Percival segurava uma xícara de chá na qual David sabia que ele tinha colocado um saquinho de ervas medicinais que um acupunturista de Chinatown jurava que fortalecia o sistema imunológico. Ele olhou para Percival, que estava distraído com o chá: *será* que estava igual a antes? Havia cinco meses que o vira pela última vez — por acaso estava mais magro? Seu rosto parecia mais pálido? Era difícil dizer; todos os amigos de Charles lhe pareciam um pouco debilitados, mesmo os que não estavam. Todos tinham perdido alguma coisa, alguma característica, por mais fortes ou bem cuidados que fossem — a luz parecia entrar na pele desses homens e sumir, de forma que mesmo sentados ali, na iluminação suave que Charles passara a preferir para esses eventos, pareciam feitos não de carne, mas de uma espécie de areia finíssima e fria. Não mármore, mas cal. Certa vez ele havia tentado explicar isso a Eden, que passava os fins de semana desenhando nus, e ela tinha revirado os olhos. "É porque são velhos", ela dissera.

Em seguida ele olhou para Timothy, que a essa altura estava obviamente doente, as pálpebras tão roxas que pareciam pintadas, os dentes, compridos demais, os cabelos, uma penugem. Timothy havia estudado no internato com Peter e Charles, e naquela época, conforme Charles dissera, "você não iria acreditar como ele era bonito. O menino mais bonito da escola". Isso foi logo depois que conheceu Timothy, e na ocasião seguinte David o observou com atenção, procurando o menino pelo qual Charles havia se apaixonado. Ele era um ator desconhecido e tinha sido casado com uma mulher linda, e depois, por décadas, havia sido amante de um homem muito rico, mas quando o homem morreu, seus filhos, já adultos, obrigaram Timothy a sair da casa do pai, e Timothy foi morar com John. Ninguém sabia como John, que era alegre e corpulento, ganhava dinheiro — ele vinha de uma família humilde do Meio-Oeste e nunca tivera um emprego que durasse mais que alguns meses, e não era bonito o suficiente para que o sustentassem —, mas ele ocupava uma casa geminada inteira em West Village e não economizava na comida (embora, como Charles tinha comentado, isso só acontecesse quando outra pessoa estava pagando a conta). "Se pessoas como o John não conseguem mais sobreviver de forma misteriosa nesta cidade é porque não vale mais a pena viver aqui", Charles dizia, em tom carinhoso. (Para alguém que acreditava tanto na meritocracia, ele tinha um número surpreendente de amigos que não faziam nada da vida. Essa era uma característica de Charles de que David gostava.)

Como sempre, os três o cumprimentaram, perguntaram sobre o que vinha fazendo e como estava, mas ele tinha pouco a dizer, e depois de um tempo o foco da conversa voltou a ser eles mesmos e as coisas que tinham feito juntos quando eram mais jovens.

"… Mas pior foi quando o John namorou aquele morador de rua!"

"Pra começo de conversa, mal dá pra chamar aquilo de *namoro*, e depois…"

"Conta essa história de novo!"

"Então… Isso foi, ahn, uns quinze anos atrás, quando eu estava trabalhando naquela loja de molduras na rua 20, entre a Quinta e a Sexta…"

"Daquela que você foi demitido porque roubou…"

"*Calma aí*. Eu *não* fui demitido por roubar. Fui demitido porque chegava atrasado todo dia e porque era incompetente e atendia mal os clientes. Foi da *livraria* que me demitiram porque roubei."

"Nossa, *desculpa…*"

"Enfim, posso continuar? Eu descia da F na rua 23 e sempre via esse cara, *muito* gato, que fazia o tipo artista meio sujo, de camisa xadrez e uma barbinha, segurando uma sacola de mercado, parado na Sexta perto do terreno baldio da esquina sudeste. Aí eu fico encarando a bicha, e ela retribui o olhar, e ficamos nessa por alguns dias. Aí, no quarto dia, eu me aproximo e a gente conversa. Ela diz: 'Você mora por aqui?', e eu respondo 'Não, eu trabalho no fim do quarteirão'. E ela diz: 'A gente pode ir nesse beco'… Não era bem um beco, mas tinha uma passagenzinha entre o muro dos fundos do estacionamento e um outro prédio que estavam demolindo… e, enfim, a gente foi lá."

"Poupe a gente dos detalhes."

"Tá com inveja?"

"Eu não…"

"Enfim, no dia seguinte, eu estava andando pela rua e lá estava ela de novo, e lá fomos nós para o mesmo beco. E depois, no dia seguinte, eu vejo ela *de novo*, e penso: tá. Tem alguma coisa errada aí. E aí eu percebo que ela está usando *exatamente a mesma roupa* das outras duas vezes! Até a roupa de baixo. E que ela é meio fedida. Na verdade, vou me corrigir: ela é *muito* fedida. Coitada. Ela não tinha onde morar."

"E aí você foi embora?"

"Claro que não! A gente já estava ali, né?"

Todos riram, e em seguida Timothy começou a cantar, "*La da dee la dee da, La da dee la dee da*", e Percival se juntou a ele: "*She's just like you and me/*

But she's homeless, she's homeless".* David se afastou, sorrindo — ele gostava de ver os três juntos; gostava de como o assunto mais interessante para eles eram eles mesmos. Como a vida de seu pai teria sido se Edward fosse um pouco mais parecido com Timothy, Percival ou John, se seu pai tivesse um amigo que fosse capaz de transformar as coisas do passado numa história feita para divertir, e não para tentar controlar? Ele tentou visualizar seu pai na casa de Charles, nessa festa. O que pensaria? O que faria? Ele imaginou seu pai, com um sorriso discreto e tímido, parado atrás do corrimão da escada, olhando para os outros homens, mas com medo de se aproximar deles, imaginando que iriam ignorá-lo como tinha acontecido durante toda sua vida. Como teria sido a vida de seu pai se ele tivesse saído da ilha, se tivesse aprendido a ignorar sua mãe, se tivesse encontrado alguém que o tratasse com carinho? Talvez isso tivesse levado a um futuro no qual David não existiria. Ele ficou ali, inventando essa outra vida para si: seu pai, caminhando tranquilo ao longo do arco ao norte do parque, um livro debaixo do braço, passando por sob as árvores do final de outono, as folhas vermelhas como maçãs, o rosto erguido na direção do céu. Seria um domingo, e iria encontrar alguém para ver um filme e jantar. Mas então a visão vacilava: quem era essa pessoa? Um amigo ou uma amiga? Era uma relação romântica? Onde seu pai morava? Como se sustentava? Aonde iria no dia seguinte, e no outro? Tinha saúde, e, se não tivesse, quem cuidava dele? Ele sentiu uma angústia o invadir: porque seu pai lhe escapava até na ficção, porque ele era incapaz de lhe construir uma vida feliz. Ele tinha sido incapaz de salvá-lo; tinha sido incapaz até de criar coragem para descobrir qual fora seu destino. Tinha abandonado seu pai em vida, e agora o estava abandonado novamente, na fantasia. Ele não deveria ao menos ser capaz de sonhar uma existência melhor, mais generosa, para ele? Se nem isso conseguia fazer, o que isso dizia sobre ele, como filho?

Mas talvez, pensou, talvez não fosse por falta de empatia que ele não conseguia projetar uma vida diferente para o pai — talvez fosse o fato de seu pai ser tão infantil, o fato de seu pai ter se comportado como nenhum outro pai ou mãe, como nenhum outro adulto que ele tinha conhecido, naquela época ou desde então. Havia, por exemplo, as caminhadas que faziam, algo que começara quando David tinha seis ou sete anos. Seu pai o acordava tar-

---

* "A vida dela é igual à minha e à sua, mas ela mora na rua, ela mora na rua." (N. T.)

de da noite, estendendo a mão, e David a pegava, e juntos andavam pelas ruas da vizinhança em silêncio, mostrando um ao outro como coisas conhecidas ficavam diferentes quando anoitecia: o arbusto de flores dependuradas que lembrava cornetas viradas de cabeça para baixo, a acácia da casa do vizinho que no escuro parecia encantada e malévola, saída de um país muito distante daquele, onde eles seriam dois viajantes andando pela neve que fazia barulho sob as botas, e ao longe havia uma propriedade rural com uma só janela, iluminada por uma só vela que lhe conferia uma luz amarela, e dentro dela havia uma bruxa disfarçada de viúva boazinha, e duas tigelas de uma sopa grossa como mingau, que os cubos de toucinho salgavam e os pedaços de inhame assado adoçavam.

Naquelas caminhadas, havia sempre um momento em que ele percebia que conseguia enxergar, que a noite, que de início lhe parecera uma tela preta e vazia, inexpressiva e silenciosa, estava mais clara do que aparentava, e embora sempre prometesse a si mesmo que repararia no exato momento em que aquilo acontecia, em que seus olhos se acostumavam àquela luz diferente, filtrada, ele nunca conseguia: acontecia de forma tão gradual, tão à revelia dele, que era como se sua mente existisse não para controlar o corpo, mas para admirar suas habilidades, sua capacidade de se adaptar.

Enquanto andavam, o pai lhe contava histórias de sua infância, lhe mostrava lugares onde tinha brincado ou se escondido quando menino, e à noite essas histórias não pareciam tristes como quando a avó de David as contava, e eram só histórias: sobre os outros garotos da vizinhança, que jogavam os abacates de uma das árvores em seu pai quando ele estava voltando da escola; sobre a vez em que o tinham feito subir na mangueira que havia no quintal da própria casa e depois dito que não podia descer, senão lhe dariam uma surra, e por horas a fio, até escurecer, até o último deles enfim precisar deixar o posto para ir jantar, seu pai tinha ficado na árvore, agachado no espaço raso e achatado onde os galhos encontravam o tronco, e quando finalmente desceu — as pernas tremendo de fome e exaustão — ele precisou entrar na própria casa e explicar onde estivera para sua mãe, que estava esperando à mesa da sala de jantar, quieta e pálida.

Por que você só não contou pra ela o que tinha acontecido?, ele perguntou ao pai.

"Ah", seu pai disse, e em seguida parou de falar. "Ela não queria ouvir. Ela não queria ouvir que aqueles meninos, no fim das contas, não eram meus amigos. Ela sentia vergonha." Ele ficou em silêncio, prestando atenção. "Mas isso não vai acontecer com você, Kawika", o pai prosseguia. "Você tem amigos. Tenho orgulho de você."

Naquele momento ele tinha ficado em silêncio, sentindo a história de seu pai e a tristeza que provinha dela o invadindo, passando pelo coração e descendo até o intestino, uma bigorna de chumbo, e, lembrando-se disso, ele sentiu a mesma mágoa, dessa vez se espalhando pelo corpo como se fosse algo que haviam injetado em sua corrente sanguínea. Então ele se virou, e pretendia ir até a cozinha com um pretexto qualquer — para dar uma olhada no empratamento do jantar; para avisar Adams que Percival logo ia precisar de mais água quente — quando viu Charles descendo as escadas.

"O que houve?", Charles perguntou ao vê-lo, o sorriso se desfazendo. "Aconteceu alguma coisa?" Não, não aconteceu nada, ele respondeu, mas Charles estendeu os braços mesmo assim, e David entrou naquele abraço, na firmeza e no aconchego que Charles oferecia, em seu corpo volumoso e reconfortante. "Está tudo bem, David, seja o que for", Charles disse depois de uma pausa, e ele balançou a cabeça sem a afastar do ombro de Charles. Ia ficar tudo bem, ele sabia — Charles tinha dito que sim, e David o amava, e ele estava longe de onde um dia estivera, e não lhe aconteceria nada que Charles não pudesse resolver.

Às oito, todos os doze convidados haviam chegado, sendo Peter o último — a essa altura tinha começado a nevar, e Charles, David e John tinham carregado Peter, em sua cadeira de rodas muito pesada, pelos degraus da entrada até o primeiro andar: David e John, um em cada lado, e Charles levantando a parte de trás.

Ele tinha visto Peter havia três semanas, no Dia de Ação de Graças, e ficou espantado com sua rápida piora. O sinal mais evidente era a cadeira de rodas — um modelo de espaldar alto com encosto de cabeça —, mas ele também tinha emagrecido, e a pele de seu rosto, especialmente, parecia ter encolhido, de forma que os lábios já não conseguiam se fechar por sobre os dentes. Ou talvez a pele não tivesse encolhido, e sim se esticado, como se alguém tivesse pegado o couro cabeludo de Peter e puxado a pele com toda a força até esbugalhar seus olhos. Assim que Peter entrou, os amigos se reuniram em torno dele, mas David percebeu que eles também estavam chocados; parecia que ninguém sabia o que dizer.

"Quê, por acaso vocês nunca viram um homem quase morto?", Peter perguntou, friamente, e todos desviaram o olhar.

Era uma pergunta retórica, e cruel, mas "É claro que já, Peter" foi o que Charles respondeu, com seu tom meio profissional de sempre. Ele tinha pegado uma manta de lã no escritório e a usava para envolver os ombros de Peter, ajeitando-a ao redor de suas costelas. "Vamos pegar alguma coisa pra você comer. Pessoal! O jantar está pronto; sirvam-se, por favor."

O plano original de Charles era servir o jantar na mesa, com todos sentados, mas Peter se opusera a essa ideia. Ele não sabia se teria forças para ficar sentado durante uma refeição inteira, ainda mais uma refeição tão longa, ele dissera, e, além disso, o objetivo do evento era que ele se despedisse de todo mundo. Era importante que pudesse circular, falar com as pessoas, e depois se afastar delas quando quisesse. Nesse momento, enquanto todos foram andando devagar, quase a contragosto, na direção da sala de jantar, Charles voltou-se para ele: "David, você poderia pegar um prato para o Peter? Vou colocá-lo sentado no sofá".

Claro, ele disse.

Na sala de jantar, a atmosfera era de uma alegria excessiva, e as pessoas se serviam de mais comida do que jamais conseguiriam comer e declaravam em voz muito alta que estavam deixando a dieta de lado. Elas tinham vindo ver Peter, mas ninguém falava nele. Aquela seria a última vez que o veriam, a última vez que se despediriam dele, e de súbito a festa pareceu macabra, grotesca, e David passou de travessa em travessa às pressas, furando a fila, enchendo o prato de Peter de carnes, massas e legumes assados antes de pegar um segundo prato e recheá-lo com tudo o que Charles mais gostava, ansioso para sair logo dali.

De volta à sala de estar, Peter estava sentado em uma ponta do sofá, com as pernas no pufe, e Charles estava apoiado nele, o braço direito envolvendo os ombros de Peter, o rosto de Peter encostado no pescoço de Charles, e, quando David se aproximou, Charles se virou e sorriu, e David notou que ele tinha chorado, e Charles nunca chorava. "Obrigado", ele disse a David, e, mostrando o prato para Peter: "Viu? Não tem peixe. Como você mandou".

"Maravilha", disse Peter, virando o rosto que era quase um crânio para David. "Obrigado, meu jovem." Era assim que Peter o chamava: "meu jovem". Ele não gostava, mas ia fazer o quê? Depois desse fim de semana, nunca mais precisaria aturar Peter o chamando de "meu jovem". Então ele se deu conta de que tinha pensado isso e sentiu vergonha, quase como se tivesse falado em voz alta.

Mas, a despeito de todas aquelas opiniões contundentes sobre a comida, Peter não tinha vontade de comer nada — até o cheiro o deixava enjoado, ele disse. E mesmo assim, pelo resto da noite, o prato que David lhe trouxera ficou na mesa de canto à sua direita, um guardanapo de pano envolvendo os talheres, como se a qualquer momento ele pudesse mudar de ideia, pegar o prato e consumir tudo o que havia nele. Não era a doença que tinha lhe tirado o apetite: era o novo ciclo de quimioterapia que tinha começado havia pouco mais de um mês. Mas mais uma vez os remédios não tinham funcionado; o câncer continuava firme, mas a força física de Peter não.

David ficara impressionado quando Charles lhe contara isso. Por que Peter havia começado um ciclo de quimioterapia se já sabia que ia se matar? Ao lado dele, Charles tinha suspirado e ficado em silêncio. "É difícil abrir mão da esperança", ele dissera, enfim. "Mesmo tão perto do fim."

Foi só depois que mais pessoas tinham voltado para a sala de estar, com seus pratos de comida, tentando se acomodar nas cadeiras e nos pufes e no outro sofá, como cortesãos se reunindo ao redor do trono do rei, que David sentiu que podia buscar algo para comer. A sala de jantar estava vazia, as travessas, desfalcadas, e, enquanto enchia seu prato como podia, um garçom veio da cozinha. "Ah", ele disse, "desculpe. Vamos trazer mais agora." Ele viu que David estava estendendo o braço para pegar a carne assada. "Vou trazer uma travessa cheia."

Ele saiu, e David ficou olhando. Ele era jovem e bonito e era homem (tudo o que ele tinha proibido), e quando voltou David se afastou em silêncio e deixou que recolhesse a travessa vazia e depositasse a nova sobre a mesa.

Acabou rápido, né, ele disse.

"Ah, acaba mesmo. É muito boa. Fizemos uma degustação antes." O garçom olhou para cima e sorriu, e David retribuiu o sorriso. Houve uma pausa.

Meu nome é David, ele disse.

"James."

"Prazer", os dois disseram ao mesmo tempo, e logo depois deram risada.

"É uma festa de aniversário?", James perguntou.

Não... não. É para o Peter... o cara de cadeira de rodas. Ele... ele está doente.

James concordou com a cabeça, e houve mais um silêncio. "Essa casa é linda", ele disse, e David acenou que sim. É, é mesmo, ele disse.

"Quem é o dono?"

O Charles... o cara alto e loiro, sabe? Aquele de blusa verde. *Meu namorado*, deveria ter dito, mas não disse.

"Ah... ah, sim." James continuava segurando a travessa, e nesse momento a girou nas mãos, depois ergueu a cabeça de novo e sorriu. "E você?"

O que tem eu?, ele perguntou, retribuindo o flerte.

"Qual é a sua?"

Nenhuma.

James apontou com o queixo para a sala de estar. "Você namora algum desses aí?"

Ele não disse nada. Dezoito meses depois do primeiro encontro, ainda havia ocasiões em que se via surpreso por se relacionar com Charles. Não era só o fato de Charles ser muito mais velho que ele; era que Charles não era o tipo de homem por quem costumava se sentir atraído até então — ele era muito loiro, muito rico, muito branco. Ele sabia que tipo de casal eles eram; sabia o que as pessoas falavam. "Tá, mas e daí se os outros acharem que você é o cara pobre que se arranjou com o cara que tem dinheiro?", Eden tinha perguntado quando ele se abrira com ela. "Quem faz isso também é gente." Eu sei, eu sei, ele disse. É que não é isso. "Seu problema", Eden disse, "é que você não aceita que as pessoas pensem que você é só um zé-ninguém de pele morena." E, de fato, ele se incomodava quando as pessoas pensavam que ele era pobre e ignorante e tinha interesse no dinheiro de Charles. (Eden: "Você *é* pobre e ignorante. Mas, fora isso, quem liga pro que esses velhos de merda acham de você?".)

Mas e se, em vez disso, ele e esse tal de James estivessem juntos, ambos jovens, pobres e não brancos? E se estivesse com alguém em quem pudesse se ver, ainda que de forma superficial? Será que era a riqueza de Charles, ou sua idade, ou sua raça que fazia com que David se sentisse vulnerável e inferior com tanta frequência? Será que ele seria mais determinado, menos passivo, se sua relação com o namorado fosse menos desigual? Será que deixaria de se sentir um traidor?

E ele estava sendo um traidor nesse exato momento, porque não tinha assumido Charles, porque se sentia culpado. Sim, disse a James. O Charles. Ele é meu namorado.

"Ah", disse James, e David viu algo — dó? Desprezo? — irradiar em seu rosto. "Que pena", ele acrescentou, e sorriu e abriu as portas duplas que levavam à cozinha, indo embora com a travessa e deixando David sozinho mais uma vez.

Ele pegou seu prato e saiu, sentindo a um só tempo um intenso constrangimento e, o que era menos justificável, certa raiva de Charles, por não ser o tipo de pessoa com quem deveria estar, por fazê-lo sentir vergonha. Ele sabia que era injusto: queria a proteção de Charles e ao mesmo tempo queria ser livre. Às vezes, quando ele e Charles estavam na sala numa noite de sábado em que tivessem decidido ficar na cidade, assistindo a um dos filmes em preto e branco que Charles adorava desde a juventude, eles ouviam os sons de um grupo de pessoas na calçada lá embaixo, passando pela casa a caminho de uma danceteria, um bar ou uma festa. Ele reconhecia essas pessoas pelo riso, pelo tom da voz — não sabia quem elas eram exatamente, mas o tipo de gente que eram, a tribo dos jovens falidos e sem futuro à qual ele mesmo tinha pertencido até dezoito meses antes. Às vezes se sentia como um de seus antepassados, como se o tivessem convencido a entrar num navio e o mandado, aos trancos, para o outro lado do mundo, onde era obrigado a ficar em pedestais em universidades de medicina em Boston e Londres e Paris, para que médicos e estudantes examinassem sua pele coberta de tatuagens cheias de detalhes, seu colar feito de cabelo humano trançado — Charles era seu guia, seu acompanhante, mas também era seu guardião, e, agora que o tinham separado de seu povo, nunca mais permitiriam que retornasse. Essa sensação ficava mais intensa nas noites de verão, quando eles deixavam as janelas abertas, e às três da manhã ele acordava com as pessoas que passavam por ali, bêbadas, cantando enquanto contornavam o parque, suas vozes sumindo pouco a pouco por entre as árvores. Então olhava para Charles na cama ao seu lado e sentia uma mistura de pena, amor, repulsa e irritação — espanto por estar com alguém tão diferente; gratidão por essa pessoa ser Charles. "A idade é só um número", um de seus amigos mais desinteressantes havia dito, tentando ser simpático, mas ele estava errado — a idade era outro continente, e enquanto estivesse com Charles ele ficaria atracado lá.

Não que tivesse outro lugar aonde ir. Seu futuro era uma coisa vaga e volátil. Nisso não estava sozinho; muitos de seus amigos e colegas de faculdade eram como ele, e viviam indo de casa para o trabalho, e do trabalho para casa, isso antes de sair à noite, indo a bares, ou a festas, ou para o apartamento dos outros. Eles não tinham dinheiro, e ninguém sabia por quanto tempo teriam vida. Estar prestes a completar trinta anos, que dirá quarenta ou cinquenta, era como comprar móveis para uma casa feita de areia — ninguém sabia quando o mar a levaria, ou quando ela começaria a se desintegrar, se desfazendo aos poucos. Era muito melhor usar o pouco dinheiro que se pudesse ganhar provando para si que você ainda estava vivo. Ele tinha um amigo que, depois que seu parceiro morrera, havia começado a comer sem parar. Tudo o que tinha ele gastava em comida; uma vez David tinha saído para jantar com Ezra e ficado abismado, talvez horrorizado, observando o amigo consumir uma tigela de sopa de wonton, um prato de ervilha-torta e castanhas-d'água fritos na wok, um prato de língua de boi cozida no vapor e um pato laqueado inteiro. Ele tinha comido com uma determinação contínua e desprovida de prazer, passando o dedo pelos restinhos de molho, empilhando os pratos vazios como se fossem uma papelada que houvesse acabado de preencher. Era uma cena repulsiva, mas ao mesmo tempo David tinha entendido: a comida era real, a comida era uma prova de vida, de que seu corpo ainda era seu, de que ainda podia e devia reagir a qualquer coisa colocada dentro dele, de que era possível fazê-lo funcionar. Quem tinha fome estava vivo, e quem estava vivo precisava de comida. À medida que os meses se passavam, Ezra ganhou peso, de início devagar e depois mais rápido, e ficou gordo. Mas enquanto estivesse gordo ele não estava doente, e ninguém nunca cogitaria isso: suas bochechas eram quentes e rosadas; seus lábios e dedos muitas vezes estavam cobertos de gordura — ele deixava provas de sua existência aonde quer que fosse. Até aquela nova aparência asquerosa era como um grito, um ato de rebeldia; era um corpo que ocupava mais espaço do que o permitido, do que era considerado educado. Ele havia se transformado numa presença que ninguém podia ignorar. Ele tinha se tornado inegável.

Mas David achava mais difícil de compreender a forma como ele mesmo tinha se distanciado da própria vida. Ele não estava doente. Não era pobre, e enquanto estivesse com Charles nunca seria. Mas, ainda assim, era incapaz de pensar em um motivo para estar vivo. Ele tinha concluído o primeiro ano da faculdade de direito, mas logo depois sua situação financeira o obrigara a trancar a faculdade e aceitar o emprego de assistente jurídico na Larsson, Wesley, três anos antes, e Charles vivia dizendo que ele deveria voltar a estudar. "Onde você quiser, a melhor universidade em que você conseguir entrar", dizia. (David tinha frequentado uma universidade estadual, e sabia que Charles achava que ele era capaz de algo melhor.) "Eu pago tudo." Quando David se mostrava relutante, Charles ficava intrigado. "Por quê?", ele perguntava. "Você fez um ano do curso... É óbvio que antes você queria estudar. E você é inteligente, vai bem nisso. Então por que não continuar?" Ele não conseguia dizer a Charles que, na verdade, nunca tinha tido nenhum interesse especial pela carreira, que sequer entendia por que tinha se matriculado no curso de direito — a não ser porque parecia algo que seu pai talvez quisesse, algo que talvez deixasse seu pai orgulhoso. Fazer faculdade de direito era só uma das muitas coisas que provavam que ele era capaz de se sustentar, uma virtude que seu pai sempre tinha tentado lhe transmitir — uma virtude que seu pai nunca tivera.

A gente precisa falar disso?, ele perguntava a Charles.

"Não, não precisa", Charles respondia. "Mas eu não gosto de ver uma pessoa tão inteligente quanto você perdendo tempo sendo assistente jurídico."

Eu gosto de ser assistente jurídico, dizia. Não tenho a ambição que você queria que eu tivesse, Charles.

Charles suspirava. "Eu só quero que você seja feliz, só isso, David", ele dizia. "Eu só quero saber o que você quer da vida. Quando tinha a sua idade, eu queria tudo. Eu queria ser influente, queria participar de uma audiência na Suprema Corte, queria que me respeitassem. O que *você* quer?"

Eu quero estar aqui, ele sempre dizia, com você, e Charles sempre suspirava de novo, mas também sorria, frustrado, mas também lisonjeado. "David", ele resmungava, e a discussão, se é que chegava a ser isso, acabava por aí.

Mas às vezes, naquelas noites de verão, ele achava que sabia exatamente o que queria. Queria estar em algum lugar que ficava entre onde estava, numa cama com lençóis de algodão caros, ao lado do homem que aprendera a amar, e a rua, contornando os limites do parque, gritando e abraçando os amigos no momento em que uma ratazana saísse correndo das sombras e passasse a pouco centímetros de seu pé, bêbado, louco, desesperado, desperdiçando a própria vida, sem ninguém que sonhasse nada por ele, nem ele mesmo.

Na sala de estar, duas das garçonetes estavam circulando pelo ambiente, enchendo os copos d'água, recolhendo pratos vazios; Adams estava entregando drinques aos convidados. Havia uma bartender na equipe do buffet, mas David sabia que a tinham feito de refém na cozinha, e que quem a impedia de ajudar era Adams, que preferia fazer os drinques e não deixava ninguém se intrometer no processo. E por isso, em todas as festas, Charles pedia à produtora de eventos que instruísse o responsável pelo buffet a não levar um bartender, e todas as vezes, sem exceção, o responsável pelo buffet levava alguém "só por desencargo", e todas as vezes essa pessoa ficava presa na cozinha e a impediam de fazer seu trabalho.

De sua posição ao lado da escadaria, ele observou James entrando no cômodo, observou os outros convidados o observando, observou enquanto davam uma boa olhada em sua bunda, seus olhos, seu sorriso. Como David não estava mais no recinto, ele era a única pessoa não branca presente. James se curvou na direção das Três Irmãs e disse algo que David não conseguiu ouvir, mas que fez todos rirem, e depois se endireitou e saiu carregando uma pilha de pratos. Minutos depois, ele voltou com pratos limpos e a travessa de macarrão, que passou oferecendo, equilibrando o prato sobre a palma da mão direita enquanto mantinha a mão esquerda fechada atrás das costas.

E se ele resolvesse chamar o nome de James quando James saísse da sala? James se viraria, surpreso, e o veria, sorriria e viria em sua direção, e David lhe pegaria pela mão e o levaria ao closet de teto inclinado que ficava embaixo da escada, onde Adams guardava o estoque de naftalina, velas e os sacos de juta cheios de lascas de cedro que enfiava entre as blusas de Charles quando o verão chegava e ele as guardava, e que Charles gostava de jogar na lareira para deixar a fumaça mais perfumada. O espaço era alto o suficiente para que ficassem de pé, e tinha profundidade suficiente para que uma pessoa se ajoelhasse; ele já conseguia sentir a pele de James sob os dedos, já conseguia ouvir os barulhos que ambos fariam. E depois James sairia, voltando às suas tarefas, e David esperaria, contando até duzentos, antes de sair também, subindo as escadas correndo e indo ao banheiro de Charles para lavar a boca antes de voltar para a sala de estar, onde James já estaria oferecendo às pessoas uma segunda rodada de carne ou frango, e sentar-se ao lado de Charles. Pelo resto da noite, eles tentariam não se olhar muito, mas, a cada volta que desse pela sala, James lhe lançaria um olhar, e ele retribuiria, e, quando a equipe do buffet estivesse limpando tudo, ele diria a Charles que achava que tinha esquecido seu livro e desceria antes que Charles pudesse responder, e lá encontraria James bem na hora em que estivesse vestindo o casaco, deixaria um pedaço de papel com seu telefone do trabalho em sua mão e lhe diria para ligar. Depois disso, eles passariam semanas, talvez meses, se encontrando, sempre na casa de James, e então, um dia, James começaria a namorar alguém ou se mudaria da cidade ou simplesmente perderia a vontade, e David nunca mais ficaria sabendo dele. Ele conseguia ver, ouvir e sentir tudo aquilo com tantos detalhes que era como se já tivesse acontecido e ele estivesse revisitando uma memória, mas, quando James enfim apareceu, voltando para a cozinha, David se escondeu, virando o rosto para a parede para não cair na tentação de falar com ele.

Aquele desejo incessante! Será que era porque era perigoso transar como ele transava antes, ou porque ele e Charles eram monogâmicos, ou só porque estava inquieto? "Você é jovem", Charles havia dito, rindo, nem um pouco ofendido, quando ele lhe contara isso. "É normal. Você vai superar isso nos próximos sessenta anos, mais ou menos." Mas ele não sabia se era isso mesmo, ou talvez não fosse só isso. Ele só queria mais vida. Ele não sabia o que ia fazer com ela, mas queria — e não só a vida dele, mas a vida de todo mundo. Mais, mais, mais, até transbordar.

Ele pensou, como era inevitável, em seu pai, no que seu pai tinha desejado. Amor, ele supunha, afeto. Mas nada além disso. Ele não se interessava por comida, nem sexo, nem viagens, nem carros nem roupas nem casas. Em um Natal — no ano antes de irem para Lipo-wao-nahele, ele devia então ter nove anos —, uma professora da escola tinha pedido que os alunos descobrissem o que seus pais queriam ganhar, e depois todos fariam esses presentes na aula de artes. É claro que eles não podiam fazer o que seus pais de fato queriam, mas as mães e os pais das outras crianças, compreendendo essa limitação, tinham respondido algo possível. "Eu sempre quis um desenho bem bonito de você", a mãe de alguém disse, ou "Eu queria um porta-retrato novo". Mas o pai de David só pegou sua mão. "Eu tenho você", o pai disse. "Não preciso de mais nada." Mas você precisa querer *alguma coisa*, insistiu, frustrado, e o pai balançou sua mão. "Não", ele repetiu. "Você é meu maior tesouro. Se eu tiver você, não preciso de mais nada." Por fim, David precisou expor o dilema para sua avó, que se levantou e foi a passos largos até onde seu pai estava, deitado na varanda, lendo o jornal e esperando Edward chegar, e lhe deu uma bronca: "Wika! Seu filho vai tirar zero na tarefa de casa se você não falar o que ele pode fazer pra você!".

No fim das contas, ele tinha feito para o pai um enfeite de cerâmica, que foi queimado no forno da escola. Era uma coisa disforme, envernizada pela metade, no formato do que deveria ser uma estrela, com o nome do pai — o nome de ambos — escrito na superfície, mas o pai tinha adorado o enfeite e o colocado na parede sobre sua cama (eles não tinham comprado uma árvore de Natal naquele ano), pregando ele mesmo o prego. Ele se lembrava que seu pai tinha quase chorado, e que ele havia ficado constrangido com isso, com o pai ficando feliz por uma coisa tão boba, feia e malfeita, uma coisa feita de qualquer jeito, em poucos minutos, porque estava ansioso para sair da sala e brincar com os amiguinhos.

Ou, talvez, essa vontade constante de fazer sexo fosse culpa de Charles. Ele não tinha sentido atração por Charles quando se conheceram — fora um flerte protocolar, e não uma emoção verdadeira — e, quando aceitara seu convite para jantar, fora por curiosidade, e não desejo. Mas no meio do jantar algo havia mudado, e da segunda vez que se viram, na casa de Charles, no dia seguinte, o encontro tinha sido bastante intenso e quase mudo.

Ainda assim, apesar da atração mútua, eles esperaram algumas semanas para de fato fazer sexo, porque os dois queriam evitar o tema sobre o qual precisariam conversar antes, o tema que estava escrito na testa de tantas pessoas que conheciam.

Por fim, ele mesmo tocou no assunto. Olha, disse, eu não tenho, e nesse momento viu a expressão de Charles mudar.

"Graças a Deus", ele disse. Ele esperava que Charles dissesse que também não tinha, mas não disse. "Ninguém sabe", ele disse. "Mas você precisa saber. Mas, além do Olivier, meu ex, ninguém mais sabe: só meu médico, ele, eu, e agora você. Ah, e o Adams, claro. Mas ninguém do trabalho. Eles não podem saber."

Por um instante ele não soube o que dizer, então Charles interrompeu seu silêncio. "Eu estou muito saudável", disse. "Tomo os remédios, não sinto nenhum efeito colateral." Ele fez uma pausa. "Ninguém precisa saber."

Ele ficou surpreso, e em seguida surpreso com a própria surpresa. Ele tinha ficado com pessoas e até namorado homens que tinham a doença, mas Charles parecia a antítese dela, uma pessoa em quem ela não se atreveria a residir. Ele sabia que isso era uma bobagem, mas também era o que sentia. Depois que os dois começaram a namorar, os amigos de Charles lhe perguntavam — meio brincando, meio falando sério — que raios ele tinha visto naquele *velho* amigo deles ("Vão se foder", Charles dizia, rindo), e David dizia que era o jeito confiante de Charles ("Perceba que ele não disse que era sua beleza, Charlie", Peter dizia). E, embora isso fosse verdade, não era só isso que o atraía, ou melhor, não se resumia a isso; era a forma como Charles conseguia parecer, de certa forma, indestrutível, sua convicção radical de que era possível resolver tudo, que era possível consertar tudo desde que você tivesse dinheiro, contatos e perspicácia. Até a morte ia precisar dar o braço a torcer a Charles, ou pelo menos era isso que parecia. Aquela era uma característica que ele teria pelo resto da vida, e a coisa de que David mais sentiria saudade quando ele partisse.

E era aquela mesma característica que permitia que David se esquecesse — não sempre, mas por certos períodos — de que Charles estava infectado. Ele o via tomando seus remédios, sabia que ia ao médico no horário de almoço na primeira segunda-feira de cada mês, e por horas, dias, semanas, ele conseguia fingir que a vida de Charles, e sua vida com Charles, seguiria daquela forma, um longo pergaminho que se desenrolava por um vasto gramado. Ele conseguia debochar de Charles por causa do tempo que gastava se olhando no espelho, da forma como passava, com palmadinhas, cremes no rosto antes que fossem se deitar, contorcendo a boca e fazendo caretas, da forma como analisava seu reflexo depois de sair do banho, segurando a toalha na cintura com uma mão à medida que inclinava o pescoço para examinar as costas, a forma como arreganhava os dentes, batendo nas gengivas com a unha. Esse olhar de Charles para si mesmo provinha da vaidade e da insegurança de um homem de meia-idade, sim, as mesmas que eram exacerbadas pela presença de David, por sua juventude, mas também era, e David sabia — sabia, mas tentava ignorar —, uma expressão do medo de Charles: ele estava emagrecendo? Suas unhas estavam perdendo a cor? Suas bochechas estavam perdendo volume? Será que aquilo era uma lesão? Quando a doença começaria a marcar seu corpo, como se escrevesse nele? Quando os remédios que até então tinham afastado a doença também o marcariam? Quando se tornaria um cidadão da terra dos doentes? Fingir era tolice, mas mesmo assim ambos fingiam, a não ser quando se tornava perigoso; Charles fingia e David permitia. Ou era David quem fingia e Charles quem permitia? Fosse como fosse, o resultado era o mesmo: eles quase nunca falavam sobre a doença; nunca chegaram a dizer seu nome.

Mas, embora Charles se recusasse a deixar que a doença o definisse, ele nunca a negava em seus amigos. Percival, Timothy, Teddy, Norris: Charles lhes dava dinheiro, marcava consultas com seu médico, contratava cozinheiras e faxineiras e enfermeiras que ousavam ajudá-los, que se dignavam a ajudá-los. Ele tinha até levado Teddy, que morrera pouco antes de David começar a sair com Charles, para morar no escritório ao lado de seu quarto, e tinha sido ali, rodeado pela coleção de ilustrações botânicas de Charles, que Teddy havia passado seus últimos meses de vida. Quando Teddy morreu, Charles, junto dos outros amigos de Teddy, encontraram um padre que se solidarizava com a situação, organizaram o velório, dividiram as cinzas de Teddy entre todos eles. No dia seguinte, Charles tinha ido trabalhar. O trabalho era um universo, e fora do trabalho havia outro, e ele parecia aceitar que os dois nunca iriam se misturar, que a morte de seu amigo nunca seria uma justificativa adequada para chegar atrasado ou simplesmente não ir trabalhar. Seu luto, como seu amor, era algo que ele nunca esperaria que as pessoas da Larsson, Wesley entendessem ou compartilhassem. Ele estava exausto, David mais tarde compreenderia, mas nunca reclamava disso, porque a exaustão era um privilégio dos que estavam vivos.

E a esse respeito, também, David sentia vergonha, vergonha por sentir medo, vergonha por sentir repulsa. Ele não queria olhar o rosto chupado de Timothy; não queria encarar os pulsos de Peter, que tinham ficado tão finos que ele trocara seu relógio de metal por um modelo infantil de plástico, que ainda assim escorregava pelo braço como uma pulseira. Ele tinha amigos que haviam adoecido, mas os evitava, soprando beijinhos de despedida em vez de beijá-los no rosto, atravessando a rua para não falar com eles, ficando em pé na frente de prédios nos quais antes entrava correndo, parado num canto quando Eden ia abraçá-los, passando ao longe de quartos que ansiavam desesperadamente por uma ou outra visita. Não bastava que tivesse vinte e cinco anos e precisasse viver desse jeito? Já não era coragem suficiente? Como podiam esperar que fizesse mais, que fosse mais?

Sua postura, sua covardia — essas tinham sido as causas da primeira briga séria que ele e Eden tiveram. "Você é um babaca", Eden sibilou quando o encontrou sentado na escada da entrada da casa do amigo, onde tinha ficado esperando no frio por meia hora. Ele não havia conseguido suportar aquilo — os odores do quarto, a proximidade, o medo, a resignação. "Como você ia se sentir, David?", ela gritou com ele, e, quando ele confessou que estava assustado, ela reagiu mal. "Ah, você está *assustado*", ela disse. "*Você* está assustado? Nossa, David, eu espero que você vire homem antes de eu morrer." E ele tinha virado: quando a própria Eden estava morrendo, vinte e dois anos depois, foi ele quem ficou ao lado dela, noite após noite, por meses; foi ele quem a buscou em todas as sessões de quimioterapia; foi ele quem a abraçou naquele último dia, quem fez carinho nas costas dela à medida que a pele foi ficando fria e lisa. Assim como as pessoas decidiam ser mais saudáveis, ele tinha decidido ser melhor, mais corajoso, e quando Eden morreu, no fim, ele chorou muito, tanto porque ela o deixara quanto porque ninguém tinha sentido tanto orgulho dele, ninguém tinha visto como se esforçara para não fugir. Ela fora a última testemunha da pessoa que ele se tornara, e agora ela havia partido, e a memória de sua transformação havia partido com ela.

Décadas depois, quando Charles tinha morrido havia muito tempo e o próprio David se tornara um homem velho, seu marido, que era muito mais jovem — a história se repetindo, mas invertida —, pensaria naqueles anos com uma curiosa nostalgia, e uma curiosidade peculiar a respeito da doença, que ele insistia em chamar de "praga". "Você não sentia que estava tudo desmoronando?", ele perguntaria, já preparado para ficar revoltado em nome de David e seus amigos, preparado para oferecer suas condolências e consolo, e David, que àquela altura tinha vivido com a doença quase mais tempo do que seu marido estava vivo, diria que não. Talvez o Charles sim, dizia, mas eu não. O ano em que comecei a fazer sexo foi o ano em que a doença ganhou um nome — eu nunca conheci o sexo, nem a vida adulta, sem ela. "Mas como você conseguia seguir a vida enquanto tanta gente morria? Não parecia impossível?", seu marido perguntaria, e David teria dificuldade para articular o que queria que Aubrey entendesse. Sim, ele diria devagar, às vezes parecia. Mas todos nós seguíamos a vida; não tínhamos outra opção. A gente ia a enterros e a hospitais, mas também ia trabalhar, ia a festas e a vernissages e saía pra resolver coisas na rua, transava, namorava, era jovem, era burro. A gente se ajudava, é verdade, a gente se amava, mas a gente também falava mal dos outros, debochava das pessoas, brigava, e às vezes éramos amigos péssimos e namorados piores ainda. A gente fazia as duas coisas… a gente fazia tudo. Ele não disse que foi só anos depois que começou a entender como aquele período tinha sido extraordinário, como seus terrores haviam sido muitos, como era estranho que as coisas de que ele se lembrava com mais clareza fossem as banalidades, detalhes desconexos, coisinhas que só importavam para ele e para mais ninguém: não os quartos de hospital ou o rosto de alguém, mas a noite em que ele e Eden resolveram ficar acordados até amanhecer, bebendo xícaras e mais xícaras de café até ficarem tão malucos que não conseguiam mais falar, ou o gato cinza e branco que morava na pequena floricultura que frequentava na Horatio com a Oitava Avenida, ou o tipo de bagel que Nathaniel, o homem com quem ele tinha morado e que tinha amado depois de Charles, gostava de comer: semente de papoula com pasta de salmão defumado e cebolinha. (Ele tinha batizado seu filho com Aubrey de Nathaniel — o primeiro primogênito do sexo masculino na família Bingham a não se chamar David.) Também foi só anos depois que se deu conta de que tinha aceitado que não havia outra saída, quando, na verdade, nunca deveria ter se conformado com aquilo — com o fato de ter passado seus vinte e poucos anos indo a enterros, e não planejando o futuro; com fantasias que nunca duravam mais de um ano. Ele conseguia ver que tinha deixado aquela década passar batido, avançando pelos anos com a indiferença e a tranquilidade de um sonâmbulo — se tivesse despertado, teria sido arrebatado por tudo que havia visto e suportado. Outros tinham conseguido, mas ele não; ele tinha tentado se poupar, criar para si um espaço seguro no qual o mundo externo não pudesse se intrometer de todo. Sua geração tinha vivido num estado de suspensão — algumas pessoas haviam encontrado consolo na revolta, outras, no silêncio. Seus amigos marchavam, protestavam, se opunham ao governo e à indústria farmacêutica; faziam trabalho voluntário, escolhiam mergulhar no horror que os cercava. Mas ele não fazia nada, como se, ao não fazer nada, pudesse garantir que não lhe fariam nada; era um período ruidoso, mas ele tinha escolhido o silêncio, e, embora sentisse vergonha da própria passividade, do próprio medo, nem mesmo a vergonha fora suficiente para motivá-lo a se engajar mais com o mundo ao seu redor. Ele queria proteção. Queria distância daquilo tudo. Ele sabia que estava procurando o que seu pai talvez tivesse procurado em Lipo-wao-nahele. E, como seu pai, ele havia tomado a decisão errada — tinha tentado não lidar com a própria revolta, mas se esconder dela. Mas se esconder não impedia que as coisas acontecessem. Ele só conseguia impedir que o encontrassem.

Eram nove da noite, e os pratos da mesa da sala de jantar foram recolhidos e substituídos por sobremesas, e mais uma vez todos se levantaram para se servir de fatias de torta de pinoli e bolo de milho decorado com fitas de laranja caramelizada, e um bolo de dois chocolates cuja receita havia sido criada pela cozinheira da avó de Charles e que ele servia em todos os jantares que oferecia. Mais uma vez, David foi com os convidados até a sala de jantar para servir os pratos de Peter e Charles.

Quando ele voltou, James estava deixando uma travessa de damascos e figos secos, amêndoas salgadas e lascas de chocolate amargo sobre a mesa lateral próxima ao sofá em que Charles e Peter continuavam sentados, e David observou os dois homens observando James, as expressões atentas, mas insondáveis. "*Obrigado*, meu jovem", Peter disse quando James voltou à posição normal.

Ele fez questão de não olhar para James quando se cruzaram na entrada, o braço esquerdo de James roçando em seu braço direito, e David deixou o prato de Peter ao seu lado, depois entregou o prato de Charles a ele, e Charles pegou sua mão nesse momento. Ao lado deles, Peter continuou observando tudo com aquela mesma expressão insondável.

Ele conhecera todos os outros amigos próximos de Charles antes de conhecer Peter, e a aparente relutância de Charles em apresentá-los, combinada às recorrentes menções ao nome de Peter e a suas opiniões — "O Peter viu essa nova peça no Signature e disse que é uma porcaria"; "Quero passar na Three Lives e comprar uma biografia que o Peter recomendou"; "O Peter falou que a gente precisa ir à exposição da Adrian Piper na galeria Paula Cooper assim que for inaugurada" —, o deixava nervoso. Quando os dois enfim se conheceram, três meses depois do início do relacionamento com Charles, seu nervosismo se solidificara, transformando-se em uma ansiedade retroalimentada pela ansiedade de Charles. "Espero que a comida esteja boa", Charles dizia, inquieto, enquanto David procurava uma de suas meias e em seguida percebia que estava em cima da cama, onde a deixara cinco minutos antes. "O Peter é muito chato pra comer. E tem um paladar muito exigente, então se não estiver bom ele vai comentar." ("Esse Peter parece um babaca", Eden tinha dito quando David lhe contara sobre ele, ou sobre o Peter de segunda mão que conhecia, e depois David precisou se segurar para não repetir a fala da amiga em voz alta.)

Ele ficava ao mesmo tempo fascinado e assustado com essa versão de Charles, toda atrapalhada e desconcertada. Era, de certa forma, um alívio ver que até Charles às vezes se sentia inadequado; mas, por outro lado, não era possível que *os dois* começassem a noite se sentindo inseguros — ele precisava que Charles fosse seu defensor. Por que você está tão nervoso?, perguntou a Charles. É seu amigo mais antigo.

"É *justamente* por isso que estou nervoso", disse Charles, passando a gilete debaixo do queixo. "Você não tem um amigo cuja opinião você valoriza mais do que qualquer outra?"

Não, ele disse, embora tivesse pensado em Eden enquanto dizia isso.

"Bem, um dia você vai ter", disse Charles. "Saco." Ele tinha se cortado, e pegou um pedaço de papel higiênico e o pressionou contra o queixo. "Quer dizer, se você der sorte. É importante ter um amigo próximo que deixe a gente com um pouquinho de medo."

Por quê?

"Porque quer dizer que você tem alguém na sua vida que realmente te desafia, que te obriga a ser uma pessoa melhor de alguma forma, da forma que mais te assusta, seja ela qual for: a aprovação dessa pessoa é o que vai tornar você responsável pelos seus atos."

Mas será que isso era verdade? Ele pensou em seu pai, que certamente tinha medo de Edward. Ele buscava a aprovação de Edward, isso era verdade, e Edward o desafiava, isso também era verdade. Mas Edward não queria que seu pai fosse *melhor* — nem mais inteligente, nem mais culto, nem que tivesse mais autonomia. Ele só queria que seu pai... o quê? Concordasse com ele; o obedecesse; lhe fizesse companhia. Ele fingia que essa obediência era parte de uma missão maior, mas não era — tratava-se de encontrar alguém que enfim fosse capaz de admirá-lo, e era isso o que todos pareciam querer. O tipo de amigo que Charles estava descrevendo era alguém que queria que você se tornasse mais você mesmo. Mas Edward queria o contrário para o pai de David. Ele queria reduzi-lo a uma coisa que nem sequer pensava.

Bem, ele disse, mas a ideia não é que nossos amigos nos tratem bem?

"É pra isso que eu tenho você", Charles disse, sorrindo para ele no espelho.

Quando enfim conheceu Peter, ele ficou surpreso com sua feiura, que era quase hipnótica. Não que tivesse alguma característica horrível — ele tinha olhos grandes, de cor clara, feito os olhos de um cão, um nariz pontudo e marcante e sobrancelhas longas e escuras que pareciam ter crescido como um só pelo, e não como um conjunto —, mas a combinação era desarmônica, embora fosse interessante. Era como se todos os traços de seu rosto tivessem decidido ser solistas, e não parte de um grupo musical.

"Peter", Charles disse, abraçando o amigo.

"Charlie", Peter respondeu.

Na primeira metade do jantar, só Peter falou. Ao que parecia, ele era uma pessoa que tinha uma opinião contundente e embasada sobre todo e qualquer assunto, e seu solilóquio, estimulado por breves comentários e perguntas de Charles, abrangia desde a reforma da fachada do prédio de Peter ao resgate de certas variedades quase extintas de abóbora, aos defeitos de um novo romance elogiado pela crítica e aos trunfos de uma coletânea meio desconhecida de breves ensaios escritos por um monge japonês do século XIV republicada recentemente, às conexões entre os antimodernistas e antissemitas, passando pelos motivos pelos quais não ia mais passar as férias em Hidra, e sim em Rodes. David não sabia nada sobre nenhum desses temas, mas, mesmo sentindo um incômodo cada vez maior, se viu intrigado por Peter. Não tanto pelo que dizia — ele mal conseguia entender a maior parte do conteúdo —, mas por como dizia: ele tinha uma voz grave e bonita, e falava como se gostasse de sentir as palavras saindo da boca, como se as dissesse só porque apreciava a sensação.

"Mas então, David…", disse Peter, virando-se para ele como David sabia que era necessário que fizesse. "O Charles já me contou como vocês se conheceram. Mas me fala mais de você."

Não há muito a dizer, na verdade, ele começou a falar, olhando rapidamente para Charles, que sorriu para estimulá-lo. Ele enumerou os fatos que Charles já conhecia enquanto Peter o encarava com seus olhos claros e lupinos. Ele tinha imaginado que Peter faria um interrogatório, que começaria a fazer as perguntas que todos sempre faziam — quer dizer que seu pai nunca trabalhou, mesmo? *Nunca?* Você não conheceu sua mãe? Nem um pouquinho? —, mas ele só acenou que sim com a cabeça e não disse nada.

Sou um tédio, ele tinha concluído, como se pedisse desculpas, e Peter assentira, devagar e solenemente, como se David houvesse dito algo muito profundo. "Sim", ele disse. "Você é. Mas você é jovem. É pra você ser um tédio, mesmo." Ele não soube como interpretar isso, mas Charles tinha se limitado a sorrir. "Isso quer dizer que *você* era um tédio quando tinha vinte e cinco anos, Peter?", ele perguntou, em tom de provocação, e Peter tinha assentido de novo. "É claro que eu era, e você também, Charles."

"E quando a gente começou a fica interessante?"

"Se é que dá pra dizer que isso aconteceu, né? Mas eu diria que foi nos últimos dez anos."

"Há tão pouco tempo assim?"

"Só estou falando por mim", Peter disse, e Charles deu risada. "Sua piranha", ele disse, em tom carinhoso.

"Acho que deu tudo certo", Charles dissera naquela noite, na cama, e David tinha concordado, embora não concordasse de fato. Desde aquela noite, ele acabou vendo Peter em outras poucas ocasiões, e todas as vezes havia uma pausa na conversa na qual Peter virava sua cabeça grande na direção de David e perguntava: "O que aconteceu com você desde que nos vimos pela última vez, meu jovem?", como se a vida não fosse algo que David vivenciasse, e sim algo que lhe acontecesse. E então o estado de Peter havia piorado, e David o vira ainda menos, e depois dessa noite ele nunca mais o veria. Charles dissera que Peter ia morrer decepcionado: era um poeta renomado, mas nas últimas três décadas vinha escrevendo um romance para o qual nunca tinha conseguido uma editora. "Ele achava que esse seria o legado dele", Charles disse.

Ele não conseguia entender de todo o interesse que Charles e seus amigos tinham na ideia de legado. Às vezes, nessas festas, eles começavam a falar de como seriam lembrados quando morressem, das coisas que deixariam para trás. Às vezes o tom era de contentamento, ou de provocação, ou, com mais frequência, de queixa; não era só que alguns deles sentissem que não estavam deixando o suficiente, e sim que o que estavam deixando era algo muito complexo e demasiado imperfeito. Quem se lembraria deles, e do que lembrariam? Seus filhos pensariam se tinham comparecido a festas com eles, ou lido para eles, ou lhes ensinado a jogar bola? Ou, pelo contrário, se lembrariam de que tinham abandonado suas mães, que tinham saído de casa em Connecticut e se mudado para apartamentos na cidade que nunca eram confortáveis o suficiente para as crianças, por mais que tentassem? Será que seus amantes pensariam neles como quando estavam tão saudáveis que andavam pela rua e os homens literalmente viravam a cabeça para vê-los, ou pensariam neles como estavam no presente, como velhos que não chegavam a ser velhos, de cujos rostos e corpos as pessoas fugiam? Tinha sido muito difícil conquistar o conhecimento e o reconhecimento de quem haviam sido em vida, mas eles não conseguiriam controlar quem se tornavam na morte.

Mas, ao mesmo tempo, quem se importava com isso? Os mortos não sabiam nada, não sentiam nada, não eram nada. Quando contou a Eden sobre as preocupações de Charles e seus amigos, ela tinha dito que se preocupar em deixar um legado era coisa de homem branco. Como assim?, ele perguntara. "Só pessoas que têm uma chance plausível de entrar pra história ficam pensando em como podem entrar pra história", ela disse. "O resto, ou seja, nós, está ocupado demais tentando chegar vivo ao fim do dia." Na época, ele tinha dado risada e a chamado de dramática, misândrica reacionária, mas naquela noite, deitado na cama, ele pensou no que ela dissera e se perguntou se teria razão. "Se eu tivesse tido um filho", Charles dizia de vez em quando, "eu ia sentir que estaria deixando algo pra trás… que estaria deixando minha marca no mundo." Ele sabia o que Charles queria dizer, mas também ficava intrigado, porque ele parecia incapaz de enxergar as suposições inerentes àquela afirmação: e por acaso ter um filho garantia alguma coisa? E se seu filho não gostasse de você? E se seu filho não se importasse com você? E se seu filho se tornasse um adulto horrível, uma relação da qual você se envergonhasse? E aí? Uma pessoa era o pior legado possível, porque, por definição, uma pessoa era imprevisível.

Sua avó sabia disso. Quando era muito jovem, ele tinha perguntado a ela por que o chamavam de Kawika, se seu nome verdadeiro era David. Todos os primogênitos do sexo masculino da família se chamavam David, e ainda assim todos eram conhecidos como Kawika, a versão havaiana de David. Se sempre nos chamam de Kawika, por que nosso nome é David?, ele se perguntara em voz alta para a avó, e seu pai — eles estavam sentados à mesa durante o jantar — tinha feito aquele barulho, quase um gorjeio, que fazia quando ficava preocupado ou angustiado.

Mas não havia nada a temer, pois sua avó não só não tinha ficado brava como tinha até sorrido um pouco. "Porque", ela disse, "o rei se chamava David." O rei era antepassado deles: disso ele sabia.

Naquela noite, seu pai foi visitá-lo no quarto antes de dormir. "Não pergunta essas coisas pra sua avó", ele disse. Por quê?, ele perguntou: ela não tinha ficado brava. "Não com você", o pai disse. "Mas depois, comigo... ela perguntou por que eu não estava ensinando essas coisas pra você com mais cuidado." Seu pai pareceu tão chateado que David prometeu obedecer e pediu desculpas, e ele soltou um suspiro aliviado e se debruçou para beijá-lo na testa. "Obrigado", ele disse. "Boa noite, Kawika."

Ele não sabia descrever o que sentia, porque era muito criança, mas já naquela época sabia que a avó tinha vergonha de seu pai. Em maio, quando iam à festa anual da sociedade da qual a avó participava, era David que entrava no palácio com ela, era David que a avó apresentava aos amigos, abrindo um sorriso radiante quando o beijavam no rosto e diziam que ele era bonito. Em algum lugar atrás deles, ele sabia, estava seu pai, sorrindo e olhando para o chão, sem esperar e sem receber nenhum reconhecimento. Depois que levavam os convidados à área externa para o jantar nos jardins do palácio, David voltava escondido para a parte de dentro e encontrava seu pai, ainda no salão do trono, sentado, meio coberto pelas cortinas de seda, diante de uma das janelas, olhando o gramado iluminado por tochas.

Pá, ele dizia, vem pra festa.

"Não, Kawika", o pai dizia. "Vai você, se diverte. Eu não sou bem-vindo aqui."

Mas ele insistia, e por fim o pai dizia: "Eu só vou se você vier comigo". É claro, ele dizia, e estendia a mão, e o pai a pegava, e eles andavam juntos na direção da festa, que tinha continuado em sua ausência.

Seu pai tinha sido a primeira decepção da avó com o próprio legado; David sabia que era a segunda. Quando saiu do Hawai'i, sabendo que seria para sempre, ele foi contar a ela — não porque queria sua aprovação (na época dissera a si mesmo que não se importava, fosse qual fosse sua reação), não porque esperava que ela tentasse convencê-lo a não ir, mas porque queria pedir que ela cuidasse de seu pai, que o protegesse. Ele sabia que, ao partir, também estaria abrindo mão de seus direitos — a terra, o dinheiro, a herança. Mas aquele parecia um pequeno sacrifício, pequeno e abstrato, porque nada daquilo era dele, para começo de conversa. Aquilo tudo pertencia não a ele, especificamente, mas à pessoa que calhava de ter seu nome, e ele também renunciaria a isso.

A essa altura ele estava morando na Grande Ilha havia dois anos. Então voltou à casa na Oʻahu Avenue, onde encontrou a avó no solário, sentada em sua cadeira de palhinha, segurando as extremidades dos braços com seus dedos longos e fortes. Ele falou, e ela estava em silêncio, e no final ela enfim olhou para ele, uma só vez, antes de virar a cabeça novamente. "Você é uma decepção", ela disse. "Você e seu pai, os dois. Depois de tudo que eu fiz por você, Kawika. Depois de tudo que eu fiz."

Meu nome não é mais Kawika, ele disse. É David. E então ele se virou e foi embora antes que sua avó pudesse dizer mais alguma coisa: *Você não merece ser chamado de Kawika. Você não merece esse nome.*

Meses depois, ele pensaria nessa conversa e choraria, porque houvera um tempo — anos — em que tinha sido o orgulho de sua avó, em que ela o colocava sentado ao seu lado na namoradeira, grudado nela. "Eu não tenho medo da morte", ela dizia, "e sabe por quê, Kawika?"

Não, ele dizia.

"Porque eu sei que vou continuar vivendo em você. Meu propósito… minha vida… vai continuar com você, meu orgulho e minha alegria. Minha história, e nossa história, continua com você."

Mas não tinha continuado, ou pelo menos não da forma como ela desejava. Ele a decepcionara de muitas maneiras. Ele a abandonara, rejeitara sua origem, sua fé, seu nome. Estava vivendo em Nova York com um homem, com um homem branco. Ele nunca falava de sua família, de seus antepassados. Nunca entoava as canções que lhe haviam ensinado a entoar, nunca dançava as histórias que lhe haviam ensinado a dançar, nunca recitava a história que lhe haviam ensinado a venerar. Ela tinha presumido que ele a preservaria — e não só a ela como a seu avô e ao avô de seu avô. Ele sempre dissera a si mesmo que tinha decidido traí-la porque ela não havia amado seu pai o suficiente, mas ultimamente vinha se perguntando se a traição era proposital ou se era possível atribuí-la a algo que faltava nele, uma espécie de frieza fundamental. Ele sabia que Charles ficaria muito feliz se, depois de uma das conversas dos dois, David prometesse a Charles que *ele* seria o legado de Charles, que Charles sempre viveria através dele. Ele sabia que Charles ficaria muito comovido se fizesse isso. Mas nunca foi capaz. Não porque não fosse verdade — ele *de fato* amaria Charles, falaria sobre Charles a todos os seus futuros amantes, a seu futuro marido, seu futuro filho, seus futuros colegas e amigos, por décadas depois de sua morte: as lições que aprendera com ele, os lugares que tinham visitado juntos, o cheiro que tinha, como era uma pessoa corajosa e generosa, como lhe ensinara a comer tutano, escargot e alcachofra, como era um homem sensual, como tinham se conhecido, como tinham se separado —, e sim porque já estava farto de ser o legado de outra pessoa; ele conhecia o medo de se sentir insuficiente, o fardo da decepção. Ele nunca mais faria isso; ele seria livre. O que só descobriria muitos anos depois era que ninguém nunca seria livre, que conhecer e amar uma pessoa era aceitar a missão de se lembrar dessa pessoa, mesmo que ela ainda estivesse viva. Ninguém poderia fugir desse compromisso, e, à medida que envelhecíamos, passávamos a desejar essa responsabilidade, ainda que às vezes nos perturbasse, essa certeza de que era impossível separar nossa vida da vida de outra pessoa, de que outra pessoa afirmava sua própria existência em parte através do relacionamento que tínhamos com ela.

Nesse momento, em pé ao lado de Charles, ele respirou fundo. Ele precisaria falar com Peter mais cedo ou mais tarde; precisaria se despedir dele. Ele havia passado semanas pensando no que dizer, mas sabia que Peter acharia clichê tudo que lhe parecia sensível, e tudo que era gentil e não muito polêmico lhe parecia perda de tempo. Ele tinha algo que Peter não tinha — vida, a promessa e a expectativa de anos —, mas mesmo assim continuava se sentindo intimidado por ele. Vai logo, disse a si mesmo. Fala com ele agora, enquanto a sala ainda está vazia e ninguém vai escutar a conversa.

Mas quando ele enfim se sentou à esquerda de Charles, Charles e Peter não interromperam sua conversa baixa e sussurrada, por isso se apoiou em Charles, que voltou a pegar sua mão e a apertou, antes de voltar-se para ele e sorrir. "Parece que fiquei a noite toda sem te ver", ele disse.

A noite é uma criança e eu também sou, ele disse, uma antiga piada interna dos dois, e Charles colocou a mão na nuca de David e trouxe seu rosto para perto. "Será que você pode me ajudar?", perguntou.

Charles o avisara de antemão que precisaria de ajuda com Peter, por isso ele se levantou e ajudou Peter a se sentar em sua cadeira, depois o levou para fora da sala, seguindo pelo corredor e virando à esquerda, passando pelo armário inclinado sob a escada e entrando no banheirinho apertado que ficava ao lado. Esse banheiro, como Charles lhe dissera, era cheio de histórias: nas festas de antigamente, muitos anos antes, quando Charles era mais jovem e mais ousado, era para lá que as pessoas iam escondidas, em duplas ou trios, no meio de jantares ou reuniões de fim de noite, enquanto todos os outros convidados estavam sentados na sala de jantar ou de estar, fazendo piadas sobre os desaparecidos, cumprimentando-os com gritinhos e risos quando voltavam. Você já entrou lá com alguém?, ele perguntara, e Charles reagira com um sorriso. "Claro que sim", ele disse. "Como não? Sou um homem americano de sangue quente." Adams chamava esse banheiro de toucador, tentando ser cortês, mas os amigos de Charles achavam isso engraçadíssimo.

Nesse momento, porém, o toucador era apenas o que sempre tinha sido — um banheiro — e, nos dias atuais, havia duas pessoas dentro dele só porque uma estava ajudando a outra a usar a privada. David ajudou Charles a ajudar Peter a ficar em pé (porque, por mais magro que estivesse, ele era, curiosamente, mais pesado do que parecia, as pernas quase inúteis sob o tronco), e uma vez que Charles envolveu o peito de Peter com os braços, ele fez um sinal com a cabeça, fechou a porta e postou-se do lado de fora, tentando não ouvir os ruídos que Peter fazia. Ele sempre ficava muito chocado e impressionado com a quantidade de excremento que o corpo era capaz de produzir até o último momento, mesmo quando não tinha quase nada para digerir. Lá ia o corpo, a todo vapor, e os prazeres — comer, trepar, beber, dançar, andar — iam se perdendo um a um até que nos restassem apenas meneios e movimentos humilhantes, a essência do que o corpo era: cagar e mijar e chorar e sangrar, o corpo escoando seus líquidos, feito um rio que decidiu se estancar.

Ele ouviu a torneira se abrindo, alguém lavando as mãos e depois Charles chamando seu nome. Ele abriu a porta, manobrou a cadeira na posição correta e ajudou Peter a se sentar, abaixando seu corpo e ajeitando o travesseiro atrás de suas costas. David vinha evitando o olhar de Peter, presumindo que este se ressentia de sua presença, mas, quando voltou à posição normal, Peter levantou a cabeça e os dois se entreolharam. Foi um contato rápido, tão rápido que Charles, arrumando a blusa de Peter, não percebeu nada, mas, depois que levaram Peter de volta à sala de estar — mais uma vez povoada de convidados, o ar perfumado de açúcar e de chocolate e do café que Adams servia nas xícaras —, David mais uma vez se apoiou em Charles, sentindo-se infantil, mas também precisando de alguém que o protegesse da raiva, da fúria, do terrível *desejo* que tinha visto no rosto de Peter. David sabia que não se tratava de emoções direcionadas a ele exatamente, mas sim ao que representava: ele estava vivo, e quando a noite chegasse ao fim subiria dois lances de escada, e talvez ele e Charles fizessem sexo, talvez não, e no dia seguinte ele acordaria e escolheria o que queria de café da manhã, e o que queria fazer naquele dia — iria à livraria, ou ao cinema, ou a um almoço, ou a um museu, ou só andaria por aí. E naquele dia faria centenas de escolhas, tantas que perderia as contas, tantas que se esqueceria de pensar no que estava fazendo, e com cada escolha ele afirmaria sua existência, seu lugar no mundo. E, a cada escolha que fizesse, Peter se afastaria cada vez mais da vida, de sua memória, se tornaria um fato histórico a cada minuto que passasse, a cada hora, e um dia seria completamente esquecido: um legado de nada; uma memória de ninguém.

Durante a maior parte da noite, os convidados tinham rodeado Peter, mas não interagido diretamente com ele. Às vezes alguém que estava por perto se dirigia a ele no meio de uma conversa com outra pessoa — "Lembra daquela noite, Peter?"; "Aquele cara, Peter, como era o nome dele? Aquele que a gente conheceu em Palm Springs, sabe?"; "Peter, estamos falando daquela viagem que a gente fez em 78" —, mas, na maior parte do tempo, as pessoas só conversavam umas com as outras, deixando Peter onde estava, sentado na ponta do sofá, com Charles a seu lado. Todos tinham medo de Peter, David já percebera havia muito tempo, e nesse momento estavam com mais medo ainda, porque era a última vez que o veriam, e a pressão da despedida era tão grande que, em vez de lhe dar adeus, eles o estavam ignorando. Peter, porém, parecia satisfeito com a situação. Havia algo de majestoso em sua calma, na forma como passava os olhos pelos amigos, todos reunidos ali por

242

sua causa, de vez em quando concordando com a cabeça quando Charles lhe dizia alguma coisa, como um imenso cão velho que se senta ao lado do tutor e esquadrinha o ambiente, sabendo que naquela noite nada ameaçaria a segurança de seu dono.

Mas nesse momento, de repente, como se respondessem a um chamado que só elas ouviam, as pessoas começaram a se aproximar de Peter, uma por uma, e a se debruçar para cochichar em seu ouvido. John foi um dos primeiros, e David cutucou Charles, que se obrigou a se levantar, sair e oferecer um pouco de privacidade a Peter, mas Peter pôs a mão na perna de Charles e Charles se sentou de novo. E assim ele e David ficaram ali, observando John voltar a seu lugar na cadeira do outro lado da sala, e ser substituído por Percival, depois por Timothy, depois Norris, e Julien, e Christopher, e, um de cada vez, todos pegaram as mãos de Peter e se debruçaram ou se ajoelharam ou se sentaram ao seu lado e falaram baixinho com ele, conversando pela última vez com o amigo. David não conseguiu ouvir muito, ou quase nada, do que diziam, mas ele e Charles ficaram imóveis, como se Peter fosse o imperador e aqueles fossem seus ministros, trazendo notícias do outro lado do reino, e eles fossem seus criados, aqueles que eram proibidos de ouvir o conteúdo da conversa, mas que também eram incapazes de voltar para a cozinha, onde era seu lugar.

É claro que o que os amigos de Peter tinham a dizer não eram informações confidenciais, e sim banalidades comunicadas com a intimidade de um segredo. Eles falavam como se Peter fosse muito velho, como se já não se lembrasse de mais nada. "Olha, eu me lembro *muito bem*", Peter teia dito em qualquer outra situação, como sempre fazia quando alguém começava qualquer história com "Lembra?", "Não estou *tão* mal assim." Mas nesse momento ele parecia ter adquirido uma nova elegância, uma elegância que se manifestava na paciência, e permitiu que cada pessoa o puxasse para um abraço, falando com ele sem esperar uma resposta, ou era o que parecia. David não imaginara que Peter teria qualquer interesse em se sair bem na própria morte, e muito menos que fosse capaz disso, mas ali estava ele, generoso e imponente, ouvindo seus amigos, sorrindo em diversos momentos, balançando a cabeça e deixando que lhe segurassem a mão:

"Lembra daquele verão, dez anos atrás, em que alugamos aquela casa caquética no campo, Peter, e que em uma manhã você desceu a escada e tinha uma corça parada no meio da sala, comendo as nectarinas que o Christopher tinha deixado no balcão?"

"Sempre me senti mal por causa daquela vez que brigamos... Você sabe do que estou falando. Sempre me arrependi; sempre quis voltar atrás. Eu sinto muito, Peter. Por favor, me diz que você me perdoa."

"Peter, não sei como vou fazer... tudo isso... sem você. Sei que a nossa relação nem sempre foi fácil, mas vou sentir saudade de você. Você me ensinou tanto... eu só quero agradecer."

Ele tinha chegado à conclusão de que era quando você estava morrendo que as pessoas mais queriam lhe pedir coisas — queriam que você se lembrasse, queriam que as acalmasse, queriam que você as perdoasse. Queriam gratidão e redenção; queriam que você as consolasse — porque você ia partir enquanto elas continuariam aqui; porque elas se ressentiam de você por abandoná-las e ao mesmo tempo morriam de medo de que isso acontecesse; porque sua morte fazia com que elas se lembrassem de sua própria e inevitável morte; porque ficavam tão sem graça que não sabiam o que dizer. Morrer era repetir as mesmas coisas inúmeras vezes, não muito diferente do que Peter estava fazendo agora: *Sim, eu lembro. Não, eu vou ficar bem. Não, você vai ficar bem. Sim, claro que eu te perdoo. Não, você não devia sentir culpa. Não, não estou sentindo dor. Não, eu sei o que você quer dizer. Sim, eu também te amo, eu também te amo, eu também te amo.*

Ele ouviu tudo isso, ainda encostado em Charles, o braço esquerdo de Charles sobre seus ombros, seu braço direito sobre os ombros de Peter. Ele tinha enfiado o rosto nas costelas de Charles, como uma criança, para ouvir a respiração lenta e contínua de Charles, para sentir o calor de seu corpo em contato com a própria bochecha. A mão esquerda de Charles estava debaixo de seu braço esquerdo, e nesse momento David levantou a mão e entrelaçou os dedos nos dedos de Charles. A presença dos dois era desnecessária nessa parte da noite, mas, se você os observasse de cima, a impressão seria de que os três eram um só organismo, uma criatura de doze membros e três cabeças, uma delas assentindo e prestando atenção, as outras duas sem falar e sem se mexer, as três sobrevivendo graças a um só coração imenso, um coração que batia de maneira contínua, sem reclamar, no peito de Charles, e bombeava um sangue limpo e claro para os metros de artérias que conectavam as três figuras, enchendo-as de vida.

* * *

Ainda era cedo, mas os convidados já estavam se preparando para partir. "Ele está cansado", diziam uns aos outros a respeito de Peter, e, para ele, diziam "Você está cansado?", ao que Peter respondia, toda vez, "Estou, um pouco", até que certa exaustão invadiu sua voz, uma exaustão que talvez demonstrasse que sua paciência tinha enfim acabado ou que de fato se sentia cansado. Ele tinha dito a Charles que passava a maior parte dos dias dormindo, e que costumava cochilar até a meia-noite, quando acordava para "cuidar das coisas".

Que coisas?, ele perguntou depois de um almoço, cerca de seis meses antes, pouco depois de Peter ter decidido que iria para a Suíça.

"Arrumar meus documentos. Queimar cartas que não quero que caiam nas mãos erradas. Terminar a lista de presentes anexada ao meu testamento... decidir quem fica com o quê. Fazer uma lista de pessoas de quem quero me despedir. Fazer uma lista de pessoas que não quero que convidem para o meu funeral. Eu nunca tinha imaginado, mas grande parte do ato de morrer envolve fazer listas: você faz listas de pessoas de quem você gosta e de pessoas que você odeia. Você faz listas de pessoas a quem quer agradecer, e de pessoas a quem quer pedir perdão. Você faz listas de pessoas que quer ver e que não quer ver. Você faz listas de músicas que quer que toquem no seu velório, e poemas que talvez queira que leiam, e das pessoas que talvez queira convidar.

"Isso se você teve a sorte de continuar lúcido, é claro. Se bem que ultimamente eu venho me perguntando se é mesmo sorte ficar tão presente, tão consciente de que, daqui em diante, você nunca mais vai evoluir. Você nunca vai se tornar *mais* instruído ou culto ou interessante do que já é... tudo o que você fizer, e vivenciar, a partir do momento em que começa a morrer de forma ativa, é inútil, uma vã tentativa de mudar o fim da história. Mas você continua tentando mesmo assim. Você lê o que ainda não leu e vê o que não viu. Mas não é *para* nada, sabe? Você só faz porque está acostumado... porque é isso que um ser humano faz."

Mas tem que ser *para* alguma coisa?, perguntou, em tom cauteloso. Ele sempre ficava nervoso quando se dirigia diretamente a Peter, mas não tinha conseguido se conter — ele estivera pensando em seu pai.

"Não, claro que não. Mas nos ensinaram a pensar que sim, que a experiência, que o aprendizado, é um caminho para a salvação; que esse é o objetivo da vida. Mas não é. A pessoa ignorante morre do mesmo jeito que a pessoa instruída. No fim, não faz diferença nenhuma."

"Mas e o prazer?", Charles perguntou. "Esse é um dos motivos."

"Sem dúvida, tem o prazer. Mas, na verdade, o prazer não muda nada. Não que alguém deva fazer ou deixar de fazer as coisas porque elas não fazem nenhuma diferença."

Você sente medo?, ele perguntou.

Peter ficou quieto, e David receou ter feito uma pergunta grosseira. Mas em seguida Peter começou a falar: "Não tenho medo de sentir dor", disse, devagar, e quando levantou a cabeça seus olhos grandes e claros pareceram ainda maiores e mais claros do que o normal. "Tenho medo porque sei que nos últimos instantes vou pensar em todo o tempo que desperdicei... em toda a vida que desperdicei. Tenho medo porque sei que vou morrer sem sentir orgulho do jeito que vivi."

Depois disso houve um silêncio, e em seguida o rumo da conversa acabou mudando. Ele se perguntou se Peter ainda se sentia daquela forma; se perguntou se naquele exato momento estava pensando que tinha desperdiçado sua vida. Ele se perguntou se era por isso que Peter tinha tentado a quimioterapia, no fim das contas, se tinha decidido que tentaria mais uma vez, se tinha esperança de mudar de ideia, de sentir outra coisa. David torceu para que ele *de fato* sentisse outra coisa; torceu para que Peter não pensasse mais daquela forma. Era uma pergunta absurda — *Você ainda sente que desperdiçou sua vida?* —, por isso não a fez, embora depois quisesse ter sido capaz de fazê-la. Ele pensou, como sempre fazia, em seu pai, em como tinha aberto mão da própria vida — ou será que tinha aberto mão de si mesmo? Aquele tinha sido seu único ato de desobediência, e David tinha raiva dele por isso.

Na sala de estar, as Três Irmãs estavam vestindo seus casacos, enrolando cachecóis no pescoço, despedindo-se de Peter e depois de Charles com um beijo. "Você vai ficar bem?", ele ouviu Charles perguntando a Percival. "Te vejo na semana que vem, tá?" E a resposta de Percival: "Sim, estou bem. Obrigado, Charlie... por tudo". David sempre se comovia com esse lado de Charles: seu jeito maternal, seu cuidado. Ele teve uma visão repentina das mães nos livros infantis que ele e seu pai costumavam ler juntos, que usavam lenço na cabeça e avental, eram gordas de um jeito simpático e moravam numa casa de pedra em algum vilarejo sem nome em alguma cidade europeia sem nome; e colocavam nos bolsos dos filhos pedrinhas que ela esquentava no forno para que aquecessem as mãozinhas a caminho da escola.

Ele sabia que Charles pedira a Adams que instruísse os funcionários do buffet a embalarem as sobras de comida para que os convidados as levassem para casa se quisessem, embora soubesse que a intenção de Charles era que a maior parte ficasse com John e Timothy. Na cozinha, ele encontrou parte da equipe guardando os últimos biscoitos e bolos em caixas de papelão, e as caixas em sacos de papel, e outra parte levando caixas grandes de louça suja até a van, que estava estacionada atrás da casa, no pátio que um dia tinha separado o edifício principal da cocheira, que atualmente era uma garagem. Ele ficou decepcionado e aliviado em perceber que não havia sinal de James, e por um instante observou, hipnotizado, a ternura com que uma jovem mulher pousava o último quarto da cheesecake num pote de plástico, ajeitando-o como se fosse um bebê no berço.

A única coisa que não havia sido guardada era o tijolo disforme de chocolate amargo, agora cheio de marcas, como uma grande bateria de carro. Isso, assim como o bolo de dois chocolates, era uma marca registrada das festas de Charles, e da primeira vez que David o vira, vira como um dos garçons tinha pegado uma sovela e a enfiado na lateral do bloco, dando batidinhas com um martelo minúsculo, enquanto outro garçom erguia um prato para pegar as lascas que caíam, ele tinha ficado embasbacado. Parecia tanto improvável quanto ridículo que as pessoas pedissem um cubo de chocolate tão grande que de fato tinham que esculpi-lo com um martelo e um cinzel até que parecesse que suas laterais tinham sido roídas por ratos, e ainda mais difícil que ele estivesse namorando alguém que achava aquilo normal. Depois ele descreveu a cena para Eden, que debochou e disse coisas que não ajudavam em nada, como "É por isso que a revolução vem aí" e "Você, mais do que ninguém, deveria saber que comer açúcar é um ato de colonialismo hostil", mas ele percebeu que ela também estava impressionada, porque aquilo parecia uma fantasia de criança transformada em realidade — depois disso, como não esperar encontrar a casa feita de biscoito de gengibre, as nuvens feitas de algodão-doce, as árvores do parque feitas de chocolate de menta? Aquela se tornou uma piada que os dois sempre repetiam: a omelete que ela fazia era boa, ele dizia, mas não boa no nível montanha de chocolate. A mulher com quem ela tinha transado na noite anterior era muito legal, ela dizia, mas não era nenhuma montanha de chocolate. "Na próxima festa, você precisa tirar uma foto pra me provar até onde vai essa depravação capitalista do Charles", ela lhe disse. Ela vivia perguntando quando seria o próximo evento, no qual finalmente teria a chance de ver as provas.

E por isso ele tinha se animado para convidar Eden para a festa seguinte de Charles, seu evento anual pré-Natal. Isso tinha acontecido no ano anterior, pouco depois de sua mudança para a casa, e ele tinha ficado nervoso na hora de perguntar, mas Charles mostrou entusiasmo. "Claro que você deve convidá-la", disse. "Estou ansioso pra conhecer essa sua amiga tão desbocada." Vem, ele disse a Eden. E vem com fome.

Ela revirou os olhos. "Só vou pela montanha de chocolate", disse, e, embora tivesse tentado parecer blasé, David sabia que ela também estava empolgada.

Mas, na noite da festa, ele esperou muito tempo e ela não chegou. Era um jantar servido à mesa, e o lugar de Eden ficou vazio do começo ao fim, seu guardanapo ainda dobrado sobre o prato. Ele ficou constrangido e preocupado, mas Charles foi gentil. "Ela deve ter tido algum imprevisto", sussurrou para David quando este voltou a seu lugar, depois de telefonar para a amiga pela terceira vez. "Não se preocupe, David. Tenho certeza de que ela está bem. Tenho certeza de que ela tem uma boa explicação."

Eles estavam tomando café na sala de estar quando Adams o abordou com uma expressão reprovadora. "Sr. David", ele disse em voz baixa, "tem uma pessoa... uma *senhorita* Eden, esperando o senhor."

Ele ficou aliviado, e em seguida furioso: com Adams, pelo tom condescendente, e com Eden, por chegar atrasada, por fazer com que ficasse esperando preocupado. Traga ela aqui, por favor, Adams, ele disse.

"Ela não quer entrar. Ela pediu para o senhor sair. Está esperando no pátio."

Ele se levantou, pegou o casaco no armário, passou pela equipe de garçons e saiu pela porta dos fundos, onde Eden estava, parada sobre os paralelepípedos. Mas, logo antes de sair do edifício, ele tinha parado e a visto, com a cabeça erguida, olhando as janelas iluminadas que começavam a ficar embaçadas com o vapor, os belos garçons de camisa social e gravata preta, a respiração dela soltando fumacinha. E de repente ele tinha compreendido, como se ela tivesse dito em voz alta, que ela tinha ficado intimidada. Ele conseguia imaginá-la pisando firme na direção oeste por Washington Square North, parando em frente à casa e confirmando o número várias vezes, e depois, devagar, subindo a escada. Ele conseguia imaginá-la olhando para dentro, vendo uma sala cheia de homens de meia-idade que pareciam ricos mesmo de blusa de malha e calça jeans; ele conseguia imaginá-la repensando a decisão. Ele conseguia imaginar que ela teria hesitado antes de levantar o dedo para apertar a campainha, que teria lembrado a si mesma que tinha tanto valor quanto aquelas pessoas, que de qualquer forma não se importava com a opinião delas, que eram só um bando de homens velhos brancos e ricos, e que não tinha nenhum motivo para se desculpar e nada de que se envergonhar.

E então ele conseguia imaginá-la observando Adams entrar na sala de estar para avisar que o jantar estava servido, e, embora já soubesse que Charles tinha um mordomo, ela não esperava *vê-lo*, e, à medida que a sala se esvaziava, ela teria apertado os olhos e se dado conta de que a pintura na parede oposta, aquela pendurada sobre o sofá, era um Jasper Johns, um Jasper Johns original — não a reprodução que ela tinha pregado em seu quarto —, que Charles tinha comprado para si mesmo como presente de trinta anos, e sobre o qual David nunca lhe dissera nada. Nesse momento ela teria dado as costas e descido a escada, cambaleando, e dado uma volta ao redor do parque, dizendo a si mesma que podia entrar na casa, que pertencia àquele ambiente, que seu melhor amigo morava naquela casa, que ela também tinha todo o direito de estar lá.

Mas ela não conseguiu. E então ela teria ficado do lado de fora, do outro lado da rua, em frente à casa, se apoiando na grade de ferro fria que cercava o parque, observando enquanto os garçons levavam a sopa, depois a carne, depois a salada, e o vinho sendo servido, e, embora ela não conseguisse ouvir, as pessoas contando piadas e todos rindo. E foi só quando todos os convidados se levantaram que ela — a essa altura com tanto frio que mal conseguia se mexer, os pés anestesiados dentro dos coturnos remendados com fita isolante — viu um dos garçons sair escondido na Quinta Avenida para fumar um cigarro e depois voltar pelos fundos da casa e percebeu que havia uma entrada de serviço, e ela iria até lá, apertaria a campainha e diria o nome de David, se recusando a entrar naquela casa dourada.

Ele soube, olhando para ela, que um lado dela nunca o perdoaria, nunca esqueceria que ele — mesmo que sem querer — a tinha feito se sentir tão inadequada, tão fracassada. Ele ficou do outro lado da porta, usando a blusa e a calça que Charles havia lhe comprado, as roupas mais macias que tinha usado na vida, e a viu vestida do que ela chamava de sua roupa chique — um casaco masculino de lã muito puído, tão comprido que arrastava no chão; um terno marrom de brechó que brilhava, de tão usado; uma velha gravata listrada preta e laranja; um chapéu fedora levantado que mostrava seu rosto redondo e comum; o bigode fino que ela desenhava com lápis de olho sobre o lábio superior nas ocasiões especiais — e entendeu que convidá-la para aquele lugar, querer que ela testemunhasse a vida que ele levava ali, tinha lhe roubado a alegria de usar aquelas roupas, de ser quem ela era. Ele tinha muito carinho por ela, era sua melhor amiga, a única pessoa para quem ele tinha contado a verdadeira versão do que acontecera com seu pai. "Eu rasgo a cara de quem se meter com você", ela lhe dizia enquanto andavam por uma parte perigosa de Alphabet City ou do Lower East Side, e ele tentava não sorrir, porque ela era quase meio metro mais baixa que ele, e era tão gordinha e sensível que só de pensar nela se jogando para cima de um assaltante, faca em mãos, ele já sorria, mas também sabia que ela falava sério: ela o protegeria, sempre, contra qualquer um. Mas, ao convidá-la para aquele jantar, ele não a protegera. No mundo deles, em meio a seus amigos, ela era Eden, uma pessoa genial, perspicaz e única. No mundo de Charles, porém, ela seria o que todas as outras pessoas viam: uma mulher sino-americana obesa, meio masculina e baixinha, pouco feminina e pouco atraente, desinteressante e escandalosa, que vestia roupas usadas baratas e um bigode desenhado com lápis de olho, uma pessoa que as outras ignoravam ou de quem zombavam, como os amigos de Charles certamente fariam, mesmo que tentassem se segurar. E agora o mundo de Charles também se tornara o mundo dele, e pela primeira vez na amizade dos dois houve uma cisão, e era impossível que ela se aproximasse, e era impossível que ele voltasse para ela.

Ele abriu a porta e se aproximou. Ela levantou a cabeça e o viu, e eles se entreolharam em silêncio. Eden, ele disse. Entra. Você tá passando frio.

Mas ela acenou que não. "De jeito nenhum", disse.

Por favor. Tem chá, vinho, café, cidra, tem…

"Eu não posso ficar", ela disse. *Então por que você veio?*, ele quis perguntar, mas não perguntou. "Tenho um compromisso", ela prosseguiu. "Só vim te dar isso", e lhe entregou um pacotinho disforme embrulhado numa folha de jornal. "Abre depois", ela o instruiu, e ele guardou o pacote no bolso do casaco. "Vou indo", ela disse.

Espera, ele disse, e voltou correndo lá para dentro, onde a equipe estava terminando de embalar as sobras de comida e embrulhar a montanha de chocolate em papel alumínio. Ele a pegou — e Adams levantou as sobrancelhas, mas não disse nada — e voltou a descer a escada, aos tropeços, segurando-a com as duas mãos.

Toma, ele disse a Eden, estendendo os braços. É a montanha de chocolate.

Ela ficou surpresa, ele percebeu, e em seguida a ajeitou nos braços, se esforçando para suportar o peso. "Que porra é essa, David?", ela disse. "O que eu vou fazer com isso?"

Ele deu de ombros. Não sei, disse. Mas é sua.

"Como vou voltar pra casa?"

De táxi?

"Não tenho dinheiro pra pegar táxi. E eu *não*", ela disse quando David colocou a mão no bolso, "quero o seu *dinheiro*, David."

Não sei o que você quer que eu diga, Eden, ele disse, e depois, vendo que ela não disse nada, eu amo o Charles. Desculpa, mas é verdade. Eu amo o Charles.

Eles ficaram ali por um tempo, em silêncio, na noite fria. Ele conseguia ouvir a batida da música eletrônica começando a tocar lá dentro. "Então vai se foder, David", disse Eden, em voz baixa, e em seguida ela se virou e foi embora, ainda carregando a montanha de chocolate, a barra de seu casaco arrastando no chão de um jeito que, por um instante, a fez parecer elegante. Ele a observou virar a esquina. Em seguida ele voltou para dentro da casa e mais uma vez se sentou ao lado de Charles.

"Tudo certo?", Charles perguntou, e David acenou que sim.

Depois disso, eles fizeram o possível. No dia seguinte ele ligou para a casa de Eden e falou com a secretária eletrônica — cuja mensagem gravada ainda tinha sua voz —, mas ela não atendeu e não ligou de volta. Eles passaram um mês inteiro sem se falar, e todas as tardes David ficava encarando o telefone na Larsson, Wesley, torcendo para que tocasse e ele ouvisse a voz seca e rouca de Eden do outro lado da linha. E então, por fim, ela de fato ligou, numa tarde no fim de janeiro.

"Eu não vou pedir desculpa", Eden disse.

Não espero que você peça, ele disse.

"Você não vai acreditar no que aconteceu comigo no Réveillon", ela disse. "Lembra daquela menina com quem eu estava transando? A Theodora?"

Você também não acreditaria no que aconteceu comigo, ele poderia ter dito, porque àquela altura Charles já o levara a uma viagem surpresa para Gstaad, sua primeira viagem internacional, onde tinha aprendido a esquiar e tinha comido uma pizza coberta com uma chuva de trufas raladas e uma sopa aveludada feita com purê de aspargo branco e creme de leite, e onde ele e Charles tinham feito um ménage — a primeira vez de David — com um dos instrutores de esqui, e por alguns dias ele tinha esquecido completamente quem era. Mas ele nunca lhe disse isso; queria que ela pensasse que nada havia mudado, nada mesmo, e ela, por sua vez, deixou que ele fizesse de conta que ela também acreditava nisso.

O que ele também nunca fez foi agradecer. Naquela noite, depois que ela foi embora e os convidados fizeram o mesmo, ele e Charles subiram para o quarto. "Está tudo bem com a sua amiga?", Charles perguntou quando estavam se deitando na cama.

Está, ele mentiu. Ela errou a data. Pediu mil desculpas. Eden e Charles nunca se conheceriam, ele soube nesse dia, mas Charles se importava com os bons costumes e David queria que ele gostasse dela, ou pelo menos do que ela representava.

Charles pegou no sono, mas David ficou acordado pensando em Eden. E então ele se lembrou que ela tinha lhe entregado algo, e saiu da cama e desceu para procurar seu casaco no armário, tateando, e depois pegou o pacote pequeno e duro. Tinha sido embrulhado na página de anúncios de acompanhantes do *Village Voice*, o papel de presente que sempre fora o preferido dos dois, e amarrado com um barbante, e ele precisou cortar os nós com uma faca.

Dentro do pacote ele encontrou uma pequena escultura de cerâmica de duas figuras, dois homens, em pé, encostados um no outro, dando as mãos. Eden tinha começado a trabalhar com cerâmica poucos meses antes de David sair de casa, e, embora as formas fossem imperfeitas, ele percebeu que ela evoluíra — as linhas estavam mais fluidas, as formas, mais confiantes, as proporções, mais precisas. Mas a peça ainda parecia rudimentar, de certa forma, real, mas não realista, e isso também era proposital: Eden estava tentando repovoar o mundo com estátuas similares àquelas que haviam sido destruídas ao longo dos séculos pelos saqueadores do Ocidente. Ele observou a peça mais de perto e percebeu que era para os dois homens serem ele e Charles — Eden tinha reproduzido o bigode de Charles como uma série de pinceladas curtas na vertical, e fizera o cabelo repartido de lado. Na base ela havia inscrito as iniciais dos dois e a data e, embaixo, suas próprias iniciais.

Ela não gostava de Charles — por uma questão de princípios, e porque ele tinha roubado seu melhor amigo. Mas naquela escultura ela unira os três: ela havia se esculpido e se inserido na vida de David e Charles.

Ele subiu as escadas, voltando ao quarto que ele e Charles compartilhavam; foi ao closet que os dois compartilhavam, deu um jeito de guardar a escultura dentro de uma meia de ginástica e a enfiou no fundo da gaveta de cuecas que ele e Charles compartilhavam. Ele nunca a mostrou para Charles, e Eden nunca perguntou nada. Mas, anos depois, quando estava saindo da casa de Charles, ele a encontrou, e em seu novo apartamento a colocou sobre a lareira, e de vez em quando a segurava na palma da mão. Ele tinha passado tanto tempo de sua infância se sentindo sozinho que, quando começou a sair com Charles, achou que nunca mais ficaria sozinho, ou solitário, na vida.

Ele estava enganado, é claro. Ele continuou solitário com Charles; e ficou ainda mais solitário depois de Charles. Essa foi uma sensação que nunca foi embora. Mas a escultura o fazia se lembrar de outra coisa. Não era verdade que ele vivia sozinho antes de conhecer Charles — ele pertencia a Eden. Ele só não sabia disso.

Mas ela sabia.

Os convidados foram embora, os funcionários do buffet foram embora, e aquela atmosfera particularmente melancólica de fim de festa tomou conta da casa: ela tinha sido convocada a se apresentar, e o fizera de maneira brilhante por algumas horas, e agora estava sendo devolvida à sua existência normal e tediosa. As Três Irmãs, que tinham ficado por mais tempo que os outros convidados, enfim partiram com meia dúzia de sacolas de papel recheadas de embalagens de comida, e John ronronou de alegria quando as recebeu. Até Adams havia sido liberado, mas, antes de partir, fez uma reverência formal diante de Peter, e Peter inclinou a cabeça em resposta. "Boa sorte, sr. Peter", Adams disse, em tom solene. "Espero que o senhor faça uma boa viagem."

"Obrigado, Adams", disse Peter, que tinha se acostumado a chamar Adams de "senhorita Adams" pelas costas. "Por tudo. Você foi tão bom comigo esses anos todos… com todos nós." Eles se cumprimentaram com um aperto de mão.

"Boa noite, Adams", disse Charles, que estava em pé atrás de Peter. "Obrigado por hoje… Estava tudo perfeito, como sempre", e Adams assentiu mais uma vez e saiu da sala de estar, indo em direção à cozinha. Quando os pais de Charles eram vivos, e havia uma cozinheira em tempo integral e uma governanta em tempo integral e uma faxineira e um chofer, além de Adams, esperava-se que a equipe inteira usasse a porta dos fundos ao entrar e sair. E, embora Charles tivesse mudado essa regra havia muito tempo, Adams continuava entrando e saindo pela porta da cozinha — no começo, conforme Charles pensava, porque ficava constrangido em romper com uma tradição tão duradoura, mas nos últimos anos porque estava mais velho, e a escada dos fundos era mais curta, os degraus, mais largos.

Vendo Adams se afastar, David se perguntou, como às vezes fazia, como era a vida de Adams fora da casa. O que Adams vestia, com quem e como falava, quando não estava na casa de Charles, quando não estava de terno e gravata, quando não estava servindo? O que ele fazia no apartamento em que morava? Quais eram seus hobbies? Ele tirava folga todos os domingos, e toda terceira segunda-feira do mês, e tinha cinco semanas de férias, duas das quais ele tirava no começo de janeiro, quando Charles ia esquiar. Quando David perguntava, Charles dizia que achava que Adams ia a um chalé alugado em Key West, e que lá ele pescava, mas não sabia com certeza. Ele sabia muito pouco sobre a vida de Adams. Será que Adams tinha sido casado? Tinha um namorado, uma namorada? Algum dia tivera? Tinha irmãos, sobrinhas ou sobrinhos? Tinha amigos? No começo do namoro, quando ainda estava se acostumando à presença de Adams, ele tinha feito todas essas perguntas a Charles, e Charles, constrangido, tinha dado risada. "Que horror", ele dissera, "não sei responder nada disso." Como não?, ele perguntara, antes de se dar conta do que estava dizendo, mas Charles não tinha se ofendido. "É difícil explicar", ele dissera, "mas tem pessoas na nossa vida que… É mais fácil não saber muita coisa sobre elas."

A essa altura David se perguntou se ele era uma dessas pessoas na vida de Charles, alguém cujo apelo não só seria destruído pelas complexidades de sua história como também que havia sido escolhido justamente porque parecia não ter história nenhuma. Ele sabia que Charles não se deixava intimidar por histórias de vida difíceis, mas talvez David o tivesse atraído porque parecia muito simples, uma pessoa que ainda não havia sido marcada pela idade ou pela experiência. Uma mãe morta, um pai morto, um ano de faculdade de direito, uma infância vivida muito longe dali, numa família de classe média, bonito, mas não a ponto de oprimir ninguém, inteligente, mas não a ponto de impressionar ninguém, uma pessoa que tinha preferências e desejos, mas nenhum tão marcante a ponto de impedi-lo de se adaptar aos de Charles. Ele sabia que, para Charles, o que o definia era aquilo que ele não tinha: segredos, ex-namorados problemáticos, doenças, passado.

E ainda havia Peter: uma pessoa que Charles conhecia na intimidade, e que, por sua vez, David estava se dando conta tardiamente, sabia mais sobre Charles do que ele jamais poderia saber. Não importava quanto tempo ele ficasse com Charles, não importava quanto pudesse descobrir sobre ele, Peter sempre teria mais dele — não só anos, mas épocas. Ele tinha conhecido o Charles criança, e o jovem rapaz, e o homem de meia-idade. Ele tinha sido responsável pelo primeiro beijo de Charles, pelo primeiro boquete, pelo primeiro cigarro, pela primeira cerveja, pelo primeiro término. Juntos, eles tinham descoberto o que gostavam no mundo: que pratos, que livros, que peças, que tipo de arte, que ideias, que pessoas. Ele tinha conhecido Charles antes que ele se tornasse Charles, quando era só um menino parrudo e atlético por quem Peter se descobrira atraído. David percebeu, tarde demais, depois de meses tentando em vão encontrar uma maneira de falar com Peter, que ele podia e devia ter perguntado a Peter sobre a pessoa que eles tinham em comum: sobre quem ele tinha sido antes, sobre a vida que tivera antes de David passar a fazer parte dela. Charles poderia até não ter interesse pela história de David, mas David também tinha incorrido no mesmo erro; ambos queriam que o outro existisse só como o vivenciavam naquele momento — como se faltasse a ambos a imaginação para cogitar que o outro pudesse existir em um contexto diferente.

Mas digamos que eles fossem obrigados a fazer isso. Digamos que a terra se movesse no espaço, só alguns poucos centímetros, mas o suficiente para redefinir por completo o mundo em que viviam, o país, a cidade, eles mesmos. E se Manhattan fosse uma ilha alagada com rios e canais, e as pessoas viajassem em barcos de madeira, e você tirasse redes cheias de ostras das águas turvas sob sua casa, que era sustentada por palafitas? E se eles vivessem numa metrópole luminosa completamente feita de gelo e sem nenhuma árvore, morassem em construções de blocos de gelo empilhados, andassem montados em ursos polares e tivessem focas como animais de estimação, e fosse nos corpos ondulantes delas que se encostassem para se aquecer à noite? Será que ainda se reconheceriam quando passassem um pelo outro em barcos diferentes, ou quando estivessem avançando com dificuldade pela neve, voltando às pressas para suas casas e lareiras?

E se Nova York fosse igualzinha ao que era na aparência, mas ninguém que ele conhecia estivesse morrendo, ninguém tivesse morrido, e a festa daquela noite tivesse sido só mais uma reunião de amigos, e ninguém se sentisse pressionado a falar nenhuma frase sábia, nenhuma frase conclusiva, porque haveria centenas de outros jantares, milhares de outras noites, mais dezenas de anos, para descobrir o que queriam dizer uns aos outros? Será que ainda estariam juntos nesse outro mundo, onde não havia necessidade de se agarrar às outras pessoas por medo, onde tudo o que sabiam sobre a pneumonia, os tumores malignos, as infecções fúngicas e a cegueira se tornaria hermético, inútil, ridículo?

E se, nesse deslocamento planetário, eles fossem jogados para os lados, para o oeste e para o sul, e recobrassem a consciência em um lugar completamente diferente, no Hawai'i, e nesse Hawai'i, nesse outro Hawai'i, não houvesse motivo para a existência de Lipo-wao-nahele, aquele lugar para o qual seu pai o havia levado tanto tempo antes, porque o que ele tinha tentado invocar era de fato real? E se, nesse Hawai'i, as ilhas ainda fossem um reino, e não parte da América, e seu pai fosse o rei, e ele, David, fosse o príncipe herdeiro? Será que ainda se conheceriam? Ainda se apaixonariam um pelo outro? David ainda precisaria de Charles? Lá, ele seria o mais poderoso dos dois — ele não precisaria mais da generosidade de outra pessoa, da proteção de outra pessoa, da formação de outra pessoa. Lá, como ele veria Charles? Será que David ainda veria algo nele que o enterneceria? E seu pai... quem ele seria? Seu pai seria mais confiante, mais seguro de si, menos assustado, menos perdido? Ele ainda veria alguma serventia em Edward? Ou será que Edward seria um cisco, um criado, um funcionário sem nome pelo qual seu pai passava, distraído, a caminho de seu escritório, onde assinaria documentos e tratados, seu belo rosto iluminado enquanto andava descalço pelo assoalho brilhante, a madeira polida todas as manhãs com óleo de macadâmia?

Ele nunca saberia. Pois, no mundo em que viviam, ele e seu pai, eles eram só quem eles eram: dois homens, ambos os quais tinham procurado a ajuda de outro homem, um homem que imaginavam ser capaz de salvá-los da pequeneza de suas vidas. Seu pai tinha escolhido mal. David não. Mas, no fim das contas, ambos eram dependentes, pessoas que haviam se decepcionado com o passado e tinham medo do presente.

Ele se virou e viu Charles ajeitar um cachecol ao redor do pescoço de Peter. Eles estavam em silêncio, e David teve a impressão, como muitas vezes tinha ao observá-los, mas que naquela noite teve com mais agudeza, de que ele era um invasor, de que testemunhar a intimidade dos dois não lhe cabia. Ele não se mexeu, mas não precisava — eles tinham esquecido que ele estava ali. Antes, Peter tinha pensado em passar a noite na casa com Charles, mas na véspera desistira dessa ideia. Ligaram para a enfermeira, que estava vindo com uma assistente para buscá-lo e acompanhá-lo até sua casa.

Era hora de se despedir. "Só me deem um segundo", Charles comunicou aos dois com uma voz embargada e saiu da sala, e ambos puderam ouvi-lo subindo as escadas.

E então David ficou sozinho com Peter. Peter estava sentado na cadeira de rodas, enrolado no casaco e no chapéu; as partes de cima e de baixo de seu rosto estavam escondidas sob camadas de lã, como se ele não estivesse morrendo, e sim passando por uma mutação, como se a lã estivesse aos poucos tomando conta dele como uma pele, transformando-o em algo acolhedor e macio — um sofá, um travesseiro, um novelo. Antes Charles estivera sentado no sofá para conversar com ele, e a cadeira de Peter continuava apontada para o que era agora um lugar vazio num cômodo vazio.

Ele foi até o sofá e se sentou onde Charles estivera, sentindo as almofadas ainda quentes. Charles estivera segurando as mãos de Peter, mas ele não o fez. E ainda assim — *ainda assim*: mesmo enquanto Peter o encarava, ele não conseguia pensar no que dizer, ou pelo menos em nada que não fosse absurdo. Caberia a Peter falar primeiro, e, por fim, ele o fez, e David se aproximou dele para ouvir o que ele diria.

"David."

Sim.

"Cuida do meu Charles. Faz isso pra mim?"

Sim, ele prometeu, aliviado porque não lhe exigiriam mais, e porque Peter não tinha aproveitado a oportunidade para fazer algum comentário devastador, uma verdade sobre si mesmo que David jamais seria capaz de esquecer. É claro que vou cuidar.

Peter fez um barulhinho desdenhoso. "Claro que vai", ele murmurou.

Eu vou, ele disse a Peter com mais firmeza. *Eu vou*. Era importante que Peter acreditasse. Mas, enquanto David estava fazendo essa promessa, Peter já estava olhando para longe, na direção do som da volta de Charles, estendendo os braços na direção do amigo num gesto tão infantil, tão amoroso, que, depois disso, David nunca mais conseguiu imaginá-lo de nenhum outro jeito: Peter, de braços abertos e vazios, encapotado como um menininho prestes a sair para brincar na neve, e, andando na direção deles, para preenchê-los com sua presença, Charles, sua expressão se contraindo, olhando só para Peter, como se não existisse mais ninguém no mundo.

Naquela noite eles ficaram deitados na cama, ele e Charles, sem se tocar, sem se falar, ambos tão preocupados que qualquer pessoa que os visse os confundiria com completos desconhecidos.

Peter tinha partido. Sua enfermeira e a assistente o levaram pela escada, e David e Charles o acompanharam, colocando-o no carro que Charles tinha chamado. E depois o carro foi embora, voltando para o apartamento abafado e desorganizado em que Peter morava, no segundo andar de uma antiga casa na Bethune Street, perto do rio, com uma escada caindo aos pedaços e uma fachada de tijolos pintada, e David e Charles continuaram na calçada, no frio. Ele sempre soubera que o fim da noite representaria o fim de Peter em suas vidas — na vida de Charles —, e, agora que isso de fato tinha acontecido, parecia muito repentino, muito apressado, como saído de um conto de fadas: um relógio batendo a meia-noite e uma névoa cinza tomando conta do mundo, vidas que poderiam ser compartilhadas se reduzindo a nada.

Eles ficaram ali, juntos, muito depois de o carro se perder de vista. Não era tão tarde, mas o frio tinha trancado quase todo mundo em casa, e apenas poucas pessoas, vestidas de preto, passavam diante deles. Do outro lado da rua, o parque cintilava com a neve. Por fim, ele pegou o braço de Charles. Está frio, ele disse. Vamos voltar lá pra dentro. "Vamos", Charles concordou, com a voz fraca.

Dentro da casa, eles apagaram as luzes da sala de estar, Charles verificou as fechaduras da porta dos fundos, como sempre fazia, e depois os dois subiram as escadas para ir para o quarto, se despiram e se vestiram, depois escovaram os dentes em silêncio.

Ao redor deles, a noite ganhou corpo. Depois de um tempo, do que pareceu uma hora, ele ouviu a respiração de Charles mudar, ficando lenta e profunda, e quando isso aconteceu ele se levantou e foi em silêncio até o closet, pegou a carta na bolsa e desceu as escadas furtivamente.

Ele passou um tempo sentado no sofá da sala de estar escura, segurando o envelope com as duas mãos. Esse era seu último momento de ignorância, de fingimento, e ele não queria que acabasse. Mas, enfim, ele acendeu o abajur, tirou a folha de papel de dentro do envelope e leu o que ela dizia.

Ele acordou ouvindo seu nome e sentindo a mão de Charles no rosto, e quando abriu os olhos soube, pela luz que invadia a sala, que tinha voltado a nevar. Diante dele, no pufe, estava Charles, usando um robe e o que eles chamavam de pijama de velho, de algodão azul listrado com suas iniciais bordadas em preto no bolso da camisa. Charles nunca descia antes de se pentear, mas nesse momento tufos de cabelo arrepiados cobriam sua cabeça, de forma que David conseguia ver o branco de seu couro cabeludo nos pontos em que a calvície começava a aparecer.

"Ele se foi", Charles disse.

Ah, Charles, ele disse. Quando?

"Mais ou menos uma hora atrás. A enfermeira dele me ligou. Acordei e olhei para o lado e você não estava na cama" — ele começou a se desculpar, mas Charles colocou a mão em seu braço, interrompendo-o — "e fiquei desorientado. Por um momento eu não soube onde estava. Mas aí lembrei: eu estava na minha casa, e a festa tinha acontecido ontem, e eu estava esperando a ligação... Eu sabia o que iam falar. Só pensei que seria amanhã, não hoje. Mas não foi... ele nem chegou a ir para o aeroporto.

"Então eu não atendi. Você não ouviu o telefone tocando? Só fiquei lá deitado, ouvindo o telefone tocando, tocando, tocando: seis, dez, vinte vezes… Eu tinha desligado a secretária eletrônica ontem à noite. Tocava tão alto. Um barulho tão insistente, tão *grosseiro*. Eu nunca tinha percebido. No fim, parou de tocar, e eu sentei na beira da cama e ouvi a mensagem.

"Naquele momento eu me peguei pensando no meu irmão. Ah, verdade… você não sabe disso. Bom, quando eu tinha cinco anos, minha mãe teve outro filho. Meu irmão, Morgan. Ela e meu pai vinham tentando ter um bebê havia anos, eu soube depois. Dez semanas antes da data prevista, ela entrou em trabalho de parto.

"Isso deve ter sido em 1943. Naquela época não havia nada que pudessem fazer com um bebê tão prematuro. Não existia nada parecido com cuidado neonatal; em comparação com o que temos hoje em dia, as incubadoras eram rudimentares. Ele ter sobrevivido já foi uma coisa incrível. O médico disse para os meus pais que ele morreria dentro de quarenta e oito horas.

"Ninguém me disse isso, é claro. Hoje em dia, sempre fico chocado com a quantidade de informação que os pais dão aos filhos, informação que essas crianças ainda não têm capacidade de entender. Quando criança, eu não sabia de *nada*, e as pessoas que cuidavam de mim tinham o dever de garantir que eu continuasse ignorante. O que aprendia eu intuía a partir do que ouvia escondido. E mesmo assim não me lembro de me sentir frustrado; eu nunca pensaria que a vida dos meus pais fazia parte da minha. Meu mundo era o quarto andar, com meus brinquedos e meus livros. Meus pais eram visitantes; os únicos adultos que pareciam se encaixar ali eram minha babá e minha professora.

"Mas até eu sabia que tinha algo de errado… Eu sabia pelo jeito que os adultos estavam sussurrando no corredor, parando de falar quando me viam; pelo jeito que até a minha babá, que me adorava, parecia distraída, olhando na direção da porta quando a empregada vinha trazer meu almoço, fazendo uma expressão curiosa para ela, comprimindo os lábios quando ela respondia balançando a cabeça. Lá embaixo, estava tudo em silêncio. Isso foi bem antes do Adams, e os empregados falavam baixo, e por três dias eu fui dormir sem que antes me levassem para dar boa-noite aos meus pais.

"No quarto dia, decidi que ia descer escondido e descobrir o que estava acontecendo. Então fingi estar dormindo quando a babá foi ver se eu estava bem naquela noite, e depois esperei, esperei, até ouvir a última empregada subindo as escadas e indo para seu quarto. Nesse momento saí da cama e fui, andando na ponta dos pés, até o quarto dos meus pais. No caminho, vi uma luz de velas, muito fraca, vinda da sala de estar que ficava ao lado do quarto deles, e, na mesma hora, também ouvi um som mínimo e estranho que não soube identificar. Cheguei mais perto da sala. Fui tão cuidadoso, tão silencioso! Enfim cheguei à porta, que estava entreaberta, e olhei lá dentro.

"Vi minha mãe sentada numa cadeira. Havia uma vela sobre a mesa ao seu lado, e ela segurava meu irmão nos braços. O que me lembro de ter pensado depois era como ela estava bonita. Ela tinha o cabelo comprido e um pouco ruivo que sempre usava preso, mas nesse momento os fios a envolviam como um véu, e ela estava usando um robe de seda lilás com uma camisola branca por baixo; os pés estavam descalços. Eu nunca tinha visto minha mãe daquele jeito — nunca tinha visto meus pais de outra forma senão aquela que queriam que eu visse: totalmente vestidos, capazes, competentes.

"Com o braço esquerdo ela embalava o bebê. Mas com a mão direita ela segurava um instrumento esquisito, uma cúpula de vidro transparente, e ela encaixava a cúpula sobre a boca e o nariz do bebê e apertava o bulbo de borracha preso a ela. Esse tinha sido o som que eu ouvira, o bulbo de borracha chiando à medida que se enchia de ar e se esvaziava, e esse era o ar que ela estava dando para o Morgan. Ela mantinha um ritmo estável e não se apressava: não ia muito rápido nem exagerava. A cada dez movimentos, mais ou menos, ela parava por um segundo, e eu conseguia ouvir, com dificuldade, a respiração do bebê, muito baixinha.

"Não sei por quanto tempo fiquei ali, observando minha mãe. Em nenhum momento ela levantou os olhos. A expressão dela... não sei descrever. Não era de desespero, nem de tristeza, nem de desesperança. Era só... nada. Mas não vazia. Atenta, acho. Como se não houvesse mais nada em sua vida — nem passado, nem presente, nem marido, nem filho, nem casa —, como se ela existisse apenas para tentar bombear ar para os pulmões do filhinho dela.

"Não funcionou, claro. Morgan morreu no dia seguinte. A babá enfim me contou o que tinha acontecido: eu havia ganhado um irmão, seus pulmões eram defeituosos e ele tinha morrido, e eu não deveria ficar triste, porque agora ele estava com Deus. Mais tarde, quando minha mãe estava morrendo, descobri que meus pais tinham brigado; que meu pai era contra aquela tentativa, que a havia proibido de usar aquele instrumento. Não sei onde ela tinha arranjado aquilo. Não sei se ela um dia chegou a perdoá-lo:

por não acreditar, por tentar convencê-la a não tentar. Meu pai, conforme descobri, nem sequer queria levar meu irmão do hospital para casa, e quando minha mãe insistiu para levá-lo — eles doavam tanto dinheiro para aquele lugar que não teriam coragem de impedi-la — ele também se opôs.

"Minha mãe não era uma mulher sentimental. Ela nunca falava sobre o Morgan e, depois que ele morreu, com o tempo ela foi se recuperando. Ao longo das décadas, ela dirigiu instituições de caridade, organizou jantares, andou a cavalo e pintou, leu e colecionou livros raros, fez trabalho voluntário num lar para jovens mães solteiras; construiu uma vida para mim e para o meu pai nesta casa.

"Nunca me considerei parecido com ela, e ela também não. 'Você é igualzinho ao seu pai', ela às vezes me dizia, e sempre parecia um pouco pesarosa. E ela tinha razão — nunca fui um daqueles homens gays que têm afinidade com a mãe. Embora nunca falássemos sobre quem eu amava mais, era verdade que me sentia bastante próximo do meu pai. Por muito tempo, consegui fingir que nunca falávamos sobre quem eu era, ou sobre parte de quem eu era, porque tínhamos tantos outros assuntos sobre os quais falar. O direito, por exemplo. Ou negócios. Ou biografias, coisa que nós dois gostávamos de ler. Quando eu enfim parei de fingir, ele já tinha morrido.

"Mas, ultimamente, tenho pensado cada vez mais naquela noite. Eu me pergunto se, na verdade, sou mais parecido com ela do que eu imaginava. Eu me pergunto quem vai segurar aquela bombinha de ar quando chegar minha vez. Não porque acham que ela vai me reviver ou me salvar. Mas porque fazem questão de tentar.

"Eu estava sentado aqui, pensando em tudo isso, quando o telefone voltou a tocar. Dessa vez me levantei e atendi. Era o novo enfermeiro diurno do Peter, um cara bacana. Eu o vi algumas vezes. Ele me disse que o Peter tinha morrido, e que tinha sido em paz, e que ele sentia muito pela minha perda. E aí eu desliguei e fui te procurar."

Ele parou de falar, e David percebeu que a história tinha chegado ao fim. À medida que Charles falava, ele olhava pela janela, que se tornara uma tela branca, e ele se virou novamente para David, e David se recostou nas almofadas do sofá e com um gesto chamou Charles, que se deitou ao seu lado.

Eles ficaram em silêncio por um longo tempo, e, embora estivesse pensando em muitas coisas, David pensou principalmente em como aquele momento era bom, estar deitado ao lado de Charles num quarto aquecido enquanto nevava lá fora. Ele pensou que deveria dizer a Charles que seguraria a bomba de ar para ele, mas não conseguiu. Ele queria tanto oferecer a Charles alguma coisa, uma fração do apoio que Charles lhe oferecera, mas não conseguia. Muito depois ele pensaria, inúmeras vezes, que gostaria de ter dito alguma coisa, qualquer coisa, por mais desajeitada que fosse. Naquela época, o medo — de falar besteira, de ser ridículo — o impedia de mostrar a generosidade que deveria ter mostrado, e foi só depois de acumular muitos arrependimentos que ele aprendeu que o apoio que oferecesse poderia se manifestar de muitas formas, que o mais importante era oferecê-lo.

"Eu vim pra cá", Charles disse, enfim, "eu vim pra cá e te encontrei. E" — ele respirou fundo — "você estava dormindo e segurando uma carta sobre o peito. E… eu peguei a carta e li. Não sei por quê. Eu sinto muito, David." Ele ficou em silêncio. "E sinto muito pelo conteúdo da carta. Por que você nunca me disse nada?"

Não sei, ele respondeu, finalmente. Mas o fato de Charles ter lido a carta não o incomodou. Ele ficou aliviado — porque Charles sabia, porque, mais uma vez, o jeito decidido de Charles tinha simplificado uma tarefa difícil.

"Então… seu pai. Ele ainda está vivo."

De certa forma. Por enquanto.

"Sim. E sua avó quer que você vá visitá-lo."

Sim.

"E aquele lugar onde ele morava…"

Não era o que você estava pensando, ele interrompeu Charles. Quer dizer, era. Mas não era. Como ele poderia explicar a Charles? Como poderia fazer com que entendesse? Como ele poderia fazer Lipo-wao-nahele parecer uma coisa diferente, uma coisa melhor, uma coisa mais saudável do que era? Não uma loucura, nem faz de conta, e sim algo em que seu pai — e até ele mesmo — um dia havia acreditado com toda a esperança que tinha, um lugar onde a história não significava nada, um lugar onde enfim se sentiriam em casa, um lugar aonde seu pai tinha ido tanto com expectativa quanto com medo. Era impossível. Sua avó nunca compreendera; Charles certamente não compreenderia.

Não consigo explicar, ele disse, enfim. Você não entenderia.

"Tenta. Quem sabe?", disse Charles.

Talvez eu tente, ele disse, mas sabia que tentaria. Charles sabia ajudar todo mundo — e se soubesse ajudar David também? De que servia amá-lo, e ser correspondido, se não tentasse?

Mas antes ele precisava comer alguma coisa; estava com fome. Ele levantou do sofá contorcendo o corpo e estendeu a mão para Charles, e, enquanto iam para a cozinha, pensou novamente em seu pai. Não como ele era na casa de repouso em que morava hoje em dia, nem como ele tinha sido nos últimos dias de seu tempo em Lipo-wao-nahele, com aqueles olhos vazios, o rosto todo sujo, mas como tinha sido quando eles moravam juntos na casa, quando ele tinha quatro, cinco, seis, sete, oito, nove anos, quando eram pai e filho, e ele nunca precisava cogitar qualquer outra possibilidade senão a certeza de que seu pai sempre cuidaria dele, ou pelo menos tentaria, porque ele tinha prometido, e porque sabia que seu pai o amava, e porque era assim que as coisas funcionavam. Perda, perda — ele tinha perdido tanto. Será que um dia ele se sentiria completo de novo? Como ele poderia compensar a ausência de tantos anos? Como seria capaz de perdoar? Como poderia ser perdoado?

"Vejamos", disse Charles, quando se postaram juntos na cozinha, analisando as opções. Sobre o balcão, havia um pão de fermentação natural embrulhado em papel que Adams havia deixado separado, e Charles cortou fatias para os dois e ergueu a dele no ar, como uma taça. "Ao seu pai", ele disse.

Ao Peter, ele respondeu.

"Um brinde de Ano-Novo adiantado", Charles declarou: "Só faltam seis anos para o século XXI".

Eles encostaram as fatias de pão uma na outra, com ar solene, e comeram. Atrás deles, o vento sacudia as janelas, mas eles não sentiam nada — a estrutura da casa era muito sólida. "Vejamos o que Adams guardou pra gente", Charles disse depois que terminaram de comer, e abriu a geladeira, pegando um vidro de maionese, um recipiente de carne fria, um pote de mostarda, uma peça de queijo. "Jarlsberg", ele disse, e depois, quase que para si mesmo, "o preferido do Peter".

Ele abraçou Charles, e Charles se encostou nele, e por um tempo eles ficaram em silêncio. Foi nesse momento que ele teve uma súbita visão dos dois muitos anos depois, em uma época indeterminada num futuro distante. Lá fora, o mundo tinha mudado: a vegetação tinha tomado conta das ruas, e os paralelepípedos do pátio estavam cobertos de capim-dos-pampas, e o céu era de um verde viscoso, e uma criatura com asas com membranas e aparência plástica passava planando por eles. Um carro avançava pela Quinta Avenida na direção sul, soltando fumaça e pairando a alguns centímetros do chão. A garagem tinha se tornado uma ruína, os tijolos amolecidos e úmidos, e bem no meio, abrindo caminho à força pelo telhado destruído, crescia uma mangueira igualzinha àquela que havia no quintal da casa em que certa vez ele vivera com seu pai, os galhos inchados de fruta. Se não era o fim do mundo, era quase isso — não era possível comer as frutas, porque tinham muito veneno; o carro não tinha janelas; o ar brilhava com uma fumaça oleosa; a criatura tinha se acomodado no topo do edifício do outro lado da rua, as garras presas ao parapeito, os olhos pretos procurando algo que pudesse atacar e devorar.

Mas lá dentro ele e Charles continuavam do mesmo jeito: ainda eram saudáveis, ainda estavam ali, ainda eram os mesmos, por mais improvável que parecesse. Eles eram duas pessoas que se amavam, e estavam preparando alguma coisa para comer, e havia comida de sobra, e, desde que ficassem dentro de casa, juntos, nada de ruim lhes aconteceria. E à direita deles, no fundo da cozinha, havia uma porta, e se abrissem essa porta e entrassem por ela, eles se veriam dentro de uma réplica dessa casa, mas nessa casa estava Peter, vivo, sarcástico e intimidador, e na casa à direita da dele estariam John, Timothy e Percy, e na casa à direita da deles Eden e Teddy, e assim por diante, uma corrente inquebrável de casas, as pessoas que eles amavam ressuscitadas e restabelecidas, uma eternidade de jantares, conversas, discussões e perdões. Juntos eles andariam por essas casas, abrindo portas, cumprimentando amigos e fechando portas até que, por fim, chegariam ao que de certa forma sabiam ser a última porta. E nesse instante eles parariam por um instante, apertando as mãos um do outro antes de girar a maçaneta e entrar numa cozinha idêntica à deles, com as mesmas paredes verde-jade, as mesmas louças de bordas douradas nos armários, os mesmos bordados emoldurados nas paredes, os mesmos panos de prato de linho macios nos mesmos ganchos de madeira esculpida, mas na qual uma mangueira crescia, as folhas chegando ao teto.

E ali, sentado numa cadeira e esperando com toda a paciência, estaria seu pai, e quando visse David ele se levantaria na mesma hora, o rosto iluminado, chorando de alegria. "Meu Kawika", ele diria, "você veio me buscar! Até que enfim você veio me buscar!". Ele não hesitaria e correria em direção ao pai, enquanto, atrás dele, Charles estaria sorrindo, vendo esse último reencontro, um pai e um filho que enfim descobriam um ao outro.

Parte II

Meu filho, meu Kawika… O que você está fazendo hoje? Eu sei onde você está, porque a mamãe me falou: Nova York. Mas onde em Nova York, eu me pergunto? E o que está fazendo aí? Ela disse que você estava trabalhando num escritório de advocacia, mas que não era advogado, mas não pense que não estou orgulhoso de você por isso. Eu visitei Nova York uma vez, sabia? Sim, é verdade… Seu papai também tem seus segredos.

Sempre penso em você. Quando estou acordado, mas também quando estou dormindo. Todos os meus sonhos são sobre você, de uma forma ou de outra. Às vezes sonho com aquela vez que fomos a Lipo-wao-nahele, quando ficamos juntos na casa da sua avó, e fazíamos nossas caminhadas noturnas. Lembra dessas caminhadas? Eu te acordava e a gente saía escondido. Lá íamos nós, subindo a O'ahu Avenue, indo até a East Manoa Road, depois subindo a Mohala Way, porque no quintal de uma das casas tinha um ipê-de-jardim que te deixava fascinado, lembra? Tinha flores amarelo-claras, cor de marfim, que cresciam de cabeça para baixo e pareciam uma corneta. Pelo menos era isso que todo mundo falava. Mas você não concordava. Você chamava de "árvore das tulipas ao contrário", e eu nunca mais consegui pensar nessas flores de outro jeito. Depois lá íamos nós descendo a Lipioma Way, chegando a Beckwith, depois descendo a Manoa Road, e depois voltávamos para casa. É engraçado... Eu tinha medo de tantas coisas, mas nunca tive medo do escuro. No escuro todo mundo ficava vulnerável, e saber disso, que eu era igualzinho a todo mundo, sem tirar nem pôr, me deixava mais corajoso.

Eu adorava aquelas nossas caminhadas. Você também adorava. Tivemos que parar depois que você contou sobre isso para a sua professora — você estava dormindo durante as aulas, e a professora perguntou o motivo, e você disse que era por causa das nossas caminhadas da madrugada, e a professora me chamou para conversar e eu me dei mal. "Ele está crescendo, sr. Bingham", ela disse, "ele precisa dormir bem. O senhor não pode acordá-lo no meio da noite para caminhar." Eu me senti um bobo, mas ela foi gentil comigo. Poderia ter contado para sua avó, mas não contou. "Só quero passar mais tempo com ele", eu disse para a professora, e ela me olhou daquele jeito que as pessoas sempre me olhavam, e que me fazia perceber que eu tinha dito algo de errado, algo de estranho, mas no fim ela assentiu. "O senhor ama seu filho, sr. Bingham", ela disse, "e isso é maravilhoso. Mas, se o ama mesmo, o senhor vai deixar que ele durma." Nesse momento fiquei envergonhado, porque ela tinha toda a razão: você era só um menino. Eu não tinha o direito de te acordar e te tirar da cama. Da primeira vez que fiz aquilo você ficou confuso, mas depois você começou a esperar que acontecesse, e você esfregava os olhos e bocejava, mas nunca reclamava — você calçava os chinelos, pegava minha mão e me acompanhava pelo caminho. Nunca precisei te pedir para não contar para a sua avó; você já sabia que não devia contar. Mais tarde, eu contei para o Edward que tinha me encrencado com a professora, e o motivo. "Seu idiota", ele disse, mas de um jeito que dava a entender que ele não estava bravo, só frustrado. "Podiam ter ligado para o Conselho Tutelar e levado o Kawika embora por causa disso." "Podiam mesmo?", perguntei. Era a pior coisa que eu poderia imaginar. "Claro que podiam", ele disse. "Mas não se preocupe. Quando a gente for para Lipo-wao-nahele, você pode criar o Kawika como bem entender, e ninguém vai poder dizer nada."

O que mais você lembra? Tudo o que faço é lembrar. Consigo enxergar, um pouco, mas só luz e escuridão. Você se lembra de quando íamos ao cemitério chinês e sentávamos perto de uma árvore da chuva no topo do monte? Deitávamos direto na grama, com o rosto virado para o sol. "Fica de olhos fechados", eu te dizia, mas mesmo assim conseguíamos ver um campo alaranjado e manchinhas pretas que passavam tremeluzindo como moscas. Depois que te falei como a visão funcionava, você me perguntou se o que via era a parte de trás do seu olho, e eu te disse que talvez sim. Enfim, é desse jeito — consigo ver cores e essas manchas, mas não vai muito além disso. Mas, quando me levam lá fora, antes colocam óculos escuros nos meus olhos. Isso porque, de acordo com um dos médicos daqui, eu ainda deveria conseguir enxergar — não tem nada de errado com os meus olhos em si, e por isso precisam protegê-los. Até pouco tempo, sua avó me trazia fotos suas e as segurava na minha frente, tão perto que o papel encostava no meu nariz. "Olha ele, Wika", ela dizia. "*Olha* ele. Pare com essa bobagem. Você não quer ver fotos do seu filho?" É claro que queria, e eu tentava, tentava muito. Mas o máximo que conseguia ver era o contorno do retângulo de papel, talvez a cor escura do seu cabelo. Ou talvez nem fosse uma foto sua que ela estava me mostrando. Talvez fosse uma foto de um gato, ou de um cogumelo. Eu não sabia a diferença. A questão é que nunca vejo nada novo; tudo o que vi eu já vi antes.

Mas, apesar de não enxergar, eu escuto *muito bem*. A maior parte do que ouço não faz muito sentido, não porque não consigo entender exatamente, mas porque passo tanto tempo dormindo que fica difícil distinguir o que de fato estou ouvindo do que estou imaginando. E às vezes, quando estou tentando descobrir, caio no sono de novo, e aí, quando volto a acordar, estou mais confuso ainda — se é que consigo lembrar o que estava tentando decifrar quando adormeci, a essa altura eu já não sei se ouvi o que pensei ter ouvido ou se estava alucinando. Isso de você estar em Nova York, por exemplo: acordei com uma forte sensação de que você estava aí. Mas será que estava mesmo? Alguém tinha me dito isso ou eu tinha inventado? Eu pensei, pensei, tanto que comecei a me ouvir choramingando de frustração e confusão, e aí alguém entrou no meu quarto, e depois tudo ficou vazio. Quando acordei de novo, só lembrei que antes estava chateado, e só depois consegui lembrar por quê. Eu não tinha como perguntar se você estava em Nova York ou não, é claro, então só me restava esperar até que alguém — sua avó — viesse me visitar de novo, e torcer para que ela falasse de você. E depois de um tempo ela veio e disse que tinha recebido uma carta sua, e que o tempo em Nova York estava quente, quente e chuvoso, e que você queria que eu melhorasse. Agora imagino que você deve estar se perguntando como eu sabia que isso estava mesmo acontecendo, que não estava sonhando, e a resposta é que naquele dia eu estava sentindo o cheiro das flores que a sua avó estava usando. Lembra que, quando a videira pakalana estava dando flor, ela mandava você ir até a lateral da casa pegar alguns ramos e colocava as flores naquele brochezinho de prata que ela tinha, aquele em formato de vaso em que dava mesmo pra colocar algumas flores? Foi assim que eu soube que aquilo era verdade, e também que era verão, porque a pakalana só dá flor no verão. Também é por isso que sempre que penso em você, e em Nova York, sinto cheiro de pakalana.

Não sei por quanto tempo estive fora do ar. Acho que deve ter sido um longo tempo. Anos. Talvez até uma década. Mas aí me dou conta de que, se isso é verdade, significa que fiquei aqui, neste lugar, por anos, talvez até uma década. Aí me ouço gemendo, cada vez mais alto, e balançando as pernas e os braços, e me mijando, e aí eu consigo ouvir as pessoas correndo na minha direção, e às vezes as ouço dizendo meu nome: "Wika. Wika, você precisa se acalmar. Você precisa se acalmar, Wika". Wika: só me chamam de Wika. Ninguém aqui me chama de sr. Bingham, a não ser quando sua avó vem visitar. Mas não tem problema. Nunca pareceu correto quando me chamavam de sr. Bingham.

Mas não posso me acalmar, porque agora estou pensando que nunca mais vou sair daqui, e em como passei minha vida — minha vida inteira — em lugares dos quais não posso fugir: a casa da sua avó. Lipo-wao-nahele. E agora aqui. Esta ilha. Eu nunca consegui sair daqui. Mas você saiu. Você conseguiu escapar.

E então continuo fazendo os barulhos que consigo fazer, afastando a mão deles com um tapa, gritando quando tentam me acalmar, e só paro quando sinto os medicamentos entrando nas minhas veias, aquecendo meu corpo, acalmando meu coração, me devolvendo a um estado de esquecimento.

Quero falar com você, meu filho, meu Kawika, embora saiba que você nunca vai me ouvir, assim como eu nunca serei capaz de falar nada disso em voz alta para você, não mais. Mas quero falar com você sobre tudo o que aconteceu, e tentar explicar para você por que eu fiz o que fiz.

Você nunca me visitou. Eu sei disso, e ao mesmo tempo não sei. Às vezes consigo fingir que você me visitou, sim, que só estou confuso. Mas sei que você não veio. Não sei mais como é a sua voz; não sei mais como é o seu cheiro. A imagem que tenho de você é de quando você tinha quinze anos, e estava se despedindo depois de um dos nossos fins de semana juntos, e eu não sabia — talvez você também não soubesse, talvez você ainda me amasse um pouco, apesar de tudo — que nunca mais te veria. É claro que isso me entristece. Não só por mim, mas também por você. Porque você tem um pai que está vivo e morto ao mesmo tempo, e você ainda é um homem jovem, e um homem jovem precisa de um pai.

Não posso te dizer exatamente onde estou, porque não sei. Às vezes imagino que devo estar no monte Tantalus, lá no alto da floresta, porque é fresco e chuvoso e muito silencioso, mas eu também poderia estar em Nuʻuanu, ou até em Manoa. O que sei é que não estou na nossa casa, porque este lugar não tem o cheiro da nossa casa. Por muito tempo pensei que estava num hospital, mas o cheiro também não é de hospital. Mas aqui tem médicos e enfermeiras e funcionários, e todos eles cuidam de mim.

Passei muito tempo sem nem levantar da cama, e depois começaram a me obrigar a sair. "Vamos, Wika", uma voz de homem dizia. "Vamos lá, mano". E eu sentia uma mão nas minhas costas, me ajudando a sentar, e depois quatro mãos em mim, duas segurando minha cintura, me erguendo e me soltando de novo. Depois estavam me empurrando, e eu sentia que tínhamos saído do prédio, sentia o sol no meu pescoço. Uma das mãos levantava meu queixo; eu fechava os olhos. "Gostoso, né, Wika?", dizia a voz. Mas depois ele soltava o meu queixo e minha cabeça voltava a cair para a frente. Agora, quando me levam para dar uma volta pelo edifício ou pelo jardim, prendem alguma coisa na minha testa para a minha cabeça ficar no lugar. Às vezes uma mulher vem, mexe meus braços e minhas pernas e conversa comigo. Ela dobra e endireita cada um desses membros, depois faz uma massagem antes de me virar de bruços e massagear minhas costas. Houve um tempo em que isso teria me deixado sem graça, ficar deitado sem roupa com uma mulher desconhecida tocando em mim, mas agora eu não ligo mais. O nome dela é Rosemary e, enquanto me massageia, ela fala sobre seu dia e sua família: seu marido, que é contador; seu filho e sua filha, que ainda estão no ensino fundamental. De vez em quando ela fala alguma coisa que me faz perceber quanto tempo se passou, mas depois, mais tarde, eu fico confuso porque — mais uma vez — não sei se ela de fato disse isso ou eu inventei tudo. O muro de Berlim caiu ou não caiu? Agora existem colônias em Marte ou não existem? Edward venceu, no fim das contas, e a monarquia foi restaurada, e eu fui nomeado rei das ilhas havaianas, e minha mãe a rainha regente, ou não? Uma vez ela disse algo sobre você, sobre meu filho, e eu fiquei agitado e ela precisou tocar a campainha para pedir ajuda, e desde então ela nunca mais falou seu nome.

Hoje pensei em você enquanto me davam o jantar. Tudo o que como é macio, porque às vezes penso demais no ato de engolir, entro em pânico e engasgo, mas se não preciso mastigar penso menos. O jantar foi congee com ovos em conserva e cebolinha, que era um dos pratos que eu pedia para a Jane fazer quando você ficava doente — um dos pratos que ela fazia para mim quando eu era criança. Também era um dos pratos preferidos do meu pai, embora ele preferisse com frango cozido.

Acho que a Jane morreu. O Matthew também. Ninguém me disse isso, mas eu sei, porque eles vinham me visitar e agora não vêm mais. Não me pergunte há quanto tempo foi, nem como; não saberia te dizer. Mas eles eram velhos, mais velhos que a sua avó. Uma vez ouvi sua avó te dizer que o pai dela tinha lhe dado Jane e Matthew como presentes de casamento: dois criados da casa de seu pai que a ajudariam a cuidar da própria casa. Mas isso não é verdade. Jane e Matthew estavam na casa muito antes de a sua avó aparecer. E, além do mais, àquela altura o pai dela não tinha dinheiro para pagar nem um criado, que dirá dois, que dirá dois que ele pudesse dar de presente. E, se tivesse, é improvável que os tivesse dado a ela, porque, legalmente, ela não era sua filha de sangue.

Eu nunca soube o que fazer quando ouvia sua avó contar coisas que não eram verdade para você. Eu não queria contradizê-la. Eu sabia que isso me causava problemas. E queria que você confiasse nela, e a amasse — queria que as coisas fossem mais fáceis para você do que para mim, e para isso você precisava ter uma boa relação com ela. Fiz de tudo para isso acontecer, e acho que consegui, e isso significa que não fracassei completamente na sua criação; me esforcei para que sua avó amasse você. Mas agora você está crescido, crescido e num lugar seguro, morando em Nova York, e sinto que posso te contar a verdade.

Vou dizer o seguinte em defesa da sua avó: ela sabia o valor de tudo o que tinha. Ela havia lutado e ganhado sozinha tudo o que tinha, e dedicou sua vida inteira para garantir que nunca lhe tirassem nada. Ela me criou para sentir o oposto, e mesmo assim houve momentos em que acho que ela se ressentia por eu ter feito isso, ainda que aquela fosse sua intenção. Ela nunca se ressentiu do meu pai por isso, mas se ressentia de mim, porque em parte eu pertencia a ela, e por isso deveria ter consciência da precariedade da minha posição, porque assim sua própria ansiedade lhe parecia menos solitária. Muitas vezes nos ressentimos dos nossos filhos quando conquistam aquilo que queríamos para eles — mas com isso não estou tentando dizer que me ressinto de você, embora meu único desejo fosse que você crescesse e me deixasse para trás.

Sobre meu pai tenho pouco a dizer que você já não saiba. Eu já tinha oito, quase nove anos, quando ele morreu, mas tenho poucas lembranças dele — ele é uma presença difusa e jovial, esportivo e animado, me balançando no ar quando chegava do trabalho, me pendurando de cabeça para baixo enquanto eu gritava, tentando, sem sucesso, me ensinar a chutar uma bola. Eu não era como ele, mas ele não parecia insatisfeito comigo, como eu percebia que minha mãe ficava quase desde o momento em que me dei conta das opiniões dela; eu gostava de ler, e ele me chamava de "professor", nunca de forma sarcástica, ainda que eu só gostasse de ler histórias em quadrinhos. "Esse é o Wika, o leitor da família", ele me apresentava a seus conhecidos, e eu ficava encabulado, porque sabia que não estava lendo nada de importante, que não tinha o direito de me dizer um leitor. Mas ele não se importava com isso; se eu andasse a cavalo teria sido o cavaleiro, e se jogasse tênis teria sido o atleta, e não faria a mínima diferença se me destacasse na área ou não.

Quando meu pai entrou para a empresa da família já tinham gastado a maior parte do dinheiro, e ele não parecia interessado em reabastecer os cofres. Passávamos os fins de semana no clube, onde almoçávamos juntos — as pessoas paravam na nossa mesa para cumprimentar meu pai com um aperto de mão e sorrir para a minha mãe; a fatia de bolo recheado de coco, doce demais e felpudo como uma toalha, que meu pai sempre pedia para mim no final, a despeito das reclamações da minha mãe, posicionada na minha frente — antes que meu pai fosse para sua partida de golfe e minha mãe se sentasse com uma pilha de revistas embaixo de um guarda-sol à beira da piscina, de onde conseguia me vigiar. Mais tarde, quando Edward e eu estávamos ficando amigos, eu ficava em silêncio quando ele falava em ir para a praia aos fins de semana com a mãe dele; eles embalavam comida e passavam o dia todo lá, a mãe dele sentada numa toalha com as amigas, Edward indo e voltando da água, indo e voltando, até que o céu começava a escurecer e eles embrulhavam as coisas e iam embora. O clube ficava perto do mar — da pista dava para ver faixas de água por entre as árvores, uma fita de azul cintilante —, mas nunca teríamos pensado em ir lá: era muita areia, muito perigoso, muito pobre. Porém eu nunca disse isso a Edward; disse que também adorava ir à praia, ainda que, quando começamos a ir juntos, uma parte de mim nunca deixasse de se perguntar quando poderíamos ir embora, quando eu poderia tomar um banho e voltar a ficar limpo.

Foi só quando meu pai morreu que percebi que éramos ricos, e, àquela altura, éramos bem menos ricos do que tínhamos sido. Mas a riqueza que meu pai tinha não era do tipo mais óbvio — nossa casa era grande, mas era igual à de todo mundo, com uma varanda larga, um solário amplo e lotado de coisas e uma cozinha pequena. Eu tinha todos os brinquedos que quisesse, mas minha primeira bicicleta foi de segunda mão, doada por um menino da outra rua. Tínhamos a Jane e o Matthew, mas nossas refeições eram simples — arroz e algum tipo de carne no jantar; arroz, peixe e ovos no café da manhã; um bentô de metal que eu levava para o almoço na escola —, e era só quando meus pais recebiam amigos, e se acendiam as velas e se limpava o lustre, que a casa parecia luxuosa e eu conseguia reconhecer que havia algo de imponente naquela simplicidade: a mesa de jantar escura e lustrosa; a madeira branca e lisa das paredes e do teto; os vasos de flores que eram trocadas dia sim, dia não. Isso foi no final dos anos 1940, quando nossos vizinhos estavam revestindo o piso das casas de linóleo e substituindo as louças por plástico, mas na nossa casa, como minha mãe dizia, a conveniência não era prioridade. Na nossa casa, o assoalho era de madeira, os talheres eram de prata e os pratos e tigelas eram de porcelana. Não de porcelana cara, nem de plástico. Os anos do pós-guerra tinham trazido uma nova riqueza para as ilhas, novas coisas do continente, mas nossa casa também não se entregava ao que minha mãe chamava de moda. Por que você compraria laranjas caras importadas da Flórida se as laranjas do nosso quintal eram ainda melhores? Por que você deveria comprar uvas-passas da Califórnia quando as lichias dos nossos pés eram ainda mais doces? "Eles perderam a cabeça, só querem o que vem do continente", ela dizia a respeito dos nossos vizinhos; ela desdenhava do que considerava uma ingenuidade daquelas pessoas, e nisso ela via um complexo de inferioridade a respeito do lugar onde vivíamos e de quem éramos. Edward nunca conseguiu enxergar esse lado dela, o nacionalismo ferrenho, o amor por sua origem — ele só via a inconsistência com a qual esse orgulho se expressava, a forma como ela menosprezava as pessoas que queriam a música nova e a comida do continente, enquanto ela mesma usava as pérolas que tinha comprado em Nova York, as saias longas de algodão que tinha encomendado da costureira de San Francisco, para onde ela e meu pai faziam viagens anuais, um hábito que ela sustentou depois que ele morreu.

Duas vezes por ano, nós três íamos de carro para Lāʻie, no litoral norte. Lá havia uma igrejinha feita em pedra coral, da qual meu bisavô tinha sido benfeitor desde a juventude, e era lá que meu pai distribuía envelopes de dinheiro, vinte dólares para cada adulto, para celebrar o aniversário do meu bisavô e depois a data de sua morte, dando um presente às pessoas da cidade que seu avô tanto adorava. Quando nos aproximávamos da igreja, saindo da estrada principal e entrando numa estradinha de terra, víamos os residentes aglomerados ao redor da porta, e, quando meu pai saía e andava na direção da igreja, eles se curvavam em reverência. "Sua alteza", elas murmuravam, aquelas pessoas grandes de pele escura, com uma voz mais delicada do que o normal, "bem-vindo de volta, rei". Meu pai os cumprimentava com um meneio, estendia as mãos para que as tomassem e apertassem, e lá dentro ele distribuía o dinheiro e se sentava para ouvir o melhor cantor do grupo, que entoava uma canção, e depois alguma outra pessoa, que também cantava, e depois entrávamos de novo no carro e voltávamos para a cidade.

Essas visitas sempre me deixaram constrangido. Mesmo quando era criança, me sentia uma fraude — o que eu tinha feito para que me chamassem de "príncipe", para que uma senhorinha, tão idosa que só falava havaiano, se curvasse diante de mim, segurando a bengala para não cair? No caminho de volta para casa, meu pai ficava bem-humorado, assobiando a música que tinha acabado de ser apresentada para ele, enquanto minha mãe ficava sentada ao seu lado, reta, quieta e régia. Depois que meu pai morreu, eu ia até lá sozinho com ela, e, embora os residentes nos tratassem com respeito, se dirigiam só a mim, e não a ela, e, embora sempre tivesse sido educada com eles, ela não tinha o bom humor do meu pai, nem a habilidade de fazer com que pessoas muito mais pobres se sentissem iguais a ela, e aquela situação se tornou deveras tensa. Quando enfim completei dezoito anos, e esperavam que eu cumprisse esse dever sozinho, toda a empreitada começou a me pare-

274

cer anacrônica e condescendente, e dali em diante minha mãe passou a enviar uma doação anual para o centro comunitário local, para que eles mesmos distribuíssem o dinheiro como lhes parecesse melhor. Não que eu fosse capaz de ser meu pai, de qualquer forma. Foi isso que eu disse a ela — que eu não seria um substituto do meu pai. "Você não entende, Wika", ela dizia, em tom cansado, "você não é o substituto dele. Você é o herdeiro dele." Mas ela também não tentava me contradizer: ambos sabíamos que eu não chegava à altura do meu pai.

As coisas mudaram depois que ele morreu, é claro. Para minha mãe, as mudanças foram mais profundas e ameaçadoras. Uma vez que as dívidas que ele deixou haviam sido quitadas — ele gostava de carros e apostas —, sobrou menos dinheiro do que ela tinha imaginado. Com ele, ela também perdera a segurança em si mesma — ele validava quem ela sempre disse ser, e, sem ele, ela precisaria defender seu direito de se afirmar como parte da nobreza.

Mas a outra mudança foi que eu e minha mãe passamos a contar só um com o outro, e foi só quando meu pai partiu que ambos percebemos que era ele quem nos conferia nossas identidades: ela era a esposa de Kawika Bingham; eu era o filho de Kawika Bingham. Mesmo depois de sua partida, nós ainda nos definíamos a partir da relação com ele. Mas, sem ele, nossa relação um com outro parecia mais instável. Agora ela era a viúva de Kawika Bingham; eu era o herdeiro de Kawika Bingham. Mas o próprio Kawika Bingham não existia mais, e sem ele nós não sabíamos mais como nos relacionar.

Depois da morte do meu pai, minha mãe passou a se envolver cada vez mais com sua sociedade, Kaikamahine kū Hawai'i. O grupo, cujas integrantes se referiam a si mesmas como as Filhas, era aberto a qualquer pessoa que pudesse provar que vinha de uma linhagem nobre.

O sangue nobre da minha mãe era uma questão controversa, mas ela sempre o defendeu. Seu pai adotivo, que era primo distante do meu pai, havia sido parte da nobreza: como meu pai, ele tinha registros de sua árvore genealógica que datavam de antes do Grande Rei. Mas a origem da minha mãe era mais misteriosa. À medida que cresci, ouvi várias versões de sua história. A mais recorrente dizia que ela era, na verdade, filha bastarda de seu pai adotivo, e que sua mãe tinha sido um caso passageiro, uma haole que tinha vindo, trabalhado como garçonete em bares, e voltado para a América pouco depois de dar à luz. Mas havia outras teorias, e uma delas, inclusive, afirmava que ela não só não era nobre como não era sequer havaiana, que sua mãe tinha sido secretária de seu pai adotivo, que por sua vez tinha sido criado de seu pai adotivo — ele era conhecido por preferir contratar haoles porque gostava de se vangloriar de ter o prestígio e as condições financeiras para empregar pessoas brancas. Quando falava sobre o pai adotivo, o que só acontecia de vez em quando, ela apenas dizia que ele sempre a tratava bem, mas, pela fala de alguém — de quem eu não sei — devo ter tido a impressão de que, ainda que fosse verdade que ele a tratava bem, havia um distanciamento; ele era muito rígido com os filhos legítimos, uma filha e um filho, porque esperava mais deles e para eles. Eles tinham o poder de decepcioná-lo, mas também tinham o poder de satisfazê-lo. Eles o representavam de uma forma que minha mãe era incapaz de fazer.

O casamento com meu pai havia silenciado a maior parte dos boatos — *ele* tinha uma história inquestionável, incontestável —, mas, com sua morte, acredito que ela tenha sentido novamente a necessidade de ficar na defensiva, alerta e atenta a qualquer pessoa que a questionasse. Por isso ela se dedicou tanto ao trabalho que fazia com as Filhas — por isso ela organizava os eventos beneficentes anuais do grupo, por isso liderava os comitês, por isso presidia projetos de caridade, por isso tentava, de todas as maneiras que sua imaginação e sua época concebiam, ser a mulher havaiana perfeita.

Mas o problema quando se tenta atingir a perfeição em qualquer coisa é que cedo ou tarde a definição de perfeição muda, e você percebe que o que vinha buscando há tanto tempo não era uma verdade absoluta, mas um conjunto de expectativas determinadas pelo contexto. Ao deixar esse contexto para trás, você também deixa para trás essas expectativas, e de repente você volta a ser nada.

Quando Edward conheceu minha mãe, ele foi cuidadoso e educado. Foi só depois, quando nos reaproximamos na vida adulta, que ele passou a desconfiar dela. Ela não sabia falar havaiano, ele observou (eu também não; além das poucas frases e palavras que todos sabíamos, e uma dúzia de músicas e cânticos, eu só falava inglês e arranhava no francês). Ela não apoiava a luta. Ela não apoiava a restauração da monarquia havaiana. Mas ele nunca mencionou, como outros tinham feito, a pele clara da minha mãe; ele era ainda mais claro, e, se você não tivesse crescido nas ilhas, não saberia olhar além dos cabelos e dos olhos dele para encontrar sua identidade havaiana, um segredo mal escondido. Àquela altura, ele tinha começado a sentir inveja da minha aparência, da minha pele, cabelos e olhos. Às vezes eu levantava a cabeça e o flagrava me encarando. "Você devia deixar o cabelo crescer", ele me disse certa vez. "Assim fica mais autêntico." Ele ficava incomodado que, mesmo naquela época, quando todo mundo estava usando o cabelo comprido, eu ainda usasse o meu como meu pai tinha usado o dele — muito curto e ajeitado —, porque era revolto e grosso, e se crescesse muito ficava armado.

"Não quero que fique parecendo um black power", eu disse, e ele endireitou a postura, que costumava ficar relaxada, e se inclinou para a frente.

"O que tem de errado com um black power?", ele perguntou, me encarando sem piscar como às vezes fazia, quando seus olhos ficaram mais profundos, ganhando um tom de azul mais escuro, e eu comecei a gaguejar, como acontecia toda vez que ficava nervoso.

"Nada", eu disse. "Não tem nada de errado."

Ele voltou a se recostar e me fitou por um longo momento, e precisei desviar o olhar. "Um verdadeiro havaiano usa cabelo comprido", ele disse. O cabelo dele era cacheado, mas fino, como cabelo de criança, e ele o usava preso com um elástico. "Bem comprido, e sente orgulho disso." Depois disso ele começou a me chamar de contador, porque dizia que eu parecia uma pessoa que devia estar trabalhando em um banco, contando o dinheiro dos outros. "E aí, contador?", ele me cumprimentava quando ia me buscar. "E os negócios?" Era uma provocação, eu bem sabia, mas às vezes quase parecia um gesto amoroso, um apelido carinhoso, algo que pertencia só a nós.

Eu nunca sabia o que dizer quando ele criticava minha mãe. A essa altura, já se tornara evidente havia muito tempo que eu nunca poderia satisfazê-la, mesmo assim eu não conseguia não querer protegê-la, ainda que ela nunca tivesse pedido minha proteção, e eu não fosse, de fato, capaz disso. Prefiro pensar, em retrospecto, que o que me incomodava era, em parte, a insinuação de que só havia uma forma de ser havaiano. Mas naquela época eu não tinha a sofisticação necessária para pensar nesses termos — a ideia de que minha raça me obrigava a *ser* desse jeito ou daquele era tão estranha que era como se me dissessem que havia outra forma, mais correta, de engolir ou respirar. Hoje em dia sei que em todos os lugares havia gente da minha idade discutindo estas mesmas questões: como ser negro, ou oriental, ou americano, ou mulher. Mas eu nunca tinha visto ninguém discutir essas questões, e, quando enfim vi, foi com Edward.

Então me limitava a dizer: "Ela é havaiana", mas, mesmo enquanto dizia essa frase, eu conseguia perceber que soava como uma pergunta: "Ela é havaiana?".

E talvez fosse por isso que Edward sempre respondia daquele jeito.

"Não, ela não é", ele dizia.

Mas vou voltar ao dia em que nos conhecemos. Na época eu tinha dez anos e acabara de ficar órfão de pai. Naquele ano Edward era o aluno novo. A escola aceitava novos grupos de alunos no jardim da infância e na quinta, sétima e nona séries. Mais tarde, Edward amaldiçoaria o fato de termos frequentado aquela escola, e não a escola que só aceitava alunos de sangue havaiano. Nossa escola tinha sido reconhecida pelo rei, mas fundada por missionários. "É claro que não nos ensinaram quem somos e de onde viemos", ele dizia. "Claro que não. A única missão daquela escola desgraçada era colonizar a gente até ficarmos submissos." Mas ele também tinha estudado lá. Esse era um dos muitos exemplos de coisas da minha vida compartilhada com Edward que ele passaria a odiar ou de que sentiria vergonha, e minha recusa ou incapacidade de sentir a mesma vergonha — embora eu tivesse vergonha de muitas outras coisas — também começou a tirá-lo do sério.

Eu frequentava aquela escola porque membros da minha família sempre tinham frequentado aquela escola. Na parte do campus destinada ao colegial havia até um prédio chamado Bingham Hall, um dos primeiros edifícios que os missionários tinham construído, batizado em homenagem a um dos reverendos que mais tarde se casaria com a princesa. Cada Kawika Bingham que ia àquela escola — meu pai, e avô, e bisavô, e tataravô — posava para uma fotografia ou pintura na frente do prédio, em pé embaixo do nome, que havia sido esculpido em pedra.

Na família de Edward, ninguém tinha frequentado aquela escola, e foi só — como ele me disse — por causa de uma bolsa de estudos que ele conseguiu entrar. Ele me dizia essas coisas com naturalidade, sem autocomiseração ou constrangimento, e isso sempre me impressionou.

Fomos ficando amigos aos poucos. Nenhum dos dois tinha outros amigos. Quando eu era mais novo, as mães de alguns meninos queriam que eles fizessem amizade comigo porque meu pai e minha mãe eram importantes na sociedade. Fico constrangido até hoje em lembrar de um deles atravessando o parquinho, a passos firmes, para se aproximar de mim, se apresentando e perguntando se eu queria brincar. Eu sempre respondia que sim e nós brincávamos de pega-pega de um jeito meio sem graça. Depois de alguns dias fazendo isso, eu era convidado à casa do garoto; Matthew me levava de carro se a família não morasse no vale. Lá, eu conhecia a mãe do menino, que me receberia com um sorriso e nos serviria um lanche: salsichas viena e arroz, ou pão e geleia de maracujá, ou fruta-pão assada com manteiga. Brincávamos mais uma vez de pega-pega, sempre em silêncio, e depois Matthew me levava de volta para casa. Se a mãe do menino fosse das mais ambiciosas, poderia haver outros dois ou três convites, mas cedo ou tarde eles cessavam, e, na escola, o menino ia direto ao encontro de seus verdadeiros amigos durante o recreio, sem nunca olhar para mim. Eles nunca me tratavam com crueldade, nunca faziam bullying, mas só porque fazer bullying comigo não valia a pena. Na vizinhança, como eu já disse, havia meninos que de fato fizeram bullying comigo, mas também acabei me acostumando com isso — não deixava de ser um tipo de atenção.

Eu não tinha amigos porque era desinteressante, mas Edward não tinha amigos porque era estranho. Não era a *aparência* dele que era estranha — suas roupas não eram novas como as nossas, mas eram as mesmas roupas, as mesmas camisas havaianas e calças de algodão —, mas ele tinha, mesmo naquela época, uma certa introspecção; de alguma forma ele conseguia sugerir, sem nunca dizer nada, que não precisava de mais ninguém, que sabia alguma coisa que nenhum de nós sabia, e, até que soubéssemos, não ia se dar o trabalho de conversar com a gente.

Estávamos no início do ano letivo quando ele me abordou na hora do recreio. Eu estava sentado, como sempre ficava, na base da imensa árvore da chuva, lendo um gibi. A árvore ficava na parte mais alta do campo, que levava à ponta sul do campus num suave declive, e, enquanto lia, eu conseguia observar meus colegas de classe — os meninos jogando futebol, as meninas pulando corda. Aí olhei para cima e vi Edward trotando na minha direção, mas algo em sua postura me fez pensar que ele estava apenas andando por onde eu estava, e não que ele quisesse vir até mim.

Mas foi bem na minha frente que ele parou. "Você é o Kawika Bingham", ele disse.

"Wika", eu disse.

"Quê?", ele perguntou.

"Wika", eu disse. "Todo mundo me chama de Wika."

"Tá", ele disse. "Wika." E aí ele saiu andando. Por um instante, fiquei em dúvida — *será* que eu era o Kawika Bingham? —, depois percebi que eu era, porque ele tinha confirmado.

No dia seguinte ele voltou. "Minha mãe quer que você vá à nossa casa amanhã depois da aula", ele disse. Ele tinha um jeito de falar olhando não para você, mas para um ponto atrás de você, e por isso, quando enfim te encarava — como ele fez nesse momento, enquanto esperava minha resposta —, seu olhar parecia bastante intenso, quase interrogador.

"Tá", eu disse. Eu não sabia o que mais podia dizer.

Na manhã seguinte, eu disse a Matthew e Jane que iria à casa de um colega depois da aula. Eu lhes disse isso depressa, em voz baixa, enquanto tomava meu café da manhã, porque eu sabia, de alguma maneira, que minha mãe não ia simpatizar com Edward. Talvez essa impressão fosse injusta — minha mãe não costumava subestimar pessoas que tinham menos dinheiro que ela, não de uma forma que eu teria percebido naquela época, pelo menos —, mas eu sabia que não poderia contar para ela.

Matthew e Jane se entreolharam. Em todas as outras ocasiões, as mães dos colegas tinham combinado o encontro com a minha mãe; eu nunca tinha combinado nada sozinho. Eu percebi que eles estavam felizes por mim, e que tentavam não me deixar preocupado.

"Você quer que te busque depois, Wika?", perguntou Matthew, mas eu acenei que não — já sabia que Edward morava perto da escola, e que por isso eu saberia voltar para casa andando, como sempre.

Jane se levantou. "É melhor você levar alguma coisa pra mãe dele", ela disse, e foi até a despensa buscar um vidro de sua geleia de manga. "Diga que, quando terminar, ela pode pedir pra você trazer o vidro de volta, aí eu encho de novo na próxima estação, tá, Wika?" Isso pareceu muito otimista — a época das mangas tinha acabado de terminar, então, para encher o vidro de novo, a sra. Bishop teria que contar que seu filho e eu continuaríamos amigos por mais um ano. Mas só agradeci e guardei o vidro na minha mochila.

Eu e Edward estudávamos em salas de aula que ficavam lado a lado, e ele me esperava na saída. Andávamos em silêncio pelo campus do ensino fundamental, depois ele pulava o muro baixo que cercava a escola. Ele morava apenas um quarteirão ao sul desse muro, no meio de uma rua estreita pela qual eu muitas vezes passava de carro com Matthew.

Meu primeiro pensamento foi de que a casa era mágica. A rua era ladeada de pequenas lojas e empresas — uma loja de secos e molhados, uma loja de materiais de construção, uma mercearia — e, de repente, como se tivesse sido invocada de outro mundo, havia uma minúscula casinha de madeira. Não existia nenhum traço de verde no resto do quarteirão, mas assomando acima da estrutura havia uma grande mangueira, tão imponente e frondosa que parecia estar escondendo a pequena construção. Nada mais crescia no quintal, nem grama, e o caminho de concreto que levava à varanda da frente tinha ficado retorcido por causa das raízes da árvore, uma das quais havia rachado ao meio uma placa do pavimento. A casa em si era uma versão em miniatura do tipo de casa que víamos na minha vizinhança — uma casa de fazenda, como eu aprendera a chamá-las, com uma lanai ampla e grandes janelas com toldos de metal.

A próxima surpresa foi a própria porta, que na verdade estava fechada. Todos que eu conhecia deixavam a porta aberta até a hora de dormir; lá só havia a porta de tela, que você batia ao entrar e sair. Vi Edward esticar o braço para dentro da camisa, pegar uma chave pendurada numa cordinha de algodão que ficava ao redor de seu pescoço e abrir a porta. Ele calçou os zoris e entrou, e eu, bobo, esperei que ele me convidasse antes de perceber que deveria segui-lo.

Lá dentro estava abafado e escuro, e, depois de trancar a porta novamente, Edward deu a volta pela sala, abrindo as persianas antigas para deixar a brisa entrar, embora a mangueira bloqueasse toda a luz. A sombra, porém, mantinha a casa fresca e potencializava aquela sensação de encanto.

"Quer comer alguma coisa?", Edward perguntou, já se dirigindo à cozinha.

"Sim, por favor", eu disse.

Alguns instantes depois, ele voltou para a sala com dois pratos e me deu um. No prato estavam distribuídos biscoitos água e sal, cada um com um tico de maionese. Ele se sentou em um dos sofás de rattan e eu me sentei no outro, e nós comemos nosso lanche em silêncio. Eu nunca tinha comido biscoito com maionese e não sabia dizer se tinha gostado, nem se deveria gostar.

Edward comeu seus biscoitos depressa, como se aquela fosse uma tarefa de que precisasse se livrar, e em seguida se levantou de novo. "Quer ver meu quarto?", ele perguntou, e mais uma vez o fez quase de lado, como se estivesse se dirigindo para outra pessoa presente no cômodo, embora só eu estivesse ali.

"Quero", eu disse.

Havia três portas fechadas à esquerda da sala. Ele abriu a que ficava à direita e entramos num quarto. Esse cômodo também era pequeno, mas era aconchegante, como a toca de um animal indefeso. Havia uma cama estreita com um cobertor listrado sobre ela, e penduradas pelo teto, de um canto a outro, havia correntes de cartolina em cores vivas. "Eu e minha mãe fizemos", Edward explicou, e, embora no futuro eu lembrasse que seu tom tinha me chamado a atenção — tão direto, quase orgulhoso, quando estávamos chegando a uma idade em que declarar que você fazia artesanato, e ainda por cima com a mãe, era algo a se evitar —, o que pensei no momento foi que a ideia de fazer *qualquer coisa* com a própria mãe era muito bizarra, ainda mais uma coisa que você penduraria no teto, transformando, de propósito, seu quarto num lugar mais caótico e mais esquisito do que ele precisava ser.

Nesse momento Edward se virou e pegou um objeto na gaveta que ficava sob a mesa próximo à sua cama. "Olha isso", ele disse, em tom solene, e estendeu uma caixa de veludo preto que tinha mais ou menos o tamanho de um baralho. Ele abriu a tampa com dobradiças, e dentro da caixa havia uma medalha feita de um metal acobreado: era o selo da nossa escola e, num pergaminho debaixo dele, as palavras "Bolsa de estudos: 1953-1954". Ele o virou ao contrário para me mostrar seu nome gravado no verso: Edward Paiea Bishop.

"Pra que serve isso?", perguntei, e ele soltou um sonzinho impaciente.

"Não *serve* pra nada", ele respondeu. "Me deram isso quando ganhei a bolsa de estudos."

"Ah", eu disse. Percebi que deveria dizer alguma coisa, mas não consegui decidir o que diria. Eu não conhecia mais ninguém que tivesse uma bolsa de estudos. Na verdade, até ter conhecido Edward, eu sequer sabia o que era uma bolsa de estudos, e tinha precisado pedir uma explicação a Jane. "É legal", eu disse, e ele fez aquele som de novo.

"É besteira", ele disse, mas, quando devolveu a caixa à gaveta, o fez com muito cuidado, passando a mão sobre a superfície aveludada.

Depois ele abriu outra gaveta, esta escondida embaixo da cama — ao longo do tempo, eu perceberia que, embora o quarto fosse minúsculo, era bem organizado e eficiente como um beliche de marinheiro, e quem quer que o tivesse arrumado havia levado em conta todos os interesses de Edward, todas as suas necessidades —, e pegou uma caixa de papelão. "Damas", ele disse. "Quer jogar?"

Enquanto jogávamos partidas e mais partidas de damas, a maior parte do tempo em silêncio, tive a oportunidade de me perguntar o que era mais incomum na casa de Edward. Não era o tamanho, nem o fato de ser escura (embora, curiosamente, a meia-luz não a tornasse melancólica, mas confortável, e mesmo no fim da tarde não havia necessidade de acender nenhuma luz), mas sim o fato de estarmos sozinhos ali. Na minha casa, eu nunca ficava sozinho. Se minha mãe estivesse em uma de suas reuniões, havia Jane e, às vezes, Matthew. Mas Jane estava sempre lá. Ela ficava fazendo comida na cozinha, ou tirando o pó da sala de estar, ou varrendo o corredor do primeiro andar. O mais longe que ela ia era até a lateral da casa, para pendurar as roupas no varal ou, de vez em quando, até a entrada da garagem, para levar o almoço a Matthew, que estava lavando o carro. Mesmo durante a noite, ela e Matthew só estavam a algumas centenas de metros dali, no apartamento no qual moravam, que ficava em cima da garagem. Mas eu nunca tinha ido à casa de um coleguinha sem que houvesse mãe. Ninguém esperava ver o pai — eram criaturas que só se materializavam na hora do jantar, nunca na parte da tarde —, mas as mães sempre estavam em casa, uma presença tão garantida quanto a de um sofá ou uma mesa. Sentado ali, na cama de Edward, jogando damas, me ocorreu de repente que ele morava sozinho. Tive uma visão de Edward fazendo jantar para si mesmo no fogão (eu não tinha permissão para encostar no fogão na minha casa), comendo sentado à mesa da cozinha, lavando a louça, tomando um banho e indo se deitar sem ninguém para colocá-lo na cama. Houvera muitos momentos em que eu tinha lamentado o fato de não ter qualquer privacidade verdadeira e significativa na minha casa, mas de repente a alternativa — a ausência de pessoas, nada além do tempo e do silêncio — pareceu horrível, e me pareceu que deveria ficar com Edward o máximo que pudesse, pois quando eu partisse ele não teria mais ninguém.

Mas, enquanto eu pensava isso, ouvi o barulho da porta se abrindo, e em seguida uma voz de mulher, vivaz e alegre, chamando o nome de Edward.

"Minha mãe", Edward disse, e pela primeira vez ele sorriu, um riso breve e alegre, e saiu da cama e foi correndo para a sala.

Eu o segui e vi a mãe de Edward o beijando, e então, antes que ele pudesse dizer qualquer coisa, ela se aproximou de mim com os braços estendidos. "Você deve ser o Wika", ela disse, sorrindo. "O Edward me falou tanto de você!", e ela me puxou para perto.

"É um prazer conhecê-la, sra. Bishop", eu me lembrei de dizer, e ela abriu um sorriso e me apertou de novo. "Victoria", ela me corrigiu, e depois, vendo minha expressão, "ou tia! Só sra. Bishop que não." Ela se voltou para Edward, ainda me abraçando. "Estão com fome, meninos?"

"Não, a gente tomou um lanche", ele disse, e ela também sorriu para ele. "Bom menino", ela disse, mas seu elogio pareceu me incluir.

Eu a observei indo até a cozinha. Ela era a mãe mais bonita que eu já tinha visto, tão bonita que, se a tivesse conhecido em outro contexto, nunca sequer a associaria com a maternidade. Seu cabelo louro-escuro estava preso num coque rente à nuca, e sua pele também tinha um tom escuro e dourado — mais iluminado que o meu, mas mais escuro que o de seu filho —, e ela usava um vestido de algodão cor-de-rosa que naquele tempo era considerado decotado, com tiras brancas nos punhos e na gola, e uma saia longa acinturada que rodava em torno de suas pernas quando ela andava. Ela tinha um cheiro delicioso, que parecia uma mistura de carne frita com a flor de gardênia que ela usava presa atrás da orelha, e ela não andava; ela rodopiava pela casinha como se fosse um palácio, um lugar amplo e deslumbrante.

Foi só quando ela disse que esperava que eu ficasse para jantar que olhei o relógio redondo acima da pia e percebi que eram quase cinco e meia, e eu dissera a Matthew e a Jane que estaria em casa uma hora antes — eu jamais teria imaginado que gostaria de ficar na casa de outro menino por tanto tempo. Senti que começava a entrar naquele estado de angústia em que tantas vezes me via quando sabia que tinha feito algo de errado, mas a sra. Bishop me disse para não me preocupar, só para ligar para a minha casa, e quando atendeu o telefone Jane pareceu aliviada. "O Matthew vai te buscar agora", ela disse, antes que eu tivesse a chance de perguntar se podia ficar para o jantar (algo que eu não sabia ao certo se queria, de qualquer forma). "Ele chega em dez minutos."

"Tenho que ir pra casa", eu disse à sra. Bishop quando desliguei, "desculpe", e mais uma vez ela sorriu para mim.

"Da próxima vez você vai ficar", ela disse. Ela falava com um leve sotaque cantado. "A gente ia gostar, né, Edward?" E Edward acenou que sim, embora já estivesse andando pela cozinha com sua mãe, tirando coisas da geladeira, e parecesse ter esquecido que eu ainda estava ali.

Antes de ir embora, dei a ela o vidro de geleia de manga que estava na minha bolsa. "Isso é pra senhora", eu disse. "Ela" — eu sabia que não deveria esclarecer que "ela" era a governanta, e não minha mãe — "disse que você pode me devolver o vidro quando acabar e ela pode encher de novo quando for época de manga." Mas aí me lembrei da árvore que havia lá fora e me senti bobo, e estava prestes a me desculpar quando a sra. Bishop me puxou para perto mais uma vez.

"É a minha geleia preferida", ela disse. "Agradeça à sua mãe." Ela deu risada. "Talvez eu precise pedir a receita pra ela… Todo ano eu juro que vou fazer geleia, e todo ano deixo de fazer. É que sou um desastre na cozinha", e me deu uma piscadinha de verdade, como se estivesse me contando um segredo que ninguém mais tinha o direito de saber, nem mesmo seu filho.

Ouvi o carro de Matthew estacionando lá fora e me despedi dos dois. Mas na lanai me virei e olhei pela porta de tela e os vi, mãe e filho, na cozinha, preparando o jantar. Edward disse alguma coisa à mãe e ela jogou a cabeça para trás e riu, depois se inclinou e passou a mão na cabeça dele, com ar brincalhão. Eles tinham acendido a luz da cozinha, e tive a estranha sensação de estar olhando um diorama, uma cena de felicidade que eu podia observar, mas da qual nunca poderia fazer parte.

"Bishop", disse minha mãe, mais tarde, naquela mesma noite. "Bishop."

Eu sabia, já naquela época, o que ela estava pensando: Bishop era um sobrenome famoso, um sobrenome antigo, quase tão famoso e antigo quanto o nosso. Ela estava pensando que Edward era alguém como nós, mas eu sabia que ele não era, não da forma como ela imaginava.

"O que o pai dele faz?", ela perguntou, e, quando admiti que não sabia, me dei conta de que sequer tinha pensado no pai dele. Isso acontecera, em parte, porque os pais eram meros vultos na vida de todos nós. Você os via nos fins de semana e à noite, e se tivesse sorte eles eram seres benevolentes e distantes que de vez em quando te davam uma barra de chocolate, e se não tivesse sorte eram frios e inalcançáveis, e só apareciam para administrar surras e palmadas. Minha visão de mundo era muito limitada, mas até eu entendia, de certa forma, que Edward não tinha pai — ou, para ser mais exato, que a sra. Bishop não tinha marido. Os dois, mãe e filho, ficavam tão completos juntos, cozinhando naquela cozinha em miniatura, ela brincando de bater o quadril no corpo dele, ele fugindo pela direita com um gesto dramático, a mãe rindo para ele, que não havia espaço para nenhum pai ou marido: eles eram um conjunto de duas peças, uma feminina, outra masculina, e mais um homem só serviria para desfazer a simetria.

"Bem", minha mãe disse, "devíamos convidá-los para tomar chá."

E dessa forma, no domingo seguinte, eles foram à nossa casa. Eles não puderam ir no sábado, ouvi Jane dizer à minha mãe, porque a sra. Bishop tinha que comparecer ao serviço. ("O serviço *dela*", minha mãe repetiu, num tom que comunicava um sentido que eu não era capaz de interpretar. "Tudo bem, Jane, diga para ela vir no domingo.") Eles chegaram a pé, mas não estavam com calor nem enrubescidos, o que significava que tinham pegado o ônibus e andado do ponto mais próximo até nossa casa. Edward estava vestindo o uniforme da escola. Sua mãe usava outro vestido de algodão com saia longa, esse de um tom amarelo-hibisco, seu cabelo louro-escuro no mesmo coque, a boca pintada de um vermelho alegre, ainda mais bonita do que eu me lembrava.

Ela estava sorrindo quando minha mãe se dirigiu a ela. "Sra. Bishop, é um prazer conhecê-la", ela disse, ao que a sra. Bishop respondeu, como tinha feito comigo: "Por favor, me chame de Victoria".

"Victoria", minha mãe repetiu, como se aquele fosse um nome estrangeiro e ela quisesse ter certeza de que estava pronunciando do jeito certo, mas ela não retribuiu a oferta, ainda que a sra. Bishop parecesse esperar que o fizesse.

"Muito obrigada por nos receber", ela disse. "O Edward" — ela virou o sorriso na direção do filho, que estava olhando para minha mãe com uma expressão séria e firme, que não chegava a ser desconfiada, mas atenta — "é novo na escola, e o Wika tem sido muito gentil com ele." E nesse momento ela se virou para me olhar, com aquela mesma piscadinha, como se eu tivesse feito um favor ao seu filho por falar com ele, como se tivesse encontrado uma brecha na minha agenda cheia para fazê-lo.

Até minha mãe pareceu um pouco chocada com essa informação. "Bem, fico muito feliz em saber que o Wika fez um novo amigo", ela disse. "Querem entrar?"

Fomos todos para o solário, onde Jane nos ofereceu biscoitos amanteigados, servindo café para as mulheres — "Ah! Obrigada... Jane? Obrigada, Jane, esses biscoitos estão com uma cara ótima! — e suco de goiaba para mim e Edward. Eu tinha visto outras conhecidas da minha mãe ficarem emudecidas e maravilhadas nesse cômodo, que para mim era apenas um cômodo, ensolarado e tedioso, mas que para elas era um museu dos ancestrais do meu pai: a prancha de surfe de madeira cheia de marcas do tempo que meu bisavô, conhecido como o Príncipe Imponente, tinha usado em Waikīkī; os daguerreótipos da irmã do meu tataravô, a rainha, com seu vestido de tafetá preto, e de um primo de terceiro grau, um explorador que tinha emprestado seu nome a um dos prédios de uma famosa universidade. Mas a sra. Bishop não parecia intimidada e olhava ao redor sem constrangimento, com verdadeira alegria. "Que solário lindo, sra. Bingham", disse, sorrindo para minha mãe. "Minha família sempre admirou muito a família do seu marido e tudo o que ele fez pelas ilhas."

Essa era a coisa certa a dizer, e ela a dissera de forma simples e elegante. Eu notei que minha mãe ficou surpresa. "Obrigada", ela disse, um pouco desconcertada. "Ele adorava a casa."

Minha mãe passou algum tempo falando com Edward, perguntando se ele gostava da escola nova (sim), e se sentia falta dos antigos amiguinhos (não muito), e quais eram seus hobbies (nadar, fazer trilha, acampar, ir à praia). Quando eu mesmo me tornei pai de um menininho, consegui admirar a compostura de Edward, sua aparente serenidade; quando criança, eu me esforçava, e me esforçava até demais, para agradar, sorrindo com ar desesperado durante conversas com os amigos dos meus pais, torcendo para não os envergonhar. Mas Edward não era nem bajulador nem tímido — ele respondia às perguntas da minha mãe de forma direta, sem tentar agradar nem se desculpar. Já naquela época se comportava com uma dignidade incomum, uma dignidade que o fazia parecer invencível. Era quase como se ele não se importasse com mais ninguém, mas isso poderia sugerir que fosse indiferente, ou arrogante, e ele não era nada disso.

Por fim, minha mãe conseguiu perguntar sobre o sr. Bishop: certos membros da família Bishop tinham sido primos distantes do meu pai, assim como todas as velhas famílias de missionários que tinham se casado com a realeza havaiana eram primas distantes — seria possível que houvesse alguma relação?

A sra. Bishop deu risada. Não havia amargura nessa risada, nem falsidade: era um som de puro divertimento. "Ah, não, infelizmente", ela disse. "Só eu sou havaiana, meu marido não é." Minha mãe a fitou com uma expressão neutra, e a sra. Bishop sorriu de novo. "Foi um verdadeiro choque para o Luke, um garoto haole de uma cidadezinha no Texas, filho de pedreiro, entender que, aqui, o sobrenome dele o tornava especial."

"Entendi", disse minha mãe, em voz baixa. "Então seu marido também trabalha com construção?"

"Talvez ele trabalhe." Mais uma vez o sorriso. "Mas é que a gente não sabe, né, Edward?" Então, dirigindo-se à minha mãe: "Ele foi embora há muito tempo, quando o Edward era bebê… Nunca mais o vi".

Não posso dizer, é claro, que não fosse comum que os homens abandonassem suas famílias no começo dos anos 1950. Mas o que *posso* dizer — e mesmo décadas depois isso continuou valendo — é que ter um marido ou pai que tivesse ido embora era motivo de vergonha, como se a responsabilidade fosse das pessoas abandonadas, da esposa e dos filhos. Quando falavam sobre isso, as outras pessoas o faziam sussurrando. Mas não os Bishop. O sr. Bishop tinha ido embora, mas não eram *eles* os fracassados — era *ele*.

Esse foi um daqueles raros momentos em que eu e minha mãe nos vimos unidos pelo nosso embaraço. Antes de os Bishop irem embora, ficamos sabendo que domingo era o dia de folga da sra. Bishop; nos outros seis dias da semana ela trabalhava como garçonete num restaurante movimentado que ficava a alguns quarteirões de sua casa e se chamava Mizumoto's, do qual minha mãe nunca tinha ouvido falar, mas Jane e Matthew sim, e que ela vinha de Honoka'a, uma cidadezinha minúscula, um vilarejo, na verdade, na Grande Ilha.

"Que mulher extraordinária!", minha mãe disse, observando mãe e filho virarem à direita no final da entrada da nossa garagem e perderem-se de vista na direção do ponto de ônibus. Eu sabia que isso não era exatamente um elogio.

Eu concordava — ela era *de fato* extraordinária. Os dois eram. Eu nunca tinha conhecido pessoas que se deixassem abater tão pouco pela própria situação de vida. Mas enquanto essa ausência de inseguranças se manifestava na sra. Bishop como uma leveza irreprimível e uma alegria que só se vê nas raras pessoas que nunca sentem vergonha de ser quem são, em Edward ela surgia como uma desobediência, algo que anos mais tarde se transformaria em revolta.

Hoje vejo isso, é claro. Mas demorei muito tempo. E quando aconteceu eu já tinha desistido da minha vida, e por consequência da sua, em nome da dele. Não porque eu compartilhasse da revolta dele — mas porque desejava a convicção que ele tinha, aquela certeza estranha e maravilhosa de que só existia uma resposta, e de que, acreditando nela, eu deixaria de acreditar em tudo que tinha me incomodado a meu respeito por tanto tempo.

E agora, Kawika, vou pular uns bons anos. Mas primeiro quero lhe falar sobre algo que me aconteceu ontem.

Eu estava deitado na cama, como sempre. Era uma tarde muito quente. Mais cedo tinham aberto as janelas e ligado o ventilador, mas àquela altura a brisa tinha morrido e ninguém tinha voltado para ligar o ar-condicionado. Às vezes isso acontecia, e depois alguém entrava no quarto exclamando como estava quente, me dando uma bronquinha, como se eu pudesse chamá-los e tivesse me recusado por pura teimosia. Uma vez, haviam esquecido completamente de ligar o ar-condicionado, e minha mãe fez uma visita-surpresa. Eu tinha ouvido sua voz e seus pés pisando firme, e depois ouvi os passos retornando e voltando alguns segundos depois com um funcionário, que pedia desculpas sem parar enquanto minha mãe o repreendia: "Você sabe quanto eu pago para cuidarem do meu filho? Chame o gerente. Isso é inaceitável". Eu me senti humilhado ao ouvir isso, por ser tão velho e ainda depender da minha mãe, mas ao mesmo tempo fiquei aliviado, e adormeci com os sons daquela fúria.

Normalmente o calor não me incomodava tanto, mas ontem estava opressivo, e eu sentia meu rosto e meus cabelos ficando úmidos; sentia as gotas de suor entrando na minha fralda. Por que ninguém vem me ajudar?, pensei. Tentei fazer algum barulho, mas não consegui, é claro.

E aí uma coisa muito estranha aconteceu. Eu me levantei. Não consigo explicar como isso aconteceu — fazia anos que não me levantava, desde que fui resgatado de Lipo-wao-nahele. Mas naquele momento eu não só estava em pé como tentava andar na direção de onde eu sabia que ficava o ar-condicionado. Quando me dei conta disso, porém, eu caí, e depois de alguns minutos alguém entrou no quarto e começou a fazer um escândalo, me perguntando por que eu estava no chão e se tinha caído da cama. Por um instante tive medo de que quisessem me prender na cama, como havia acontecido antes, mas a pessoa não quis, só tocou a campainha para pedir ajuda, e depois outra pessoa chegou, me devolveram à cama e, graças a Deus, ligaram o ar-condicionado.

Mas o importante é que eu tinha me levantado; tinha ficado em pé. A sensação de estar ereto foi ao mesmo tempo estranha e familiar, embora depois eu tivesse passado um bom tempo tremendo, porque minhas pernas estavam muito fracas. Ontem à noite, depois que me alimentaram e me lavaram e o ambiente estava escuro e silencioso, comecei a pensar. Eu tinha tido sorte por ninguém ter me visto em pé, porque, se tivessem, teriam feito perguntas, e teriam ligado para a minha mãe, e teriam feito exames, os mesmos que fizeram quando cheguei aqui: por que eu não andava? Por que eu não falava? Por que eu não enxergava? "Você está fazendo as perguntas erradas", minha mãe disse quando perdeu a paciência com alguém, um médico. "Você deveria estar perguntando por que ele *não consegue* fazer essas coisas." "Não, sra. Bingham", o médico respondeu, e pude sentir a irritação em sua voz. "Estou fazendo as perguntas corretas. A questão não é que seu filho *não consegue* fazer essas coisas... É que ele *não quer*", e minha mãe ficou em silêncio.

Nesse momento, porém, me dei conta: e se eu *pudesse* reaprender a andar? E se todo dia eu ficasse em pé para treinar? O que aconteceria? Essa ideia me assustava, mas também me empolgava. E se eu estivesse melhorando, afinal de contas?

Mas quero continuar minha história. Por todo o resto do quinto ano, eu e Edward passamos muito tempo juntos. De vez em quando ele ia à minha casa, mas era mais comum que eu fosse à dele, onde jogávamos damas ou baralho. Quando ia à minha casa, ele preferia brincar lá fora, já que o quintal da casa dele era muito pequeno para jogar bola, mas ele logo percebeu que eu não era nenhum atleta. O estranho, porém, era que nunca parecíamos ficar mais íntimos, de fato. Meninos dessa idade podem até não compartilhar intimidades ou segredos, mas o contato físico tende a crescer: me lembro de você nessa idade, como você se revirava na grama com seus amigos como se fossem bichinhos, como boa parte da diversão consistia em se sujar juntos. Mas eu e o Edward não éramos assim — eu era muito melindroso, e ele era muito controlado. Desde o início tive a impressão de que nunca conseguiria ficar relaxado perto dele, e isso não me incomodava.

Aí o verão chegou. Edward foi para a Grande Ilha ficar com seus avós; eu e minha mãe fomos para Hāna, onde na época tínhamos uma casa que pertencia à família do meu pai desde antes da anexação. E quando enfim as aulas voltaram algo tinha mudado. Nessa idade as amizades são muito frágeis, porque quem somos — não só as dimensões físicas de cada um, mas também as emocionais — muda de forma drástica de um mês para o outro. Edward entrou para as equipes de beisebol e natação e fez novas amizades; eu voltei à minha solidão. Hoje em dia imagino que devo ter ficado chateado com isso, mas, curiosamente, não me lembro de sentir nenhuma tristeza, nenhuma raiva — foi como se o ano anterior tivesse sido um engano, e eu soubesse desde sempre que em algum momento as coisas voltariam ao normal. Além disso, não tínhamos nos desentendido nem nada do tipo — apenas havíamos nos afastado, não rompido, e quando nos víamos pelo campus ou pelos corredores nos cumprimentávamos com um aceno ou um meneio, gestos que você faria para alguém que estivesse do outro lado de um oceano, porque sabia que sua voz não chegaria lá. Quando nos reencontramos, mais de uma década depois, pareceu de certa forma inevitável, como se nós dois tivéssemos ficado à deriva por tanto tempo que estávamos destinados a nos ver novamente.

Há, porém, dois encontros nesses anos que ficamos separados que me marcaram. O primeiro aconteceu quando eu tinha mais ou menos treze anos. Eu havia entreouvido uma conversa entre duas garotas da minha sala. Todos sabiam que uma delas era apaixonada pelo Edward. Mas a amiga era contra a relação. "Você *não pode*, Belle", ela sibilou. "Por que não?", Belle perguntou. "Porque", disse a primeira garota, falando ainda mais baixo, "a mãe dele é *dançarina*."

Desde que Edward se matriculara na escola, não era raro que houvesse... não boatos, porque era tudo verdade, mas histórias a respeito dele. Com o passar do tempo, acabávamos descobrindo quem eram os alunos que tinham bolsa de estudos, e às vezes uma criança sussurrava à outra quais eram as profissões de seus pais, todas imitando as vozes que seus próprios pais faziam quando falavam dos novos moradores da cidade. Edward não tinha pai, e sua mãe era garçonete, mas o poupavam do escárnio completo: ele se saía bem nos esportes e, além do mais, não parecia se importar com o que os outros diziam, e em parte isso também motivava as histórias — acho que os outros alunos pensavam que um dia o forçariam a reagir, mas isso nunca aconteceu.

Pelo menos ele não era oriental. Isso foi na época da cota, quando apenas dez por cento da população da escola era oriental, embora a população do território chegasse a quase trinta por cento. A maior parte dos orientais que de fato frequentavam as aulas chegava, em alguns casos, sem nunca ter usado sapatos, só chinelos de borracha. Todos eram bolsistas, considerados inteligentes e promissores por seus professores da escola pública, e tinham que fazer diversos testes para ser admitidos. Seus pais trabalhavam na plantação de cana-de-açúcar ou nas fábricas de enlatados da ilha, e aos fins de semana e no verão eles também trabalhavam nesses lugares, cortando cana ou catando pinha, como diziam, no campo e abastecendo os caminhões. Havia um menino, Harry, que tinha entrado na escola na sétima série, cujo pai era fosseiro, alguém que limpava as privadas externas da plantação e transferia as fezes humanas que estivessem lá para... não sabíamos para onde. Diziam que Harry tinha cheiro de merda, e, embora ele também sempre ficasse sozinho durante o almoço, comendo seus sanduíches de arroz, eu nunca pensei em puxar assunto: também o menosprezava.

Ouvir falar da sra. Bishop me fazia sentir saudade dela. Ela era, de fato, o que mais me fazia falta na amizade com Edward: a forma como ela me segurava pelos ombros e me puxava para um abraço, dando risada; a forma como ela me beijava na testa quando eu ia embora da casa deles, no fim da tarde; a forma como dizia que esperava me ver de novo em breve.

Eu nunca tinha dado atenção ao que diziam sobre Edward, mas dessa vez dei, e depois de algumas semanas descobri que, embora a sra. Bishop continuasse sendo garçonete no Mizumoto's, ela também tinha começado a dançar, três noites por semana, num restaurante chamado Forsythia. Esse era um lugar muito conhecido que ficava perto do Mizumoto's, um ponto de encontro dos homens sindicalistas de todas as etnias. O irmão de Matthew, de quem ele tinha muito orgulho, era representante sindical dos empregados filipinos das fábricas de enlatados, e eu sabia que às vezes ele ia ao Forsythia, porque de vez em quando Jane me chamava na cozinha depois da aula e, com um gesto dramático, me mostrava a caixa amarela da confeitaria do restaurante, dentro da qual havia um bolo chiffon de goiaba com uma cobertura cor-de--rosa brilhante.

"O irmão do Matthew que mandou", dizia — ela também tinha orgulho dele, e o orgulho a tornava ainda mais generosa. "Pega um pedaço grande, Wika. Pega mais."

Eu não entendia por que queria tanto vê-la. Mas, numa tarde de sexta, falei a Matthew e a Jane que tinha que ficar até mais tarde na escola para ajudar a pintar os cenários da peça de teatro anual e fui até lá de bicicleta. O Forsythia (muito tempo depois, eu me perguntaria quem tinha escolhido esse nome, já que o sino-dourado não era uma planta que crescia no Hawai'i, e ninguém sabia o que era isso) ficava no final de uma fileira de pequenas lojas que pertenciam principalmente a japoneses, como as que povoavam os arredores da casa dos Bishop, e, embora a fachada de estuque tivesse sido pintada de um amarelo berrante, o ambiente interno tinha uma decoração inspirada numa casa de chá japonesa, com um telhado pontudo e pequenas janelas posicionadas no alto das paredes. Nos fundos do edifício, porém, perto de um canto, havia uma janela longa e estreita, e foi a ela que me dirigi em silêncio com minha bicicleta.

Eu me sentei para esperar. A entrada da cozinha ficava a poucos metros dali, mas havia uma caçamba de lixo e me escondi atrás dela. Um grupo de música havaiana se apresentava no local às sextas-feiras e aos fins de semana, tocando todos os sucessos das big bands, músicas que meu pai gostava de ouvir — "Nani Waimea", "Moonlight in Hawai'i", "Ē Lili'u ē" —, e foi depois da quarta canção que ouvi o guitarrista anunciar: "E agora, cavalheiros... e algumas damas, né?... Me ajudem a dar as boas-vindas à bela srta. Victoria Nāmāhānaikaleleokalani Bishop!".

O público aplaudiu, e olhei pela janela e vi a sra. Bishop, com um holokū amarelo estampado com hibiscos brancos justo no corpo, uma lei de puakenikeni alaranjadas envolvendo a cabeça, o cabelo preso num coque, a boca vermelha, subindo no pequeno palco. Ela acenou para a plateia, que continuava aplaudindo, e observei enquanto ela dançava "My Yellow Ginger Lei" e "Pālolo". Ela dançava muito bem, e, embora eu soubesse poucas palavras em havaiano, entendi as letras só de ver seus movimentos.

Enquanto eu a observava, com seu rosto iluminado de alegria, me ocorreu que, apesar de eu sempre ter gostado dela, uma parte de mim queria vê-la humilhada de alguma forma. A "dança", na voz dos meus colegas de escola, tinha parecido uma coisa tão sórdida, algo que só uma mulher desesperada faria, e algo em mim desejava testemunhar aquilo. Vê-la naquele momento, majestosa e elegante, foi a um só tempo um alívio e, por mais que eu detestasse admitir, uma decepção — percebi que me ressentia do filho dela no fim das contas, que queria que ele tivesse algo de que se envergonhar, e que queria que esse algo fosse sua mãe, que sempre tinha me tratado com gentileza, uma gentileza que seu filho nunca poderia demonstrar. Ela não estava dançando porque sua situação a obrigava — ela estava dançando porque adorava dançar, e, embora ela curvasse a cabeça com delicadeza diante dos aplausos da plateia, não havia dúvida de que seu prazer não dependia da aprovação daquelas pessoas.

Fui embora antes que a apresentação terminasse. Mas na cama naquela noite fiquei acordado, pensando na noite em que eu tinha saído da casa dos Bishop pela primeira vez e tinha virado a cabeça e os visto juntos na cozinha, rindo e conversando sob a luz amarela e quente da casa. Nesse momento corrigi aquela memória: eles tinham colocado um disco na vitrola, e a sra. Bishop, ainda com o uniforme do Mizumoto's, estava dançando, e Edward estava dedilhando seu ukulele, acompanhando a música. Lá fora, no quintalzinho minúsculo, estavam reunidos todos os colegas de sala meus e de Edward, e todos os clientes do Forsythia também, todos nós assistindo e aplaudindo, ainda que mãe e filho nunca se virassem para se dirigir a nós — para eles só eles estavam ali, e era como se nós não existíssemos.

Esse foi o primeiro acontecimento sobre o qual quero lhe contar. O segundo ocorreu três anos depois, em 1959.

Era 21 de agosto e o ano letivo tinha acabado de começar. Eu estava na décima série e tinha quase dezesseis anos. Já que estávamos no colegial, eu via Edward mais do que nos anos anteriores, quando tínhamos sido colocados em turmas diferentes que tinham todas as aulas na mesma sala. Nós passamos a mudar de professor toda hora e às vezes caíamos na mesma sala. Aquela fase de popularidade inicial, quando descobriram que ele era bom nos esportes, havia passado, e a essa altura eu o via andando quase sempre com os mesmos três ou quatro garotos. Como sempre, nos cumprimentávamos com um aceno nos corredores, e às vezes até trocávamos algumas palavras quando ficávamos próximos — *acho que me dei mal naquela prova de química. Ah, eu também* —, mas ninguém diria que éramos amigos.

Eu estava na aula de inglês quando o sistema de comunicação interna chiou e o diretor, falando rápido e parecendo emocionado, começou a anunciar: o presidente Eisenhower tinha assinado a lei que transformava o Hawai'i num estado. Naquele momento nos tornamos, oficialmente, o quinquagésimo estado americano. Muitos dos alunos e minha professora começaram a bater palmas.

A escola nos liberou pelo resto do dia, em comemoração à notícia. Para a maioria de nós aquilo não passava de uma formalidade, mas eu sabia que Matthew e Jane ficariam muito felizes; eles viviam no território havia trinta anos — e queriam ter direito ao voto, algo em que eu nunca tinha pensado.

Eu estava me dirigindo ao portão oeste do campus quando vi Edward seguindo na direção sul. A primeira coisa que notei foi como ele estava andando devagar; outros alunos o ultrapassavam, comentando o que fariam com aquele dia de folga inesperado, mas ele parecia um sonâmbulo.

Eu estava me aproximando quando ele de repente ergueu a cabeça e me viu. "Oi", eu disse, e depois, quando ele não respondeu: "O que você vai fazer nesse dia de folga?".

Por um instante ele não respondeu, e pensei que talvez ele não tivesse me ouvido. Mas então ele disse: "Essa é uma notícia péssima".

Ele falou tão baixo que a princípio pensei que tinha entendido errado. "Ah", eu disse, feito um idiota.

Mas foi como se eu tivesse tentado contrariá-lo. "É uma notícia péssima", ele repetiu, com uma voz inexpressiva, "péssima". E então ele se virou de costas para mim e continuou andando. Eu me lembro de ter pensado que ele parecia solitário; embora o tivesse visto sozinho muitas vezes e nunca tivesse relacionado isso à solidão, como fazia comigo mesmo. Dessa vez, porém, algo estava diferente. Ele parecia — embora eu não fosse capaz de descrevê-lo assim na ocasião — arrasado, e, apesar de não conseguir ver seu rosto, havia algo em suas costas, em seus ombros caídos, que, se eu não soubesse do que se tratava, teria me feito acreditar que ele tinha acabado de sofrer uma perda terrível.

* * *

Entendo que essa ocasião pode não parecer digna de nota, sabendo o que você sabe sobre Edward. Mas isso não era do feitio do Edward que eu conhecia — não muito bem, é verdade — naquela época. Mas eu saberia — através dele ou das fofocas — se ele tivesse expressado qualquer opinião contundente sobre os direitos dos cidadãos havaianos, embora o *conceito* de que os cidadãos havaianos tivessem direitos próprios ainda nem tivesse sido inventado. (Agora consigo até ouvir Edward dizendo: "É *claro* que já tinha sido inventado". Pois bem: ainda não havia ganhado um nome. Nem ganhado um nome, nem se popularizado, nem mesmo entre grupos restritos.) Havia poucos garotos na nossa sala que se interessavam por política — um, que era filho do governador do território, chegou a botar na cabeça que um dia se tornaria presidente dos Estados Unidos. Mas Edward não era um deles, por isso o que aconteceu depois foi ainda mais surpreendente.

Devo acrescentar, porém, que Edward não foi a única pessoa que ficou triste naquele dia. Chegando em casa, encontrei minha mãe sentada no solário, bordando uma colcha. Isso não era comum, já que nas tardes de sexta ela costumava fazer seu trabalho voluntário com as Filhas, servindo comida para famílias havaianas. Quando entrei, ela levantou a cabeça e nos encaramos sem dizer nada.

"Liberaram a gente mais cedo", eu disse. "Por causa da notícia."

Ela assentiu. "Eu fiquei em casa hoje", ela disse. "Não consegui suportar." Ela abaixou a cabeça e olhou a colcha — era um padrão de fruta-pão, verde-escuro sobre branco —, depois voltou a me encarar. "Isso não muda nada, você sabe, Kawika", ela disse. "Seu pai ainda deveria ser rei. E um dia você também deveria ser rei. Não se esqueça disso."

Era uma mistura estranha de tempos verbais, uma frase repleta de promessas e mágoas, garantias e consolos.

"Tudo bem", eu disse, e ela assentiu.

"Isso não muda nada", ela repetiu. "Esta terra é nossa." E então ela voltou o olhar para o aro do bordado, uma deixa para que eu fosse embora, e subi a escada e fui para o meu quarto.

Eu não tinha uma opinião formada sobre a transformação do Hawai'i em estado. Eu pensava que essa questão fazia parte do tema mais amplo do "governo", e eu não me interessava pelo governo. Quem mandava, que decisões eram tomadas — nada disso me afetava. Uma assinatura num pedaço de papel não fazia nenhuma diferença na minha vida. Nossa casa, as pessoas que moravam nela, minha escola: essas coisas não iam mudar. Meu fardo não era uma questão de cidadania, e sim de legado; eu era David Bingham, filho do meu pai, e todo o resto partia daí. Pensando agora, suponho que talvez eu tenha até sentido alívio — já que o destino das ilhas estava decidido, talvez isso significasse que eu não precisaria mais arcar com a responsabilidade e a obrigação de tentar corrigir uma história que eu não tinha nenhuma esperança de conseguir mudar.

Levaria mais uma década, ou quase, para que eu voltasse a conviver com Edward, mas muitas coisas aconteceram naqueles anos.

A primeira dessas coisas é que eu me formei — todos nós nos formamos. A maioria dos meus colegas foi fazer faculdade no continente; era para isso que nos tinham preparado, afinal, era só para isso que frequentávamos a escola. A ideia era que saíssemos dali e conseguíssemos nosso diploma universitário, talvez viajássemos um pouco, voltássemos formados em administração, direito ou medicina e arranjássemos empregos nos mais prestigiados bancos, escritórios de advocacia ou hospitais da região, que pertenciam ou tinham sido fundados por nossos parentes e antepassados. Vários dos meus ex-colegas acabariam conseguindo cargos públicos, chefiando os departamentos de transportes, educação ou agricultura.

No começo eu fazia parte desse grupo. O reitor tinha me encaminhado para uma escola de Belas Artes pouco conhecida no Hudson Valley, no estado de Nova York, e em setembro de 1962 eu saí de casa.

Logo ficou evidente que meu lugar não era naquela universidade. A instituição podia até ser pequena, cara e desconhecida, mas, de alguma forma, os outros alunos, em sua maioria vindos de famílias ricas, mas pouco convencionais, de Nova York, eram muito mais sofisticados e muito mais cultos do que eu. Não que eu nunca tivesse viajado, mas minhas viagens tinham sido todas orientadas na direção do Leste, e nenhum dos meus colegas parecia se importar com os lugares que eu conhecia. Todos tinham viajado para a Europa, alguns todos os verões, e logo fui obrigado a aceitar que eu era um rapaz provinciano. Poucos sabiam que o Hawai'i tinha sido um reino; mais de uma vez me perguntaram se eu morava numa casa "de verdade", e com isso se referiam a uma casa feita de pedra, com telhas. Da primeira vez não soube como responder, tamanho o absurdo dessa pergunta, e fiquei parado, sem reação, até a outra pessoa se afastar. As referências que mencionavam, os livros que citavam, as viagens que faziam nas férias, a comida e os vinhos de que mais gostavam, as pessoas que todos pareciam conhecer — nada disso reverberava em mim.

O mais estranho, porém, era que não me ressentia deles: me ressentia do lugar de onde eu tinha vindo. Eu amaldiçoava minha escola, que gerações da família Bingham tinham frequentado, por não ter me preparado. O que eu tinha aprendido de útil? Eu tinha estudado as mesmas disciplinas que meus novos colegas, mas boa parte da minha educação, me parecia, tinha consistido em aprender a história do Hawai'i e um pouco da língua havaiana, que eu nem sequer sabia falar. Como queriam que esse conhecimento me fosse útil, quando o resto do mundo simplesmente não se importava? Eu não ousava mencionar quem era minha família — eu intuía que metade das pessoas não iria acreditar, e a outra metade debocharia de mim.

Tive certeza disso depois do show de talentos. Todo mês de dezembro, a faculdade apresentava uma série de esquetes curtos nos quais vários alunos imitavam professores e funcionários. Um dos esquetes retratou o presidente da escola, que vivia falando em recrutar alunos de novos países e lugares improváveis, tentando convencer um menino de uma tribo da Idade da Pedra — seu nome era Príncipe Uga-Buga dos Uga-Uga — a se matricular na instituição. O aluno que interpretava o integrante da tribo tinha escurecido a própria pele com graxa marrom e vestia uma fralda muito larga, e tinha colado com fita-crepe a metade de um osso de papelão em cada narina, para que parecesse ter atravessado seu nariz de fora a fora. Na cabeça ele usava um esfregão, as cerdas pintadas de preto e amarradas para trás.

"Olá, meu jovem", o aluno que interpretava o presidente disse. "Você parece um jovem muito inteligente."

"Uga buga, uga buga", gritou o aluno que fazia o príncipe da tribo, coçando as axilas como um macaco e apoiando-se ora num pé, ora noutro.

"Nós ensinamos tudo de que um jovem precisa para ser considerado culto", o presidente prosseguiu, ignorando solenemente as palhaçadas do homem da tribo. "Geometria, história, literatura, latim, e, é claro, esportes: lacrosse, tênis, futebol americano, badminton." E nesse momento ele estendeu uma peteca de badminton para o homem, que na mesma hora a enfiou na boca.

"Não, não!", berrou o presidente, enfim se exaltando. "Isso não é de comer, meu bom homem! Cuspa isso já!"

O homem cuspiu a peteca, se coçando e pulando, e então, depois de uma pausa durante a qual encarou a plateia, com os olhos arregalados e a boca, que tinha sido contornada de batom vermelho, escancarada, ele pulou e avançou no presidente, tentando mordê-lo no rosto.

"Socorro!", gritou o presidente. "Socorro!" Os dois começaram a correr ao redor do palco, os dentes do homem da Idade da Pedra se fechando com um baque oco enquanto ele mordia o ar, gargalhando e soltando gritinhos à medida que perseguia o presidente até voltarem para os bastidores.

Os dois atores retornaram para o palco e receberam uma salva de palmas. A plateia tinha rido do começo ao fim, de uma forma exagerada e obscena, quase como se as pessoas nunca tivessem rido antes e estivessem aprendendo naquele momento. Só havia duas pessoas em silêncio: eu e um veterano que tinha vindo de Gana e que eu não conhecia. Eu o observei olhando para o palco, o rosto imóvel e retesado, e percebi que ele estava pensando que o esquete falava dele e de seu país, mas eu sabia que falava de mim e do meu — as palmeiras de papelão, as samambaias amarradas em arranjos desajeitados nos tornozelos e pulsos do selvagem, a lei feita de canudos de plástico cortados e flores de papel-jornal. Era uma fantasia barata e tosca, feita de forma barata e tosca, que menosprezava até a piada que se propunha a fazer. Era isso que pensavam de mim, percebi, e mais tarde, quando Edward falou em Lipo--wao-nahele pela primeira vez, foi dessa noite que me lembrei, da sensação de observar, paralisado, enquanto pegavam tudo o que eu era, e tudo o que minha família era, e destruíam tudo, violentavam tudo, e depois colocavam no palco para arrancar gritos da plateia.

Como eu ia continuar ali depois daquilo? Fiz minha mala e peguei um ônibus que ia para o sul, para Manhattan, onde fiz check-in no Plaza, o único hotel que eu conhecia pelo nome. Mandei um telegrama para meu tio William, que administrava os bens do meu pai, pedindo que me transferisse dinheiro e não contasse nada para a minha mãe; ele respondeu com outro telegrama e disse que o faria, mas que não poderia esconder isso dela para sempre, e que esperava que eu tivesse pensado bem na minha decisão.

Eu passava os dias andando. Toda manhã, ia a um restaurante perto do Carnegie Hall para tomar café da manhã, porque lá podia comer ovos fritos, batatas e bacon e tomar café por um valor muito menor do que no hotel, e depois andava na direção norte, sul, leste ou oeste. Eu tinha um casaco de tweed, caro e bonito, mas não quente o suficiente, e enquanto andava juntava minhas mãos e soprava nelas, e quando não conseguia mais suportar o frio eu encontrava um restaurante ou um café e entrava para tomar um chocolate quente e me aquecer.

Minha identidade mudava de acordo com o bairro em que eu estava. Em Midtown, pensavam que eu talvez fosse negro, mas no Harlem sabiam que eu não era. Falavam comigo em espanhol, português, italiano e até em híndi, e, quando eu respondia "sou havaiano", sempre, sem exceção, a outra pessoa me dizia que ela ou seu irmão ou primo tinha ido para lá depois da guerra e perguntava o que eu estava fazendo ali, tão longe de casa, quando poderia estar na praia com uma havaiana bonitinha dançando hula-hula. Eu nunca sabia como responder a essas perguntas, mas ninguém esperava ouvir uma resposta — eles só sabiam perguntar isso, mas ninguém queria ouvir o que eu tinha a dizer.

No oitavo dia, porém — o tio William tinha me enviado um telegrama naquela manhã, dizendo que o tesoureiro avisara minha mãe que eu tinha largado a faculdade, e que ela lhe pedira para me mandar uma passagem de volta, que estaria à minha espera naquela tarde —, eu estava voltando para o hotel, vindo do Washington Square Park, aonde havia ido para ver o arco. Naquela tarde fazia muito frio e um vento forte, e a cidade parecia refletir meu humor, que estava sombrio e taciturno.

Eu tinha andado pela Broadway na direção norte, e quando virei na direção leste na Central Park South, quase tropecei num mendigo. Eu já o vira antes; era um homem atarracado, de aparência sofrida e pele escura, e sempre ficava num canto, usando um casaco preto comprido demais — com as duas mãos, ele estendia à sua frente um antiquado chapéu-coco de feltro, um modelo que tinha sido a última moda trinta anos antes, balançando-o à medida que as pessoas passavam. "Tem uma moedinha sobrando, senhor?", ele perguntava. "Tem um centavo sobrando?"

Eu estava passando por ele, prestes a murmurar meu pedido de desculpas, quando ele me viu e de repente se pôs em pé, com modos de soldado, fazendo uma reverência. Ouvi o homem suspirar. "Sua alteza", ele disse, encarando a calçada.

Minha primeira reação foi de vergonha. Olhei ao meu redor, mas ninguém estava nos observando; ninguém tinha visto nada.

Ele levantou a cabeça e me fitou, os olhos úmidos. Nesse momento notei que ele era um dos meus, um de nós: eu reconhecia seu rosto pela forma, pela cor e pelas dimensões, se não pelos traços. "Príncipe Kawika", ele disse, a voz arrastada de emoção e bebida; eu soube pelo cheiro. "Eu conheci o seu pai", ele disse. "Eu conheci o seu pai." E então ele balançou o chapéu na minha direção. "Por favor, sua alteza", ele disse, "por favor, dá alguma coisa pra um dos seus súditos, tão longe de casa."

Não havia nenhuma malícia em sua voz, apenas súplica. Só mais tarde, de volta a meu quarto, eu me perguntaria *por que* ele estava tão longe de casa, como ele tinha acabado pedindo esmola numa esquina de Nova York, e se ele tinha mesmo conhecido meu pai — era possível, afinal de contas. Para os verdadeiros monarquistas, e esse homem parecia ser um deles, a transformação do Hawai'i em estado era um insulto, um motivo de desespero. "Por favor, sua alteza, eu estou morrendo de fome." O chapéu era escuro, e vi que havia poucas moedas dentro dele, deslizando pela superfície de feltro brilhante.

Tirei minha carteira do bolso e, num gesto apressado, dei a ele tudo o que tinha — o que pensei ser cerca de quarenta dólares — e me apressei para ir embora, fugindo de seus gritos de agradecimento. Eu era o Príncipe Uga--Buga dos Uga-Uga, mas, em vez de correr atrás de alguém, eu estava correndo dele, como se ele fosse me perseguir, aquele homem que dizia ser meu súdito. Ele estava com fome e logo iria abrir a boca, e quando fechasse a mandíbula eu estaria dentro dela, com minha cabeça toda mordida, esperando a peça acabar.

Voltei para casa; me matriculei na Universidade do Hawai'i, uma instituição que os estudantes da minha escola só frequentavam se fossem pobres ou tivessem notas baixas. Depois de me formar, me deram um emprego no que um dia tinha sido a empresa do meu pai, embora não fosse de fato uma empresa, na medida em que não produzia nada, não vendia nada e não comprava nada — era uma coleção dos últimos imóveis e investimentos que minha família ainda tinha, e, além do meu tio William, que era advogado, e um contador, também havia um atendente e uma secretária.

No começo, eu ia ao emprego todos os dias às oito horas. Mas, dentro de alguns meses, ficou evidente que minha presença era desnecessária. O nome do meu cargo era "gestor imobiliário", mas não havia nada para gerir. O fundo era conservador, e algumas vezes ao ano comprava-se ou vendia-se algumas ações e os dividendos eram reinvestidos. Um chinês que parecia um coelho foi contratado para administrar os aluguéis dos vários imóveis residenciais, e, se os inquilinos não quisessem ou não pudessem pagar, um samoano imenso e assustador lhes fazia uma visita. Os objetivos do fundo eram propositalmente modestos, porque metas mais ambiciosas traziam mais risco e, depois da quitação das dívidas do meu pai, o foco era fazer a manutenção do patrimônio e garantir a minha sobrevivência e a sobrevivência da minha mãe, e, se tudo corresse de acordo com os planos, também dos meus bisnetos e tataranetos.

Quando ficou evidente que a empresa se manteria em pé com ou sem minha participação, comecei a tirar folgas mais longas. O escritório ficava no centro da cidade, num belo edifício antigo de estilo espanhol, e eu saía às onze horas, antes do burburinho do horário de almoço, e caminhava poucos quarteirões para ir a Chinatown. Eu ganhava um salário, mas levava uma vida simples — ia a um restaurante que servia uma tigela de wonton min de porco e camarão por vinte e cinco centavos, e depois de pagar ficava andando sem rumo pelas ruas, passando pelos vendedores ambulantes que dispunham as carambolas e as rambutãs em pirâmides, passando pelos boticários com suas vasilhas de raízes murchas e sementes secas, as fileiras de potes de vidro repletos de um líquido turvo, ervas retorcidas e uma variedade de patas de animais irreconhecíveis, todas tosadas. No Hawai'i nada nunca mudava: era como se todos os dias me visse num cenário de teatro, e toda manhã, muito antes de eu acordar, alguém o desenrolasse e limpasse, preparando-o para que eu o usasse mais uma vez.

Não era de surpreender que eu estivesse solitário. Alguns dos rapazes que eu tinha conseguido fingir que eram meus amigos no colegial também tinham voltado para a cidade, mas estavam ocupados ou com pós-graduação ou com seus novos empregos, e eu passava boa parte do meu tempo como fazia quando era criança: no meu quarto, na casa da minha mãe, ou no solário assistindo à televisão no aparelho preto e branco que eu tinha comprado com parte do meu salário. Aos fins de semana, ia olhar os pescadores em Waimānalo ou Kaimana; ia ao cinema. Fiz vinte e dois anos, depois vinte e três.

Certo dia, quando tinha vinte e quatro anos, eu estava voltando para a cidade de carro. Era tarde da noite. A essa altura eu tinha parado de ir ao trabalho, deixando de ir à empresa gradualmente até nunca mais voltar. Ninguém pareceu chateado nem surpreso com isso; o dinheiro era meu, afinal, e ele continuou chegando na forma de um contracheque a cada duas semanas.

Eu estava passando por Kailua, que na época era uma cidadezinha muito pequena, que não tinha nenhuma das lojas e restaurantes que viria a ter uma década depois, quando passei por um ponto de ônibus. Duas vezes por mês eu atravessava a ilha inteira de carro, uma semana indo para o leste, na outra, para o oeste. Era uma forma de passar o tempo, e eu ficava sentado na praia perto da igreja de pedra em Lā'ie, onde antigamente meu pai distribuía dinheiro, e olhava o mar. O ponto de ônibus ficava embaixo de um poste de iluminação, um dos poucos que havia na estrada, e sentada no banco estava uma moça. Eu estava andando devagar o suficiente para conseguir ver que ela tinha cabelos escuros presos para trás e estava usando uma saia de algodão laranja e estampada — ela parecia brilhar sob a luz. Sua postura era muito ereta, suas pernas estavam unidas, as mãos, pousadas sobre o colo, a alça da bolsa enrolada em um dos pulsos.

Não sei por que eu só não segui em frente, mas não segui. Dei meia--volta na estrada, que estava deserta, e voltei para ela.

"Oi", eu disse, quando cheguei perto, e ela me olhou de volta.

"Oi", ela disse.

"Aonde você está indo?", perguntei.

"Estou esperando o ônibus que vai pra cidade", ela respondeu.

"Já está tarde, o ônibus não passa mais", eu disse, e pela primeira vez ela pareceu preocupada.

"Ah, não", ela disse. "Preciso voltar para o dormitório antes de trancarem as portas."

"Eu posso te deixar lá", sugeri, e ela hesitou, olhando a estrada escura e vazia de cima a baixo. "Você pode sentar no banco de trás", acrescentei.

Ela assentiu e sorriu ao ouvir isso. "Obrigada", ela disse. "Eu ficaria muito agradecida."

Ela se sentou como estava no ponto de ônibus: ereta e elegante, olhando para a frente. Eu a observei pelo espelho retrovisor. "Eu estudo na universidade", ela disse, enfim, como dando uma abertura.

"Em que ano você está?", perguntei.

"No terceiro", ela respondeu, "mas só vou passar um ano aqui."

Ela contou que estava no programa de intercâmbio; no ano seguinte voltaria para Minneapolis e terminaria sua graduação lá. Seu nome era Alice.

Comecei a sair com ela. Ela morava num dos dormitórios femininos, Frear Hall, e eu ficava esperando no saguão até ela descer. Toda quarta-feira, ela fazia aulas de tecelagem em Kailua com uma senhora havaiana, para as quais usava uma saia modesta que ia até o joelho e o cabelo preso. Nos outros dias, ela usava jeans e deixava o cabelo solto. Pela textura dos cabelos e pelo formato de seu nariz, eu sabia que ela não era completamente haole, mas não conseguia entender o que ela de fato era. "Sou espanhola", ela dizia, mas eu sabia, pelo tempo que tinha passado no continente, que "espanhol" às vezes significava mexicano ou porto-riquenho ou outra coisa. Ela falava de seus estudos, e contava que tinha vindo para cá porque queria morar num lugar quente pelo menos uma vez na vida, mas tinha se apaixonado pelo lugar, e que queria voltar para casa e se tornar professora, e que sentia falta de sua mãe (seu pai tinha morrido) e de seu irmão caçula. Ela contava que queria uma vida cheia de aventuras, que morar no Hawai'i era quase como morar no exterior, e que um dia ela ia morar na China, e na Índia e, quando a guerra acabasse, na Tailândia também. Falávamos sobre o que estava acontecendo no Vietnã, e sobre as eleições, e sobre música; em todos os casos ela tinha mais a dizer do que eu. Às vezes ela perguntava sobre a minha vida, mas não havia muito a dizer. E ainda assim ela parecia gostar de mim o suficiente; me tratava muito bem e, quando eu cometia algum erro, me atrapalhando para tirar suas roupas, ela colocava minhas mãos em seus ombros e desabotoava o vestido ela mesma.

Uma noite fizemos sexo no quarto dela quando sua colega tinha saído. Ela precisou me dizer o que fazer, e como, e no início fiquei constrangido, e depois não senti nada. Depois, fiquei pensando naquela experiência: não tinha sido nem agradável nem desagradável, mas eu estava feliz por tê-la vivido e porque tinha acabado. Senti que tinha cruzado um limiar importante, que me concedia o status de adulto, ainda que minha rotina o desmentisse. Se por um lado tinha sido menos prazeroso do que eu tinha imaginado, por outro também tinha sido mais fácil, e saímos mais algumas vezes, e isso me fez sentir que minha vida estava progredindo.

Agora começa a parte que você conhece, Kawika, que também é a parte difícil.

É claro que Alice sabia quem era minha família, mas aparentemente ela só se deu conta das verdadeiras implicações disso quando voltou para casa. Quando enfim a carta chegou à empresa, eu tinha tido minha primeira convulsão. No começo, pensei que fossem só dores de cabeça: o mundo ficava silencioso e achatado, e campos de cor oscilantes — como aqueles que víamos juntos depois de olhar para o sol e fechar os olhos — começavam a flutuar pelo meu campo de visão. Quando eu voltava podia ter se passado um minuto ou uma hora, e depois eu ficava me sentindo tonto e desorientado. Logo que fui diagnosticado, perdi minha carteira de motorista; dali em diante, Matthew precisava me levar a qualquer lugar, ou, quando ele não podia, minha mãe.

Então não consigo me lembrar direito da exata sequência de eventos que trouxe você até mim. Sei que sua avó te disse que sua mãe tinha te abandonado, simplesmente, que escreveu para o tio William dizendo a ele que alguém tinha que ir te buscar porque ela estava se mudando de Minneapolis de novo, dessa vez para estudar no Japão, e que a mãe dela não tinha condições de cuidar de um bebê. Mais tarde o tio William me contou que, embora Alice tivesse entrado em contato com a empresa, foi sua avó que, ao receber provas de que você era realmente um Bingham, ofereceu dinheiro à sua mãe. Alice, sua mãe, fez uma contraproposta, pedindo um valor que exigiria que sua avó vendesse a casa em Hāna, como o tio William alertou na ocasião. "Venda", ela disse a ele, e não precisou explicar o motivo: você seria o herdeiro da família, e não havia nenhuma garantia de que eu algum dia produziria outro. Ela precisava agarrar aquela oportunidade. Um mês depois, o tio William foi para Minnesota e providenciou as assinaturas dos documentos; quando ele voltou, você veio junto. Era uma recriação da suposta origem da minha mãe, embora nem eu nem ela tenhamos reconhecido isso.

Não sei dizer qual das versões era verdadeira. O que *sei* é que ela nunca me disse — nem que estava grávida, nem que tinha dado à luz. Ela sumiu da minha vida depois do fim do ano letivo de 1967. Sei que é verdade que ela já faleceu — ela se casou em algum momento do início dos anos 1970, com um homem que conheceu enquanto estudava em Kobe; os dois morreram num acidente de barco em 1974. Mas quanto aos motivos pelos quais nem ela nem a família dela nunca entraram em contato com você… só posso imaginar que tenha sido porque as cláusulas do contrato que ela assinou com sua avó os proibiam.

Não fique ressentido por isso, Kawika — nem ressentido em relação à sua avó, nem a Alice. Uma delas quis muito ter você, e a outra não tinha planejado se tornar mãe.

Eu também posso dizer que você é e sempre foi a maior alegria da minha vida, que ter você me fez sentir que talvez eu tivesse, sim, algo a oferecer. Você ainda era bebê quando ganhei você, e naqueles anos em que você estava aprendendo a se virar de lado, a sentar, a andar e falar, eu e minha mãe convivemos em harmonia — por sua causa. Às vezes ficávamos sentados no chão do solário, vendo você dar chutinhos e balbuciar e, quando ríamos ou aplaudíamos suas tentativas, às vezes nossos olhares se cruzavam, e era como se fôssemos não mãe e filho, mas marido e mulher, e você fosse nosso bebê.

Ela sempre teve orgulho de você, Kawika, como eu tinha e tenho. Ela ainda tem, sei disso — ela só está decepcionada, porque sente saudade de você, como eu também sinto.

E aqui devo reiterar que nunca o culpei por ter me deixado. Você não era responsável por mim; eu era por você. Você precisou dar um jeito de sair de uma situação em que nunca deveria ter estado, pra começo de conversa.

Ao longo dos anos, esperei o dia em que você perguntaria sobre sua mãe, mas você nunca perguntou. Admito que fiquei aliviado, mesmo percebendo mais tarde que talvez você não tenha perguntado porque queria me proteger, porque você sempre estava tentando me proteger, quando era eu quem deveria proteger você. Seu aparente desinteresse por sua mãe foi o motivo de uma briga que tive com sua avó, uma das poucas vezes que eu a enfrentei. "É estranho", ela disse, depois de uma reunião de pais e professores a que tínhamos comparecido, na qual uma professora havia comentado que não sabia nada sobre sua mãe, "é estranho que ele não tenha nenhuma curiosidade." Ela estava insinuando que isso significava que você era lento, de alguma maneira, lento ou insensível, e eu gritei com ela. "Então você quer que ele comece a perguntar?", questionei, e ela deu de ombros, de leve, sem tirar os olhos do aro de bordado. "É claro que não", ela disse. "Só acho esquisito que ele não pergunte." Fiquei furioso com ela. "Ele é só uma criança", eu disse, "e ele acredita no que você disse. Não acredito que você está reclamando porque ele confia em você, que está tentando fazer isso parecer um defeito." Eu me levantei e saí, e naquela noite ela pediu para Jane fazer arroz doce, seu doce preferido, e eu sabia que essa era a maneira dela de pedir desculpas para você, ainda que você nunca fosse descobrir que aquilo era um pedido de desculpas.

Com o passar do tempo, ficou mais fácil fingir que você nunca teve mãe. Tinha um conto folclórico japonês que você gostava de ouvir, sobre um menino que nasceu de um pêssego e foi encontrado por um casal de idosos que não tinha filhos. "Lê 'Momotaro' de novo", você me dizia, e depois que eu lia, "de novo". Depois de um tempo, comecei a te contar uma versão sobre um menino, Mangotaro, que era encontrado dentro de uma manga da mangueira do nosso quintal, e como aquele menino cresceu, viveu muitas aventuras e fez muitos amigos. A história sempre acabava com o menino deixando o pai, a avó, a tia e o tio e indo para um lugar muito distante, onde ele viveria mais aventuras e faria mais amigos. Eu sabia, já naquela época, que minha missão era ficar, e a sua era ir embora, ir a algum lugar que eu nunca conheceria, construir uma vida só sua.

"O que acontece depois?", você perguntava quando a história terminava, e eu te dava um beijo de boa-noite.

"Um dia você vai precisar voltar pra me contar", eu dizia.

Kawika: aconteceu de novo. Sonhei que estava em pé, não só em pé como andando. Minhas mãos estavam estendidas à minha frente, como se eu fosse um zumbi, e me apoiava ora num pé, ora no outro. E aí percebi que, mais uma vez, eu não estava sonhando, mas andando de verdade, e comecei a me concentrar, usando as mãos para tocar as paredes, abrindo caminho pelo quarto.

Minha cama fica no meio do quarto, e eu sabia disso porque tinha ouvido minha mãe reclamar — por que, ela se perguntava, ficava *no meio*, e não apoiada numa parede ou na outra? —, mesmo assim eu gostei disso, porque ficou mais fácil me situar no espaço. Ali estava a parede com janelas com vista para o jardim; ali estava a porta do banheiro aonde me levavam para tomar banho de banheira e de chuveiro; ali estava a porta — trancada — que levava, pelo que eu imaginava, ao corredor. Ali estava uma cômoda, sobre a qual havia umas garrafas, algumas delas pesadas, outras leves, umas de vidro, outras de plástico. Abri as gavetas do alto e senti meus shorts, minhas camisetas. O piso era frio, azulejo ou pedra, mas quando me aproximei da cama encontrei uma superfície diferente, e reconheci se tratar de uma esteira lauhala trançada, com toque acetinado sob meus pés, do mesmo tipo que eu tinha no meu quarto em casa. Elas deixavam o quarto inteiro fresco, a Jane sempre dizia, e, embora se desfizessem muito rápido, era fácil trocá-las por uma nova depois de alguns meses.

Depois que consegui voltar para a cama, me deitei e fiquei acordado por muito tempo, porque eu tinha me dado conta: *e se* eu decidisse ir embora? Se eu podia andar, não seria possível que outras coisas também voltassem? Minha visão, por exemplo? Minha fala? E se eu saísse deste lugar uma noite dessas? E se fosse procurar você? Não seria uma surpresa? Te ver de novo, te abraçar de novo? Eu sabia que, enquanto isso, não contaria a ninguém, não antes de treinar mais, pois, de fato, aquela caminhada, por mais curta que fosse, me deixou ofegante. Mas agora você também sabe. Eu vou procurar você — vou até aí a pé.

Eu também estava andando a pé no dia em que reencontrei Edward. Era 1969, e eu tinha ganhado você havia poucos meses — você ainda não tinha nem um ano. Algumas vezes por semana, eu pedia que o Matthew nos levasse de carro ao Kapiʻolani Park, onde eu empurrava você pela árvore da chuva e pela cássia-imperial; às vezes parávamos para ver as partidas do clube de críquete. Ou às vezes te levava até a praia Kaimana, onde eu sempre ficava observando os pescadores.

Naquela época — e talvez até hoje — era incomum ver um homem jovem empurrando um carrinho, e às vezes as pessoas davam risada. Mas eu nunca dizia nada, nunca respondia, só continuava andando. Então naquela manhã, quando senti, mais do que vi, alguém parar para olhar, não me importei, e somente quando a pessoa falou meu nome que também parei, e só porque reconheci a voz.

"Como você anda?", ele perguntou, como se apenas uma semana tivesse se passado, e não quase uma década, desde que tínhamos nos visto pela última vez.

"Até que tudo bem", respondi, cumprimentando-o com um aperto de mão. Eu tinha ouvido que ele se mudara para Los Angeles, onde tinha feito sua graduação, e lhe disse isso, mas ele deu de ombros. "Acabei de voltar", ele disse. Aí ele olhou para o carrinho. "De quem é esse bebê?", perguntou.

"Meu", eu disse, e ele ficou chocado. Outra pessoa teria soltado um grito de surpresa, ou pensado que eu estava brincando, mas ele só assentiu. Lembrei que ele nunca brincava e nunca pensava que ninguém estava brincando.

"Seu filho", ele disse, como se saboreasse essa palavra. "O pequeno Kawika", ele disse, vendo como o nome soava. "Ou ele prefere 'David'?"

"Não, Kawika", eu disse, e ele abriu um sorriso, ainda que discreto.

"Ótimo", ele disse.

Não sei como, mas acabamos concordando em ir comer alguma coisa, e colocamos tudo no carro velho dele e fomos até Chinatown, onde entramos no meu restaurante que servia o wonton min por vinte e cinco centavos. No caminho, perguntei sobre a mãe dele, e, pelo silêncio, pela forma como seu rosto se contorceu antes da resposta, eu soube que ela tinha morrido — câncer de mama, ele disse. Era por isso que ele tinha voltado para casa.

"Que pena que eu não soube antes", eu disse. Senti que tinha levado um soco. Mas ele deu de ombros. "No começo foi devagar, depois muito rápido", ele disse. "Ela não sofreu muito. Enterrei ela em Honoka'a."

Depois daquele almoço, voltamos a nos ver. Não chegávamos a falar sobre isso: ele só me dizia que ia me buscar no domingo ao meio-dia e que podíamos ir à praia, e eu concordava. Ao longo das semanas, e depois dos meses, nos víamos cada vez mais, até que comecei a vê-lo pelo menos dia sim, dia não. Curiosamente, quase nunca falávamos sobre onde ele tinha estado, ou onde eu tinha estado, ou o que tínhamos feito nos anos que ficamos sem nos ver, ou no motivo para termos nos distanciado, para começo de conversa. Mas, embora o passado não tivesse sido esquecido, e sim extirpado, ambos tomávamos cuidado — mais uma vez, sem nunca tocar no assunto — para não deixar que minha mãe descobrisse que estávamos em contato novamente. Quando ele vinha, eu esperava (às vezes com você, às vezes sozinho) na varanda se ela tivesse saído, ou no sopé do monte se ela estivesse em casa, onde Edward também me deixava na volta.

É difícil lembrar sobre o que conversávamos naquele período. Talvez você fique surpreso ao saber disso, mas levei alguns meses para perceber que, de alguma forma, a essência de Edward havia mudado — não me refiro ao tipo de mudança que todos vivemos quando saímos da infância e entramos na vida adulta, mas sim ao fato de que, em suas crenças e convicções, ele tinha se tornado uma pessoa que eu não reconhecia mais. Em parte, e tenho vergonha de assumir, isso aconteceu porque, como sua *aparência* era praticamente a mesma, eu deduzi que ele *fosse* praticamente o mesmo. Eu sabia, graças aos noticiários da TV, que o continente estava cheio de hippies de cabelo comprido, e, embora também houvesse hippies em Honolulu, não havia aquela revolta, de revolução. Tudo chegava mais tarde no Hawai'i — até nossos jornais traziam notícias do dia anterior —, e por isso, se você tivesse visto Edward naquela época, não conseguiria reconhecer de pronto, só pelo visual, que ele tinha adotado uma posição política radical. Sim, seu cabelo estava mais comprido e mais volumoso que o meu, mas sempre estava limpo; não que isso o tornasse bonito, mas era menos intimidador.

Nenhum de nós trabalhava. Diferente de mim, Edward não tinha terminado a faculdade; depois de algum tempo ele explicou que tinha largado os estudos no último ano e passou o resto do outono viajando de carona pelo Oeste. Quando precisava de dinheiro, ele voltava para a Califórnia e colhia uvas, ou alho, ou morangos, ou nozes, o que estivesse na época de colheita — ele nunca mais ia comer morango na vida, ele dizia. Agora, de volta a Honolulu, ele vivia de bicos. Ajudava um amigo a pintar casas, ou trabalhava para uma empresa de mudanças por alguns dias. A pequena casa que ele dividia com a mãe era alugada, e o proprietário era um senhor chinês que tivera um interesse romântico pela sra. Bishop, e um dia ele precisaria sair do imóvel, mas não parecia preocupado com isso, nem com seu futuro. Ele parecia se preocupar com poucas coisas, e isso me lembrava daquela sua autoconfiança infantil, de como ele nunca parecia ficar inseguro.

Mas foi perto do fim daquele ano que percebi como ele tinha se tornado uma pessoa diferente. "Vamos a um evento", ele disse quando me buscou no sopé do monte num fim de tarde, "encontrar uns amigos meus." Ele não me forneceu mais informações, e eu, como de costume, não pedi. Mas notei que ele estava animado, e até nervoso — enquanto dirigia, ele, com um dedo, batucava no volante num ritmo truncado.

310

Nós nos embrenhamos em Nuʻuanu, seguindo uma estrada privada muito estreita, tão cheia de árvores e tão mal iluminada que mesmo com os faróis acesos precisei segurar uma lanterna para conseguirmos enxergar. Passamos por uma série de portões, e no quarto deles Edward parou e saiu do carro; havia uma chave presa a um longo pedaço de arame pendurado no mourão, e ele abriu o portão e entramos com o carro, parando de novo para fechá-lo. À nossa frente havia uma longa estrada de terra, e, à medida que avançamos aos solavancos, percebi pelo perfume que a via era ladeada por lírios-do-brejo, flores fantasmagóricas em meio à escuridão.

No fim da estrada havia uma casa de madeira grande e branca que um dia tinha sido luxuosa, um dia tinha sido bem cuidada, e que lembrava a minha casa, com a diferença de que havia pelo menos vinte carros estacionados na frente, e mesmo do lado de fora dava para ouvir as pessoas falando, as vozes ecoando no silêncio do vale.

"Vamos", Edward disse.

Havia cerca de cinquenta pessoas lá dentro, e depois que me recuperei do choque inicial pude observá-las com mais atenção. A maioria era da nossa idade, e todas eram da região, e algumas eram hippies, e várias estavam em pé ao redor de um homem negro muito alto, que estava de costas para mim, de forma que eu só conseguia ver seu cabelo black power armado, grosso e brilhante. À medida que ele se mexia, a parte de cima de seu cabelo encostava na ponta da luminária pendente presa ao teto, fazendo-a oscilar, a luz balançando pelo cômodo.

"Vamos", Edward repetiu, e dessa vez consegui ouvir o entusiasmo em sua voz.

O grupo começou a se mexer como um só organismo, e nos vimos sendo levados da entrada da casa na direção de um espaço aberto e amplo. Nesse lugar, assim como no primeiro cômodo, não havia mobília, e algumas das tábuas do assoalho tinham se partido e cedido por causa da umidade. Nesse cômodo, num volume acima do burburinho, ouvi um bramido, como um avião passando por sobre nossas cabeças, mas em seguida olhei pela janela e me dei conta de que o som vinha de uma cachoeira que ficava no fundo da propriedade.

Depois que todos nos acomodamos no chão, houve um silêncio cheio de nervosismo que pareceu se estender e se aprofundar. "Que porra é essa?", alguém, um cara, perguntou, e o mandaram calar a boca; alguém soltou uma risadinha. O silêncio se prolongou, e por fim a movimentação e os sussurros cessaram e, por um minuto pelo menos, ficamos ali sentados, juntos, mudos e imóveis.

Foi nesse momento que o homem negro e alto se levantou de onde estava sentado, no meio do grupo, e foi para a frente da sala. Em conjunto, sua altura e nossa posição no chão, olhando-o de baixo, o faziam parecer ainda mais alto, como se fosse um edifício, e não um homem. Ele não era tão negro — minha pele era mais escura do que a dele —, nem exatamente bonito: a pele era brilhante, a barba, irregular, e um foco de espinhas na bochecha esquerda o fazia parecer mais infantil do que imagino que ele quisesse. Mas havia algo nele que ninguém ousaria questionar; ele tinha um sorriso largo, de dentes separados, que conseguia usar para projetar uma imagem ou divertida ou agressiva, e braços e pernas longos e flexíveis que ele dobrava e contorcia à medida que se movia, de forma que todos éramos obrigados a não só ouvir o que ele dizia, mas também a observá-lo. Mas era sua voz que realmente prendia a atenção: o que ele dizia, mas também como dizia, suave, grave e dócil; era uma voz que qualquer pessoa gostaria de ouvir dizendo que a amava, e por quê, e como.

Ele começou com um sorriso. "Irmãos e irmãs", ele disse. "Aloha." Nesse momento o grupo aplaudiu e seu sorriso ficou ainda mais largo, lânguido e sedutor. "Aloha e mahalo por terem me trazido para esta terra tão linda.

"Me parece deveras adequado que estejamos nesta casa esta noite, pois sabem qual é o nome desta casa, pelo que me disseram? Sim, isso mesmo, ela tem nome, e todas as casas chiques ganham um nome, penso eu, pelo mundo afora. O nome é Hale Kealoha, a Casa do Aloha: a Casa do Amor, a Casa dos Bem-Amados.

"E achei isso deveras interessante, porque eu também ganhei o nome de uma casa: Bethesda. Quem aqui se lembra da Bíblia, do Novo Testamento? Ah, estou vendo uma mão ali no fundo; olha lá outra. Você, irmã aí do fundo, me fale o que significa. Isso mesmo, o Tanque de Betesda, sendo que 'Bethesda' significa a casa da misericórdia, e o tanque foi o lugar onde Cristo curou um homem paralítico. Então aqui estou eu: a Casa da Misericórdia na Casa do Amor.

"Quem me pediu para vir, não só até aqui, hoje, mas para as suas ilhas, seu lar, foi meu bom amigo, o irmão que está sentado ali na direita, o Irmão Louis. Obrigado, Irmão Louis.

"Agora fico envergonhado em dizer isso, mas, quando me convidaram para vir aqui, achei que sabia tudo sobre este lugar. Eu pensava: abacaxi. Eu pensava: arco-íris. Eu pensava: mulheres dançando hula-hula, rebolando pra lá e pra cá, a maior beleza. Pois é, pois é! Era isso que eu pensava. Mas, dentro de poucos dias, desde antes de eu sair da Califórnia, percebi que estava enganado.

"Também fico envergonhado em dizer que, de início, eu nem queria vir até aqui. É que, sabem, eu pensava que o que vocês têm aqui não é realidade. Não faz parte do mundo. Eu morava perto de Oakland — *isso*, sim, faz parte do mundo. Vocês sabem o que está acontecendo lá, contra o que estamos *lutando* lá, o que estamos enfrentando lá: a opressão dos homens e mulheres negros, a opressão que perdura desde a fundação dos Estados Unidos e vai continuar, vai continuar até destruir tudo e a gente recomeçar do zero. Porque é impossível consertar o que os Estados Unidos são — não é possível resolver casos isolados e dizer que a justiça foi restaurada. Não, irmãos e irmãs, não é assim que a justiça funciona. Minha mãe trabalhava como auxiliar de enfermagem no que costumavam chamar de Hospital para Negros de Houston, e ela me contava histórias de homens e mulheres que chegavam infartando, que tentavam respirar e não conseguiam, que as unhas deles ficavam azuladas porque eles estavam sem oxigênio. As enfermeiras-chefes mandavam a minha mãe massagear as mãos dos pacientes, para fazer o sangue circular para as extremidades do corpo, e, quando fazia isso, ela via as unhas dessas pessoas voltarem a ficar cor-de-rosa, e as mãos ficarem quentes sob as mãos dela. Mas um dia ela percebeu que isso não estava resolvendo nada — ela estava deixando as mãos deles mais bonitas, talvez até mais funcionais, mas o coração continuava doente. No fim das contas, nada tinha mudado de verdade.

"E, da mesma forma, nada mudou de verdade aqui. Os Estados Unidos são um país que tem a perversão residindo no coração. Vocês sabem do que estou falando. De um lado, pessoas que foram expulsas das suas terras; de outro, pessoas que tiveram suas terras roubadas. *Nós* substituímos *vocês*, ainda que essa nunca tenha sido nossa intenção — o que queríamos era que nos deixassem em paz onde a gente estava. Nenhum dos nossos ancestrais, dos nossos tataravós, acordou um belo dia e pensou: *Vamos navegar até o outro lado do mundo, roubar as terras dos outros, avançar num outro povo nativo qualquer e ver quem ganha.* Claro que não, óbvio que não. Não é assim que pessoas normais, pessoas honestas, pensam — é assim que o diabo pensa. Mas essa perversão, essa mácula, nunca se desfaz, e, ainda que não sejamos os responsáveis por isso, estamos todos infectados.

"Eu vou dizer por quê. Imaginem aquele coração de novo, mas dessa vez coberto com uma mancha de óleo. Não óleo de cozinha; óleo de motor, aquele que é preto, grosso, pegajoso, aquele que gruda na mão e na roupa que nem piche. É só um pouquinho de óleo, você pensa, e com o tempo vai acabar saindo. E aí você tenta não pensar nisso. Mas não é o que acontece. O que acontece é que, pelo contrário, a cada batida, a cada baque do seu coração, esse óleo, essa manchinha, vai se espalhando cada vez mais. As artérias levam o óleo para longe; as veias o trazem de volta. E a cada viagem pelo seu corpo, ele se acumula, de forma que, aos poucos — não logo depois, mas com o tempo — todos os órgãos, todos os vasos sanguíneos, todas as células foram envenenadas por esse óleo. Às vezes você nem consegue vê-lo, mas sabe que ele está ali. Porque, a essa altura, irmãos e irmãs, esse óleo está por todo lado: está entupindo as veias; revestindo o intestino grosso e o fígado; grudado no baço e nos rins. No cérebro. Aquele pouquinho de óleo, aquele pontinho que você pensou que dava pra ignorar, agora está por toda parte. E agora não tem mais jeito de limpar; o único jeito de limpar é fazendo o coração parar de bater. O único jeito de limpar é queimar o corpo pra purificar tudo. O único jeito de limpar é acabar com isso de uma vez. Se você quer eliminar a mancha, você precisa eliminar o hospedeiro.

"Mas, só um pouco… O que isso tem a ver com a nossa situação aqui no Hawai'i?, vocês devem estar pensando. O país, vocês devem estar pensando, não é um corpo. Essa metáfora não funciona. Será que não? Aqui estamos nós, irmãos e irmãs, neste lugar lindo, muito longe de Oakland. Mas, ao mesmo tempo, muito perto. Porque é o seguinte, irmãos e irmãs: vocês *têm* abacaxi aqui. Vocês *têm* arco-íris. Vocês *têm* mulheres dançando hula-hula. Mas nada disso é *de vocês*. As plantações de abacaxi que o Irmão Louis me levou para ver? Quem é o dono delas? Porque não são vocês. O arco-íris? Vocês têm arco-íris, mas será que podem vê-lo daqueles prédios que estão levantando, daqueles hotéis e condomínios em Waikīkī? E quem é o dono desses prédios? Vocês?

E vocês? E aquelas dançarinas de hula-hula? São as irmãs de vocês, as irmãs de pele escura, e ainda assim vocês deixam essas irmãs dançarem... pra quem?

"É essa a dissonância que a gente vive aqui. É essa a mentira que enfiaram goela abaixo em vocês. Eu olho todos vocês aqui, o rosto moreno de cada um, o cabelo crespo de cada um, e depois olho a pessoa que está mandando neste lugar. Olho para quem vocês elegeram para ocupar os altos cargos. Olho para quem administra os bancos, as empresas, as escolas de vocês. Eles não são parecidos com vocês. Então: vocês são pobres? Não têm dinheiro? Querem estudar? Querem comprar uma casa? Mas não conseguem? Por que vocês acham que isso acontece? É porque todos vocês são uns idiotas? É porque vocês não merecem estudar, nem ter onde morar? É porque vocês são pessoas ruins?

"Ou é porque vocês se permitiram dormir, se permitiram esquecer? Vocês vivem numa terra que não é de leite e mel, e sim de açúcar e sol, mas isso deixou vocês *embriagados*. Isso deixou vocês *preguiçosos*. Isso tornou vocês *coniventes*. E o que aconteceu, enquanto vocês surfavam, cantavam e rebolavam? Roubaram a sua terra, que é nada menos que o seu espírito, aos pouquinhos, bem aos pouquinhos, debaixo do seu nariz, do seu nariz moreno, e vocês viram tudo isso acontecer e não fizeram nada, *nada*, pra impedir. Qualquer pessoa que observa ia pensar que vocês *quiseram* dar tudo de mão beijada. 'Leva a minha terra!', vocês disseram. 'Pode levar tudo! Porque eu não ligo. Não vou te atrapalhar.'"

Nesse momento ele parou para respirar, se inclinou um pouco para trás e enxugou a testa com uma bandana vermelha. Até então o grupo estava completamente imóvel, mas um sibilo chiava no ar, como um enxame de insetos, e, quando ele voltou a falar, sua voz estava mais doce, mais suave, quase apaziguadora.

"Irmãos e irmãs. A gente tem outra coisa em comum. Todos nós viemos de terras de reis. Todos fomos reis e rainhas, príncipes e princesas. Todos tivemos riqueza, uma riqueza que foi passada de pai para filho, de neto para bisneto. Mas vocês têm sorte. Porque vocês se lembram dos seus reis e rainhas. Vocês *sabem* o nome deles. Vocês *sabem* onde eles foram enterrados. Estamos em 1969, meus amigos. Mil novecentos e sessenta e nove. Isso significa que só faz setenta e um anos desde que os americanos roubaram suas terras, setenta e seis desde que os demônios americanos traíram sua rainha. E aqui estão vocês... Não todos, convenhamos, mas um número suficiente, irmãos e irmãs, um número suficiente... se dizendo americanos. *Americanos?* Vocês acreditam nessa história de que 'A América é para todos'? A América *não* é para todos; não é para nós. Vocês sabem disso, não sabem? Dentro do coração de vocês, na sua alma? Vocês sabem que a América despreza vocês, não sabem? Eles querem as terras de vocês, os campos de vocês, as montanhas de vocês, mas a América não quer *vocês*.

"Esta terra nunca foi a terra deles. Perante a lei, quase nem chega a ser a terra deles. Esta terra foi roubada. Isso não é culpa de vocês. Mas deixar que ela *continue* sendo roubada? Olha, isso sim *é* culpa de vocês.

"Vocês se deixaram subornar, irmãos e irmãs. Vocês os deixaram prometer que devolveriam parte da sua terra. Mas olhem ao redor: sabiam que tem mais de vocês na prisão do que das outras pessoas? Sabiam que tem mais de vocês na miséria do que das outras pessoas? Sabiam que tem mais de vocês passando fome do que das outras pessoas? Sabiam que vocês morrem mais jovens, que seus bebês morrem antes, que vocês morrem durante o parto mais do que todo mundo? Vocês são *havaianos*. Esta terra é de vocês. É hora de pegá-la de volta. Por que vocês estão morando na própria terra feito inquilinos? Por que estão com medo de pedir o que é de vocês? Quando eu ando por Waikīkī, como fiz ontem, por que vocês estão sorrindo, agradecendo a esses diabos brancos, esses ladrões, por terem vindo para sua terra? 'Ah, obrigado por nos visitar! Aloha por nos visitar! Obrigado por vir às nossas ilhas... esperamos que vocês se divirtam!' *Obrigado?* Obrigado *por quê?* Por transformar vocês em pedintes na sua própria terra? Por transformar vocês, que são reis e rainhas, em bobos da corte?"

Mais uma vez aquele sibilo, e a plateia pareceu estremecer como um só corpo, afastando-se dele. Ao longo desta última parte do discurso, ele tinha passado a falar cada vez mais baixo, mas quando voltou a falar, depois de deixar o silêncio pairar no ar por alguns segundos insuportáveis, sua voz se fortaleceu novamente.

"Esta terra é de *vocês*, irmãos e irmãs. Cabe a *vocês* reivindicá-la. Vocês *podem*. Vocês *devem*. Se vocês não fizerem isso, ninguém vai fazer. Quem deveria respeitar vocês, se vocês não exigem respeito?

"Antes de eu vir aqui, antes de vir visitar a sua terra... *sua* terra... eu pesquisei um pouco. Fui à biblioteca pública e comecei a ler. E, embora houvesse muitas mentiras nos livros, como há em quase *todos* os livros, meus irmãos e irmãs, não faz diferença, porque a gente aprende a ler nas entrelinhas; a gente aprende a ler a verdade que se insinua atrás dessas inverdades. E foi lá, nas minhas leituras, que encontrei essa canção. Sei que muitos de vocês vão conhecer essa canção, mas vou recitar a letra para vocês sem a música para vocês prestarem atenção nela:

Famosos são os filhos do Hawai'i
Sempre fiéis à terra
Quando o mensageiro de coração mau chega
Com seu documento de ganância e extorsão...

Ele tinha recitado somente a primeira frase quando a cantoria começou, e, embora tivesse dito que queria que prestássemos atenção na letra, ele bateu palmas quando a melodia começou, e de novo quando a primeira pessoa, seu amigo Irmão Louis, se levantou para dançar. Essa era uma canção que todos conhecíamos, composta pouco depois de a rainha ter sido destronada. Eu sempre a tinha considerado uma música antiga, ainda que, como Bethesda dissera, não fosse tão antiga assim — havia pessoas vivas atualmente que tinham visto a Royal Hawaiian Band a tocando pouco depois de sua composição; havia pessoas no recinto cujos avós teriam se lembrado de ver a rainha, de bombazina preta, acenando para eles da escadaria do palácio.

Nesse momento ele se levantou e nos observou, sorrindo novamente, como se tivesse feito tudo isso acontecer com a força do pensamento, como se tivesse nos ressuscitado depois de uma longa hibernação e estivesse testemunhando o momento em que nos lembrávamos de quem éramos. Eu não tinha gostado da soberba que vi em seu rosto, como se nós fôssemos as crianças espertas e ele, nosso incansável professor. Cada estrofe era cantada uma vez em havaiano e outra vez em inglês, e eu não tinha gostado da forma como ele recitava junto da tradução, consultando a folha de papel que havia tirado do bolso da calça.

Mas, acima de tudo, eu não tinha gostado da expressão que vi no rosto de Edward quando olhei para ele: arrebatado como eu nunca tinha visto, o punho erguido como o de Bethesda, praticamente berrando a parte mais famosa da letra da música, como se diante dele houvesse uma plateia de milhares de pessoas, e todas estivessem reunidas para ouvi-lo dizer algo que nunca tinham ouvido antes.

'A'ole a'e kau i ka pūlima	*Não afixe uma assinatura*
Maluna o ka pepa o ka 'enemi	*No documento do inimigo*
Ho'ohui 'āina kū'ai hewa	*Com seu pecado de anexação*
I ka pono sivila a'o ke kanaka	*E a venda dos direitos civis do povo*
'A'ole mākou a'e minamina	*Não valorizamos*
I ka pu'u kālā a ke aupuni	*As montanhas de dinheiro do governo*
Ua lawa mākou i ka pōhaku	*Nos bastam as pedras*
I ka 'ai kamaha'o o ka 'āina	*O alimento magnífico da terra.*

Se você perguntasse à minha mãe o que aconteceu em seguida — não que eu possa, não que qualquer outra pessoa fosse fazer isso —, ela diria que foi algo repentino, uma completa surpresa. Mas isso não é verdade. Embora eu consiga entender por que ela talvez tenha sentido que foi. Houve anos de aparente inatividade, e depois — sem nenhum aviso, ela provavelmente diria — uma ruptura. Certa noite, você e eu estávamos na casa na O'ahu Avenue, deitados cada um em sua cama; na noite seguinte, não estávamos mais. Mais tarde, eu sei, ela passaria a descrever nossa partida como um desaparecimento, um acontecimento abrupto e inesperado. Às vezes, ela diria que foi uma perda, como se nós dois fôssemos botões ou alfinetes. Mas eu sabia que estava mais para um sumiço, como um sabonete que foi perdendo a textura e a forma até se reduzir a nada, diminuindo entre seus dedos.

Houve outra pessoa, entretanto, que concordaria com a forma como minha mãe descreveu os acontecimentos que se seguiram, e, ironicamente, essa pessoa era Edward. Mais tarde, ele diria que aquela noite em Hale Kealoha o havia "transformado", que havia sido uma espécie de ressurreição. Eu acredito que ele sentiu isso. No caminho de volta para a cidade, naquela noite, ficamos em silêncio quase o tempo todo, eu porque estava em dúvida sobre o que pensava de Bethesda e do que ele dissera, Edward porque tinha ficado arrebatado. Enquanto dirigia, houve momentos em que ele bateu no volante com a palma da mão, soltando um "Caramba!", ou "Nossa!", ou "Meu Deus!", e, se não estivesse tão perturbado, eu talvez até achasse aquilo engraçado. Engraçado ou assustador — Edward, que raramente se mostrava empolgado com qualquer coisa, naquele momento só conseguia produzir sons, e não frases inteiras.

O discurso de Bethesda tinha sido gravado, e Edward arranjou uma cópia. Nas semanas que se seguiram, ficávamos deitados no colchão do quarto que ele estava alugando na casa de uma família no vale, e o ouvíamos repetidas vezes em seu gravador de rolo, até que ambos decoramos tudo — não só o discurso em si, mas o momento em que a plateia, revoltada, perdia o fôlego, o ranger do assoalho à medida que Bethesda se mexia, o canto do grupo, fraco e agudo, por cima do qual as ocasionais palmas de Bethesda soavam como explosões.

Mesmo depois daquela noite, levei alguns meses para entender que algo irrevogável havia mudado para Edward. Pelo que eu conhecia (se é que o conhecia), ele não era nenhum aproveitador, nem uma pessoa superficial, alguém que vivesse pulando de uma novidade a outra, então, quando testemunhei seu crescente interesse na soberania havaiana, não pensei que fosse só uma fase — na verdade, estou convencido de que ele escondeu de mim parte de sua transformação. Não acredito que tenha sido fingimento; acho que foi porque o assunto era importante para ele, importante e íntimo, e em certa medida insondável, e ele queria cultivá-lo a sós, para que ninguém pudesse vê-lo nem opinar sobre ele.

Mas, se eu pudesse atribuir uma data ao surgimento da nova identidade de Edward, provavelmente seria dezembro de 1970, cerca de um ano depois de termos visto Bethesda naquela casa em Nuʻuanu. Naquela época minha mãe não sabia, ou mal sabia, que Edward tinha voltado para a minha vida — ele ainda me deixava no sopé do monte; ele nunca tinha ido à minha casa. Antes de sair do carro, eu perguntava se ele queria entrar, e toda vez ele dizia não, e eu ficava aliviado. Mas certa noite perguntei e ele disse "Claro, por que não?", como se aceitar esse convite fosse um acontecimento banal, que dependia de seu humor e de nada mais.

"Ah", respondi. Eu não podia fingir que ele estava brincando — como eu já disse, ele não brincava. Então saí do carro, e ele, depois de um segundo, fez o mesmo.

À medida que subíamos o monte, fui ficando cada vez mais ansioso, e quando chegamos à casa murmurei alguma coisa sobre precisar ver se você estava bem — nos dias em que te levava comigo, eu sentava no banco de trás com você no colo —, subi as escadas correndo e te encontrei dormindo na sua cama. Havia pouco tempo que tínhamos te colocado para dormir numa caminha só sua, baixa e rodeada de almofadas, porque você se mexia muito quando dormia e às vezes acabava rolando do futon e caindo no chão. "Kawika", eu me lembro de perguntar para você num sussurro, "o que eu faço?" Mas você não respondeu, é claro — você estava dormindo e tinha só dois anos.

Quando enfim desci de novo, minha mãe e Edward já tinham se encontrado e estavam me esperando na mesa de jantar. "O Edward me contou que vocês retomaram o contato", ela disse, depois de nos servirmos, e acenei que sim. "Não responda com a cabeça, fale", ela disse, e eu pigarreei e me obriguei a falar.

"Sim", eu disse.

Ela se virou para Edward. "O que você vai fazer nesse Natal?", ela perguntou, como se visse Edward todos os meses, como se soubesse o suficiente sobre seus planos normais para o Natal para saber se a comemoração daquele ano seria típica ou incomum.

"Nada", ele disse, e então, depois de uma pausa: "Vi que você montou a árvore".

Ele disse isso com um tom suficientemente neutro, mas minha mãe, já desconfiada dele, e por consequência atenta, endireitou a postura. "Sim", ela respondeu, também em tom neutro.

"Isso não é muito havaiano, é?", ele perguntou.

Todos nós olhamos para a árvore no canto do solário. Tínhamos uma árvore porque sempre havíamos tido uma árvore. Todos os anos, uma quantidade limitada de árvores era importada do continente e vendida por um preço alto. Não havia nada de especial nelas, a não ser o odor adocicado que lembrava urina, e que por muitos anos associei com o continente como um todo. O continente era asfalto e neve e rodovias e cheiro de pinheiro, a zona rural aprisionada num inverno perpétuo. Não fazíamos questão de decorar a árvore — na verdade, era Jane quem colocava a maior parte dos enfeites —, mas naquele ano essa atividade pareceu mais interessante, porque agora você estava conosco, e já tinha idade para puxar os galhos da árvore e rir quando isso lhe rendia uma bronca.

"Não se trata de ser havaiano ou não", minha mãe disse. "É uma tradição."

"Sim, mas tradição de quem?", Edward perguntou.

"De todo mundo, ora", ela respondeu.

"Minha não é", Edward disse.

"Me parece que é", minha mãe disse, e então, dirigindo-se a mim: "Me passe o arroz, por favor, Wika".

"Não, minha não é", Edward repetiu.

Ela não respondeu. Só muitos anos depois fui capaz de admirar a serenidade que minha mãe demonstrou naquela noite. O tom de Edward não continha nenhuma provocação explícita, mas ela percebera assim mesmo, muito antes de mim — eu não tinha crescido com ninguém questionando quem eu era ou o que eu merecia, mas ela tinha. Sempre tinham duvidado de seu direito a seu nome e sua descendência. Ela sabia quando alguém estava tentando desafiá-la.

"É uma tradição cristã", ele enfim disse, interrompendo o silêncio. "Não nossa."

Ela se permitiu um sorrisinho, levantando os olhos do prato. "E por acaso não existem havaianos cristãos?", ela perguntou.

Ele deu de ombros. "Não se você for havaiano de verdade."

O sorriso da minha mãe ficou mais largo, mais tenso. "Entendi", ela disse. "Meu avô ficaria surpreso se ouvisse isso… Ele era cristão, sabia? E servia na corte do rei."

Ele deu de ombros mais uma vez. "Não estou dizendo que *não existem* havaianos cristãos", ele disse, "e sim que uma coisa se opõe à outra." (Depois, ele repetiria a mesma coisa para mim, extrapolando o raciocínio para falar daquilo que não conhecia por experiência própria: "É como o que os cristãos negros vivem. Mas os negros não sabem que estão celebrando as ferramentas da própria opressão. Eles foram estimulados a se tornar cristãos porque assim iam pensar que havia algo melhor os esperando depois da morte, depois de anos de abuso. O cristianismo era uma forma de controle mental, e continua sendo. Aquelas lições de moral todas, todo aquele papo de pecado — eles engoliram tudo isso e agora continuam na prisão que são essas ideias".) Vendo que não dissemos nada, ele continuou falando. "Foram os cristãos que roubaram nossa dança, nosso idioma, nossa religião, nossa terra… até nossa rainha. Coisa que você deveria saber." Nesse momento ela levantou a cabeça, sobressaltada, assim como eu — ninguém nunca tinha confrontado minha mãe daquela maneira —, e ele também a encarou. "Então parece meio bizarro que qualquer havaiano de verdade seja capaz de acreditar numa ideologia cujos praticantes roubaram tudo o que lhe pertencia."

(Havaiano de verdade, havaiano genuíno — essa foi a primeira vez que o ouvi usando esses termos, e logo eu estaria farto deles, tanto porque sentia que me acusavam de alguma coisa quanto porque não os compreendia. Tudo o que sabia era que eu não era um havaiano de verdade: um havaiano de verdade era mais revoltado, mais pobre, mais escandaloso. Ele falava o idioma com fluência; ele dançava com energia; ele cantava com sensibilidade. Não bastava não ser americano: ele ficava possesso se alguém o chamasse disso. As únicas coisas que eu tinha em comum com um havaiano de verdade eram minha pele e meu sangue, embora mais tarde até minha família fosse se tornar um déficit, uma prova de que eu tendia a me acomodar. Eu ouviria que nem meu nome era havaiano o bastante, embora tivesse sido o nome de um rei havaiano — era a versão havaiana de um nome cristão, portanto não era havaiano coisa nenhuma.)

Talvez tivéssemos ficado ali sentados, paralisados, para sempre, se minha mãe não tivesse me olhado — com uma expressão furiosa, sem dúvida — e levado um susto. "Wika!", eu a ouvi dizer, e quando voltei a abrir os olhos eu estava na cama, num quarto escuro.

Ela estava sentada ao meu lado. "Calma", ela disse quando eu tentei me sentar, "você teve uma convulsão e bateu a cabeça. O médico disse que você precisa ficar de repouso por mais um dia. O Kawika está ótimo", ela prosseguiu quando comecei a falar.

Ficamos em silêncio por um tempo. Então ela voltou a falar. "Não quero que você continue saindo com o Edward, entendeu, Wika?"

Eu poderia ter rido disso, poderia ter desdenhado disso, poderia ter dito que eu era um homem adulto, que ela não podia mais me dizer o que fazer ou não. Eu poderia ter dito que também achava Edward assustador, mas também instigante, e que ia continuar me relacionando com ele.

Mas não fiz nenhuma dessas coisas. Eu simplesmente assenti e fechei os olhos, e, antes de voltar a dormir, a ouvi dizer: "Bom menino", e em seguida senti que ela pousava a mão na minha testa, e, à medida que perdia a consciência, tive a sensação de que eu tinha voltado a ser criança, e que tinham me concedido a oportunidade de recomeçar minha vida do zero, e dessa vez eu ia fazer tudo certo.

* * *

Eu mantive minha promessa. Não vi o Edward. Ele ligou, mas eu não atendi o telefone; ele passou em casa, mas pedi para Jane dizer que eu não estava. Fiquei em casa e te vi crescer. Quando saía, eu ficava ansioso: Honolulu era (e é) uma cidade pequena numa ilha pequena, e eu tinha medo de dar de cara com ele, mas isso nunca aconteceu.

Nada mudou na minha vida naqueles três anos em que fiquei escondido. Mas você mudou: você aprendeu a falar, primeiro frases e depois parágrafos; você aprendeu a correr, e a ler, e a nadar. Matthew te ensinou a subir no galho mais baixo da mangueira; Jane te ensinou a diferenciar uma manga suculenta de uma manga fibrosa. Você aprendeu algumas palavras em havaiano, que minha mãe te ensinou, e algumas em tagalo, que Jane te ensinou, mas só em segredo: sua avó não gostava do som do idioma, e você sabia que não devia falar na frente dela. Você descobriu o que gostava de comer — como eu, você preferia salgado a doce — e fez amigos, com facilidade, de um jeito que eu nunca tinha sido capaz. Você aprendeu a pedir ajuda quando eu tinha uma das minhas convulsões, e depois, quando me recuperava, a vir dar uma palmadinha na minha bochecha, e eu agarrava sua mão. Aqueles foram os anos em que você me amou mais. Você nunca poderia me amar mais do que eu te amava e te amo, nem da mesma forma, mas aquela foi a fase em que chegamos mais perto de nos amar igualmente.

Você mudou, assim como o resto do mundo. Todas as noites, na TV, havia pelo menos uma reportagem sobre os protestos daquele dia: primeiro tinha gente protestando contra a guerra do Vietnã, depois tinha gente protestando pelos direitos dos negros, e depois das mulheres, e depois dos homossexuais. Eu as via na tela do nosso pequeno aparelho preto e branco, aquelas multidões que se mexiam e se agitavam em San Francisco, em Washington, D.C., em Nova York, em Oakland, em Chicago — eu sempre me perguntava se Bethesda, que tinha saído da ilha logo depois da palestra, estava no meio de um daqueles grupos. Os militantes eram quase sempre jovens, e embora eu também fosse jovem, já que ainda não tinha trinta anos em 1973, eu me sentia muito mais velho — não me via em nenhum deles; não me identificava com suas lutas e suas paixões. Não se tratava apenas de não parecer com eles fisicamente; a questão era que eu não conseguia entender o fervor que sentiam.

Eles nasceram com uma facilidade para compreender os extremos, mas eu não. Eu queria que o tempo passasse por mim num sopro, sem que fosse possível distinguir um ano do outro, que você fosse meu único calendário. Mas eles queriam parar o tempo — primeiro parar, depois acelerar, fazendo-o andar cada vez mais rápido até o mundo pegar fogo e precisarem começar tudo de novo.

Aqui também houve mudanças. Às vezes a TV transmitia reportagens sobre os Keiki kū Aliʻi. Esse era um grupo de havaianos nativos que, dependendo do dia e do membro para quem você perguntasse, exigiam ou a secessão do Hawaiʻi dos Estados Unidos, ou a restauração da monarquia, ou o status de nação dentro da nação para os havaianos nativos, ou a criação de um estado havaiano. Eles queriam que aulas do idioma havaiano fossem obrigatórias nas escolas, e queriam um rei ou uma rainha, e queriam que todos os haoles fossem embora. Eles nem queriam mais se dizer havaianos: agora eles eram kanaka maoli.

Assistir a essas reportagens sempre pareceu uma atividade ilícita, e parei de assistir ao noticiário do início da noite por medo de que uma delas fosse transmitida enquanto minha mãe estivesse no recinto. Eu só o fazia quando sabia que ela estaria fora de casa, e mesmo assim deixava o volume baixo, porque se ela voltasse mais cedo eu conseguiria ouvi-la e desligar a televisão. Eu ficava sentado perto do aparelho, preparado para desligá-lo depressa, com as mãos suadas.

Eu sentia algo como um instinto de proteção — não em relação à minha mãe, mas aos militantes, aqueles homens e mulheres de cabelos revoltos, meus iguais, que gritavam seus lemas e erguiam os punhos, imitando os membros do movimento Black Power. Eu já sabia o que minha mãe achava deles — "Que idiotas", ela murmurou, quase com compaixão, depois do final do primeiro segmento transmitido a que tínhamos assistido juntos, num silêncio hipnotizado, um ano antes, "eles nem sabem o que querem. E acham que vão conseguir desse jeito? Não dá pra pedir a restauração da monarquia *e* um novo estado ao mesmo tempo" — e eu, sabe-se lá por quê, não quis mais ouvi-la insultando aquelas pessoas. Eu sabia que isso era irracional, em parte porque não discordava dela: eles *de fato* eram figuras ridículas, com aquelas camisetas e aqueles cabelos compridos, gritando frases estridentes sempre que apontavam a câmera em sua direção; os porta-vozes mal sabiam falar inglês, mas também tentavam improvisar em havaiano. Eu ficava constrangido por eles. Eles faziam barulho demais.

Mas ao mesmo tempo eu sentia inveja deles. Tirando você, eu nunca tinha sentido verdadeiro ardor por nada. Eu via aqueles homens e mulheres e sabia o que eles queriam — o desejo deles era maior que a lógica ou a organização. Sempre tinham me dito que eu deveria tentar viver a vida com felicidade, mas de que forma a felicidade nos daria a dedicação, a energia, que a raiva dava? O entusiasmo daquelas pessoas parecia ofuscar qualquer outro desejo — quando sentia aquilo, você talvez nunca mais desejasse nada. À noite, me arriscava a fingir que era como eles: será que algum dia eu seria capaz de ficar tão enfurecido? Seria capaz de desejar algo com tanta força? Seria capaz de me sentir tão injustiçado?

Eu não era. Mas comecei a tentar. Como eu já disse, nunca tinha pensado muito no que significava ser havaiano. Era como pensar em ser homem, ou humano — eram coisas que eu era, e o fato de sê-las sempre tinha me parecido suficiente. Comecei a me perguntar se havia de fato outro jeito de ser, se eu estivera errado aquele tempo todo, se de alguma forma tinha sido incapaz de ver o que aquelas pessoas viam com tanta facilidade.

Fui à biblioteca, onde li livros que já tinha lido sobre o golpe; fui ao museu, onde a capa de plumas do meu bisavô ficava exposta numa caixa de vidro, ambas — a capa e a caixa — doadas pelo meu pai. Tentei sentir alguma coisa, mas só consegui sentir uma certa perplexidade bem-humorada, porque não eram os haoles que estavam agindo em meu nome, mas os próprios ativistas. Keiki kū Aliʻi: os filhos da realeza. Mas eu sim era um filho da realeza. Quando falavam de um rei que um dia voltaria ao trono, eles se referiam a mim, por direito, mas sequer sabiam quem eu era; eles falavam do retorno do rei, mas nunca tinham pensado em perguntar ao próprio rei se ele queria retornar. Mas eu também sabia que *o que* eu era sempre seria mais relevante do que *quem* eu era — na verdade, o que eu era era a única coisa que conferia alguma importância a quem eu era. Por que eles cogitariam me perguntar qualquer coisa?

Eles não cogitariam, mas Edward sim. Admito que, embora fosse covarde demais para falar com ele, eu estava sempre procurando por ele. Eu franzia o cenho olhando para a TV, esquadrinhando a turma que tentava invadir o gabinete do governador, o gabinete do prefeito, o gabinete do diretor da universidade. Mas, embora tivesse visto Louis — Irmão Louis — entre os militantes uma ou duas vezes, nunca vi Edward. Ainda assim sempre acreditei que ele estivesse entre aquelas pessoas, mas fora do quadro da câmera, apoiado numa parede e observando a multidão. Na minha imaginação, ele chegou a se tornar um líder, ambíguo e fugidio, concedendo, como uma bênção, um raro sorriso a seus seguidores quando faziam algo para agradá-lo. À noite, eu sonhava com Edward em pé numa casa cheia de sombras não muito diferente de Hale Kealoha, fazendo um discurso, e quando acordava me sentia surpreso e invadido por uma admiração por ele, por sua eloquência e elegância, até me dar conta de que as palavras que tinham me cativado tanto não eram dele, e sim de Bethesda, a essa altura repetidas tantas vezes que tinham se tornado um hino do meu subconsciente, como o hino do estado ou a música que Jane cantava para mim quando eu era criança, e que então eu cantava para você: *Yellow bird, up high in banana tree/ Yellow bird, you sit all alone like me…*"*

Então, quando finalmente o encontrei, só fiquei surpreso por ter demorado tanto. Era uma quarta-feira, e sei disso porque toda quarta, depois de deixar você na escola, eu fazia uma longa caminhada, até chegar a Waīkīkī, onde me sentava embaixo de uma das árvores do Kapiʻolani Park sob as quais ficávamos juntos quando você era bebê, e comia um pacote de biscoito água e sal. Cada pacote tinha oito biscoitos, mas eu só comia sete; o último eu esfarelava e dava de comer aos mainás-indianos, e aí me levantava e continuava andando.

"Wika", ouvi alguém dizer, e quando levantei a cabeça lá estava ele, andando na minha direção.

"Ora, ora", ele disse, sorrindo. "Há quanto tempo, hein, irmão?"

O sorriso era novidade. Aquilo de me chamar de "irmão" também. Seu cabelo estava ainda mais comprido, em algumas partes quase louro por causa do sol, e preso num coque, embora algumas mechas estivessem soltas ao redor da cabeça. Ele estava mais bronzeado, o que fazia seus olhos parecerem mais claros e mais brilhantes, mas a pele ao redor deles estava enrugada, e ele tinha emagrecido. Ele estava usando uma camisa havaiana desbotada, tingi-

---

* "Pássaro amarelo, lá no alto da bananeira/ Pássaro amarelo, sua vida também é muito solitária." (N. T.)

da de um tom claro de azul, e uma calça jeans cortada — parecia a um só tempo mais jovem e mais velho do que eu me lembrava.

O que continuou igual foi que ele não se surpreendeu nem um pouco ao me encontrar. "Tá com fome?", ele perguntou, e quando eu disse que sim ele disse que deveríamos ir andando até Chinatown pra comer noodles. "Não tenho mais carro", ele disse, e quando soltei um ruído de preocupação, ou de compreensão, ele deu de ombros. "Não tem importância", ele disse. "Eu vou pegar o carro de volta. Só estou sem agora." Seu incisivo esquerdo estava manchado e escuro como chá.

A maior mudança era sua eloquência. (Naqueles primeiros seis meses da nossa última reaproximação, eu vivia avaliando o que havia de diferente e o que havia de conhecido nele, e isso invariavelmente me levava à mesma conclusão incômoda: eu não sabia quem ele era. Eu sabia algumas informações, tinha umas impressões, mas o resto eu havia inventado, transformando-o em quem eu precisava que ele fosse.) Durante o almoço, e depois nos meses que se seguiram, ele passou a falar cada vez mais, até que houve dias em que dirigíamos por horas (o carro, que tinha desaparecido misteriosamente, havia reaparecido tão misteriosamente quanto) e ele falava, falava, falava, e havia momentos em que eu parava de prestar atenção, e só repousava a cabeça no assento e deixava as palavras passarem por mim, como se fossem um noticiário chato no rádio.

Do que ele falava? Bem, primeiro, se tratava de como ele falava: ele tinha adotado uma inflexão pidgin, mas, como ele não tinha crescido falando pidgin — ele fora bolsista, afinal; e ele não teria sido admitido na escola se sua mãe não cuidasse para que ele falasse o inglês tradicional —, sua fala soava artificial e estranhamente formal. Até eu admitia que o pidgin soava muito interessante e descontraído quando falado por nativos: não era um idioma feito para a troca de ideias, e sim para a troca de piadas, insultos e fofocas. Mas Edward fazia dela, ou tentava fazer, uma língua de pessoas instruídas.

Ele não precisava perguntar se eu sabia como as coisas funcionavam — ele sabia que eu não sabia. Eu não entendia que relação nosso destino como havaianos tinha com o destino das pessoas negras no continente ("Não tem pessoas negras no Hawai'i", eu lembrava a ele, repetindo o que minha mãe dissera um dia enquanto assistíamos a uma reportagem sobre um protesto dos negros do continente. "Não tem Negros no Hawai'i", ela havia declarado, e o fantasma do que ela tinha preferido não dizer em seguida — "Graças a Deus" — ficou pairando entre nós). Eu não entendia como tínhamos sido usados de garantia, ou seu argumento de que os orientais estavam se aproveitando de nós — muitos dos orientais que eu conhecia e via eram pobres, não havia dúvida, ou pelo menos estavam longe de ser ricos, mas ainda assim, para Edward, quando se tratava da perda das nossas terras, eles tinham tanta culpa quanto os missionários haole. "Agora a gente vê essas pessoas comprando casa, abrindo empresa", ele dizia. "Elas podem até ser pobres, mas não vão ser pobres pra sempre." Mas, ao mesmo tempo, parecia impossível dissociar nossa história dos orientais e dos haoles — todos os havaianos que eu conhecia também tinham ascendência oriental, ou ascendência haole, ou ambas, ou, em alguns casos, como o de Edward (embora eu não dissesse isso), quase totalmente haole.

Uma das ideias que eu tinha mais dificuldade de captar era o argumento de que eu e minha mãe pertencíamos a um *nós*. Aqueles homens corpulentos de pele escura, imensos e vagarosos, que eu via bêbados e quase cochilando no parque: eles podiam até ser havaianos, mas eu não me identificava nem um pouco com eles. "Eles também são reis, irmão", Edward me repreendia, e, embora não dissesse, eu pensava no que minha mãe me dizia quando eu era criança: "Só algumas pessoas são reis, Wika". Talvez eu fosse como a minha mãe, no fim das contas, embora não fizesse por mal: ela devia achar que aquelas pessoas eram diferentes dela porque pensava que eram inferiores, enquanto eu achava que eram diferentes de mim porque tinha medo delas. Eu não negava que éramos da mesma raça, mas éramos pessoas diferentes, e era isso que nos distinguia.

Eu tinha passado todo aquele tempo pensando que Edward fosse membro dos Keiki kūAliʻi — nos meus sonhos, como eu já disse, ele não era um membro qualquer, e sim o líder do grupo. Mas acabei descobrindo que isso não era verdade. Ele *tinha feito* parte do grupo, ele me contou, mas tinha saído pouco depois. "Um bando de ignorantes", ele escarneceu. "Não sabiam se organizar." Ele tentou lhes ensinar o que aprendera sobre organização no tempo que havia passado no continente; ele tentou estimulá-los a adotar uma abordagem mais expansiva e mais radical. Mas, segundo ele, os membros do grupo almejavam coisas muito pequenas: mais terras reservadas para havaianos pobres, mais programas de auxílio governamental. "Esse é o problema deste lugar, é muito provinciano", ele muitas vezes dizia, pois, por mais que ficasse chocado quando lhe falavam isso, ele também sabia ser arrogante; ele também se achava melhor que os outros.

Eu havia desempenhado um papel involuntário em seu processo de desencanto com o grupo, ele disse. Tinha sido ele quem insistira na ideia da restauração da monarquia, ele quem introduzira conceitos como secessão e golpe. "Eu falei pra eles que já conheço o rei", ele disse, e, embora aquilo fosse menos um elogio e mais a afirmação de um fato — eu me *tornaria* rei, afinal de contas; teria me tornado rei —, era como se ele tivesse me elogiado de qualquer forma, e senti minhas bochechas esquentarem. Mas ele contou que, no fim das contas, a conversa sobre secessão e golpe tinha intimidado a maior parte dos membros, que temiam que isso pudesse prejudicar suas chances de ganhar outras concessões do Estado; eles brigaram e Edward perdeu. "Uma pena", ele me disse nesse momento, esticando a mão pela janela do carro num gesto delicado. "Eles têm a cabeça muito fechada." Estávamos a caminho de Waimānalo, na costa leste, e, à medida que ele ziguezagueava pela estrada, eu olhava o mar, uma folha azul amassada.

Tínhamos planejado parar num restaurante de comida típica de que Edward gostava e que ficava logo antes de Sherwood Forest, mas em vez disso continuamos dirigindo. Em um dado momento tive uma convulsão, e senti minha cabeça afundando no encosto do banco e ouvi o som da voz de Edward, embora não conseguisse distinguir o que ele dizia, e o sol latejava atrás das minhas pálpebras. Quando acordei, estávamos estacionados embaixo de uma acácia bem grande. O carro cheirava a carne frita, e eu olhei para o lado e vi Edward me encarando e comendo um hambúrguer. "Acorda, lelé", ele disse em tom de brincadeira, "comprei um hambúrguer pra você", mas balancei a cabeça, o que me deixou ainda mais tonto — depois das minhas crises eu ficava enjoado e não conseguia comer. Ele deu de ombros. "Como preferir", ele disse, e comeu o outro hambúrguer, e quando terminou eu estava me sentindo um pouco melhor.

Ele disse que tinha uma coisa para me mostrar, e nós saímos do carro e começamos a andar. Estávamos em algum lugar no extremo norte da ilha — eu sabia disso porque a região estava muito vazia. Estávamos numa vasta área plana de grama crescida e seca, e ao nosso redor não havia nada: nem casas, nem prédios, nem carros. Atrás de nós estavam as montanhas, e à nossa frente estava o mar.

"Vamos até a água", Edward disse, e eu o segui. No caminho, andamos por uma estradinha de terra desnivelada e lodosa; não havia estrada asfaltada por perto. À medida que avançávamos, a grama alta foi ficando cada vez mais esparsa e fina até que a areia tomou conta da paisagem, e de repente estávamos numa praia, na qual as ondas ora acariciavam a margem, ora recuavam, e assim sucessivamente.

Não consigo dizer por que aquele cenário me pareceu tão estrangeiro. Talvez fosse porque não havia ninguém, embora naquela época ainda houvesse partes da ilha aonde você podia ir e ficar sozinho. Mas ainda assim havia algo que fazia aquela região parecer especialmente isolada, isolada e abandonada. Ainda que eu não conseguisse — e não consiga até hoje — dizer por quê: havia areia, grama, montanha, os mesmos três elementos que você encontraria na ilha inteira. As árvores, palmeiras, e árvores da chuva, e pândanos, e acácias, eram as mesmas que tínhamos no vale; as hastes de helicônia eram as mesmas. Mas ao mesmo tempo eram diferentes de uma forma que parecia inexplicável. Mais tarde, tentaria me convencer de que eu sabia, desde o momento em que vira aquela terra, que voltaria para lá, mas isso era ficção. É mais provável que seja o contrário: que, considerando o que aconteceu ali, eu tenha começado a me lembrar daquele lugar de outra forma, como se fosse importante, ainda que naquela ocasião não tivesse me parecido nem um pouco especial, e sim um terreno baldio qualquer.

"O que você achou?", Edward perguntou, enfim, e olhei para o céu.

"É bonito", eu disse.

Ele assentiu com a cabeça, devagar, como se eu tivesse dito algo profundo. "É seu", ele disse.

Esse era o tipo de coisa que ele tinha começado a dizer, estendendo o braço para fora da janela nas praias, onde crianças corriam pela areia de um lado para o outro, empinando pipas, ou nos estacionamentos, ou nas nossas caminhadas por Chinatown: "Essa terra é sua", ele dizia, e às vezes ele queria dizer que era minha graças aos meus antepassados, e às vezes ele queria dizer que era minha porque também era dele, e que a terra pertencia a nós porque éramos havaianos.

Mas quando me virei, percebi que ele estava me encarando. "É seu", ele repetiu. "Seu e do Kawika. Olha", ele prosseguiu, antes que eu pudesse falar, e tirou do bolso um papel, que rapidamente desdobrou e me entregou. "Fui até o cartório de registros de imóveis no prédio do governo", ele disse, animado. "Procurei as escrituras da sua família. Você é dono deste terreno, Wika. Era do seu pai, e agora é seu."

Olhei o papel. "Lote 45090, Hauʻula, 30,3 acres", eu li, mas de repente não consegui ler mais nada, e o devolvi a ele.

De súbito me senti muito cansado e com sede; o sol estava muito quente. "Preciso deitar de novo", eu lhe disse, e senti o chão sob meus pés se abrir e em seguida afundar, e minha cabeça cair, como que em câmera lenta, nas mãos de Edward. Houve silêncio por algum tempo. "Seu lelé da cuca", eu o ouvi dizer enfim, mas como se fosse de muito longe, e sua voz era afetuosa. "Seu bobinho", ele disse, "seu bobinho, seu bobinho, seu bobinho", repetindo essas palavras como uma carícia, enquanto, acima de mim, o sol parava no meio do caminho, transformando tudo ao meu redor numa brancura clara e dura.

Kawika: agora consigo dar a volta no meu quarto sem ficar cansado. Sempre com a parede à minha direita, uso a mão para me guiar. As paredes são de estuque, frias e irregulares, e às vezes consigo me convencer de que estou sentindo uma coisa viva, como a pele de um réptil. Amanhã à noite vou tentar andar pelo corredor. Ontem à noite tentei girar a maçaneta pela primeira vez, imaginando que a porta estaria trancada, mas ela cedeu muito fácil, tão fácil que eu quase fiquei decepcionado. Mas aí lembrei que tinha algo novo a experimentar, e que, a cada noite que conseguisse me provar capaz de andar mais longe, eu estaria chegando mais perto de você.

Sua avó veio me visitar hoje. Ela falou do preço da carne de porco, de seus novos vizinhos, por quem ela nutre uma evidente antipatia — ele é japonês e criado em Kakaʻako; ela é haole, de Vermont; ambos são cientistas que ficaram ricos produzindo uma droga antiviral —, e de uma praga que infectou o pé de ʻōhai aliʻi; eu estava torcendo para que contasse alguma novidade sua, mas ela não contou. Faz tanto tempo que ela não fala de você que às vezes me pergunto se aconteceu alguma coisa. Mas isso é só durante o dia — não sei como, mas à noite eu sei que você está bem. Você pode até estar longe de mim, talvez longe demais, mas tenho certeza de que você está vivo, vivo e saudável. Ultimamente tenho tido um sonho em que você aparece com uma mulher; vocês dois estão andando pela rua 57, como eu certa vez andei, de braços dados. Você se vira para ela e ela sorri. Não consigo ver o rosto dela, só sei que tem cabelos escuros, como sua mãe tinha, mas sei que é uma mulher bonita, e que você está feliz. Talvez seja isso que você está fazendo agora? Quero acreditar que sim.

Mas isso não é o que você quer saber. Você quer saber do que aconteceu depois.

No dia seguinte à minha viagem para Hau'ula, fui visitar o tio William, que ficou surpreso em me ver — àquela altura fazia mais de cinco anos desde a última vez que eu tinha passado na empresa —, e perguntei se ele podia explicar, em detalhes, a situação dos imóveis da família. Agora parece absurdo, e até vergonhoso, que eu nunca tenha perguntado nada antes, mas eu não tinha motivos para ficar preocupado. Eu sempre tinha dinheiro quando precisava; nunca tinha precisado perguntar de onde ele vinha.

O tio William, coitado, achou maravilhoso que eu expressasse algum interesse no patrimônio e começou a detalhar as terras que tínhamos e onde ficavam. Eram muito mais propriedades do que eu imaginava, embora todas fossem modestas. Havia sete acres na região de Dallas, dois estacionamentos na Carolina do Norte, dez acres na zona rural de Ojai. "Seu avô passou a vida inteira comprando terrenos baratos no continente", disse William, orgulhoso como se ele mesmo os tivesse comprado.

Por fim, precisei interrompê-lo. "Mas e no Hawai'i?", perguntei, e então, quando ele abriu um mapa de Maui, eu o interrompi de novo: "O'ahu, para ser mais específico".

Mais uma vez me surpreendi. Além da nossa casa em Manoa, havia dois edifícios de apartamentos dilapidados em Waikīkī, e três pontos comerciais na mesma rua em Chinatown, e uma casa pequena em Kailua, e até a igreja em Lā'ie. Esperei enquanto o tio William ia percorrendo o estado em sentido anti-horário, começando pelo sul de Honolulu, e senti pena dele como nunca tinha sentido antes, pela ternura em sua voz, pelo orgulho que tinha daquela terra que sequer era dele.

Mas, se sentia pena de William, sentia asco de mim mesmo. O que eu tinha feito para ganhar tudo aquilo? Nada. O dinheiro, o meu dinheiro, *de fato* dava em árvore: em árvores, e em campos, e entre blocos de concreto. Era colhido e higienizado e contado e estocado, e sempre que eu o quisesse, antes mesmo de saber que queria, ali estava, aos montes, mais do que eu jamais poderia desejar.

Fiquei sentado em silêncio enquanto o tio William falava, até que, enfim, eu o ouvi dizer: "E também tem a propriedade em Hau'ula", ao que me levantei e andei em sua direção, olhando o mapa da ilha pelo qual ele passava os dedos com tanto carinho. "Pouco mais de trinta acres, mas é um terreno que não serve pra nada", ele disse. "Muito árido e pequeno para uma plantação de verdade, muito afastado pra servir de moradia. A praia também não é boa… O mar é muito bravio e cheio de corais. A estrada é de terra, e o governo não tem nenhum plano de estender o asfalto até lá. Não tem vizinhos, nem restaurantes, nem mercados, nem escolas."

Ele continuou falando sem parar, descrevendo os defeitos do terreno, até que eu enfim lhe perguntei: "Então por que temos essa terra, afinal?".

"Ah", ele disse, sorrindo. "Seu avô comprou esse terreno por impulso, e seu pai, muito sentimental, não teve coragem de vender. Sim", ele disse, achando que minha expressão indicava surpresa, "ele às vezes era sentimental, seu pai." Ele sorriu novamente e balançou a cabeça. "Lipo-wao-nahele", ele acrescentou.

"O que é isso?", perguntei.

"Era assim que seu avô chamava aquele terreno", ele disse. "A Floresta Sombria, tecnicamente, mas ele traduziu como Floresta do Paraíso." Ele olhou para mim. "A gente pensa que seria Nahelekūlani, né?", ele perguntou, e eu dei de ombros. O havaiano do tio William era muito melhor que o meu; meu avô tinha pagado seus estudos quando ele estava na universidade e havia começado a trabalhar na empresa da família. "E estaria certo, em teoria, mas seu avô Kawika dizia que era um havaiano errado, uma tradução malfeita, que seria como falar, digamos, Kawikakūlani." *Kawikakūlani*: David do Paraíso. Ele começou a cantar:

> "He ho'oheno kē 'ike aku
> Ke kai moana nui lā
> Nui ke aloha e hi'ipoi nei
> Me ke 'ala o ka līpoa

"Você deve conhecer essa música." (Eu conhecia; era famosa.) "'Ka Uluwehi O Ke Kai': 'A generosidade do mar'. *Lipoa*: parece idêntico, né? Mas não é. Aqui, a palavra é *līpoa*, que remete às algas marinhas. Mas seu avô usou *lipoa*, como em *ua lipoa wale i ka ua ka nahele*, 'a floresta que a chuva deixou escura'... Muito bonito, né? Por isso '*Lipo wao nahele*': a Floresta Sombria. Mas seu avô manteve o *mana* do nome: 'a Floresta do Paraíso'."

Ele se recostou na cadeira e abriu um sorriso tão doce, repleto da alegria de entender uma língua que eu não falava e não conseguia compreender direito. De súbito senti raiva dele — ele tinha algo que eu não podia ter, e não era dinheiro, mas sim aquelas palavras que rolavam em sua boca como pedrinhas lisas e brilhantes, tão brancas e limpas quanto a lua.

"Tem alguma floresta lá?", perguntei, enfim, embora tivesse estado prestes a formular a mesma frase como uma negação: *Não tem floresta lá.*

"Não tem mais", ele disse. "Mas um dia teve, ou foi o que seu avô disse. Ele planejava replantar a floresta de novo algum dia, e aquele seria o paraíso dele.

"Seu pai não tinha o mesmo apreço que o pai dele por aquela terra; ele achava que era muito barulho por nada. Mas ele tampouco a vendeu. Ele sempre dizia que ninguém ia querer comprar, por ser tão distante e ter tantos problemas. Mas há muito tempo eu suspeitava que era um outro tipo de sentimentalismo. Você sabe que os dois não eram tão próximos, ou pelo menos era isso que eles diziam, mesmo assim não acho que isso fosse toda a verdade. É que eles eram parecidos demais, e ambos acabaram se acostumando a essa narrativa, que parecia mais fácil e mais nobre do que de fato tentar se aproximar um do outro. Mas eles não me enganavam. Ora, eu lembro..."

E aí ele desembestou a falar, contando histórias que já tinham me contado antes: sobre a vez que meu pai bateu o carro do meu avô e nunca se desculpou; sobre como meu pai foi um estudante medíocre no colegial e como meu avô precisou doar mais dinheiro à escola para que ele se formasse; sobre como meu avô queria que meu pai fosse um intelectual, enquanto meu pai queria ser atleta. Eram problemas típicos de pai e filho, mas me pareciam tão distantes e desinteressantes como algo que eu leria num livro.

E atrás de tudo isso estavam as palavras *Lipo wao nahele*, uma frase criada para que as pessoas a entoassem, para ficar na ponta da língua, e embora eu estivesse olhando para o tio William, sorrindo e assentindo à medida que ele falava e falava, eu estava pensando naquela terra que era mesmo minha afinal, onde eu tinha deitado embaixo de uma acácia e visto Edward, a poucos metros dali, tirar o short e a camiseta e entrar, dando gritinhos, na água luminosa, e mergulhar sob uma onda tão grande que, por alguns segundos, foi como se uma alquimia o tivesse capturado, transformando seus ossos em espuma.

Eu tinha, enfim, informações a oferecer a Edward: ele até podia ter descoberto que o terreno era meu, mas eu tive a chance de dizer a ele o que significava para o meu avô, a última pessoa da minha família a ser chamada de Príncipe Kawika. Hoje em dia sinto vergonha de ter ficado tão contente com a empolgação dele, por finalmente ter algo a lhe oferecer e perceber que ele recebia aquilo com tanto entusiasmo, com todo o altruísmo de quem dá um presente.

Aquilo virou um código só nosso. Não chegava a ser uma piada. Mas não era algo em que eu pensava seriamente. Minha imaginação era limitada, a dele mais ainda, mas começamos a falar como se fosse um lugar real, como se, toda vez que tocávamos naquele nome, uma nova árvore começasse a brotar, como se, através da fala, fizéssemos a floresta voltar a existir. Às vezes te levávamos conosco nas nossas viagens de carro aos fins de semana, e à tarde, depois que você e Edward iam nadar, você vinha se deitar ao meu lado e eu te contava histórias de que eu me lembrava da minha infância, substituindo todas as florestas mágicas, todos os vales assombrados, por Lipo-wao-nahele. A casa da bruxa em "João e Maria", que tanto tinha me impressionado quando eu era pequeno, com aquelas paredes de biscoito de gengibre e beirais decorados com balas de goma (O que era um biscoito de gengibre? O que eram balas de goma? O que eram beirais?) se tornou uma choupana em Lipo-wao-nahele, o telhado feito de escamas de manga seca, a porta, uma cortina de fios de chips de frutas secas, o cheiro agridoce tomando conta da cozinha da bruxa. Às vezes eu te falava de lá como se fosse um lugar que de fato existia — ou melhor, deixava você acreditar que era qualquer coisa que você quisesse: "Lá tem coelhinhos?", você perguntava (naquela época você era louco por coelhinhos). "Tem", eu respondia. "Lá tem sorvete?", você perguntava. "Tem", eu respondia. Tinha um ferrorama em Lipo-wao-nahele? Tinha um parquinho só pra você? Tinha um balanço feito de pneus? Tinha, tinha, tinha. Tudo o que você quisesse existia em Lipo-wao-nahele, um lugar que também era definido por aquilo que lhe faltava: hora de dormir, hora do banho, tarefa, cebola. Em Lipo-wao-nahele, não havia espaço para as coisas que você odiava. O céu era o céu também pelas coisas que não podiam entrar nele.

O que eu estava fazendo? Aqueles eram os anos em que você tinha cinco, seis, sete, oito anos, e ainda tinha idade para acreditar nisso, porque, se eu te dizia coisas maravilhosas, eu também era maravilhoso. Naquela época, isso parecia não só inofensivo como também positivo. Isso me fazia sentir, pela primeira vez na minha vida, que talvez eu fosse mesmo um rei. Lá estava aquela terra que meu avô julgava ser o paraíso, e por que eu não concordaria? Quem era eu para dizer que ele não poderia ter razão?

Você talvez esteja se perguntando o que sua avó achava disso tudo. Quando descobriu que eu estava com Edward de novo — e é claro que ela ia descobrir, isso era inevitável —, ela ficou sem falar comigo por uma semana. Se bem que o poder de Lipo-wao-nahele era tanto que, pelo que me lembro, eu nem me importei com isso. Eu tinha outro segredo maior, e esse segredo era um lugar onde me sentiria invencível, onde pela primeira vez na vida me sentiria em casa, onde nunca sentiria vergonha nem culpa por ser quem eu era. Eu nunca tinha me rebelado quando era criança, nem uma só vez, e ainda assim eu a havia decepcionado, porque nunca tinha conseguido ser o filho que ela queria. Mas eu não tinha feito isso de propósito, e, para ser sincero, era empolgante desafiá-la, ser o agente de sua consternação, aquele que convidara Edward de volta à nossa casa, minha casa, para sentar-se à nossa mesa, fazendo minha mãe de refém.

Começamos a ir até lá de carro todos os fins de semana, Edward e eu, e, embora da primeira vez eu tivesse ficado desanimado, sem conseguir tirar os comentários negativos do tio William da cabeça (*uma terra que não serve pra nada*), Edward estava tão empolgado que eu também me permiti ficar empolgado. "Minha sala vai ser aqui", ele dizia, traçando um quadrado ao redor da acácia com seus passos. "Vamos manter a árvore onde está e vamos construir o pátio ao redor dela. E ali vamos construir a escola, onde vamos ensinar só havaiano às crianças. E ali vai ficar nosso palácio, perto daquela árvore da chuva. Está vendo? Vamos construí-lo de frente para a água, e quando acordar você vai conseguir ver o sol nascer acima do mar." No fim de semana seguinte, passamos a noite lá, acampados na praia, e, depois que o sol se pôs, Edward pegou uma mão cheia das lulas vaga-lumes que o mar trazia para a areia, fez espetinhos com galhos de ʻōhiʻa e as assou para comermos. Na ma-

336

nhã seguinte eu acordei cedo, antes de Edward, e olhei na direção das montanhas. No amanhecer, a terra, que geralmente era tão seca, parecia exuberante, delicada, vulnerável.

Hoje, porém, vejo que Lipo-wao-nahele tinha significados diferentes para os dois — diferentes, mas ao mesmo tempo iguais. Era, para ambos, uma fantasia de utilidade, da nossa própria utilidade. Edward tinha herdado um pouco de dinheiro de sua mãe, o suficiente para alugar um chalé de um quarto na propriedade de uma família coreana no Lower Valley, a uma caminhada de cinco minutos da minha casa; ele às vezes trabalhava pintando imóveis para uma equipe de construção. Nem isso eu tinha — depois que você saía para a escola, a única coisa que eu tinha para fazer era esperar que você voltasse. Às vezes eu ajudava minha mãe com coisas simples, como colocar os convites para o evento beneficente anual das Filhas em envelopes, mas passava a maior parte do tempo esperando. Eu lia revistas ou livros, fazia longas caminhadas, dormia. Nesses dias torcia para ter um dos meus ataques, porque eles provavam que minha prostração não era preguiça ou indolência, e sim uma necessidade. "Está descansando bastante?", meu médico — meu médico desde criança — me perguntava nas consultas, e eu sempre dizia que sim. "Ótimo", ele dizia, em tom solene, "você não pode se sobrecarregar, Wika", e eu prometia que não estava.

Não éramos essenciais para ninguém. Eu não era essencial para você nem para minha mãe; nenhum de nós era para o Hawai'i. Essa era a ironia: nós precisávamos da ideia do Hawai'i mais do que ele precisava de nós. Ninguém estava clamando para que tomássemos o poder; ninguém queria nossa ajuda. Éramos parte de uma encenação, e como nosso faz de conta não afetava ninguém — até o momento em que começou afetar, claro —, podíamos fazer o que bem quiséssemos. E nos convencíamos de cada coisa! De que eu seria rei, de que ele seria meu primeiro conselheiro, de que em Lipo-wao-nahele iríamos construir o paraíso com que se supunha que meu avô sonhava, embora fosse impossível que ele tivesse sonhado que alguém como eu fosse se tornar seu representante. Na realidade, não fizemos nada — não chegamos sequer a tentar plantar a floresta que ele queria.

A diferença, porém, era que Edward acreditava naquilo. A fé era sua riqueza; era a única coisa que tinha. Lipo-wao-nahele era um refúgio e um passatempo tanto para ele quanto para mim, mas também era algo mais. Em retrospecto, consigo entender por que Edward *precisava* ser havaiano, ou pelo menos aquela ideia de havaiano que ele tinha criado. Ele precisava sentir que fazia parte de uma tradição maior e mais importante. Sua mãe tinha morrido e ele nunca tinha conhecido seu pai; tinha poucos amigos e nenhum parente. Para ele, ser havaiano não era um imperativo político, mas pessoal. Mas nem disso ele conseguia convencer os outros; tinha sido expulso dos Keiki kū Aliʻi, não era bem-vindo (ou era o que dizia) nas aulas de havaiano que tentara fazer, tinha sido mandado embora do hālau porque trabalhar como pintor o fazia perder muitas aulas. Tudo isso era dele por direito, mas mesmo aqui ele era indesejado.

Mas em Lipo-wao-nahele não havia ninguém para lhe dizer não, ninguém para lhe dizer que seu jeito de ser havaiano estava errado. Só havia eu, e às vezes você, e nós acreditávamos em tudo que ele dizia. Eu era o rei, mas ele era o líder, e ao longo dos anos aqueles trinta acres deixaram de ser uma metáfora e ganharam uma nova categoria, tornando-se outra coisa. No final das contas aquele seria o reino dele, e nós seríamos seus súditos, e ninguém nunca mais seria capaz de negá-lo.

O primeiro passo foi mudar nossos nomes.

Isso foi em 1978, um ano antes de partirmos. Ele já tinha mudado o dele no ano anterior. Primeiro ele tinha se tornado Ekewaka, a versão havaianizada de Edward, e um nome estranho e difícil de falar em voz alta. Eu tinha ficado aliviado quando ele me dissera que iria mudar de nome mais uma vez, para Paiea, seu segundo nome. "Um nome havaiano de verdade", disse, orgulhoso, como se ele mesmo o tivesse inventado, e não apenas se lembrado de que sempre tivera aquele nome. Paiea: o caranguejo, e o primeiro nome de Kamehameha, o Grande. E agora também o nome de Edward.

Eu deveria ter previsto que ele também iria querer mudar nossos nomes, mas por algum motivo, como em tantos outros assuntos, nunca me ocorreu que ele pudesse pedir algo tão grande. "Uma versão havaianizada de um nome cristão continua sendo um nome cristão, só que maquiado para parecer que tem pele escura. É puro *brownface*", ele disse. Dava para ver que ele tinha aprendido esse termo, *brownface*, havia pouco tempo, porque a dúvida deixou sua voz um pouco mais fraca quando ele o disse.

"Mas era o nome do rei", eu disse, numa rara demonstração de resistência, embora estivesse mais atônito do que querendo discutir. Então o rei também não era havaiano o bastante?

"É verdade", ele admitiu, e por um instante fez uma expressão confusa. Em seguida seu semblante se iluminou. "Mas a gente vai começar de novo lá em Lipo-wao-nahele. Seu sangue te dá direito ao trono, mas nós vamos começar uma nova dinastia."

Ele começou a fazer uma lista do que considerava nomes havaianos "verdadeiros", aqueles anteriores ao contato com o Ocidente. Mas ele lamentava o fato de serem tão poucos, de quase terem sido extintos por falta de interesse. Por estupidez, nunca tinha me ocorrido que um nome, assim como uma planta ou uma criatura, pudesse desaparecer por não ser popular, e eu também não entendia o propósito de Edward: era impossível ressuscitar um nome à força. Um nome não era uma planta ou um animal — era o desejo, não a necessidade, que o fazia florescer, e portanto ele estava sujeito aos interesses volúveis dos seres humanos. Será que os antigos nomes tinham desaparecido porque, como ele argumentava, tinham sido banidos pelos missionários, ou será que tinham desaparecido simplesmente porque as pessoas não tinham resistido aos nomes ocidentais, que eram novidade? Edward teria dito que ambos os argumentos tinham a mesma origem: os intrusos tinham deixado aqueles nomes de lado. Mas um nome importante não deveria ser importante o suficiente para se manter, mesmo diante da insurreição?

Eu não fiz essa pergunta. E sequer tentei me opor quando ele escolheu meu novo nome e depois o seu. Mas você sabe — ou espero que saiba — que não deixei que nosso nome nos fosse roubado. Espero que você tenha notado que eu só te chamava pelo nome que ele te deu quando ele estava presente, que em todos os outros momentos você continuava sendo meu Kawika, e sempre vai continuar sendo. E eu também resisti de outra forma, ainda que pequena: embora tenha me acostumado, com o tempo, a chamá-lo de Paiea, na minha cabeça eu continuava a pensar nele, a me referir a ele, como Edward.

Agora, contando isso a você, fico impressionado com o quanto tudo era inventado. Não sabíamos quase nada de assunto nenhum: nada de história, nada de trabalho, nada do Hawai'i, nada de responsabilidade. E as coisas que *de fato* sabíamos tentávamos não saber: a irmã do meu bisavô, aquela que o sucedera depois da morte prematura dele, aquela que tinha sido a rainha deposta, aquela com quem o reino tinha morrido — ela mesma não tinha sido cristã? Ela não tinha dado poder e riqueza para alguns dos mesmos homens, homens cristãos, brancos, missionários, que mais tarde tomaram seu trono? Ela não tinha visto quando começaram a ensinar inglês e a estimular seu povo a ir à igreja? Ela não tinha usado vestidos de seda e diamantes nos cabelos e no pescoço como uma rainha inglesa, não tinha passado óleo e abaixado o volume de seus cabelos pretos? Mas esses eram fatos que tornavam nossas ideias mais complexas, e por isso decidíamos ignorá-los. Éramos homens feitos, já tínhamos passado havia muito tempo da idade em que seria permitido viver fingindo, mas ainda assim estávamos fingindo como se nossa sobrevivência dependesse disso. O que nós pensávamos — e o que eu pensava — que aconteceria? A que eu pensava que nosso fingimento levaria? A resposta mais patética de todas é que eu não pensava. Eu fingia porque, quando estava fingindo, me obrigava a fazer alguma coisa.

Não que quiséssemos que algo acontecesse — o que queríamos era o contrário. Quanto mais velho eu ficava, mais o mundo me parecia incompreensível. À noite eu assistia ao noticiário, as reportagens sobre greves e protestos, manifestações e, de vez em quando, comemorações. Eu vi a guerra acabar, e fogos de artifício explodindo acima da Estátua da Liberdade, a água lá embaixo cintilando como se houvesse um vazamento de óleo. Vi um novo presidente tomar posse e imagens de um homem de San Francisco que foi assassinado. Como ia explicar o mundo a você se eu mesmo não conseguia compreendê-lo? Como eu poderia deixar que você fosse para o mundo, se ao nosso redor havia terrores e horrores, pesadelos dos quais eu nunca seria capaz de salvá-lo?

Mas, dentro de Lipo-wao-nahele, nada nunca mudava. Não era exatamente uma fantasia, mas um estado de suspensão — se eu estivesse lá, o tempo pararia. Se você nunca envelhecesse, nunca chegaria o dia em que seu conhecimento ultrapassaria o meu, em que você aprenderia a me olhar com desdém. Se você nunca envelhecesse, eu nunca te decepcionaria. Às vezes eu rezava para que o tempo começasse a andar para trás — não dois séculos para trás, como Edward preferiria, para que eu visse as ilhas como um dia tinham sido, mas oito anos para trás, quando você ainda era meu bebê e estava aprendendo a andar, e achava tudo que eu fazia maravilhoso, quando tudo o que eu precisava fazer era dizer seu nome e um sorriso tomava conta do seu rosto. "Nunca me deixe", eu sussurrava para você naquela época, mesmo sabendo que minha tarefa era criar você para que me deixasse, que seu propósito como meu filho era me deixar, um propósito no qual eu mesmo tinha fracassado. Eu era egoísta. Eu queria que você me amasse para sempre. Eu não fiz o que era melhor para você — fiz o que era melhor para mim.

Mas, na verdade, também me enganei a respeito disso.

Kawika, uma coisa muito importante me aconteceu ontem à noite: eu fui lá fora.

Por meses, só consegui andar pelo quarto antes de perder o fôlego, isso sem falar na coragem. E então, ontem à noite, sem nenhum motivo, girei a maçaneta da porta do meu quarto e saí no corredor. Num segundo eu estava no quarto, no outro eu estava do lado de fora, e nada havia mudado naquele momento, a não ser o fato de eu ter tentado. Às vezes acontece assim, sabe? Você espera, espera, espera — porque está com medo, porque sempre esperou —, e aí, um dia, a espera acaba. Naquele momento, você esquece como era esperar. Aquele estado no qual você viveu, às vezes por anos, se desfaz, e sua lembrança dele vai junto. No fim, tudo o que lhe resta é a perda.

Na soleira da porta virei à direita, e lá fui eu pelo corredor, passando a mão direita pela lateral da parede para me guiar. No começo fiquei tão nervoso que pensei que fosse vomitar, e qualquer mínimo ruído que ouvia fazia meu coração acelerar.

Mas depois — não sei dizer quanto eu tinha andado, nem em distância nem em minutos — uma coisa muito estranha aconteceu. Senti uma euforia tomar conta de mim, um êxtase, e de repente, tão de repente quanto eu tinha girado a maçaneta, tirei a mão da parede, fui para o meio do corredor e comecei a andar com uma agilidade e uma confiança que não me lembro de ter experimentado antes. Fui andando mais rápido e com mais firmeza, e foi como se a cada passo eu estivesse criando novas pedras sob meus pés, como se o edifício estivesse crescendo ao meu redor, e como se o corredor, se eu nunca me virasse e saísse dele, pudesse se estender até o infinito.

Em um dado momento virei à direita, esticando minha mão à minha frente, e ali, mais uma vez, como se eu tivesse escolhido assim, havia uma maçaneta. Por algum motivo, não sei por quê, entendi que aquela porta levava ao jardim. Girei a maçaneta e, antes mesmo de a porta ceder, senti o cheiro de pīkake, que eu sabia — porque a mamãe tinha me contado — que cobria todas as paredes.

Comecei a andar em direção ao jardim. Pensei que nunca tivesse prestado muita atenção em suas dimensões e caminhos quando me empurravam na cadeira de rodas, mas depois de quase nove anos — parei quando me dei conta disso, e minha euforia desapareceu num átimo — devo mesmo ter memorizado seu formato. Eu estava tão confiante que, por um instante confuso, me perguntei se tinha voltado a enxergar, como se a própria visão tivesse mudado e agora funcionasse daquele jeito. Porque, ainda que eu só conseguisse discernir aquela mesma tela cinza-escura que via todos os dias, isso não parecia importante. E lá fui eu marchando pelos caminhos, e em nenhum momento precisei tatear o espaço à minha frente, em nenhum momento precisei descansar — mas, se precisasse, eu sabia, de maneira intuitiva, onde ficavam os bancos.

Bem no fundo do jardim havia uma porta, e eu sabia que se girasse a maçaneta estaria do lado de fora — não só no ar parado e quente do lado de fora, mas fora deste lugar, solto no mundo. Fiquei um tempo com a mão encostada na porta, pensando no que ia fazer, em como sairia dali.

Nesse momento, porém, me dei conta: aonde eu iria? Eu não podia voltar para a casa da minha mãe. E não podia voltar para Lipo-wao-nahele. Na primeira opção eu sabia exatamente o que encontraria, e a segunda não existia mais. Não o espaço físico, mas a ideia — ela tinha desaparecido com Edward.

Mas, Kawika, você ia ficar orgulhoso de mim. Houve uma época em que isso teria me desanimado. Eu teria ficado desnorteado, teria me deitado no chão e ficado ali, gemendo, até alguém me ajudar, eu teria coberto a cabeça com os braços e implorado, em voz alta, para as montanhas me soterrarem, uma sobre a outra, para tudo parar de *se mexer* tanto e tão rápido. Você me viu fazer isso muitas vezes. A primeira vez foi no inverno depois que partimos para Lipo-wao-nahele, e eu tinha me dado conta do que fizera — de que tinha te tirado de casa, de que tinha deixado minha mãe furiosa, de que no fundo nada tinha mudado: de que eu continuava sendo uma decepção, e permanecia com medo, e de como eu não tinha superado essas dificuldades, e sim me transformado nelas, de como essas características não tinham me impedido de virar outra pessoa, mas na verdade tinham se tornado quem eu era. Você tinha ido nos visitar naquele fim de semana, e tinha ficado assustado, tinha segurado minha mão como sabia que deveria fazer quando eu tivesse uma convulsão, e quando ficou evidente que aquilo não era uma convulsão, mas sim algum outro estado alterado, você soltou minha mão e correu pela planície, chamando Edward aos gritos, e ele voltou com você e me sacudiu, com força, gritando para eu parar de me comportar feito um bobo, feito uma criança. "Não chama o meu pai de bobo", você disse, tão corajoso já naquela época, e Edward retrucou na hora: "Eu vou chamar de bobo se ele se comportar feito um bobo", e nesse momento você cuspiu nele, não para de fato acertá-lo, mas pelo ato em si, e ele levantou a mão. De onde eu estava, no chão, foi quase como se ele estivesse tentando tirar o sol do cenário. E você, tão corajoso, ficou lá em pé, de braços cruzados, embora tivesse só onze anos e devesse estar morrendo de medo. "Dessa vez vou deixar passar", Edward disse, "porque respeito meu príncipe", e se eu fosse capaz de rir, teria rido daquele tom pomposo, daquela pretensão. Mas eu ainda levaria muito tempo para pensar assim, e naquele momento eu estava tão assustado quanto você, com a diferença de que era minha responsabilidade cuidar de você, e não ficar deitado no chão olhando o que acontecia.

Enfim... eu não caí no chão do jardim; eu não esperneei. Em vez disso, me sentei com as costas apoiadas em uma das árvores (consegui sentir que era uma figueira-de-bengala bem magrinha) e pensei em você. Então entendi que eu tinha o dever de continuar treinando. Naquela noite eu tinha conseguido chegar ao jardim; na noite seguinte, ou talvez na semana seguinte, ia tentar sair desse lugar. A cada noite iria mais longe. A cada noite ficaria mais forte. E um dia, em breve, eu te veria de novo, e diria tudo isso para você pessoalmente.

Você se lembra do dia em que partimos. Foi o dia seguinte à sua formatura da quarta série. Você tinha dez anos. Em junho, completaria onze.

Eu tinha feito uma mala para você, e a tinha guardado no porta-malas do carro de Edward. Ao longo dos dois meses anteriores, pequenas coisinhas vinham sumindo do seu quarto — cuecas, camisetas, shorts, seus baralhos preferidos, um dos seus skates, seu bichinho de pelúcia preferido: o tubarão de pelúcia com que você ainda dormia de vez em quando, mas tinha vergonha de admitir, e que ficava escondido debaixo da sua cama. Você não deu falta das roupas, mas deu falta do skate: "Pá, você viu meu skate? Não, o roxo. Não, eu procurei… Não está lá. Vou perguntar pra Jane de novo".

Eu também tinha empacotado comida, latas de fiambre, milho e feijão-vermelho. Uma panela pequena e uma chaleira. Fósforos e fluido de isqueiro. Pacotes de biscoito água e sal e macarrão instantâneo. Jarras de vidro com água. Todas as semanas, levávamos mais algumas coisas. Em abril, tínhamos instalado a lona e escondido as barracas atrás de um monte de corais que tiramos do mar. "No futuro vamos construir um palácio de verdade", Edward disse, e, como sempre acontecia quando ele dizia essas coisas, coisas tão improváveis, eu permaneci em silêncio. Se ele estava falando sério, me sentia constrangido por ele. Se não, me sentia constrangido por mim.

Nesse ponto minha história se mistura à sua, e ainda assim há tanto que não sei sobre o que você sentiu e o que você viu. O que você pensou naquela tarde quando chegamos a Lipo-wao-nahele e vimos as barracas — uma para mim e para você; uma para Edward — dispostas sob a acácia, a lona bem esticada entre quatro postes de metal que tínhamos encontrado na fábrica de cimento abandonada no extremo oeste da ilha, as caixas de papelão contendo nossa comida, roupas e mantimentos ali embaixo? Eu me lembro de você sorrindo, um pouco confuso, olhando ora para mim, ora para a lona, ora para Edward, que estava tirando a grelha hibachi do carro. "Pá?", você tinha me perguntado, levantando a cabeça e me olhando no rosto. Mas você não soube o que dizer em seguida. "O que é isso?", você enfim perguntou, e fingi que não tinha ouvido, mas é claro que tinha — eu só não sabia o que dizer.

Naquele fim de semana, você entrou na brincadeira. Quando Edward nos acordou bem cedo na sexta-feira de manhã para entoarmos um cântico, você fez o que ele pediu, e quando ele disse que, no começo de cada dia, nós três estudaríamos havaiano juntos, que aquele seria um lugar onde só se falaria havaiano, você olhou para mim, e quando eu assenti você deu de ombros, concordando a contragosto. "Tá bom", você disse.

"*Ae*", ele te corrigiu, severo, e você deu de ombros mais uma vez.

"*Ae*", você repetiu.

Na maior parte do tempo era impossível adivinhar o que você estava pensando, mas em alguns momentos vi certa perplexidade atravessar seu rosto, e também vi divertimento. Será que Edward esperava *mesmo* que você pescasse o que ia comer? Será que você precisaria *mesmo* aprender a cozinhar no fogo? Será que iríamos *mesmo* nos deitar às oito, para conseguirmos acordar com o raiar do sol? Sim, ao que parecia; sim, sim. Você já era inteligente naquela época e não o questionou — você também sabia que ele não brincava, que ele não tinha senso de humor. "Edward", você disse certa vez, e ele não olhou, fingiu que não tinha ouvido, e então percebi um discernimento se manifestar em você: "Paiea", você disse, e ele se virou: "'*Ae*'.

Acho que foi porque você nunca pôde confiar nas minhas habilidades como pai que você aprendeu cedo que as pessoas não se comportavam como deveriam, e que as coisas não eram o que pareciam ser. Ali estávamos, seu pai e o amigo dele, que você conhecia desde que era bebê, acampando à beira-mar, tudo muito divertido. Mas será que aquilo era o que parecia? Ninguém tinha dito nada sobre se divertir, e, na verdade, havia algo de penoso no tempo que você passou em Lipo-wao-nahele, ainda que lá você tivesse permissão de fazer tudo o que gostava de fazer — pescar e nadar e subir no monte mais próximo, tentando encontrar verduras. Mas havia um problema — havia algo de errado. Você não conseguia articular o que era, mas você sentia.

"Pá", você sussurrou para mim na segunda noite, quando apaguei, com um sopro, a vela do lampião que havia entre nós. "O que a gente está fazendo aqui?"

Eu demorei tanto para responder que você cutucou, de leve, meu braço. "Pá?", você perguntou. "Você ouviu o que eu perguntei?"

"A gente está acampando, Kawika", eu disse, e então você ficou em silêncio. "Você não está gostando?"

"Acho que tô", você disse, hesitante, por fim. Você não estava, mas não sabia explicar por quê. Você era criança, e o problema não é que as crianças não tenham a mesma gama de emoções dos adultos — é só que não têm o vocabulário para expressá-las. Eu *era* um adulto, eu *tinha* esse vocabulário, e mesmo assim eu também não conseguia explicar o que havia de errado naquela situação, também não conseguia expressar o que sentia.

Aquela segunda-feira foi igual: as aulas de havaiano, as longas horas de tédio, a pescaria, a fogueira. Vi você encarando o carro em momentos estranhos, como se pudesse chamá-lo como a um cão, fazê-lo vir acelerando para perto de você.

Na quinta-feira, você ia começar a frequentar um acampamento onde aprenderia a construir robôs. Você estava muito animado para ir: falava daquilo havia meses, lendo e relendo o folheto do acampamento, me falando sobre o tipo de robô que ia construir — ele se chamaria Aranha e seria capaz de escalar as estantes e pegar coisas onde Jane não conseguia alcançar. Três amigos seus também iam participar.

Na véspera, você me disse: "Quando a gente vai embora?". Vendo que não respondi, você prosseguiu: "Pá. O acampamento começa amanhã às oito da manhã".

"Fale com o Paiea", eu disse, por fim, numa voz que eu não reconhecia.

Você me encarou com uma expressão incrédula, depois se levantou e foi correndo até Paiea. "Paiea", ouvi você falar, "quando a gente vai embora? Amanhã começa meu acampamento!"

"Você não vai para o acampamento", Edward disse, calmamente.

"Como assim?", você perguntou, antes que ele pudesse responder. "Edward… quer dizer, Paiea, como assim?"

Ah, como nós dois gostaríamos que Edward estivesse de gozação, que fosse capaz disso. E embora eu soubesse que ele não era, eu nunca acreditei, acreditei de verdade, até que fosse tarde demais, que ele sempre acabasse fazendo exatamente o que dizia que ia fazer — mas ele era a pessoa menos reservada que eu conhecia, a menos dissimulada. O que ele dizia que ia fazer era o que ele fazia.

"Você não vai", ele repetiu. "Você vai ficar aqui."

"*Aqui*?", você perguntou. "Onde?"

"Aqui", ele disse. "Em Lipo-wao-nahele."

"Mas isso é faz de conta!", você gritou, e em seguida, voltando-se para mim: "Pá! Pá!" Mas eu não disse nada, não consegui, e você não tentou insistir — você sabia que não ia funcionar, não ia adiantar — antes de dar meia-volta e se dirigir a Edward. "Eu quero ir pra casa", você disse, e depois, quando ele também não respondeu, sua voz ganhou um tom histérico. "Eu quero ir pra casa! Eu quero ir pra casa!"

Você correu para o carro, sentou no banco do motorista e começou a bater na buzina, que soltou pequenos balidos. "Me levem pra casa!", você berrava, e a essa altura começou a chorar. "Pá! Pá! Edward! Me levem pra casa!" *Bi, bii, biii.* "Tutu!", você gritou, como se sua avó pudesse sair de uma das barracas, "Jane! Matthew! Socorro! Socorro! Me levem pra casa!"

Outro homem teria rido de você, mas ele não riu — a única vantagem daquela falta de humor era que ele não humilhava ninguém; ele levava você muito a sério à sua maneira. Ele apenas deixou você gritar e berrar por alguns minutos, até você sair do carro cabisbaixo, exausto e chorando, e nesse momento ele se levantou, num movimento custoso, de onde estava sob a acácia e foi se sentar perto de você, e você se deixou cair no corpo dele, mesmo sem querer.

"Está tudo bem", eu o ouvi dizer a você, e ele te abraçou e começou a fazer carinho no seu cabelo. "Está tudo bem. Aqui é a sua casa, principezinho. Aqui é a sua casa."

O que você achava do Edward? Eu nunca te perguntei porque nunca quis saber a resposta, e de qualquer forma seria uma pergunta estranha e absurda para um pai fazer a seu filho: o que você acha do meu amigo? Mas agora os dois somos adultos, e eu posso perguntar: o que você achava?

Ainda tenho medo da resposta. Você sabia, sabia muito antes de mim, que havia algo nele que deveríamos temer, algo em que não deveríamos confiar. Desde muito pequeno, você ora olhava para sua avó, ora para mim, ora para seu tio Edward nas ocasiões em que ele ficava para o jantar, e embora não conseguisse articular a tensão que havia entre nós, é claro que você conseguia senti-la. Você via como eu ficava quieto perto dele, via como eu esperava permissão para falar antes de dizer qualquer coisa na presença dele. Certa vez, quando você tinha por volta de dez anos, estávamos passando o dia na praia em Lipo-wao-nahele. Era fim de tarde, quase hora de irmos embora, e perguntei a Edward se antes eu podia ir me aliviar. "Sim", ele disse, e eu fui. Aquilo não me parecia importante — eu vivia perguntando a ele se podia fazer as coisas: eu podia comer? Podia repetir? Podia ir para casa? As únicas coisas que eu não perguntava a ele eram coisas que envolviam você — e só quando eu estava te colocando para dormir naquela noite você me perguntou por que eu não tinha ido sem falar nada, por que eu precisava de permissão. Não era isso, tentei te dizer, mas não consegui explicar por que não era, por que você estava enganado, por que eu não tinha só me levantado e ido quando queria — quando precisava. É terrível para uma criança precisar se dar conta de que seu pai é fraco, fraco demais para protegê-la. Algumas crianças reagem com desprezo, e algumas — como você naquela época — com compaixão. Acredito que foi nesse período que você percebeu que já não era mais criança, que precisava me proteger, que eu precisava da sua ajuda. Foi quando você percebeu que ia precisar se virar sozinho.

Às vezes Edward te dava sermões, versões atabalhoadas daqueles que Bethesda nos havia dado. Ele tentava emular o lirismo de Bethesda, seu senso rítmico, mas, exceto por algumas frases emprestadas, que repetia para pontuar seu discurso — "Os Estados Unidos são um país que tem a perversão residindo no coração" —, ele era uma negação, e seus discursos eram desconexos e repetitivos, monótonos e circulares. Eu me pegava pensando assim e me sentia culpado por essa traição, embora nunca o dissesse em voz alta, nunca o dissesse para você. "Terra nenhuma tem dono", Edward te dizia, se esquecendo, ou talvez não se dando conta, de que o fato de Lipo-wao-nahele ter dono era central para a fantasia que ele vinha nutrindo. "Você tem o direito de ser o que bem quiser", ele dizia, embora isso tampouco fosse verdade — você seria um homem havaiano, um jovem príncipe, como ele te chamava, mas ele mal sabia o que isso significava, e eu muito menos. Se você tivesse dito naquele momento, como era seu direito dizer, que queria crescer, se casar com a mulher mais loura que pudesse, morar em Ohio e administrar um banco, ele teria ficado horrorizado, mas ficaria horrorizado com suas escolhas ou com sua ambição? Você precisaria ter muita coragem para se largar até Ohio, para deixar para trás todos os privilégios que seu nome lhe garantia, para ir aonde talvez o vissem como Príncipe Uga-Buga, um estrangeiro, alvo de chacota, para ver seu status desaparecer assim que subisse na sua canoinha de coqueiro e se afastasse das areias de Uga-Uga, não?

A forma como ele via o Hawai'i, e o que nós éramos como havaianos, era tão superficial que, de todas as coisas de que me envergonho hoje em dia, essa é a que mais me afeta. Não esse fato em si, mas o fato de eu ter feito vista grossa, de ter permitido que ele brincasse e de ter sacrificado nossas vidas em nome dessa brincadeira. Durante todos aqueles anos em que tentou te ensinar havaiano, usando uma velha cartilha roubada da biblioteca da universidade, você nunca aprendeu, porque ele nunca aprendeu. As aulas de história havaiana que ele dava também eram inventadas, em sua maioria projeções do que ele queria que tivesse acontecido, e não o que de fato tinha acontecido. "Somos uma terra de reis e rainhas, príncipes e princesas", ele dizia para você, mas na verdade só houve dois príncipes na nossa terra, e esses príncipes eram você e eu, e é impossível ter uma terra repleta de membros da realeza, porque a realeza precisa de pessoas para venerá-la, ou ela deixa de ser realeza.

Eu o ouvia dando esses sermões para você e era incapaz de interrompê-los. A cada dia que passava, me sentia menos capaz de desfazer o que tinha permitido que acontecesse. Era como se tivessem me levado para Lipo-wao-nahele — eu não tinha decidido a ir para lá; eu tinha sido depositado lá, como se um vento qualquer tivesse me carregado pelas ilhas e me deixado embaixo da acácia. Minha vida, o lugar onde eu vivia, se tornaram desconhecidos para mim.

Foi no domingo, depois que deixei de te levar para o acampamento de robótica, que ouvimos o carro. Nós o ouvimos e depois o vimos, correndo pela estrada cheia de pedras. Você tinha passado os últimos três dias aturdido pelo que lhe acontecera: na quinta-feira, o dia em que chegaria ao acampamento de robótica, você acordou e se viu ainda em Lipo-wao-nahele — acho que você pode ter torcido para que aquilo fosse um sonho, para acordar na sua cama na casa da sua avó — e se jogou no chão e começou a chorar, chegando a bater os braços e as pernas na terra, quase numa paródia de um acesso de birra. "Kawika", eu disse, rastejando na sua direção (Edward estava caminhando pela beira da praia), "Kawika, vai ficar tudo bem."

Nesse momento você se sentou num gesto abrupto, endireitando as costas, o rosto molhado. "Como vai ficar tudo bem?", você gritou. "Hein? Como?"

Eu me sentei de cócoras. "Não sei", precisei admitir.

"É *claro* que você não sabe", você retrucou. "Você não sabe de *nada*. É sempre assim." E então você voltou a chorar, e eu me afastei. Não te culpei. Como poderia? Você tinha razão.

Na sexta e no sábado, você se entregou ao silêncio. Não queria sair da barraca, nem para comer. Eu fiquei preocupado com você, mas Edward não. "Deixa ele sozinho", ele disse. "Uma hora ou outra ele vai sair de lá."

Mas você não saiu. E assim, quando o carro chegou, você tardou a sair da barraca, piscando os olhos diante da luz do sol e olhando como se fosse uma alucinação. Foi só quando o tio William saiu do veículo que você soltou um chorinho fraco e animalesco, um som que eu nunca tinha ouvido você fazer antes, e começou a correr na direção dele, cambaleando por causa da desidratação e da fome.

Ele não estava sozinho. Sua avó estava no banco do passageiro, e Jane e Matthew, com expressões assustadas, estavam no banco de trás. Foi sua avó quem te pegou, se colocou à sua frente e se postou entre você e Edward, como se ele fosse esticar o braço e te bater. "Não sei o que vocês estão inventando, não sei o que vocês estão fazendo", ela disse, "mas eu vim buscar meu neto, e não vou sair daqui sem ele."

Edward tinha dado de ombros. "Não acho que caiba a você decidir, dona", ele disse, e eu sem querer dei um passo para trás. *Dona*. Eu nunca tinha visto ninguém tratar minha mãe com tanto desrespeito. "É o seu filho quem decide."

"É aí que você se engana, sr. Bishop", ela disse, e para você, num tom mais delicado: "Entra no carro, Kawika."

Mas você não entrou. Em vez disso, você, que estava atrás dela, esticou a cabeça e olhou para mim. "Pá?", você perguntou.

"Kawika", ela disse, "entra no carro. Já."

"Não", você disse. "Sem ele, não." *Ele*: você se referia a mim.

"Pelo amor de Deus, Kawika", ela disse, impaciente. "Ele não quer ir."

"Ele quer, sim", você insistiu. "Ele não quer ficar aqui, né, Pá? Vem pra casa com a gente."

"Esta terra é dele", Edward disse. "Terra pura. Terra havaiana. Ele fica."

Eles começaram a brigar, Edward e sua avó, e eu voltei meus olhos para o céu, que estava branco e quente, quente demais para o mês de maio. Eles pareciam ter esquecido que eu existia, que eu estava ali, a poucos metros de ambos, o terceiro vértice do triângulo. Mas eu já não ouvia o que eles diziam, nem a lenga-lenga de Edward, nem as ordens da sua avó; em vez disso, eu estava olhando para o tio William, para Jane e Matthew, os três fitando não só nós três, mas também o próprio terreno. Eu vi quando eles notaram as barracas, a lona azul, as caixas de papelão. Duas noites antes tinha chovido, e o vento tinha derrubado um lado da barraca que eu e você dividíamos, de forma que, quando eu dormia ali embaixo, o nylon me cobria como um sudário. Nossas caixas ainda estavam úmidas, e todo o conteúdo — nossas roupas e seus livros — estava espalhado pelo campo para secar; parecia que uma bomba tinha explodido e bagunçado tudo. A lona estava cheia de lama; uma dúzia de sacolas plásticas que continham nossos mantimentos estavam penduradas nos galhos da acácia, para protegê-los das formigas e dos mangustos.

350

Eu vi o que eles estavam vendo: um terreno comum e definhado, coberto de lixo repulsivo — garrafas plásticas e garfos de plástico quebrados, a lona farfalhando com a brisa. Lipo-wao-nahele, mas não tínhamos plantado nenhuma árvore, e aquelas que já estavam lá usávamos de mobília. Agora o lugar não estava apenas abandonado, mas algo bem pior: estava degradado, e eu e Edward o tínhamos degradado.

Eles levaram você embora aquele dia. Tentaram atestar minha incompetência. Tentaram me declarar incapaz. Tentaram tirar minha herança. Digo "eles" porque foi o tio William o enviado para (discretamente) falar com alguém no Conselho Tutelar e depois para consultar um antigo colega da faculdade de direito, que agora era juiz da Vara da Família, mas na verdade não me refiro a "eles", e sim a "ela": sua avó.

Hoje em dia não consigo colocar a culpa nela, e tampouco na época consegui. Eu sabia que o que estava fazendo era errado. Eu sabia que você precisava continuar onde estava, que não havia como você viver em Lipo-wao-nahele. Então por que deixei aquilo acontecer? Como pude deixar aquilo acontecer? Eu poderia te dizer que foi porque queria compartilhar algo com você, algo que — para bem ou para mal — eu tinha criado para nós, um reino no qual eu tomava decisões que talvez pudessem te ajudar de alguma maneira, que pudessem te enriquecer de alguma maneira. Mas isso não seria verdade. Ou poderia te dizer que foi porque no começo eu tinha expectativas a respeito de Lipo-wao-nahele, a respeito da vida que poderíamos ter lá, e que tinha ficado surpreso quando essas expectativas foram frustradas. Mas isso também não seria verdade.

A verdade não era nenhuma dessas coisas. A verdade é muito mais patética. A verdade é que eu tinha apenas seguido alguém, e entregado a minha vida a outra pessoa, e isso significava que, ao entregar a minha, tinha entregado a sua. E que, depois de fazer isso, eu não sabia como consertar as coisas, não sabia como fazer o que era certo. A verdade é que eu fui fraco. A verdade é que eu fui incapaz. A verdade é que eu desisti de tudo. A verdade é que eu também desisti de você.

Quando o outono começou, tínhamos chegado a um acordo. Eu teria direito de ver você dois fins de semana por mês em Lipo-wao-nahele, mas só se construísse acomodações adequadas para te receber. Em todo o resto do tempo, você moraria com sua avó. Se rompesse esse acordo de qualquer forma, eu seria internado. Isso tinha revoltado Edward, mas eu não podia fazer nada; minha mãe ainda conseguia driblar certos processos e ambos entendíamos que, se entrasse numa briga contra ela, eu perderia — perderia você e perderia minha liberdade. Embora me pareça que, àquela altura, eu já tivesse perdido os dois.

Minha mãe foi falar comigo só mais uma vez, pouco depois de ambos assinarmos o contrato. Era novembro, mais ou menos uma semana antes do Dia de Ação de Graças — àquela altura eu ainda estava tentando acompanhar a passagem do tempo. Eu não sabia que ela iria aparecer. Na semana anterior, uma equipe de carpinteiros estivera construindo o que viria a ser uma casinha no extremo norte da propriedade, à sombra do monte. Haveria um quarto para mim, um quarto para Edward e um quarto para você, mas só ofereceriam mobília para o seu quarto. Isso não era um ato de crueldade: tinha sido Edward quem recusara a oferta do tio William, dizendo a ele que nós dormiríamos do lado de fora, em esteiras lauhala.

"Não me importa onde vocês vão dormir, desde que durmam dentro da casa quando o menino estiver lá", o tio William dissera.

Estavam testando nosso experimento, Edward disse; não podíamos ceder. Continuaríamos a viver como nossos antepassados viviam quando você não estivesse conosco. Quando você *estivesse*, entregariam comida e você comeria, mas quando não estivesse nós só comeríamos o que caçássemos ou encontrássemos, e sempre usaríamos o fogo para cozinhar. Plantaríamos nosso taro e nossas batatas-doces; era minha responsabilidade limpar a vala que eu tinha aberto para nossas fezes, e usá-las para fertilizar as plantas. Quando você partia desligávamos o telefone, cuja instalação tinha sido muito cara — não havia linhas telefônicas na região —; a eletricidade, que o tio William tinha dado um jeito de pedir ao governo, não era usada. "Você não vê que eles estão tentando vencer a gente pelo cansaço?", ele perguntava. "Não vê que estão fazendo um teste, que é uma forma de descobrirem se continuamos firmes na nossa decisão?"

Estava chovendo na manhã em que sua avó foi me visitar, e fiquei observando enquanto ela atravessava a extensão de grama lamacenta, andando devagar e escolhendo onde pisava, até chegar aonde eu estava deitado, na lona, sob a acácia. A lona, que um dia fora um teto, tinha se tornado um piso, e eu passava a maior parte dos dias ali, dormindo, esperando um dia acabar e o próximo começar. Às vezes Edward tentava me acordar, mas isso tinha começado a acontecer com cada vez menos frequência, e muitas vezes ele desaparecia pelo que poderiam ser horas ou dias — mesmo que tentasse, eu estava perdendo cada vez mais a capacidade de acompanhar a passagem do tempo —, e eu ficava sozinho e cochilava, só despertando quando a fome não me deixava dormir. Às vezes eu sonhava com aquela noite na casa, quando tínhamos ouvido Bethesda falar, e me perguntava se ele era real ou se o havíamos invocado de outra dimensão.

Ela ficou me olhando de cima por alguns segundos antes de começar a falar. "Acorda, Wika", ela disse, e, quando não me mexi, se ajoelhou e balançou meu ombro. "Wika, levanta", ela repetiu, e eu enfim obedeci.

Ela me encarou por um tempo, depois se levantou. "Levanta", ela mandou. "A gente vai andar um pouco."

Eu me levantei e fui atrás dela. Ela estava carregando uma sacola de tecido e uma esteira tatame, que entregou para mim. Embora não estivesse mais chovendo, o céu continuava cinza, e não havia sol. Andamos na direção do monte, e na árvore da chuva ela fez um gesto para que eu abrisse a esteira. "Eu trouxe as coisas pra fazermos um piquenique", ela disse, e antes que eu pudesse olhar ao redor acrescentou: "Ele não está aqui."

Eu queria dizer a ela que não estava com fome, mas ela já estava organizando a comida: bentôs com arroz, frango frito com farinha de arroz glutinoso e nishime, namasu de pepino e melão picado de sobremesa — todas as coisas que eu adorava em outros tempos. "É tudo pra você", ela disse, quando comecei a servi-la. "Eu já comi."

Comi tanto e tão rápido que me engasguei, mas ela não me repreendeu em nenhum momento e, mesmo depois de eu terminar, continuou em silêncio. Ela tinha tirado os sapatos e os pousado cuidadosamente na ponta da esteira, e estava com as pernas esticadas; eu lembrava que ela sempre tinha usado as meias de nylon um tom mais escuro do que sua pele. Ela estava usando uma saia verde-limão com estampa de rosas brancas, a essa altura muito desbotada, de que eu me lembrava da minha infância, e quando olhou o céu por entre os galhos, jogando a cabeça para trás e em seguida fechando os olhos, eu me perguntei se ela também — como eu mesmo às vezes conseguia, ainda que cada vez menos — conseguia apreciar a beleza difícil daquela terra, a forma como ela parecia não se submeter a ninguém. A alguns metros de nós, os construtores tinham terminado o horário de almoço e voltado a bater e serrar; eu tinha entreouvido um deles dizer que aquele lugar era úmido demais para uma casa de madeira, e outro discordar, dizendo que o problema não era a umidade, mas sim o calor. Eles tinham precisado postergar a construção da fundação, e depois ainda mudar a obra de lugar quando se descobriu que o local original tinha sido um pântano, que tinha sido drenado e preenchido. Passamos um tempo ouvindo o barulho da obra, e eu esperei para ouvir o que ela tinha a dizer.

"Quando você tinha quase três anos, eu te levei para o continente para uma consulta com um especialista", ela começou. "Porque você não falava. Era evidente que não era surdo, embora esse tivesse sido nosso primeiro palpite. Mas quando seu pai ou eu dizia seu nome, você olhava para nós, e quando estávamos lá fora e você ouvia um cachorro latir, você ficava animado, sorria, batia palmas.

"Você também gostava de música, e quando tocávamos suas músicas preferidas, às vezes você chegava até a… não exatamente cantarolar junto, mas você fazia barulhinhos. Ainda assim, você não falava. Seu médico disse que talvez não estivéssemos falando o suficiente com você, então começamos a falar o tempo todo. À noite, seu pai colocava você sentadinho do lado dele e lia o caderno de esportes para você. Mas, como era eu que passava a maior parte do tempo com você, eu falava com você mais do que todo mundo. Incessantemente, na verdade. Eu te levava comigo aonde quer que eu fosse. Lia livros pra você, e receitas, e quando estávamos no carro descrevia cada coisa que víamos. 'Olha', eu dizia, 'ali é a escola em que você vai estudar um dia, quando estiver um pouco mais velho; lá é a casa em que seu pai e eu moramos logo depois de nos casarmos, antes de nos mudarmos para o vale; lá em cima daquele morro é onde o amigo de colegial do seu pai mora… eles têm um menininho da sua idade.'

"Mas, acima de tudo, falava com você sobre a minha vida. Eu te falava sobre o meu pai e os meus irmãos, e sobre como, quando menina, eu queria me mudar para Los Angeles e ser dançarina, mas que isso, é claro, não era algo que me permitiriam fazer, e de qualquer forma eu não dançava tão bem.

354

Eu te contei até que eu e seu pai tínhamos tentado muitas vezes te dar uma irmã, e todas as vezes a perdíamos, até que o médico nos falou que você seria nosso único filho.

"Como eu falava com você! Eu estava solitária naquela época; ainda não tinha entrado para as Filhas, e a maioria das minhas amigas da escola tinha famílias grandes ou estava ocupada administrando a casa, e eu já morava longe dos meus irmãos. Então eu só tinha você. Havia dias em que eu ficava deitada na cama à noite e pensava em tudo que tinha dito pra você, e tinha medo de ter te prejudicado, talvez, por contar coisas que não deveria contar a uma criança. Uma vez, fiquei tão preocupada que cheguei a falar isso para o seu pai, e ele riu e me abraçou e disse: 'Não seja boba, benzinho' — ele me chamava de 'benzinho' —, 'ele nem entende o que você está dizendo. Ora, você poderia até xingar o menino o dia inteiro que não ia fazer diferença!'. Eu dei um tapa no braço dele e reclamei, mas ele só riu de novo, e eu me senti um pouco melhor.

"Só que, no voo para San Francisco, pensei de novo em tudo o que tinha te falado, e sabe o que desejei? Eu desejei que você nunca aprendesse a falar. Eu tinha medo de que, se falasse, você contasse a alguém as coisas que eu tinha te contado, todos os meus segredos. 'Não conte pra ninguém', eu sussurrava no seu ouvido quando você estava dormindo no meu colo. 'Nunca conte pra ninguém o que te contei.' E depois eu sentia uma culpa horrível… por ter torcido para meu único filho nunca falar, por ter sido tão egoísta. Que tipo de mãe eu era?

"Mas, seja como for, eu não precisava me preocupar. Três semanas depois de voltarmos para casa — o médico de San Francisco não disse nada que nosso médico não tivesse dito —, você começou a falar, não só palavras soltas como frases inteiras. Fiquei tão aliviada que chorei de alegria. Seu pai, que não tinha ficado tão preocupado quanto eu, debochou de mim, mas com jeitinho, como ele sempre fazia. 'Viu, benzinho?', ele me perguntou. 'Eu sabia que ia ficar tudo bem com ele! Igualzinho o pai dele, eu não falei? Agora você vai rezar pra ele *parar* de falar!'

"Era isso que todo mundo me dizia, que um dia eu ia rezar pra você parar de falar. Mas nunca tive que rezar para isso, porque você sempre foi quieto. E às vezes, à medida que foi ficando mais velho, eu me perguntava: será que estava sendo castigada? Eu tinha pedido para você não dizer nada, e por isso você não disse. E aí você foi falando cada vez menos, cada vez menos, e agora…", ela fez uma pausa e pigarreou. "E agora estamos aqui", ela concluiu.

Ambos ficamos quietos por um longo tempo. "Pelo amor de Deus, Wika", ela disse, enfim. "*Fala* alguma coisa."

"Não há nada a dizer", respondi.

"Isto aqui não é vida, você sabe", ela disse, de repente. "Você tem trinta e seis anos; tem um filho de onze anos. Este lugar… como vocês chamam? Lipo-wao-nahele? Você não pode ficar aqui, Wika. Você não sabe fazer as coisas, nem seu amigo. Você não sabe cozinhar sozinho, nem se cuidar sozinho, nem, nem… nem *nada*. Você não sabe de nada, Wika. Você…"

Mais uma vez, ela não terminou a frase. Ela balançou a cabeça, depressa; e pareceu se recompor. Então ela empilhou os potes vazios e os colocou na sacola, depois se levantou com agilidade. Ela calçou os sapatos e pegou a sacola.

Eu a olhei de baixo, ela me olhou de cima. Ela ia dizer algo terrível, pensei, um insulto tão grave que eu nunca seria capaz de perdoá-la, e ela mesma talvez nunca se perdoasse.

Mas ela não disse. "Por que me preocupo tanto?", ela falou, num tom frio, como se estivesse analisando não só meu rosto, mas tudo o que eu era, minha camiseta encardida, minha bermuda de praia rasgada, a barba rala que me dava coceira. "Você não vai conseguir sobreviver aqui. Você vai voltar pra casa antes que eu me dê conta."

E então ela se virou e foi andando para longe, e eu a observei. Ela entrou no carro; colocou a sacola com os potes vazios no banco a seu lado; viu o próprio reflexo no espelho retrovisor, passando uma mão pela lateral do rosto, como se estivesse se lembrando que ainda estava ali. Depois ela deu partida e saiu com o carro.

"Tchau", eu disse a ela à medida que o carro desaparecia. "Tchau." Lá no alto, as nuvens ficavam cinza — consegui ouvir o mestre de obras dizendo para a equipe se apressar e terminar o trabalho antes que a chuva chegasse.

Voltei a me deitar. Fechei os olhos. Depois de um tempo eu dormi, um daqueles sonos que parecem mais reais do que a vigília, tanto que, quando acordei — na manhã do dia seguinte, ainda sem nenhum sinal de Edward —, quase consegui me convencer de que ainda podia começar de novo.

356

* * *

No fim, minha mãe estava errada: eu não voltei para casa. Nem antes que ela se desse conta, nem nunca mais. Com o passar do tempo, Lipo-wao-nahele se tornou o lugar onde eu estava e quem eu era, embora nunca tenha deixado de parecer temporário, um lugar criado para a espera, ainda que a única coisa que eu esperava fosse o começo do dia seguinte.

Ao nosso redor, por toda parte, havia sinais de que aquela terra nunca habitada sabotaria qualquer tentativa de habitá-la, e que qualquer acomodação humana criada ali seria temporária. A casa, que tinha sido feita de concreto e madeira, era feia, desajeitada e barata; só o seu quarto havia sido pintado, tinha uma cama, uma esteira no chão e uma instalação elétrica no teto — os outros cômodos tinham paredes de drywall inacabadas e, por insistência de Edward, pisos de cimento sem acabamento.

Até você passava a maior parte do tempo ao ar livre quando estava conosco. Não porque gostasse de ficar ao ar livre — não em Lipo-wao-nahele, pelo menos —, mas porque a casa era muito desagradável, hostil a qualquer tipo de conforto humano. Eu também ficava ansioso para suas visitas. Eu queria te ver. Mas também sabia que, enquanto você estivesse presente, e pelos dias que se seguissem, a comida seria melhor, mais variada e farta. Nas quintas-feiras antes de sua chegada, o tio William ia até lá de carro com sacolas cheias de compras; eu guardava as sacolas vazias para colocar nossas coisas. Ele ligava a geladeira — Edward não gostava de usá-la — e guardava a garrafa de leite, as caixas de suco, as laranjas, as alfaces, os bifes: todos aqueles belos produtos de supermercado que antes eu comprava sempre que quisesse. Se Edward não estivesse por perto, ele me entregava, escondido, algumas barras de chocolate. A primeira vez que ele tentou me dar o chocolate eu recusei, mas com o passar do tempo passei a aceitar, e quando acontecia seus olhos se enchiam de lágrimas e ele virava o rosto para longe. Eu escondia os chocolates num buraco que tinha cavado atrás da casa, onde não tomavam sol e Edward não os encontraria.

Era sempre o tio William que ia até lá, nunca o balconista ou outro funcionário da empresa, e eu me perguntava o motivo disso até perceber que era porque minha mãe não queria que mais ninguém me visse, visse seu filho, vivendo daquele jeito. No tio William ela confiava, e em mais ninguém. Era o tio William, eu presumia, quem pagava as contas de luz e de telefone, o tio William que pagava pela água tratada. Ele nos levava papel higiênico e, quando ia embora, levava nossos montes de lixo, porque não havia coleta naquela região. Quando nossa lona azul ficou tão esfarrapada que parecia uma teia de aranha, foi o tio William quem nos levou uma nova, e — por um tempo — Edward se recusou a usá-la, até que ele mesmo teve que admitir sua importância.

Todas as vezes, antes de voltar para casa, ele me perguntava se eu queria ir com ele, e todas as vezes eu negava com a cabeça. Um dia ele não perguntou, e fiquei desolado quando ele partiu, como se essa porta também tivesse enfim se fechado, e eu estivesse completamente sozinho, isolado naquele lugar só por culpa da minha fraqueza e da minha teimosia: duas características contraditórias que se neutralizavam mutuamente, de forma que restava somente a inércia.

No terceiro ano, Edward começou a passar cada vez mais tempo fora. O tio William tinha te dado um caiaque de aniversário de doze anos e mandado que o entregassem em Lipo-wao-nahele; era um modelo de dois lugares, para que você e eu pudéssemos andar juntos. Mas você não se interessou, e eu estava muito cansado, e por isso Edward o confiscou, e na maioria dos dias saía de manhã bem cedo e remava até passar a baía, dando a volta por um dos afloramentos e desaparecendo. Às vezes ele só voltava quando já tinha escurecido, e se não tivesse sobrado comida eu tinha que comer o que conseguisse arranjar. Existia um pé de banana-maçã no extremo leste da propriedade, e havia noites em que a única coisa que eu comia eram aquelas bananas verdes e atarracadas, que ainda não estavam maduras e que me davam dor de barriga, mas que eu era obrigado a comer. Para ele eu tinha virado quase um cachorro; na maior parte dos dias ele se lembrava de me alimentar, mas, quando não lembrava, só me restava esperar.

Tínhamos poucos pertences, e mesmo assim parecia que o terreno vivia coberto de lixo. Sempre havia sacolas vazias, rasgadas e inúteis, flutuando; você tinha deixado uma cartilha de havaiano lá fora em uma das suas visitas — se tinha sido de propósito ou não, eu não sabia —, e as páginas tinham ficado inchadas de umidade e depois ressecadas do sol, e agora ficavam estalando com o vento; restos de projetos que nunca tínhamos começado (uma pirâmide de pedras coral, outra de gravetos) ficavam amontoados perto da acácia.

Quando estava lá, você ficava perambulando, entediado e aborrecido, da casa para a acácia e vice-versa, indo e voltando, como se ao caminhar você pudesse invocar alguma outra coisa — seus amigos, um novo pai. Certa vez, o tio William tinha me levado uma pipa para te dar quando fosse me visitar, e você tentou, mas não conseguiu fazê-la voar; até o vento tinha abandonado a gente.

Quando você ia embora, no domingo, era tão doloroso que eu nem conseguia me levantar de debaixo da árvore para ver o carro da sua avó. Da primeira vez que isso aconteceu, você chamou meu nome três vezes, correndo até mim e balançando meu ombro. "Tutu!", você gritou. "Tem alguma coisa errada com ele!"

"Não tem, não, Kawika", ela disse, com uma voz cansada. "Ele só não consegue levantar. Se despede e vem. Temos que ir para casa; a Jane fez macarrão com almôndegas pra você jantar."

Senti você se agachar ao meu lado. "Tchau, pá", você disse, em voz baixa. "Te amo", e em seguida você se debruçou e me deu um beijo, num gesto leve como asas, e foi embora. Mais cedo, naquele dia, você tinha me flagrado me contorcendo com a mão no rosto, algo que eu tinha começado a fazer porque estava com muita dor de dente. "Pá, deixa eu ver", você disse com uma expressão muito preocupada, e depois, quando eu enfim abri a boca, muito contrariado, você levou um susto. "Pá", você disse, "o seu dente tá… tá bem nojento. Você não quer voltar pra cidade pra arrumar ele?" E, quando eu acenei que não, e gemi de novo com a dor que um movimento tão simples causava, você se sentou ao meu lado e deu uma palmadinha nas minhas costas. "Pá", você disse, "vem pra casa comigo." Mas eu não podia. Você tinha treze anos. Toda vez que você ia me visitar, eu era obrigado a lembrar como o tempo tinha voado; toda vez que você ia embora, era como se o tempo voltasse a ficar mais lento, naquele lugar em que eu não tinha futuro nem passado, e não tinha cometido nenhum erro porque não tinha tomado nenhuma decisão, e a única coisa que existia era a possibilidade.

Algum tempo depois, como eu sabia que deveria acontecer, você parou de ir. Você estava ficando mais velho; você estava se tornando um homem. Você ficava tão bravo quando ia para Lipo-wao-nahele — bravo com a sua avó, bravo com Edward, mas acima de tudo bravo comigo. Um fim de semana, um dos últimos antes de você deixar de ir, pouco depois de completar quinze anos, você estava me ajudando a colher brotos de bambu, que você tinha descoberto que cresciam do outro lado do monte dois anos antes. Eles me salvaram, aqueles brotos de bambu, ainda que àquela altura eu já não conseguisse mais colhê-los. Eu estava tão fragilizado que o tio William havia parado de me pedir para ir à cidade me consultar com um médico e tinha começado a mandar um médico até lá uma vez por mês. Ele me dava colírios que melhoravam a ardência nos olhos, bebidas que ajudavam a fortalecer meu organismo, unguentos para as picadas de inseto que eu tinha no rosto e comprimidos que abrandavam minhas convulsões. Um dentista foi até lá arrancar meu dente; ele encheu o buraco de gaze e deixou um tubo de pomada para eu passar na gengiva até cicatrizar.

Naquele dia eu estava muito cansado. Minha única tarefa era segurar um velho saco de arroz aberto para você colocar os brotos dentro dele. Depois que terminou, você pegou o saco da minha mão e o jogou sobre o ombro, estendendo a outra mão para mim, para me ajudar a descer o monte. Nessa época você já tinha a minha altura, mas era bem mais forte; você segurava as pontas dos meus dedos com cuidado, como se tivesse medo de quebrá-los.

Edward estava lá naquele dia, mas não estava falando com nenhum de nós, e não víamos problema nisso. Eu estava com medo de que ele estivesse bravo comigo, mas você tinha deixado de se importar com o que Edward pensava havia muito tempo, e tinha aprendido havia muito tempo que não existia motivo para ter medo dele — ele também tinha se desintegrado, ainda que de uma maneira diferente. Ele se tornara uma pessoa irritante, não perigosa, se é que um dia tinha sido perigosa, e, quando ia nos ver, você entregava as refeições para nós, que ficávamos sentados no chão esticando os braços na sua direção como crianças, embora já — ou só — tivéssemos quarenta anos, antes de finalmente se sentar. Só Edward falava durante essas refeições, te contando histórias antigas, histórias repetidas, sobre como íamos recuperar a ilha e deixá-la como era antes, sobre como faríamos isso por você, nosso filho do Hawai'i, nosso príncipe. "Legal, Paiea", às vezes você dizia, para agradá-lo, como se ele fosse uma criança insistente. Certa vez ele te olhou com uma expressão confusa. "Edward", ele disse. "Meu nome é Edward." Mas geralmente ele só falava, falava e não dizia nada, até que, por fim, sua voz enfraquecia e ele se levantava e ia lá para fora, para a praia, para ficar olhando o mar. Nós dois tínhamos encolhido — tínhamos ido até lá para encher aquela terra de vida, mas no fim ela tinha drenado a nossa.

Fomos para a cozinha e você começou a fazer nosso jantar. Eu me sentei e fiquei olhando você fazer as coisas, separando os brotos para eu comer quando você fosse embora, tirando a carne de porco moída da geladeira. Naquela época eu já estava começando a perder a visão, mas ainda conseguia ficar sentado, te observar e perceber, admirado, como você era bonito, como você era perfeito.

Jane vinha ensinando você a cozinhar — só coisas simples, como macarrão e arroz frito —, e, quando ia ficar conosco, era você quem cozinhava. Havia pouco tempo, você tinha aprendido a fazer pães e bolos, e, naquela viagem, levou ovos frescos e farinha, leite e creme de leite. Na manhã seguinte você disse que ia fazer um bolo de banana para mim. Nas duas visitas anteriores você tinha estado grosseiro e petulante, mas quando chegou naquela manhã você estava alegre e bem-humorado, assobiando enquanto guardava as compras. Eu estava te observando, com tanto carinho e tanta saudade que mal conseguia falar, quando de repente entendi o motivo da sua felicidade: você estava apaixonado.

"Pá, pode guardar o creme e o leite na geladeira?", você perguntou. "Tenho que trazer umas coisas pra dentro." Quando você era mais novo, o tio William nunca deixava você levar as compras, mas nessa época ele passou a fazer isso, e eu ficava olhando você tirar rolos de papel higiênico, sacos de comida e às vezes até lenha do carro, enquanto sua avó ficava sentada ao volante, olhando pela janela na direção do mar.

Você saiu, e eu continuei na minha cadeira (a única que tínhamos), encarando a parede da cozinha, me perguntando por quem você tinha se apaixonado e se ela sentia o mesmo. Fiquei lá sentado, sonhando, até você me chamar de novo — a essa altura você tinha que nos chamar como se fôssemos cães, e os dois atendíamos pelo nome, nos arrastando na sua direção — para ir com você pegar os brotos de bambu.

Eu estava pensando nisso, naquela manhã, no seu sorriso sonhador, introspectivo, enquanto você falava sozinho num sussurro, abrindo a geladeira para pegar os pimentões e abobrinhas que ia usar no refogado, quando ouvi você reclamando. "Meu Deus do céu, pá!", você disse, e foquei o olhar e vi você segurando a garrafa de creme de leite, que eu tinha esquecido de guardar quando você pedira. "Você deixou o creme de leite fora, pá! E o leite também! Não tem mais como usar!"

361

Você despejou todo o creme de leite na pia e se virou novamente para mim. Eu vi seus dentes, seus olhos escuros e brilhantes. "Você não consegue fazer nada? A única coisa que te pedi foi para guardar o creme e o leite, e nem isso você consegue fazer?" Você se aproximou de mim, me agarrou pelos ombros e começou a me chacoalhar. "O que tem de errado com você?", você gritou. "O que você tem? Você não consegue fazer nada?"

Eu tinha aprendido, ao longo dos anos, que a melhor coisa a fazer quando alguém te chacoalhava era não tentar resistir, mas sim deixar o corpo solto, e foi isso que fiz, deixando a cabeça relaxada, deixando meus braços caírem junto ao corpo, e por fim você parou e me empurrou com tanta força que eu caí no chão, e depois vi seus pés correndo para longe de mim e ouvi a porta de tela bater.

Quando você voltou já era noite. Eu ainda estava deitado onde tinha caído. A carne de porco, deixada sobre o balcão, também tinha estragado, e, sob o brilho da lâmpada, eu conseguia ver mosquitinhos voando.

Você se sentou ao meu lado, e eu me apoiei na sua pele morna. "Pá", você disse, e me sentei com dificuldade. "Deixa eu te ajudar", você falou, e pôs seu braço atrás de mim para me ajudar a sentar. Você me deu um copo d'água. "Vou fazer alguma coisa pra comer", você disse, e ouvi você jogar a carne na lixeira e depois começar a picar legumes.

Você fez dois pratos de legumes refogados com arroz, e nós dois comemos ali mesmo, sentados no chão da cozinha.

"Desculpa, pá", você disse depois de algum tempo, e eu assenti com a cabeça, porque estava com a boca cheia e não conseguia responder. "Às vezes você me deixa muito frustrado", você prosseguiu, e assenti de novo. "Pá, você não pode olhar pra mim?", você perguntou, e eu levantei a cabeça e tentei encontrar seus olhos, e você segurou minha cabeça com as duas mãos e a aproximou do seu rosto. "Olha eu aqui", você sussurrou. "Está me vendo agora?" E assenti mais uma vez.

"Não balança a cabeça, responde", você instruiu, mas com uma voz doce.

"Sim", eu disse. "Sim, estou te vendo."

Dormi dentro de casa naquela noite, no seu quarto, na sua cama: Edward não estava por perto para me dizer que eu não podia, e você ia sair para pescar à noite. "Mas e quando você voltar?", perguntei, e você disse que ia se deitar do meu lado e dormiríamos juntos, como dormíamos antigamente na nossa barraca. "Vai", você disse, "dorme na cama", e, embora não devesse ter aceitado, eu dormi. Mas você não se deitou comigo, nunca foi me fazer companhia, e no dia seguinte você estava quieto e distante, e a alegria da manhã anterior tinha desaparecido.

A última vez que te vi foi naquele fim de semana. Duas semanas depois, eu estava sentado na lona, te esperando, quando o tio William chegou de carro, mas quando saiu suas mãos estavam vazias. Ele explicou que você não pôde ir naquele fim de semana, que tinha um compromisso da escola, que não podia faltar. "Ah", eu disse, "ele vem no fim de semana que vem?" E o tio William assentiu, devagar. "Eu acho que sim", ele disse. Mas você não foi, e dessa vez o tio William não foi até lá me avisar, e só no mês seguinte que ele voltou, dessa vez com comida e mantimentos, e um recado: você não voltaria mais para Lipo-wao-nahele, nunca mais. "Tente pensar no lado dele, Wika", ele disse, num tom quase suplicante. "O Kawika está crescendo, filho... Ele quer estar com os amigos dele, os colegas dele. Aqui é um lugar muito difícil para um jovem." Foi como se ele estivesse esperando que eu tentasse argumentar, mas não consegui, porque tudo o que ele disse era verdade. E eu também entendia o que ele queria dizer: não era que Lipo-wao-nahele fosse, em si, um lugar muito difícil; o que era difícil era estar comigo, com a pessoa que eu tinha me tornado — ou talvez sempre tivesse sido.

Muita gente pensa que desperdiçou a própria vida. Quando eu estava na faculdade, no continente, tinha nevado uma certa noite, e no dia seguinte as aulas foram canceladas. A vista do meu quarto no dormitório dava para um morro íngreme que levava a um lago, e fiquei junto à janela e observei meus colegas, que passaram a tarde brincando de trenó e tobogã, descendo o morro e logo em seguida voltando a subi-lo com dificuldade, rindo e se segurando uns nos outros, forçando um cansaço exagerado. Era noite quando voltaram ao dormitório, e pela porta consegui ouvi-los conversando sobre o dia que tinham tido. "O que eu fui fazer?", ouvi um rapaz resmungar, fingindo desespero. "Preciso escrever um trabalho de grego pra amanhã! Tô desperdiçando a minha vida!"

Todos eles riram, porque era uma ideia absurda — ele não estava desperdiçando sua vida. Ele ainda escreveria o trabalho de grego, e depois passaria de ano, e depois se formaria, e anos depois, quando visse seu próprio filho ir para a faculdade, ele diria: "Se divirta, mas não exagere", e lhe contaria sobre os tempos em que ele mesmo estava na faculdade, e sobre o dia que tinha perdido escorregando na neve. Mas faltaria suspense verdadeiro a essa história, porque ambos já saberiam o final.

Eu, porém, tinha *mesmo* desperdiçado a minha vida. Além de você, a única coisa que conquistei foi não ter saído de Lipo-wao-nahele. Mas *não* fazer uma coisa não é igual a fazer alguma coisa. Eu tinha desperdiçado minha vida, mas você não ia me deixar desperdiçar a sua. Por isso fiquei orgulhoso de você por ter me deixado para trás, por fazer o que eu não tinha sido capaz — você não ia deixar ninguém te seduzir, te ludibriar, nem te enganar; você ia embora, e não ia só me deixar, e deixar Lipo-wao-nahele, mas ia deixar todo o resto: a ilha, o estado, a história, quem as pessoas queriam que você fosse, quem você poderia ser. Você ia ignorar tudo isso e, assim que o fizesse, você ia se sentir tão leve que quando entrasse no mar seu pé nem ia afundar, e sim deslizar pela superfície da água: lá você ia começar a andar, na direção leste, rumo a uma vida diferente, uma vida em que ninguém sabia quem você era, nem você mesmo.

Você sabe o que aconteceu depois, Kawika, talvez até melhor do que eu. Alguns meses após sua partida — o tio William me falou que foram sete meses depois — Edward se afogou, e, embora tenham considerado uma morte acidental, eu às vezes me pergunto se foi de propósito. Ele tinha ido até lá procurando alguma coisa, mas não tinha sido forte o suficiente para encontrar essa coisa, e eu muito menos. Ele queria que eu lhe servisse de plateia, mas nem disso eu tinha sido capaz, e sem mim ele também tinha desistido.

Foi o tio William quem encontrou o corpo dele na praia em uma das vezes que esteve lá, e foi nesse mesmo dia — depois que a polícia me interrogou — que ele me levou de volta para Honolulu e para o hospital. Quando acordei eu estava num quarto, e levantei a cabeça e vi o médico, que estava repetindo meu nome e apontando uma luz muito forte para os meus olhos.

O médico sentou-se ao meu lado e me fez perguntas: eu sabia meu nome? Sabia onde estava? Sabia quem era o presidente? Eu conseguia contar de trás pra frente, de seis em seis números, do cem ao zero? Eu respondi às perguntas, e ele anotou minhas respostas. E então, antes de sair, ele disse: "Wika, você não vai se lembrar de mim, mas eu te conheço". Quando não respondi, ele disse: "Meu nome é Harry Yoshimoto... Nós estudamos juntos na época da escola. Você lembra?". Mas foi só à noite, quando eu estava sozinho na minha cama, que me lembrei dele: Harry, o menino que comia sanduíches de arroz, e com quem ninguém falava; Harry, o menino que eu não queria ser.

E acabou assim. Nunca voltei para a nossa casa no vale. Depois de algum tempo me trouxeram para cá. Não demorou para que eu perdesse o pouco de visão que me restava; para que eu perdesse o interesse, e depois a capacidade, de fazer qualquer coisa. Eu ficava deitado e sonhava, e o tempo se tornou uma coisa amorfa, e era como se eu nunca tivesse cometido erro nenhum. Até você — me disseram que estava em outra escola, na Grande Ilha —, até você, que nunca foi me visitar, até você eu conseguia evocar, sentindo sua presença, e às vezes, com muita sorte, eu conseguia até me enganar e fingir que nunca tinha sequer te conhecido. Você seria o primeiro Kawika Bingham a não se formar naquela escola — quem diria no que mais você seria o primeiro Kawika Bingham? O primeiro a morar no exterior, talvez? O primeiro a se tornar outra pessoa? O primeiro a ir para algum lugar muito distante, um lugar tão distante que até o Hawai'i ficaria parecendo mais próximo de algum outro lugar?

Eu estava pensando nisso quando acordei hoje e ouvi alguém chorando — chorando, mas tentando não chorar, a respiração saindo num soluço. "Sinto muito, sra. Bingham", ouvi alguém dizer. "Mas parece que ele quer partir... Só podemos mantê-lo vivo se ele quiser." E em seguida aquele mesmo som, aquele som triste, aflito, e mais uma vez a voz: "Sinto muito, sra. Bingham. Sinto muito".

"Preciso escrever para o meu neto... O filho do meu filho", eu a ouvi dizer. "Não posso dar essa notícia pra ele por telefone. Será que dá tempo?"

"Sim", a voz do homem disse, "mas fale pra ele não demorar."

Eu queria ter podido dizer que eles não deviam se preocupar, que eu estava melhorando, que eu estava quase bom. Me segurei para não sorrir, para não gritar de alegria, para não chamar seu nome. Porque quero que seja uma surpresa — quero ver seu rosto quando você enfim entrar pela porta, quando me vir pular da cama para te cumprimentar. Você vai ficar tão surpreso! Todos vão ficar tão surpresos... Será que vão me aplaudir?, eu fico pensando. Vão ficar orgulhosos? Ou vão ficar constrangidos, ou até bravos — constrangidos por terem me subestimado; bravos porque fiz todo mundo de bobo?

Mas espero que ninguém se sinta assim, porque não temos tempo a perder sentindo raiva. Você está vindo, e eu sinto meu coração batendo cada vez mais forte, o sangue que pulsa nos meus ouvidos. Mas por ora eu vou continuar treinando. Eu estou tão forte, Kawika… Eu estou quase pronto. Dessa vez, eu estou pronto para te deixar orgulhoso. Dessa vez, eu não vou te decepcionar. Passei a vida pensando que Lipo-wao-nahele seria a única história que eu poderia contar sobre a minha vida, mas agora eu sei: estão me dando outra chance, uma chance de escrever outra história, uma chance de te contar algo novo. Por isso, hoje à noite, quando escurecer e este lugar ficar em silêncio, eu vou me levantar, eu vou refazer o caminho até o jardim e, dessa vez, eu vou sair pela porta dos fundos e vou ver o mundo. Já consigo ver a copa das árvores, negras contra o céu escuro; já consigo sentir o cheiro dos lírios à minha volta. Eles estavam errados: não é tarde demais, não é tarde demais, não, não é tarde demais. E aí eu vou começar a andar — não rumo à casa da minha mãe, nem rumo a Lipo-wao-nahele, mas a um outro lugar, o lugar para o qual espero que você tenha ido, e não vou parar, não vou precisar descansar até chegar lá, até encontrar você, até chegar ao paraíso.

LIVRO III

Zona Oito

PARTE I

Outono de 2093

PARTE II

Outono, cinquenta anos antes

PARTE III

Inverno de 2094

PARTE IV

Inverno, quarenta anos antes

PARTE V

Primavera de 2094

PARTE VI

Primavera, trinta anos antes

PARTE VII

Verão de 2094

PARTE VIII

Verão, vinte anos antes

PARTE IX

Outono de 2094

PARTE X

16 de setembro de 2088

Parte 1

Outono de 2093

Normalmente eu volto para casa no ônibus fretado das 18h, que me deixa na esquina da rua 8 com a Quinta Avenida por volta das 18h30 ou 18h40, dependendo das interrupções, mas nesse dia eu sabia que haveria uma Cerimônia, por isso perguntei ao dr. Morgan se podia sair mais cedo. Tive medo de que o ônibus ficasse parado perto da rua 42, e seria impossível saber quando ele voltaria a andar, e aí eu talvez não conseguisse comprar o jantar do meu marido a tempo. Eu estava explicando tudo isso ao dr. Morgan quando ele me interrompeu. "Não preciso saber de todos os detalhes", ele disse. "É claro que pode. Pegue o ônibus das 17h." Então agradeci e fui.

Os passageiros do ônibus das 17h eram diferentes dos passageiros do ônibus das 18h. Os passageiros das 18h eram outros técnicos de laboratório e cientistas, e até alguns pesquisadores responsáveis, mas a única pessoa que reconheci no ônibus das 17h foi uma das zeladoras. Até me lembrei de cumprimentá-la com um aceno, um segundo depois de ela passar por mim, e me virei, mas acho que ela não me viu, porque não retribuiu o gesto.

Como eu tinha imaginado, o ônibus diminuiu a velocidade logo antes de chegar à rua 42. As janelas do ônibus têm grades, mas mesmo assim dá para ver bem o lado de fora. Eu tinha escolhido um lugar à direita para conseguir ver a Antiga Biblioteca e, de fato, lá estavam as cadeiras, seis delas, formando uma fileira de frente para a avenida, embora não houvesse ninguém sentado nelas e as cordas ainda não tivessem sido desenroladas. Ainda faltavam duas horas para a Cerimônia começar, mas já havia operadores de rádio andando de um lado para o outro com seus casacos pretos compridos, e dois homens estavam enchendo as lixeiras de metal com pedras que tiravam da caçamba de um caminhão bem grande. Era o caminhão que tinha parado o trânsito, mas a única coisa que podíamos fazer era esperar até que os homens terminassem de encher todas as lixeiras, voltassem para a caçamba e saíssem do caminho, e daí em diante a viagem foi muito rápida, mesmo com os postos de controle.

Quando chegamos à minha parada já eram 17h50, e, embora o deslocamento em si tivesse levado mais tempo do que o normal, ainda assim cheguei em casa muito mais cedo do que costumo chegar. Mas fiz o que sempre faço depois do trabalho, ou seja, fui direto para o supermercado. Era dia de carne, e, por ser a terceira quinta-feira do mês, eu também tinha direito à nossa cota mensal de sabonete e papel higiênico. Eu havia guardado um dos cupons de vegetais da semana anterior, de forma que, além das batatas e das cenouras, também consegui levar uma lata de ervilhas. Naquele dia, junto da seleção habitual de barras de proteína saborizadas, hambúrgueres de soja e carnes artificiais, também havia carne de verdade: de cavalo, de cachorro, de veado e de ratão-do-banhado. A carne de ratão-do-banhado era a mais barata, mas meu marido acha muito gordurosa, então comprei meio quilo de carne de cavalo e um pouco de farinha de milho, porque a nossa tinha quase acabado. Estávamos precisando de leite, mas, se eu economizasse os cupons de mais uma semana, conseguiria comprar uma embalagem de flan, então comprei leite em pó, de que nem meu marido nem eu gostamos, mas era o que íamos beber.

Depois andei os quatro quarteirões para chegar ao nosso prédio, e foi só quando estava dentro do apartamento, em segurança, selando a carne de cavalo em óleo vegetal, que me lembrei de que essa era a noite livre do meu marido, e que ele não iria jantar em casa. Mas a essa altura já era tarde demais para parar de cozinhar, então terminei de fritar a carne e a comi com uma parte das ervilhas. Ouvi ecos de gritos vindo lá de cima e percebi que os vizinhos estavam ouvindo a Cerimônia em seus rádios, mas eu não queria ouvir, e depois de lavar a louça me sentei no sofá e esperei meu marido por algum tempo, mesmo sabendo que ele não chegaria tão cedo, antes de enfim ir me deitar.

* * *

No dia seguinte tudo correu normalmente, e eu peguei o ônibus fretado das 18h para voltar para casa. Quando passamos pela Antiga Biblioteca procurei com os olhos os resquícios da Cerimônia, mas não havia nada: as pedras tinham sumido e as cadeiras tinham sumido e os cartazes tinham sumido e a escadaria estava limpa e cinza e vazia, como sempre havia estado.

Em casa, enquanto aquecia um pouco de óleo para fritar mais pedaços de carne, ouvi meu marido bater à porta do jeito dele — pá-pá-toc-toc-toc — e fazer seu aviso — "Naja" —, ao que respondi "Mangusto", e depois o barulho das fechaduras se destrancando: uma, duas, três, quatro. E então a porta se abriu e lá estava ele, meu marido, meu Mangusto.

"O jantar está quase pronto", eu disse.

"Já venho", ele disse, e foi para o nosso quarto se trocar.

Coloquei um pedaço de carne no prato dele e um pedaço no meu, além de ervilhas e meia batata para cada um. Eu tinha assado a batata naquela manhã, depois que meu marido saíra para o trabalho, e a havia requentado. Depois me sentei e esperei até que ele se sentasse à mesa, de frente para mim.

Comemos em silêncio por algum tempo. "Cavalo?", meu marido perguntou.

"Sim", eu disse.

"Hmm", meu marido respondeu.

Eu e meu marido somos casados há mais de cinco anos, mas ainda há momentos em que não sei o que dizer. Também foi assim quando nos conhecemos, e, quando estávamos saindo do escritório do agente de matrimônio, meu avô tinha me puxado para um abraço, mas só falou comigo quando chegamos em casa. "O que você achou?", ele perguntou.

"Não sei", respondi. Eu não deveria dizer *Não sei* — já tinham me falado que eu dizia isso com muita frequência —, mas nesse caso eu não sabia mesmo. "Eu não soube o que dizer para ele quando não estava respondendo às perguntas que ele fazia", eu disse.

"Isso é normal", disse meu avô. "Mas com o tempo vai ficar mais fácil." Ele ficou em silêncio. "Você só precisa se lembrar das aulas que fizemos", ele disse, "das coisas sobre as quais conversamos. Você lembra?"

"Sim, claro que sim", eu disse. "'Como foi seu dia?' 'Você ouviu aquela notícia no rádio?' 'Aconteceu alguma coisa interessante hoje?'" Tínhamos feito uma lista juntos, eu e meu avô, com todas as perguntas que uma pessoa poderia fazer à outra. Às vezes, até hoje, eu relia essa lista antes de dormir, pensando que no dia seguinte poderia fazer uma delas ao meu marido, ou a um dos meus colegas. O problema era que algumas das perguntas — O que você quer comer hoje à noite? Que livro você está lendo? Para onde você vai nas próximas férias? O tempo anda lindo/péssimo, né? Como você está se sentindo? — tinham se tornado ou irrelevantes ou perigosas. Quando lia a lista, me lembrava de quando eu e meu avô treinávamos aquelas conversas, mas não conseguia me lembrar das respostas que ele dava.

Nesse momento eu perguntei para meu marido: "Como está a carne?".

"Ótima."

"Não está muito dura?"

"Não, não, está ótima." Ele colocou mais um pedaço na boca. "Está boa."

Isso me deixou mais contente, mais relaxada. Meu avô tinha me dito que, quando ficasse ansiosa, eu podia me acalmar fazendo contas de adição mentalmente, e era isso que eu estava fazendo até meu marido me elogiar. Depois disso, fiquei tranquila o suficiente para dizer outra coisa a ele. "Como foi sua noite livre?", perguntei.

Ele não tirou os olhos da comida. "Ótima", ele respondeu. "Legal."

Eu não sabia o que mais poderia dizer. Então eu me lembrei: "Teve uma Cerimônia ontem à noite. Passei por lá no caminho de volta para casa".

Dessa vez ele me olhou. "Você escutou?"

"Não", eu disse. "E você?"

"Não", ele disse.

"Você sabe quem eram?", perguntei, embora todos nós soubéssemos que essa era uma pergunta que não se fazia.

Eu tinha feito essa pergunta só para ter assunto com meu marido, mas, para minha surpresa, ele voltou a olhar para mim, bem nos meus olhos, e por alguns segundos não disse nada, e eu também não disse nada. Então ele disse "não". Me pareceu que ele queria dizer alguma outra coisa, mas não disse, e terminamos de comer em silêncio.

Duas noites depois, acordamos com sons de batidas e de vozes masculinas. Na mesma hora meu marido se levantou da cama dele, xingando, e eu me estiquei e acendi o abajur. "Fica aqui", ele me disse, mas eu já estava indo atrás dele até a porta.

"Quem é?", ele perguntou atrás da porta fechada, e eu fiquei impressionada, como sempre ficava nessas ocasiões, com a coragem do meu marido, com o fato de ele parecer tão destemido.

"Unidade Investigativa 546 da Municipalidade Três, policiais 5528, 7879 e 4578", respondeu uma voz do outro lado da porta. Ouvi um cachorro latindo. "Procurando o suspeito acusado de violar os Códigos 122, 135, 229, 247 e 333." Códigos que começavam com o número um eram crimes contra o governo. Códigos que começavam com o número dois eram crimes de tráfico. Códigos que começavam com o número três eram crimes de informação, e isso geralmente queria dizer que o acusado tinha conseguido acesso à internet ou estava em posse de um livro ilegal. "Permissão para revistar a casa."

Eles não estavam pedindo permissão, mesmo assim você tinha que permitir. "Permissão concedida", meu marido disse, e abriu as fechaduras, e três homens e um cachorro alto e esguio, com uma cara angulosa, entraram no nosso apartamento. O homem maior continuou junto à porta, apontando a arma para nós, e nós ficamos encostados na parede do lado oposto, de frente para ele, com as mãos erguidas e os cotovelos dobrados em ângulos retos, enquanto os outros dois homens abriam nossos armários e revistavam o banheiro e o quarto. Ocasiões como essas deveriam ser silenciosas, mas eu consegui ouvir os homens no quarto, levantando primeiro um dos colchões e depois o outro, e os colchões caindo novamente nos estrados com um baque, e, embora o homem parado perto da porta fosse grande, consegui ver outras unidades policiais atrás dele, uma entrando no apartamento à esquerda e a outra subindo as escadas.

Então eles terminaram, e os dois homens e o cachorro saíram do quarto, e um dos homens disse "Tudo limpo" para o policial que estava na porta e "Assinatura" para nós, e nós dois encostamos o polegar direito na tela que ele estendeu e falamos nossos nomes e números de identidade no microfone do leitor, depois eles foram embora e trancamos a porta.

Depois de uma revista como essa tudo ficava bagunçado, e, como sempre, tinham tirado todas as nossas roupas e sapatos do armário, e os colchões estavam tortos, e os policiais tinham aberto a janela para ver se alguém estava pendurado no parapeito ou escondido nas árvores, como diziam que tinha acontecido um ano antes. Meu marido verificou se a grade de ferro dobrável do lado de fora da janela estava fechada e trancada, e depois fechou a janela e a cortina preta que a cobria de fora a fora e me ajudou a colocar no lugar primeiro meu colchão e depois o dele. Eu ia começar a arrumar pelo menos uma parte do armário, mas ele não deixou. "Deixa", ele disse, "amanhã vai continuar tudo aí." E então ele se deitou na cama dele e eu na minha, ele apagou o abajur e voltou a ficar escuro.

Depois ficou tudo em silêncio, mas não em silêncio absoluto. Ainda ouvíamos os policiais andando de um lado para o outro no apartamento de cima — alguma coisa pesada caiu, e ouvimos a luminária que havia no teto do nosso apartamento tremer. Houve gritos abafados e o som de um cachorro latindo. Depois ouvimos os passos das unidades descendo de novo, e então o comunicado de que a operação tinha chegado ao fim vindo dos alto-falantes afixados no capô de uma das vans da polícia: "Zona Oito, Washington Square North, número 13, oito apartamentos e porão; todos os apartamentos verificados". Em seguida ouvimos o som repetitivo das pás do helicóptero da polícia e tudo ficou em silêncio de novo, tanto silêncio que conseguimos ouvir alguém chorando, uma mulher, que estava ou acima da gente ou em algum dos lados. Mas depois isso também parou, e houve um momento de silêncio verdadeiro, e eu fiquei deitada e olhei as costas do meu marido enquanto a luz estroboscópica passou pelo corpo dele, subiu pela parede e voltou a sumir lá fora. As cortinas deveriam impedir que a luz entrasse, mas não impediam completamente, e depois de um tempo você esquecia aquilo.

De repente fiquei com medo, e deslizei na cama até minha cabeça ficar embaixo dos travesseiros e me cobri com o cobertor, como fazia quando era criança. Eu ainda morava com meu avô quando vivi minha primeira batida policial, e mais tarde naquela noite fiquei tão assustada que comecei a gemer, gemer e me balançar, e meu avô teve que me segurar para eu não acabar me machucando. "Vai ficar tudo bem, vai ficar tudo bem", ele repetia sem parar, e na manhã seguinte, quando acordei, eu ainda estava assustada, mas um pouco menos, e ele me falou que era normal sentir medo, e que com o tempo ia me acostumar com as batidas, e que eu era uma pessoa boa, uma pessoa corajosa, e não podia me esquecer disso.

Mas, assim como conversar com meu marido, isso não tinha ficado mais fácil, ainda que nos anos após aquela primeira batida eu tivesse aprendido a me acalmar depois, tivesse aprendido que, se me cobrisse para que o ar que eu inspirava fosse o mesmo que expirava, de forma que todo o espaço que criava para mim ficasse preenchido pelo meu hálito morno e conhecido, eu acabaria conseguindo me convencer de que estava em algum outro lugar, numa cápsula de plástico flutuando pelo espaço.

Naquela noite, porém, não consegui fazer a cápsula de plástico parecer real. Nesse momento me dei conta de que eu queria algo que pudesse pegar, algo quente e denso e que também respirasse, mas não consegui pensar no que isso poderia ser. Tentei pensar no que meu avô diria se estivesse aqui, mas também não consegui imaginar o que seria. Então só fiz minhas contas mentais, sussurrando com a boca encostada no lençol, e depois de um tempo consegui me acalmar e dormir.

Na manhã seguinte ao dia da batida, acordei mais tarde do que o habitual, mas ainda assim não ia me atrasar: normalmente acordo a tempo para me despedir do meu marido antes de ele sair para o trabalho, mas nesse dia não consegui.

O ônibus fretado do meu marido sai mais cedo que o meu, porque ele trabalha num local de segurança mais alta do que eu, e lá escaneiam e examinam todos os funcionários na hora da entrada. Todos os dias, antes de sair, ele faz o café da manhã para nós dois, e nesse dia ele tinha deixado o meu dentro do forno: uma tigela feita de pedra com mingau de aveia, polvilhado com o que eu sabia serem as últimas amêndoas, tostadas numa frigideira e picadas. Enquanto comia, olhei pela janela da sala através da grade de metal. À direita dava para ver o que tinha restado de um deque de madeira contíguo a um apartamento do prédio ao lado do nosso. Antes eu gostava de olhar o deque, de observar as ervas e os tomates nos vasos crescendo cada vez mais verdes e fortes, e depois que proibiram o plantio de alimentos em ambientes particulares as pessoas do apartamento decorara o pátio com plantas falsas feitas de plástico e um papel que tinham pintado, não sei como, de verde, e aquilo me lembrava do meu avô, de como, mesmo depois que as coisas pioraram, ele tinha conseguido arranjar papel e cortá-lo em vários formatos para nós — flores, flocos de neve, animais que ele tinha visto quando era criança — e tinha colado essas figuras na nossa janela com uma bolinha de mingau. Depois de um tempo as pessoas do prédio ao lado cobriram as plantas com uma lona azul que haviam encontrado em algum lugar, e enquanto tomava o café da manhã eu ficava junto à janela, olhando a lona, e imaginava as plantas falsas e me sentia mais calma.

Mas houve uma batida, e descobriram que os vizinhos estavam abrigando um inimigo do estado, e o deque foi destruído na mesma noite em que levaram os moradores. Essa tinha sido a última busca, cinco meses atrás. Nunca cheguei a descobrir quem eles eram.

Meu marido tinha começado a guardar as coisas no armário antes de sair, mas consegui limpar a casa só mais um pouco antes de chegar a hora de pegar o ônibus das 8h30 para ir ao trabalho. Nossa parada ficava na esquina da Sexta Avenida com a rua 9, a apenas três quadras de casa. Havia oito ônibus fretados que saíam da Zona Oito todas as manhãs, um a cada meia hora a partir das 6h. Os ônibus faziam quatro paradas na Zona Oito e três na Zona Nove antes de parar na Zona Dez, onde meu marido trabalha, na Zona Quinze, onde eu trabalho, e na Zona Dezesseis. Depois, todas as tardes, por volta das 16h e até as 20h, eles faziam o caminho contrário, indo da Zona Dezesseis à Zona Quinze e à Zona Dez, e depois voltando para as Zonas Nove e Oito antes de cruzar para o leste até a Zona Dezessete.

Quando comecei a pegar o ônibus, eu gostava de olhar os outros passageiros e tentar adivinhar o que faziam e onde iriam descer: eu imaginava que o homem alto, magro e com pernas compridas como as do meu marido era ictiologista e trabalhava no Lago na Zona Dez; que a mulher com cara de antipática e olhos pequenos e escuros que pareciam duas sementes era epidemiologista e trabalhava na Zona Quinze. Eu sabia que todos eles eram cientistas ou técnicos, mas, fora isso, eu nunca saberia mais nada.

Nunca havia nada de novo para ver no caminho para o trabalho, mesmo assim eu sempre pegava um assento na janela, porque gostava de observar o lado de fora. Quando eu era mais jovem, tivemos um gato, e o gato gostava de andar de carro — ele ficava no meio das minhas pernas e colocava as patas da frente na parte de baixo da janela e ficava olhando lá para fora, e eu olhava para fora com ele, e meu avô, que às vezes ia sentado na frente com o motorista quando eu queria mais espaço, olhava para nós e ria. "Meus dois gatinhos", ele dizia, "olhando o mundo passar por nós. O que vocês estão vendo, gatinhos?" E eu contava — um carro, uma pessoa, uma árvore —, e meu avô perguntava: "Aonde você acha que o carro está indo? O que você acha que essa pessoa comeu hoje no café da manhã? Como você acha que seria o gosto das flores daquela árvore, se você pudesse comê-las?", porque ele vivia me ajudando a inventar histórias, algo que meus professores diziam que eu não fazia muito bem. Às vezes, a caminho do trabalho, eu contava em pensamento para o meu avô as coisas que via: um prédio de tijolos marrons com uma janela no quarto andar sobre a qual tinham colado duas tiras de fita preta formando um X, em cuja abertura o rosto pequeno de um menino pequeno tinha aparecido por um instante, como num piscar de olhos; uma viatura de polícia preta com uma das portas traseiras meio aberta, pela qual consegui ver um pé branco e comprido aparecer; um grupo de vinte crianças vestindo uniforme azul-escuro, cada uma segurando um nó amarrado a uma corda cinza bem comprida, fazendo fila na frente do ponto de inspeção da rua 23 para entrar na Zona Nove, onde ficavam as escolas de elite. E então eu pensava no meu avô, e pensava que queria ter mais coisas a contar para ele, mas na verdade quase nada tinha mudado na Zona Oito, e também por isso nos sentíamos privilegiados por morar nela. Em outras zonas havia mais coisas para ver, mas nunca víamos aquelas coisas na Zona Oito, e também por isso nos sentíamos privilegiados.

Certo dia, cerca de um ano atrás, eu estava no ônibus indo para o trabalho quando de fato vi algo que nunca tinha visto antes na Zona Oito. Estávamos subindo a Sexta Avenida, como sempre, e cruzando a rua 14, quando de repente um homem entrou correndo no cruzamento. Eu estava sentada no meio do ônibus, à esquerda, por isso não tinha visto de onde o homem viera, mas vi que ele estava sem camisa e vestia uma calça branca de tecido fino que as pessoas dos centros de contenção usavam antes de ser enviadas para os centros de transferência. Não havia dúvida de que o homem estava dizendo alguma coisa, mas as janelas do ônibus, além de serem à prova de balas, também eram antirruído, de forma que não consegui ouvi-lo, mas assim mesmo vi que ele estava gritando: seus braços estavam esticados diante do corpo, e consegui ver os músculos de seu pescoço, tão retesados e duros que por um instante pareceu que ele tinha sido entalhado em pedra. No peito, havia mais ou menos dez pontos em que ele tinha tentado esconder os sinais da doença, algo que as pessoas muitas vezes faziam, queimando as lesões com um fósforo e deixando cicatrizes pretas que pareciam sanguessugas. Nunca entendi por que faziam isso, porque se por um lado todo mundo sabia o que eram as lesões, por outro todo mundo também sabia o que eram as cicatrizes, então se tratava apenas de trocar uma marca por outra. Esse homem era jovem, devia ter vinte e poucos anos, e era branco, e embora estivesse emaciado e quase não tivesse mais cabelo, como acontecia no segundo estágio da doença, percebi que um dia ele tinha sido bonito, e naquele momento ele estava parado na rua, descalço, gritando sem parar. Então dois assistentes foram correndo na direção dele, vestindo macacões prateados de proteção biológica com as viseiras espelhadas que cobriam o rosto, de forma que, quando você olhava para um deles, só conseguia ver seu próprio rosto te encarando, e um deles avançou no homem para tentar prendê-lo no chão.

Mas, para a surpresa de todos, o homem foi muito rápido e conseguiu desviar do assistente. Ele correu na direção do nosso ônibus, e todos os passageiros, que até então estavam quietos, observando, ficaram sem fôlego, como se todos tivessem prendido a respiração ao mesmo tempo, e o motorista, que precisara parar para não atropelar os assistentes, buzinou, como se isso fosse afugentar o homem. Depois o homem pulou na direção da minha janela, e só por um instante eu vi o olho dele, a íris tão grande e de um azul tão brilhante que fiquei muito assustada, e enfim consegui ouvir o que ele estava gritando, mesmo através da janela: Socorro. Houve uma pancada, e a cabeça do homem caiu para trás, e ele saiu do meu campo de visão, e vi os assistentes correndo na direção dele; um deles ainda estava com a arma erguida.

Depois disso o ônibus voltou a andar, e bem rápido, como se a alta velocidade pudesse apagar o que tinha acontecido, e todo mundo voltou a ficar em silêncio, e eu senti que todo mundo estava olhando para mim, como se pensassem que tinha sido culpa minha, como se eu tivesse pedido para o homem tentar se comunicar comigo. As pessoas raramente falavam no ônibus, mas ouvi um homem dizer, em voz baixa: "Ele não deveria ter sido mantido na ilha até agora", e embora ninguém tivesse respondido dava para perceber que as pessoas concordavam com ele, e até eu conseguia sentir que estavam com medo, e que estavam com medo porque estavam confusas. Mas, ainda que as pessoas muitas vezes ficassem com medo de coisas que não entendiam, dessa vez eu concordei com elas — uma pessoa num estágio tão avançado da doença já deveria ter sido mandada para longe.

Naquele dia tive pouco trabalho, e isso foi uma pena, porque meu pensamento não parava de revisitar o que tinha acontecido. Mas a coisa em que mais pensei não foi o homem em si, nem seu olho brilhante, mas o fato de ele não ter feito quase nenhum barulho quando caiu, de tão leve e delicado que era. Alguns meses depois disso, anunciaram que os centros de contenção das Zonas Oito e Nove seriam transferidos para outros lugares, e, embora houvesse boatos sobre as implicações dessa decisão, nós nunca soubemos de fato o que isso significava.

Desde aquele dia, não houve nenhum outro acontecimento estranho na Zona Oito, e nessa manhã eu olhei pela janela e tudo continuava igual, tão previsível que, como às vezes acontecia, não parecia que estávamos atravessando a cidade, mas sim que ela era feita de um conjunto de cenários e atores que passavam por nós num trilho. Aqui estavam os prédios onde as pessoas moravam, depois a fila de crianças segurando as mãos umas das outras, e depois a Zona Nove, os dois hospitais agora vazios, e aqui estava a clínica, e aqui, quase chegando à Fazenda, a fileira de ministérios.

Era assim que você sabia que estava entrando na Zona Dez, a zona mais importante de todas. Ninguém morava na Zona Dez. Além de alguns dos ministérios, o distrito era dominado pela Fazenda, que um dia havia sido um imenso parque que dividia a ilha ao meio. Era tão grande, esse parque, que representava um percentual significativo da área da ilha. Eu não lembrava de quando aquela área era um parque, mas meu avô sim, e ele sempre me contava que era cheio de trilhas, tanto de cimento quanto de terra, e que as pessoas corriam nele, e andavam de bicicleta e caminhavam, e faziam piqueniques lá. Houvera um zoológico, onde as pessoas pagavam só para ver animais estranhos e inúteis, que não precisavam fazer nada além de ficar sentados comendo os alimentos que davam para eles, e um lago, no qual as pessoas andavam em barquinhos a remo, e na primavera as pessoas se reuniam para olhar pássaros coloridos que tinham vindo voando desde o hemisfério sul, e para procurar cogumelos e olhar flores. Em vários pontos havia esculturas feitas de ferro com formas lúdicas idealizadas para divertir as crianças. Muito tempo atrás, até nevava, e as pessoas iam ao parque e prendiam pranchas longas e finas nos pés e deslizavam pelos montes cobertos de gelo, e meu avô contou que a neve era escorregadia e você podia acabar caindo, mas não de um jeito ruim — de um jeito que deixava as pessoas com vontade de cair de novo. Eu sei que hoje em dia é difícil entender para que esse parque servia, mas meu avô disse que ele não precisava servir *para* nada: era só um lugar onde as pessoas iam passar o tempo e se divertir. Até o lago servia apenas para divertir as pessoas — você ia até lá para fazer barquinhos de papel, ou andava ao redor dele, ou só sentava e ficava olhando.

O ônibus parou na entrada principal da Fazenda, e as pessoas desceram e começaram a fazer fila na entrada. Só as cerca de 2 mil pessoas que tinham sido aprovadas para trabalhar na Fazenda podiam entrar nela, e antes mesmo de entrar na fila você precisava fazer uma leitura de retina para provar que tinha o direito de entrar, e sempre havia guardas armados para caso alguém tentasse entrar correndo, porque de vez em quando isso acontecia. Todo mundo ouvia boatos sobre a Fazenda: diziam que estavam criando animais novos — vacas com o dobro de tetas, para produzir o dobro de leite; frangos sem cérebro e sem pernas com corpos gordos e quadrados que pudessem ser colocados em gaiolas e alimentados por sonda; ovelhas projetadas para se alimentar só de lixo, de forma que ninguém precisasse usar a terra e os recursos para plantar grama. Mas nunca se confirmou nenhuma dessas histórias, e, se eles estavam mesmo desenvolvendo novos animais, nós nunca tínhamos visto nenhum.

Há muitos outros projetos em andamento na Fazenda. Há as estufas, onde cultivam todo tipo de novas plantas, tanto para comer quanto para desenvolver possíveis remédios, e a Floresta, onde plantam novos tipos de árvores, e o Laboratório, onde os cientistas estão tentando criar novos tipos de biocombustíveis, e o Lago, onde meu marido trabalha. O Lago é dividido em duas partes: a metade dedicada ao cultivo de animais e a metade dedicada ao cultivo de plantas. Ictiologistas e geneticistas trabalham na primeira parte, botanistas e químicos trabalham na segunda. Meu marido trabalha na segunda, embora ele não seja cientista, porque não conseguiu terminar a graduação. Ele trabalha como jardineiro aquático, ou seja, ele planta os espécimes que os botanistas aprovaram ou desenvolveram — algas diferentes, em sua maioria — e depois supervisiona o crescimento e a colheita dos espécimes. Algumas dessas plantas serão usadas para produzir remédios, outras para produzir alimentos, e as plantas que não têm nenhum uso serão transformadas em adubo.

Mas, embora diga isso, eu não sei o que meu marido faz de verdade. *Acho* que é isso que ele faz — plantar, supervisionar o crescimento das plantas e depois colhê-las —, mas não sei com certeza, assim como ele não sabe com certeza o que eu faço.

Hoje de manhã, como sempre, fiquei olhando pela janela do ônibus com muita atenção, mas, como sempre, não havia nada para ver. A Fazenda inteira é cercada por um muro de pedra de três metros e meio, e em cima do muro há sensores que ficam a trinta centímetros de distância, de forma que, mesmo se conseguisse subir, sua presença seria detectada quase de imediato e eles pegariam você. A maior parte da Fazenda fica sob um imenso biodomo, mas há uma área pequena perto da parte sul do muro que não é protegida, e logo atrás desse muro ficam duas fileiras de acácias que ladeiam toda a fronteira, indo da Farm Avenue West à Quinta Avenida. Havia árvores pela cidade toda, é claro, mas você quase nunca as via com folhas, porque as pessoas pegavam as folhas — para fazer chás ou caldos — assim que elas apareciam. Fazer isso era proibido por lei, naturalmente, mas todo mundo fazia mesmo assim. Contudo ninguém ousava encostar nas folhas de dentro ou dos arredores da Fazenda, e sempre que o ônibus virava a esquina e entrava na Farm Avenue South na direção leste você as via, nuvens de um verde vivo, e, embora as visse cinco dias por semana, eu sempre ficava surpresa.

Depois de parar na Fazenda, o ônibus seguia na direção da Madison Avenue e depois seguia para o norte, e depois voltava a virar à direita na rua 68, e depois seguia na direção sul na York Avenue, onde parava na frente da Rockefeller University, que fica na rua 65. Era nesse lugar que eu descia, junto das outras pessoas que trabalhavam ou na Rockefeller ou no Centro de Pesquisa Sloan Kettering, que fica a um quarteirão na direção oeste. Quem ia para a Rockefeller University se dividia em duas filas: os cientistas ficavam em uma, os técnicos de laboratório e a equipe de apoio na outra. Nesse momento verificavam nossas impressões digitais e revistavam nossas bolsas, e todos tínhamos que passar por um sensor digital antes de entrar no campus, e depois fazer tudo de novo antes de entrar nos edifícios onde trabalhávamos. Na semana anterior, meu supervisor comunicou que, por causa de um contratempo, também iam começar a fazer leituras de retina. Ninguém tinha gostado dessa notícia, porque não havia uma marquise para nos abrigarmos quando chovia, não como havia na Fazenda, e embora o campus em si ficasse embaixo de um biodomo, a área de segurança não ficava, de forma que corríamos o risco de ficar esperando por trinta minutos no calor. Meu supervisor disse que iam instalar unidades de refrigeração caso a espera se mostrasse excessiva, mas até agora elas não chegaram. O que eles fizeram foi criar escalas para entrada e saída dos funcionários, para não ficarmos todos esperando ao mesmo tempo.

"Que contratempo foi esse?", perguntou um dos técnicos de outro laboratório, um homem que eu não conhecia, mas o supervisor não respondeu, e ninguém esperava que respondesse.

Eu trabalho no Larsson Center, que foi construído na década de 2030 e é um prédio, mas também é uma ponte que conecta o campus principal a uma extensão muito menor do campus, que fica numa ilha artificial no East River. Há nove laboratórios no Larsson, e cada um é especializado em um tipo de influenza. Um deles estuda os descendentes da gripe de 2046, que se mostrou muito agressiva em sua evolução; outro estuda os descendentes da gripe de 2056, que, segundo o dr. Morgan, nunca foi uma gripe. Meu laboratório, que é liderado pelo dr. Wesley, é especializado em influenza preditiva, e isso quer dizer que tentamos prever qual será a próxima gripe desconhecida, que pode ser completamente diferente das outras duas. O nosso é um dos maiores laboratórios da instituição: além do dr. Wesley, que é o pesquisador responsável, ou o chefe do laboratório, há outros vinte e quatro pós-doutorandos — como o dr. Morgan —, e isso quer dizer que eles têm ph.D e estão tentando descobrir algo importante para um dia conseguirem ter o próprio laboratório; nove doutorandos, que são chamados de ph.Ds, e dez membros da equipe técnica e de apoio, e é dessa equipe que eu faço parte.

Eu trabalho com os ratos de laboratório. Sempre temos pelo menos quatrocentos, um número significativamente maior do que o dos outros dois laboratórios. Às vezes ouço as pessoas que têm o mesmo cargo que eu nos outros laboratórios comentando que seus chefes reclamam que o dr. Wesley recebe muito dinheiro, um dinheiro que ele gasta "jogando verde", que é uma expressão que meu avô me ensinou e que significa que eles acham que ele não tem nenhuma informação ou evidência sólida, que fica procurando alguma coisa que nem ele sabe o que é. Uma vez contei isso ao dr. Morgan, e ele franziu o cenho e disse que eles não deviam falar assim, e que de qualquer forma eram só técnicos de laboratório. Depois ele perguntou quais eram os nomes deles, mas fingi que eram substitutos temporários e que eu não sabia, e ele passou muito tempo me olhando e me fez prometer que contaria a ele se algum dia voltasse a ouvir esse tipo de conversa, e eu disse que ia, mas não contei.

Eu sou responsável pelos embriões de ratos. O que acontece é que o fornecedor nos entrega as fêmeas dos ratos — já com uma semana de gestação — dentro de caixas. Os cientistas me dão uma lista que diz quanto tempo de vida os embriões precisam ter: geralmente dez dias, mas às vezes um pouco mais. Depois eu sacrifico os ratos e colho os fetos, que em seguida preparo ou em tubos ou em placas, dependendo da situação, e depois os acondiciono no refrigerador de acordo com a idade de cada um. Minha tarefa é garantir que haja ratos sempre que os cientistas precisarem deles.

Tudo isso leva muito tempo, ainda mais se você toma cuidado, mas ainda assim há momentos em que não tenho nada para fazer. Aí eu peço permissão para usar um dos meus dois intervalos de vinte minutos. Às vezes passo o intervalo fazendo uma caminhada. Todos os edifícios da RU são conectados por túneis subterrâneos, então você nunca precisa sair. Durante a epidemia de 56, eles construíram uma série de depósitos e abrigos, mas eu nunca vi nenhum deles. Todo mundo fala que embaixo desses túneis há mais dois outros andares, que abrigam salas de operações, laboratórios e câmaras frigoríficas. Mas meu avô sempre me disse para não acreditar no que eu não pudesse comprovar. "Para um cientista, nada é verdadeiro até que ele possa provar", ele sempre dizia. E, embora eu não seja cientista, tento me lembrar disso sempre que passo pelos túneis e de repente sinto medo, quando tenho certeza de que o ar ficou mais frio e de que consigo ouvir, como se vindo de muito longe, os barulhinhos que os ratos fazem lá embaixo, muito longe, e grunhidos e sussurros. Da primeira vez que isso aconteceu não consegui me mexer, e, quando consegui, acordei num canto do corredor, perto de uma das portas que levavam à escada, e estava gritando o nome do meu avô. Eu não me lembro disso, mas depois o dr. Morgan me disse que eles tinham me encontrado e eu tinha feito xixi na calça, e depois precisei ficar sentada na recepção com um técnico de outro laboratório que eu não conhecia até meu marido ir me buscar.

Isso foi pouco depois de termos nos casado, pouco depois de o meu avô ter morrido, e quando acordei era noite e eu fiquei confusa até perceber que estava na minha cama, no nosso apartamento. E aí olhei e vi alguém sentado na outra cama, me encarando: meu marido.

"Você está se sentindo bem?", ele perguntou.

Eu estava me sentindo estranha, sonolenta, e não conseguia formular direito as palavras que queria falar. Ele não tinha acendido nenhuma luz, mas o holofote passou pelas janelas e consegui ver seu rosto.

Tentei falar alguma coisa, mas minha boca estava muito seca e meu marido me entregou um copo, e eu bebi sem parar, e quando a água acabou, rápido demais, ele pegou o copo e saiu do quarto, e consegui ouvi-lo tirando a tampa do reservatório de água de pedra que ficava na cozinha, e da concha de madeira batendo na parte de dentro, e do som da água quando ele voltou a encher o copo.

"Eu não lembro o que aconteceu", eu disse, depois de beber mais.

"Você desmaiou", ele falou. "No trabalho. Eles me ligaram e eu fui te buscar e te trouxe pra casa."

"Entendi". Nesse momento me lembrei, mas só um pouco, como se aquela fosse uma história que meu avô tinha me contado havia muito tempo. "Desculpe", eu disse.

"Não se preocupe", meu marido disse. "Que bom que você melhorou."

Em seguida ele se levantou e se aproximou de mim, e por um segundo pensei que ele ia me tocar, talvez até me beijar, e eu não sabia o que achava disso, mas ele só abaixou a cabeça e olhou no meu rosto, depois colocou a mão na minha testa por um instante: a mão dele estava fria e seca, e de repente eu quis pegar os dedos dele, mas não peguei, porque nós não nos tocamos desse jeito.

E depois ele saiu do quarto e fechou a porta. Eu fiquei acordada por um bom tempo, tentando ouvir os passos dele, ou o barulho da lâmpada da sala sendo acesa. Mas não ouvi nada. Ele passou a noite na sala, no escuro, sem fazer nada, sem ir a lugar nenhum, mas não no mesmo quarto que eu.

Naquela noite pensei no meu avô. Eu pensava nele muitas vezes, mas naquela noite pensei nele com mais força: repeti para mim todas as coisas boas que ele tinha me dito e de que eu conseguia me lembrar, e pensei em como ele me agarrava e me apertava quando eu fazia alguma coisa boa, e eu não gostava e gostava ao mesmo tempo. Pensei em como ele falava que eu era a gatinha dele, e como, quando eu ficava com medo, eu o procurava e ele me levava para a minha cama e sentava do meu lado, segurando minha mão, até eu dormir de novo. Tentei não pensar na última vez que o vi, quando o estavam levando embora, e ele se virou para trás e eu vi os olhos dele me procurando no meio da multidão, e em como tentei gritar para chamá-lo, mas não consegui, de tanto medo que estava sentindo, e em como só fiquei ali, e meu marido, com quem eu tinha acabado de me casar, ao meu lado, vendo os olhos do meu avô correndo de um lado para o outro, de um lado para o outro, até que, no fim, quando o estavam conduzindo pela escada que levava ao palco, ele gritou: "Eu te amo, gatinha", e mesmo assim não consegui dizer nada.

"Está me ouvindo, gatinha?", ele gritou, e continuava me procurando, mas não estava olhando na direção certa, ele estava gritando para a multidão, e as pessoas estavam caçoando dele, e o homem no palco estava dando um passo à frente com o pano preto nas mãos. "Eu te amo, gatinha, nunca esqueça disso. Aconteça o que acontecer."

Fiquei deitada, me balancei e falei com meu avô. "Não vou esquecer", eu disse em voz alta. "Não vou esquecer." Mas embora não tivesse esquecido, eu tinha, *sim*, esquecido como era ser amada: um dia eu soube, mas já não sabia mais.

Algumas semanas depois da batida policial, eu estava ouvindo os comunicados matinais e fiquei sabendo que o sistema de ar-condicionado da RU tinha quebrado e estavam avisando que ninguém precisava ir trabalhar naquele dia.

Havia quatro boletins matinais por dia — um às 5h, um às 6h, um às 7h e um às 8h —, e você precisava ouvir um deles, porque talvez trouxesse informações de que você precisava. Às vezes, por exemplo, mudavam a rota do ônibus por causa de algum acidente, e o homem ou a mulher dizia que regiões tinham sido afetadas e onde você deveria esperar. Às vezes faziam comunicados sobre a qualidade do ar, e você ficava sabendo que deveria usar uma máscara, ou sobre o índice solar, e aí você usava uma capa, ou o índice de calor, e você sabia que deveria usar um traje de resfriamento. Às vezes avisavam sobre uma nova Cerimônia ou julgamento, e você deveria se reprogramar. Se você trabalhasse para um dos grandes projetos ou instituições governamentais, como meu marido e eu, também havia informações sobre interrupções nos serviços ou circunstâncias estranhas. No ano passado, por exemplo, houve mais um furacão, e, embora tivessem fechado completamente a RU, meu marido e outros membros da equipe técnica precisaram continuar indo à Fazenda para alimentar e limpar a sujeira dos animais e verificar a salinidade da água nos reservatórios secretos e fazer tudo aquilo que os computadores não sabiam fazer. Um ônibus especial, que passava por todas as zonas, e não só por algumas, vinha buscar meu marido e depois o deixava em casa, bem na frente do nosso prédio, bem na hora em que o céu ficava escuro.

Quando comecei a trabalhar na RU, seis anos atrás, o sistema de ar-condicionado nunca falhava. Mas no ano passado houve quatro panes. Os edifícios nunca ficavam completamente sem energia elétrica, é claro: havia cinco geradores grandes programados para compensar qualquer queda de eletricidade quase de imediato. Mas depois do último apagão, em maio, nos disseram para não ir trabalhar se houvesse outro, porque os geradores estavam operando com capacidade máxima só para manter os refrigeradores na temperatura correta, e nossa temperatura corporal, quando combinada, sobrecarregaria o sistema.

Ainda que não tivesse precisado ir ao trabalho naquele dia, fiz tudo o que fazia normalmente. Comi meu mingau de aveia, escovei os dentes, me limpei com lencinhos umedecidos e arrumei a cama. Aí não tinha mais nada para fazer: eu só poderia ir ao supermercado nas horas especificadas, e mesmo que quisesse lavar a roupa eu só podia fazer isso no nosso dia de água extra, que seria só na semana seguinte. Por fim, tirei a vassoura do armário e varri o apartamento, algo que costumo fazer às quartas e aos domingos. Isso não tomou muito tempo, e era quinta e eu tinha varrido a casa no dia anterior, e o piso ainda estava limpo. Depois reli o boletim mensal da Zona Oito, que entregavam em todas as casas e trazia uma lista com as próximas melhorias a serem feitas nas ruas da nossa área, assim como atualizações sobre as novas árvores que estavam plantando na Quinta e na Sexta Avenidas, e novos produtos que poderiam chegar ao supermercado, e quando chegariam e quantos cupons custariam. O boletim também publicava uma receita de um morador da Zona Oito, e eu geralmente tentava fazer essa receita. Dessa vez, era uma receita de guaxinim grelhado com levístico e farinha de aveia, que achei muito interessante porque eu não gostava de cozinhar guaxinim e vivia tentando encontrar maneiras de melhorar o sabor. Recortei a receita e a guardei numa gaveta da cozinha. De vez em quando eu enviava uma receita que tinha inventado, mas as minhas nunca foram escolhidas para aparecer na revista.

Depois disso me sentei no sofá e ouvi o rádio. Eles tocavam música das 8h30 às 17h, momento em que havia três boletins vespertinos, e mais música das 18h30 às 23h59. Depois a estação interrompia as transmissões até as 4h, tanto para veicular mensagens criptografadas para os militares, que para nós pareciam um chiado grave e contínuo, quanto para estimular as pessoas a irem dormir, porque o governo queria que tivéssemos uma vida saudável, e também por isso as redes elétricas trabalhavam com capacidade reduzida nesse mesmo horário. Eu não sabia o nome da música, mas era bonita e me deixou mais calma, e enquanto escutava eu pensei nos embriões de rato flutuando nas piscinas de solução salina, com aquelas patinhas que ainda não tinham se desenvolvido completamente e já pareciam mãozinhas humanas muito pequenas. Eles ainda não tinham rabo, só um discreto prolongamento da coluna vertebral, e sem saber o que eram você não diria que eram embriões de ratos. Poderiam ser gatos, ou cachorros, ou macacos, ou seres humanos. Os cientistas os chamavam de mindinhos.

Eu me preocupava com os embriões, embora isso fosse uma bobagem; os geradores os mantinham resfriados, e eles estavam mortos, de qualquer forma. Eles iam continuar sendo o que eram — nunca se transformariam em nenhuma outra coisa, nunca cresceriam, seus olhos nunca se abririam e eles nunca teriam pelos brancos. Mas era por causa deles que o ar-condicionado tinha quebrado. Isso aconteceu porque havia vários grupos que não gostavam da RU. Tinha gente que pensava que os cientistas de lá não se dedicavam ao trabalho — que se trabalhassem mais rápido as doenças seriam curadas e a situação ia melhorar, e talvez até voltar a ser como era antes, na época em que meu avô tinha a minha idade. Tinha gente que pensava que os cientistas estavam se dedicando às soluções erradas. E também tinha gente que pensava que os cientistas estavam criando as doenças nos nossos laboratórios, porque queriam eliminar certos tipos de pessoas ou porque queriam ajudar o governo a controlar o país, e essas eram as pessoas mais perigosas de todas.

O principal objetivo dos dois últimos grupos era impedir que os cientistas conseguissem os mindinhos: se não tivessem os mindinhos, seria impossível injetar vírus neles, e se não pudessem fazer isso eles teriam que parar de trabalhar, ou teriam que mudar a forma como faziam o trabalho. Era isso que esses grupos pensavam. Além dos apagões, houve boatos de que caminhões de transporte blindados cheios de animais de laboratório tinham sido atacados por grupos insurgentes quando saíam dos edifícios onde os animais eram criados, lá em Long Island. Depois do que aconteceu em 88, todos os caminhoneiros andavam armados e todos os caminhões eram escoltados por três soldados. Mas, apesar desses cuidados, dois anos atrás algo aconteceu: um grupo insurgente tinha conseguido parar um caminhão e matar todo mundo, e pela primeira vez na história da universidade os espécimes não foram entregues. Foi mais ou menos nessa época que houve o primeiro ataque à rede elétrica. Naquela época, a RU tinha só dois geradores, e eles não foram suficientes, e a ala Delacroix ficou totalmente sem energia, e centenas de espécimes estragaram e um trabalho de meses foi destruído, e depois o presidente da universidade procurou o governo para pedir mais segurança, e mais geradores, e punições mais rígidas para os insurgentes, e o governo concedeu tudo isso.

Ninguém me contava nenhuma dessas coisas, é claro. Eu precisava descobrir sozinha, escutando escondida a conversa dos cientistas, que ficavam fofocando pelos cantos do laboratório, e, quando ia entregar os embriões e levar outros embora, eu ficava um pouco mais por lá, não o suficiente para que notassem minha presença, e tentava ouvir o que diziam. Nenhum dos cientistas prestava atenção em mim nessas minhas idas e vindas, ainda que todos soubessem quem eu era, por causa do meu avô. Eu sempre percebia quando os novos pós-doutorandos ou ph.Ds descobriam quem eu era, porque eu chegava e eles ficavam me encarando, e me agradeciam quando lhes entregava a nova leva de ratos e me agradeciam por levar a velha embora. Mas com o passar do tempo eles se acostumavam comigo, e paravam de me agradecer, e até esqueciam que eu estava ali, e eu não via problema nisso.

Ouvi a música pelo que pareceu um longo tempo, mas quando olhei o relógio percebi que só haviam se passado vinte minutos, e ainda eram 9h20, e isso significava que eu não tinha nada para fazer até meu horário de compras começar, às 17h30, e isso ainda ia demorar muito. Foi nesse momento que decidi dar uma volta no Parque.

* * *

O apartamento em que eu e meu marido moramos fica no lado norte do Parque, na esquina leste da Quinta Avenida. Quando eu era criança, o edifício era uma casa, e só meu avô e eu morávamos lá, junto com um cozinheiro e dois empregados. Mas durante a rebelião de 83, o governo o dividiu em oito apartamentos, dois por andar, e nos deixou escolher o que queríamos. Depois, quando me casei, meu marido e eu continuamos no nosso apartamento e meu avô se mudou para outro lugar. Uma unidade em cada andar fica de frente para o Parque, e a outra de frente para o lado norte. Nosso apartamento é de face norte, que é mais silenciosa, e por isso melhor, e fica no terceiro andar. A vista dessas unidades é para o que um dia foi o espaço em que a família que construiu a casa, mais de duzentos anos atrás, deixava os cavalos, e eles tinham os cavalos não para comer, mas para levá-los pela cidade.

Eu não queria de verdade andar pelo Parque, primeiro porque estava muito quente, ainda mais quente do que se esperava para o final de outubro, e segundo porque às vezes dava medo de andar pelo Parque. Mas eu também não aguentava mais ficar sentada no apartamento, sem nada para fazer e ninguém para olhar, por isso criei coragem e passei protetor solar, coloquei meu chapéu e uma camiseta de manga comprida e desci as escadas, fui lá fora e atravessei a rua, e cheguei ao Parque.

Você podia encontrar tudo o que quisesse no Parque. Na parte noroeste ficavam os ferreiros, que faziam o que você precisasse, desde uma fechadura a uma panela, e também compravam qualquer objeto de metal velho que você tivesse. Eles pesavam e diziam quanto valia, se era cobalto misturado com alumínio ou ferro misturado com níquel, e em troca davam ouro, ou comida, ou cupons de água, o que você preferisse, e depois derretiam o metal e o transformavam em outra coisa. Ao sul ficavam os vendedores de roupas, que não eram só vendedores, mas também alfaiates e costureiras, que também compravam as roupas e tecidos de que você não precisasse mais, e conseguiam pegar uma roupa velha e a transformar em uma nova. No lado nordeste ficavam os prestamistas, e ao lado deles ficavam os botânicos, e ao sul ficavam os carpinteiros, que sabiam fazer ou consertar qualquer coisa de madeira. Também havia os especialistas em borracha e os fabricantes de corda e os comerciantes de plástico, que compravam ou trocavam objetos feitos de plástico, e também podiam fabricar coisas novas.

Nem todos tinham o alvará para trabalhar no Parque, e a cada par de meses havia uma batida policial, e todo mundo, até os comerciantes que tinham licença, sumia por uma semana, e depois todo mundo voltava. As pessoas — não todas, e não pessoas como os cientistas ou os ministros, mas a maior parte das outras pessoas — precisavam muito dos comerciantes. Lá na Zona Catorze havia lojas a que você podia ir para comprar as coisas, não sei que coisas, mas, tirando o supermercado, não havia lojas na Zona Oito, por isso tínhamos o Parque. Mas, enfim, os policiais não se importavam muito com os vendedores de roupas, carpinteiros ou ferreiros: eles se importavam mesmo era com as pessoas que andavam entre os comerciantes. Essas pessoas não tinham lugar fixo no Parque, como os comerciantes tinham — uma mesa de madeira com uma lona esticada no alto para protegê-los do sol ou da chuva. Essas outras pessoas tinham no máximo um banco e um guarda-chuva, e ficavam sentadas num lugar diferente todos os dias. Às vezes não tinham nem isso e ficavam só perambulando pelo Parque, andando por entre as barracas. Ainda assim, todos os outros comerciantes e clientes assíduos sabiam quem essas pessoas eram e onde encontrá-las, embora ninguém nunca usasse seu nome verdadeiro. Havia pessoas que sabiam devolver um osso ao lugar ou dar pontos numa ferida, e que podiam ajudar você a sair do distrito, e podiam ajudar a encontrar o que você precisasse, desde livros proibidos e açúcar até uma pessoa específica. Havia pessoas que podiam encontrar um filho para você, e outras que podiam levar seu filho embora. Havia pessoas que conseguiam levar alguém para um bom centro de contenção, e outras que conseguiam tirar alguém de um desses centros. Havia até pessoas que diziam poder curar você da doença, e eram essas que as autoridades mais procuravam, mas diziam que elas conseguiam desaparecer quando bem entendessem, e que nunca eram capturadas. Isso não fazia sentido, é claro: ninguém consegue desaparecer. Mesmo assim havia muitos boatos sobre elas, sobre como sempre davam um jeito de fugir das autoridades.

No centro do Parque havia um buraco de concreto grande e raso em forma de círculo, e no meio do buraco, num pedestal, havia uma fogueira que nunca se apagava, nem nos dias mais quentes, a não ser durante as batidas policiais, e ao redor da fogueira ficavam outros vendedores. Eram vinte ou trinta, dependendo do dia, e ficavam sentados no círculo, e sobre as bordas do buraco cada um estendia uma lona, e em cima das lonas eles exibiam diferentes cortes de carne. Às vezes você conseguia adivinhar de que animal era a carne, outras não. Cada vendedor tinha sua própria faca, uma pinça longa de metal, um conjunto de palitos de metal e um leque feito de plástico trançado que ele abanava sobre a carne para afugentar as moscas. Os vendedores aceitavam ouro ou cupons, e ou cortavam a carne para você e a embrulhavam num pedaço de papel para levar para casa, ou a colocavam num espeto de metal e a assavam para você ali mesmo, no fogo, como você preferisse. Ao redor da fogueira havia bandejas de metal que coletavam a gordura que pingava da carne, e se não pudesse pagar pela carne você podia comprar só a gordura, levá-la para casa e usá-la para cozinhar. O mais estranho era que todos os vendedores que trabalhavam no buraco eram muito magros, e você nunca os via comendo. As pessoas sempre diziam que era porque eles não tinham coragem de comer a carne que vendiam, e de tempos em tempos surgiam boatos de que a carne era, na verdade, carne humana, e que a tinham arranjado em um dos campos. Mas nem por isso as pessoas deixavam de comprá-la, de rasgar a carne do espeto com os dentes, lambendo a gordura que sobrava e devolvendo o espeto limpinho ao vendedor.

Embora o Parque ficasse bem na frente do nosso prédio, eu raramente ia lá. Talvez meu marido fosse. Mas eu não. Era muito barulhento, era muito confuso, e a aglomeração e os odores e os gritos dos comerciantes — *Cooompro seu metal! Cooompro seu metal!* — e o ruído de martelo batendo na madeira o tempo todo me deixavam nervosa. E era tão quente, e o fogo deixava o ar tão úmido, que eu achava que ia desmaiar.

Eu não era a única que ficava incomodada no Parque, embora isso fosse uma bobagem, porque havia pelo menos vinte Moscas que monitoravam a área, indo de um lado para o outro zunindo, e se algo realmente grave acontecesse a polícia chegaria lá num instante. Mesmo assim, algumas pessoas sempre andavam pela calçada que circundava o Parque, olhando o movimento pela grade, sem entrar. Muitas dessas pessoas eram velhas e não tinham trabalho, embora eu não as reconhecesse — talvez elas não vivessem na Zona Oito antes, mas tivessem vindo de outras zonas, o que teoricamente era ilegal, mas não puniam quase ninguém por isso. As zonas mais ao sul e ao leste também tinham seus Parques, mas o da Zona Oito era considerado o melhor, porque a Zona Oito era um lugar estável, saudável e calmo para se viver.

Depois de dar algumas voltas ao redor do Parque, comecei a sentir um calor desesperador. No limite sul do Parque ficava uma fileira de estações de resfriamento, mas a fila para utilizá-las era grande e não fazia sentido pagar por uma quando eu poderia simplesmente voltar para casa. Quando meu avô tinha a minha idade, não havia estações de resfriamento nem vendedores ali. Naquela época, tinham plantado árvores e coberto o Parque de grama, e o buraco no meio era uma fonte, da qual a água saía esguichando e depois caía de novo. A água esguichava e caía, esguichava e caía, e isso acontecia sem nenhum motivo, só porque as pessoas gostavam. Sei que parece estranho, mas é verdade: uma vez meu avô me mostrou uma fotografia. Naquela época, as pessoas moravam com cães, e os criavam como amigos, como se fossem crianças, e os cães tinham uma comida só para eles, e todos ganhavam um nome, como se fossem gente, e seus donos os levavam ao Parque e eles ficavam correndo pela grama, e os donos ficavam observando sentados nos bancos que tinham instalado ali exatamente para isso. Era isso que meu avô dizia. Naquela época, ele ia ao Parque e sentava num banco e lia um livro, ou passava a caminho da Zona Sete, que não se chamava Zona Sete, mas de fato tinha um nome, também como uma pessoa. Naquela época as pessoas davam nomes a muitas coisas.

Eu estava pensando nisso tudo enquanto andava pelo lado sul do Parque quando um grupo de pessoas que até então estavam amontoadas ao redor de um vendedor ambulante, perto da entrada, se afastou, e eu vi que o vendedor estava em pé ao lado de um instrumento que parecia uma braçadeira de metal gigante, e estava colocando um bloco de gelo bem grande na braçadeira. Fazia muito tempo que eu não via uma peça de gelo tão grande, e embora não fosse muito limpa — tinha uma cor marrom bem clara, e dava para ver as manchinhas dos mosquitos que tinham ficado presos nela — parecia limpa o suficiente, e eu estava parada olhando para o gelo quando o vendedor se virou e me viu.

"Quer uma coisa gelada?", ele perguntou. Era um homem velho, mais velho que o dr. Wesley, quase tão velho quanto meu avô era quando morreu, e estava usando um casaco de manga comprida, mesmo no calor, e luvas de borracha nas mãos.

Eu não estava acostumada a ser abordada por estranhos, e senti que ia entrar em pânico, mas fechei os olhos e respirei e expirei algumas vezes, como meu avô tinha me ensinado, e quando os abri ele continuava ali e ainda estava me olhando, mas não de um jeito que me deixava nervosa.

"Quanto custa?", eu enfim consegui perguntar.

"Um laticínio ou dois cereais", ele disse.

Isso era muito, porque só ganhávamos vinte e quatro cupons de laticínios e quarenta cupons de cereais por mês, e mais ainda porque eu sequer sabia o que o homem estava vendendo. Eu sei que podia ter perguntado, mas não perguntei. Não sei por quê. *Você sempre pode perguntar*, meu avô me lembrava, e, ainda que isso não fosse verdade, não mais, *é verdade* que eu poderia ter perguntado ao vendedor. Ninguém teria brigado comigo; eu não teria arranjado nenhum problema.

"Parece que você está com calor", o homem disse e, como não respondi, ele continuou: "Eu garanto que vai valer a pena". Concluí que ele era um velhinho simpático, e tinha a voz um pouco parecida com a do meu avô.

"Tudo bem", eu respondi, e enfiei a mão no bolso, destaquei um cupom de laticínio da cartela e o entreguei a ele, e ele o guardou no bolso do avental. Depois ele posicionou um copo de papel num buraco na máquina logo abaixo do gelo e começou a girar a manivela muito rápido, e, nesse momento, raspas do gelo começaram a cair no copo. Quando o gelo chegou à borda, ele deu batidinhas rápidas com o copo na máquina, para assentar o gelo, e depois o devolveu ao lugar e começou a girar a manivela de novo, virando o copo até que o gelo formasse um monte. Por fim, ele deu mais uma batidinha para o gelo se acomodar no copo e pegou uma garrafa de vidro que estava perto de seus pés e continha um líquido turvo e claro, que ele derramou por sobre o gelo pelo que pareceu um longo tempo, e depois me entregou o copo.

"Obrigada", eu disse, e ele balançou a cabeça. "Bom proveito", ele disse. Ele levantou o braço para passar a mão na testa, e nesse momento a manga de seu casaco escorregou, e vi pelas cicatrizes da parte interna de seu antebraço que ele tinha sobrevivido à doença de 70, que tinha atingido principalmente as crianças.

Em seguida senti uma coisa muito estranha e me virei e saí andando o mais rápido que consegui, e foi só quando cheguei ao limite oeste, com a fila de pessoas esperando pelas estações de resfriamento, e senti o gelo pingando na minha mão que me lembrei da guloseima. Lambi o gelo e descobri que a cobertura que o senhor tinha derramado em cima era xarope, e que o xarope era doce. Não por conter açúcar — açúcar era muito difícil de encontrar —, mas algo que tinha gosto de açúcar e era quase tão bom quanto. O gelo estava muito gelado, mas a essa altura eu já estava incomodada, e depois de mais algumas lambidas joguei o copo numa lata de lixo e comecei a andar o mais rápido que podia na direção da nossa casa, com a língua anestesiada e ardendo.

Foi um alívio chegar bem ao meu apartamento, e fui para o sofá e me sentei, respirando fundo até me sentir melhor. Depois de alguns minutos melhorei, liguei o rádio, voltei a me sentar e respirei um pouco mais.

Mas depois de um tempo comecei a me sentir mal. Eu tinha me assustado sem motivo, e tinha gastado um dos nossos cupons de laticínios, e ainda estávamos na metade do mês, e isso significava que teríamos de ficar dois dias a mais sem leite ou coalhada, e não só isso, mas eu também tinha gastado o cupom num gelo que devia ser pouco higiênico, e para piorar ainda mais as coisas eu sequer tinha comido o gelo. E além de tudo eu tinha saído de casa, e agora estava muito suada, e ainda eram 11h07, o que significava que seria preciso esperar quase nove horas para poder tomar meu banho.

De repente eu quis que meu marido estivesse em casa. Não porque contaria a ele o que tinha feito, mas porque ele era uma garantia de que nada de ruim iria me acontecer, de que eu estava em segurança, de que ele sempre cuidaria de mim, exatamente como tinha prometido.

E então me lembrei que era quinta-feira, e isso significava que aquela seria a noite livre do meu marido, e ele não voltaria para casa depois do jantar, e talvez só voltasse quando eu já estivesse dormindo.

Pensar nisso me fez sentir aquela coisa engraçada, uma espécie de agonia, que às vezes eu sentia e que era diferente daquele nervosismo que eu às vezes tinha e que em algumas situações era até empolgante, como se alguma coisa estivesse prestes a acontecer. Mas nada ia acontecer, é claro: eu estava no nosso apartamento, e estávamos na Zona Oito, e eu sempre estaria em segurança porque meu avô tinha garantido que seria assim.

Mas ainda assim eu não conseguia ficar calma, e me levantei e comecei a dar voltas pelo apartamento. Depois comecei a abrir as portas, algo que eu também fazia quando era mais jovem e procurava algo que eu não sabia descrever. "O que você está procurando, gatinha?", meu avô sempre me pergun-

396

tava, mas eu nunca conseguia responder. Quando eu era pequena, ele tentava me impedir, me colocando no colo dele, segurando meus braços e sussurrando no meu ouvido. "Tá tudo bem, gatinha", ele dizia, "tá tudo bem", e eu gritava e ficava me debatendo porque não gostava que me segurassem, eu gostava de ter a minha liberdade, gostava de andar por aí. Depois, quando fiquei um pouco mais velha, ele simplesmente parava o que quer que estivesse fazendo e começava a procurar a coisa comigo. Eu abria um armário debaixo da pia e depois o fechava, e ele fazia o mesmo, muito sério, até eu ter aberto e fechado todas as portas da casa, em todos os andares, e ele também. Mas de repente eu ficava muito cansada e não tinha encontrado o que precisava, e meu avô me pegava no colo e me levava para a cama. "Da próxima vez a gente vai encontrar, gatinha", ele me dizia. "Não se preocupe. A gente vai encontrar."

Agora, porém, tudo estava em seu devido lugar: na cozinha estavam as latas de feijão e peixe e os vidros de picles de pepino e rabanete e os potes de aveia e pele seca de tofu e as ampolas de vidro de mel artificial. No armário da frente estavam nossos guarda-chuvas e capas de chuva e nossos trajes de resfriamento e capas e máscaras e nossa bolsa de emergência preparada com garrafas de água de quatro litros, antibióticos, lanternas, baterias, protetor solar, géis refrescantes, meias, tênis, roupas íntimas, barras de proteína, frutas e castanhas; no armário do corredor estavam nossas blusas, calças, roupas íntimas e sapatos adicionais e nosso estoque de catorze dias de água potável, e no chão estava uma caixa com nossas certidões de nascimento e nossos documentos de cidadania e residência e cópias das nossas autorizações de segurança e nosso histórico de saúde e algumas fotos do meu avô que eu tinha conseguido guardar; no armário do banheiro estavam nossas vitaminas e nosso estoque de antibióticos, nossos vidros extras de protetor solar gel para queimaduras shampoo sabonete lencinhos umedecidos e papel higiênico. No gaveteiro embaixo da minha cama estavam nossas moedas de ouro e nossos cupons de bônus. Nossos status de funcionários públicos nos garantiam um abono que permitia que comprássemos duas guloseimas adicionais por semana, como gelo ou leite, ou alguma combinação de três a seis cupons de alimentos. Como não comprávamos nada a mais, tínhamos muitos cupons guardados, e poderíamos usá-los para algo maior, como roupas novas ou um rádio novo. Mas não precisávamos de mais nada: além dos nossos uniformes, o governo dava duas roupas novas para cada um todos os anos, e um novo rádio a cada cinco anos, então era bobagem gastar nossas moedas e vales nessas coisas. Não os gastávamos com nada, nem com coisas que queríamos, como cupons adicionais de laticínios — não sei por quê.

Voltei para o corredor e peguei a caixa, porque queria olhar as fotos do meu avô. Mas quando estava tirando o envelope com nossas certidões de nascimento lá de dentro, os papéis escorregaram e caíram no chão, e outro envelope também caiu, um que eu nunca tinha visto. Não era um envelope velho, mas havia sinais evidentes de uso, e eu o abri, e dentro dele havia seis papéis. Na verdade, eram mais pedaços de papel, e tinham sido rasgados de páginas diferentes: alguns eram pautados, e dava para perceber que outros eram páginas de livros rasgadas, e nenhum tinha data, nem destinatário nem assinatura, e todos tinham pouco texto, havia poucas palavras em cada um, escritas em tinta preta, numa caligrafia apressada e torta. "Tenho saudade de você", um dizia. O outro dizia: "22h, no lugar de sempre". "20h", dizia o terceiro. O quarto e o quinto diziam a mesma coisa: "Tô pensando em você". E ainda havia o sexto, que só trazia as palavras: "Um dia".

Passei um tempo sentada ali, olhando os pedaços de papel e me perguntando de onde tinham vindo. Mas eu sabia que deviam ser do meu marido, porque não eram meus, e mais ninguém entrava no apartamento. Alguém tinha escrito aqueles bilhetes para o meu marido, e ele os tinha guardado. Eu sabia que não deveria tê-los encontrado, porque tinham sido guardados com os nossos documentos, e era meu marido, não eu, que cuidava da nossa documentação, que renovava nossos certificados de cidadania todos os anos.

Ainda faltavam muitas horas para meu marido voltar para casa, e ainda assim, depois que terminei de ler os bilhetes, eu os devolvi correndo ao envelope e coloquei a caixa de volta no lugar sem nem olhar as fotos que queria ver, como se a qualquer momento pudesse ouvir meu marido batendo na porta do jeito dele. Fui para o nosso quarto e me deitei na cama de roupa, e fiquei olhando para o teto.

"Vovô", eu disse.

Mas é claro que não havia ninguém para me responder.

Fiquei deitada, tentando pensar em outra coisa que não aqueles pedaços rasgados de papel com suas afirmações e instruções, tão complexas por serem tão simples: pensei nos mindinhos, no meu avô, nas coisas que eu tinha visto no Parque. Mas o tempo todo a única coisa que eu conseguia ouvir eram as palavras daquele último bilhete, que alguém tinha escrito para o meu marido, e que ele havia guardado. *Um dia*, alguém tinha escrito, e ele resolvera guardá-lo, e o canto esquerdo do papel estava mais fino que o outro, como se alguém o tivesse esfregado entre os dedos, como se alguém o tivesse segurado muitas vezes e o lido muitas e muitas vezes. *Um dia, um dia, um dia.*

Parte II

Outono, cinquenta anos antes

1º de setembro de 2043
Querido Peter,

Agradeço muito as flores, que chegaram ontem e que você não precisava ter enviado, de verdade. Mas são lindas, e a gente adorou.

Por falar em flores, a florista fez uma confusão. Eu falei pra empresa que queríamos orquídeas Miltonia brancas ou roxas, e o que eles pediram? Montes e mais montes de orquídeas Cattleya verde-amareladas. Parecia que tinham lavado a loja inteira com bílis. Como é que isso acontece? Como você sabe, eu não ligo muito, mas o Nathaniel está indignado, e só me resta ficar assim também por solidariedade a ele se eu não quiser perturbar a calma nesta residência: tem que ficar tudo na paz, como dizem.

Faltam menos de quarenta e oito horas para o grande dia. Ainda não acredito que aceitei fazer isso. E também não acredito que você não vai estar com a gente. Eu te perdoo, é claro, mas não vai ser a mesma coisa sem você.

O Nathaniel e o bebê mandam beijos. E eu também.

5 de setembro de 2043
Querido P,

Então eu sobrevivi. Quase morri, mas sobrevivi.

Por onde começar? Choveu à noite na véspera, e nunca chove no norte da ilha. Tive que passar a noite ouvindo o Nathaniel falando dos medos dele — e a lama? E se a chuva não parasse? (Não tínhamos nenhum plano B.) E o buraco que tínhamos cavado para o porco? E se estivesse muito úmido para os galhos de kiawe secarem? Será que devíamos pedir para o John ou o Matthew trazerem tudo para dentro? — até que precisei pedir para ele calar a boca. Isso também não funcionou, então obriguei ele a tomar um remédio, e depois de um tempo ele acabou dormindo.

É claro que, quando ele dormiu, fui eu que não consegui pegar no sono, e mais ou menos às três da manhã fui lá fora e percebi que a chuva tinha parado e a lua estava enorme e prateada e as poucas nuvens que havia estavam flutuando para o norte, na direção do mar, e que o John e o Matthew tinham levado as madeiras cortadas para debaixo da varanda e tinham coberto o buraco com folhas de costela-de-adão, e que tudo estava com um cheiro doce e verde, e senti — não pela primeira vez, nem pela última — uma coisa que só dá para chamar de assombro: por ter a oportunidade de viver neste lugar lindo, pelo menos por mais um tempo, e porque eu ia fazer uma festa de casamento.

E aí, treze horas depois, eu e o Nathaniel nos casamos. Vou te poupar (de boa parte) dos detalhes, mas vou dizer que mais uma vez me emocionei muito mais do que esperava, e que o Nathaniel chorou (é óbvio), e que eu também chorei. Fizemos a cerimônia no gramado na parte de trás da casa do John e do Matthew, e por algum motivo o Matthew tinha construído uma estrutura parecida com uma chupá de bambu. Depois que dissemos nossos votos, o Nathaniel teve a ideia de pular a cerca e correr para o mar, e foi isso que acabamos fazendo.

E foi isso, e agora voltamos à programação normal — a casa ainda está um caos, e a equipe da empresa de mudança chega em menos de duas semanas, e eu ainda nem comecei a organizar as coisas do laboratório e, além disso, tenho que terminar de revisar meu último artigo do pós-doutorado: a lua de mel (do jeito que vai ser, com o bebê a bordo) vai ter que ficar pra depois.

Aliás, ele adorou os seus presentes, e agradeço por mandá-los — achei muito bem pensados, porque mostraram para ele que, embora esse talvez fosse o único dia em sua curta vida em que ele não seria o centro das atenções, ele acabou sendo. (Antes do casamento ele tinha feito birra, e quando eu e o Nathaniel, rodeando ele feito corvos preocupados com os filhotes, imploramos para ele se acalmar, ele gritou: "E parem de me chamar de 'bebê'! Eu tenho quase *quatro anos!*". Aí a gente começou a rir e ele ficou mais bravo ainda.)

Agora vou ajudá-lo a escrever um e-mail agradecendo ao tio P.

Com amor,
Eu

P.S.: Quase esqueci: aquilo que aconteceu em Mayfair. Que horror. Eles ficam mostrando as cenas no jornal toda hora. Aquele café não ficava na mesma rua daquele bar a que fomos anos atrás? Imagino que você esteja muito ocupado por causa disso. Não que esse seja o problema, é claro, mas enfim.

17 de setembro de 2043
Querido Petey,

A gente conseguiu. Ufa! O Nathaniel em prantos, o bebê também, e eu não muito diferente. Logo te conto mais. Com amor, Eu

1º de outubro de 2043
Meu querido Peter,

Desculpe, tenho sido um fracasso na nossa correspondência. Todos os dias nessas últimas três semanas, mais ou menos, pensei "preciso escrever uma mensagem longa para o Petey pra contar tudo o que aconteceu hoje", e toda noite só consigo escrever nosso clássico "tudo bem? saudade, leu o artigo tal e tal?". Então eu peço desculpas.

Este e-mail tem duas partes: a profissional e a pessoal. Uma vai ser um pouco mais interessante que a outra. Adivinha qual.

Agora estamos acomodados no Florence House East, que é um antigo arranha-céu a oeste da FDR. O prédio tem quase oitenta anos, mas, como muitos edifícios construídos nos anos 1960, parece ao mesmo tempo mais novo e mais velho, tanto anacrônico quanto atual. Muitos dos pós-doutorandos e quase todos os pesquisadores responsáveis (também conhecidos como chefes de laboratório) moram no campus, em um desses apartamentos. Pelo visto, nossa chegada causou certa polêmica porque nosso apartamento (1) fica num andar alto (vigésimo); (2) fica na quina do prédio; (3) é de face sudeste (melhor iluminação etc.) e (4) tem três quartos de verdade (ao contrário da maioria dos outros apartamentos de três quartos, que são unidades de dois quartos grandes com um dos quartos divididos, em que o terceiro quarto não tem janela). Segundo um dos nossos vizinhos, era para terem feito um sorteio de acordo com o tamanho da família, tempo de serviço e — como acontece com tudo aqui — volume de publicações, mas em vez disso deram o apartamento pra gente, e agora todo mundo tem mais um motivo pra me odiar de antemão. Bem, não vai ser a primeira vez que isso acontece.

O apartamento é grande e bem localizado (eu também ia sentir inveja), e a vista dá para o antigo hospital de varíola da Roosevelt Island, que agora estão adaptando e vai ser um dos novos campos de refugiados. Quando o céu está limpo, dá para ver a espinha dorsal da ilha até o final, e quando faz sol o rio, que normalmente é marrom e leitoso, começa a brilhar e quase fica bonito. Ontem vimos um barquinho da polícia indo para o norte, e depois o mesmo vizinho me disse que isso acontece muito: pelo visto, as pessoas se jogam da ponte e a correnteza leva os corpos, e os policiais têm que tirá-los do rio. Gosto quando o tempo está nublado e o céu fica metálico — ontem choveu e ficamos vendo os relâmpagos tocando a superfície da água, e o bebê ficou pulando e aplaudindo.

Por falar no bebê, ele já está matriculado na escola que fica dentro do campus (que é subsidiada pelo governo, e mesmo assim não é barata), em que ele pode estudar até a oitava série, e depois disso — a não ser em caso de desastre, expulsão ou reprovação — ele vai direto para o ensino médio na Hunter (de graça!). A escola é aberta para crianças cujos pais são professores ou pós-doutorandos na RU ou são bolsistas ou ex-bolsistas do Memorial Sloan Kettering, que fica a um quarteirão a oeste e um quarteirão ao sul, e por isso o corpo estudantil é muito diverso do ponto de vista racial. Tem alunos indianos, japoneses e todas as etnias entre uma coisa e outra. Tem uma ponte de concreto de estética soviética que conecta o edifício residencial ao edifício da antiga ala hospitalar do campus, e de lá você pode descer para uma série de túneis que conectam o campus inteiro, e parece que as pessoas preferem andar por eles a, enfim, andar ao ar livre, e sair no porão do Centro da Criança e da Família. Até agora, quase não há sinal de ensino de verdade — até onde sei, eles passam quase todos os dias indo ao zoológico e ouvindo historinhas —, mas o Nathaniel fala que escola hoje em dia é assim, e nessas questões eu confio na decisão dele. Enfim, o bebê parece feliz, e eu nem sei se posso esperar outra coisa de uma criança de quatro anos.

Eu só queria poder dizer o mesmo a respeito do Nathaniel. Dá pra ver que ele está infeliz e decidiu não dizer nada, e eu acho lindo que ele faça isso, mas também fico um pouco triste. Eu nunca tive dúvida de que ia aceitar esse emprego, mas ambos sabíamos que era improvável que em Nova York houvesse uma vaga de curadoria para um especialista em tecidos e artes têxteis havaianos do século XIX, e infelizmente estamos comprovando que isso é verdade. Acho que te contei que ele tinha entrado em contato com um amigo da graduação que é pesquisador no departamento do Metropolitan dedicado à Oceania e achou que talvez fosse possível conseguir algo por lá, mesmo que fosse uma vaga de meio período, mas parece que não, e essa era a melhor aposta dele. Nesse último ano temos conversado de tempos em tempos sobre outras coisas ele poderia fazer ou estudar, mas nenhum de nós conseguiu se dedicar a essas conversas com a profundidade que elas merecem: acho que ele por medo, e eu por saber que qualquer discussão ia acabar reforçando que essa foi uma decisão egoísta, e que ele perdeu seu ganha-pão e sua identidade profissional quando nos mudamos pra cá. Então toda manhã eu saio bem cedo para ir para o laboratório, e ele deixa o bebê na escolinha e passa o resto do dia tentando decorar o apartamento, que eu sei que ele acha um horror: o pé-direito baixo, as portas ocas, os azulejos lilás do banheiro.

A pior parte é que o fato de ele estar infeliz me faz não querer falar do que acontece no laboratório com ele, porque não quero que ele fique lembrando toda hora o que eu tenho e ele não. Pela primeira vez começamos a não contar certas coisas um para o outro, e esses segredos são os mais difíceis de guardar porque são muito corriqueiros, são as coisas de que normalmente falaríamos na hora de lavar a louça, depois de colocar o bebê na cama, ou de manhã enquanto o Nathaniel fazia o almoço do bebê. E são tantos! Por exemplo: fiz a minha primeira contratação um dia depois de chegarmos, uma técnica de laboratório que estudou em Harvard e se mudou para cá porque o marido dela é músico de jazz e achou que em Nova York teria mais oportunidades; ela deve ter uns quarenta e poucos anos e trabalhou na área de imunologia de ratos por dez anos. Esta semana contratei meu segundo pós-doutorando, um cara muito inteligente de Stanford chamado Wesley. E tenho verba para mais três pós-doutorandos e de quatro a cinco mestrandos, porque eles passam doze semanas nos nossos laboratórios e há muita rotatividade. Os mestrandos costumam esperar um laboratório começar a funcionar para decidir se querem entrar ou não — não é muito diferente de quando uma pessoa vai visitar as fraternidades pra descobrir de qual mais gosta, sinto dizer —, mas me disseram que, por causa da minha "fama", talvez eu até consiga trazer alguns antes. Juro que não estou querendo contar vantagem. Só estou repetindo o que me disseram.

O meu laboratório (*meu* laboratório!) fica em um dos edifícios mais novos, o Larsson, e um pedaço dele faz parte, literalmente, de uma ponte que conecta Manhattan e uma massa de terra artificial adjacente à Roosevelt Island. A vista da minha sala é um pouco diferente da que tenho em casa: a água, a rodovia, a ponte de concreto e as Florence Houses East e West. Todos os laboratórios daqui têm títulos oficiais; o meu é o Laboratório de Infecções Emergentes e Incipientes. Mas, quando um dos caras da manutenção chegou hoje de manhã para entregar meu estoque de frascos de Erlenmeyer, ele perguntou: "Cê é do Departamento de Novas Doenças"? Eu ri, e ele perguntou: "Quê? Errei o nome?", e eu disse que ele tinha acertado na mosca.

Desculpa se meu e-mail foi muito egocêntrico, mas *você pediu*. Na semana que vem fazemos nossa última entrevista no Departamento de Imigração, e depois disso seremos moradores permanentes, oficiais, legalizados, integrais dos Estados Unidos (credo!). Me conta como você está, e o trabalho, e aquele cara bizarro com quem você anda saindo e tudo o mais. Enquanto isso, te mando todo o meu carinho aqui do Departamento de Novas Doenças.

Com amor, C.

11 de abril de 2045
Querido Peter,

Agradeço sua última carta; ela me animou um pouco, e isso hoje em dia é um feito quase impossível.

Eu me pergunto, considerando o quanto você já sabe dessas coisas (isso sem falar no que está acontecendo aí do seu lado do mundo), se você já ficou sabendo dos cortes de gastos, que vão acontecer antes de o verão acabar e supostamente vão afetar todas as agências científicas federais do país. A justificativa oficial é que estão redirecionando o dinheiro para a guerra, e de certa forma estão mesmo, mas na comunidade científica todo mundo sabe que esse dinheiro, na verdade, está indo para o Colorado, onde dizem as más línguas que estão desenvolvendo uma nova arma biológica ou algo assim. Tenho sorte, na medida em que a RU não depende totalmente dos subsídios do governo, mas mesmo assim depende *muito* do governo, e tenho medo de que meu trabalho seja afetado.

E ainda tem a guerra em si, que está dificultando a minha vida de outras formas. Os chineses, como você sabe, são os responsáveis pelos estudos mais avançados e mais diversificados na área de doenças infecciosas, e por causa das novas sanções não podemos mais nos comunicar com eles — pelo menos não oficialmente. Nós, o NIH, o CDC e o Congresso estamos negociando nos bastidores há meses, desde que propuseram essas sanções no ano passado, mas parece que não fez diferença nenhuma. De novo, meu trabalho não foi tão afetado quanto o de alguns dos meus colegas, mas tudo isso sugere que algum dia *vai* ser afetado, e até agora não há nada que se possa fazer.

Me parece uma loucura completa que eles estejam fazendo isso depois do que aconteceu na Carolina do Sul — não sei se você ficou sabendo, mas no começo de fevereiro houve um surto de um vírus desconhecido na região de Moncks Corner, uma cidade no sudoeste do estado, que também é onde fica um pântano chamado Cypress Gardens, que foi transformado em uma reserva. Uma moradora da região — quarenta e poucos anos, até então saudável — ficou doente depois de ser picada por um mosquito quando estava andando de caiaque pelo pântano, e os sintomas pareciam os de uma gripe. Quarenta e oito horas depois do diagnóstico, ela começou a ter convulsões; setenta e duas horas depois ficou paralisada; noventa e seis horas depois ela morreu. Mas a essa altura o filho da mulher e o vizinho de porta deles, um idoso, já estavam com sintomas similares. Parece um pouco com a encefalite equina oriental, eu sei, mas não é; na verdade é um novo alfavírus. Por sorte, uma sorte raríssima, o prefeito da cidade tinha sido missionário na África Oriental durante o surto de chikungunya de 37 (logo isso!) e desconfiou que tinha algo de errado; ele entrou em contato com o CDC e eles foram lá e isolaram a cidade. O velho morreu, mas o filho sobreviveu. É claro que o CDC está encarando isso como uma grande vitória: a doença não só não se espalhou como conseguiram impedir que os jornais a divulgassem em rede nacional. Conseguiram deixar toda a mídia de fora, aliás — chegaram a implorar para o presidente proibir o prefeito de falar disso em qualquer veículo, e ainda mais com os cidadãos, e ele obedeceu, e corre à boca pequena que isso vai levar a uma ordem executiva que vai proibir os veículos midiáticos de publicarem informações sobre epidemias e pandemias futuras, a não ser que sejam pré-aprovadas, teoricamente em prol da segurança nacional. O raciocínio é que o pânico faria com que as pessoas tentassem fugir da região, e a contenção precoce e agressiva é a única forma de impedir que uma doença de propagação rápida se espalhe. Eu entendo a boa intenção, claro, mas também acho que é uma solução perigosa. A informação sempre dá um jeito de driblar as proibições, e uma vez que a população descubra que os governantes mentiram, ou que omitiram informações, isso só aumentará mais ainda a desconfiança, e por consequência o pânico. Mas o governo é capaz de fazer qualquer coisa para evitar confronto e para não resolver o problema verdadeiro: o analfabetismo científico dos americanos.

Enfim, como eu ia dizendo… é *nesse* contexto que vão cortar nossa verba? Será que eles são míopes a ponto de achar que essa vai ser a última epidemia? Parece que existe uma crença que ninguém verbaliza, mas que se mantém firme, de que a doença é uma coisa que acontece *em outro lugar*, e que, só porque temos dinheiro e recursos e uma infraestrutura de pesquisa sofisticada, vamos conseguir brecar qualquer doença futura antes que ela "fique séria". Mas o que é "ficar séria", e como eles querem que a gente faça isso com *menos* pesquisa e *menos* recursos? Eu não sou igual a esses cientistas — como o Wesley, coitado — que acham que o apocalipse vai acontecer a qualquer momento, que dizem com certa alegria que a "grande pandemia" está chegando. Mas eu acho, sim, que é uma burrice inacreditável reagir a uma epidemia cortando os investimentos e reduzindo a operação, como se, impedindo a gente de encontrar uma solução, eles também estivessem impedindo o problema de acontecer. Ficamos todos tão acostumados com esses surtos que esquecemos que essa história de "vírus inofensivo" não existe; só existem os vírus que conseguimos conter desde o início e os vírus que não conseguimos conter. Até agora tivemos sorte. Mas não vamos ter sorte pra sempre.

Essa foi a parte do trabalho. Em casa as coisas também não estão ideais. O Nathaniel finalmente conseguiu um emprego, e em ótima hora — nossa relação anda muito desgastada. Passar o dia todo num apartamento que ele odeia não o ajudou a fazer amizades, e embora, como você sabe, ele esteja tentando se ocupar, fazendo trabalho voluntário na escola do bebê e num abrigo de moradores de rua, aonde ele vai toda quinta-feira de manhã para ajudar a preparar as refeições, ele se sente (como me disse) "inútil e desnecessário". Mas, assim, ele *sabia* que não ia conseguir trabalho na área dele, mas demorou quase dois anos inteiros pra ele de fato aceitar isso, em vez de ficar *dizendo* que aceita. Agora ele está dando aulas de arte para alunos da quarta e da quinta série de uma escola pequena, cara e meio mal conceituada no Brooklyn, uma escola que atrai pais ricos que têm filhos burros. O Nathaniel nunca tinha dado aula antes, e ir para o trabalho de transporte público não tem sido fácil, mas ele parece muito mais feliz. Chamaram ele de última hora para substituir uma mulher que foi diagnosticada com câncer de útero terminal e parou de dar aulas no meio do ano letivo.

Uma das consequências inesperadas dessa mudança — do fato de eu estar no trabalho e feliz enquanto o Nathaniel estava em casa e ressentido — é que ele e o bebê criaram uma vida que parece separada de mim e da minha. O Nathaniel sempre foi o responsável mais presente de qualquer forma, mas parece que algo mudou nesse último ano mais ou menos, e me vejo muitas vezes me dando conta de que eles desenvolveram uma relação que me exclui até certo ponto, que até certo ponto não sei como é a rotina deles. Esses sinais surgem em momentos mínimos: uma piada que eles compartilham na mesa do jantar e que não consigo entender, e que às vezes eles nem fazem questão de me explicar (e eu, que também tenho meus ressentimentos, não pergunto nada e depois fico com vergonha); um presente que comprei para o bebê por pura culpa, um robô roxo-metálico, e só na hora de entregar descobri que roxo não é mais a cor preferida dele, que a cor preferida dele agora é vermelho, uma informação expressada num tom impaciente e decepcionado que me magoa mais do que deveria.

Isso sem falar na noite passada, quando eu estava colocando o bebê na cama e ele afirmou, sem mais nem menos: "A mamãe foi para o céu".

Céu?, eu pensei. Onde ele aprendeu isso? E "mamãe"? Nunca tínhamos falado na prima do Nathaniel como mãe do bebê — sempre fomos sinceros com ele: a prima de terceiro grau do Nathaniel tinha gestado ele, mas ele era só nosso, por opção nossa. E, quando ela morreu, comunicamos isso com muito cuidado: *A prima do papai, aquela que ajudou a fazer você, morreu ontem à noite*. Mas acho que ele interpretou meu silêncio como uma confusão de outra ordem, porque ele acrescentou, como se estivesse me explicando: "Ela morreu. Então ela foi para o céu".

Fiquei sem reação por um momento. "Ahn, é, ela morreu", eu disse, com uma voz fraca, pensando que depois ia pedir para o Nathaniel investigar de onde esse papo de céu tinha saído (não podia ser da escola, né?) e depois não consegui pensar em mais nada que pudesse dizer que não exigisse uma conversa muito, muito mais demorada.

Ele passou um tempo em silêncio, e eu me perguntei, como me pergunto tantas vezes, o que acontece no cérebro de uma criança, como elas conseguem ter duas ou três ideias completamente contraditórias ou completamente diferentes na consciência de uma só vez, e como para elas essas ideias não são só conectadas, mas misturadas e interdependentes. Quando a gente perde a capacidade de pensar assim?

Aí ele disse: "O papai e a mamãe me fizeram".

"Sim", eu falei, por fim. "O papai e a sua mamãe fizeram você."

Ele ficou em silêncio de novo. "Mas agora eu fiquei sozinho", ele disse, baixinho, e senti uma fraqueza por dentro.

"Você não ficou sozinho", eu disse. "Você tem o papai e eu, e a gente te ama muito."

Ele pensou nisso. "Vocês vão morrer?"

"Vamos", eu disse, "mas ainda vai demorar muito."

"Quanto?", ele perguntou.

"Muito tempo", eu respondi. "Tanto tempo que você nem consegue contar até esse número."

Ele sorriu, enfim. "Boa noite", ele disse.

"Boa noite", eu disse a ele. E o beijei. "Até amanhã de manhã."

Eu me levantei para apagar a luz (notando, nesse momento, o robô roxo jogado num canto, caído de bruços, e nessa hora senti um nó na garganta, como se aquela coisa idiota sentisse alguma coisa e não fosse só um brinquedo que comprei na loja dez minutos antes de fecharem) e estava prestes a ir para o nosso quarto e interrogar o Nathaniel quando de repente senti uma exaustão me invadir. Lá estava eu, um homem que comandava um laboratório e tinha uma família e um apartamento que todo mundo invejava, e tudo estava dando certo, ou mais ou menos certo, mas mesmo assim naquele momento senti que estava em cima de um tubo de plástico bem grande, e que o tubo ia rolando por uma estrada de terra, e eu me equilibrava nele, ou quase, mexendo os pés e tentando não cair. Era isso que minha vida me fazia sentir. Fui para o nosso quarto, mas não falei nada sobre a conversa com o bebê, e eu e o Nathaniel transamos pela primeira vez em muito tempo, e ele foi dormir, e depois de um tempo também fui.

Pois é. É isso que está acontecendo comigo. Desculpa por toda essa autocomiseração, por todo esse egocentrismo. Sei que você tem trabalhado muito, e mal posso imaginar os problemas que você tem enfrentado. Sei que isso não ajuda em nada, mas sempre que meus colegas reclamam dos burocratas eu penso em você, e em como, por mais que eu discorde de algumas das conclusões dos seus companheiros, eu também sei que alguns de vocês estão tentando tomar as melhores decisões, as decisões corretas, e sei que você é uma dessas pessoas. Seria ótimo se vocês fossem o tipo certo de burocrata aqui nos Estados Unidos... Eu me sentiria aliviado por todos nós se esse fosse o caso.

Com amor, C.

22 de novembro de 2045
Petey queridíssimo,

Aconteceu. Sei que você tem acompanhado as notícias, e sei que você sabe que estávamos correndo o risco de sofrer um grande corte de gastos do governo federal, mas, como você também sabe, eu não esperava que isso fosse acontecer *de verdade*. O Nathaniel diz que eu fui ingênuo, mas será que fui mesmo? Vejamos: o país mal tinha conseguido se recuperar da gripe de 35. Pelo menos seis minissurtos na América do Norte nos últimos cinco anos. Considerando essas circunstâncias, qual seria a decisão mais burra possível? Ah, já sei, cortar a verba de um dos principais centros de ciências biológicas do país! O problema, pelo que um dos outros chefes de laboratório me disse, é que, ainda que *a gente* saiba que chegamos muito perto do desastre em 35, o resto do país não sabe. E não podemos contar para as pessoas agora, porque ninguém iria se importar. (E não poderíamos ter contado *naquele momento*, porque todo mundo entraria em pânico. Agora me ocorre, e não pela primeira vez, que uma parte cada vez maior do nosso trabalho consiste em discutir como e quando devemos revelar ao público descobertas que levamos anos e milhões de dólares para fazer.) A questão é que se reclamarmos ninguém vai acreditar na gente. Em outras palavras, estamos sendo punidos pela nossa competência.

Não que eu possa dizer essas coisas para pessoas que não sejam da universidade. Essa é a opinião tanto do diretor de comunicação da instituição, que nos convocou para uma reunião num auditório para nos dar um sermão logo depois do anúncio, quanto especialmente do Nathaniel, pelo que eu soube ontem, quando estávamos no trânsito indo jantar. E na verdade é sobre isso que quero falar nesta mensagem.

Eu ainda não tinha falado disso por motivos que vou tentar articular depois — talvez na semana que vem, quando nos virmos —, mas o Nathaniel fez novas amizades. Eles se chamam Norris e Aubrey (Aubrey!) e são um casal de gays velhos e podres de ricos que o Nathaniel conheceu alguns meses atrás quando uma casa de leilões o procurou para autenticar um acervo particular do que teoricamente eram colchas kapa havaianas, teoricamente do século XVIII, que sem dúvida tinham sido roubadas sabe-se lá de quem. Mas, enfim, o Nathaniel examinou as peças, atestou tanto a origem quanto a data — ele acha que são do começo dos anos 1700, e isso as tornaria anteriores ao contato com os europeus e, portanto, raríssimas.

A questão é que a casa de leilões já tinha um comprador interessado, um cara chamado Aubrey Cooke, que coleciona artefatos da Polinésia e Micronésia anteriores ao contato com os europeus. Então a casa marcou uma reunião entre ele e o Nathaniel, e os dois se apaixonaram na mesma hora, e agora o Nathaniel está fazendo uma consultoria para catalogar a coleção do Aubrey Cooke, que, segundo o próprio Nathaniel, é "diversa e espetacular".

Sinto várias coisas a respeito disso. A primeira é alívio. Desde que nos mudamos para cá eu tenho sentido um vazio por dentro, uma tristeza, por causa do que fiz com o Nathaniel e até com o bebê. Eles eram tão felizes em Honolulu e, tirando a minha ambição, eu também era. Mas, apesar da minha frustração, lá era nosso lugar. Todos tínhamos trabalho — eu como cientista num laboratório pequeno, mas respeitado; o Nathaniel como curador de um museu pequeno, mas respeitado; o bebê sendo um bebê numa escolinha pequena, mas respeitada —, e eu obriguei todo mundo a ir embora porque queria estar na Rockefeller. Não vou fingir, como às vezes faço, que era porque eu queria salvar vidas ou porque pensei que ia ajudar mais gente estando aqui: é porque eu queria fazer parte de uma instituição de prestígio, e porque adoro jogar esse jogo. Eu passo os dias morrendo de medo de uma nova epidemia, mas ao mesmo tempo quero que ela aconteça. Eu quero estar aqui quando a próxima grande pandemia acontecer. Eu quero ser a pessoa que vai descobri-la, quero ser a pessoa que vai encontrar a solução, quero ser a pessoa que vai olhar para cima, ver o céu lá fora tingido de preto e perceber que não sabe há quanto tempo está no laboratório, que está tão concentrada, tão imersa, que a existência de mais um dia já não tem mais nenhum significado. Eu sei de todas essas coisas, e me sinto culpado, mas nada me impede de desejar isso. Então, quando o Nathaniel veio falar comigo depois daquela primeira reunião na casa de leilões, tão feliz — mas *tão* feliz —, me senti libertado. Percebi que havia muito tempo que eu não o via tão animado, e que desde o começo eu vinha torcendo para isso acontecer, vinha torcendo para que ele encontrasse, e vinha falando que ele ia encontrar, o lugar dele, encontrar algum propósito nesta cidade e neste país que ele secretamente odeia. E quando ele voltou animado da reunião com o Aubrey Cooke, eu também fiquei feliz. Ele fez alguns amigos aqui, mas não muitos, e a maioria são pais de outras crianças da escola do bebê.

Essa alegria, porém, logo se transformou em outra coisa, e, embora eu tenha vergonha de admitir, é claro que essa outra coisa é ciúme. Nos últimos dois meses, mais ou menos, todos os sábados o Nathaniel pegou o metrô e foi até Washington Square, onde o Aubrey tem nada menos que uma casa no parque, e eu fico em casa com o bebê (a mensagem implícita é que chegou a minha vez de ficar em casa com ele depois de dois anos passando todos os fins de semana no laboratório enquanto o Nathaniel ficava com ele). E quando volta no fim da tarde, o Nathaniel está radiante. Ele pega o bebê no colo, gira ele no ar, e começa a fazer o jantar, e enquanto cozinha ele me fala sobre o Aubrey e o marido dele, o Norris. Como o Aubrey tem um conhecimento profundo sobre a Oceania dos séculos XVIII e XIX. Como a casa do Aubrey é maravilhosa. Como o Aubrey ganhou o dinheiro que tem como gestor de um fundo de fundos. Como o Aubrey e o Norris se conheceram. Como e para onde o Aubrey e o Norris gostam de viajar nas férias. Como o Aubrey e o Norris nos convidaram para ir "para o leste", para Frog's Pond Way, a "propriedade" deles em Water Mill. A opinião do Norris sobre o livro X ou a peça Y. O que o Aubrey pensa do governo. A ideia genial que o Aubrey e o Norris tiveram para os campos de refugiados. O que *não podemos deixar* de ver/fazer/visitar/comer/experimentar de acordo com o Aubrey e o Norris.

E respondo a tudo isso com "Nossa", ou "Nossa, amor, que ótimo". Eu me esforço pra parecer sincero, mas, francamente, não faria diferença se não me esforçasse, porque o Nathaniel mal escuta o que eu falo. Minha vida fora do laboratório sempre teve dois polos: ele e o bebê. Mas agora a vida *dele* é dividida entre mim, o bebê e o Aubrey e o Norris (não necessariamente nessa ordem). Todo sábado ele pula da cama, põe a roupa de academia (ele tem malhado mais desde que conheceu o Aubrey e o Norris), faz o treino dele, volta para casa para tomar banho e dá comida para o bebê, dá um beijo em nós dois e sai para passar o dia em Downtown. Quero deixar claro que não se trata de pensar que ele está apaixonado por eles, ou que está trepando com eles — você sabe que nenhum dos dois fica chateado com esse tipo de coisa. Mas nesse fascínio por eles eu vejo uma rejeição a mim. Não a nós, não a mim *e* ao bebê, mas a *mim*.

Eu sempre pensei que o Nathaniel estivesse satisfeito com a nossa vida. Ele nunca foi uma pessoa que se deixava seduzir pelo dinheiro, pelo luxo ou pelo glamour. Mas depois de passar uma noite ouvindo as descrições detalhadas da casa linda do Aubrey e do Norris, e das coisas lindas que eles têm, eu fico deitado olhando nosso pé-direito baixo, as persianas de plástico tortas, a luminária de trilho com uma lâmpada queimada que eu prometo para o Nathaniel que vou trocar há seis meses, e me perguntando se as coisas que conquistei, e a posição que conquistei, de fato proporcionaram a ele o que ele quer e merece. Ele sempre ficou feliz por mim, e sempre teve orgulho de mim, mas será que ajudei a construir uma vida boa para ele? Será que ele não me trocaria por outra pessoa?

E aí veio a noite passada. Quando o convite para jantar chegou, como eu sabia que chegaria, eu, de início, podia usar o bebê como desculpa. Ele tem tido umas alergias respiratórias leves o outono inteiro: o tempo esquenta, esfria e esquenta de novo, e os crócus, que no ano passado floresceram em outubro, começaram a abrir em setembro, e depois de um mês vieram os pés de ameixa, então ele está tossindo e espirrando há semanas. Mas depois ele começou a melhorar, e saiu daquele estado de sofrimento físico, e o Nathaniel conseguiu encontrar uma babá de que ele gosta, e fiquei sem nenhuma justificativa. Então ontem à noite pegamos um táxi e fomos para Downtown para ir à casa do Aubrey e do Norris.

Não sabia ao certo quem eu tinha imaginado que o Aubrey e o Norris seriam, além de pessoas de quem eu deveria desconfiar e de que já estava predisposto a não gostar. Ah, e brancos — eu esperava que eles fossem brancos. Mas eles não eram. Quem abriu a porta foi um homem loiro muito bonito, que tinha mais ou menos cinquenta anos e estava usando terno, e eu falei sem pensar "Você deve ser o Aubrey", mas na mesma hora ouvi o sibilo da risada constrangida do Nathaniel ao meu lado. O homem sorriu. "Quisera eu ter essa sorte!", ele disse. "Não, meu nome é Adams, sou o mordomo. Mas entrem: eles estão esperando vocês lá em cima, no escritório."

E lá fomos nós pela escadaria escura e brilhante, eu olhando para o Nathaniel e bufando, porque ele tinha ficado constrangido por minha causa, por mim, e, quando o Adams nos direcionou às portas duplas entreabertas, feitas daquela mesma madeira lustrosa, os dois homens lá dentro se levantaram.

Eu sabia pelo Nathaniel que o Aubrey tinha sessenta e cinco anos e o Norris era alguns anos mais novo, mas ambos tinham aquele rosto jovem e iluminado que as pessoas muito ricas têm. Só a gengiva entregava a idade dos dois: a do Aubrey era roxo-escura, a do Norris tinha o tom rosa-acinzentado de uma borracha de apagar lápis muito usada. Mas a outra surpresa foi a pele deles: o Aubrey era negro, e o Norris era asiático... e mais alguma outra coisa. Na verdade, ele era um pouco parecido com o meu avô, mas antes de conseguir me segurar, eu mais uma vez soltei: "Você é do Hawai'i?". Mais uma vez, lá veio o risinho sem graça do Nathaniel, dessa vez acompanhado das risadas do Norris e do Aubrey. "O Nathaniel me fez essa mesma pergunta quando nos conhecemos", o Norris disse, nem um pouco incomodado. "Mas não, infelizmente. Não quero decepcionar ninguém, mas sou só um asiático de pele escura."

"Não só", Aubrey disse.

"Bem, também tenho ascendência hindu", Norris disse. "Mas isso é asiático, Aub." E então me falou: "Hindu e inglesa por parte de pai; minha mãe era chinesa".

"A minha também", eu disse, fazendo papel de bobo. "Sino-havaiana."

Ele sorriu. "Eu sei", ele disse. "O Nathaniel comentou."

"Não querem sentar?", Aubrey disse.

Nós nos sentamos, obedientes. O Adams voltou com bebidas, e passamos um tempo falando do bebê, até que o Adams ressurgiu e disse que o jantar estava pronto para ser servido, momento em que todos nos levantamos de novo e fomos para a sala de jantar, onde havia uma pequena mesa redonda coberta com o que de início, com um susto, pensei ser uma peça kapa. Levantei a cabeça e vi que o Aubrey estava sorrindo para mim. "É um trabalho de tecelagem contemporâneo, inspirado nos tradicionais", ele disse. "Lindo, né?" Eu engoli em seco e resmunguei uma resposta qualquer.

Nós nos sentamos. O jantar — uma "combinação de pratos sazonais" que incluía uma sopa de abóbora com linguiça servida dentro de uma abóbora branca imensa; costeletas de vitela com vagem na manteiga e uma galette de tomate — foi servido. Nós comemos. Em um dado momento, o Norris e o Nathaniel começaram a falar, e sobramos eu e o Aubrey, que estava sentado ao meu lado. Eu tinha que falar alguma coisa. "Então", comecei, e não consegui pensar em mais nada. Ou, melhor, eu conseguia pensar em muitas coisas, mas nenhuma delas parecia adequada. Um dos meus planos, por exemplo, era tentar arranjar briga com o Aubrey insinuando que o que ele fazia era apropriação cultural, mas, como ele não tinha me obrigado a ver sua coleção, como eu temia, e como ele era negro (mais tarde, eu e o Nathaniel acabaríamos brigando ao debater se pessoas negras podiam praticar apropriação cultural ou não), essa ideia já não parecia mais tão empolgante nem provocativa.

Fiquei em silêncio por tanto tempo que por fim o Aubrey deu risada. "Por que eu não começo?", ele disse, e mesmo que ele tivesse sido gentil eu senti que fiquei corado. "O Nathaniel nos falou um pouco sobre o seu trabalho."

"Eu tentei, pelo menos", o Nathaniel, que estava do outro lado da mesa, de repente comentou, antes de voltar a falar com o Norris.

"Ele tentou, e eu tentei entender", Aubrey disse. "Mas seria uma honra ouvir da própria fonte, digamos."

Então eu fiz a versão reduzida da minha palestra sobre doenças infecciosas e contei que passava meus dias tentando prever as novas doenças, arredondando para cima as estatísticas que os leigos adoram ouvir, porque os leigos adoram ficar apavorados: que a gripe de 1918 tinha matado 50 milhões de pessoas e tinha levado às pandemias menos desastrosas de 1957, 1968, 2009 e 2022. Que desde os anos 1970 estávamos vivendo uma era de múltiplas pandemias, e que uma nova pandemia começava a se manifestar a cada cinco anos. Que os vírus nunca são realmente eliminados, só controlados. Que décadas de uso excessivo e irresponsável de antibióticos tinham dado origem a uma nova família de micróbios mais poderosa e resistente que qualquer outra que existiu na história da humanidade. Que a destruição dos habitats e o crescimento das megacidades fez com que vivêssemos mais perto do que nunca dos animais, e por consequência causou a multiplicação das doenças zoonóticas. Que não há dúvida de que haverá outra pandemia catastrófica, e que dessa vez ela terá o potencial de eliminar até um quarto da população global, o que a colocaria lado a lado da Peste Negra, que ocorreu mais de setecentos anos atrás, e que tudo no último século, desde a epidemia de 2030 até o que aconteceu no ano passado em Botsuana, foi uma série de testes na qual nós falhamos, porque a verdadeira vitória não seria tratar cada surto individualmente, mas sim desenvolver um plano global completo, e que, por todos esses motivos, estamos condenados.

"Mas por quê?", Aubrey perguntou. "Temos sistemas de saúde públicos incomparavelmente melhores, isso sem falar nos medicamentos e no saneamento, do que tínhamos em 1918, ou mesmo vinte anos atrás."

"Isso é verdade", eu disse. "Mas, no fim das contas, a gripe de 1918 só não foi tão terrível quanto poderia ser porque a infecção não conseguiu se espalhar tão rápido: o micróbio viajou entre continentes de navio, e naquela época demorava uma semana, se você corresse, para ir da Europa para os Estados Unidos. A taxa de mortalidade dos infectados nessa jornada era tão alta que você tinha muito menos portadores que conseguiam transmitir a doença no outro continente. Mas isso não acontece mais, e já não acontece há mais de um século. A única coisa que pode conter uma infecção com potencial para se espalhar hoje em dia — e todas têm potencial para se espalhar, até onde sabemos — é, muito mais que a tecnologia, a rápida segregação e isolamento da área afetada, e para *isso* precisamos que as autoridades locais relatem a infecção para os centros epidemiológicos locais ou nacionais, que, por sua vez, precisam instituir o lockdown imediato desses lugares.

"O problema, é claro, é que as municipalidades são resistentes na hora de reportar novas doenças. Além da reação negativa das pessoas e do impacto na economia, o lugar acaba ficando estigmatizado, muitas vezes por muito tempo depois da contenção da doença. Por exemplo: você iria para Seul agora?"

"Ahn… não."

"Exato. E faz quatro anos que a ameaça da EARS foi, para todos os efeitos, erradicada. E lá nós tivemos sorte: um vereador informou o prefeito depois da terceira morte, e depois da quinta morte ele entrou em contato com o Serviço de Saúde Nacional, e em doze horas eles tinham isolado Samcheong--dong inteiro, e assim eles conseguiram limitar as mortes a esse único bairro."

"Mas foram tantas…"

"Foram. Infelizmente. Mas teriam sido muito mais se eles não tivessem feito o que fizeram."

"Mas eles mataram aquelas pessoas!"

"Não. Não mataram. Só não deixaram que elas saíssem de lá."

"Mas no fim deu na mesma!"

"Não… No fim, foram *muito* menos mortes do que seriam se não tivessem tomado essa atitude: 9 mil mortes, e não as 14 milhões que poderiam ter sido. Além da contenção de um micróbio especialmente patogênico."

"Mas e quando falam que isolar o distrito os condenou, em vez de ajudá--los? Que, se tivessem permitido que outros países entrassem pra ajudar, poderiam ter salvado aquelas pessoas?"

"Esse é o argumento globalista, e em muitos casos isso é verdade", eu disse. "Por causa do nacionalismo os cientistas compartilham menos informações, e isso é extremamente perigoso. Mas esse não foi o caso. O governo coreano não é hostil; eles não tentaram esconder nada; compartilharam abertamente o que estavam descobrindo com a comunidade científica internacional, isso sem falar nos outros governos: o comportamento deles foi impecável, fizeram exatamente o que um país deve fazer. O que pareceu uma escolha unilateral, isolar o bairro, na verdade foi uma decisão altruísta. Eles impediram o que poderia ser uma pandemia sacrificando uma parte relativamente pequena da própria população. É esse o tipo de cálculo que precisamos que uma comunidade faça se quisermos conter, conter *de verdade*, um vírus."

O Aubrey balançou a cabeça. "Acho que sou antiquado demais para encarar 9 mil mortes como um desfecho positivo. E acho que também é por isso que eu nunca mais voltei: não consigo esquecer aquelas fotos — aquelas barracas pretas cobrindo o bairro inteiro, e embaixo delas você sabia que tinha pessoas que estavam só esperando morrer. A gente nunca via essas pessoas. Mas a gente sabia que elas estavam lá."

Era impossível responder qualquer coisa sem parecer uma pessoa amarga, então eu só bebi meu vinho e não disse nada.

Ficamos em silêncio por um tempo, e o Aubrey balançou a cabeça de novo, brevemente, como se estivesse se recompondo. "Como você começou a se interessar por antiguidades havaianas?", eu perguntei a ele, porque senti que devia.

Nesse momento ele sorriu. "Faz décadas que visito o país", ele disse. "Adoro aquele lugar. E parte da história da minha família aconteceu lá: meu tataravô serviu o exército em Kahoʻolawe, quando lá era uma base americana, logo antes da secessão." Ele se corrigiu: "Restauração, quero dizer", ele disse.

"Tudo bem", eu disse. "O Nathaniel disse que você tem uma coleção impressionante."

Ele reagiu com um sorriso, e por um tempo continuou tagarelando sobre as várias peças que tinha, e a origem de cada uma delas, e sobre como tinha construído uma sala climatizada para algumas delas no porão, e que, se fosse fazê-la de novo, a teria instalado no quarto andar, porque porões tendem a ser mais úmidos, e, ainda que ele e seu técnico de climatização tivessem conseguido manter uma temperatura estável de vinte e um graus, eles não tinham conseguido estabilizar a umidade, que não deveria passar de quarenta por cento, mas vivia chegando perto dos cinquenta por cento, não importa o que fizessem. Ouvindo o que ele dizia, me dei conta de duas coisas: primeiro, que, por osmose, eu tinha aprendido mais do que imaginara sobre armas, peças têxteis e objetos havaianos dos séculos XVIII e XIX, e, em segundo, que eu nunca entenderia o prazer de colecionar nada — tanto esforço, tanta poeira, tanto problema, tanta manutenção. E pra quê?

Foi o tom dele — um tom de confidência, de orgulho tímido — que me fez olhar pra ele de novo. "Mas meu maior tesouro", ele prosseguiu, "meu maior tesouro nunca sai da minha mão." Ele ergueu a mão direita, e vi que no mindinho usava uma faixa grossa de ouro escuro e desgastado. Nesse momento ele virou a peça, e consegui ver que até então ele tinha deixado a pedra do anel virada para sua palma: uma pérola turva, opaca e rústica. Eu já sabia o que ele ia fazer em seguida, mas mesmo assim observei enquanto ele apertava as pequenas travas que havia dos dois lados do anel e a pérola se abria, uma portinha, e revelava um compartimento minúsculo. Ele o virou na minha direção, e eu olhei: vazio. Era exatamente esse tipo de anel que minha tataravó um dia tinha usado, o tipo que centenas de mulheres tinham vendido para caçadores de tesouros quando estavam tentando arrecadar dinheiro para sua campanha de restauração da monarquia. Na época elas colocavam alguns grãos de arsênico no compartimento, para declarar simbolicamente que estavam dispostas a cometer suicídio se não devolvessem o trono à sua rainha. E agora lá estava aquele anel na mão daquele homem. Fiquei sem palavras por um instante.

"O Nathaniel disse que vocês não colecionam", Aubrey ia dizendo.

"A gente não precisa *colecionar* objetos havaianos", eu disse. "Nós *somos* objetos havaianos." Eu tinha falado de maneira mais incisiva do que pretendia, e por um instante todos voltaram a ficar em silêncio. (Observação: na hora essa frase pareceu menos pretensiosa do que parece agora.)

Mas o constrangimento que minha gafe despertou (mas será que foi mesmo uma gafe?) foi interrompido pelo cozinheiro, que estava me oferecendo uma travessa de bolo de amora. "Vieram direto da feira do produtor", ele disse, como se tivesse inventado o conceito de feira do produtor, e eu agradeci e peguei uma fatia. Daí em diante a conversa se concentrou nos temas que toda conversa entre pessoas amistosas de opiniões similares acabava contemplando: o tempo (ruim), o navio de refugiados filipinos que tinha afundado na costa do Texas (também ruim), a economia (também ruim, mas ainda ia piorar; como a maioria das pessoas que tinham dinheiro, o Aubrey falou disso com uma certa alegria, como, para ser justo, eu falo da próxima grande pandemia), a guerra contra a China, que logo ia começar (muito ruim, mas acabaria "dentro de um ano", de acordo com o Norris, e eis que ele é advogado criminalista e tem um cliente que "vende equipamento militar", ou seja, um traficante de armas), as últimas notícias sobre o meio ambiente e os ataques aos refugiados climáticos, que já eram esperados (terrível). Tive vontade de dizer "Meu melhor amigo, o Peter, tem um cargo muito importante no governo britânico, e ele diz que a guerra contra a China vai durar no mínimo três anos e vai causar uma crise de migração global que vai atingir milhões de pessoas", mas não falei. Só fiquei sentado e não disse nada, e o Nathaniel não olhou para mim, e eu não olhei para ele.

"Que casa impressionante", eu disse em dado momento, e, embora não fosse exatamente um elogio, ou eu não tivesse dito isso como um elogio (consegui sentir o Nathaniel me encarando), o Aubrey sorriu. "Obrigado", ele disse. Depois ele começou a contar a longa história de como tinha comprado a casa do herdeiro de uma família de banqueiros que supostamente era muito conhecida e de que eu nunca ouvi falar, e que o homem havia perdido quase tudo, cheio de histórias sobre a riqueza perdida de sua família, e como tinha sido emocionante, como homem negro, comprar uma casa como aquela de um homem branco que pensava que seria o dono dela para sempre. "Olha só vocês", ouvi meu avô dizer, "um bando de homens de pele escura tentando ser brancos", mas ele não teria dito "brancos", e sim "haoles". Qualquer coisa que eu fizesse que lhe parecesse estrangeira era haole: ler livros, fazer pós-graduação, vir morar em Nova York. Ele via minha vida como um ataque à vida dele só porque as duas eram diferentes.

A essa altura já era tarde o suficiente para irmos embora sem que parecesse falta de educação, e depois de ficar sentado pelo que calculei serem vinte minutos com o meu café, eu me espreguicei com movimentos exagerados e disse que tínhamos que voltar para casa por causa do bebê: consegui intuir, como acontece quando moramos com alguém por quinze anos, que o Nathaniel estava prestes a sugerir que fôssemos ver a coleção do Aubrey, e eu não tinha nenhum interesse em fazer isso. Também consegui sentir que o Nathaniel estava quase dizendo que queria ficar, mas em seguida acho que ele se deu conta de que já tinha exigido muito de mim (ou que faltava pouco pra eu falar alguma coisa grave de verdade), e nós nos levantamos e nos despedimos, e o Aubrey disse que devíamos nos encontrar de novo para eu ver a coleção, e eu disse que seria uma honra, mesmo sem ter nenhuma intenção de colocar isso em prática.

No caminho de volta para Uptown, eu não disse nada para o Nathaniel e ele não disse nada para mim. Não dissemos nada quando entramos no apartamento, nem quando pagamos a babá, quando fomos ver como o bebê estava, ou quando estávamos nos arrumando para ir deitar. Foi só quando estávamos deitados lado a lado no escuro que Nathaniel enfim disse: "É melhor você falar logo".

"O quê?", eu perguntei.

"O que você vai acabar falando de qualquer forma", ele disse.

"Não vou falar nada", eu disse. (Mentira, óbvio. Eu tinha passado a última meia hora planejando meu discurso, e depois pensando em como fazê-lo parecer espontâneo.) Ele suspirou. "Só acho um pouco estranho", eu disse. "Nate, você odeia esse tipo de gente! Não é você que sempre disse que colecionar objetos nativos é uma forma de colonização material? Não era você que defendia que esses objetos fossem devolvidos ao governo havaiano, ou pelo menos para um museu? E agora você virou, o quê, melhor amigo desse ricaço escroto e do marido dele, que faz contrabando de armas, e não só está tolerando essa coisa de colecionar como também virou cúmplice disso? Isso sem falar que ele acha a monarquia uma piada."

Ele não se mexeu. "Eu nunca tive essa impressão."

"Ele chamou de *secessão*, Nate. Ele corrigiu em seguida, mas por favor... a gente conhece esse tipo."

Ele ficou em silêncio por um bom tempo. "Eu prometi que não ia ficar na defensiva", ele disse, enfim. Depois ficou em silêncio de novo. "Parece que você está insinuando que o Norris é traficante de armas."

"Tá, e ele não é?"

"Ele defende os traficantes. Não é a mesma coisa."

"Ah, por favor, Natey."

Ele deu de ombros: não estávamos nos encarando, mas eu ouvia o cobertor subir e descer por sobre seu peito.

"E além do mais", continuei, "você nunca tinha me falado que eles não eram brancos."

Ele me olhou. "Eu falei, sim."

"Não falou, não."

"É *claro* que falei. É que você não estava me ouvindo. Como sempre. Mas, enfim, que diferença isso faz?"

"Ah, para com isso, Natey. Você sabe muito bem."

Ele grunhiu. Ele já não tinha argumentos. Depois, outro silêncio. Por fim, ele disse: "Eu sei que parece estranho. Mas... eu gosto deles. E ando solitário. Posso falar da nossa terra com eles".

Você pode falar da nossa terra comigo, eu deveria ter dito. Mas não disse. Porque eu sabia, e ele sabia, que *eu* era a pessoa que tinha nos tirado de lá, e que era por minha culpa que ele tinha deixado para trás um emprego e uma vida dos quais ele se orgulhava. E agora ele tinha se tornado uma pessoa que ele mesmo não reconhecia e de que não gostava, e estava fazendo de tudo para não colocar a culpa em mim, chegando ao cúmulo de negar o que e quem ele era. E eu sabia disso, e ele sabia disso.

Então eu não disse nada, e quando enfim soube o que dizer ele já tinha dormido, ou estava fingindo dormir, e eu mais uma vez o tinha decepcionado.

Eu me dei conta de que nossa vida ia ser assim. Ele ficaria cada vez mais próximo do Aubrey e do Norris, e eu teria que apoiá-lo, senão ele passaria a sentir um ressentimento tão violento em relação a mim que não ia mais conseguir fingir que não existia. E ele iria me deixar, ele e o bebê, e eu ficaria sozinho, sem a minha família.

Então é isso. Sei que você tem que lidar com problemas muito mais sérios do que seu velho amigo, mas agradeço se você tiver qualquer palavra de apoio para oferecer. Não vejo a hora de te encontrar. Me conta tudo o que aconteceu por aí, ou o máximo que puder. Minha boca é uma tumba, ou um túmulo, ou seja lá como for esse ditado.

Te amo. C.

29 de março de 2046
Meu querido Peter,

Em vez de pedir desculpa no fim desta mensagem por ser tão egocêntrico, eu vou *começar* pedindo desculpa por ser tão egocêntrico.

Por outro lado, acho que não preciso me desculpar *tanto assim*, porque na semana passada você foi o centro das atenções, e isso foi maravilhoso. Foi um casamento tão lindo, Petey. Muito obrigado por receber a gente. Esqueci de te dizer que quando estávamos saindo do templo o bebê me olhou e disse, em tom solene: "O tio Peter parecia muito feliz". É claro que ele tinha razão. Você estava muito feliz... você está. E eu estou feliz, muito feliz, por você.

Neste exato momento, imagino que você e Olivier estejam em algum lugar da Índia. Como você sabe, eu e o Nathaniel nunca fizemos a nossa lua de mel. Era para termos feito, mas tive que montar o laboratório, e tivemos que fazer a adaptação do bebê, e, sei lá, acabou nunca acontecendo. E depois continuou não acontecendo. (Como você deve se lembrar, queríamos ir para as Maldivas. Eu sempre acabo querendo ir pra lá, né?)

Te escrevo de Washington D.C., onde estou participando de uma conferência sobre zoonoses — o N e o bebê estão em casa. Na verdade, eles não estão em casa: foram com o Aubrey e o Norris para Frog's Pond Way. É o primeiro fim de semana em que faz calor suficiente para nadar, e o Nathaniel está tentando ensinar o bebê a surfar. Ele tinha planejado fazer isso em janeiro, quando estávamos em Honolulu, mas tinha tantas águas-vivas que acabamos deixando de ir à praia. Mas nossa situação melhorou um pouco, obrigado por perguntar. Tenho me sentido um pouco mais conectado aos dois — ainda que talvez isso só tenha acontecido porque você e o Olivier precisavam de receptáculos para acolher o excesso de amor que transborda de vocês, e nós três estávamos lá na hora certa. Vamos ver. Acho essa nossa quase proximidade se renovou em parte porque, como você comentou, eu estou tentando me acostumar com a presença do Aubrey e do Norris. Eles entraram na nossa vida pra ficar, ou pelo menos é o que parece. Passei meses lutando contra isso. Depois me conformei. E agora? Acho eles ótimos. Eles foram muito generosos com a gente, disso não há dúvida. A consultoria oficial que o Nathaniel ofereceu ao Aubrey já acabou há muito tempo, mas ele vai até lá umas duas vezes por mês, no mínimo. E o bebê gosta muito deles, principalmente do Aubrey.

O clima aqui está péssimo. Primeiro porque o racionamento é muito mais rígido do que em Nova York — ontem à noite o hotel ficou completamente sem água. Foi só por uma hora, mas mesmo assim foi complicado. Segundo porque a verba de todo mundo foi cortada, de novo, e isso é mais preocupante. Devem anunciar nosso terceiro ciclo na semana que vem. Meu laboratório está um pouco menos vulnerável do que os outros — só trinta por cento do nosso dinheiro vem do governo, e o Howard Hughes Institute está cobrindo parte do rombo —, mas eu estou ansioso. Todos os americanos ficam falando entre um painel e outro: quanto você perdeu? Quem vai tomar alguma providência? O que está em risco, o que está prestes a ficar?

Mas o clima também está péssimo por outros motivos mais preocupantes, que vão muito além dos conflitos administrativos dos americanos e do nosso mal-estar coletivo. A apresentação principal era de dois cientistas da

Erasmus University Rotterdam que fizeram um dos primeiros estudos sobre o surto de Veneza de 39, que, como você sabe, foi atribuído a uma mutação do vírus Nipah. O painel deles foi incomum por muitos motivos, primeiro porque foi mais especulativo do que essas palestras costumam ser. Por outro lado, isso tem acontecido cada vez mais — quando eu estava no doutorado, esse tipo de apresentação geralmente trazia achados laboratoriais e analisava uma mutação de segunda ou terceira geração desse ou daquele vírus. Mas agora existem tantos vírus novos que essas conferências acabaram virando uma oportunidade de nos aprofundarmos em relatórios sobre os quais lemos nas redes privadas das nossas instituições, em que qualquer cientista de uma universidade credenciada pode publicar suas descobertas ou perguntas. O fato de a China não fazer parte dessa rede (e da conferência, de modo geral) é um dos maiores problemas atuais da comunidade internacional, e uma das revelações dessa conferência — porque era isso que os cientistas estavam cochichando uns com os outros — é que um grupo de pesquisadores da China continental criou um portal secreto e está publicando as próprias descobertas nele. Meu palpite é que se *nós* estamos sabendo disso o governo deles também deve saber, então a informação que está no portal já não é completamente confiável — mas, ao mesmo tempo, não levar esses relatórios a sério pode nos conduzir a uma catástrofe.

Enfim... A equipe da Erasmus diz ter descoberto um novo vírus que, segundo eles, mais uma vez, se originou nos morcegos. Esse também está sendo classificado como henipavírus, ou seja, um vírus de RNA que sofre mutações com muita velocidade. No século XX, pensava-se que essa família de vírus fosse endêmica só na África e na Ásia — mas, como o surto de 39 comprovou, o vírus Nipah, especialmente, se mostrou capaz de ressurgir com frequência e, nos últimos sete anos, inspirou uma grande quantidade de estudos que analisam sua capacidade não só de resistir a mudanças climáticas como também de se adaptar, do ponto de vista zoonótico, a hospedeiros — cães, no caso da Itália — que nunca tinha infectado antes. Apesar de ter matado gado e outros animais domesticados, o Nipah até então nunca tinha sido uma grande ameaça para os seres humanos, porque entre nós era uma doença não transmissível, que não conseguia sobreviver por mais de poucos dias sem um hospedeiro receptivo. Quando enfim infectou mesmo os seres humanos, ele logo perdeu força: as taxas de transmissão eram baixas e o vírus não conseguiu continuar avançando. Depois que Veneza erradicou sua população canina, por exemplo, a doença também desapareceu.

Mas agora a equipe da Erasmus está dizendo que essa nova cepa, que estão chamando de Nipah-45, não só é capaz de infectar seres humanos como é altamente contagiosa e extremamente fatal. Como o vírus de que se originou, ele pode ser transmitido pela comida contaminada, além da rota da transmissão aérea, e, diferentemente de seu ancestral evolucionário, poderia permanecer no hospedeiro por meses. Eles estudaram um conjunto de pequenos vilarejos ao norte de Luang Prabang, para onde o governo tem transferido minorias islâmicas que atravessam a fronteira vindo da China. Segundo eles, seis meses atrás o vírus dizimou essa comunidade: quase 7 mil pessoas morreram em oito semanas. O vírus migrou do morcego para o búfalo, e daí para os alimentos. Nos humanos a doença se manifesta como uma tosse, que leva rapidamente à falência respiratória e depois à falência múltipla de órgãos — os pacientes morreram dentro de onze dias, em média, depois do diagnóstico. E por mais chocante que seja essa taxa de mortalidade, a equipe da Erasmus disse que o fato de a comunidade ser tão isolada e não poder se deslocar pelo país (essas pessoas são proibidas por lei de sair dali) impediu que o vírus se espalhasse.

Meio ano depois, esses vilarejos continuam isolados. Ainda assim, o governo de Laos, estimulado pelo governo americano, está fazendo de tudo para que essa história não vire notícia, porque, além do risco de a doença se alastrar, as maiores preocupações são (1) a inevitável estigmatização dessas pessoas que não têm culpa de nada, e não é difícil que isso acabe levando a um assassinato em massa, como aconteceu na Malásia em 40; e (2) outra crise de refugiados. As fronteiras de Hong Kong são protegidas, assim como as de Singapura, Índia, China, Japão, Coreia e Tailândia. Então, se houver mais deslocamento populacional em grande escala, parece inevitável que os refugiados tentem atravessar o Pacífico. Aqueles que não forem baleados na costa das Filipinas, Austrália, Nova Zelândia, Havaí ou Estados Unidos vão (pelo que estão supondo) tentar chegar a Oregon, Washington ou Texas, e daqueles países até a fronteira dos Estados Unidos.

Não é nenhuma surpresa que o estudo tenha causado um verdadeiro furor. Não pelas descobertas da equipe — que são incontestáveis —, mas pela ideia, que ficou no plano da insinuação e nunca foi dita com todas as letras, de que esse vírus pode ser aquele que todos nós estamos esperando e para o qual nos preparamos. Misturado ao medo, sentimos uma certa inveja dos pesquisadores, um ressentimento (se *nós* tivéssemos governos tão dedicados a patrocinar nossa pesquisa como o governo da Holanda, seríamos *nós* que descobriríamos isso) e um pouco de empolgação. Num dos fóruns do evento, alguém tinha falado que ser virologista especulativo era como ser ator substituto numa peça que está em cartaz na Broadway há muito tempo: você fica esperando sua oportunidade de subir no palco, e na maioria das vezes isso nunca acontece, mas você precisa ficar atento mesmo assim. Vai que um dia chega sua vez?

Como já sei que você vai perguntar: a resposta é que eu não sei. *Será* que esse vai ser o vírus? Não sei dizer. Tenho a impressão de que não vai ser, de que se o Nipah-45 de fato tivesse o potencial de ser devastador, nós teríamos ficado sabendo bem antes. *Você* teria ficado sabendo bem antes. Ele teria se espalhado muito além dessa rede de vilarejos. Como não se espalhou, acho que podemos ficar mais tranquilos. Mas, até aí, muita coisa deveria tranquilizar a gente hoje em dia.

Vou te manter atualizado. Me mantenha atualizado também. Acho curioso que um vice-ministro do interior tenha cada vez mais informações sobre pandemias do que eu, mas cá estamos. Enquanto isso: te mando todo meu carinho, sempre, e também para o Olivier. Tente não arranjar confusão e não chegue perto de morcegos.

Com amor,
Eu

6 de janeiro de 2048
Meu Peter queridíssimo,

Estamos todos horrorizados com o que está acontecendo aí. Os laboratórios meio que pararam de operar hoje porque todo mundo estava assistindo ao jornal, e quando a ponte explodiu deu pra ouvir todo mundo prendendo a respiração, não só no nosso laboratório, mas no andar inteiro. Aquela cena absurda da London Bridge desmoronando, das pessoas e dos carros voando pelos ares — na reportagem a que estávamos assistindo, o apresentador deu um grito: sem nenhuma palavra, só um som, e depois ficou em silêncio, e a única coisa que dava para ouvir eram os helicópteros voando lá em cima. Depois, ficamos sentados falando daquilo, nos perguntando quem eram os culpados, e um dos meus ph.Ds disse que a gente deveria estar pensando em quem esperávamos que *não fosse* o culpado, porque havia muitos possíveis culpados. E *você*, acha que foi um ataque ao campo de refugiados? Ou alguma outra coisa?

Mas, acima de tudo, Peter, eu sinto muito, muito, por saber que a Alice estava entre os mortos. Eu sei como vocês dois eram próximos, e por quanto tempo trabalharam juntos, e mal posso imaginar o que você e seus colegas estão sentindo agora.

Eu, o Nathaniel e o bebê te mandamos um abraço. O Olivier está cuidando bem de você, eu sei, mas me manda mensagem ou me liga se quiser conversar.

Te amo.
C.

14 de março de 2049
Meu querido Peter,

Estou te escrevendo do nosso novo apartamento. Sim, os boatos eram verdadeiros: a gente se mudou. Não pra muito longe, nem pra um lugar muito melhor — o novo apartamento, de dois quartos, fica na esquina da rua 70 com a Segunda Avenida, no quarto andar de um edifício dos anos 1980 —, mas tivemos que nos mudar, em nome da felicidade do Nathaniel e por consequência da minha sanidade. Mas é relativamente barato, e só porque dizem que o East River finalmente vai transbordar as barragens em algum momento entre o ano que vem e nunca. (É claro que também por isso deveríamos ter ficado na moradia que a RU oferece, que tem ainda mais risco de alagamento do que este novo prédio, e por isso é ainda mais barata, mas o Nathaniel estava de saco cheio e não quis dar o braço a torcer.)

Não tenho muita coisa a dizer da nova vizinhança, porque é mais ou menos a mesma. A diferença é que, aqui, a vista da sala dá para um centro de saneamento que fica do outro lado da rua. Isso ainda não existe aí, né? Mas logo vai existir. São imóveis comerciais abandonados (esse tinha sido — pasmem — uma sorveteria) de que o governo tomou posse, nos quais eles instalam sistemas de ar-condicionado industrial e, geralmente, de dez a vinte duchas de ar, que é uma nova tecnologia que estão testando: você tira a roupa, entra na cabine, que lembra um caixão tubular vertical, e aperta um botão. Aí a máquina te acerta com rajadas de ar muito fortes. A ideia é que você não precise usar água, porque a força do ar vai limpar a sujeira. Até que funciona, eu acho. É melhor do que nada. Mas, enfim, estão abrindo centros desses pela cidade inteira, e a proposta é que você pague uma taxa mensal e possa usá--los quando quiser; nos muito caros, que ainda são regulamentados pelo governo federal, mas pertencem à iniciativa privada, você pode passar o dia inteiro no ar-condicionado e tem direito a tempo ilimitado nas duchas de ar, e também há espaços de trabalho e camas para as pessoas que precisam passar a noite lá porque o prédio onde moram está sem energia elétrica. Mas esse que fica do outro lado da nossa rua é um centro de emergência, ou seja, atende pessoas que moram em prédios que ficaram sem água ou eletricidade por um período mais longo (mais de noventa e seis horas, no caso) ou em bairros que não têm geradores suficientes para atender toda a população. Então o dia inteiro você vê pessoas miseráveis, centenas de pessoas — muitas crianças, muitos idosos, nenhum deles branco —, em pé no calor escaldante por horas a fio, literalmente, esperando pra entrar. E por causa do alarme falso do mês passado, não deixam entrar se você estiver com tosse, e mesmo se não estiver você ainda tem que passar por uma aferição de temperatura, e isso é ridículo, porque a essa altura você já ficou no calor por tanto tempo que é claro que sua temperatura corporal vai estar elevada. Os funcionários do município dizem que os guardas sabem diferenciar uma febre causada por uma infecção de uma temperatura elevada, mas eu duvido muito. E pra complicar *mais ainda* tudo isso, agora também pedem os documentos de identidade na porta: só aceitam cidadãos dos Estados Unidos e residentes permanentes.

Um dia, no mês passado, eu e o Nathaniel levamos roupas e brinquedos velhos do bebê para doar, e passamos alguns minutos numa fila separada e muito mais curta, e, embora hoje em dia quase nada me choque nesta cidade de merda, aquele centro me deixou chocado: acho que devia ter uns cem adultos e cinquenta crianças num espaço projetado para umas sessenta pessoas, e o fedor — de vômito, de fezes, de cabelo e corpo por lavar — era tão forte que quase dava para vê-lo tingindo o lugar de um tom claro de mostarda. Mas o que deixou a gente surpreso *mesmo* foi o silêncio: a não ser por um bebê, que não parou de chorar, aquele chorinho agudo e desesperado, não havia ruído nenhum. Todo mundo estava mudo nas filas, esperando para usar uma das sete duchas de ar, e quando uma pessoa saía a outra entrava no espaço e fechava a cortina sem fazer som nenhum.

Nós atravessamos a aglomeração e as pessoas abriam caminho, sem dizer nada, para nos deixar passar, e fomos para os fundos, onde havia uma mesa de plástico, e atrás dela uma mulher de meia-idade. Sobre a mesa havia um imenso caldeirão de metal, e diante da mesa havia outra fila, e todas as pessoas nela estavam segurando canecas de cerâmica. Quando chegavam à frente da fila, elas estendiam a caneca e a mulher mergulhava uma concha na panela e lhes servia água gelada. Ao lado dela havia mais duas panelas, e as paredes das panelas suavam, e atrás dessas panelas ficava um guarda, de braços cruzados, um coldre com uma arma na cintura. Dissemos à mulher que tínhamos levado roupas para doar, e ela nos disse que podíamos colocá-las em uma das cestas que ficavam embaixo da janela, e foi o que fizemos. Quando estávamos indo embora ela agradeceu e perguntou se por acaso tínhamos algum antibiótico líquido em casa, ou pomada para assaduras, ou bebidas nutricionais. Tivemos que dizer que não, que nosso filho já não usava essas coisas havia muito tempo, e ela acenou com a cabeça com um ar cansado. "Obrigada, de qualquer forma", ela disse.

Atravessamos a rua — o calor tão denso e atordoante que parecia que o ar era feito de lã — e subimos até nosso apartamento em silêncio, e uma vez dentro de casa Nathaniel se virou para mim e nós nos abraçamos. Fazia muito, muito tempo que não nos abraçávamos assim, e, embora soubesse que ele estava me procurando muito mais por tristeza e medo do que por carinho, eu fiquei contente.

"Coitadas daquelas pessoas", ele disse, com o rosto encostado no meu ombro, e respondi com um suspiro. Aí ele me soltou, bravo. "Isso é *Nova York*", ele disse. "É 2049! *Meu Deus* do céu!" Tive vontade de dizer que sim, é Nova York. É 2049. Esse é justamente o problema. Mas eu não disse.

Então tomamos um banho longo, e isso foi uma coisa grotesca, considerando o que tínhamos acabado de ver, mas ao mesmo também foi uma delícia, e um ato de rebeldia — uma maneira de a gente se convencer de que podia se limpar quando quisesse, de que não éramos aquelas pessoas e nunca seríamos. Ou pelo menos foi isso que eu disse quando nos deitamos na cama depois. "Me fala que aquilo não vai acontecer com a gente", o Nathaniel disse. "Isso nunca vai acontecer com a gente", eu falei. "Promete pra mim", ele disse. "Eu prometo", respondi. Ainda que eu não pudesse prometer isso. Mas o que mais eu ia dizer? Depois ficamos lá deitados por um tempo, ouvindo o ronronar do ar-condicionado, aí ele saiu para buscar o bebê na natação.

Sei que falei um pouco sobre isso no meu último comunicado, mas, além das finanças, o bebê foi o outro motivo pelo qual tínhamos que continuar nessa vizinhança, pois estamos tentando oferecer a vida mais normal possível pra ele. Eu te contei do que aconteceu na quadra de basquete no ano passado, e dois dias atrás aconteceu de novo: me ligaram no laboratório (o Nathaniel estava no norte do estado com os alunos dele, fazendo uma excursão) e eu tive que ir correndo até a escola, onde encontrei o bebê na sala da diretora. Era óbvio que ele tinha chorado, mas estava fingindo que não, e eu fiquei tão abalado — com raiva, com medo, me sentindo vulnerável — que acho que devo ter ficado ali parado por um tempo, olhando para ele, com cara de idiota, antes de falar para ele sair da sala, e ele saiu, fingindo que dava um chute na porta enquanto saía.

O que eu *deveria* ter feito era dar um abraço nele e dizer que tudo ia ficar bem. Cada vez mais, parece que todas as minhas interações humanas seguem um padrão: eu vejo um problema, fico atordoado, não ofereço compaixão no momento em que deveria e a outra pessoa sai furiosa.

A diretora é uma sapatão de uns cinquenta anos chamada Eliza, e eu gosto dela — ela é o tipo de pessoa que não se importa com nenhum adulto e se interessa por todas as crianças —, mas quando ela pousou a seringa sobre a mesa que nos separava, eu tive que segurar as laterais da cadeira pra não dar um tapa na cara dela: odiei a forma teatral como ela decidiu me mostrar aquilo.

"Eu trabalho nesta escola há muito tempo, dr. Griffith", ela começou a falar. "Meu pai também é cientista. Então não preciso perguntar onde seu filho arranjou isso. Mas eu nunca tinha visto uma criança tentar usar uma agulha como arma." E ao ouvir isso eu pensei: sério? *Nunca*? As crianças de hoje não têm mais criatividade? Mas eu não disse isso, óbvio. Só pedi desculpas em nome do bebê, disse que ele tinha imaginação fértil, e que ele tinha dificuldade para se adaptar aos Estados Unidos. E tudo isso era verdade. Não disse que eu estava chocado, e isso também era verdade.

"Mas vocês estão morando nos Estados Unidos..." — ela olhou a tela do computador — "há quase seis anos, estou correta?"

"Mas ainda é difícil pra ele", eu disse. "A língua é outra, o ambiente é outro, os costumes são outros..."

"Detesto ter que interrompê-lo, dr. Griffith", ela me interrompeu. "Não preciso dizer ao senhor que o David é muito, muito inteligente." Ela me encarou com um olhar austero, como se a inteligência do bebê fosse culpa minha. "Mas ele vem tendo dificuldade para controlar os impulsos... Essa não é a primeira vez que temos esta conversa. E ele tem alguns... desafios de socialização. Ele tem dificuldade para compreender os códigos sociais."

"Eu também tinha na idade dele", eu disse. "Meu marido diria que ainda tenho." Eu sorri, mas ela não retribuiu o sorriso.

Nesse momento ela suspirou e se inclinou para a frente, e alguma coisa no rosto dela — um certo verniz de profissionalismo — sumiu. "Dr. Griffith", ela disse. "Eu estou preocupada com o David. Ele vai fazer dez anos em novembro. Ele entende as consequências do que está fazendo. Ele só tem mais quatro anos aqui, e depois ele vai para o ensino médio, e se ele não aprender agora, este ano, a interagir com as crianças da idade dele..." Ela parou. "A professora dele te disse o que aconteceu?"

"Não", eu confessei.

Aí ela contou a história. Em resumo: tem um grupinho de meninos — que não são atléticos nem bonitos: são todos filhos de cientistas, afinal de contas — que são considerados "populares" porque fazem robôs. O bebê queria fazer parte do grupo, e vinha tentando ficar com eles durante o almoço. Mas eles o rejeitaram, várias vezes ("De maneira respeitosa, posso garantir. Não toleramos bullying nem crueldade aqui"), e aí eu acho que o bebê levou uma seringa para a escola e disse para o líder do grupo que ia injetar um vírus nele se não deixasse ele fazer parte. A turma inteira testemunhou essa conversa.

Quando ouvi isso, eu senti duas coisas ao mesmo tempo: primeiro, fiquei horrorizado em saber que meu filho estava ameaçando outra criança, e não só ameaçando, mas ameaçando com o que ele dizia ser uma doença. E, segundo, fiquei arrasado. Eu sempre falei que o bebê era solitário porque sentia saudade do Hawai'i, mas, na verdade, ele não tinha muitos amiguinhos nem quando morávamos lá. Acho que eu nunca te contei isso, mas uma vez, quando ele tinha mais ou menos três anos, eu o vi se aproximar de outras crianças no parquinho, que estavam brincando no tanque de areia, e perguntar se podia brincar com elas. Elas disseram que sim, e ele entrou, mas nessa hora todas se levantaram e correram para o trepa-trepa e o deixaram lá sozinho. Elas não disseram nada, não o xingaram, mas como ele não veria isso como o que tinha sido: uma rejeição?

Mas o pior foi o que aconteceu depois: ele ficou lá sentado na caixa de areia, olhando para as crianças, e depois, muito devagar, começou a brincar sozinho. Ele olhava para elas toda hora, esperando que voltassem, mas elas nunca voltaram. Depois de cinco minutos, mais ou menos, eu não aguentava mais e fui até lá, o peguei no colo e disse que podíamos tomar sorvete, mas que ele não podia me dedurar para o papai.

Naquela noite, porém, eu não contei para o Nathaniel o que tinha acontecido na caixa de areia. Senti uma certa vergonha, como se eu tivesse algum envolvimento na tristeza do bebê. Ele não tinha conseguido brincar, e eu não tinha conseguido ajudá-lo. Ele havia sido rejeitado, e eu, de certa forma, era responsável por aquela rejeição, mesmo que só por tê-la visto e não sido capaz de consertá-la. No dia seguinte, quando estávamos voltando para o parquinho, a pé, ele puxou minha mão e perguntou se precisávamos mesmo ir. Eu disse que não, que não precisávamos, e fomos comprar outro sorvete proibido. Nunca mais voltamos àquele parquinho. Mas agora acho que deveríamos ter voltado. Eu deveria ter dito a ele que aquelas crianças foram mal-educadas, e que aquilo não tinha nada a ver com ele, e que ele ia encontrar outros amigos, pessoas que de fato iam amá-lo e valorizá-lo, e que quem não o fizesse não merecia a atenção dele.

Mas eu não disse. Na verdade, nunca tocamos nesse assunto. E, com o passar dos anos, o bebê foi ficando cada vez mais arredio. Não necessariamente com o Nathaniel, talvez, mas — bem, talvez até com ele. Só não sei se o Nathaniel percebe isso. Não é uma coisa que eu consiga descrever de forma precisa. Mas cada vez mais sinto que ele não está totalmente presente, mesmo quando está, como se já estivesse se afastando da gente. Ele tem alguns amigos aqui, meninos quietos, bonzinhos, mas eles raramente vêm à nossa casa, e raramente o convidam para a casa deles. O Nathaniel sempre fala que ele é maduro para a idade, e isso é uma daquelas coisas que pais preocupados falam sobre os filhos quando não sabem o que pensar dos filhos, mas eu acho que a maturidade dele está na solidão. É possível que uma criança fique sozinha, mas ela não deveria ser solitária. E o nosso filho é.

A Eliza recomendou que ele fizesse cartas de pedidos de desculpas escritas à mão, uma suspensão de duas semanas, aconselhamento semanal, um ou dois esportes organizados — "para desafiá-lo, para ele descarregar um pouco desse ressentimento" — e "mais participação dos dois responsáveis", e na verdade isso se referia a mim, porque o Nathaniel comparece a todas as reuniões da escola, jogos, eventos e peças. "Sei que é difícil para você, dr. Griffith", ela disse, e antes que eu pudesse reclamar ou fazer algum comentário defensivo, ela prosseguiu, num tom mais brando. "Eu *sei* que é. Não estou sendo sarcástica. A gente tem orgulho do trabalho que você faz, Charles." De repente, por mais ridículo que fosse, senti meus olhos se encherem de lágrimas, e resmunguei: "Aposto que você fala isso pra todos os virologistas", e saí, pegando o bebê pelo ombro e o levando para fora.

Eu e o bebê voltamos andando para casa em silêncio, mas, uma vez lá dentro, eu me virei para ele. "O que deu em você, David?", gritei. "Você entende que a escola podia ter te expulsado, podia ter mandado te prender? Nós somos hóspedes aqui neste país… Você não sabe que podiam ter tirado você da gente, te mandado pra uma instituição do governo? Sabia que já tiraram crianças dos pais por muito menos?" Eu ia continuar falando, mas vi que o bebê estava chorando e isso me fez parar, porque ele raramente chora. "Desculpa", ele dizia, "desculpa."

"David", eu murmurei, e me sentei ao lado dele e o coloquei no colo como fazia quando ele de fato era bebê, e o ninei, também como fazia quando ele era bebê. Ficamos em silêncio por um tempo.

"Ninguém gosta de mim", ele falou, em voz baixa, e eu disse a única coisa que podia dizer, que foi: "Claro que gostam, David". Mas, na verdade, o que eu *deveria* ter dito é: "Quando eu tinha a sua idade, ninguém gostava de mim também, David. Mas depois eu cresci, e as pessoas *começaram a gostar* de mim, e conheci o seu pai, e tivemos você, e agora sou a pessoa mais feliz que conheço".

Continuamos lá sentados. Fazia muito, muito tempo — anos — que eu não pegava o bebê no colo assim. Por fim, ele falou. "Não conta pra ele", ele disse.

"Para o papai?", perguntei. "Eu preciso contar pra ele, David, você sabe disso."

Ele pareceu conformado com essa ideia e se levantou para sair. Mas tinha uma coisa que continuava me incomodando. "David", eu disse, "onde você achou a seringa?"

Eu pensei que ele ia dar alguma resposta muito vaga, tipo "uns meninos me deram" ou "sei lá" ou "eu achei". Mas não. Ele respondeu: "Eu comprei na internet".

"Me mostra", eu disse.

Então ele me levou ao escritório, onde fez login no meu computador — e conseguiu driblar o escaneamento de retina digitando minha senha com uma habilidade que mostrou que essa não era a primeira vez que fazia isso — e depois entrou num site tão ilegal que eu seria obrigado a fazer um relatório explicando o que acontecera e solicitando um novo laptop. Ele saiu da minha cadeira e deixou a mão cair junto ao corpo, e por um tempo nós dois ficamos olhando para a tela, na qual um gráfico de um átomo girava. Depois de algumas rotações o átomo parava e uma nova categoria de ofertas aparecia acima dele: "Agentes virais", "Agulhas e seringas", "Anticorpos", "Toxinas e antitoxinas".

Você deve imaginar o que eu senti. Mas minhas primeiras perguntas foram práticas: como ele conhecia aquele site? Como ele tinha conseguido furar a segurança para acessar o site? Como ele sabia o que comprar? Quem tinha dado aquela ideia a ele?

Aquilo era normal para uma criança da idade dele?

Havia algo de errado com ele?

Quem era o meu filho?

Eu olhei para ele. "David", comecei a falar, embora não tivesse a mínima ideia do que ia dizer em seguida.

Ele não levantava a cabeça, nem quando eu repetia seu nome. "David", eu disse, pela terceira vez, "não estou bravo" — e isso não era exatamente verdade, mas eu não conseguia identificar o que estava sentindo —, "só preciso que você olhe pra mim", e, quando ele enfim olhou, vi no rosto dele que estava com medo.

E aí — não sei por que, não sei mesmo — eu bati nele: com a mão aberta, no rosto. Ele deu um grito e caiu para trás, e eu o endireitei com um puxão e bati nele de novo, dessa vez do lado esquerdo do rosto, e ele começou a chorar. Foi um alívio, de certa forma, ver que ele ainda tinha medo, ainda tinha medo de mim; e isso me fez lembrar que ele ainda era uma criança afinal de contas, que ainda havia esperança, que ele não era incorreto, nem cruel, nem maligno. Mas eu só ia conseguir elaborar tudo isso sozinho, mais tarde — naquele momento, eu só estava com medo: por ele e dele. Eu estava prestes a bater nele de novo quando, de repente, o Nathaniel apareceu, me afastando dele e gritando. "Que *porra* é essa, Charles?", ele gritou. "Seu *babaca*, seu *doente*, que porra é essa que você tá fazendo?" Ele me empurrou, com força, e eu caí e bati a cara no chão, e então ele pegou no colo o bebê, que a essa altura estava soluçando, e o consolou. "Shhh", ele sussurrou. "Tudo bem, David, está tudo bem, meu amor. Eu tô aqui, eu tô aqui, eu tô aqui."

"Ele está machucando as pessoas", eu disse, em voz baixa, mas meu nariz tinha começado a sangrar tanto que minha fala saiu enrolada. "Ele estava tentando machucar as pessoas."

Mas o Nathaniel não me respondeu. Ele tirou a camiseta e a colocou no nariz do bebê, que também estava sangrando, e os dois se levantaram e saíram, o Nathaniel com o braço pousado nos ombros do nosso filho. Ele não olhou para mim em nenhum momento.

Tudo isso foi um jeito mais longo de falar: estou no nosso novo apartamento. Estou te escrevendo do escritório, onde me deixaram isolado pelo futuro próximo. O Nathaniel ainda não me disse nada, nem o bebê. Ontem eu entreguei meu laptop para o diretor de segurança tecnológica e expliquei o que aconteceu — ele ficou menos chocado do que eu tinha imaginado, e isso me fez pensar que não havia tantos motivos para me preocupar como me preocupei. Mas, quando estava fazendo o pedido do meu novo computador, ele perguntou: "Quantos anos tem o seu filho mesmo?".

"Quase dez", eu disse.

Ele balançou a cabeça. "E vocês são estrangeiros, correto?"

"Somos", respondi.

"Dr. Griffith, sei que você sabe disso, mas... Você precisa tomar cuidado", ele disse. "Se seu filho tivesse acessado esse site e você não tivesse as permissões de segurança que tem..."

"Eu sei", interrompi.

"Não", ele disse, olhando para mim, "você não sabe. Tome cuidado, dr. Griffith. O instituto não pode proteger seu filho se isso voltar a acontecer."

De repente tive vontade de estar muito longe dele. E não só dele como de tudo aquilo: da Rockefeller, do meu laboratório, de Nova York, dos Estados Unidos, e até do Nathaniel e do David. Eu quis estar na minha casa, na fazenda dos meus avós, por mais infeliz que eu fosse lá, muito antes de tudo — isso tudo — ter acontecido. Mas eu nunca mais vou poder voltar para casa. Eu e meus avós não nos falamos mais, a fazenda ficou alagada, e agora esta é a minha vida. Eu tenho que fazer o que posso com ela. E vou fazer.

Mas às vezes tenho medo de não conseguir.

Te amo,
Charles

Parte III

Inverno de 2094

Uma boa lembrança que tenho é do meu avô escovando meu cabelo. Eu gostava de me sentar no canto do escritório dele para vê-lo trabalhar; eu podia ficar lá por horas, desenhando ou brincando, e raramente fazia barulho. Certa vez, um dos assistentes do meu avô tinha entrado e me visto lá, e percebi que ele ficou surpreso. "Posso levá-la para fora se ela estiver incomodando", disse o assistente, em voz baixa. Nesse momento foi meu avô que ficou surpreso. "Minha pequena?", ele perguntou. "Ela não incomoda ninguém, muito menos a mim." Ao ouvir isso, fiquei orgulhosa, como se tivesse feito algo certo.

Eu tinha uma almofada na qual ficava sentada enquanto meu avô lia ou escrevia à máquina ou à mão e, quando não estava observando o que ele fazia, eu tinha um conjunto de blocos madeira com o qual brincava. Os blocos de madeira eram todos pintados de branco, e eu sempre tomava cuidado para não fazer uma pilha muito grande para eles não acabarem caindo e fazendo barulho.

Mas, às vezes, meu avô parava o que estava fazendo e se virava na cadeira. "Vem cá, pequena", ele dizia, e eu pegava minha almofada e a colocava no chão entre as pernas dele, e ele pegava a escova grande e reta que tinha em sua gaveta e começava a pentear meu cabelo. "Que cabelo lindo você tem", ele dizia. "Quem te deu esse cabelo lindo?" Mas essa era a chamada pergunta retórica, e isso quer dizer que eu não precisava respondê-la, e não respondia. Na verdade, eu não precisava dizer nada. Eu sempre esperava esses momentos em que meu avô escovava meu cabelo. E sensação era tão boa, tão relaxante, como se eu estivesse caindo devagar por um túnel comprido e fresco.

Depois da minha doença, porém, eu deixei de ter um cabelo lindo. Ninguém que sobrevive a ela tem. Foi por causa dos remédios que tivemos que tomar: primeiro todo o cabelo caiu, e quando cresceu de novo ficou arrepiado, fino e com uma cor acinzentada, e se passassem da altura do queixo os fios quebravam. A maior parte das pessoas cortou o cabelo muito curto, só para cobrir o couro cabeludo. A mesma coisa aconteceu com muitos dos sobreviventes das doenças de 50 e 56, mas nossa situação, dos sobreviventes de 70, foi mais grave. Por um tempo, era assim que dava para saber quem tinha sobrevivido à doença, mas depois prescreveram uma variação do mesmo remédio para a doença de 72 e ficou mais difícil saber, e ter cabelo curto era mais prático também: dava menos calor, e dava para limpar com menos água e sabão. Por isso agora muita gente tem cabelo curto — para ter cabelo comprido, a pessoa precisa ter dinheiro. Esse é um dos jeitos de saber quem mora na Zona Catorze: lá todo mundo tem cabelo comprido, porque todo mundo sabe que a Zona Catorze recebe três vezes mais água do que a segunda zona que mais recebe água, que é a nossa zona, a Zona Oito.

Comecei a pensar nisso porque na semana passada eu estava esperando o ônibus e um homem que eu nunca tinha visto entrou na fila. Eu estava quase no final da fila, e por isso consegui vê-lo bem. Ele estava usando um macacão cinza como o que o meu marido usava, e isso significava que ele era algum tipo de técnico do setor de serviços da Fazenda, talvez até do Lago, e por cima do macacão ele estava usando uma jaqueta fina de nylon, também cinza, e um boné de aba larga.

Eu vinha me sentindo estranha nas últimas semanas. Por um lado eu estava feliz, porque logo chegaria dezembro, e dezembro era a melhor época do ano: às vezes o tempo ficava fresco, e conseguíamos até usar um casaco impermeável com capuz à noite, e, embora não houvesse chuvas, a poluição que cobria a cidade se dissipava, e o supermercado começava a estocar legumes e frutas que só cresciam no frio, como maçã e pera. Em janeiro as tempestades chegavam, e em fevereiro vinha o Ano-Novo Lunar, e todo mundo que trabalhava numa instituição do governo ganhava quatro cupons extras de cereais, além de dois cupons extras de laticínios ou dois cupons extras de hortifrúti para passar o mês, e você podia escolher qual preferia. Eu e meu marido costumávamos dividir nossos cupons extras, então, ao todo, ficávamos com oito cupons extras de cereais, dois cupons extras de laticínios e dois cupons extras de hortifrúti. No ano que se seguiu ao nosso casamento, que também foi o primeiro ano em que meu marido trabalhou na Fazenda, compramos uma peça de queijo com nossos cupons excedentes: ele o embrulhou num papel e o deixou bem no fundo do armário do corredor, que ele dizia ser o lugar mais fresco do apartamento, e o queijo durou muito tempo. Este ano, estavam dizendo que talvez ganhássemos um dia a mais para banhos e para lavar roupas nessa semana, coisa que tínhamos ganhado dois anos atrás, mas não no ano passado, porque houve seca.

Por outro lado, apesar de todos os motivos que eu tinha para estar animada, eu também me pegava pensando nos bilhetes. Toda semana, na noite livre do meu marido, eu voltava a esvaziar a caixa para ver se ainda estavam lá, e eles sempre estavam. Eu lia todos de novo, virando os pedaços de papel na minha mão e os segurando contra a luz, e depois eu os devolvia ao envelope e colocava a caixa de volta no armário.

Eu estava pensando nos bilhetes, intrigada, na manhã em que vi o homem de macacão cinza entrar na fila. O fato de ele estar ali queria dizer que alguém da nossa zona deveria ter morrido ou sido levado, porque a única forma de conseguir uma permissão de moradia na Zona Oito era esperando que alguém saísse dela, e ninguém saía da Zona Oito por vontade própria. E aí uma coisa estranha aconteceu: o homem ajeitou o boné e, nesse momento, uma longa mecha de cabelo se soltou, roçando seu rosto. Ele logo devolveu o cabelo para dentro do boné e olhou ao redor, depressa, para checar se ninguém tinha visto, mas todo mundo estava olhando para a frente, como era considerado correto. Só eu vi o homem, porque virei a cabeça, mas ele não me viu olhando para ele. Eu nunca tinha visto um homem de cabelo comprido. A coisa que mais me chamou a atenção, porém, foi o quanto o homem se parecia com meu marido: eles tinham a pele da mesma cor, os olhos da mesma cor e o cabelo da mesma cor, mas o cabelo do meu marido é curto, como o meu.

Eu nunca gostei de coisas novas, tampouco gostava quando era criança, e nunca gostei quando as coisas não são o que parecem. Quando eu era mais jovem, meu avô lia romances de mistério para mim, mas eles sempre me deixavam ansiosa — eu gostava de saber o que estava acontecendo; gostava que as coisas continuassem iguais. Mas eu não dizia isso ao meu avô, porque era evidente que *ele* gostava, e eu queria tentar gostar de algo que ele gostava. Mas depois nos proibiram de ler romances de mistério, então pude parar de fingir.

Mas de repente eu tinha dois mistérios só meus: os bilhetes foram o primeiro. E esse homem, com o cabelo comprido, morando na Zona Oito, era o segundo. Aquilo me fez sentir que alguma coisa tinha acontecido e ninguém tinha me contado, e que havia um segredo que todo mundo sabia, mas que eu não conseguia descobrir sozinha. Isso acontecia no trabalho todos os dias, mas não era um problema porque eu não era cientista e não tinha o direito de saber o que estava acontecendo — eu não havia estudado o suficiente, e eu não ia entender nada de qualquer forma. Mas sempre pensei que entendia o lugar onde eu vivia, e agora eu estava começando a me perguntar se tinha me enganado desde o início.

Foi o meu avô quem me explicou as noites livres.

Quando ele me contou que eu ia me casar, fiquei animada, mas também assustada, e comecei a andar em círculos, que é uma coisa que eu faço só quando estou muito feliz ou muito nervosa. As outras pessoas ficam incomodadas quando faço isso, mas meu avô só dizia: "Eu sei como é, gatinha".

Mais tarde ele foi ao meu quarto me colocar para dormir e me dar a fotografia do meu marido, para que eu a guardasse, ainda que eu não tivesse pensado em pedir. Fiquei um tempo olhando para aquela foto, passando a mão nela como se de fato pudesse sentir o rosto dele. Quando tentei devolvê-la ao meu avô, ele balançou a cabeça. "É sua", ele disse.

"Quando vai ser?", perguntei a ele.

"Daqui a um ano", ele disse. "Então, até o ano que vem, vou te contar tudo o que você precisa saber sobre um casamento."

Isso me deixou muito mais calma — meu avô sempre sabia o que dizer, mesmo quando eu mesma não sabia. "Vamos começar amanhã", ele me prometeu, e depois ele me deu um beijo na testa antes de apagar a luz e ir para o cômodo principal, onde ele dormia.

No dia seguinte, meu avô começou as aulas. Ele tinha um pedaço de papel no qual tinha escrito uma longa lista, e todo mês ele escolhia três tópicos para discutirmos. Treinávamos conversas e formas de ajudar as pessoas, e ele me ensinava diferentes circunstâncias em que eu poderia precisar pedir ajuda e como deveria fazer isso, e o que deveria fazer em caso de emergência. Também conversávamos sobre como eu poderia confiar no meu marido com o passar do tempo, como poderia ser uma boa esposa para ele, como era morar com outra pessoa, e o que eu deveria fazer se um dia meu marido fizesse alguma coisa que me assustasse.

Sei que parece estranho, mas, depois do nervosismo inicial, fiquei mais tranquila sobre o casamento do que acho que meu avô pensou que eu ficaria. Afinal de contas, tirando o meu avô, eu nunca tinha morado com mais ninguém. Bem, isso não era de todo verdade — eu já tinha morado com meu outro avô e meu pai, mas só quando era bebê; eu nem conseguia de fato me lembrar de como eles eram. Acho que imaginei que morar com meu marido seria igual a morar com meu avô.

Foi quando eu estava quase no fim do sexto mês do treinamento que meu avô me contou sobre as noites livres: toda semana, meu marido sairia do apartamento e eu teria uma noite só para mim. E depois, numa outra noite, eu poderia sair do apartamento e ficar sozinha, e fazer o que eu quisesse. Ele me observou com atenção enquanto falava isso, e depois ficou esperando enquanto eu pensava.

"Que noite da semana vai ser?", perguntei.

"A que você e seu marido escolherem", ele disse.

Pensei um pouco mais. "O que devo fazer com minha noite?", perguntei.

"O que você quiser", meu avô respondeu. "Talvez você queira fazer uma caminhada, por exemplo, ou talvez queira ir ao Parque. Ou talvez você queira ir ao Centro de Recreação jogar uma partida de pingue-pongue com alguém."

"Talvez eu possa vir te visitar", eu disse. Das coisas que havia descoberto, a que mais tinha me surpreendido era que meu avô não moraria conosco; uma vez casada, eu continuaria com meu marido no nosso apartamento e meu avô se mudaria para outro lugar.

"Eu adoro passar o tempo com você, gatinha", disse meu avô, devagar. "Mas você precisa se acostumar a ficar com seu marido; você não pode começar sua nova vida pensando se vai ou não me ver sempre." Nesse momento fiquei em silêncio, porque senti que meu avô estava tentando me dizer outra coisa sem chegar a dizê-la, e eu não sabia o que era, mas sabia que era algo que eu não queria ouvir. "Não fica assim, gatinha", disse meu avô, por fim, e sorriu e me deu uma palmadinha na mão. "Não fica chateada. É uma fase empolgante… Você vai se casar, e eu estou muito orgulhoso de você. A minha gatinha virou uma mulher e agora vai ter sua própria casa."

Desde que eu e meu marido nos casamos, precisei usar poucas das lições do meu avô. Eu nunca precisei chamar a polícia porque meu marido me bateu, por exemplo, e nunca precisei pedir que meu marido me ajudasse nas tarefas domésticas, e nunca precisei me preocupar com a possibilidade de ele esconder cupons de alimentos de mim, e nunca tive que bater à porta de um vizinho porque meu marido estava gritando comigo. Mas se eu soubesse teria feito mais perguntas sobre as noites livres ao meu avô, e sobre como me sentiria a respeito delas.

Pouco depois de termos nos casado, eu e meu marido decidimos que a quinta-feira seria a noite livre dele, e a terça-feira seria a minha. Ou melhor, meu marido decidiu e eu concordei. "Tem certeza de que não se importa em ficar com a terça?", ele me perguntou com um tom preocupado, como se eu pudesse dizer: "Não, eu prefiro ficar com a quinta", e ele trocaria comigo. Mas para mim estava tudo bem, porque não fazia diferença ficar com uma noite ou outra.

No começo, tentei passar minha noite livre em outros lugares. Ao contrário do meu marido, eu chegava em casa do trabalho e jantava com ele antes, e só então eu trocava de roupa e saía. Era estranho sair do apartamento à noite depois de tantos anos com meu avô me lembrando que eu nunca deveria sair de casa sozinha, principalmente quando estivesse escuro. Mas isso foi quando a situação estava difícil, e era perigoso, antes da segunda rebelião.

Naqueles primeiros meses, fiz o que meu avô tinha sugerido e fui até o Centro de Recreação. O centro ficava na rua 14, a oeste da Sexta Avenida, e como já era junho eu tinha que usar meu traje de resfriamento para não superaquecer. Eu subia a Quinta Avenida, depois seguia a oeste pela rua 12, porque gostava dos edifícios antigos daquele quarteirão, que pareciam versões do prédio em que eu e meu marido morávamos. Algumas das janelas dos edifícios eram iluminadas, mas a maioria era escura, e só havia umas poucas pessoas na rua, também andando na direção do centro.

O centro ficava aberto das 6h até as 22h e só recebia residentes da Zona Oito. Todo mundo tinha direito a vinte horas gratuitas no centro por mês, e você tinha que passar sua impressão digital para entrar e para sair. Lá você podia fazer aulas de culinária, ou costura, tai chi ou ioga, ou podia participar de um dos clubes: havia clubes para pessoas que gostavam de jogar xadrez, ou badminton, pingue-pongue ou damas. Ou você podia fazer trabalho voluntário, montando kits com suprimentos de higiene para as pessoas que estavam nos centros de transferência. Uma das melhores coisas do centro é que ele sempre estava fresco, porque tinha um gerador bem grande, e durante os meses amenos as pessoas ficavam em casa para acumular as horas que tinham, porque assim conseguiam passar mais dias longos de verão no ar-condicionado em vez de em seus apartamentos. Lá você também podia tomar uma ducha de ar, e às vezes, quando eu ficava desesperada para me limpar e ainda não era um dia com água, eu usava parte do meu tempo no centro para tomar uma ducha de ar. As pessoas também iam ao centro para tomar as vacinas anuais e fazer os exames de sangue e muco quinzenais, e para retirar os cupons de alimentos e os bônus mensais, e, de maio a setembro, os três quilos de gelo que todo residente podia comprar a cada mês a um valor reduzido.

Mas até as minhas primeiras noites livres, eu nunca tinha ido ao centro para recreação, ainda que essa fosse uma das coisas às quais o centro se propunha. Meu avô tinha me levado lá uma vez, na época em que o centro foi aberto, e tínhamos assistido a uma partida de pingue-pongue. O centro tinha duas mesas, e enquanto as pessoas jogavam outras ficavam sentadas em cadeiras ao redor da sala e as assistiam, e batiam palmas quando alguém marcava um ponto. Eu me lembro de pensar que aquilo parecia legal, e os barulhos também eram legais, o baque que a bolinha fazia quando acertava a mesa, e fiquei lá por um bom tempo.

“Quer jogar?”, meu avô me perguntou, sussurrando.

“Ah, não”, respondi. “Eu não sei jogar.”

“Você pode aprender”, meu avô disse. Mas eu sabia que não ia conseguir.

Quando saímos do centro naquela tarde, meu avô disse: “Você pode voltar, gatinha. É só se inscrever para participar da equipe e chamar alguém para jogar com você". Nesse momento fiquei em silêncio, porque às vezes meu avô dizia essas coisas como se fossem fáceis para mim, e eu ficava frustrada porque ele não entendia, ele não entendia que eu não conseguia fazer as coisas que ele achava que eu conseguia, e senti que fui ficando brava e ansiosa. Mas aí ele percebeu, e parou de andar e se virou para mim e colocou as mãos nos meus ombros. "Você *sabe* fazer isso, gatinha", ele disse em voz baixa. "Lembra de quando treinamos as conversas com outras pessoas? Lembra de quando conversamos pra treinar?"

"Lembro", eu disse.

"Eu sei que não é fácil para você", disse meu avô. "Eu sei que não. Mas eu não incentivaria você a fazer isso se eu não acreditasse, do fundo do meu coração, que você é capaz."

Então lá fui eu para o Centro de Recreação, mesmo que fosse só porque queria poder contar ao meu avô — que naquela época ainda estava vivo — que tinha ido. Mas quando cheguei lá não consegui nem entrar. Só fiquei sentada numa mureta do lado de fora e observei as pessoas que entravam, em duplas ou sozinhas. Depois percebi que havia uma janela do outro lado da porta principal, e que se ficasse em pé no ângulo correto eu conseguia observar as pessoas que estavam jogando pingue-pongue lá dentro, e isso era legal, porque era quase como se eu fosse uma delas, mas não precisava falar com ninguém.

Foi assim que passei meu primeiro mês, ou quase isso, de noites livres: em pé do lado de fora do centro, vendo as partidas de pingue-pongue pela janela. Às vezes elas eram mais emocionantes que a média, e eu voltava para casa andando depressa, pensando que talvez pudesse contar ao meu marido sobre um ou outro jogo que tinha visto, embora ele nunca me perguntasse o que eu fazia nas minhas noites livres, e também nunca me dissesse o que fazia nas dele. Às vezes eu imaginava que tinha feito amizade com alguém: a mulher de cabelo curto e cacheado que tinha covinhas e que arremessava a bola do outro lado da mesa, se apoiando no pé esquerdo toda vez; o homem que usava um agasalho esportivo vermelho com estampa de nuvens brancas. Às vezes eu imaginava que me juntava a eles no bar de hidratação depois da partida, e pensava em como seria contar ao meu marido que eu queria usar um daqueles cupons extras de líquidos para beber alguma coisa com meus amigos, e em como ele diria que eu podia, claro, e talvez um dia fosse até lá para me ver jogar uma partida.

Mas depois de alguns meses parei de ir ao centro. Para começar, meu avô tinha morrido, e eu já não tinha mais vontade de continuar tentando. Além disso, estava ficando mais quente e eu me sentia mal. E, assim, na terça--feira seguinte, minha noite livre, eu disse ao meu marido que estava cansada, que preferia ficar em casa.

"Você está doente?", ele me perguntou. Ele estava lavando a louça do jantar.

"Não", eu disse. "Só não estou com vontade de sair."

"Quer sair na quarta, em vez de hoje?", ele perguntou.

"Não", eu disse. "Hoje vai ser minha noite livre. Só não vou sair."

"Ah", ele disse. Ele colocou o último prato no escorredor. Aí perguntou: "O que você prefere: a sala ou o quarto?".

"Como assim?", respondi.

"É que quero te dar privacidade. Então com qual você prefere ficar: a sala ou o quarto?"

"Ah", eu disse. "O quarto, acho." E fiquei pensando. Será que aquela era a resposta certa? "Tudo bem?"

"Claro que sim", ele disse. "É a sua noite."

Então fui para o quarto, onde vesti meu pijama e me deitei na cama. Depois de alguns minutos houve uma batida suave à porta, e, quando meu marido entrou, ele estava com o rádio na mão. "Pensei que você poderia querer ouvir música", ele disse, e o plugou na tomada, o ligou e saiu, fechando a porta atrás de si.

Eu fiquei ali ouvindo o rádio por um longo tempo. Depois, fui ao banheiro escovar os dentes e limpar o rosto e o corpo com lencinhos umedecidos, e nesse momento olhei para a sala, onde meu marido estava sentado no sofá, lendo. Ele tem uma autorização superior à minha, por isso tem permissão para ler determinados livros que têm relação com sua área de trabalho, e que ele pega emprestado do trabalho e depois devolve. Esse era um livro sobre o cultivo e os cuidados com plantas comestíveis hidropônicas tropicais, e, embora não me interessasse por plantas comestíveis hidropônicas tropicais, de repente senti inveja dele. Meu marido podia ficar lendo por horas, e olhei para ele e desejei que em seu lugar estivesse meu avô, que saberia exatamente o que dizer para me consolar. Mas em vez disso eu me aprontei para dormir e voltei para o quarto, e por fim, depois do que pareceram muitas horas, ouvi meu marido suspirar e apagar a luz da sala, e ir ao banheiro, e depois, enfim, entrar em silêncio no nosso quarto, onde ele também trocou de roupa e se deitou em sua cama.

Desde aquele dia, tenho passado minhas noites livres em casa. De vez em quando, se estou me sentindo inquieta, saio para caminhar: talvez ao redor do Parque, talvez até o Centro de Recreação. Mas geralmente vou para o nosso quarto, onde meu marido sempre deixa o rádio ligado. Eu troco de roupa, apago as luzes, deito na cama e espero: o som dele se sentando no sofá, o som dele estalando os dedos enquanto lê e, enfim o som dele fechando o livro e apagando o abajur. Toda quinta-feira dos últimos seis anos e meio, eu fiquei esperando meu marido chegar em casa depois de sua noite livre, que ele começa logo depois do trabalho. Toda terça-feira, fico deitada na minha cama no nosso quarto, esperando a minha noite livre acabar, esperando meu marido voltar para mim, mesmo que ele não diga uma só palavra.

Foi no laboratório que tive a ideia de seguir meu marido durante a noite livre dele. Aconteceu numa sexta-feira. Era 1º de janeiro de 2094, e o dr. Wesley, que se interessava pela história do Ocidente e só celebrava o Ano-Novo de acordo com o calendário tradicional, reuniu todo mundo que trabalhava no laboratório para tomar um copo de suco de uva. Todo mundo ganhou suco, até eu. "Faltam só seis anos para o século XXII!", ele anunciou, e todos nós batemos palmas. O suco tinha uma cor roxa escura e turva, e era tão doce que senti a garganta arder. Mas fazia muito tempo que eu não bebia suco, e me perguntei se isso era interessante o suficiente para contar ao meu marido, porque pelo menos era algo diferente do que acontecia normalmente no trabalho, mas também não era uma informação confidencial.

Quando estava voltando para o meu setor do laboratório, fiz uma pausa e fui ao banheiro, e, quando estava lá sentada na privada, ouvi duas pessoas entrarem e começarem a lavar as mãos. Eram mulheres, embora eu não reconhecesse a voz de nenhuma delas, e ambas eram ph.Ds, acho, porque pareciam muito jovens e estavam falando sobre um artigo em uma publicação que ambas tinham lido.

Elas comentaram sobre o artigo — que falava de uma espécie de novo antiviral que estavam desenvolvendo a partir de um vírus real cujo código genético tinha sido alterado de algum jeito — e aí uma delas disse, muito rápido: "Então, eu achei que o Percy estava me traindo".

"Sério?", perguntou a outra. "Por quê?"

"Bem", disse a primeira, "ele anda muito estranho, sabe? Sempre chega tarde do trabalho, e anda *muito* esquecido... Ele esqueceu até de me encontrar para o meu check-up de seis meses. E começou a sair de casa muito cedo toda manhã, dizendo que tem muito trabalho e precisa deixar tudo pronto, e depois começou a agir estranho perto do meu pai quando fomos à casa dos meus pais para o almoço de sábado, meio que evitando olhar nos olhos dele. Aí um dia, depois que ele saiu para o trabalho, eu esperei alguns minutos e o segui."

"Belle! Não acredito que você fez isso!"

"Eu fiz! Eu estava ensaiando o que ia dizer pra ele, e o que ia dizer para os meus pais, e o que eu ia fazer, quando percebi que ele estava entrando na Unidade de Desenvolvimento Habitacional. E eu chamei o nome dele, e ele ficou muito surpreso. Mas aí ele me contou que estava tentando conseguir uma unidade melhor numa parte melhor da zona para quando o bebê chegar, e que ele e meu pai estavam fazendo isso juntos e que era uma surpresa pra mim."

"Nossa, Belle! Que incrível!"

"Pois é. Eu me senti tão culpada por ter ficado com raiva dele, mesmo que só por algumas semanas."

Ela riu, e sua amiga também. "Bom, o Percy aguenta um pouquinho de raiva, ainda mais vinda de você", disse a segunda mulher.

"É", a primeira mulher disse, depois riu de novo. "Assim ele sabe quem manda na casa."

Elas saíram do banheiro, e eu dei descarga e lavei as mãos e também saí, e quando saí passei pelas duas mulheres, ainda conversando, mas agora no corredor. As duas eram muito bonitas, e as duas tinham cabelos escuros brilhantes que usavam amarrados em coques perfeitos e rentes à nuca, e as duas tinham brinquinhos de ouro em forma de planeta. As duas estavam de jaleco, é claro, mas por baixo eu vi que usavam saias de seda coloridas e sapatos de couro de salto baixo. Uma delas, a mais bonita, estava grávida; enquanto falava com a amiga, ela passava a mão na barriga, fazendo um movimento circular e vagaroso.

Voltei para a minha área, onde eu tinha uma nova leva de mindinhos para transferir para placas de Petri individuais, que eu tinha que encher de solução salina. Enquanto trabalhava, pensei naqueles bilhetes que meu marido tinha guardado. E depois pensei na mulher do banheiro, que tinha pensado que seu marido poderia estar se encontrando com outra pessoa, com alguém que não era ela. Mas no fim das contas seu marido não estava fazendo nada de errado: ele só estava tentando conseguir um apartamento maior para ela, porque ela era bonita, tinha estudo e estava grávida, e não havia motivo para encontrar outra pessoa, uma pessoa melhor, porque não haveria ninguém melhor. Pelo cabelo dela eu sabia que ela devia morar na Zona Catorze, e se ela era ph.D isso queria dizer que os pais dela provavelmente também moravam na Zona Catorze e pagaram para ela estudar, e depois pagaram mais para ela morar perto deles. Eu me peguei pensando no que eles todos comiam no almoço de sábado — uma vez eu tinha ouvido que na Zona Catorze havia lojas em que você podia comprar qualquer tipo de carne que quisesse, e o quanto quisesse. Lá você podia tomar sorvete todos os dias, ou comer chocolate ou beber suco, ou até vinho. Você podia comprar doces, frutas ou leite. Você podia ir para casa e tomar um banho todos os dias. Eu estava pensando nisso, e ficando cada vez mais agitada, quando deixei um dos mindinhos cair. Ele era tão frágil que na mesma hora virou uma meleca, e deixei escapar um gemido: eu era tão cuidadosa. Eu nunca derrubava os mindinhos. Mas agora eu tinha derrubado.

Pensei naquela mulher que morava na Zona Catorze durante o fim de semana inteiro e na segunda-feira, e quando enfim a terça-feira chegou, e portanto minha noite livre, eu ainda estava pensando nela. Depois do jantar fui direto para o quarto, em vez de ajudar meu marido com a louça, como normalmente fazia só para matar o tempo. Lá eu me deitei na cama e fiquei me balançando para a frente e para trás e falei com o meu avô, perguntando-lhe o que eu devia fazer. Eu o imaginei dizendo "está tudo bem, gatinha" e "eu te amo, gatinha", mas não consegui pensar em outras coisas que ele pudesse dizer. Se meu avô estivesse vivo, ele teria me ajudado a entender o que estava me deixando chateada, e como resolver a situação. Mas meu avô não estava vivo, então eu tinha que entender sozinha.

Então me lembrei o que a mulher do banheiro tinha dito, que ela tinha seguido o marido dela. Diferente do marido dela, meu marido não saía mais cedo que o normal pela manhã. Ele não chegava tarde em casa. Eu sempre sabia onde ele estava — a não ser às quintas-feiras.

E foi nesse momento que eu decidi que, na próxima noite livre do meu marido, eu também ia segui-lo.

No dia seguinte, eu me dei conta de que meu plano tinha um defeito: meu marido nunca ia para casa depois do trabalho em suas noites livres, então ou eu teria que dar um jeito de segui-lo quando saísse da Fazenda, ou teria que dar um jeito de fazê-lo voltar para casa antes. Decidi que a segunda opção era mais fácil. Pensei muito no que eu ia fazer e consegui chegar a uma solução.

Naquela noite, durante o jantar, eu disse: "Acho que tem um vazamento no chuveiro".

Ele continuou olhando para o prato. "Eu não ouvi nada", ele disse.

"Mas tem água acumulada no fundo da banheira", falei.

Ele levantou a cabeça e arrastou a cadeira para trás e foi até o banheiro, onde eu tinha derramado meia xícara de água na banheira; seria o suficiente para dar a impressão de que havia um novo vazamento no cano. Eu o ouvi abrir a cortina e depois abrir a fechar as torneiras, rapidamente.

Enquanto ele fazia isso, eu continuei sentada na minha cadeira, com a postura reta, como meu avô tinha me ensinado, esperando que ele voltasse. Quando voltou, ele estava com o cenho franzido. "Quando você percebeu isso?", ele me perguntou.

"Hoje, quando voltei para casa", eu disse. Ele suspirou. "Pedi para o diretor da zona falar para alguém da manutenção dos edifícios vir dar uma olhada", eu disse, e ele olhou para mim. "Mas eles só podem vir amanhã às 19h", prossegui, e ele olhou para a parede e suspirou de novo, um grande suspiro, um suspiro que fez seus ombros se erguerem e caírem. "Eu sei que é sua noite livre", eu disse, e devo ter parecido assustada, porque meu marido me olhou e me deu um sorrisinho.

"Não se preocupe", ele disse. "Eu venho pra casa antes, pra ficar com você, e depois saio pra minha noite livre."

"Tá", eu disse. "Obrigada." Mais tarde, eu me daria conta de que ele poderia simplesmente ter dito que ia fazer a noite livre na sexta-feira. E depois de mais um tempo, me daria conta de que ele queria tirar a noite livre mesmo assim porque era provável que alguém — a pessoa que tinha enviado aqueles bilhetes — o esperasse nas quintas-feiras, e que agora ele teria de dar um jeito de falar para essa pessoa que ele se atrasaria. Mas eu sabia que ele esperaria o inspetor chegar — nosso consumo de água era monitorado todos os meses, e se você passasse da cota reservada à sua casa, você tinha que pagar uma multa que passaria a constar nos registros civis.

Naquela quinta-feira, eu disse ao dr. Morgan que tinha um vazamento no meu chuveiro e que precisava de permissão para voltar para casa mais cedo, e ele concordou. Então peguei o ônibus das 17h, de forma que quando meu marido chegou em casa — às 18h57, como sempre — eu estava fazendo o jantar. "Cheguei tarde?", ele perguntou.

"Não", eu disse. "Ele não veio."

Eu tinha feito um hambúrguer de ratão-do-banhado a mais, por via das dúvidas, e batata-doce e espinafre a mais também, mas quando perguntei ao meu marido se ele queria comer alguma coisa enquanto a gente esperava, ele acenou que não. "Mas você devia comer agora, antes que esfrie", ele disse. A carne de ratão-do-banhado endurecia se você não comesse logo depois de sair do fogo.

Então eu comi, sentando-me à mesa e revirando os pedaços com o garfo. Meu marido também se sentou e abriu o livro que estava lendo. "Tem certeza de que não está com fome?", perguntei, mas ele balançou a cabeça mais uma vez. "Não, obrigado", ele disse.

Ficamos sentados em silêncio por um tempo. Ele se remexeu na cadeira. Nós nunca conversávamos muito durante o jantar, mas pelo menos fazíamos uma atividade juntos quando nos sentávamos para comer. Mas agora parecia que estávamos em duas cabines de vidro que tinham sido colocadas lado a lado, e, embora as outras pessoas pudessem nos ver, nós não conseguíamos ver nem ouvir nada além das nossas cabines, e não imaginávamos que estávamos tão perto.

Ele se mexeu de novo. Ele virou a página e em seguida a desvirou, lendo o que já tinha lido. Ele olhou para o relógio de parede, e eu fiz o mesmo. Eram 19h14. "Saco", ele disse. "Aonde será que ele foi?" Ele olhou para mim. "Não mandaram nenhum aviso, mandaram?"

"Não", eu disse, e ele balançou a cabeça e voltou a olhar para o livro.

Cinco minutos depois, ele levantou a cabeça. "A que horas disseram que ele estaria aqui?", ele perguntou.

"Às dezenove em ponto", eu disse, e ele balançou a cabeça mais uma vez.

Alguns minutos depois, ele fechou o livro de vez e nós dois ficamos ali, olhando o relógio, o mostrador branco e redondo.

De repente meu marido se levantou. "Preciso ir", ele disse. "Tenho que sair." Eram 19h33. "Eu... eu preciso ir num lugar. Já estou atrasado." Ele olhou para mim. "Naja... Se ele vier, você consegue resolver isso sozinha?"

Eu sabia que ele queria que eu conseguisse resolver as coisas sozinha, e de súbito fiquei com medo, como se de fato estivesse lidando com a possibilidade de falar com o gestor do edifício sozinha, sem a presença do meu marido; era quase como se eu tivesse esquecido que o gestor não ia vir, que toda aquela situação era algo que eu tinha inventado para fazer uma coisa que deveria ser muito mais assustadora: seguir meu marido em sua noite livre.

"Sim", eu disse. "Eu consigo resolver."

Ele sorriu nesse momento, um de seus raros sorrisos. "Você vai conseguir", ele disse. "Você já conhece o gestor; ele é uma boa pessoa. E hoje vou chegar mais cedo, quando você ainda estiver acordada, tá?"

"Tá", concordei.

"Não fica nervosa", ele disse. "Você consegue." Essa era uma frase que meu avô também me dizia: *Você consegue, gatinha. Não precisa ter medo.* Depois ele pegou o casaco impermeável no cabideiro. "Boa noite", ele disse, enquanto a porta se fechava.

"Boa noite", eu disse para a porta fechada.

Esperei só vinte segundos depois de o meu marido fechar a porta para também sair do apartamento. Eu já tinha deixado uma bolsa pronta, com algumas coisas que eu achava que talvez precisasse, inclusive uma das lanternas menores, e um caderno e um lápis, e uma garrafa térmica de água, caso eu sentisse sede, e meu casaco impermeável caso eu sentisse frio, embora fosse improvável que isso acontecesse.

Lá fora estava escuro e quente, mas não abafado, e havia mais gente do que era habitual, andando ao redor do Parque, voltando para casa a pé depois de ir ao supermercado. Avistei meu marido na mesma hora: ele estava andando depressa pela Quinta Avenida, indo na direção norte, e eu o segui quando ele virou a oeste na rua 9. Era o mesmo caminho que ambos fazíamos todos os dias de manhã, em horários diferentes, para chegar ao ponto de ônibus, e por um segundo me perguntei se ele iria esperar o ônibus de novo e voltar para o trabalho. Mas ele continuou andando, atravessando a Sexta Avenida e uma área que chamávamos de Pequena Oito, porque lá havia um conjunto de arranha-céus que a fazia parecer uma zona diferente dentro da Zona Oito, e depois atravessando também a Sétima Avenida, onde ele continuou avançando.

Eu quase nunca tinha motivo para andar tão longe na direção oeste. A Zona Oito ia da New First Street em seu ponto mais ao sul à rua 23 no ponto mais ao norte, e da Broadway, no leste, à Oitava Avenida, e até o rio, no oeste. Tecnicamente, a zona tinha sido ainda maior, mas dez anos atrás a maior parte do território para lá da Oitava Avenida tinha sido atingida por uma enchente durante a última grande tempestade, e por isso as pessoas que tinham escolhido ficar em apartamentos no rio também eram residentes da Zona Oito. Mas a cada ano mais pessoas desse grupo eram transferidas, porque vinham descobrindo coisas estranhas no rio, e não se sabia se era seguro morar lá.

A Zona Oito era a Zona Oito, e não deveria existir nenhuma hierarquia dentro dela, nenhuma área que fosse considerada melhor que a outra. Era isso que o governo nos dizia. Mas se *morasse* na Zona Oito, você sabia que na verdade havia lugares — como onde eu e meu marido morávamos — que eram mais procurados que outros. Não havia supermercados no lado oeste da Sexta Avenida, por exemplo, nem centros de lavanderia ou higiene, exceto aquele que só prestava serviços para as pessoas que moravam na Pequena Oito, que também tinha um estabelecimento chamado Mercearia, onde você podia comprar produtos não perecíveis, como cereais e alimentos em pó, mas nada que pudesse estragar.

Como eu disse, a Zona Oito era um dos distritos mais seguros da ilha, se não da municipalidade inteira. Ainda assim, havia boatos sobre o que aconteceu perto do rio, assim como havia boatos sobre o que aconteceu na Zona Dezessete, que percorria os eixos norte e sul da Zona Oito, mas depois se estendia até chegar à margem do rio da Primeira Avenida, na costa leste. De acordo com um dos boatos, o extremo oeste da Zona Oito era mal-assombrado. Certa vez perguntei sobre isso ao meu avô, e ele me levou até a Oitava Avenida para me mostrar que não havia nenhum fantasma lá. Ele disse que essa história tinha surgido antes de eu nascer, quando havia uma série de túneis subterrâneos debaixo das ruas, que iam até os centros de transferência, ainda que naquela época eles não fossem centros, e sim distritos, como a Zona Oito, onde as pessoas moravam e trabalhavam. Mais tarde, depois da pandemia de 70, eles foram fechados, e as pessoas começaram a contar que o governo tinha usado os túneis como centros de isolamento para os infectados, que àquela altura eram centenas de milhares de pessoas, e depois os havia selado com concreto, e todo mundo lá dentro tinha morrido.

"Isso é verdade?", eu perguntei ao meu avô. Naquele momento estávamos em pé perto do rio e falando muito baixo, porque o mero ato de tocar nesse assunto era considerado alta traição. Eu sempre ficava com medo quando eu e meu avô falávamos sobre assuntos ilegais, mas também me sentia bem, porque sabia que ele sabia que eu era capaz de guardar segredos, e que eu nunca trairia a confiança dele.

"Não", meu avô disse. "Essas histórias são apócrifas."

"O que isso significa?", eu perguntei.

"Significa que não são verdadeiras", ele disse.

Eu fiquei pensando. "Se não são verdadeiras, por que as pessoas contam?", perguntei, e ele desviou o olhar, buscando as fábricas do outro lado do rio.

"Às vezes, quando as pessoas contam histórias como essas, o que elas estão tentando expressar é o medo, ou a raiva, que sentem. O governo fazia muitas coisas horríveis naquela época", ele disse, bem devagar, e eu senti aquele mesmo nervosismo por ouvir alguém falar do governo daquele jeito, e porque essa pessoa era meu avô. "Muitas coisas horríveis", ele repetiu, depois de fazer uma pausa. "Mas essa não foi uma delas." Ele olhou para mim. "Você acredita em mim?"

"Acredito", eu disse. "Acredito em tudo que o senhor diz, vovô."

Ele voltou a desviar o olhar, e eu tive receio de ter dito algo de errado, mas ele se limitou a colocar a mão na minha nuca e não disse nada.

O que continuou sendo verdade era que os túneis tinham sido fechados com concreto muito tempo atrás, e diziam que, se você se aproximasse do rio tarde da noite, dava para ouvir os soluços e gemidos das pessoas que tinham sido abandonadas e morrido dentro deles.

A outra coisa que as pessoas falavam sobre o extremo oeste da Zona Oito era que havia edifícios que *pareciam* ser edifícios, nos quais ninguém mo-

453

rava. Levei alguns anos entreouvindo as conversas dos ph.Ds para entender o que queriam dizer com isso.

A maior parte da Zona Oito tinha sido construída séculos atrás, nos anos 1800 e no começo dos 1900, mas muitas construções foram demolidas pouco antes de eu nascer e substituídas por torres, que também faziam as vezes de clínicas. Antes disso, a população era muito grande e as pessoas vinham do mundo inteiro para morar na municipalidade. Mas depois, com a doença de 50, a imigração tinha praticamente acabado, e as doenças de 56 e 70 resolveram o problema da superpopulação, e isso significava que, embora a Zona Oito continuasse sendo um distrito de alta densidade populacional, agora ninguém morava aqui ilegalmente. Mas alguns dos edifícios originais da zona tinham sido poupados, especialmente aqueles que ficavam perto da Quinta Avenida e do Parque, assim como aqueles próximos à Oitava Avenida. Aqui, os edifícios eram parecidos com aquele em que eu e meu marido morávamos: eram feitos de tijolos vermelhos e raramente tinham mais de quatro andares. Alguns eram até menores e tinham só quatro apartamentos.

De acordo com os ph.Ds cujas conversas eu ouvia escondida, havia alguns desses edifícios próximos ao rio que certa vez tinham sido divididos em apartamentos, assim como o nosso edifício, mas que ao longo dos anos se tornaram lugares em que ninguém morava. Em vez disso, você ia a esses edifícios para... bem, eu não sabia o que as pessoas faziam naqueles edifícios, só sabia que era alguma coisa ilegal, e que quando os ph.Ds falavam disso eles riam e diziam coisas como "Você sabe bem como é, né, Foxley?". Foi assim que deduzi que eram lugares perigosos e ao mesmo tempo interessantes que os ph.Ds fingiam que conheciam, mas aos quais nunca teriam a coragem de ir de fato.

A essa altura eu estava muito perto do rio, numa rua chamada Bethune. Quando eu era criança, o governo tinha tentado rebatizar todas as ruas que tinham nomes com números, numa iniciativa que afetava principalmente as zonas Sete, Oito, Dezessete, Dezoito e Vinte e um. Mas não tinha funcionado, e as pessoas continuaram a chamá-las pelos nomes do século XX. Por todo esse tempo, meu marido não tinha olhado para trás nem uma vez. Estava muito escuro, e tive sorte porque ele estava usando um casaco cinza-claro que eu conseguia ver facilmente. Não havia dúvida de que ele já tinha feito esse caminho muitas vezes: em um dado momento, ele saiu da calçada e de repente foi para a rua, e quando olhei a calçada vi que havia um buraco imenso ali, e ele soube exatamente quando desviar.

A Bethune era uma das ruas que as pessoas achavam que era mal-assombrada, embora não ficasse perto das antigas entradas dos túneis subterrâneos. Mas ainda tinha todas as árvores, embora estivessem quase todas sem folhas, e imagino que por isso parecesse tão antiquada e melancólica. Essa também era uma das ruas que não tinham sido atingidas pela enchente, e por isso continuava na direção oeste até chegar à Washington Street. Nesse ponto meu marido andou até a metade do quarteirão e de repente parou e olhou ao redor.

Não havia ninguém na rua além de mim, e me escondi rápido atrás de uma das árvores. Eu não estava com medo de ele me ver: eu estava usando roupas e sapatos pretos, e minha pele é bem escura — eu sabia que era impossível me ver. Na verdade, a cor do meu marido é parecida com a minha, e a essa altura estava tão escuro que, se eu não soubesse como era o casaco dele, eu mesma não o veria.

"Oi? Tem alguém aí?", meu marido perguntou.

Sei que isso vai parecer bobagem, mas naquele momento eu quis responder. "Estou aqui", eu teria dito, e saído na calçada. "Só quero saber aonde você vai", eu poderia dizer. "Quero ficar com você." Mas não consegui pensar na resposta que ele daria.

Então eu não disse nada, só continuei escondida atrás da árvore. Mas pensei, sim, que meu marido parecia muito calmo, muito calmo e muito decidido.

Em seguida ele voltou a andar, e eu saí de trás da árvore e o segui, dessa vez um pouco mais de longe. Por fim ele chegou ao número 27, uma das últimas construções do quarteirão, um edifício antiquado relativamente parecido com aquele em que morávamos, e olhou ao redor mais uma vez antes de subir a escada de pedra e bater na porta de um jeito complicado: *toc-to-toctoc--toc-toc-toc-to-toc-toctoc*. Então uma janelinha se abriu na porta, e um retângulo de luz iluminou o rosto do meu marido. Alguém deve ter perguntado algo a ele, porque ele respondeu alguma coisa, alguma coisa que eu não consegui ouvir, e então a janela se fechou e a porta se abriu só o suficiente para meu marido se esgueirar e entrar. "Você chegou atrasado hoje", ouvi uma pessoa, um homem, dizer antes de a porta se fechar de novo.

Aí ele sumiu. Fiquei em pé na frente do prédio, com a cabeça erguida, tentando ver alguma coisa. Olhando da rua, parecia desocupado. Não havia luz, não havia som. Depois de esperar cinco minutos, eu mesma subi a escada e encostei o ouvido na porta, cuja tinta preta estava descascando. Fiquei escutando, mas não havia nada. Era como se meu marido tivesse desaparecido — e entrado não numa casa, mas num outro mundo.

Foi só no dia seguinte, quando voltei à segurança da minha sala no laboratório, que compreendi o risco que eu havia corrido na noite anterior. E se meu marido tivesse me visto? E se alguém tivesse me visto seguindo meu marido e suspeitado que eu estivesse envolvida em atividades ilegais?

Mas então precisei me lembrar que meu marido não tinha me visto. Ninguém tinha me visto. E se por acaso uma Mosca que estivesse patrulhando aquela região tivesse me registrado, eu simplesmente diria à polícia que meu marido tinha esquecido os óculos quando saiu para sua caminhada noturna, e que eu tinha saído para levá-los.

Depois de voltar para o apartamento, eu me deitei cedo, tão cedo que quando meu marido voltou para casa eu já fingia estar dormindo. Eu tinha deixado um bilhete no banheiro dizendo que o vazamento estava consertado, e o ouvi afastando a cortina para examinar o chuveiro. Eu não tinha como saber se ele de fato tinha voltado mais cedo do que o normal, já que não havia relógio no quarto. Mas eu sabia que ele havia acreditado que eu estivesse dormindo, porque manteve o silêncio enquanto se trocava no escuro.

Eu tinha passado o dia tão distraída que levei um tempo para me dar conta de que havia algo errado no laboratório, e foi só quando entreguei uma nova leva de mindinhos para o grupo de ph.Ds que percebi que o motivo para estarem tão silenciosos era que todos estavam com fones de ouvido, escutando o rádio.

Havia dois rádios no laboratório. Um era um rádio normal, do tipo que todo mundo tinha. O segundo era um rádio que só recebia transmissões feitas para instituições de pesquisa autorizadas ao redor do mundo, para que vários cientistas pudessem anunciar descobertas pertinentes e dar palestras e atualizações. Geralmente, é claro, esse tipo de pesquisa era compartilhado em artigos que só podiam ser acessados por cientistas credenciados em computadores de alta segurança. Mas quando havia alguma urgência, a notícia era compartilhada nesse rádio especial, que transmitia uma camada de ruído por cima da fala da pessoa. Isso significava que, a não ser que você tivesse os fones de ouvido adequados para cancelar o ruído, você só ouviria um barulho aleatório e sem sentido, como o cri-cri de grilos ou o crepitar de uma fogueira. Cada pessoa com a devida autorização para ouvir esse rádio tinha uma sequência de números que ela precisava digitar, e cada sequência era registrada para um usuário diferente, de forma que o governo pudesse monitorar quem estava ouvindo em determinado momento. Os fones de ouvido também só eram ativados quando você inseria o código, e, antes de ir embora do laboratório no fim do dia, os cientistas trancavam os fones num cofre que continha uma série de caixinhas; cada um tinha que digitar outro código para a porta de sua caixa se abrir.

Nesse momento todos estavam em silêncio, franzindo o cenho e ouvindo o rádio. Coloquei a bandeja de placas de Petri com os novos mindinhos na lateral do balcão, e um dos ph.Ds fez um gesto impaciente com as mãos, me mandando embora; os outros sequer tiraram os olhos dos cadernos em que estavam anotando alguma coisa, parando para escutar de vez em quando e depois voltando a escrever.

Voltei para a sala com os meus ratos e observei os cientistas pela janela. O laboratório inteiro estava imóvel. Até o dr. Wesley, trancado em sua sala, estava ouvindo, olhando a tela do computador e fazendo uma careta.

Depois de uns vinte minutos a transmissão deve ter acabado, porque todo mundo tirou os fones de ouvido e foi correndo para a sala do dr. Wesley — até os doutorandos, que costumavam ser excluídos de reuniões assim. Quando os vi desligando o rádio, fui até a área dos ph.Ds e comecei a empilhar placas de Petri vazias numa bandeja, mesmo que essa não fosse uma das minhas tarefas. Mas, enquanto fazia isso, ouvi um deles dizer ao outro: "Você acha que é verdade?", e o outro responder "Caralho, eu espero que não".

Depois eles entraram na sala, e eu não consegui ouvir mais nada. Mas consegui ver o dr. Wesley falando, e os outros assentindo com a cabeça, e todo mundo fazendo uma cara muito séria. Nesse momento fiquei com medo, porque, normalmente, quando alguma coisa ruim acontecia — quando descobriam um novo vírus, digamos — os cientistas não ficavam com medo, e sim animados.

Mas nesse momento eles estavam assustados, e sérios, e quando fui ao banheiro no meu intervalo, passei pelos outros laboratórios do andar, e também neles as únicas pessoas que vi foram os técnicos e a equipe de apoio andando de um lado para o outro, limpando e organizando as coisas como sempre fazemos, porque os cientistas estavam todos reunidos nas salas de seus respectivos chefes de laboratório, falando entre si a portas fechadas.

Esperei por muito tempo, mas todo mundo continuou na sala do dr. Wesley, conversando. O vidro era antirruído, então não consegui ouvir nada. No fim, eu estava quase perdendo o ônibus e tive que ir embora, mas escrevi um bilhete para o dr. Morgan explicando que eu tinha ido, e o deixei sobre sua mesa, caso ele me procurasse.

Levei mais uma semana para descobrir parte do que os cientistas tinham ouvido no rádio, e os dias que se sucederam foram muito estranhos. Normalmente, eu consigo obter informações com certa rapidez. O laboratório aconselha os cientistas a não fazerem fofoca ou especulações em voz alta, mas eles fazem mesmo assim, embora o façam sussurrando. Além da falta de discrição dos cientistas, porém, a outra questão que me beneficia é que eles raramente notam minha presença. Às vezes isso me incomoda, mas na maior parte do tempo consigo tirar vantagem disso.

Já fiquei sabendo de muitas coisas ouvindo as conversas dos outros. Fiquei sabendo, por exemplo, que a Roosevelt Island, no East River, foi um dos primeiros centros de transferência da cidade, durante a pandemia de 50, e depois um campo de prisioneiros, e, por fim, depois de ser invadida por roedores que transmitiam uma infecção, o governo transferiu o centro para a Governor's Island, no sul, que antes havia sido um campo de refugiados, e espalharam milhares de tabletes de alimento envenenados que mataram todos os roedores, e desde então ninguém ia até a Roosevelt Island, exceto os funcionários do crematório. Fiquei sabendo que o dr. Wesley viajava com frequência para as Colônias do Oeste, onde o governo tinha construído um centro de pesquisa bem grande no qual mantinham uma câmara subterrânea em que guardavam uma amostra de todos os micróbios que havia no mundo. Fiquei sabendo que o governo previa uma seca muito severa para os próximos cinco anos, e que em outro lugar do país havia uma equipe de cientistas tentando descobrir como fazer chover em grande escala.

Além de todas essas informações, também fiquei sabendo de outras coisas por meio das conversas dos ph.Ds que eu escutava escondida. A maioria deles eram casados, e eles às vezes falavam sobre sua vida amorosa e coisas que tinham acontecido com o marido ou a esposa. Mas, nesses momentos, eles muitas vezes se comunicavam com silêncios, não com informações. Diziam coisas como "você sabe o que aconteceu depois", e a outra pessoa dizia "sei", e às vezes eu tinha vontade de perguntar "e depois, o que aconteceu? Do que vocês estão falando?". Porque eu não sabia, e queria saber. Mas é claro que eu sabia que não podia perguntar.

Mas na semana que se seguiu à radioconferência, eles estavam todos mais quietos que o normal, quietos e sérios, e todo mundo estava muito mais concentrado no trabalho, embora eu não soubesse o que de fato estavam fazendo e não entenderia se me dissessem. Eu só sabia que havia algo diferente no comportamento deles, e que algo no laboratório havia mudado.

Antes de descobrir o que era, porém, segui meu marido de novo. Não sei por quê. Acho que eu queria saber se era aquilo que ele fazia toda quinta-feira, porque então isso seria outra coisa que eu saberia sobre ele, pelo menos.

Dessa vez, fui direto do ponto de ônibus para o final da Bethune Street do lado oeste, e lá fiquei esperando. Havia uma casa bem em frente àquela em que meu marido tinha entrado, e, como todas as casas construídas naquela época, ela tinha uma entrada principal, que você acessava por um lance de escada, e uma segunda entrada que ficava escondida embaixo da escada. Meu avô tinha me contado que antigamente essa porta costumava ser protegida por um portão de ferro, mas havia muito tempo que tinham removido os portões para derretê-los para uso militar, e por isso consegui ficar logo abaixo da escada e ter uma boa visão do outro lado da rua.

Naquele dia não havia muito trânsito, então cheguei ao meu esconderijo às 18h42. Olhei para a casa, que parecia tão abandonada quanto na quinta-feira anterior. Já estava escuro, por ser janeiro, mas não tanto quanto na semana anterior, e consegui ver que tinham coberto as janelas com papel preto ou tinta preta, alguma coisa que impedia tanto quem estava dentro quanto quem estava fora de enxergar. Também consegui ver que, embora o edifício estivesse deteriorado, a estrutura era bem cuidada: a escada era velha, mas, exceto pela falta de uma pedra no segundo degrau, o resto estava em bom estado. O compactador de lixo estava limpo e não havia mosquitos zunindo por perto.

Mais ou menos três minutos depois, vi alguém vindo pela rua, da direção oeste, e voltei para debaixo da escada, pensando que fosse meu marido. Mas não era. Era um homem mais ou menos da idade do meu marido, mas branco, que usava uma camisa social e uma calça de tecido leve. Ele andava depressa, como meu marido, e quando chegou à casa do outro lado da rua subiu os degraus sem verificar o número, e bateu na porta da mesma forma rítmica com que meu marido tinha batido na semana anterior. Aí a mesma coisa aconteceu: uma fresta da janela se abriu, surgiu o retângulo de luz, a pergunta e a resposta, e a porta se abriu só o suficiente para que o homem entrasse.

Por um tempo, não consegui acreditar que de fato tinha visto tudo aquilo. Era como se eu tivesse feito aquilo acontecer com a força da imaginação. Eu tinha ficado tão ocupada observando a chegada do homem que sequer tinha conseguido qualquer informação útil sobre ele. "Com cada pessoa que vê, você deve tentar perceber cinco coisas", meu avô dizia quando eu tinha dificuldade de descrever alguém. "De que raça a pessoa é? Ela é alta ou baixa? É gorda ou magra? Ela se mexe rápido ou devagar? Ela olha para baixo ou para a frente? Com essas informações, você vai descobrir boa parte do que precisa saber sobre alguém."

"Como?", eu perguntei. Eu não tinha entendido.

"Bom, por exemplo, digamos que essa pessoa esteja andando apressada pela rua ou pelos corredores", meu avô disse. "Ela está olhando para trás? Talvez esteja fugindo de alguma coisa, ou de alguém. Então isso talvez mostrasse que ela está com medo. Ou talvez ela esteja falando sozinha, e olhando o relógio, e isso lhe diria que ela está atrasada para alguma coisa. Ou digamos que ela esteja andando devagar, e olhando para o chão o tempo todo. Isso pode dizer que a pessoa está perdida em pensamentos, ou sonhando acordada. Mas, seja como for, você vai saber que ela está prestando atenção em outra coisa, e que, dependendo do contexto, é melhor não a importunar. Ou talvez que seja *necessário* importuná-la, que você precisa alertá-la sobre algo que vai acontecer."

Lembrando disso, eu tentei descrever o homem para mim mesma. Ele era branco, como eu tinha dito, e estava andando depressa, mas sem olhar para trás. Ele andava como os pós-doutorandos andavam pelos corredores do laboratório: sem olhar nem para a esquerda nem para a direita, e nunca para trás. Fora isso, era difícil analisar o homem. Ele não era gordo nem magro, nem jovem nem velho, nem alto nem baixo. Era só um homem na Bethune Street que entrou na casa em que meu marido tinha entrado na semana anterior.

Enquanto eu pensava nisso, ouvi outra pessoa se aproximando, e quando levantei a cabeça vi que era meu marido. Mais uma vez, foi como se eu o tivesse inventado, como se ele fosse um sonho, e não uma pessoa de verdade. Ele estava carregando sua bolsa de nylon e usando roupas casuais, e isso significava que ele tinha trocado de roupa na Fazenda. Dessa vez ele não olhou ao redor, não desconfiou que alguém o observava; ele subiu a escada, bateu na porta e entrou quando a abriram.

Depois tudo ficou em silêncio. Esperei mais vinte minutos para ver se alguém mais chegava, mas ninguém chegou, e por fim me virei e voltei para casa. No caminho, passei por algumas outras pessoas — uma mulher, andando sozinha; dois homens, que estavam conversando sobre consertos de instalações elétricas que tinham feito em uma das escolas; um homem sozinho com sobrancelhas escuras e eriçadas —, e quando via cada uma eu me perguntava: elas também estavam indo para a casa na Bethune Street? Será que iam subir aquela escada, bater naquela porta, dizer um código secreto e entrar? E, uma vez, lá dentro, o que fariam? Sobre o que falavam? Será que conheciam meu marido? Será que uma delas era a pessoa que vinha lhe mandando aqueles bilhetes?

Ele ia àquela casa havia quanto tempo?

Quando voltei ao nosso apartamento, abri de novo a caixa que havia no armário e olhei os bilhetes. Pensei que talvez houvesse um novo, mas não havia. Enquanto eu os relia, me dei conta de que não diziam nada de interessante — eram só palavras corriqueiras. Mesmo assim eu sabia, de alguma forma, que nunca seriam o tipo de bilhete que meu marido escreveria para mim, ou que eu escreveria para ele. Eu sabia disso, mas não sabia explicar por que eram diferentes. Olhei os bilhetes mais uma vez, depois os guardei e me deitei na minha cama. Me dei conta de que preferiria nunca ter seguido meu marido, porque o que eu tinha descoberto não havia me ajudado de nada. Na verdade, eu só descobrira que meu marido provavelmente ia ao mesmo lugar em todas as noites livres, embora isso fosse só uma teoria e eu não pudesse prová-la, a não ser que passasse a segui-lo em todas as suas noites livres a partir de então. Mas o detalhe que mais havia me incomodado era o fato de, depois de ter respondido a pessoa que estava do outro lado da porta, meu marido ter dado risada. Eu não conseguia me lembrar da última vez que tinha visto meu marido rir, se é que um dia o tinha visto rir — ele tinha uma risada bonita. Ele estava em outra casa, rindo, e eu estava em casa, esperando que ele voltasse.

No dia seguinte eu fui para a RU, como sempre, e o clima no laboratório continuava estranho, os pós-doutorandos ainda quietos e ocupados, os ph.Ds ainda ansiosos e empolgados. Andei por entre eles, distribuindo os novos mindinhos, retirando os antigos, me demorando perto dos ph.Ds que eu sabia que eram tagarelas por natureza, aqueles que gostavam de fofocar. Dessa vez, porém, só havia silêncio.

Mas eu tinha paciência, uma qualidade que meu avô sempre dizia ser subestimada, e eu sabia que os ph.Ds costumavam relaxar das 15h às 15h30, quando a maioria deles fazia uma pausa para tomar chá. Não permitiam que eles tomassem chá no espaço de trabalho, é claro, mas a maioria tomava mesmo assim, especialmente porque nessa ocasião os pós-doutorandos estavam em outra sala, fazendo sua reunião diária. Então esperei passar um pouco das 15h para ir recolher os embriões antigos da área dos ph.Ds.

Por alguns minutos o único som que se ouvia era o das pessoas tomando chá, que na verdade não era chá, e sim um pó rico em nutrientes que teoricamente tinha gosto de chá e tinha sido desenvolvido na Fazenda. Isso sempre me fazia pensar no meu avô. Eu tinha dez anos quando o chá havia se tornado recurso restrito, mas meu avô tinha um pequeno estoque de chá preto defumado que ele havia guardado, e o bebemos por um ano. Ele dosava o chá com tanto cuidado — só um punhadinho por chaleira —, mas as folhas eram tão fortes que isso era suficiente. Depois que o chá enfim acabou, ele comprou o pó, mas nunca chegou a bebê-lo.

Nesse momento um dos ph.Ds disse: "Você acha que é verdade?".

"Pelo jeito deles parece que sim", disse outro.

"Pois é, mas como a gente sabe que não é só mais um falso positivo?", perguntou um terceiro.

"O sequenciamento genômico é diferente aqui", disse um quarto, e aí a conversa ficou técnica demais para mim, mas continuei ouvindo mesmo assim. Não consegui compreender muita coisa, mas o que entendi foi que tinham diagnosticado mais uma nova doença, e que a situação era muito grave, talvez desastrosa.

Descobriam novas doenças com frequência na RU, e não só na RU, mas também em outros laboratórios ao redor do mundo. Toda segunda-feira, Pequim enviava aos pesquisadores responsáveis de todos os centros de pesquisa credenciados um relatório que elencava as mortes e os novos casos de três a cinco das pandemias mais graves da atualidade, considerando os dados da semana anterior, assim como novos desdobramentos. O registro era dividido por continente, por país e, se necessário, por distrito e municipalidade. Depois, toda sexta-feira, Pequim compilava e enviava as últimas descobertas científicas — fossem elas clínicas ou epidemiológicas — que as nações participantes tinham comunicado. O objetivo, como o dr. Wesley certa vez dissera, não era erradicar as doenças, porque isso seria impossível, mas contê-las, de preferência nas mesmas regiões em que tinham sido descobertas. "Epidemias, e não pandemias", o dr. Wesley tinha dito. "Nossa missão é descobri-las antes que se disseminem."

Eu trabalho na RU e no laboratório do dr. Wesley há sete anos, e pelo menos uma vez por ano havia pelo menos um alarme falso, quando faziam um comunicado emergencial na rádio, como havia acontecido na semana anterior, e todo mundo no instituto ficava assustado e empolgado, porque parecia que corríamos o risco de testemunhar a próxima grande pandemia, uma pandemia tão grave quanto as doenças de 56 e 70, que segundo o dr. Wesley tinham "reorganizado o mundo". Mas, no fim, tinham conseguido controlar todas essas ameaças. Na verdade, nenhuma delas tinha afetado a ilha; não houve quarentena, nem qualquer menção a isolamento, nem boletins especiais, nem cooperação com a Unidade Nacional de Farmacologia. Ainda assim, o padrão era que todos ficassem em alerta nos primeiros trinta dias depois da descoberta de uma nova doença, porque esse era o típico período de incubação da maioria dessas doenças — mas, como todos admitiriam em particular, só porque esse *tinha sido* o padrão dessas doenças não significava que as próximas se comportariam da mesma forma. Era por isso que o trabalho dos cientistas do nosso laboratório era tão importante — eles tentavam prever a próxima mutação, a próxima doença que colocaria todos nós em perigo.

Sei que isso é surpreendente, mas há cientistas que são muito supersticiosos. Digo isso porque, ao longo desses últimos anos, as pessoas passaram a ter mais medo desses relatórios; acho que todo mundo acredita que a próxima praga — seja ela qual for — já deveria ter chegado. Haviam se passado catorze anos entre a doença de 56 e a doença de 70; estávamos em 94 e nenhuma catástrofe tinha acontecido. É claro que, como o dr. Morgan gosta de dizer, nossa situação hoje é bem melhor do que em 70, e isso é verdade. Nossos laboratórios são mais sofisticados; há mais cooperação entre a classe científica. É muito mais difícil disseminar informações falsas e por consequência instilar o pânico; você não pode entrar num avião e infectar as pessoas de outros países sem saber; você não pode falar sobre suas teorias sobre o que está acontecendo com quem quiser e quando quiser na internet; há sistemas que foram criados para isolar e tratar os infectados de forma humanizada. Então a situação melhorou.

Eu não era supersticiosa. Eu podia até não ser cientista, mas sabia que as coisas não seguem um padrão, mesmo quando parece que sim. Por isso eu estava confiante de que esse era só mais um acontecimento sem muita importância, como os outros tinham sido, um acontecimento que deixaria todos instigados por algumas semanas e depois seria esquecido, outra doença que sequer mereceria ganhar nome.

Todo Ano-Novo Lunar, disponibilizavam um estoque limitado de carne de porco no supermercado. Geralmente, a Unidade Nutricional Nacional sabia em dezembro quanto porco conseguiriam distribuir pelas zonas selecionadas, e até o fim do mês colocavam no supermercado uma placa que dizia quantas porções de meio quilo estariam disponíveis, e de quantos cupons de proteína extras você precisaria para adquiri-las. Depois você precisava se inscrever no sorteio, que acontecia no último domingo de janeiro, a não ser quando o Ano-Novo caía antes, nesse caso faziam o sorteio dez dias antes do feriado, de forma que você tivesse tempo suficiente para refazer seus planos caso não ganhasse.

Eu só tinha ganhado o sorteio do porco uma vez, no segundo ano do meu casamento. Depois disso, houve mau tempo nos distritos e colônias onde criavam os porcos, e a quantidade de carne diminuiu. Mas 2093 tinha sido um bom ano, sem eventos climáticos significativos e com os surtos controlados, e eu tinha esperança de que dessa vez poderíamos comer porco nas festas.

Fiquei muito animada quando meu número foi um dos escolhidos. Fazia muito tempo que eu não comia porco, e adorava o sabor da carne — meu marido também gostava. Antes eu estava com receio de que a comemoração do Ano-Novo caísse numa quinta-feira, como tinha acontecido dois anos atrás, e eu ficasse sozinha, mas caiu numa segunda, e eu e meu marido passamos o dia cozinhando. Essa é uma coisa que fazemos — exceto pelo Ano-Novo de dois anos atrás — em todos os feriados lunares desde que nos casamos, e por isso esse era o dia que eu esperava com mais ansiedade.

Eu tinha sido muito esperta em guardar nossos cupons dos últimos meses para podermos fazer um verdadeiro banquete, e, além do porco, eu também tinha guardado cupons suficientes para fazermos massa: metade da massa ficaria separada para fazer dumplings, e a outra metade para fazer um pão com sabor de laranja. Mas eu estava animada principalmente a respeito do porco. De tempos em tempos, o governo tentava emplacar um novo substituto para o porco e outros tipos de carne animal, e, ainda que algumas opções tivessem sido bem-sucedidas, as proteínas criadas para substituir o porco e a carne bovina nunca tinham dado certo. O sabor sempre ficava estranho, por mais que eles tentassem. Com o passar do tempo, porém, eles deixariam de tentar, porque aqueles de nós que ainda se lembravam do sabor da carne de vaca e porco acabariam se esquecendo, e em algum momento nasceriam crianças que nunca saberiam como era.

Passamos a manhã cozinhando e jantamos cedo, às 16h. Havia comida suficiente para que cada um pudesse comer oito dumplings, além de arroz e folhas de mostarda que meu marido tinha feito refogadas com óleo de gergelim que tínhamos comprado com nossas economias, e cada um comeu uma fatia de bolo. Esse era o único dia do ano em que era fácil conversar com meu marido, porque podíamos falar sobre a comida. Às vezes, falávamos até de coisas que tínhamos comido quando éramos jovens, entre períodos de racionamento mais severo, mas isso era sempre perigoso, porque fazia você começar a pensar sobre muitas outras coisas dos tempos em que era mais jovem.

Nesse momento meu marido disse: "Meu pai fazia o melhor porco desfiado do mundo". Não pareceu que eu precisava responder, porque era uma afirmação, não uma pergunta, e ele de fato continuou falando. "A gente comia pelo menos duas vezes por ano, mesmo depois de o racionamento começar, e ele cozinhava a carne em fogo baixo por horas, e era só encostar o garfo que ela desmanchava no prato. A gente comia com vagem e macarrão, e se sobrasse minha mãe fazia sanduíches. Eu e a minha irmã sempre..." E aí ele parou de falar de repente, e pousou os palitos no prato, e olhou para a parede por um instante antes de pegá-los de novo. "Enfim", ele disse, "fico feliz que a gente tenha conseguido comer isso hoje."

"Eu também", eu disse.

Naquela noite, quando estávamos deitados nas nossas camas, me perguntei como meu marido era antes de nos conhecermos. Quanto mais tempo passávamos casados, mais eu pensava nisso, especialmente porque eu não o conhecia tão bem. Eu sabia que ele vinha da Prefeitura Um, e que seus pais, os dois, foram professores numa grande universidade, e que em algum momento os dois haviam sido presos e levados para campos de reabilitação, e que ele tinha uma irmã mais velha, que também fora levada para os campos, e que, pelo fato de os membros de sua família imediata terem sido declarados inimigos do estado, ele tinha sido expulso da universidade onde fazia pós-graduação. Nós dois tínhamos sido oficialmente perdoados graças ao Ato do Perdão de 2087 e ganhado bons empregos, mas nunca mais teríamos permissão para nos matricular numa universidade. Ao contrário do meu marido, eu não tinha vontade de voltar — estava satisfeita com meu emprego de técnica de laboratório. Mas antes meu marido queria ser cientista, e nunca conseguiria realizar esse desejo. Meu avô tinha me contado isso. "Tem coisas que eu não posso resolver, gatinha", ele dissera, mas nunca me explicou o que queria dizer com isso.

Depois do Ano-Novo Lunar vinha o Dia da Honra, que sempre caía numa sexta-feira. O governo tinha instituído a data em 71. Nesse dia todas as empresas e institutos ficavam fechados, e a ideia era que você passasse esse feriado em silêncio, pensando nas pessoas que tinham morrido, não só em 70, mas em decorrência de todas as doenças. O lema do Dia da Honra era: "Nem todos que morreram eram inocentes, mas todos que morreram merecem perdão".

Casais geralmente passavam o Dia da Honra juntos, mas eu e meu marido não. Ele ia até o centro, onde o governo patrocinava um concerto de música de orquestra e palestras sobre o luto, e eu dava uma volta pelo Parque. Mas nesse momento eu me perguntei se na verdade ele não teria ido até a Bethune Street.

Acima de tudo, porém, pensei no meu avô, que não tinha morrido de nenhuma doença, mas tinha morrido mesmo assim. Havíamos passado todos os Dias da Honra juntos, e meu avô me mostrava fotos do meu pai, que havia morrido em 66, quando eu tinha dois anos. Tampouco ele tinha morrido em decorrência de uma doença, mas só muito depois fiquei sabendo disso. Também foi naquele ano que meu outro avô morreu — eles morreram ao mesmo tempo, no mesmo lugar. Era desse outro avô que eu era descendente genética, embora eu não possa dizer que tenha sentido falta dele, porque não lembrava de quase nada. Mas meu avô sempre dizia que ele me amava muito, e eu gostava de saber disso, mesmo não me lembrando dele.

Também quase não me lembro do meu pai, porque tenho poucas lembranças da minha vida antes da doença. Às vezes eu tinha a impressão de que antes eu era completamente diferente, alguém que não tinha tanta dificuldade para entender as outras pessoas e o que elas de fato estavam querendo dizer por trás daquilo que diziam. Uma vez, perguntei ao meu avô se ele gostava mais de mim antes de eu ficar doente, e ele virou a cabeça por um instante e depois me puxou para um abraço, mesmo sabendo que eu não gostava. "Não", meu avô disse, com uma voz estranha e abafada, "eu sempre te amei do mesmo jeito desde o dia em que você nasceu. Eu não escolheria mudar nada na minha gatinha", e ouvir isso foi bom e me fez me sentir bem, como eu me sentia quando o tempo lá fora era fresco o suficiente para usar manga longa, e eu podia caminhar um monte sem superaquecer.

Mas um dos motivos pelos quais eu desconfiava que talvez eu fosse diferente antes era que, na memória mais nítida que tenho do meu pai, ele está rindo e rodopiando uma menininha que ele segura pelas mãos, girando-a tão rápido que ela parece voar, os pés subindo no ar. A menininha está usando um vestido rosa-claro e tem um rabo de cavalo preto que balança atrás dela, e ela também está rindo. Uma das poucas coisas de que me lembro do período em que estive doente é essa imagem, e depois que melhorei perguntei ao meu avô quem era aquela menininha, e ele fez uma cara estranha. "Era você, gatinha", ele disse. "Você e seu pai. Ele te girava desse jeito até vocês dois ficarem zonzos." Naquela época, eu tinha pensado que isso era impossível, porque eu estava careca e me parecia inimaginável ter tanto cabelo. Mas depois, à medida que fui ficando mais velha, pensei: digamos que aquela fosse mesmo eu, com aquele cabelo todo. O que mais eu tinha e não lembro? Eu pensava na menininha rindo, a boca bem aberta, o pai rindo com ela. Eu nunca conseguia fazer ninguém rir, nem meu avô, e ninguém conseguia me fazer rir. Mas um dia eu já consegui. Era como se me falassem que um dia eu tinha sido capaz de voar.

Meu avô sempre dizia que o Dia da Honra existia para me homenagear, porque eu tinha sobrevivido. "Você faz aniversário duas vezes por ano, gatinha", ele dizia. "No dia em que você nasceu e no dia em que você voltou pra mim." Por isso sempre pensei no Dia da Honra como um dia meu, embora eu nunca dissesse isso em voz alta, porque sabia que era egoísmo e, além de tudo, falta de educação, porque não levava em conta todas as pessoas que tinham morrido. Outra coisa que eu nunca diria em voz alta é que eu gostava de ouvir meu avô contando da época em que fiquei doente; de como eu tinha passado meses numa cama de hospital, e que passei semanas com uma febre tão alta que não conseguia nem falar; que quase todos os outros pacientes da minha ala haviam morrido; que um dia eu tinha aberto os olhos e perguntado pelo meu avô. Eu me sentia bem quando ouvia essas histórias, quando ouvia meu avô contar que tinha ficado muito preocupado, que tinha ficado todas as noites ao lado da minha cama e lido para mim todos os dias, que ficava descrevendo os bolos que ia comprar para mim quando eu melhorasse, bolos feitos com morangos de verdade na massa, ou com cobertura de lâminas de chocolate que pareciam um tronco de árvore, ou confeitados com sementes de gergelim tostadas. Meu avô contava que eu amava todos os doces, principalmente bolo, quando eu era criança, mas que depois da doença eu tinha deixado de gostar de quase todos, e isso não foi tão ruim, porque a essa altura o açúcar também tinha sido declarado um recurso restrito.

Desde que meu avô morreu, porém, ninguém lembrava que eu tinha ficado doente, nem que houve alguém que quis tanto que eu melhorasse que ia me visitar todas as noites.

Naquele ano, o Dia da Honra tinha sido especialmente solitário. O edifício estava em silêncio. Um dia depois do feriado lunar, levaram nossos vizinhos de porta durante uma batida policial, e, embora nunca tivéssemos nos incomodado com o barulho deles, descobri que faziam mais barulho do que eu imaginava, porque nosso apartamento ficou muito silencioso depois que eles foram embora. No dia anterior, eu tinha olhado o envelope que guardava os bilhetes do meu marido, e acabei encontrando um novo, escrito com a mesma caligrafia, em outro pedaço de papel rasgado. "Estarei te esperando", ele dizia, e mais nada.

Eu quis, como tantas vezes acontecia, que meu avô estivesse vivo, ou que eu pelo menos tivesse uma foto recente dele, alguma coisa que eu pudesse olhar e com que pudesse falar. Mas eu não tinha, e nunca teria, e pensar nisso me deixou tão chateada que me levantei e comecei a andar de um lado para o outro, e de repente o apartamento pareceu tão pequeno que eu não conseguia respirar, e então peguei minhas chaves, desci a escada correndo e fui para a rua.

Lá fora, o Parque estava movimentado como sempre, como se não fosse o Dia da Honra, e me juntei às pessoas que estavam andando e dando voltas no Parque, e enquanto andava senti que estava ficando mais calma. Eu me senti menos sozinha estando com aquelas pessoas, embora só estivéssemos todos juntos porque todos estávamos sozinhos.

Eu costumava vir ao Parque com meu avô quando ele estava vivo. Naquela época, havia um grupo de contadores de histórias que se reunia na parte nordeste do Parque, e esse era o lugar a que meu avô mais gostava de ir para ler ao ar livre quando era mais jovem. Certa vez ele me contou que um dia ele estava sentado em um dos bancos de madeira, porque na época havia vários espalhados pelo Parque, e estava comendo um sanduíche de porco e ovo quando um esquilo pulou no ombro dele, tirou o sanduíche de suas mãos e saiu correndo com ele.

Pela expressão do meu avô, eu tinha conseguido perceber que era uma história engraçada, mas eu não tinha achado graça. Ele olhou para mim e acrescentou depressa, "isso foi antes", e com isso ele queria dizer antes da epidemia de 52, que havia se originado nos esquilos antes de infectar os humanos, e que tinha levado à erradicação de todos os esquilos da América do Norte.

Enfim, quando eu e meu avô íamos ao Parque, quase sempre era para ouvir os contadores de histórias. Eles costumavam se reunir aos fins de semana e, às vezes, em tardes dos dias de semana, para que as pessoas pudessem ir ouvi-los depois do trabalho, e trabalhavam no que meu avô chamava de associação, e isso queria dizer que eles dividiam o dinheiro que recebiam entre todos, e organizavam as agendas de forma que nunca houvesse mais que três membros no Parque ao mesmo tempo. Você ia até lá em determinado horário — às 19h nos dias de semana e às 16h nos fins de semana, digamos — e pagava ou com bônus ou com moedas. Você pagava a cada meia hora, então a cada trinta minutos um dos ajudantes dos contadores de histórias passava pela plateia com uma vasilha, e se quisesse ficar mais você pagava mais, e se quisesse ir embora você ia embora.

469

Cada contador de histórias contava um tipo de história diferente. Você procurava um se gostasse de romances, e outro se gostasse de fábulas, e outro se gostasse de histórias sobre animais, e outro se gostasse de história. Os contadores de histórias eram considerados comerciantes cinza. Isso queria dizer que eles eram licenciados pelo governo, assim como os carpinteiros e os fabricantes de plástico, mas também estavam sujeitos a um monitoramento mais intenso. Eles precisavam enviar todas as histórias que contavam para a aprovação da Unidade de Informação, mas sempre havia Moscas nas apresentações, e alguns contadores de histórias eram considerados mais perigosos que os outros. Eu me lembro de certa vez ir a uma apresentação com meu avô, e quando viu quem era o contador de histórias ele levou um susto. "O que foi?", perguntei. "O contador de histórias", ele cochichou no meu ouvido. "Quando eu era jovem, ele era um escritor muito famoso. Não acredito que ainda está vivo." Ele tinha levantado a cabeça e olhado para o homem, que era velho e mancava e estava se acomodando em seu banquinho; nós nos sentamos em nossos lugares no chão, ao redor dele, cada um num pedaço de pano ou numa sacola plástica que tínhamos trazido de casa. "Eu quase não o reconheci", meu avô sussurrou, e de fato havia algo de errado com o rosto do contador de histórias, como se tivessem tirado todo o lado esquerdo de sua mandíbula; depois de algumas frases, ele sempre levava um lenço à boca e limpava a saliva que pingava de seu queixo. Mas quando me acostumei à sua dicção, a história que ele contou — sobre um homem que tinha vivido aqui, nesta mesma ilha, neste mesmo Parque, duzentos anos antes, e que tinha renunciado à grande fortuna de sua família para ir com a pessoa que ele amava até a Califórnia, uma pessoa que sua família tinha certeza de que o trairia — era tão envolvente que parei até de escutar o zumbido das Moscas que pairavam acima de nós, tão envolvente que até os responsáveis por coletar o dinheiro tinham se esquecido de circular, e só depois que uma hora tinha se passado o contador de histórias se recostou e disse: "E na semana que vem eu lhes contarei o que aconteceu com esse homem", e todo mundo, até meu avô, tinha soltado um grunhido de decepção.

Na semana seguinte, nós e um grande grupo ficamos esperando o contador de histórias voltar, e esperamos, esperamos, até que, enfim, outra contadora de histórias apareceu e disse que sentia muito, mas que seu colega estava sofrendo de uma enxaqueca terrível, e que não iria ao Parque naquele dia.

"Ele vai voltar na semana que vem?", alguém perguntou.

"Não sei", a mulher admitiu, e até eu percebi que ela estava assustada e preocupada. "Mas recebemos outros três excelentes contadores de história hoje, e vocês estão convidados para vir escutá-los."

Mais ou menos metade do grupo de fato se juntou aos círculos desses outros contadores de histórias, mas o restante de nós, inclusive eu e meu avô, não o fizemos. Nós fomos embora, meu avô encarando o chão, e quando chegamos em casa ele entrou no quarto e ficou deitado de frente para parede, algo que ele fazia quando queria privacidade, e eu fiquei no outro quarto e ouvi rádio.

Nas semanas seguintes, eu e meu avô voltamos ao Parque diversas vezes, mas o contador de histórias, aquele que um dia tinha sido um escritor famoso, nunca mais apareceu. O mais estranho foi como meu avô tinha ficado chateado; cada vez que íamos ao Parque, ele andava mais devagar do que o normal quando voltávamos para casa.

Por fim, depois de um mês procurando e esperando o contador de histórias, perguntei ao meu avô o que ele pensava que tinha acontecido com o homem. Ele ficou me olhando por um longo tempo antes de responder. "Ele foi reabilitado", ele disse, enfim. "Mas às vezes a reabilitação é temporária."

Eu não entendi de verdade o que ele disse, mas de alguma maneira soube que não deveria fazer mais perguntas. Pouco depois disso, os contadores de história sumiram de vez, e quando enfim ressurgiram, cerca de oito anos atrás, meu avô já não queria mais ir assisti-los, e eu não queria ir sem meu avô. Mas depois meu avô morreu, e eu me obriguei a começar a ir, mesmo que fossem poucas vezes por ano. Porém, mesmo depois de tantos anos, eu ainda me pego pensando no que aconteceu com o homem que ia para a Califórnia: ele tinha ido, afinal? A pessoa que ele amava estava esperando por ele? Será que ele de fato foi traído? Ou será que todos haviam se enganado: eles tinham se reencontrado e vivido uma vida feliz? Talvez ainda estivessem na Califórnia, juntos e felizes. Eu sabia que isso era uma bobagem, porque essas pessoas nem sequer existiam, mas eu pensava nelas com frequência. Eu queria saber o que tinha acontecido com elas.

Nenhum dos contadores de histórias que vi nos anos que se passaram desde aquela vez com meu avô era tão bom quanto o velho senhor, mas a maior parte deles era boa. E a maioria das histórias era muito mais alegre. Havia um contador de histórias específico que contava sobre animais que faziam coisas bobas e pegadinhas e aprontavam poucas e boas, mas no fim eles sempre pediam desculpas e acabava dando tudo certo.

Esse contador de histórias não estava no Parque hoje, mas reconheci outro de que eu gostava, que contava histórias engraçadas sobre um casal que sempre se metia em confusão: havia uma em que o marido não conseguia se lembrar se era a vez dele de fazer compras no supermercado ou da esposa, e como era o aniversário de casamento deles ele não quis perguntar a ela, porque não queria que ela ficasse decepcionada, e por isso ele foi ao supermercado e comprou ele mesmo o tofu. Enquanto isso, a esposa também não conseguia lembrar se era a vez dela ou do marido, e como era aniversário de casamento deles *ela* não queria perguntar a *ele*, então ela também foi ao supermercado e comprou tofu. A história terminou com os dois rindo porque tinham comprado muito tofu e fazendo vários ensopados deliciosos, que comeram juntos. É claro que essa história era inverossímil: onde eles conseguiam tantos cupons de proteína? Será que eles não teriam brigado depois de perceber que tinham gastado tantos cupons? Quem esqueceu de quem era a vez de ir ao supermercado? Mas isso não aparecia na história. O contador imitava as vozes dos personagens — a do homem, aguda e preocupada, a da mulher, grave e trêmula — e a plateia dava risada, não porque fosse verdade, mas porque era um problema que não chegava a ser um problema, mas estava sendo tratado como se fosse.

Agachada na última fileira, senti alguém se sentar ao meu lado. Não muito perto, mas perto o suficiente para que eu sentisse sua presença. Mas não levantei a cabeça, e a pessoa não olhou na minha direção. Essa história era sobre o mesmo casal, e ambos pensavam que tinham colocado um cupom de laticínio no lugar errado. Não era tão boa quanto a história do tofu, mas era boa o suficiente, e quando o ajudante que recolhia o dinheiro passou eu coloquei um cupom na vasilha para poder continuar assistindo por mais meia hora.

O contador de histórias avisou que haveria um rápido intervalo, e algumas pessoas pegaram latinhas de petiscos e começaram a comer. Pensei que eu gostaria de também ter trazido um lanche, mas eu não tinha. Mas enquanto pensava nisso a pessoa ao meu lado falou.

"Quer um?", ele perguntou.

Eu me virei e vi que ele estava segurando um saquinho de papel de nozes pré-quebradas, e acenei que não com a cabeça: era perigoso aceitar comida de estranhos — ninguém tinha comida suficiente para oferecer assim para alguém que não conhecia, por isso, quando acontecia, geralmente se tratava de uma situação que poderia ser arriscada. "Mas obrigada", eu disse, e enquanto dizia isso olhei para ele e me dei conta de que se tratava do homem que eu tinha visto no ponto de ônibus, aquele de cabelo longo. Fiquei tão surpresa que o encarei, mas ele não pareceu ofendido, e até sorriu. "Eu já te vi antes", ele disse e, como eu não falei nada, inclinou a cabeça para um lado, ainda sorrindo. "De manhã", ele disse, "no ponto de ônibus".

"Ah...", eu disse, como se não o tivesse reconhecido de imediato. "Ah, sim. Verdade."

Ele se debruçou sobre outra noz, partindo-a ao meio com o dedão e quebrando os últimos pedaços da casca em lascas perfeitas. Enquanto ele fazia isso, pude observá-lo: ele estava usando um boné de novo, mas eu não conseguia ver nenhum cabelo por baixo, e ele usava uma camiseta de nylon cinza e calça cinza, o tipo que meu marido também usava. "Você sempre vem ouvir esse contador de histórias?", ele perguntou.

Demorei um instante para entender que ele estava falando comigo, e quando percebi não soube o que dizer. Ninguém falava comigo, a não ser que fosse necessário: o atendente do supermercado, perguntando se eu queria ratão-do-banhado, cachorro ou tempê; os ph.Ds, me dizendo que precisavam de mais mindinhos; a funcionária do centro, estendendo seu aparelho e pedindo minha impressão digital para confirmar se eu tinha recebido a quantidade correta de cupons aquele mês. E eis que ali estava aquela pessoa, um desconhecido, me fazendo uma pergunta, e não só me perguntando como sorrindo, sorrindo como se quisesse muito saber a resposta. A última pessoa que tinha sorrido para mim e me feito perguntas tinha sido, é claro, meu avô, e ao me lembrar disso fiquei muito chateada e comecei a me balançar sem sair do lugar, só um pouco, mas, quando percebi que estava fazendo isso e voltei a levantar a cabeça, ele continuava olhando para mim, continuava sorrindo, como se eu fosse uma pessoa comum.

"Sim", eu disse, mas isso não era totalmente verdade. "Não", eu me corrigi. "Quer dizer, às vezes. Às vezes eu venho."

"Eu também", ele respondeu, com aquela mesma voz, como se eu fosse igual a todo mundo, como se eu fosse o tipo de pessoa que sempre conversava com as outras.

Aí chegou a minha vez de falar alguma coisa, mas eu não conseguia pensar em nada, e mais uma vez o homem me salvou. "Faz tempo que você mora na Zona Oito?", ele perguntou.

Essa deveria ser uma pergunta fácil, mas eu hesitei. Na verdade, eu tinha morado na Zona Oito minha vida inteira. Quando nasci, porém, não existiam zonas; era só uma área, e você podia andar pela ilha inteira se quisesse, e podia morar no distrito que preferisse, desde que tivesse dinheiro para pagar. Depois, quando eu tinha sete anos, criaram as zonas, mas como meu avô e eu já vivíamos no que hoje chamam de Zona Oito, não chegamos a precisar nos mudar, nem fomos transferidos.

Mas falar tudo isso me pareceu exagero, então eu só disse que sim.

"Eu acabei de me mudar para cá", disse o homem, depois que eu esqueci de lhe perguntar se ele morava na zona havia muito tempo. ("Numa conversa, é bom se lembrar da reciprocidade", meu avô dissera. "Isso quer dizer que você deve perguntar à pessoa o que ela acabou de te perguntar. Então se ela pergunta 'Tudo bem com você?', você deve responder e depois perguntar 'E com você?'") "Eu morava na Zona Dezessete, mas aqui é bem melhor." Ele sorriu de novo. "Moro na Pequena Oito", acrescentou.

"Ah, a Pequena Oito é legal", eu disse.

"É, sim", ele disse. "Moro no Edifício Seis."

"Ah", eu disse de novo. O Edifício Seis era o maior edifício da Pequena Oito, e você só podia morar lá se não fosse casado, se tivesse trabalhado por pelo menos três anos para um dos projetos governamentais e tivesse menos de trinta e cinco anos. Era preciso participar de um sorteio especial para morar no Edifício Seis, e ninguém morava lá por mais de dois anos no máximo, porque um dos benefícios de morar lá era que o governo ajudava a arranjar seu casamento. Antigamente esse era o tipo de tarefa que cabia aos pais, mas hoje em dia menos adultos tinham pais. As pessoas o chamavam de "Edifício Sexo".

Era incomum, mas não impossível, alguém ser transferido da Zona Dezessete para a Zona Oito, e especificamente para o Edifício Seis. Era mais comum se você fosse cientista, estatístico ou engenheiro, alguém com boa formação, mas eu já sabia pelo macacão que ele usava no ponto de ônibus que esse homem era técnico, talvez um técnico de cargo mais elevado do que eu, mas mesmo assim não era alguém que tivesse uma permissão superior. Então, talvez ele tivesse feito algum serviço excepcional: por exemplo, às vezes alguém contava de um técnico de botânica da Fazenda que tinha transferido todas as mudas que estavam sob seus cuidados para outro laboratório quando o gerador de seu laboratório deixou de funcionar; ou, num caso mais extremo, de um técnico de animais que tinha se jogado na frente dos vidros cheios de fetos para que não fossem atingidos pelos tiros quando seu comboio foi atacado por insurgentes. (Essa pessoa tinha morrido, mas ganhou uma promoção e uma menção honrosa póstumas.)

Eu estava me perguntando o que o homem teria feito para merecer essa transferência quando o contador de histórias voltou e começou a falar de novo. A nova história era sobre um homem e uma mulher que estavam planejando dar um presente de aniversário de casamento um para o outro. O homem pediu uma folga a seu supervisor e se inscreveu no sorteio de ingressos para a orquestra. Enquanto isso, a mulher também tinha pedido uma folga a seu supervisor e também tinha se inscrito num sorteio, mas para um show de música folk. Mas, enquanto tentavam manter seus planos em segredo para fazer uma surpresa, eles haviam se esquecido de combinar as datas e compraram ingressos para a mesma noite. No final, porém, tudo dava certo, porque o colega do homem tinha se oferecido para trocar seus ingressos para a orquestra para uma outra data, então o homem e a mulher conseguiram fazer as duas comemorações, e os dois ficaram contentes por ter um parceiro tão atencioso.

Todo mundo aplaudiu e começou a guardar suas coisas, mas eu continuei sentada. Estava me perguntando o que o homem da história fazia em suas noites livres, e o que a mulher fazia nas dela.

Então ouvi alguém falar comigo. "Ei", a pessoa disse, e eu levantei a cabeça, e o homem de cabelo comprido estava sentado ao meu lado, estendendo a mão. Por um momento fiquei confusa, depois entendi que ele estava me oferecendo ajuda para me levantar, mas me levantei sozinha, passando a mão na calça.

Fiquei com receio de que fosse grosseiro rejeitar sua ajuda, mas quando voltei a olhar ele continuava sorrindo. "Foi ótimo", ele disse.

"Sim", falei.

"Você vai vir na semana que vem?", ele perguntou.

"Não sei", eu respondi.

"Bem", ele disse, mexendo na bolsa que levava no ombro. "Eu vou." Ele fez uma pausa. "De repente te vejo de novo."

"Certo", eu disse.

Ele sorriu de novo e se virou para ir embora. Mas depois que tinha dado alguns passos ele parou e deu meia-volta. "Não perguntei o seu nome", ele disse.

Ele falou como se isso fosse incomum, como se todo mundo que eu conhecia ou com quem trabalhava soubesse meu nome, como se fosse grosseiro ou extraordinário não saber. Não sei dizer se não perguntavam o nome das outras pessoas; não sei dizer se era perigoso dizer seu nome a alguém. Pensei nas duas cientistas mulheres do meu trabalho, e que as pessoas deviam perguntar o nome delas o tempo todo. Pensei no meu marido na casa da Bethune Street, o jeito familiar como o homem que estava do outro lado da porta dissera "Você chegou atrasado hoje", e em como, naquela casa, era provável que todos soubessem o nome dele. Pensei na pessoa que lhe enviava bilhetes, e em como essa pessoa também devia saber seu nome. Pensei nos pós-doutorandos e cientistas e ph.Ds do trabalho, cujos nomes eu sabia todos — eles também sabiam meu nome, mas não por ser meu; eles sabiam meu nome porque sabiam o que ele representava, sabiam que meu nome explicava por que eu estava lá.

Mas quando tinha sido a última vez que alguém havia me perguntado meu nome só porque queria saber? Não porque precisava dele para um formulário ou para um exame ou para verificar meus dados — mas porque queriam me chamar de alguma coisa, porque tinham curiosidade, porque alguém pensou em me dar aquele nome e aquela pessoa queria saber qual era.

Fazia anos; desde que conheci meu marido, sete anos atrás, no escritório daquele agente de matrimônio na Zona Nove. Eu tinha dito meu nome, ele tinha me dito o dele, e depois tínhamos conversado. Um ano depois, nos casamos. Três meses depois, meu avô morreu. A sensação era de que ninguém me perguntava meu nome desde então.

Eu me virei para o homem de cinza, que ainda estava ali, esperando que eu respondesse.

"Charlie", eu disse a ele. "Meu nome é Charlie."

"Prazer, Charlie", ele disse.

Parte IV

Inverno, quarenta anos antes

3 de fevereiro de 2054
Meu P tão querido,

Hoje uma coisa estranha aconteceu comigo.

Eram mais ou menos duas da tarde, e eu estava prestes a pegar o ônibus que cruzava a cidade no sentido leste na rua 96 quando, no último minuto, decidi que ia voltar para casa andando. Estava chovendo havia semanas, tanto que o East River tinha transbordado de novo, e precisaram isolar toda a parte leste do campus, e esse era o primeiro dia de céu limpo. Não estava ensolarado, mas não estava chovendo, e era um dia morno, quase quente.

Fazia muito tempo que eu não andava pelo Parque, e depois de alguns minutos me peguei andando na direção norte sem nenhum motivo especial. Nesse momento me ocorreu que eu não passava por essa parte do Parque — a Ravina, como chamam, que é a parte mais selvagem, uma grande área de natureza simulada — desde que visitei Nova York como estudante universitário, e que naquela época ela tinha me parecido tão exótica, exótica e linda. Era dezembro, quando dezembro ainda era um mês frio, e embora àquela altura eu já tivesse visto a vegetação da Costa Leste e de New England, fiquei fascinado com a cor marrom que as folhagens tinham, marrom e preta, e era tudo fresco e nítido. Lembro de ter ficado impressionado quando percebi que o inverno era muito barulhento. As folhas caídas, os gravetos caídos, a fina camada de gelo que se acumulara nas trilhas: você pisava nessas coisas e elas estalavam e craquelavam, e lá no alto os galhos farfalhavam com o vento, e ao redor havia os sons do gelo derretido pingando nas pedras. Eu estava acostumado a estar em selvas, onde as plantas são silenciosas porque nunca ficam secas. Em vez de murchar elas se vergam, e quando caem no chão não viram cascas, e sim uma pasta. As selvas fazem silêncio.

Agora, é claro, a Ravina está muito diferente. E o som também é diferente. Aquelas árvores — olmos, choupos, bordos — deixaram de existir há muito tempo, morreram de tanto calor e foram substituídas por árvores e arbustos que me lembram da infância, coisas que ainda parecem deslocadas aqui. Mas elas se adaptaram bem a Nova York — talvez até melhor que eu. No entorno da rua 98 passei por um amontoado de bambu verde que se estendia ao norte por pelo menos cinco quarteirões. Aquilo criava um túnel de ar fresco, com cheiro de verde, uma coisa encantada e graciosa, e passei um tempo parado lá dentro, respirando aquele ar, antes de enfim sair na rua 102, perto do Loch, que é um rio artificial que vai da rua 106 à 102. Lembra daquela foto que eu te mandei, anos atrás, do David e do Nathaniel usando aqueles cachecóis que você deu pra gente? Foi tirada lá, numa das excursões da escola dele. Eu nunca estive lá.

Enfim, foi quando eu estava saindo do túnel de bambu, distraído, zonzo de tanto oxigênio, que ouvi um barulho, um chapinhar, vindo do Loch, à minha direita. Eu me virei, esperando ver um pássaro, talvez, um dos bandos de flamingos que veio para o norte no ano passado e nunca foi embora, quando vi: um urso. Um urso-negro, e pelo jeito era adulto. Estava sentado, quase parecia um ser humano, em uma das rochas grandes e planas que havia no leito do rio, inclinado para a frente, se apoiando na pata esquerda enquanto com a direita pegava mãos cheias de água, deixando-a escorrer pelas garras. Enquanto isso ele fazia um som baixo, um rosnado. Senti que ele não estava bravo, mas desesperado — estava procurando alguma coisa com intensidade e concentração; quase lembrava um garimpeiro tentando achar ouro naqueles velhos filmes de faroeste.

Fiquei lá parado, incapaz de me mexer, tentando me lembrar o que a gente devia fazer quando encontrava um urso (tentar parecer maior? Ou tentar parecer menor? Fazer barulho? Ou correr?) Mas aí o vento deve ter mudado, e ele deve ter sentido o meu cheiro, porque de repente levantou a cabeça, e quando eu dei um primeiro passo hesitante para longe, ele se levantou, apoiando-se nas patas traseiras, e rugiu.

Ele ia correr na minha direção. Eu soube antes de saber, e também abri a boca para gritar, mas antes que conseguisse houve um barulho rápido de um estouro e o urso caiu para trás, e seus dois metros inteiros caíram na água com uma pancada, e vi a água se tingindo de vermelho.

Então um homem surgiu ao meu lado, e outro correu na direção do urso. "Foi por pouco", disse o homem mais próximo de mim. "Senhor? Tudo bem? Senhor?"

Era um guarda, mas eu não conseguia falar, e ele abriu um compartimento de seu colete e me entregou uma embalagem de plástico com líquido. "Você está em choque", ele disse. "Beba isso. Tem açúcar." Mas meus dedos não funcionavam, e ele precisou abri-la para mim e me ajudar a tirar minha máscara para poder beber. Ouvi um segundo tiro perto de mim e me encolhi. O homem falou para o rádio: "Pegamos o urso, senhor. Sim. No Loch. Não... um transeunte. Nenhuma morte, ao que tudo indica".

Por fim consegui falar. "Era um urso", eu disse, como se já não fosse óbvio.

"Era, sim, senhor", disse o guarda, paciente (nesse momento notei que ele era muito jovem). "Estávamos atrás desse há um tempo."

"*Desse?*", perguntei. "Então já apareceram outros?"

"Seis nos últimos doze meses, mais ou menos", ele respondeu, e depois, vendo minha expressão, "não divulgamos nada. Nenhuma morte, nenhum ataque. Esse era o último de um clã que estávamos tentando encontrar. Ele é o alfa."

Eles precisaram me levar de volta pela floresta de bambu até sua van para me interrogar sobre o que havia acontecido, e depois me liberaram. "Talvez seja melhor não ficar mais nessa parte do Parque", disse o guarda que era chefe do outro. "Estão falando por aí que a cidade vai isolar essa área daqui a alguns meses, de qualquer forma. O governo mandou, vão usar para algum instituto."

"O Parque inteiro?", eu perguntei.

"Ainda não", ele disse, "mas provavelmente a parte ao norte da rua 96. Se cuide."

Eles saíram com a van, e eu fiquei mais alguns minutos na trilha. Ao meu lado havia um banco, e tirei as luvas e desafivelei minha máscara e fiquei lá sentado, inspirando e expirando, sentindo o cheiro do ar e passando as mãos pela madeira, que estava lisa e brilhosa depois de tantos anos de gente sentando ali e passando a mão. Caiu a ficha de que eu tinha dado sorte; de ser salvo, é claro, e de ser salvo por guardas da cidade e não por soldados, que com certeza teriam me levado para um centro de interrogatório, porque soldados só sabem fazer interrogatório. Depois eu me levantei e fui andando rápido na direção da Quinta Avenida, e de lá peguei um ônibus que me levou pelo resto do caminho na direção leste.

Não havia ninguém no apartamento quando cheguei em casa. Eram só umas três e meia a essa altura, mas eu estava muito agitado para voltar ao laboratório. Mandei mensagens para o Nathaniel e para o David, coloquei minha máscara e luvas no desinfetante, lavei as mãos e o rosto, tomei um remédio para conseguir relaxar e deitei na cama. Pensei no urso, o último de seu clã, e em como, quando ele se levantou, eu tinha conseguido ver que, apesar do tamanho, ele estava magro, esquelético até, e que havia pontos em que seu pelo havia caído. Foi só nesse momento, quando não estava mais perto dele, que consegui entender que o que mais havia me assustado no urso não era o fato de ele ser tão grande, nem seu porte de urso, mas a forma como eu tinha intuído seu pavor, o tipo de pavor que só podia ser resultado de uma fome extrema, o tipo de fome que te deixava louco, que te levava para o sul, que te fazia cruzar rodovias e ruas até chegar num lugar a que você sabia por instinto que nunca deveria ir, onde você se veria cercado por criaturas que só queriam te fazer mal, onde você acabaria encontrando a morte. Você sabia disso, mas ia mesmo assim, porque a fome, acabar com essa fome, é mais importante do que se proteger; é mais importante do que viver. Eu não conseguia parar de ver aquela imensa boca vermelha escancarada, o incisivo frontal apodrecido, os olhos pretos que brilhavam de tanto terror.

Eu dormi. Quando acordei, estava escuro — eu continuava sozinho. O bebê estava na terapia; Nathaniel ia trabalhar até mais tarde. Eu sabia que deveria fazer alguma coisa útil, levantar e fazer o jantar, ir até o lobby perguntar para o supervisor se ele precisava de ajuda para trocar o filtro da cápsula de descontaminação. Mas eu não fui. Só fiquei lá deitado no escuro, olhando o céu e vendo a noite chegar.

Agora vem a parte que tentei evitar até agora.

Se você leu até aqui, imagino que você esteja se perguntando por que eu estava andando no Parque, pra começo de conversa. E já deve ter adivinhado que tem a ver com o bebê, porque parece que tudo que eu fiz de errado tem alguma relação com ele.

Como você sabe, essa é a terceira escola do bebê em três anos, e o diretor deixou bem claro que é a última chance. Como pode ser a última chance se ele ainda não tem nem quinze anos?, eu perguntei, e o diretor, um homenzinho amargo, olhou para mim e fez uma cara feia. "Quero dizer que você já não tem outras boas opções", ele disse, e, mesmo querendo dar um soco na cara dele, eu não dei, em parte porque sabia que ele tinha razão: essa é a última chance do David. Ele tem que fazer dar certo dessa vez.

A escola fica na frente do Parque, na rua 94, a oeste da Columbus, no que um dia foi um edifício de apartamentos de luxo comprado pelo fundador da escola nos anos 20, no auge da febre das escolas autônomas. Depois ela foi transformada numa escola particular para meninos com "dificuldades comportamentais". As turmas são pequenas, e todo aluno tem direito de fazer terapia depois da aula se quiser ou se seus pais pedirem. Repetiram muitas vezes para mim e para o Nathaniel que o David teve muita, *muita* sorte de conseguir uma vaga, porque eles recebem muito, *muito* mais candidaturas do que a escola tem capacidade de absorver, hoje em dia mais do que nunca na história da escola, e que só por causa dos nossos *contatos especiais* — o presidente da RU conhece um dos administradores e mandou uma carta, acho que em parte por se sentir culpado porque o David tinha sido expulso da escola da RU, e isso levou a esses três anos de troca de escolas — que ele estava estudando lá. (Depois, fiquei pensando como essa afirmação parecia improvável: estatisticamente, o número de meninos de menos de dezoito anos diminuiu de maneira significativa nos últimos quatro anos. Então como se matricular na escola ficou mais difícil do que nunca? Eles tinham diminuído o corpo estudantil proporcionalmente? Naquela noite, perguntei ao Nathaniel o que ele achava disso, e ele só grunhiu e disse que ficava feliz que eu tivesse tido o bom senso de não perguntar isso para o diretor.)

Desde que o ano letivo começou, em outubro — como eu te disse antes, eles atrasaram o calendário escolar em um mês depois do que acabou sendo um surto localizado do vírus no final de agosto, e a fonte ainda é desconhecida —, o bebê teve problemas duas vezes. A primeira foi por responder para a professora de matemática. A segunda vez foi por matar duas das sessões de terapia comportamental (diferente das sessões pós-aula, que o aluno faz sozinho com o terapeuta e são voluntárias, essas são em grupos pequenos e obrigatórias.) E ontem nos chamaram de novo, para falar sobre uma redação que David tinha feito para a aula de inglês.

"Você vai precisar ir", Nathaniel disse ontem à noite, com um tom cansado, enquanto líamos o e-mail do diretor. Ele não precisava dizer isso — eu também tive que ir às últimas duas reuniões. Outro detalhe que não mencionei é que a escola é terrivelmente cara; depois que a escola em que ele trabalhava fechou no ano passado, o Nathaniel enfim conseguiu um emprego, e agora ele dá aulas particulares para gêmeos de seis anos em Cobble Hill. Os pais não deixam as crianças saírem de casa desde 50, e o Nathaniel e outro professor passam o dia inteiro com elas — ele só consegue voltar para a cidade à noite.

Quando cheguei à escola, me levaram à sala do diretor, onde uma mulher jovem, a professora de inglês, também estava esperando. Ela estava nervosa, agitada, e quando a encarei ela desviou o olhar, passando a mão no rosto. Depois, percebi que ela tinha tentado esconder as pequenas cicatrizes que tinha na mandíbula com maquiagem, e que sua peruca era de má qualidade e devia coçar bastante, e senti uma ternura por ela, embora ela tivesse denunciado meu filho: ela era uma sobrevivente.

"Dr. Griffith", disse o diretor. "Obrigado por ter vindo. Queríamos falar com você sobre a redação do David para a aula de inglês. O senhor está sabendo dessa redação?"

"Estou", eu respondi. Tinha sido a tarefa de casa da semana anterior: "Escreva sobre um aniversário significativo na sua vida. Pode ser a primeira vez que você foi a algum lugar, teve uma experiência ou conheceu alguém que hoje é importante para você. Use a criatividade! Só não escreva sobre o seu aniversário, porque seria muito fácil. Quinhentas palavras. Não esqueça de dar um título à redação! Entrega na próxima segunda-feira".

"Você leu o que ele escreveu?"

"Li?", eu disse. Mas não tinha lido. Eu tinha perguntado se David queria ajuda, e ele tinha dito que não, e depois eu havia me esquecido de perguntar sobre o que ele acabou escrevendo.

482

O diretor olhou para mim. "Não", admiti. "Eu sei que deveria ter lido, mas ando muito ocupado, e meu marido está com um emprego novo, e…"

Ele levantou a mão. "Estou com a redação aqui", ele disse, e me entregou sua tela. "Por que você não lê agora?" Não era uma sugestão. (Eu corrigi os erros de gramática e ortografia do texto.)

"Quatro anos." Um aniversário.
Por David Bingham-Griffith

Este ano é o quarto aniversário da descoberta do NiVid-50, mais conhecido como síndrome de Lombok, e a pandemia mais séria que houve na história desde a aids, no século passado. Ela matou 88 895 pessoas só em Nova York. Também é o aniversário de quatro anos da morte dos direitos civis e do início de um governo fascista que dissemina notícias falsas para pessoas que querem acreditar em tudo que o governo diga.

Vamos pensar, por exemplo, no nome popular da doença, que teoricamente se originou em Lombok, uma ilha na Indonésia. A doença é uma zoonose, ou seja, uma doença que começou num animal e se transferiu para a população humana. A incidência das zoonoses vem crescendo a cada ano nos últimos oitenta anos, e isso acontece porque as pessoas estão alterando cada vez mais a natureza, e os animais perderam seus habitats e foram obrigados a ter mais contato com os humanos do que jamais deveriam ter. Nesse caso a doença começou em morcegos, e depois civetas comeram os morcegos, e depois essas civetas infectaram o gado, que por sua vez infectou os humanos. O problema é que Lombok não tem as terras necessárias para criar gado, e, por serem muçulmanos, eles não comem carne de porco. Então como é possível que a doença tenha surgido lá? Será que não estamos, mais uma vez, culpando países da Ásia pelas doenças globais? Fizemos isso em 30, em 35 e em 47, e agora estamos fazendo de novo.

Vários governos agiram rapidamente para tentar conter o vírus, enquanto também diziam que a Indonésia tinha sido desonesta, mas o próprio governo americano não é tão honesto assim. Todo mundo achou que estava tudo bem, mas de repente ninguém mais pôde imigrar para os Estados Unidos e famílias foram separadas, e milhares de pessoas ou morreram afogadas no mar ou ouviram que tinham que voltar e morreram nos navios. Minha terra natal, o Reino do Hawai'i, se isolou completamente, mas isso não fez diferença nenhuma, e agora não posso nem voltar para o lugar onde nasci. Aqui nos Estados Unidos, declararam lei marcial, e criaram grandes campos para pessoas doentes e refugiados desesperados na Roosevelt Island e na Governor's Island, em Nova York, e em muitos outros lugares. É preciso derrubar o governo americano.

Meu pai é o cientista que fez um dos primeiros estudos sobre a doença. Ele não a descobriu, foi outra pessoa, mas foi ele que descobriu que era uma mutação de uma doença descoberta antes, o vírus Nipah. Meu pai trabalha para a Rockefeller University e é muito importante. Ele apoia as quarentenas, assim como os campos. Ele fala que às vezes a gente tem que respirar fundo e fazer o que precisa. Ele fala que a melhor amiga de uma doença é a democracia. Meu outro pai fala que

E então a redação terminava, bem no "fala que". Tentei passar a tela para ver se havia uma segunda página, mas não havia. Quando levantei a cabeça e olhei para o diretor e a professora, ambos estavam me encarando com expressões sérias.

"Bem, você deve ter entendido qual é o problema. Ou melhor, os problemas", disse o diretor.

Mas eu não tinha. "Tipo quais?", perguntei.

Ambos se endireitaram na cadeira. "Bem, para começar, alguém o ajudou a escrever isso", disse o diretor.

"Isso não é crime", eu disse. "Mas como o você sabe? O texto não é tão sofisticado assim."

"Não", ele admitiu, "mas, considerando as dificuldades que o David tem na escrita, é evidente que alguém o ajudou *muito*, e fez muito mais do que revisar ou editar a redação." Houve uma pausa, e depois um certo tom vitorioso: "Ele já confessou, dr. Griffith. Ele está pagando um universitário que ele conheceu na internet para escrever as redações".

"Então ele está gastando dinheiro à toa", eu disse, mas nenhum dos dois respondeu. "A pessoa nem terminou de escrever a redação."

"Dr. Griffith", disse a professora de inglês, numa voz tão suave e melodiosa que me surpreendeu, "tratamos de maneira muito severa os alunos que mentem ou colam. Mas nós dois sabemos que o maior problema é que... o David está correndo risco por escrever coisas assim."

"Talvez, se ele fosse funcionário do governo", eu disse. "Mas ele não é. Ele é um menino de catorze anos, a família inteira dele morreu e ele não pôde se despedir de ninguém, e ele estuda numa escola particular, que eu e meu marido pagamos caro para que protejam e instruam o nosso filho."

Eles endireitaram a postura mais uma vez. "Muito me entristece a insinuação de que nós...", o diretor começou a falar, mas a professora o impediu, pousando a mão no braço dele. "Dr. Griffith, nós nunca denunciaríamos o David", ela disse, "mas ele precisa tomar cuidado. Você monitora quem são os amigos dele, com quem ele está falando, o que ele está dizendo em casa, o que ele faz na internet?"

"Claro que sim", eu disse, porque monitorava, mas enquanto dizia isso senti que estava ruborizando, como se eles soubessem que eu sabia que não vinha observando o David com toda a atenção que poderia, e que eles sabiam o motivo — eu não queria descobrir que o David estava se distanciando ainda mais da gente; não queria aceitar que ele continuava se comportando mal; não queria mais provas de que eu não entendia meu próprio filho, que havia anos que ele vinha se tornando cada vez mais incompreensível para mim, que por anos eu tinha sentido que era tudo culpa minha.

Saí de lá pouco depois, prometendo falar para o David ser mais cuidadoso com o que dizia e escrevia sobre o governo, e lembrá-lo dos estatutos de linguagem antigoverno que tinham sido implementados pouco depois das manifestações, e que ainda estávamos vivendo sob lei marcial.

Mas eu não falei com ele. Eu andei no Parque, vi o urso, fui pra casa, tirei um cochilo. E, antes de o Nathaniel e o David voltarem pra casa, eu saí às pressas e vim para o laboratório, onde estou te escrevendo esta carta, à meia-noite.

Eu nunca imaginei que estaríamos morando aqui há quase onze anos, Peter. Nunca foi minha intenção que o David precisasse passar toda a infância dele nesta cidade, neste país. "Quando a gente voltar pra casa", sempre dissemos a ele, até que paramos de dizer. E agora não existe mais casa para onde voltar; *aqui* é a nossa casa, só que a gente nunca se sentiu em casa e continua não se sentindo. A vista da janela da minha sala dá para o crematório que construíram na Roosevelt Island. O presidente da RU foi veementemente contra — segundo ele, as nuvens de cinzas voariam para o oeste, na direção da universidade —, mas o governo municipal foi em frente mesmo assim, argumentando que, se tudo corresse conforme o planejado, o crematório só seria usado por poucos anos. E no fim era verdade: três vezes por dia, por três anos, víamos a fumaça preta saindo das chaminés e desaparecendo no céu.

Mas agora eles passaram a fazer as cremações só uma vez por mês, e o céu voltou a ficar limpo.

O Nathaniel está me mandando mensagens. Eu não vou responder.

Mas o que não sai da minha cabeça são as últimas linhas da redação do David. Ele mesmo as tinha escrito — dava pra perceber. Eu conseguia imaginar a cara dele digitando aquilo, aquela expressão de choque e desprezo com que eu às vezes o flagrava me olhando. Ele não entende por que tomei as decisões que tive que tomar, mas ele não precisa entender — ele é uma criança. Então por que eu sinto essa culpa avassaladora, esse remorso, sendo que a única coisa que fiz foi o que eu tinha que fazer para conter a transmissão da doença? "Meu outro pai fala": o quê? O que o Nathaniel anda dizendo sobre mim? A gente brigou, e brigou feio, de gritar, no dia em que eu disse a ele que tinha decidido colaborar com o governo nas medidas de contenção. O bebê não estava nesse dia — ele estava em Downtown, com o Aubrey e o Norris —, mas eu me pergunto se o Nathaniel disse alguma coisa para ele; me pergunto sobre o que eles falaram enquanto eu estava fora. Como aquela última frase ia terminar? "Meu outro pai fala que o meu pai está tentando fazer a coisa certa para proteger a gente"? "Meu outro pai fala que o meu pai está dando o melhor de si"?

Ou será que era, como eu temia, uma coisa completamente diferente? "Meu outro pai fala que o meu pai se transformou numa pessoa que não merece nosso respeito"? "Meu outro pai fala que o meu pai é uma pessoa ruim"? "Meu outro pai fala que estamos aqui, sozinhos, sem ninguém para nos salvar, por culpa do meu pai"?

Qual dessas, Peter? Como a frase ia terminar?

Charles

22 de outubro de 2054

Meu Peter querido,

Tenho que começar te agradecendo por falar comigo sobre o David na semana passada — eu me senti um pouco melhor. Tenho mais coisas pra contar, mas vou contar em outro e-mail. E também podemos falar sobre o Olivier. Tenho pensado em algumas coisas.

Infelizmente, não sei muito mais do que você já sabe sobre os relatórios que estão chegando da Argentina, mas sei que eles são preocupantes. Falei com um amigo do NIAID, e ele disse que as próximas três semanas vão ser críticas. Se a doença não se espalhar até lá, tudo deve correr bem. O governo argentino, pelo que entendi, está colaborando muito, para a nossa surpresa. Estão sendo até gentis. Eles proibiram todo mundo de entrar e sair de Bariloche, mas imagino que você já saiba disso. Você vai precisar me atualizar — sei um pouco sobre o aspecto epidemiológico, mas meu conhecimento se limita à virologia, e duvido que eu pudesse esclarecer muita coisa, dado o que você já sabe.

Agora algumas notícias minhas. Como falei antes, finalmente aprovaram nossa solicitação, e no sábado vamos receber nosso carro. É um modelo padrão do governo, azul-marinho, bem básico. Mas com os problemas que o sistema de metrô vem enfrentando, fez sentido — o Nathaniel leva quase duas horas para chegar a Cobble Hill todo dia de manhã. E eu consegui argumentar que precisava fazer visitas frequentes à Governor's Island e Bethesda, e que no fim das contas ter um carro sairia mais barato do que comprar passagens de avião ou trem a cada duas semanas.

A ideia era que o carro fosse principalmente do Nathaniel, mas acabaram me chamando para ir ao NIAID na segunda (uma visita burocrática que faz parte desse esforço colaborativo entre instituições, mas não tem nada a ver com Bariloche), então eu peguei o carro, passei a noite lá e saí de Maryland na terça. Quando estava atravessando a ponte, recebi uma mensagem dos Holson, a família para a qual o Nathaniel trabalha como professor: o Nathaniel tinha desmaiado. Eu tentei ligar para eles, mas, como sempre tem acontecido ultimamente, não tinha sinal, então dei meia-volta e fui correndo para o Brooklyn.

O Nathaniel trabalha para essa família há mais de um ano, mas quase não falamos deles. O sr. Holson, que é gerente de fusões corporativas, passa a maior parte do tempo no Golfo. A sra. Holson era advogada corporativa, mas abandonou a carreira para ficar em casa com os filhos quando receberam o diagnóstico.

Os Holson moram num brownstone lindo, que tem duzentos anos ou mais e passou por uma reforma impecável; a escada que leva à porta foi reconstruída para que o patamar pudesse ser estendido e a câmara de descontaminação pudesse ficar dentro de uma pequena peça de pedra à parte, como se tivesse vindo na casa — quando ela se abria com um chiado, a porta principal, pintada de preto e envernizada, também se abria. Lá dentro, a luz era suave, as cortinas estavam fechadas e os pisos eram pintados da mesma cor escura e brilhante da porta. Uma mulher — branca, baixinha, de cabelo preto — apareceu. Ela pegou minha máscara e a entregou para uma empregada, e nos cumprimentamos com um aceno; ela me deu duas luvas de látex. "Dr. Griffith", ela disse, "sou a Frances Holson. Ele melhorou, mas mesmo assim achei melhor te ligar pra você levá-lo para casa."

"Obrigado", eu disse, e a segui. Subimos a escada e ela me levou para o que parecia ser um quarto de hóspedes, onde o Nathaniel estava deitado na cama. Ele sorriu ao me ver.

"Não levanta", eu disse, mas ele já tinha se levantado. "O que aconteceu, Natey?"

Ele disse que teve uma tontura, nada de mais, porque não tinha comido o dia todo, mas eu sabia que era porque ele estava exausto. Mesmo assim fiz questão de colocar a mão em sua testa, para ver se estava com febre, e de procurar manchas dentro da boca e nos olhos dele.

"Vamos pra casa", eu disse. "Estou com o carro."

Eu esperava que ele fosse reclamar, mas não reclamou. "Tá bom", ele disse. "Só quero me despedir dos meninos antes."

Atravessamos o patamar e fomos na direção de um quarto no final do corredor. A porta estava aberta, mas batemos de leve antes de entrar.

Lá dentro, havia dois meninos sentados diante de uma mesa para crianças, montando um quebra-cabeça. Eu sabia que eles tinham sete anos, mas pareciam ter quatro. Eu tinha lido os estudos sobre sobreviventes jovens, e reconhecia essas crianças instantaneamente por alguns motivos: ambos estavam usando óculos com lentes escuras, mesmo no ambiente com pouca luz, para proteger os olhos, e ambos eram muito brancos. As pernas e os braços eram moles e magros, a caixa torácica era quadrada e larga e o rosto e as mãos eram cheios de cicatrizes. O cabelo de ambos tinha crescido de novo, mas era fino e quebradiço, como o de um bebê, e os remédios que haviam ajudado a fazer o cabelo crescer também causaram os tufos de pelo que eles tinham no queixo e na testa, nas laterais do pescoço e na nuca. Cada um levava um tubo traqueal fino conectado a um pequeno ventilador mecânico preso ao cinto.

O Nathaniel os apresentou como Ezra e Hiram, e eles me cumprimentaram com um aceno, balançando suas mãozinhas de salamandra. "Volto amanhã", ele disse aos meninos, e, embora eu já soubesse disso, dava para saber pelo tom de voz que ele gostava daquelas crianças, que se importava com elas.

"O que aconteceu, Nathaniel?", um deles perguntou, Ezra ou Hiram, com uma voz fina e ofegante, e o Nathaniel fez carinho na cabeça do menino, e seu cabelo se arrepiou por causa da estática da luva do Nathaniel. "Só estou um pouco cansado", ele disse.

"Você pegou a doença?", o outro perguntou, e o Nathaniel se encolheu, só um pouco, antes de sorrir para ele. "Não", ele disse. "Não é nada disso. Amanhã eu volto. Prometo."

No andar de baixo, Frances estava esperando e, quando nos entregou nossas máscaras, me fez prometer que ia cuidar do Nathaniel. "Vou cuidar", eu disse, e ela assentiu com a cabeça. Ela era bonita, mas entre seus olhos havia dois vincos profundos; me perguntei se ela sempre os tivera, ou se tinha ficado assim nos últimos quatro anos.

Quando voltamos para o nosso apartamento, deitei o Nathaniel na cama e enviei uma mensagem para o David, pedindo que fizesse silêncio e deixasse seu pai dormir, e depois fui para o laboratório. No caminho pensei no David, pensei que tínhamos sorte por ele estar bem, bem e saudável. *Proteja ele*, eu dizia para mim mesmo, sem saber direito com quem eu falava, enquanto ia para o trabalho, ou lavava a louça, ou tomava banho. *Proteja ele, proteja ele. Proteja o meu filho.* Era uma coisa irracional. Mas até então tinha funcionado.

Mais tarde, enquanto jantava na minha mesa, pensei nos dois meninos, Ezra e Hiram. Parecia uma cena saída de um conto de fadas: a casa silenciosa com a iluminação suave, Frances Holson e Nathaniel eram os pais, eu era o visitante que entrava escondido, e aquelas criaturas élficas — metade humanas, metade indústria farmacêutica — eram as donas daquele reino. Eu nunca quis clinicar, e um dos motivos é que nunca consegui me convencer de que a vida — e salvá-la, prolongá-la, devolvê-la — fosse sempre o melhor desfecho possível. Para ser um bom médico, você *tem* que pensar assim, você tem que acreditar, acima de tudo, que viver é melhor do que morrer, você tem que acreditar que o objetivo da vida é mais vida. Eu não tratei os infectados pelo NiVid-50; não me envolvi no desenvolvimento dos remédios. Eu não pensava na vida dos sobreviventes, em como ela seria — esse não era meu papel. Mas, nesses últimos anos, agora que a doença foi controlada, sou obrigado a me defrontar com a vida dessas pessoas quase que diariamente. Alguns, como a professora da escola do David, que já era adulta, e devia ser saudável quando contraiu a doença, tinham conseguido recuperar algo parecido com a vida que levavam antes.

Mas aqueles meninos nunca vão ter uma vida normal. Nunca vão poder sair na rua. Tirando a mãe deles, ninguém vai poder tocá-los sem luvas. É uma vida; é a vida que eles têm. E eles são jovens demais para se lembrar de qualquer outra coisa. Mas talvez eu não estivesse com pena deles, e sim dos pais — a mãe preocupada, o pai ausente. Como deve ter sido ver seus filhos quase morrendo e de repente, ao salvá-los, perceber que você os tinha levado para um lugar do qual *você* pode sair, mas eles não? Nem morte, nem vida, mas uma existência, o mundo inteiro dos dois em uma casa, e tudo o que você tinha sonhado que eles seriam, veriam e viveriam enterrado no quintal para jamais ser desencavado. Como estimular essas crianças a sonhar com outra coisa? Como conviver com a tristeza e a culpa de ter condenado os dois a uma vida desprovida de tudo que é prazeroso: movimento; toque; o sol no rosto? Como viver, simplesmente?

Com amor,
Charles

7 de agosto de 2055

Querido P, perdoe essa resposta tão apressada, mas estou na correria (por motivos óbvios). A única coisa que posso dizer é que de fato parece se tratar disso. Eu li o mesmo relatório que você, mas também recebi outro, de um colega, e não consigo interpretar as informações de outra forma. Uma equipe formada por profissionais de várias instituições está indo para Manila, e de lá para Boracay, amanhã. Perguntaram se eu poderia ir, porque essa nova cepa parece muito similar à de 50. Mas não posso... a situação com o David está tão difícil que eu simplesmente não consigo. Parece que ao tomar a decisão de não ir eu fugi da minha responsabilidade, mas se resolvesse ir eu sentiria a mesma coisa.

Agora a única pergunta que nos resta é o que podemos fazer em termos de contenção, se é que podemos fazer alguma coisa. Temo que não vá adiantar muito. Mantenho você informado sobre o que eu souber, e peço que, se for divulgar essa informação, não cite a fonte.

Com amor, C.

11 de outubro de 2055
Oi, querido P.

Hoje de manhã tive minha primeira reunião da MUFIDRT. O que MUFI-DRT significa? Que bom que você perguntou. Significa: Equipe Multidisciplinar de Resposta a Doenças Infecciosas. MUFIDRT. Escrito assim, parece mais uma representação dos genitais femininos da Era Vitoriana ou o esconderijo de um vilão de ficção científica. Se pronuncia "MOOFID-RT", caso isso ajude em alguma coisa, e pelo jeito foi o melhor acrônimo que um grupo de funcionários públicos conseguiu inventar (Desculpa, pessoal.)

O objetivo é tentar formular (ou reformular) uma resposta global e multidisciplinar para o que está por vir reunindo um grupo de epidemiologistas, especialistas em doenças infecciosas, economistas, vários funcionários públicos da Reserva Federal, além dos ministérios de Transporte, Educação, Justiça, Saúde Pública e Segurança Humana, Informação, Segurança e Imigração, representantes das maiores empresas farmacêuticas e dois psicólogos, ambos especializados em depressão e ideação suicida: um entre crianças, outro entre adultos.

Imagino que no mínimo você esteja participando da reunião do seu grupo equivalente neste momento. Também imagino que as suas reuniões sejam mais organizadas, mais calmas, mais planejadas e menos controversas do que a nossa. Quando a nossa acabou, tínhamos feito uma lista de coisas que concordamos em *não* fazer (e a maioria delas eram ilegais de acordo com a versão atual da Constituição, de qualquer forma) e uma lista de coisas cujas consequências precisávamos avaliar de acordo com nossas áreas de atuação. O plano é que todos os países-membros tentem chegar a uma decisão unânime.

Mais uma vez, não sei como é no seu grupo, mas a discussão mais acalorada no nosso foi sobre os campos de isolamento, e ficou subentendido que todos íamos chamá-los de campos de quarentena, embora seja um eufemismo. Eu tinha imaginado que a cisão seria ideológica, mas, para minha surpresa, não foi; na verdade, todo mundo que tinha qualquer tipo de formação científica se mostrou a favor deles — até os psicólogos, ainda que a contragosto — e quem não tinha se mostrou contra. Mas, ao contrário do que aconteceu em 50, não sei como poderíamos evitar isso dessa vez. Se as análises preditivas estiverem corretas, essa doença será muito mais patogênica, contagiosa e fatal do que sua antecessora, isso sem falar no avanço rápido; a única esperança que nos resta é a evacuação em massa. Um dos epidemiologistas chegou a sugerir a remoção preventiva de grupos de risco, mas todos os outros membros concordaram que isso causaria muito alvoroço. "A gente não pode politizar isso", disse um dos representantes do Ministério da Justiça, um comentário tão boçal — uma coisa ridícula, de tão óbvia, e ao mesmo tempo impossível de responder de forma séria — que todo mundo só ignorou.

A reunião acabou com a discussão sobre quando deveríamos fechar as fronteiras. Se você fecha muito cedo, todo mundo entra em pânico. Se fecha muito tarde, a medida deixa de fazer sentido. Meu palpite é que vão anunciar o fechamento no fim de novembro, no máximo.

E por falar nisso: considerando tudo o que sabemos, acho que não seria responsável se a gente fosse visitar você e o Olivier. Escrevo isso com tristeza e pesar. O David estava muito empolgado para ir. O Nathaniel também. E eu mais do que todos. Faz tanto tempo que a gente não se vê, e estou com saudades. Sei que talvez você seja a única pessoa para quem posso dizer isso, mas não estou pronto para enfrentar mais uma pandemia. Não temos escolha, é claro. Um dos epidemiologistas disse hoje que "essa é a nossa chance de acertar". Ele quis dizer que a gente pode se sair melhor do que em 50: estamos melhor preparados, mais comunicativos, mais realistas, menos assustados. Mas também estamos mais cansados. Quando você faz uma coisa pela segunda vez, você sabe o que pode corrigir, mas o problema é que também sabe o que foge do seu controle — e eu nunca quis tanto ser ignorante como quero agora.

Espero que você esteja bem. Fico preocupado com você. O Olivier deu alguma ideia de quando vai voltar?

Te amo. Eu

13 de julho de 2056
Meu Peter tão querido,

Está muito tarde aqui, quase três da manhã, e estou na minha sala no laboratório.

Hoje à noite nós fomos à casa do Aubrey e do Norris. Eu não queria ir. Estava cansado, todos estávamos, e eu não queria colocar o traje de descontaminação inteiro só para ir à casa deles. Mas o Nathaniel insistiu: ele não os encontrava havia meses e estava preocupado com eles. É que o Aubrey faz setenta e seis anos no mês que vem, e o Norris vai fazer setenta e dois. Eles não saem de casa desde que o primeiro caso foi diagnosticado no estado de Nova York, e, como tão pouca gente tem trajes de proteção completos, eles andam bem isolados. Além de ver como eles estão, havia uma outra questão de que queríamos tratar, e tinha a ver com o David. Então lá fomos nós.

Depois que estacionamos e o David saiu do carro na nossa frente, se arrastando, eu parei para olhar a casa deles. Eu lembrava da primeira vez como se fosse ontem. De ficar em pé na calçada olhando as janelas lá no alto, douradas por causa da luz. Mesmo olhando da rua, a riqueza deles era inegável, aquele tipo de riqueza que sempre foi uma forma de proteção muito única — ninguém ia pensar em invadir uma casa como aquela, ainda que à noite desse para ver as obras de arte e os objetos valiosos espalhados lá dentro, prontinhos pra você pegar e levar.

Mas agora as janelas do segundo andar tinham sido fechadas com tijolos. Muita gente fez isso depois dos primeiros períodos de isolamento. Umas histórias andaram circulando por aí, muitas das quais tinham acontecido mesmo — histórias de gente que encontrou desconhecidos dentro de casa, não para roubar, mas para pedir ajuda: implorar por comida, remédios, abrigo —, e a maioria das pessoas que moravam abaixo do quarto andar decidiu se fechar para o mundo externo. Foram instaladas grades de ferro nas janelas mais altas, e eu sabia mesmo sem olhar que as próprias janelas tinham sido soldadas.

Também havia outras mudanças. O interior da casa estava malcuidado de um jeito que eu nunca tinha visto antes. O Nathaniel havia me contado que ambas as empregadas antigas faleceram na primeira onda, em janeiro; Adams falecera em 50 e tinha sido substituído por um homem fraquinho chamado Edmund, que sempre parecia estar com gripe. Ele assumira a maior parte dos serviços domésticos, mas pelo visto não estava dando conta do trabalho: a parte interna da câmara de descontaminação estava suja, por exemplo, e quando chegamos ao hall de entrada a força da sucção espalhou nuvens de poeira pelo chão. A colcha havaiana pendurada na parede do hall estava com as costuras acinzentadas; o carpete, que o Adams fazia questão de mudar de posição a cada seis meses, estava com um dos cantos brilhando, desgastado pelo uso. Tudo estava com um cheiro um pouco úmido, como um casaco que alguém tira de uma gaveta depois de muito tempo guardado.

E a outra coisa que havia mudado eram os próprios Aubrey e Norris, que nos receberam sorrindo, com os braços abertos; como nós três estávamos usando trajes podíamos abraçá-los, e quando os abracei senti que eles tinham emagrecido, senti que eles estavam fragilizados. O Nathaniel também percebeu — quando o Aubrey e o Norris se viraram, ele me olhou com uma expressão preocupada.

O jantar foi simples: uma sopa de feijão branco com repolho e pancetta, pão de qualidade. Sopa é a coisa mais difícil de comer com essas novas máscaras, mas nenhum de nós, nem o David, tocou nesse assunto, e o Aubrey e o Norris não pareceram notar nossa dificuldade. Na casa deles as refeições normalmente eram servidas à luz de velas, mas dessa vez havia um grande globo suspenso sobre a mesa, emitindo um leve zunido e uma luz branca muito forte: uma daquelas novas lâmpadas solares, criadas para fornecer vitamina D às pessoas que não saem de casa. Eu já tinha visto essas lâmpadas antes, é claro, mas nunca uma tão grande. O efeito não era desagradável, porém destacava ainda mais os sinais da decadência sutil, mas inegável do ambiente, a *imundície* que inevitavelmente se acumula quando pessoas habitam um espaço ininterruptamente. Em 50, quando nos isolávamos por conta própria, eu muitas vezes pensava que o apartamento não tinha a estrutura necessária para ficarmos dentro dele o dia todo, todos os dias — ele precisava passar alguns períodos sem a nossa presença, as janelas escancaradas para o ar entrar, uma folga da nossa caspa e das células epiteliais. Ao nosso redor, o ar-condicionado — esse, pelo menos, ainda tinha toda a potência de que eu me lembrava — soltava suspiros à medida que completava seus ciclos; o desumidificador roncava ao fundo.

Eu não via o Aubrey e o Norris pessoalmente havia meses. Três anos atrás, eu e o Nathaniel tivemos uma briga homérica por causa deles, uma das nossas piores. Isso foi cerca de onze meses depois que ficou evidente que o Hawai'i não tinha mais salvação, quando os primeiros relatórios confidenciais sobre os saqueadores começaram a aparecer. Coisas desse tipo também estavam acontecendo em outros lugares destruídos por todo o Pacífico Sul; havia ladrões que conseguiam chegar até lá com barcos particulares e atracavam nos portos. Equipes inteiras desembarcavam — com trajes de proteção completos — e faziam a ronda pela ilha, roubando os artefatos de todos os museus e casas. A ação era patrocinada por um grupo de bilionários que se autointitulava "Projeto Alexandria", cujo objetivo era "preservar e proteger os grandes feitos artísticos da nossa civilização", ao "resgatá-los" dos lugares "que infelizmente tinham perdido os responsáveis por sua proteção". Os membros diziam que estavam construindo um museu (em um local não divulgado) com um arquivo digital para proteger essas obras. Mas o que estava acontecendo mesmo é que pegavam todas as obras para eles e as guardavam em depósitos imensos, onde ninguém nunca mais as veria.

Enfim, eu tinha começado a achar que o Aubrey e o Norris, se não estivessem entre os membros do projeto, tinham pelo menos comprado alguns dos itens roubados. Um dia, sonhando acordado, imaginei o Aubrey chacoalhando a colcha da minha avó, aquela que seria minha no futuro e que, como todos os outros itens frágeis que meus avós tinham, havia sido queimada num incêndio depois que eles morreram. (Não, eu não gostava dos meus avós, nem eles de mim; e isso não vem ao caso.) Tive uma visão do Norris usando uma capa de plumas do século XVIII, do mesmo tipo que meu avô precisou vender para um colecionador décadas atrás para conseguir pagar meus estudos.

Mas, veja bem, eu não tinha nenhuma prova concreta de nada disso: só lancei essa acusação uma certa noite, e de repente, sem saber, eu tinha remexido anos de mágoas, e começamos a jogar essas mágoas um na cara do outro. Que eu nunca tinha gostado do Aubrey e do Norris, nem quando eles ofereceram propósito e estímulo intelectual ao Nathaniel depois de ele ficar ilhado em Nova York por culpa do meu emprego; que o Nathaniel era muito crédulo e ingênuo, e tinha feito coisas para agradar o Aubrey e o Norris que eu nunca tinha entendido; que eu os odiava só porque eles eram ricos, e como meu ressentimento em relação à riqueza era uma coisa boba e infantil; que o Nathaniel, em segredo, queria que eu fosse rico, e que eu lamentava muito por ter sido uma decepção tão grande; que ele nunca tinha me impedido de fazer nada na minha vida profissional, mesmo quando para isso precisou sacrificar a própria carreira e os próprios interesses, e que ele tinha muito a agradecer ao Norris e o Aubrey, porque eles se interessaram pela vida dele, e mais do que isso, pela vida do David, e isso era ainda mais importante porque eu tinha passado meses, anos, me ausentando da convivência com nosso filho, nosso filho que agora estava sendo expulso, por "insubordinação extrema", de uma das últimas escolas em Manhattan que o tinham aceitado.

Estávamos rosnando um com o outro, cada um de um lado do quarto, o bebê dormindo no quarto dele, ao lado do nosso. Mas por mais que a briga fosse séria, por mais que nossa raiva fosse real, por baixo da conversa corria um outro conjunto de mágoas e acusações ainda mais verdadeiras, coisas que colocariam um ponto final definitivo na nossa vida juntos se um dia ousássemos dizê-las em voz alta. Que eu tinha destruído a vida deles. Que os problemas de comportamento, a tristeza, a rebeldia e o fato de o David não ter amigos eram culpa minha. Que ele, o David, o Norris e o Aubrey tinham formado uma família à parte e tinham me excluído. Que ele tinha vendido a terra natal dele, nossa terra natal, para eles. Que eu tinha tirado a gente da nossa terra natal para sempre. Que ele tinha voltado o David contra mim.

Meu outro pai fala.

Nenhum de nós disse nenhuma dessas coisas em voz alta, mas não foi preciso. Eu fiquei esperando — sei que ele também — que um de nós dissesse alguma coisa imperdoável, uma coisa que derrubasse os dois, que fizesse a gente atravessar os andares do nosso prédio horroroso até chegar à calçada.

Mas ninguém disse essa coisa. A briga acabou, não sei como, do jeito que essas brigas sempre acabam, e por uma semana, mais ou menos, nos tratamos com cuidado e educação. Foi quase como se o fantasma do que poderíamos ter dito tivesse se colocado à força entre nós, e tivéssemos medo de provocá-lo e ele acabar virando um demônio. Nos meses que se seguiram, quase desejei que ele *tivesse dito* parte do que ambos queríamos dizer, porque aí ele pelo menos *teria dito*, em vez de passar o tempo todo pensando nisso. Mas se tivéssemos dito — eu precisava me lembrar disso —, a única coisa que nos restaria seria a separação.

Pareceu ao mesmo tempo inevitável e correto que, como resultado dessa briga, o Nathaniel e o David tenham começado a passar mais tempo na casa do Aubrey e do Norris. No começo o Nathaniel falou que era só porque eu estava trabalhando até mais tarde, e depois ele disse que era porque o Aubrey era uma boa influência para o David (e era mesmo; ele conseguia acalmar o David, e eu nunca entendi como — o David foi ficando cada vez mais marxista, mas mesmo assim continuou achando que o Aubrey e o Norris eram exceções), e depois ele disse que era porque o Aubrey e o Norris (o Aubrey principalmente) estavam cada vez mais isolados em casa, porque tinham medo de pegar a doença se saíssem, e tantos amigos da idade deles haviam morrido que o Nathaniel se sentia responsável pelo bem-estar dos dois, ainda mais depois que foram tão generosos conosco. Por fim, fui obrigado a ir até lá também, e tivemos uma noite pouco memorável, e o bebê chegou até a aceitar jogar uma partida de xadrez com o Aubrey depois do jantar, enquanto eu tentava não procurar sinais de compras recentes, mas os via mesmo assim: aquela peça de tecelagem kapa sempre tinha estado ali, emoldurada e pendurada sobre a escada? Aquela tigela de madeira torneada era uma nova aquisição, ou antes estava guardada? O Aubrey e o Nathaniel tinham mesmo trocado um olharzinho rápido quando viram que eu notei o ornamento de dente de tubarão emoldurado, ou era coisa da minha cabeça? Passei a noite inteira sentindo que tinha invadido a peça de teatro de outra pessoa, e depois decidi me manter distante.

Um dos motivos para termos ido lá hoje à noite foi porque eu e o Nathaniel tínhamos chegado à conclusão de que precisávamos que o Aubrey nos ajudasse com o David. Ele ainda tinha mais dois anos de ensino médio e nenhuma escola onde pudesse cursá-los, e o Aubrey tinha certa amizade com o fundador de uma nova escola com fins lucrativos que estava sendo inaugurada no West Village. Nós três — o Nathaniel, o David e eu, no caso — tínhamos tido uma conversa, ou melhor, uma competição de quem gritava mais, na qual David deixara bem claro que não pretendia voltar a frequentar a escola, e o Nathaniel e eu (unidos novamente, como não ficávamos havia anos, ou pelo que pareciam anos) lhe dissemos que ele precisava voltar. Numa outra época, teríamos dito que ele teria que sair de casa se não fosse para a escola, mas tivemos medo de ele levar isso a sério, e então passaríamos as noites não indo a reuniões com o diretor, mas procurando o David pela rua.

Após o jantar, o Norris, o Nathaniel e eu fomos para a sala de estar, e o Aubrey e o David ficaram na sala de jantar para jogar uma partida de xadrez. Depois de mais ou menos trinta minutos eles se juntaram a nós, e eu consegui perceber que o Aubrey tinha dado um jeito de convencer o David a ir para a escola, e que o David tinha se aberto com ele, e, por mais que tivesse inveja da conexão que eles tinham, eu fiquei aliviado, e triste também — que alguém tivesse conseguido se comunicar com meu filho; que essa pessoa não fosse eu. Ele parecia mais tranquilo, o David, mais leve, e mais uma vez me perguntei o que era que ele via no Aubrey. Como o Aubrey era capaz de acalmá--lo de um jeito que eu não conseguia? Era só porque ele não era pai dele? Mas não pude pensar desse jeito, porque isso me lembraria que David não odiava seus *pais* — era só um dos pais. Era eu.

O Aubrey se sentou no sofá ao meu lado, e, quando ele se serviu de chá, notei que sua mão estava tremendo, só um pouco, e que ele tinha deixado as unhas crescerem um pouco demais. Pensei no Adams, em como ele nunca teria permitido que seu patrão servisse o próprio chá, ou que descesse para jantar com convidados, mesmo que fôssemos nós, naquele estado. Nesse momento me ocorreu que, por mais que eu me sentisse encurralado naquela casa, o Aubrey e o Norris estavam *de fato* encurralados. O Aubrey era a pessoa mais rica que eu conhecia, mas estava ali, quase chegando aos oitenta anos, preso numa casa da qual ele nunca mais poderia sair. Ele tinha cometido uma série de erros de cálculo: a três horas de viagem ao norte, a propriedade em Newport estava vazia, e a essa altura já devia ter sido invadida e virado uma ocupação; ao leste, em Water Mill, tinham declarado que Frog's Pond Way era uma área de risco e demoliram tudo. Quatro anos atrás, ele tivera uma oportunidade — eu sabia disso pelo Nathaniel — de fugir para uma casa que tinha na Toscana, mas acabou não indo, e agora a Toscana já estava inabitável, de qualquer forma. E cada vez mais parece que, cedo ou tarde, nenhum de nós vai ter permissão de viajar para lugar nenhum. Ele tem todo aquele dinheiro, mas não pode sair do lugar.

Enquanto tomávamos nosso chá, o rumo da conversa mudou e começamos a falar, como sempre, dos campos de quarentena, e principalmente do que tinha acontecido no último fim de semana. Eu nunca imaginei que o Aubrey e o Norris tivessem algum interesse pelos problemas das pessoas comuns, mas pelo visto eles faziam parte do grupo que defendia o fechamento dos campos. Nem preciso dizer que o Nathaniel e o David também. Eles falaram sem parar, comparando os problemas de cada cenário e citando dados (alguns verdadeiros, outros não) sobre o que acontecia nesses campos. É claro que nenhum deles chegou a *ver* um desses campos por dentro. Ninguém viu.

"E vocês viram aquela reportagem que saiu hoje?", perguntou o bebê, com um ânimo que havia muito tempo eu não via nele. "Sobre aquela mulher e a filha dela?"

"Não, o que aconteceu?"

"Uma mulher do Queens tem uma bebê, e o teste da bebê dá positivo. Ela sabe que a equipe do hospital vai mandar ela pra um campo, então ela fala que precisa usar o banheiro e volta correndo para o apartamento dela. Ela passa dois dias lá, e de repente batem na porta e os soldados entram. Ela começa a gritar, a bebê começa a gritar, e eles dizem que ou ela deixa levarem a bebê ou ela pode ir junto. Aí ela decide ir.

"Eles colocam a mulher num caminhão com mais um monte de gente doente. Todo mundo naquele espaço apertado. Todo mundo chorando e tossindo. As crianças fazem xixi na calça. O caminhão não para de andar, e eles chegam em um dos campos do Arkansas e levam todo mundo pra fora. Eles dividem as pessoas em grupos pelo estágio da doença: inicial, intermediário ou terminal. Diagnosticam que a bebê da mulher está no estágio intermediário. Aí levam todo mundo pra um prédio bem grande e colocam as duas numa cama só. Eles não dão remédio pras pessoas que estão no estágio intermediário, só para as do primeiro. Esperam dois dias pra ver se você piora, e todo mundo piora, porque ninguém toma remédio. E quando você piora eles te transferem para o prédio do estágio terminal. Daí a mulher, que agora também ficou doente, vai com a bebê e as duas pioram, porque não tem remédio, não tem comida, não tem água. E quarenta e oito horas depois elas morrem, e toda noite vem alguém pra buscar os cadáveres e queimar todos eles lá fora."

Ele tinha se empolgado contando essa história, e eu olhei para o meu filho e pensei que ele era muito bonito, muito bonito e muito ingênuo, e fiquei preocupado com ele. Com aquela paixão, aquela revolta, aquela necessidade de alguma coisa que eu não conseguia saber o que era e não podia oferecer a ele; com as brigas com outros alunos da escola, com professores, a raiva que ele levava aonde fosse: se tivéssemos ficado no Hawai'i, ele seria assim? Ele tinha se tornado o que era por culpa minha?

Mas… enquanto ainda pensava nisso, senti que eu começava a abrir a boca, senti as frases saindo de mim como se não tivesse controle sobre elas, senti que eu começava a falar mais alto que as exclamações de horror e retidão de todos eles, dizendo uns aos outros que o governo tinha virado um monstro, que tinha violado as liberdades civis daquela mulher, que havia um preço a se pagar pelo controle dessas doenças, mas que esse preço não podia ser a nossa humanidade. Logo eles estariam contando as mesmas histórias que pessoas como essas contavam em conversas como essas: que mandavam pessoas de raças diferentes para campos diferentes, e que os negros iam para um campo e os brancos para outro, e o resto, grupo do qual fazíamos parte, teoricamente ia para um terceiro campo. Que estavam oferecendo até 5 milhões de dólares para que mulheres doassem seus bebês saudáveis para experimentos. Que o governo estava *infectando* as pessoas (por meio da água encanada, pela fórmula que davam aos bebês, pela aspirina) para eliminá-las depois. Que a doença não era nenhum acidente, mas uma coisa criada num laboratório.

"Isso não é verdade", eu disse.

Eles ficaram quietos na mesma hora. "Charles", o Nathaniel começou a falar, num tom de quem fazia um alerta, mas o David endireitou a postura, já pronto para brigar. "Como assim?", ele perguntou.

"Não é verdade", eu disse. "Não é isso que está acontecendo nos campos."

"Como você sabe?"

"Sabendo. Mesmo que o governo fosse capaz de fazer isso, eles não conseguiriam esconder esse tipo de coisa do público por tanto tempo."

"Caralho, como você é ingênuo!"

"*David!*" Quem disse isso foi o Nathaniel. "Não fala assim com o seu pai!"

Por um momento brevíssimo, eu fiquei feliz: fazia quanto tempo que o Nathaniel não me defendia assim, sem pensar duas vezes, com tanta veemência? Aquilo pareceu uma declaração de amor. Mas eu continuei falando. "Pensa um pouco, David", eu disse, me odiando antes mesmo de terminar a frase. "Por que a gente *pararia* de dar remédio para as pessoas? Não é mais como era seis anos atrás… tem muito remédio disponível. E por que pensariam nessa medida paliativa do… como você chamou, prédio do 'estágio intermediário'? Por que não mandar todo mundo para o prédio do estágio terminal?"

"Mas…"

"O que você acabou de descrever é um campo de extermínio, e a gente não tem isso aqui."

"A fé que você tem neste país é comovente", disse o Aubrey, em voz baixa, e por um instante minha raiva foi tanta que quase fiquei zonzo. *Ele* estava *me* tratando com condescendência? Logo ele, uma pessoa que tinha uma casa cheia de objetos roubados do meu país? "Charles", disse o Nathaniel, levantando-se de repente, "vamos embora", ao mesmo tempo em que o Norris colocou a mão sobre a do Aubrey. "Aubrey", ele disse, "isso não é justo".

Mas não respondi o Aubrey. Não. Eu resolvi falar só com o David. "E, David, se essa história *fosse* verdade, você teria apontado o vilão errado. O inimigo nessa história não é a administração, nem o exército, nem o ministro da Saúde — é a própria mulher. Sim: uma mulher que *sabia* que a bebê estava doente, que se dá ao trabalho de levá-la ao hospital, e aí, em vez de deixar que ela receba o tratamento, ela a leva pra casa. E ela vai pra onde? Ela volta para o metrô ou para o ônibus, para o prédio em que ela mora. Por quantas ruas ela anda nesse caminho? Com quantas pessoas ela tromba? Em quantas pessoas a bebê respira, quantos esporos ela lança no ar? Quantos apartamentos tem nesse prédio? Quantas pessoas moram lá? Quantas dessas pessoas têm comorbidades? Quantas delas são crianças, ou doentes, ou pessoas com deficiência?

"Para quantas dessas pessoas ela diz: 'Minha bebê está doente; acho que ela pegou a infecção; mantenha distância'? Ela liga pro departamento de saúde, avisa que tem alguém doente na casa dela? Ela pensa nos outros? Ou só pensa em si mesma, na própria família? É claro, você poderia dizer que é isso que uma mãe ou pai faz. Mas é por isso, *por causa* desse egoísmo tão compreensível, que o governo é *obrigado* a se intrometer, entendeu? É pra proteger todas as pessoas que estão ao redor dela, as pessoas pra quem ela mesma não dá a mínima, as pessoas que vão perder os filhos por culpa dela, que eles *precisaram* intervir."

O bebê não tinha se mexido nem dito nada enquanto eu fazia meu discurso, mas nesse momento ele se encolheu, como se eu tivesse dado um tapa nele. "Você disse 'a gente'", ele falou, e alguma coisa, alguma característica no ambiente, mudou de súbito.

"O quê?", perguntei.

"Você disse 'que *a gente* precisou intervir'."

"Não, eu não disse. Eu disse 'que *eles* precisaram intervir'."

"Não. Você disse 'a gente'. *Puta merda*. Você faz parte disso tudo, não faz? Puta merda. Você ajudou a planejar esses campos, não ajudou?" Depois, ele disse para o Nathaniel: "Pai. *Pai*. Você ouviu isso? Você ouviu isso? Ele está envolvido! Ele está por trás disso!".

Nós dois olhamos para o Nathaniel, que estava sentado, ligeiramente boquiaberto, olhando ora para um, ora para outro. Ele piscou. "David", ele começou a falar.

Mas agora o David estava em pé, alto e magro como o Nathaniel, apontando para mim. "Você faz parte desse grupo", ele disse, com a voz aguda e entusiasmada. "Eu *sei* que você faz. Eu sempre soube que você colaborava com isso. Eu sempre soube que você tinha inventado esses campos. Eu *sabia*."

"David!", o Nathaniel gritou, angustiado.

"Vai se foder", disse o bebê, pronunciando cada letra, olhando para mim, vibrando de emoção. "Vai se foder." E nesse momento ele se voltou para o Nathaniel. "E você também, vai se foder", ele disse. "Você sabe que eu tenho razão. A gente já falou disso, que ele está trabalhando para o governo. E agora você tá tirando o corpo fora." E antes que algum de nós pudesse fazer qualquer coisa, ele correu em direção à porta, abrindo-a; a câmara de descontaminação fez um barulho alto de sucção quando ele saiu.

"David!", o Nathaniel gritou, e também estava correndo para a porta quando o Aubrey — que estava sentado com o Norris no sofá nos olhando, os olhos dos dois passando de um a outro com movimentos rápidos, os dois de mãos dadas como se estivessem no teatro e nós fôssemos os atores de uma peça especialmente tensa — pôs-se de pé. "Nathaniel", ele disse. "Não se preocupe. Ele não vai chegar muito longe. Nossos guardas vão cuidar dele." (Esse é mais um fenômeno novo: as pessoas estão contratando seguranças, que usam trajes de proteção completos e patrulham as casas dia e noite.)

"Eu não sei se ele trouxe os documentos dele", o Nathaniel prosseguiu, nervoso — tínhamos lembrado o David muitas vezes de que ele precisava levar seu cartão de identidade e certificado de saúde sempre que saísse do apartamento, mas ele sempre esquecia.

"Tá tudo bem", o Aubrey disse. "Eu garanto. Ele não vai longe, e a equipe vai cuidar dele. Vou ligar pra eles agora", e ele foi para o escritório.

E então restamos nós três. "A gente precisa ir", eu disse. "Vamos buscar o David, e aí a gente vai", mas o Norris colocou a mão no meu braço. "Eu não esperaria por ele", ele disse, com uma voz calma. "Deixa ele passar a noite aqui, Charles. Os guardas vão trazê-lo e a gente cuida dele. Amanhã a gente pede para um deles o levar pra casa." Eu olhei para o Nathaniel, que me olhou e assentiu com a cabeça, então eu também assenti.

O Aubrey voltou, e houve pedidos de desculpas e agradecimentos, mas eram todos meio emudecidos. Quando estávamos saindo da casa, eu virei a cabeça e vi o Norris, que estava olhando para mim com uma expressão que não consegui decifrar. Depois a porta se fechou e ficamos lá fora, na noite, o ar quente, úmido e parado. Ligamos os desumidificadores das nossas máscaras.

"David!", nós chamamos. "David!"

Mas ninguém respondeu.

"Será que a gente vai embora?", perguntei ao Nathaniel, mesmo depois que o Aubrey nos ligou avisando que o David estava com um dos guardas na salinha de pedra da equipe de segurança que tinham construído nos fundos da casa.

Ele suspirou e deu de ombros. "Acho que sim", ele disse, cansado. "Ele não vai querer voltar com a gente de qualquer forma. Hoje não."

Nós dois olhamos para o sul, na direção do Parque. Por um tempo, ninguém disse nada. Havia uma escavadora, uma única luz muito clara iluminando o caminho do operador, que levava os restos da última favela que se formara ali para uma montanha de plástico e compensado. "Lembra da primeira vez que viemos para Nova York?", perguntei a ele. "Estávamos hospedados naquele hotel péssimo perto do Lincoln Center, e fomos andando até TriBeCa. Paramos nesse parque e tomamos sorvete. Havia aquele piano que alguém tinha colocado embaixo do arco, e você sentou e tocou…"

"Charles", o Nathaniel disse, com aquela mesma voz calma. "Não estou com vontade de conversar agora. Só quero ir pra casa."

Por algum motivo, isso foi o que mais me magoou a noite inteira. Não foi ver o Aubrey e o Norris tão mirrados; não foi o ódio escancarado do David. Seria melhor se o Nathaniel tivesse ficado bravo comigo, me culpado, me questionado. Porque aí eu poderia retrucar. A gente sempre brigou bem. Mas essa resignação, esse cansaço… eu não sabia o que fazer com isso.

Tínhamos estacionado na Universidade, e nesse momento começamos a andar. Não tinha ninguém na rua, é claro. Eu me lembrei de uma noite, uns dez anos atrás, quando eu ainda estava tentando aceitar que o Aubrey e o

Norris iam fazer parte das nossas vidas porque tinham se tornado parte da vida do Nathaniel. Eles dariam um jantar, e nós deixamos o David — que só tinha sete anos, era um bebê mesmo — com uma babá e pegamos o metrô na direção sul. Todos os amigos ricos do Aubrey e do Norris estavam na festa, mas alguns deles tinham um namorado ou marido mais ou menos da nossa idade, e até eu me diverti, e quando fomos embora resolvemos voltar para casa andando. Foi uma longa caminhada, mas era março, então o tempo estava perfeito, não muito quente, e nós dois estávamos um pouco bêbados, e na rua 23 paramos no Madison Park e demos uns beijos num banco, no meio de outras pessoas que também estavam se beijando nos outros bancos. O Nathaniel estava feliz nessa noite porque achava que tínhamos feito amizade com um monte de gente nova. Isso foi quando nós dois ainda estávamos fingindo que só passaríamos alguns anos em Nova York.

Agora estávamos andando em silêncio, e enquanto eu destrancava o carro o Nathaniel me parou e me virou de frente para ele. Foi a primeira vez em meses que ele me tocou tanto, e de forma tão proposital. "Charles", ele disse, "você estava mesmo?"

"Estava o quê?", eu perguntei.

Ele respirou fundo. O filtro do desumidificador do capacete dele estava sujo, e, à medida que ele respirava, a viseira ficava embaçada e depois voltava ao normal, fazendo seu rosto ora desaparecer, ora aparecer. "Você estava envolvido no planejamento desses campos?", ele perguntou. Ele olhou para longe, depois olhou de novo para mim. "Você ainda está envolvido nisso?"

Eu não sabia o que dizer. Eu mesmo tinha visto os relatórios, é claro — aqueles divulgados no jornal e na TV, assim como os outros relatórios, que você também viu. Eu tinha participado de uma reunião do Comitê no dia em que exibiram a filmagem vinda de Rohwer, e alguém que estava na sala, uma das advogadas do Ministério da Justiça, levou um susto quando viu o que acontecera na ala dos bebês, e pouco depois saiu da sala. Eu também não consegui dormir naquela noite. É claro que eu queria que os campos não fossem necessários. Mas eram, e eu não podia mudar isso. A única coisa que eu podia fazer era tentar nos proteger. Eu não podia pedir desculpa por isso; não podia explicar. Eu tinha me oferecido para fazer esse trabalho. Não podia negá-lo agora porque estavam acontecendo coisas que eu preferia que não acontecessem.

Mas como explicar essas coisas para o Nathaniel? Ele não entenderia; ele nunca entenderia. Então eu só fiquei parado, de boca aberta, suspenso entre a fala e o silêncio, entre pedir desculpas e mentir.

"Acho que você deveria dormir no laboratório hoje", ele disse enfim, ainda com aquela mesma voz suave.

"Ah", eu disse, "tá bom", e enquanto eu dizia isso ele deu um passo para trás, como se eu tivesse dado um soco no peito dele. Não sei. Talvez ele esperasse que eu fosse brigar com ele, tentar negociar, negar tudo, mentir pra ele. Mas foi como se, ao admitir aquilo, eu também confirmasse tudo aquilo em que ele não queria acreditar. Ele me olhou de novo, mas a viseira dele estava ficando cada vez mais embaçada, e, por fim, ele entrou no carro e seguiu para o norte.

Eu fui andando. Na rua 14, parei para deixar um tanque passar, e depois uma brigada de soldados andando a pé, todos com trajes de proteção, com os novos uniformes militares que têm uma viseira espelhada, então, ao falar com alguém que está usando esse uniforme, você só vê a si mesmo. Eu andei, andei, passei pela barricada da rua 23, onde um soldado me disse para seguir pelo leste para evitar o Madison Park, que estava isolado com uma cúpula geodésica com ar-condicionado, onde os cadáveres estavam acondicionados até que pudessem levá-los para um dos crematórios. Acima de cada canto do Parque um drone com câmera rodopiava, e por alguns instantes as luzes estroboscópicas iluminavam os contornos dos caixões de papelão, empilhados de quatro em quatro e enfileirados com cuidado. Quando atravessei a Park Avenue, passei por um homem que vinha do outro lado; quando se aproximou de mim, ele baixou os olhos. Você também tem percebido isso, esse receio de fazer contato visual, como se a doença fosse transmitida não quando a gente respira, mas quando nos encaramos?

Enfim consegui chegar à Rockefeller, tomei um banho e fiz uma cama no sofá da minha sala. Mas não consegui dormir, e depois de algumas horas me levantei, abri o blecaute e fiquei olhando os helicópteros do necrotério fazendo suas entregas na Roosevelt Island, as pás brilhando à medida que os holofotes passavam por eles. Aqui os crematórios não param nunca de trabalhar, mas suspenderam o transporte por barcaças por causa do fechamento das hidrovias — o que querem é barrar as jangadas dos refugiados climáticos, porque essas pessoas eram largadas tarde da noite na foz dos rios Hudson e East, e de lá elas eram obrigadas a nadar até a margem.

E agora eu estou muito cansado, acho que mais cansado do que nunca. Hoje todos nós estamos dormindo separados. Você, em Londres. O Olivier, em Marselha. Meu marido, a quatro quarteirões ao norte. Meu filho, a quase cinco quilômetros ao sul. Eu, aqui no laboratório. Tudo que eu queria era estar com um de vocês, qualquer um de vocês. Deixei uma das cortinas abertas, então na parede oposta tem um quadrado de luz que aparece e some, aparece e some, aparece e some, como um código que alguém criou só pra mim.

Com amor,
Eu

20 de setembro de 2058
Peter querido,

Hoje foi o enterro do Norris. Encontrei o Nathaniel e o David na capela Friends na Rutherford Place. Fazia três meses que eu não via o David e uma semana que não via o Nathaniel, e por respeito ao Norris todos nos tratamos com uma cortesia exagerada. O Nathaniel tinha me telefonado antes para pedir que eu não tentasse cumprimentar o David com um abraço, mas ele nos surpreendeu, porque me deu um tapinha nas costas e resmungou alguma coisa.

Durante a cerimônia, que foi pequena e modesta, eu fiquei olhando o rosto do David. Ele estava sentado na fileira logo à frente da minha, um lugar para a esquerda, e eu pude analisar seu perfil, seu nariz longo e fino, seu novo jeito de usar o cabelo, que dava a impressão de que a cabeça dele estava cheia de espinhos. Ele começou na nova escola, aquela que o Aubrey o convenceu a frequentar depois que ele abandonou a outra escola que o Aubrey o convencera a frequentar dois anos atrás, e até onde eu sei não há nenhuma reclamação, nem deles, nem do David. Tudo bem que o ano letivo só começou há três semanas.

Eu não conhecia a maioria das pessoas que estavam na cerimônia — algumas eu conhecia de vista, de jantares e festas de anos atrás —, e o sentimento era de vazio: eles perderam mais amigos do que eu imaginava em 56, e, embora o salão estivesse cheio, também havia uma sensação persistente e preocupante de que algo, alguém, estava faltando.

Depois, o Nathaniel, o bebê e eu voltamos para a casa do Aubrey, onde também havia algumas pessoas reunidas; o Aubrey ficou de traje de descontaminação para que os convidados pudessem tirar os deles. Ao longo do último ano, ou um pouco mais, à medida que o Norris ia morrendo aos poucos, eles passaram a manter as luzes da casa sempre baixas, iluminando os cômodos com velas. Isso ajudava, de certa forma — tanto Aubrey quanto a casa pareciam menos abatidos naquela penumbra —, mas também dava a impressão de que ao entrar naquele espaço você ia parar em outra era, antes mesmo de inventarem a eletricidade. Ou talvez fosse o fato de que a casa agora parece menos habitada por seres humanos e mais por algum outro animal: toupeiras, quem sabe, criaturas com olhinhos fracos e brilhantes que não suportam toda a crueza da luz do sol. Pensei nos alunos do Nathaniel, Hiram e Ezra, que tinham onze anos e ainda viviam naquele mundo de sombras.

Depois de algum tempo, só sobramos nós quatro. O Nathaniel e o David tinham se oferecido para passar a noite na casa, e o Aubrey tinha aceitado. Eu ia aproveitar que eles não estavam no apartamento para ir buscar algumas coisas e levá-las para o dormitório da RU, onde ainda estou morando.

Ficamos em silêncio por um tempo. O Aubrey tinha encostado a cabeça nas costas do sofá e acabou fechando os olhos. "David", o Nathaniel sussurrou, fazendo um gesto para que ele ajudasse a virar o Aubrey no sofá para deitá-lo de barriga para cima, e o bebê estava se levantando para ajudá-lo quando o Aubrey começou a falar.

"Vocês lembram daquela conversa que tivemos pouco depois de divulgarem que a primeira pessoa tinha sido diagnosticada em Nova York, em 50?", ele perguntou, ainda de olhos fechados. Ninguém respondeu. "Você, Charles… eu me lembro de te perguntar se era essa que a gente estava esperando, a doença que mataria todos nós, e você disse: 'Não, mas vai ser uma das grandes'. Você se lembra disso?"

Ele estava falando com uma voz delicada, mas eu fiquei constrangido mesmo assim. "Lembro", eu disse. "Eu lembro." Ouvi o Nathaniel suspirar, um som soturno e suave.

"Humm", ele disse. Houve mais uma pausa. "Você tinha razão, no fim das contas. Porque depois veio 56.

"Eu nunca contei isso pra vocês", ele disse, "mas em novembro de 50 um antigo amigo nosso entrou em contato. Bem, ele era mais amigo do Norris do que meu, eles se conheciam desde a faculdade, quando tinham namorado por um curto período. O nome dele era Wolf.

"Àquela altura, estávamos morando lá em Frog's Pond Way havia mais ou menos três meses. Pensávamos, sabe-se lá por quê, como muita gente, e até sua turma, Charles, que estaríamos mais seguros lá, que era melhor ficar longe da cidade, com toda aquela aglomeração e sujeira. Isso foi depois de os roubos começarem; todo mundo tinha medo de sair de casa. Não era tão grave quanto foi em 56, as pessoas não avançavam em você no meio da rua, tentando tossir em você e te infectar porque queriam que você também ficasse doente. Mas era grave. Vocês lembram.

"Enfim, uma noite o Norris me contou que o Wolf tinha entrado em contato com ele; ele estava na região e queria saber se podia nos visitar. Bom... Nós estávamos levando a sério todas as recomendações. O Norris tinha asma, e tínhamos ido pra Long Island justamente pra não ficar encontrando as pessoas na rua. Então decidimos que íamos dizer para o Wolf que adoraríamos encontrá-lo, mas que não queríamos colocar ninguém em risco, nem ele, nem nós, e não achávamos seguro, mas que quando a situação se acalmasse adoraríamos marcar alguma coisa.

"Então o Norris mandou essa mensagem, mas o Wolf respondeu na mesma hora: ele não *queria* ir até a nossa casa; ele *precisava* ir até a nossa casa. Ele precisava da nossa ajuda. O Norris perguntou se a gente podia fazer uma chamada de vídeo, mas ele insistiu: precisava ver a gente.

"O que a gente podia fazer? No dia seguinte recebemos uma mensagem ao meio-dia: 'Estou aqui fora'. Fomos lá fora. Por um tempo não vimos nada. Depois ouvimos o Wolf chamar o Norris, e andamos pela trilha, mas ainda não vimos nada. Então ouvimos o Wolf chamar de novo e andamos um pouco mais. Isso aconteceu mais algumas vezes, e então ouvimos o Wolf dizer: 'Parem'.

"A gente parou. Nada aconteceu. E aí ouvimos os barulhos dos gravetos atrás daquele choupo grande que ficava perto da guarita, e o Wolf saiu de trás de uma árvore.

"Vimos na mesma hora que ele estava muito doente. O rosto dele estava coberto de feridas; parecia um esqueleto. Ele usava um galho de magnólia como bengala, mas não tinha a força necessária para erguê-lo, então ele o arrastava atrás de si como uma vassoura. Estava carregando uma mochila pequena. E segurava a própria calça com a mão. Ele usava um cinto, mas mesmo assim a calça estava caindo.

"Eu e o Norris demos um passo pra trás na mesma hora. Era óbvio que o Wolf estava perto do estágio terminal da doença, e portanto era muito contagioso.

"Ele disse: 'Eu não viria aqui se tivesse outro lugar pra ir. Vocês sabem que eu não viria. Mas eu preciso de ajuda. Não vou viver muito tempo. Sei que isso é um fardo imenso. Mas eu queria… eu queria que vocês me deixassem morrer aqui'.

"Ele tinha fugido de um dos centros. Depois, ficamos sabendo que ele havia procurado outras pessoas, e todas o mandaram embora. Ele disse: 'Não vou pedir pra entrar. Mas eu pensei… pensei que talvez pudesse ficar na casa da piscina, quem sabe? Não vou pedir mais nada pra vocês. Mas eu não quero morrer na rua, quero morrer dentro de uma casa'.

"Eu não sabia o que dizer. Eu sentia que o Norris estava atrás de mim, muito perto, segurando meu braço. Por fim, eu disse: 'Preciso falar com o Norris', e o Wolf concordou e voltou a se esconder atrás da árvore, como se quisesse dar privacidade pra gente, e eu e o Norris voltamos pelo caminho. Ele olhou pra mim, e eu olhei pra ele, e nenhum dos dois disse nada. Não era preciso… a gente já sabia o que ia fazer. Eu estava com a minha carteira, e peguei tudo o que tinha, um pouco mais de quinhentos dólares. E depois voltamos para perto da árvore e o Wolf apareceu de novo.

"'Wolf', eu disse, 'desculpa, me desculpa. Mas não podemos fazer isso. O Norris é mais vulnerável, você sabe disso. A gente não pode, a gente não pode mesmo. Eu peço mil desculpas.' Eu citei o seu nome, Charles. Eu disse: 'Um amigo nosso tem contato com a administração; ele pode conseguir ajuda pra você, pode te colocar num centro melhor'. Eu nem sabia se isso *existia*, um "centro melhor", mas eu prometi. Aí coloquei o dinheiro no chão, a quase meio metro da gente. 'Eu posso te dar mais, se você precisar', eu disse.

"Ele não disse nada. Ele só ficou lá, respirando com dificuldade, olhando o dinheiro, se chacoalhando um pouco. E aí eu peguei a mão do Norris e voltamos para a casa na hora… nos últimos cem metros a gente estava correndo, correndo como se o Wolf tivesse forças para ir atrás da gente, como se de repente ele fosse voar feito uma bruxa e aterrissar na frente da porta. Uma vez lá dentro, trancamos a porta e andamos pela casa verificando cada janela e cada fechadura, como se o Wolf pudesse quebrar uma delas e infectar a casa toda.

"Mas sabe qual foi a pior parte? Eu e o Norris ficamos *com raiva*. Ficamos com raiva porque o Wolf tinha ficado doente, tinha nos procurado, pedido ajuda e nos colocado naquela situação. Foi isso que falamos naquela noite enquanto nos entupíamos de comida, com todas as cortinas fechadas, todos os sistemas de segurança acionados, a casa da piscina — como se ele pudesse entrar lá — fechada com cadeado. Como ele *ousava* fazer aquilo? Como ele *ousava* nos fazer sentir aquilo, como ele *ousava* nos obrigar a dizer não? Foi isso que a gente pensou. Um amigo nosso estava desamparado e assustado, e essa foi a nossa reação.

"Depois disso, nossa relação nunca mais voltou a ser a mesma. Ah, eu sei que sempre pareceu que estava tudo bem. Mas alguma coisa mudou. Era como se a base da nossa conexão não fosse mais o amor, mas a vergonha, esse segredo terrível que tínhamos, essa coisa terrível e desumana que havíamos feito juntos. E eu também culpo o Wolf por isso. Ficávamos trancados em casa todos os dias, vigiando o terreno com um binóculo. Oferecemos pagar em dobro para que a equipe de segurança voltasse, mas eles recusaram, então nos preparamos para fazer um cerco, um cerco de um homem só. Fechamos todas as cortinas e persianas. Vivíamos como se estivéssemos num filme de terror, como se a qualquer momento fôssemos ouvir uma batida em uma janela, abrir a cortina e ver o Wolf grudado na vidraça. De fato conseguimos convencer a polícia local a monitorar o número de mortes naquela área, mas mesmo quando ficamos sabendo, duas semanas depois, que tinham encontrado o Wolf ao lado da rodovia, morto aparentemente havia vários dias, não conseguimos desistir da nossa vigília: paramos de atender os celulares, paramos de ver mensagens, paramos de nos comunicar com todo mundo, porque, se não tivéssemos contato com o mundo exterior, ninguém exigiria nada de nós e estaríamos em segurança.

"Depois que nos liberaram, voltamos para Washington Square. Mas nunca retornamos a Water Mill. Nathaniel, uma vez você perguntou por que nunca íamos para Frog's Pond Way. Era por isso. Também nunca mais falamos do Wolf. Não foi algo que precisamos combinar; os dois sabíamos. Ao longo dos anos, tentamos aliviar nossa culpa de várias formas. Doamos para instituições que ajudavam as pessoas doentes; doamos para hospitais; doamos para grupos de ativistas que lutavam para que os campos fossem fechados. Mas quando o Norris foi diagnosticado com leucemia, a primeira coisa que ele disse depois que o médico saiu da sala foi 'Isso é castigo pelo que a gente fez com o Wolf'. Eu sei que ele acreditava nisso. Nos últimos dias, quando ele estava delirando por causa dos remédios, não era o meu nome que ele repetia, mas o do Wolf. E apesar de eu estar contando essa história pra vocês como se não acreditasse, eu acredito também. Que um dia... um dia, o Wolf também vai vir me buscar."

Ficamos todos em silêncio. Até o bebê, cujo absolutismo moral nunca fraquejava, ficou sério e silencioso. O Nathaniel suspirou. "Aubrey", ele começou a falar, mas o Aubrey o interrompeu.

"Eu tinha que confessar isso pra alguém", ele disse, "e também por isso estou contando pra vocês. Mas o outro motivo é porque... David, eu sei que você tem muita mágoa do seu pai, e eu entendo. Mas o medo nos leva a fazer coisas de que nos arrependemos, coisas que nunca pensamos ser capazes de fazer. Você é tão jovem; você passou quase sua vida inteira vivendo perto da morte e da possibilidade da morte... você ficou habituado, e isso é de partir o coração. Então você não vai entender direito o que eu estou querendo dizer.

"Mas, quando você fica mais velho, você faz tudo o que pode pra sobreviver. Às vezes você nem se dá conta disso. Alguma coisa, um instinto, uma versão piorada de você, toma o controle... você perde a sua essência. Isso não acontece com todo mundo, mas acontece com muita gente.

"Acho que o que eu estou tentando dizer é... você devia perdoar o seu pai." Ele olhou pra mim. "*Eu* te perdoo, Charles. Pelo que você fez com... com os campos, e eu sei lá o que você fez. Eu queria te dizer isso. O Norris nunca te culpou como eu te culpei, então ele não precisava perdoar nada, nem precisava pedir perdão. Mas eu preciso."

Percebi que eu deveria dizer algo. "Obrigado, Aubrey", eu falei, para um homem que pendurava os objetos mais valiosos e sagrados do meu país nas paredes de casa como se fossem pôsteres em um quarto de universitário e dois anos atrás tinha me acusado de ser uma marionete do governo americano. "Fico feliz em ouvir isso."

Ele suspirou, e o Nathaniel também, como se de alguma maneira eu tivesse errado a fala do meu personagem. Do outro lado da sala, o David estava sentado com o rosto virado para longe, e eu não conseguia ver a expressão dele. Ele amava o Aubrey. Ele respeitava o Aubrey. Eu imaginava o que ele estava pensando, e me sentia mal por ele.

Não fui egoísta a ponto de pedir o perdão dele ali mesmo. Mas antes de conseguir me segurar, eu já estava sonhando com o nosso reencontro: eu voltaria para casa, e o Nathaniel voltaria a me amar, e o bebê deixaria de ficar tão bravo comigo, e seríamos uma família mais uma vez.

Mas eu não disse nada. Só me levantei, me despedi de todos e fui para o nosso apartamento como tinha planejado, e depois voltei para o dormitório.

Eu ouvi — nós dois ouvimos — muitas histórias horríveis sobre as coisas que os seres humanos fizeram com outros seres humanos nesses últimos dois anos. O Aubrey não foi o pior, nem chegou perto de ser o pior. Naqueles meses, houve relatos de pais que abandonavam seus filhos no metrô, de um homem que matou os pais com tiros na nuca quando estavam sentados no quintal de casa, de uma mulher que levou o marido moribundo na cadeira de rodas até o ferro-velho perto do Lincoln Tunnel e o deixou lá, depois de quarenta anos de casados. Mas acho que o que mais me marcou na história do Aubrey não foi nem a história em si, mas como a vida dos dois tinha encolhido. Eu consegui vê-los: os dois naquela casa que me causava tanto ressentimento, que eu invejava, todas as persianas fechadas para não deixar a luz entrar, os dois amontoados juntos num canto para não ocupar muito espaço, torcendo para que, se conseguissem se diminuir, o grande olho da doença não pudesse vê-los, para que os deixasse em paz, como se pudessem nunca ser pegos.

Com amor,
C.

30 de outubro de 2059
Querido Peter,

Obrigado pela mensagem de aniversário atrasada; eu tinha esquecido completamente. Cinquenta e cinco. Separado. Alvo do ódio do meu próprio filho e de boa parte do mundo ocidental (por causa do que faço, se não justamente por quem sou.) De certa forma, eu completei a transição: deixei de ser o cientista promissor que um dia fui e virei um misterioso trabalhador do governo. O que mais tenho a dizer? Não muito, viu?

Fizemos uma comemoração meio desanimada na casa do Aubrey, onde o Nathaniel e o bebê agora moram. Sei que não falei isso, e acho que foi uma coisa que só aconteceu, sem que nem o Nate nem eu nos déssemos conta. Primeiro ele e o David começaram a passar mais tempo em Downtown para fazer companhia para o Aubrey nas semanas que se seguiram à morte do Norris. Ele me mandava mensagem quando isso acontecia, para que eu soubesse que podia ir para o nosso apartamento e passar a noite lá. Eu ficava andando pelos quartos, abrindo as gavetas da mesa do bebê e fuçando em tudo; revirando a gaveta de meias do Nathaniel. Eu não estava procurando nada específico: eu sabia que o Nathaniel não tinha segredos, e que o David teria levado os dele com ele. Eu só estava olhando. Dobrei de novo umas camisas do David; fiquei debruçado sobre as cuecas do Nathaniel, sentindo o cheiro delas.

Com o passar do tempo, comecei a perceber que as coisas estavam sumindo — os tênis do David, os livros da mesa de cabeceira do Nathaniel. Uma noite, cheguei em casa e a figueira não estava lá. Parecia coisa de desenho animado; passei o dia fora e alguém levou todos aqueles objetos enquanto eu não estava olhando. Mas, é claro, eles estavam levando tudo para Washington Square. Depois de cerca de cinco meses dessa despedida a conta-gotas, Nathaniel me mandou uma mensagem dizendo que eu podia voltar a morar na nossa casa, se eu quisesse, e embora eu tivesse pensado em recusar, por uma questão de princípios — de vez em quando, falamos rapidamente sobre a possibilidade de ele comprar minha parte do apartamento para que eu pudesse comprar um pra mim, embora eu tivesse plena consciência de que ele não tinha dinheiro pra fazer isso, e nem eu —, a essa altura eu já estava muito cansado, então me mudei. Mas eles não levaram tudo para a casa do Aubrey, e nos meus momentos de autocomiseração mais intensa consigo ver que isso é simbólico. Os antigos livros infantis do bebê, alguns casacos que o Nathaniel não usa mais por causa do calor, uma panela marcada por anos de comida queimada — e eu: os restos da vida do Nathaniel e do David; as tralhas que eles não queriam mais.

Eu e o Nathaniel temos feito um esforço para nos falar uma vez por semana. Às vezes esses contatos são positivos. Às vezes não. Não chegamos a brigar, mas todas as conversas, por mais agradáveis que sejam, são uma lâmina frágil de gelo, e logo abaixo delas há a água escura e gelada: décadas de ressentimento, de acusações. Muitas dessas acusações têm a ver com o David, mas também boa parte da nossa afinidade. Nós dois nos preocupamos com ele, embora o Nathaniel seja mais compreensivo do que eu. Ele vai fazer vinte anos no mês que vem, e não sabemos o que fazer com ele, nem por ele — ele não tem diploma do ensino médio, nem planos de ir pra faculdade, nem planos de arranjar um emprego. Pelo que o Nathaniel me conta, todos os dias ele passa horas desaparecido e só volta para o jantar e para uma partida de xadrez com o Aubrey, e depois some de novo. Pelo menos ele continua tratando o Aubrey com carinho, segundo o Nathaniel; com a gente ele revira os olhos e bufa quando perguntamos se ele está procurando emprego, se vai terminar a escola, mas presta atenção, todo paciente, nos sermões leves que o Aubrey dá de vez em quando; antes de sair à noite, ele ajuda o Aubrey a subir a escada para ir para o quarto.

Hoje à noite, estávamos comendo bolo quando a câmara de descontaminação fechou de repente e David apareceu. Nunca sei qual vai ser a reação do bebê quando me vê: será que vai desdenhar de tudo, revirar os olhos para qualquer coisa que eu diga? Vai me tratar com sarcasmo, me perguntando por quantas mortes fui responsável esta semana? Vai reagir com uma timidez inesperada, quase humilde, se encolhendo todo quando eu lhe fizer um elogio, quando disser que estou com saudade dele? Toda vez eu falo que sinto saudade dele; toda vez eu digo que o amo. Mas não peço perdão, porque não há nada que ele precise perdoar, e sei que ele quer que eu peça.

"Oi, David", eu disse a ele, e vi uma expressão de dúvida atravessar seu rosto: me ocorreu que ele também não conseguia prever a reação que teria ao me ver.

Nesse dia ele resolveu ser sarcástico. "Eu não sabia que a gente tinha convidado um criminoso de guerra pra jantar hoje", ele disse.

"David", disse o Nathaniel, cansado. "Pare. Eu já te disse… Hoje é aniversário do seu pai."

Então, antes que ele pudesse dizer qualquer coisa, o Aubrey acrescentou, delicadamente: "Vem sentar, David, vem ficar um tempo com a gente". E depois, vendo que o David ainda estava pensando: "Tem um monte de comida sobrando".

Ele se sentou, e o Edmund lhe trouxe um prato, e nós três ficamos observando enquanto ele mandava tudo pra dentro. Depois ele se recostou na cadeira e arrotou.

"*David*", o Nathaniel e eu dissemos em uníssono, e de repente o bebê abriu um sorriso, olhando ora para um, ora para outro, e isso fez com que eu e o Nathaniel também nos olhássemos, e por um momento todos estávamos sorrindo juntos.

"Vocês não conseguem se segurar, né?", perguntou o David, quase que com carinho, dirigindo-se a mim e ao Nathaniel como uma coisa só, e sorrimos de novo: dele, de nós. Do outro lado da mesa, o bebê deu uma garfada numa fatia de bolo de cenoura. "Quantos anos você tá fazendo, paizão?", ele perguntou.

"Cinquenta e cinco", eu disse, ignorando o "paizão", uma provocação que eu odiava e ele sabia muito bem. Mas fazia anos que ele não me chamava de "papai", e depois houve outro período de anos em que ele não me chamava de nada.

"Minha nossa", disse o bebê, com um entusiasmo genuíno. "Cinquenta e cinco! Isso é muito velho!"

"Um idoso", eu concordei, sorrindo, e, ao lado do David, o Aubrey deu risada. "Uma criancinha", ele corrigiu. "Um bebê."

Esse seria o momento perfeito para o David começar um daqueles discursos dele — sobre a idade média das crianças que o governo levava para os campos, sobre a taxa de mortalidade entre crianças não brancas, sobre como o governo estava usando essa doença como oportunidade para exterminar pessoas negras e nativos americanos, e que por isso tinham permitido que as últimas doenças se alastrassem daquele jeito —, mas ele não o fez, só revirou os olhos, porém de um jeito simpático, e se serviu de outra fatia de bolo. Mas, antes de começar a comer, ele desamarrou o lenço que tinha ao redor do pescoço, e quando fez isso eu vi que havia uma tatuagem enorme cobrindo todo o lado direito do pescoço dele.

"Meu Deus!", eu disse, e o Nathaniel, notando o que eu tinha visto, disse meu nome em tom de alerta. Ele já tinha me dado uma lista de assuntos que eu era proibido de mencionar ou perguntar a respeito quando estivesse falando com o David, e entre eles estavam o diploma, os planos, o futuro, como ele passava o dia, ideologia política, pretensões e amigos. Mas ele não tinha falado em tatuagens imensas que desfiguravam a pessoa, e eu corri para o outro lado da mesa, como se ela pudesse desaparecer se eu não a olhasse de perto nos próximos cinco segundos. Baixei a gola da camiseta do David e olhei: era um olho, de cerca de quinze centímetros de largura, grande e ameaçador, e raios de luz irradiavam dele; e escritas em fonte gótica embaixo dele estavam as palavras "Ex Obscuris Lux".

Soltei a camiseta dele e me afastei. O David estava dando um sorrisinho afetado. "Você entrou pra Academia Americana de Oftalmologia?", eu perguntei.

Ele parou de sorrir e fez uma expressão confusa. "Quê?", ele perguntou.

"'Ex obscuris lux'", eu disse. "'Da escuridão fez-se luz.' Esse é o lema deles."

Por um instante ele voltou a fazer uma expressão confusa. Depois ele se recompôs. "Não", ele disse, lacônico, e percebi que ele estava constrangido, e também irritado por ter ficado constrangido.

"Tá, mas então o que significa?", eu perguntei.

"Charles", o Nathaniel disse, suspirando, "agora não."

"Como assim 'agora não'? Não posso nem perguntar para o meu filho por que ele fez uma tatuagem enorme" — eu quase disse "horrível" — "no pescoço?"

"É porque eu sou membro da luz", o David respondeu, orgulhoso, e, vendo que eu não disse nada, revirou os olhos de novo. "Nossa, paizão", ele disse. "A *Luz*. É um grupo."

"Que tipo de grupo?", eu perguntei.

"Charles", o Nathaniel disse.

"Ah, Nate, não vem com essa de *Charles, Charles*… Ele também é meu filho. Eu posso perguntar o que eu quiser." Voltei a olhar para o David. "Que tipo de grupo?"

Ele tinha voltado a sorrir daquele jeito, e eu quis dar um tapa na cara dele. "Um grupo político", ele disse.

"Que tipo de grupo político?", perguntei.

"Um grupo que tenta desfazer o que você tem feito", ele respondeu.

Nessa hora, Peter, você teria ficado orgulhoso de mim. Tive um daqueles raros momentos em que consegui prever, com muita lucidez, qual seria o desfecho dessa conversa. O bebê ia tentar me tirar do sério. E ia conseguir. Eu ia dizer alguma coisa pesada. Ele ia devolver na mesma moeda. O Nathaniel ia ficar ao lado mexendo as mãos. O Aubrey ia continuar afundado na cadeira, observando a gente com tristeza, pena e um pouco de repulsa — por ter nos trazido para a vida dele, e porque o final da nossa história tinha sido tão triste.

Mas eu não fiz nada disso. Pelo contrário, numa demonstração de autocontrole de que eu mesmo não pensava ser capaz, eu só disse que estava feliz por ele ter encontrado um objetivo de vida, e que desejava o melhor para ele e seus companheiros de luta. E depois eu agradeci o jantar ao Aubrey e ao Nathaniel e fui embora. "Ah, Charles", o Nathaniel disse, me acompanhando até a porta. "Não vai embora, Charles."

Eu o puxei para a sala de estar. "Nathaniel", eu disse, "ele me odeia?"

"Quem?", ele perguntou, embora soubesse exatamente a quem eu me referia. Depois ele suspirou. "Não, é claro que não", ele disse. "Ele está passando por uma fase difícil. E... ele leva a sério as coisas em que ele acredita. Você sabe disso. Ele não te odeia."

"Mas *você* me odeia", eu disse.

"Não, não te odeio", ele disse. "Eu odeio o que você fez, Charles. Não odeio *você*."

"Fiz o que eu tinha que fazer, Natey", eu disse.

"Charles", disse o Nathaniel, "não vou discutir isso agora. O que importa é que você é o pai dele. E sempre vai ser."

Por algum motivo isso não me acalmou, e depois que fui embora (eu queria que o Nathaniel tivesse insistido mais para eu ficar, mas ele não insistiu) fiquei um tempo na entrada norte do Washington Square e observei a última geração de moradores de rua andando por ali. Alguns estavam tomando banho na fonte, e tinha uma família — os pais e uma menininha — que havia feito uma fogueirinha minúscula perto do arco, e eles estavam assando um animal irreconhecível no fogo. "Ficou pronto?", a menininha não parava de perguntar, animada. "Ficou pronto, papai? Já ficou pronto?" "Quase, minha linda", o pai dizia. "Quase, quase." Ele arrancou o rabo do bicho e o entregou para a menina, que soltou um gritinho de alegria e começou a morder a carne na mesma hora, e eu desviei o olhar. Havia cerca de duzentas pessoas morando no Parque e, embora soubessem que uma noite sua casa ia acabar sendo demolida, elas continuavam vindo: era mais seguro ficar ali do que embaixo de uma ponte ou dentro de um túnel. Mesmo assim, eu não sabia como elas dormiam, com aqueles holofotes apontados para elas, mas imagino que as pessoas se acostumem com qualquer coisa. Muitas dessas pessoas usavam óculos escuros à noite, ou uma tira de gaze preta nos olhos. A maioria não tinha capacete de proteção, então, de longe, pareciam um exército de fantasmas, o rosto todo enrolado em tecido.

Quando voltei para o apartamento, pesquisei A Luz, e era algo muito próximo do que eu imaginava: um grupo antigoverno e anticiência que se propunha a "revelar a manipulação do governo e acabar com a era das pragas". Parece ser pequeno, mesmo para os padrões desses grupos; não havia nenhum ataque grande vinculado ao nome deles, nenhum acontecimento importante. De qualquer forma mandei um e-mail para o meu contato em Washington, pedindo que me mandassem o dossiê completo — não expliquei o motivo.

Peter, eu nunca te peço esse tipo de favor. Mas será que você poderia descobrir o que puder, qualquer coisa? Peço desculpas por pedir isso. Peço mesmo. Eu não pediria se não precisasse.

Eu sei que não posso impedi-lo de fazer isso. Mas talvez eu possa ajudá-lo. Preciso tentar. Não preciso?

Com todo o meu amor,
Charles

7 de julho de 2062
Querido Peter,

Este e-mail vai ser curto, porque tenho que estar em Washington em seis horas. Mas queria te escrever quando tivesse um tempinho.

Aqui está fazendo um calor insuportável.

O novo governo será anunciado hoje às quatro da tarde, no horário da Costa Leste. O plano original era fazer o comunicado no dia 3 de julho, mas todo mundo concordou que era melhor deixar as pessoas comemorarem o Dia da Independência pela última vez. O raciocínio foi de que se anunciássemos agora, no final do dia, seria mais fácil isolar certas partes do país antes do fim de semana, e dar alguns dias para o choque passar antes de os mercados reabrirem na segunda-feira. Quando você estiver lendo isso, já vai ter acontecido.

Obrigado pela sua orientação nesses últimos meses, querido. No fim das contas, segui seu conselho e recusei um cargo no ministério: vou continuar nos bastidores mesmo, e o que perco de status ganho em segurança. Seja como for, continuo sendo influente mesmo assim — pedi para a Inteligência rastrear o David, agora que A Luz se tornou um grupo tão problemático, e há guardas à paisana posicionados na frente da casa do Aubrey, para proteger a ele e ao Nathaniel caso em algum momento os protestos fiquem tão violentos quanto eles temem. O Aubrey não está nada bem — o câncer se espalhou para o fígado, e o Nathaniel disse que o médico acha que ele só tem entre seis e nove meses de vida.

Vou te ligar na sua linha segura hoje à noite no meu fuso horário, amanhã de manhã no seu. Torça por mim. Abraços pra você e para o Olivier…

Charles

Parte v

Primavera de 2094

Nas semanas que se seguiram ao dia em que nos conhecemos, passamos a nos encontrar cada vez mais. No início foi só uma coincidência: no domingo depois que nos conhecemos na apresentação do contador de histórias, eu estava andando pelo Parque quando percebi que havia alguém atrás de mim. Havia muitas pessoas atrás de mim, é claro, e à minha frente também — eu estava andando no meio do grupo —, mas a presença dele parecia diferente, e quando me virei lá estava ele de novo, sorrindo para mim.

"Oi, Charlie", ele disse, sorrindo.

Vê-lo sorrindo me deixou nervosa. Na época em que meu avô tinha a minha idade, todo mundo vivia sorrindo. Meu avô contava que os americanos eram conhecidos por isso, por sorrir. Ele não era americano, embora tenha se tornado um. Mas eu não sorria com frequência, nem ninguém que eu conhecia.

"Oi", eu disse.

Ele se aproximou de mim e começamos a andar juntos. Eu estava com receio de que ele tentasse conversar, mas ele não tentou, e demos três voltas ao redor do Parque. Depois ele disse que tinha sido bom me ver, e que talvez me visse na próxima contação de histórias, e sorriu de novo e andou na direção oeste antes que eu pudesse pensar em como responder.

520

No sábado seguinte, eu voltei para ver o contador de histórias. Não pensei que estava torcendo para vê-lo, mas quando o vi, sentado no mesmo lugar na última fila, onde estávamos no dia em que nos conhecemos, senti uma coisa esquisita e andei um pouco mais rápido, para que ninguém pegasse meu lugar. Aí eu parei. E se ele não quisesse me ver? Mas aí ele se virou, me viu, sorriu e fez um gesto para eu ir até lá, dando uma palmadinha no espaço ao seu lado. "Oi, Charlie", ele disse quando me aproximei.

"Oi", eu disse.

O nome dele era David. Ele tinha me dito na primeira vez que nos vimos. "Ah", eu disse, "o nome do meu pai era David".

"Ah, é?", ele perguntou. "Do meu também."

"Ah", falei. Parecia que eu devia dizer alguma outra coisa, e por fim eu disse: "São muitos Davids", e ele abriu um sorriso bem grande e até riu um pouco. "É verdade", ele disse, "são muitos Davids mesmo. Você é engraçada, né, Charlie?" E essa era uma daquelas perguntas que eu sabia que não era mesmo uma pergunta, e além do mais aquilo não era nem verdade. Ninguém nunca tinha me dito que eu era engraçada.

Dessa vez, eu tinha levado um pouco de pele de tofu que eu mesma tinha secado, desidratado e cortado em triângulos, e um pote de levedura nutricional para passar neles. Enquanto o contador de histórias se acomodava na cadeira dobrável, eu estendi o saco para David. "Pode pegar um pouco", eu disse, e em seguida tive receio de ter parecido muito grosseira, muito antipática, quando na verdade só estava nervosa. "Se você quiser", acrescentei.

Ele olhou dentro do saco, e tive medo de que ele risse de mim e do meu petisco. Mas ele só pegou uma fatia, passou na levedura e comeu. "Obrigado", ele sussurrou, enquanto o contador de histórias começava a falar, "está muito bom".

Na história daquele dia, o marido, a esposa e seus dois filhos acordavam certa manhã e descobriam que havia um pássaro no apartamento em que moravam. Essa história também não era muito realista, porque pássaros eram raros, mas o contador de histórias se saiu bem ao descrever como o pássaro sempre escapava quando tentavam pegá-lo, e como o pai, o filho, a mãe e a filha ficavam trombando uns nos outros enquanto corriam pela casa com uma fronha. No fim, eles conseguem pegar o pássaro e o filho sugere que o comam, mas a filha sabe que não devem fazer isso, e a família inteira leva o pássaro para o centro de animais mais próximo, como devem fazer, e eles são recompensados com três cupons de proteína extras, e a mãe os usa para comprar hambúrgueres de proteína.

Depois que a história acabou, andamos até a ponta norte do Parque. "O que você achou?", David perguntou, e eu não disse nada, porque fiquei com vergonha de dizer que tinha me sentido enganada pela história. Eu tinha pensado que o marido e a esposa eram só marido e mulher, como meu marido e eu, mas de repente eles tinham dois filhos, um menino e uma menina, e isso queria dizer que eles não eram como meu marido e eu. Eles não eram só um homem e uma mulher: eles eram pais.

Mas era bobo dizer esse tipo de coisa, então eu só disse: "Achei legal".

"Eu achei idiota", David disse, e eu levantei a cabeça e olhei para ele. "Quem tem um apartamento tão grande que dá pra correr dentro dele? Quem é tão certinho a ponto de levar o pássaro até o centro?"

Era interessante ouvir isso, mas também assustador. Olhei para os meus pés. "Mas é o que a lei manda."

"Claro que é o que a lei manda, mas a profissão dele é contar histórias", David disse. "Ele quer mesmo que a gente acredite que, se um pombo grande, gordo e suculento entrasse pela janela da nossa casa, a gente não iria matar, depenar e assar o bicho na mesma hora?" Eu olhei para cima, e vi que ele estava me olhando com um sorrisinho torto.

Eu não soube o que dizer. "Bem, é só uma história", eu disse.

"Exatamente", ele respondeu, como se eu tivesse concordado com ele, e depois fez uma pequena saudação. "Tchau, Charlie. Obrigado pelo petisco e pela companhia." Então ele foi embora, andando na direção oeste, voltando para a Pequena Oito.

Ele não tinha dito que me veria na semana seguinte, mas quando voltei no outro sábado ele estava lá de novo, em pé na frente da barraca do contador de histórias, e mais uma vez senti aquela coisa estranha na barriga.

"Pensei em darmos uma volta em vez de ouvir a história, se não tiver problema", ele disse, embora estivesse muito quente, tão quente que eu tive que usar meu traje de resfriamento. Ele, porém, estava usando a camiseta e a calça cinza de sempre, o mesmo boné cinza, e não parecia estar com calor. Ele falava como se tivéssemos combinado que nos encontraríamos lá, como se tivéssemos um acordo que ele estava mudando nesse momento.

À medida que andávamos, me lembrei de fazer a pergunta sobre a qual tinha pensado a semana inteira. "Não te vi mais no ponto de ônibus", eu disse.

"É verdade", ele disse. "Meu horário de trabalho mudou. Agora eu pego o das 7h30."

"Ah", eu disse. Então comentei: "Meu marido também pega o das 7h30."

"É mesmo?", David disse. "Onde ele trabalha?"

"No Lago", eu respondi.

"Ah... Eu trabalho na Fazenda", disse David.

Não valia a pena perguntar se eles trabalhavam juntos, porque a Fazenda era o maior projeto governamental do distrito, e tinha dezenas de cientistas e centenas de técnicos, e além do mais os funcionários do Lago ficavam isolados no Lago e raramente tinham algum motivo para ter contato com qualquer pessoa que trabalhasse na instalação maior.

"Sou especialista em bromélias", disse David, embora eu não tivesse perguntado, porque não se perguntava às pessoas o que elas faziam. "O nome é esse, mas na verdade eu só sou jardineiro." Isso também era incomum: tanto descrever seu trabalho como fazê-lo parecer menos importante do que era. "Eu ajudo a fazer o cruzamento das espécies que a gente tem, mas passo a maior parte do tempo cuidando das plantas." Ele falou isso com uma voz alegre e de um jeito direto, mas de repente senti vontade de defender o trabalho que ele mesmo fazia.

"É um trabalho importante", eu disse. "Toda pesquisa que a Fazenda pode fazer é bem-vinda."

"É, acho que sim", ele disse. "Não que *eu* esteja fazendo alguma pesquisa de verdade. Mas eu amo as plantas, isso sim, por mais que pareça bobagem."

"Eu também amo os mindinhos", eu disse, e enquanto dizia isso me dei conta de que era verdade. Eu amava mesmo os mindinhos. Eles eram tão frágeis e a vida deles era tão curta; eles eram coisas tristes e deformadas, e eram criados só para morrer e para que os cientistas os abrissem e os examinassem, e depois eram incinerados e esquecidos.

"Mindinhos?", ele perguntou. "O que é isso?"

Então expliquei mais ou menos o que eu fazia, e como os preparava, e como os cientistas perdiam a paciência quando eu não os entregava na hora certa, e quando eu disse isso ele riu, e a risada dele me deixou nervosa, porque não queria que ele pensasse que eu estava reclamando dos cientistas, ou debochando deles, porque eles faziam um trabalho essencial, e eu disse isso a ele. "Não, eu não acho que você está falando mal deles", ele disse. "É que... eles são pessoas muito importantes, mas na verdade são pessoas, sabe? Eles ficam impacientes e de mau humor, igualzinho a todos nós." Eu nunca tinha pensado nos cientistas dessa forma, como pessoas, então eu não disse nada.

"Você é casada há quanto tempo?", David perguntou.

Essa era uma pergunta muito ousada, e por um momento eu não soube o que dizer. "Talvez eu não devesse ter perguntado isso", ele disse, olhando para mim. "Me perdoa, por favor. No lugar de onde eu venho as pessoas falam de forma muito mais aberta."

"Ah... De onde você veio?", perguntei.

Ele era da Prefeitura Cinco, uma das prefeituras mais ao sul, mas não tinha sotaque. Às vezes as pessoas mudavam de prefeitura, mas geralmente só faziam isso quando tinham habilidades incomuns ou de alta demanda. Isso me fez pensar se David não era, na verdade, mais importante do que estava dizendo; isso explicaria por que ele estava aqui, não só na Prefeitura Dois como na Zona Oito.

"Estou casada há quase seis anos", eu disse, e depois, como sabia o que ele ia perguntar em seguida, acrescentei: "Somos estéreis".

"Sinto muito, Charlie." Ele disse isso com uma voz delicada, mas seu tom não era de pena, e, ao contrário de algumas pessoas, ele não desviou o olhar, como se minha infertilidade fosse algo contagioso. "Foi por causa de uma doença?", ele perguntou.

Perguntar isso também era muito ousado, mas eu estava me acostumando com ele, e não fiquei tão chocada quanto teria ficado se outra pessoa fizesse essa pergunta. "Sim, a de 70", eu respondi.

"E seu marido? O mesmo motivo?"

"Sim", eu disse, embora isso não fosse verdade. E nesse momento eu de fato me cansei desse assunto, que não era mesmo algo que se discutisse com estranhos, nem com conhecidos, nem com ninguém, na verdade. O governo tinha feito o possível para diminuir o estigma da esterilidade. Agora era ilegal se recusar a alugar um imóvel para um casal estéril, mas quase todos nós acabávamos indo morar nos mesmos lugares de qualquer forma, porque assim era mais fácil: ninguém olhava para você com uma cara estranha, e, além do mais, você não precisava lidar com os filhos dos outros, fossem eles bebês ou crianças, que sempre faziam você se lembrar da sua própria inadequação. No nosso edifício, por exemplo, quase todos os moradores eram casais estéreis. No ano passado, o governo passou a permitir que uma pessoa estéril de qualquer sexo se casasse com uma pessoa fértil, mas até onde eu sabia ninguém tinha feito isso, porque se você fosse fértil não havia motivo para acabar com sua vida desse jeito.

Eu devo ter feito uma expressão esquisita, porque David colocou a mão no meu ombro, e eu levei um susto e me afastei, mas ele não pareceu se incomodar. "Eu te deixei chateada, Charlie", ele disse. "Desculpa. Eu não quis me intrometer." Ele suspirou. "Mas isso não quer dizer que você é uma pessoa ruim."

E então, antes que eu pudesse pensar em como reagir, ele se virou e foi embora, fazendo de novo uma daquelas saudações. "Até semana que vem", ele disse.

"Tudo bem", eu disse, e me levantei e fiquei olhando enquanto ele andava na direção oeste até desaparecer por completo.

Depois disso eu vi o David todos os sábados, e logo chegou o mês de abril e o tempo começou a ficar ainda mais quente, tão quente que não poderíamos mais fazer nossas caminhadas, e eu tentava não pensar no que aconteceria.

Certa noite, cerca de um mês depois que eu tinha começado a me encontrar com David, meu marido olhou para mim durante o jantar e disse: "Você está diferente".

"Estou?", eu perguntei. Mais cedo, David tinha me contado como tinha sido crescer na Prefeitura Cinco, e como ele e os amigos dele subiam em nogueiras e comiam tantas nozes que passavam mal. Perguntei se ele não tinha medo de pegar as nozes, porque, de acordo com a lei, todas as árvores que davam frutos pertenciam ao governo, mas ele disse que o governo era mais flexível na Prefeitura Cinco. "Eles só ligam mesmo pra Prefeitura Dois, porque é nela que estão todo o dinheiro e o poder", ele disse. Ele falava essas coisas sem se preocupar, para quem quisesse ouvir, mas quando pedi que ele falasse mais baixo, ele fez uma expressão confusa. "Por quê?", ele perguntou. "Não estou dizendo nada que configure alta traição", e eu tinha precisado pensar um pouco naquilo. Era verdade que ele não estava, mas alguma coisa na forma de falar me fazia sentir que estava. "Desculpe", eu disse.

"Não", meu marido disse. "Não precisa pedir desculpa. Você só está parecendo…" — e nesse momento ele me observou com atenção, me olhando talvez por mais tempo do que jamais tinha me olhado, por tanto tempo que comecei a ficar ansiosa — "Saudável. Satisfeita. Fico feliz em ver."

"Obrigada", eu disse por fim, e meu marido, que mais uma vez estava com a cabeça inclinada sobre o hambúrguer de tofu, assentiu.

Naquela noite, quando estava deitada na cama, me dei conta de que fazia semanas que eu não pensava no que meu marido estava fazendo nas noites livres. Eu não tinha nem pensado em olhar a caixa para ver se havia mais bilhetes. Enquanto pensava nisso, de repente vi a casa na Bethune Street, e meu marido entrando pela porta semiaberta, o homem dizendo "Você chegou atrasado hoje", como ele tinha falado, e, para me distrair, pensei no David, em como ele tinha sorrido e dito que eu era engraçada.

Mais tarde, naquela mesma noite, acordei no meio de um sonho. Eu raramente sonhava, mas esse tinha sido tão real que, quando abri os olhos, fiquei desorientada por um instante. Eu estava andando pelo Parque com David, e estávamos parados na entrada norte, onde o Parque encontrava a Quinta-Avenida, quando ele colocou as mãos nos meus ombros e me beijou. Não consegui me lembrar da sensação em si, infelizmente, mas sabia que tinha sido boa, e que eu tinha gostado. Aí eu acordei.

Ao longo das noites seguintes, sonhei várias vezes que David me beijava. Senti muitas coisas nos sonhos: eu estava assustada, mas acima de tudo estava empolgada, e também aliviada — eu nunca tinha beijado ninguém, e tinha aprendido a aceitar que nunca aconteceria. Mas agora eu estava ali, beijando alguém, afinal de contas.

Dois sábados depois que o sonho do beijo começou, eu mais uma vez fui ao Parque com David. A essa altura estávamos na terceira semana de abril, e portanto fazia um calor insuportável, e até David tinha começado a usar seu traje de resfriamento. Esses trajes funcionavam, mas eram tão volumosos que faziam você andar de um jeito estranho, e tínhamos que andar devagar, tanto porque os trajes eram pesados quanto porque era melhor não se cansar demais.

Estávamos dando a segunda volta pelo Parque, David me contando mais histórias sobre sua juventude na Prefeitura Cinco, quando, de repente, vi meu marido vindo na nossa direção.

Eu parei de andar. "Charlie?", perguntou David, olhando para mim. Mas eu não respondi.

526

A essa altura meu marido já tinha me visto, e veio na nossa direção. Ele estava sozinho, e também estava usando um traje de resfriamento, e levantou a mão num aceno quando se aproximou de nós.

"Oi", ele disse, chegando mais perto.

"Oi", David disse.

Eu os apresentei, e os dois se cumprimentaram com uma saudação. Eles trocaram algumas frases sobre o tempo — com facilidade, como tantas pessoas pareciam fazer. E depois meu marido seguiu seu caminho, na direção norte, e eu e David, na direção oeste.

"Seu marido parece legal", disse David, enfim, porque eu não estava dizendo nada.

"É", eu disse. "Ele é legal.

"Foi um casamento arranjado?"

"Sim; meu avô arranjou o casamento", respondi.

Eu me lembrei da primeira vez que meu avô me falou sobre casamento. Eu tinha vinte e um anos; no ano anterior haviam me obrigado a abandonar a faculdade porque meu pai tinha sido declarado inimigo do estado, embora já tivesse morrido havia muito tempo. Aquele foi um período estranho: dependendo da semana, havia boatos de que os insurgentes estavam avançando, mas depois as notícias diziam que o governo tinha conseguido controlá-los. Os comunicados oficiais asseguravam que o governo sairia vitorioso, e meu avô tinha garantido que isso era verdade. Mas ele também dizia que queria ter certeza de que eu estaria em segurança, de que eu teria alguém para cuidar de mim. "Mas eu tenho você", eu disse, e ele sorriu. "Sim", ele respondeu, "você é a dona do meu coração, gatinha. Mas não vou viver pra sempre, e quero garantir que você sempre tenha alguém para te proteger, mesmo depois que eu já tiver partido."

Eu não havia respondido, porque não gostava quando meu avô falava em morrer, mas na semana seguinte eu e ele fomos a uma agência de matrimônio. Isso foi quando meu avô ainda tinha certo status, e o agente de matrimônio que ele escolhera era um dos mais renomados na prefeitura; ele normalmente só arranjava casamentos para moradores da Zona Catorze, mas concordou em fazer um favor ao meu avô e atendê-lo.

No escritório do agente de matrimônio, eu e meu avô ficamos sentados numa sala de espera, e depois outra porta se abriu e um homem alto, magro e pálido apareceu. "Doutor?", ele perguntou ao meu avô.

"Olá", meu avô disse, levantando-se. "Obrigado por nos receber."

"Sem problema", disse o homem, que estava me encarando desde que eu chegara. "E essa é a sua neta?"

"Sim", disse meu avô, orgulhoso, e me puxou para seu lado. "Esta é a Charlie."

"Entendi", disse o homem. "Oi, Charlie."

"Oi", eu respondi com um sussurro.

Houve um momento de silêncio. "Ela é um pouco tímida", disse meu avô, e fez carinho no meu cabelo.

"Entendi", o homem repetiu. Então ele se dirigiu ao meu avô. "O doutor pode entrar sozinho, para podermos conversar?" Ele olhou para mim. "Você pode esperar aqui, mocinha."

Eu fiquei sentada por cerca de quinze minutos, batendo a sola do sapato nas pernas da cadeira, um mau hábito que eu tinha. Naquela sala não havia nada que eu pudesse observar, nada que eu pudesse olhar: eram só quatro cadeiras comuns e um carpete cinza comum. Mas aí ouvi vozes exaltadas vindo de detrás da porta, sons de uma discussão, e fui até lá e encostei o ouvido na madeira.

A primeira voz que ouvi foi a do homem. "Com todo respeito, doutor… com *todo respeito*… acho que o senhor precisa ser mais realista", ele estava dizendo.

"O que o senhor está insinuando?", perguntou meu avô, e fiquei surpresa ao perceber que ele parecia bravo.

Houve um momento de silêncio, e quando o homem voltou a falar sua voz estava mais baixa, então eu precisei prestar muita atenção para ouvi-lo.

"Doutor, me desculpe", o homem estava dizendo, "mas sua neta é…"

"Minha neta é o quê?", meu avô perguntou, irritado, e houve outro momento de silêncio.

"Especial", o homem disse.

"É, sim", meu avô disse. "Ela é especial, sim, muito especial, e vai precisar de um marido que entenda que ela é especial."

Nesse momento eu senti que já tinha ouvido o suficiente e voltei a me sentar, e alguns minutos depois meu avô saiu da sala de repente e abriu a porta do escritório para mim, e nós fomos embora. Na rua, nenhum dos dois disse nada. Por fim, perguntei: "Encontrou alguém pra mim?".

Meu avô bufou. "Aquele homem é um idiota", ele disse. "Ele não sabe de nada. A gente vai falar com outra pessoa, uma pessoa diferente. Me desculpe por ter feito a gente perder tempo, gatinha."

Depois disso falamos com mais dois agentes, e nas duas vezes meu avô saiu de repente da sala, me acompanhando até a saída e, quando chegamos à rua, falou que o agente era um imbecil ou um bobo. Depois ele disse que eu não precisava acompanhá-lo em todas as reuniões, porque assim não fazia com que os dois perdêssemos tempo. Por fim, ele achou um agente de que gostava, especializado em encontrar parceiros para pessoas estéreis, e um dia me disse que o agente tinha encontrado alguém para mim, alguém que sempre cuidaria de mim.

Ele me mostrou uma foto do homem que se tornaria meu marido. No verso da foto estavam seu nome, data de nascimento, altura, peso, condição racial e profissão. A ficha tinha o selo especial em alto-relevo que todas as pessoas estéreis levavam em seus documentos, assim como um selo que sinalizava que pelo menos um de seus familiares próximos era inimigo do estado. Geralmente, esse tipo de ficha continha uma lista com os nomes dos pais do candidato e suas profissões, mas nessa não havia essas informações. Contudo, ainda que os pais do meu marido tivessem sido declarados inimigos do estado, ele devia conhecer alguém ou ter algum parente influente ou poderoso, porque, como eu, ele estava livre, e não num campo de trabalho nem em uma prisão ou centro de detenção.

Eu virei a ficha com a foto e observei o homem. Ele tinha um rosto bonito e sério, e seu cabelo era cortado rente e parecia bem cuidado. Seu queixo estava um pouco levantado, e isso lhe conferia uma expressão corajosa. Muitas vezes as pessoas que eram estéreis ou tinham parentes acusados de traição olhavam para baixo, como se tivessem vergonha ou quisessem se desculpar, mas ele não.

"O que você achou?", meu avô perguntou.

"Tudo bem", eu respondi, e meu avô disse que ia marcar um encontro para nós dois.

Depois do dia em que nos encontramos, a data do nosso casamento foi marcada para um ano depois. Como eu disse antes, meu marido estava na pós-graduação quando o proibiram de continuar estudando, mas ele estava tentando recorrer da decisão, e esse era outro sinal de que havia alguém o ajudando, e ele pediu que postergassem o casamento até o primeiro julgamento, e meu avô concordou.

Certo dia, alguns meses depois de ambos termos assinado nosso contrato promissório, eu e meu avô estávamos andando pela Quinta Avenida quando ele disse: "Existem muitos tipos de casamento, gatinha".

Esperei que ele continuasse, e quando enfim continuou ele falou muito mais devagar do que falava normalmente, fazendo pausas entre as palavras.

"Em alguns casamentos", ele começou, "as duas pessoas sentem muita atração uma pela outra. Elas têm uma… uma… química, elas sentem muito desejo uma pela outra. Você entende o que eu quero dizer?"

"Sexo", eu disse. Meu avô também tinha me explicado o que era sexo, anos antes.

"Isso mesmo", ele disse. "Sexo. Mas alguns casais não sentem essa atração. Esse homem com quem você vai se casar, gatinha, não tem interesse em… com… Enfim. Digamos que ele não tem interesse, apenas.

"Mas isso não tira o mérito do seu casamento. E isso não quer dizer que seu marido ou você não sejam boas pessoas. Quero que você saiba, gatinha, que o sexo faz parte do casamento, mas só às vezes. E está longe de ser a única coisa que importa num casamento. Seu marido sempre vai te tratar bem, isso eu lhe prometo. Entende o que estou tentando dizer?"

Pensei que talvez eu entendesse, mas depois também achei que o que eu pensava que meu avô estava dizendo poderia não ser o que ele queria dizer, afinal.

"Acho que sim", eu disse, e ele olhou para mim e assentiu.

Mais tarde, quando estava me dando um beijo de boa noite, meu avô disse: "Seu marido sempre vai te tratar bem, gatinha. Quanto a isso não me preocupo", e eu acenei que sim com a cabeça, embora eu ache que meu avô na verdade *se preocupava*, porque depois de um tempo me disse o que fazer caso meu marido um dia me tratasse mal — embora isso nunca tenha acontecido, como eu disse.

Eu estava pensando em tudo isso quando enfim voltei para o nosso apartamento, depois de me despedir de David no Parque. Meu marido chegou em casa bem quando eu estava terminando de preparar nosso jantar, e tirou seu traje de resfriamento antes de arrumar a mesa e servir água para nós dois.

Eu estava com receio de ver meu marido depois de termos nos encontrado no Parque, mas pareceu que seria uma refeição como qualquer outra. Eu não sabia aonde meu marido ia aos sábados, mas ele não costumava passar o dia todo fora. Ele fazia as compras no supermercado de manhã, e aos domingos fazíamos nossas tarefas juntos: lavávamos a roupa se fosse nossa vez e limpávamos a casa, e depois ambos íamos ao jardim comunitário para trabalhar no nosso turno, embora não fôssemos ao mesmo tempo.

Naquela noite comemos as sobras de tofu, que eu tinha transformado num guisado frio, e enquanto estávamos comendo meu marido disse, sem levantar a cabeça: "Fiquei contente em conhecer o David hoje".

"Ah... Sim, foi legal", eu disse.

"Como vocês se conheceram?"

"Em uma das apresentações dos contadores de histórias. Ele sentou do meu lado."

"Quando?"

"Há sete semanas, mais ou menos."

Ele assentiu. "Onde ele trabalha?"

"Na Fazenda", eu disse. "Ele é técnico de plantas."

Ele olhou para mim. "De onde ele é?", ele perguntou.

"Da Pequena Oito", eu disse. "Mas antes ele era da Prefeitura Cinco."

Meu marido limpou a boca com um guardanapo e depois se recostou na cadeira, olhando para o teto. Parecia que ele estava com dificuldade de falar. Aí ele perguntou: "O que vocês fazem juntos?".

Eu encolhi os ombros. "Vamos ver o contador de histórias", comecei a falar, embora houvesse pelo menos um mês que não íamos ver o contador de histórias. "Andamos pelo Parque. Ele me conta sobre como foi crescer na Prefeitura Cinco."

"E o que você conta pra ele?"

"Nada", eu disse, e enquanto dizia isso me dei conta de que era verdade. Eu não tinha nada a dizer — nem para David, nem para o meu marido.

Meu marido suspirou e passou a mão pelos olhos, como fazia quando estava cansado. "Naja", ele disse, "quero que você tome cuidado. Fico feliz que você tenha um novo amigo, fico mesmo. Mas você... você mal conhece essa pessoa. Só quero que você fique atenta." Ele estava falando com uma voz gentil, como sempre falava, mas estava olhando bem nos meus olhos, e nesse momento eu desviei o olhar. "Você já pensou que ele pode ser do governo?"

Eu não disse nada. Senti uma emoção subindo dentro de mim. "Naja?", meu marido perguntou, ainda com uma voz gentil.

"Porque ninguém ia querer seu meu amigo, é isso que você quer dizer?", perguntei. Eu nunca tinha levantado a voz para o meu marido, nunca tinha ficado brava com ele, e nesse momento ele pareceu surpreso e abriu um pouco a boca.

"Não", ele disse. "Não é isso que eu quero dizer. É só que…" Ele fez uma pausa e recomeçou a falar. "Eu prometi para o seu avô que sempre cuidaria de você", ele disse.

Por um momento, fiquei sentada. Depois eu me levantei, saí da mesa, fui para o nosso quarto, fechei a porta e me deitei na minha cama. Ficou tudo em silêncio, depois ouvi a cadeira do meu marido se arrastar no chão, e o barulho dele lavando a louça, e o som do rádio, e depois ele entrando no nosso quarto, onde eu fingia estar dormindo. Eu o ouvi sentar na cama; pensei que ele fosse falar comigo. Mas ele não falou, e logo percebi por sua respiração que ele estava dormindo.

É claro que tinha me ocorrido que o David pudesse ser um informante do governo. Mas, se fosse mesmo, ele era muito incompetente, porque informantes eram discretos e invisíveis, e ele não era nem discreto, nem invisível. Mas eu também tinha me perguntado se isso poderia ser proposital: que justamente sua inadequação tornasse mais provável que ele fosse um informante. O curioso era que os informantes eram *tão* discretos e invisíveis que em geral você conseguia descobrir quem eles eram. Não de imediato, talvez, mas depois de um tempo; havia algo que os distinguia, uma coisa que meu avô chamava de dureza. Mas, no final das contas, o fator que me convencera de que David não era um informante era eu mesma. Quem teria interesse em mim? Que segredos eu tinha? Todo mundo sabia quem meu avô e meu pai tinham sido; todo mundo sabia como eles haviam morrido; todo mundo sabia por que foram condenados e, no caso do meu avô, que a condenação tinha sido revertida, ainda que tarde demais. A única coisa que eu havia feito de errado tinha sido seguir meu marido naquelas noites, mas isso estava longe de ser um delito que levasse à contratação de um informante.

Mas, se era impossível que David fosse um informante, então *por que* ele estava saindo comigo? Eu nunca fui uma pessoa de quem os outros quisessem estar perto. Depois que me recuperei da doença, meu avô me levou para atividades e aulas com crianças da minha idade. Os pais ficavam sentados em cadeiras ao redor da sala, e as crianças brincavam. Porém, depois de algumas sessões nós deixamos de ir. Mas não teve problema, porque eu sempre tive meu avô para brincar e conversar e passar o tempo comigo — até o dia em que não tive mais.

Naquela noite, deitada na cama, ouvindo a respiração do meu marido e pensando no que ele dissera, me perguntei se era possível que eu não fosse quem eu pensava ser. Eu sabia que eu era banal e desinteressante, e que muitas vezes não entendia as pessoas. Mas talvez eu tivesse mudado, de alguma forma, sem nem perceber. Talvez não fosse quem eu julgava ser.

Eu me levantei e fui até o banheiro. Havia um pequeno espelho acima da pia, e era possível virá-lo para se ver de corpo inteiro. Tirei a roupa e me olhei, e enquanto fazia isso percebi que eu não tinha mudado nada. Eu ainda era a mesma pessoa, com as mesmas pernas grossas, cabelos finos e olhos pequenos. Nada tinha mudado; eu estava como sempre soube que era.

Eu me vesti, apaguei a luz e voltei para o nosso quarto. Nesse momento me senti muito mal, porque meu marido tinha razão — era estranho que o David falasse comigo. Eu não era ninguém, e ele era alguém.

Não é verdade que você não é ninguém, gatinha, meu avô teria dito. Você é minha.

Mas essa é a coisa mais estranha de todas: eu não queria saber por que o David queria ser meu amigo. Eu só queria que ele *continuasse* sendo meu amigo. E decidi que, qualquer que fosse seu motivo, isso não faria diferença. Também percebi que, quanto antes eu fosse dormir, antes chegaria o domingo, e depois a segunda e a terça, e a cada dia que se passava eu estaria mais perto de vê-lo de novo. E compreender isso foi o que me fez fechar os olhos e enfim adormecer.

Faz um tempo que não falo sobre o que estava acontecendo no laboratório.

A verdade é que minha amizade com David me deixou tão ocupada que tive menos tempo e menos vontade de entreouvir as conversas dos ph.Ds. Por outro lado, não era mais necessário ser tão discreta, porque estava evidente que tinha alguma coisa acontecendo, e os cientistas começaram a falar abertamente, mesmo que isso não fosse permitido. Era difícil descobrir os detalhes, é claro — e eu não os entenderia mesmo que soubesse —, mas parecia que poderia se tratar de uma nova doença, e que projetavam que seria uma doença altamente letal. Mas era só disso que eu sabia. Eu sabia que ela tinha sido descoberta em algum lugar da América do Sul, e que a maioria dos cientistas suspeitava que era um vírus transportado pelo ar, e que era provável que sua natureza fosse hemorrágica, e que também era transmissível por fluidos, e que esse era o pior tipo de doença, e que estávamos despreparados para combater algo assim porque boa parte dos estudos, do investimento e da prevenção tinha se concentrado nas doenças respiratórias. Mas eu não sabia de mais nada, porque acho que os próprios cientistas não sabiam de mais nada: eles não sabiam se era muito infecciosa, nem de quanto tempo era o período de incubação, nem a taxa de mortalidade. Acho que eles ainda nem sabiam quantas pessoas tinham morrido em decorrência da doença. Era uma pena que a doença tivesse surgido na América do Sul, porque, historicamente, esse continente era o que menos compartilhava seus estudos e informações sobre infecções, e no último surto Pequim tinha ameaçado impor sanções severas para obrigá-los a cooperar.

Pode parecer absurdo, mas, apesar disso, o clima no laboratório estava agradável. Os cientistas gostavam de ter alguma coisa a que se dedicar, e a preocupação inicial tinha se transformado em entusiasmo. Essa seria a primeira doença importante da maioria dos cientistas mais jovens; vários dos ph.Ds tinham mais ou menos a minha idade e, como eu, não deviam se lembrar do que tinha acontecido em 70, e desde a proibição do turismo havia menos doenças em geral. Em público, todo mundo dizia que esperava que fossem só alguns casos isolados, e que logo conseguissem conter a infecção, mas depois eu os ouvia cochichando e às vezes os via sorrindo, só um pouco, e sabia que era porque eles sempre ouviam dos cientistas mais velhos que eram mimados porque nunca tinham vivenciado uma pandemia do ponto de vista profissional, e agora eles teriam essa chance.

Eu também não estava com medo; minha rotina não tinha mudado em nada. O laboratório continuaria precisando dos mindinhos, fosse a doença importante ou não.

Mas o outro motivo para eu estar tão tranquila era que eu tinha um amigo. Cerca de dez anos atrás, o governo tinha criado uma lei que exigia que as pessoas registrassem os nomes de seus amigos no centro regional, mas essa lei logo tinha sido revogada. Até meu avô achava uma ideia ridícula. "Eu entendo o que estão tentando fazer", ele disse, "mas as pessoas ficam mais ocupadas, e por consequência causam menos problemas, quando têm permissão para ter amigos." Agora até eu tinha descoberto que isso era verdade. Eu me pegava guardando comentários, coisas para contar ao David. Eu nunca contaria a ele o que estava acontecendo no laboratório, é claro, mas às vezes eu tentava imaginar as conversas que teríamos se eu contasse. No início era difícil, porque eu não entendia como ele pensava. Depois percebi que ele costumava dizer o contrário do que uma pessoa comum diria. Então se eu dissesse: "Eles estão preocupados com uma doença nova lá no laboratório", uma pessoa comum perguntaria: "A doença é grave?". Mas o David diria algo diferente, talvez algo muito diferente, como, por exemplo, "Como você sabe que eles estão preocupados?", e aí eu precisaria pensar muito para responder: *como* eu sabia que eles estavam preocupados? Desse jeito, era como se eu continuasse falando com ele nos dias em que não o via.

Mas algumas coisas eu podia dizer a ele, e eu dizia. Voltando para casa de ônibus, por exemplo, eu tinha visto um dos cães da polícia, que geralmente eram silenciosos e educados, pulando, latindo e abanando o rabo para uma borboleta que voou na frente dele. Ou quando Belle, a ph.D, deu à luz sua filha, ela mandou dezenas de caixas de biscoitos feitos com limão e açúcar de verdade para todos os laboratórios do nosso andar, e todo mundo ganhou uma caixa, até eu. Ou quando encontrei o mindinho que tinha duas cabeças e seis pernas. Antes, eu teria guardado essas coisas para contar ao meu marido durante o jantar. Mas agora eu só pensava no que David diria, e mesmo enquanto estava observando alguma coisa uma parte de mim pensava no futuro e em que cara ele faria quando ouvisse o que eu ia contar.

No próximo sábado em que nos encontramos estava quase quente demais para caminhar, mesmo com os trajes de resfriamento. "Sabe o que a gente devia fazer?", perguntou David, enquanto avançávamos devagar na direção oeste. "A gente devia começar a ser encontrar no centro... poderíamos ver um concerto."

Eu pensei nisso. "Mas aí não poderíamos conversar", eu disse.

"É, isso é verdade", ele disse. "Não durante o concerto. Mas poderíamos conversar depois, na pista de corrida." Havia uma pista coberta no centro, e você podia dar voltas lá no ar-condicionado.

Eu não disse nada, e ele olhou para mim. "Você vai bastante ao centro?"

"Vou", eu disse, embora isso fosse mentira. Mas não queria dizer a verdade — que eu tinha medo de entrar lá. "Meu avô sempre dizia que eu deveria ir lá mais vezes", eu disse, "que talvez eu gostasse."

"Você já falou do seu avô", David disse. "Como ele era?"

"Ele era legal", eu disse, depois de fazer uma pausa, embora isso não parecesse uma forma adequada de descrever meu avô. "Ele me amava", eu disse, enfim. "Ele cuidava de mim. A gente jogava alguns jogos juntos."

"Que tipo de jogo?"

Eu estava quase respondendo quando me ocorreu que os jogos que eu e meu avô jogávamos — como o jogo de fingir que estávamos conversando, ou quando eu descrevia alguém que tinha passado pela rua — só eram jogos para nós, e para mais ninguém, e que chamá-los de jogos me faria parecer estranha: estranha por pensar que eram jogos e por precisar brincar desses jogos. Então em vez disso eu disse: "Bola, cartas, essas coisas", porque eu sabia que esses eram jogos normais, e fiquei orgulhosa de mim mesma por ter pensado nessa resposta.

"Parece ótimo", disse David, e andamos um pouco mais. "Seu avô era técnico de laboratório, igual a você?", ele perguntou.

Essa pergunta não foi tão estranha quanto pode parecer. Se eu tivesse um filho, é provável que ele também fosse técnico de laboratório, ou tivesse uma função equivalente, a não ser que ele fosse muito mais inteligente que a média e por isso começasse a ser monitorado desde muito pequeno e se tornasse, digamos, um cientista. Mas na época do meu avô você podia escolher ser o que você quisesse, e depois era só ir lá e fazer.

Também foi nesse momento que me dei conta de que David não sabia quem era meu avô. Houve uma época em que todo mundo sabia quem ele era, mas agora imagino que só as pessoas que trabalhavam para o governo ou na área científica soubessem o nome dele. Mas eu não tinha contado qual era meu sobrenome ao David. Para ele, meu avô era só meu avô, e mais nada.

"Sim", eu disse. "Ele também era técnico de laboratório."

"Ele também trabalhava na Rockefeller?"

"Trabalhava", eu respondi, porque era verdade.

"Como ele era, fisicamente?", ele perguntou.

É estranho dizer isso, mas, embora eu passasse muito tempo pensando no meu avô, eu me lembrava cada vez menos de como ele era fisicamente. O que eu mais me lembrava era do som da voz dele, do cheiro dele, de como eu me sentia quando ele me abraçava. A forma como eu o via com mais frequência nos meus pensamentos era como ele estava no dia em que o levaram para a plataforma, enquanto ele me procurava na multidão, passando os olhos pelas centenas de pessoas que estavam reunidas para assistir e gritar ofensas para ele, quando ele gritou meu nome antes de o executor colocar o capuz preto em sua cabeça.

Mas é claro que eu não podia dizer isso. "Ele era alto", comecei a falar. "E magro. A pele dele era mais escura que a minha. Ele tinha cabelo grisalho, curto e…" E nesse momento eu hesitei, porque realmente não sabia mais o que dizer.

"Ele se vestia de um jeito elegante?", David perguntou. "Meu avô materno gostava de roupas elegantes."

"Não", eu disse, mas enquanto dizia isso me lembrei de um anel que meu avô usava quando eu era pequena. Era um anel muito antigo, de ouro, e em um dos lados tinha uma pérola, e se você apertasse as pequenas travas das laterais, a pérola se abria e havia um compartimento minúsculo dentro dela. Meu avô usava esse anel no mindinho esquerdo, e sempre deixava a pérola virada para dentro, na direção da palma da mão. Aí, um dia, ele deixou de usá-lo, e quando perguntei o porquê ele me elogiou por ser tão observadora. "Mas cadê o anel?", eu quis saber, e ele sorriu. "Tive que dar para uma fada como pagamento", ele disse. "Que fada?", eu perguntei. "Ora, a fada que cuidou de você quando você ficou doente", ele disse. "Eu falei para ela que daria qualquer coisa que ela quisesse se ela cuidasse de você, e ela disse que cuidaria, mas que em troca eu teria que dar meu anel para ela." A essa altura eu já estava melhor havia vários anos, e também sabia que fadas não existiam, mas sempre que eu perguntava sobre isso ao meu avô ele só sorria e repetia a mesma história, e depois de um tempo deixei de perguntar.

Mas, novamente, esse não era o tipo de história que eu poderia contar para o David, e de qualquer forma ele tinha começado a falar sobre o outro avô dele, que tinha sido fazendeiro na Prefeitura Cinco antes que se chamasse Prefeitura Cinco. Ele criava porcos, vacas e cabras, e tinha uma centena de pessegueiros, e David me contou de quando era jovem e visitava o avô e podia comer quantos pêssegos quisesse. "Tenho vergonha de dizer isso, mas eu odiava pêssego quando era criança", ele disse. "É que era muito pêssego: minha avó fazia torta de pêssego, e bolo, e pão, e também usava pra fazer geleia, e couro... Ah, isso é quando você seca fatias de pêssego no sol até elas ficarem duras, tipo beef jerky... E sorvete. E isso só depois de ela fazer a maior quantidade de compota que conseguia para nós e nossos vizinhos comermos pelo resto do ano." Mas depois a fazenda tinha se tornado propriedade do governo, e seu avô, que antes era dono do lugar, agora trabalhava ali, e cortaram os pessegueiros para plantar soja, que era mais nutritiva do que os pêssegos e por isso era uma plantação mais eficiente. Não era uma boa ideia falar sobre o passado tão abertamente quanto o David falava, e muito menos sobre reivindicações do governo, mas ele fazia isso com o mesmo tom leve, calmo e direto com que falava dos pêssegos. Certa vez meu avô tinha me dito que não encorajavam as pessoas a falar do passado porque elas ficavam bravas ou tristes, mas David não parecia nem bravo, nem triste. Era como se o que ele descrevia tivesse acontecido não com ele, mas com outra pessoa, alguém que ele mal conhecia.

"Agora eu faria de tudo pra comer um pêssego, é claro", ele disse, num tom alegre, enquanto nos aproximávamos do norte do Parque, onde nos encontrávamos e nos despedíamos todo sábado. "Até semana que vem, Charlie", ele disse quando estava indo embora. "Pensa no que você gostaria de fazer no centro."

Assim que voltei para casa, peguei a caixa no armário e olhei as fotos do meu avô. A primeira tinha sido tirada quando ele estava na faculdade de medicina. Ele estava rindo, e seu cabelo era comprido, cacheado e preto. Na segunda, ele estava em pé com meu pai, que devia ter dois ou três anos, e meu outro avô, aquele de quem eu era descendente genética. Na minha cabeça, meu pai é parecido com meu avô, mas nessa foto dá para ver que, na verdade, ele era parecido com meu outro avô: ambos tinham a pele mais clara que meu avô, e cabelo escuro e liso, como eu tinha antes. Na terceira foto, a minha preferida, meu avô está como eu me lembro dele. Está sorrindo, um sorriso largo, e tem nos braços um bebê pequeno e magro, e esse bebê sou eu. "Charles e Charlie", alguém escreveu no verso da foto, "12 de setembro de 2064".

Eu me pegava pensando no meu avô ao mesmo tempo mais e menos desde que tinha conhecido David. Eu não precisava mais conversar com ele na minha cabeça tanto quanto precisava antes, mas também queria conversar mais com ele, na maior parte do tempo sobre David, e sobre como era ter um amigo. Eu me perguntava o que ele acharia dele. Eu me perguntava se ele concordaria com meu marido.

Eu também me perguntava o que David teria pensado do meu avô. Era estranho pensar que ele não sabia quem meu avô era, que, para ele, ele era só um parente meu, que eu amava e que tinha morrido. Como eu já disse, todo mundo com quem eu trabalhava sabia quem meu avô era. Havia uma estufa no alto de um prédio da RU que tinha recebido o nome dele, e havia até uma lei com o nome dele, a Lei Griffith, que estabelecia a legalidade dos centros de transferência, que antigamente eram chamados de campos de quarentena.

Mas, não muito tempo atrás, houve um período em que as pessoas odiavam meu avô. Acho que existem pessoas que ainda o odeiam, mas agora nunca ficamos sabendo dessas pessoas. Tive consciência desse ódio pela primeira quando eu tinha onze anos, na aula de educação cívica. Estávamos aprendendo como, pouco depois da doença de 50, um novo governo começou a tomar forma, então quando a doença de 56 surgiu eles estavam mais preparados, e em 62 o novo governo havia se estabelecido. Uma das invenções que tinham ajudado a conter a doença de 70 — que, por pior que tenha sido, poderia ter sido muito pior — foram os centros de transferência, que no início ficavam apenas no oeste e no meio-oeste, mas em 69 já havia um em todas as municipalidades. "Esses campos se tornaram muito importantes para os nossos cientistas e médicos", minha professora disse. "Alguém sabe os nomes dos primeiros campos que foram criados?"

Os alunos começaram a gritar respostas: Heart Mountain. Rohwer. Minidoka. Jerome. Poston. Gila River.

"Isso, isso", minha professora disse depois de cada nome. "Isso mesmo. E alguém sabe quem fundou esses campos?"

Ninguém sabia. E aí a srta. Bethesda olhou para mim. "Foi o avô da Charlie", ela disse. "O dr. Charles Griffith. Ele foi um dos idealizadores dos campos."

Todo mundo se virou para olhar para mim, e eu senti que estava ficando quente de tanta vergonha. Eu gostava da minha professora — ela sempre tinha me tratado bem. Quando as outras crianças fugiam de mim no parquinho, rindo sem parar, ela sempre ia falar comigo e perguntava se eu queria voltar para a sala e ajudá-la a distribuir os materiais para a aula de artes da tarde. Nesse momento eu olhei para cima e minha professora estava me olhando, como ela sempre fazia, mas havia algo de errado. Tive a impressão de que ela estava brava comigo, mas eu não sabia por quê.

Naquela noite, durante o jantar, perguntei ao meu avô se ele era a pessoa que tinha inventado os centros. Nesse momento ele olhou para mim e fez um gesto com a mão, e o empregado que estava servindo meu leite colocou a jarra sobre a mesa e saiu da sala. "Por que você está perguntando isso, gatinha?", ele perguntou, depois que o homem saiu e fechou a porta.

"Aprendemos na aula de educação cívica", eu disse. "Minha professora disse que você foi um dos inventores dos campos."

"É mesmo?", meu avô disse, e embora sua voz fosse a mesma de sempre, percebi que ele tinha fechado a mão esquerda com tanta força que ela chegava a tremer. Então ele notou que eu estava olhando, e abriu a mão e a colocou aberta sobre a mesa. "O que mais ela disse?"

Expliquei para o meu avô que a srta. Bethesda tinha dito que os centros impediram que mais gente morresse, e ele concordou com a cabeça, devagar. Ele ficou um tempo em silêncio, e eu ouvi o tique-taque do relógio, que ficava sobre a lareira.

Por fim, meu avô começou a falar. "Anos atrás", ele disse, "tinha gente que era contra os campos, que não queria que eles fossem construídos, que pensava que eu era uma pessoa ruim por apoiá-los." Devo ter feito uma expressão de surpresa, porque ele balançou a cabeça. "Pois é", ele disse. "Essas pessoas não entendiam que os campos tinham sido criados para proteger todos nós. Todos. Depois o tempo passou e as pessoas acabaram entendendo que eles eram necessários, e que tínhamos que construí-los. Você sabe por quê?"

"Sei", respondi. Eu também tinha aprendido isso na aula de educação cívica. "Porque com eles as pessoas doentes ficavam num lugar separado, e aí as pessoas que estavam saudáveis não ficavam doentes também."

"Isso mesmo", meu avô disse.

"Então por que as pessoas não gostavam deles?", perguntei.

Ele olhou para o teto, algo que ele fazia quando estava pensando no que responder. "É difícil explicar", ele disse, devagar, "mas um dos motivos é que, naquela época, levavam apenas a pessoa infectada, não a família toda, e tinha gente que achava cruel separar as pessoas de suas famílias."

"Ah." Eu fiquei pensando. "Eu não ia querer ficar longe de você, vovô", eu disse, e ele sorriu.

"E eu nunca ficaria longe de você, gatinha", ele respondeu. "Por isso as regras mudaram, e agora a família inteira vai para o centro."

Não precisei perguntar o que acontecia nos centros, porque já sabia: você morria. Mas pelo menos você morria num lugar limpo, seguro e bem equipado — havia escolas para as crianças e os adultos podiam praticar esportes, e, quando você ficava muito doente, te levavam para o hospital do centro, que era muito limpo e branco, e lá os médicos e enfermeiras cuidavam de você até você morrer. Eu tinha visto imagens dos centros na televisão, e também havia fotos deles no nosso livro didático. Havia uma, tirada no centro Heart Mountain, de uma mulher jovem que estava segurando uma menininha e rindo, e a menininha também estava rindo; no fundo dava para ver a cabana delas, que tinha uma macieira plantada bem na frente. Ao lado da mulher e da menininha estava uma médica, e, embora ela estivesse usando um traje de proteção completo, dava para ver que ela também estava rindo, com a mão no ombro da mulher. Você não podia ir visitar as pessoas que estavam nos centros, porque não era seguro, mas a pessoa doente podia levar quem ela quisesse, e às vezes famílias inteiras iam como parte do mesmo grupo: mães, pais, filhos, avós, tias, tios e primos. No começo, ir para os centros era opcional. Depois se tornou obrigatório, e isso foi uma decisão polêmica, porque meu avô disse que as pessoas não gostavam de fazer nada por obrigação, mesmo que fosse para o bem dos outros cidadãos.

É claro que, a essa altura — isso foi em 2075 —, havia menos gente nos centros, porque a pandemia já estava quase controlada. Às vezes eu olhava aquela foto no meu livro e tinha vontade de morar em um dos centros. Não porque eu queria estar doente, nem queria que meu avô estivesse doente, mas porque parecia tão legal lá, com aquelas macieiras e aqueles campos verdes. Mas nós nunca iríamos para lá, não só porque não podíamos, mas também porque precisavam do meu avô aqui. Foi por isso que não tínhamos ido a um centro quando eu fiquei doente — porque meu avô precisava ficar perto do laboratório, e o centro mais próximo ficava na Davids Island, muitos quilômetros ao norte de Manhattan, e não seria nem um pouco prático.

"Quer fazer mais alguma pergunta?", meu avô me perguntou, sorrindo.

"Não", eu respondi.

Isso tinha sido numa sexta. Na segunda-feira seguinte, eu fui para a escola, e, no lugar da minha professora, tinha outra pessoa em pé na frente da sala, um homem baixinho de pele escura e bigode. "Cadê a srta. Bethesda?", alguém perguntou.

"A srta. Bethesda não trabalha mais na escola", disse o homem. "Sou o novo professor de vocês."

"Ela ficou doente?", outro aluno perguntou.

"Não", disse o novo professor. "Mas ela não está mais na escola."

Não sei por que, mas não contei ao meu avô que a srta. Bethesda tinha saído da escola. Eu nunca disse nada, e nunca mais vi a srta. Bethesda. Mais tarde, descobri que era possível que os centros fossem muito diferentes das fotos do meu livro. Isso foi em 2088, no começo da segunda rebelião. No ano seguinte, conseguiram derrotar de vez os insurgentes, e meu avô foi absolvido e teve sua condição anterior restaurada. Mas a essa altura já era tarde demais. Meu avô tinha morrido, e eu fiquei sozinha com meu marido.

Com o passar dos anos, eu tinha pensado algumas vezes nos centros de transferência: qual versão era a verdadeira? Nos meses antes de matarem meu avô, os manifestantes tinham feito protestos na frente da nossa casa, carregando fotos ampliadas que diziam terem sido tiradas nos centros. "Não olha", meu avô me dizia, nas raras ocasiões em que saíamos de casa. "Olha pra longe, gatinha." Mas às vezes eu olhava mesmo assim, e as pessoas nas fotos eram tão deformadas que já não pareciam humanas.

Mas eu nunca pensei que meu avô fosse uma pessoa ruim. Ele tinha feito o que era preciso fazer. E ele tinha cuidado de mim a minha vida inteira. Não existia alguém que me tratasse melhor, nem que me amasse mais que ele. Eu sabia que meu pai discordava do meu avô; não sei como fiquei sabendo disso, mas eu sabia. Ele queria que punissem meu avô. Era muito estranho, isso de saber que seu próprio pai queria que o pai dele fosse preso. Mas nada mudava o meu sentimento. Meu pai me abandonou quando eu era pequena — meu avô nunca fez isso. Eu não entendia como alguém que abandonou a própria filha podia ser melhor que alguém que só havia tentado salvar o máximo de pessoas que pudesse, mesmo que tivesse cometido erros no caminho.

No sábado seguinte, encontrei David no Parque, como sempre, e ele mais uma vez sugeriu que fôssemos ao centro, e dessa vez eu aceitei, porque a essa altura já estava fazendo muito calor. Andamos os oito quarteirões e meio na direção norte bem devagar, para não sobrecarregar nossos trajes de resfriamento.

David tinha dito que íamos ver um concerto, mas quando compramos os ingressos só havia um único músico na frente da sala, um jovem de pele escura com um violoncelo. Quando todos tínhamos nos sentado, ele fez uma saudação e começou a tocar.

Nunca pensei que eu gostasse de violoncelo, mas quando o concerto terminou eu pensei que preferiria não ter aceitado andar na pista coberta depois, que preferiria voltar para casa. Algo na música me fez pensar nas músicas que meu avô costumava colocar para tocar no rádio em seu escritório quando eu era pequena, e senti tanta saudade dele que fiquei com um nó na garganta. .

"Charlie?", perguntou David, com uma cara preocupada. "Você está bem?"

"Sim", eu disse, e me obriguei a me levantar e sair do salão, do qual todo mundo, até o músico, já tinha saído.

Na beira da pista coberta havia um homem vendendo bebidas de frutas geladas. Nós dois olhamos para o homem e depois um para o outro, porque nenhum dos dois sabia se o outro tinha dinheiro.

"Tudo bem", eu disse, enfim, "eu posso."

Ele sorriu. "Eu também posso", ele disse.

Compramos as bebidas e bebemos enquanto andávamos pela pista. Havia apenas uma dúzia de pessoas por lá. Ainda estávamos com nossos trajes de resfriamento — uma vez que você os colocava, era mais fácil continuar usando —, mas tínhamos tirado o ar deles, e era bom andar normalmente.

Por um tempo, andamos em silêncio. Então David perguntou: "Você já teve vontade de visitar outro país?".

"É proibido", eu respondi.

"Eu sei que é proibido", ele disse. "Mas você tem vontade?"

De repente eu me cansei das perguntas estranhas que David fazia, de sua tendência de sempre perguntar coisas que eram ou ilegais ou, no mínimo, desrespeitosas, assuntos sobre os quais ninguém pensava e muito menos falava. E por que alguém ia desejar algo que era proibido? Desejar as coisas não mudava nada. Eu tinha passado meses desejando todos os dias que meu avô voltasse — e, para dizer a verdade, ainda desejava que isso acontecesse. Mas ele nunca mais ia voltar. Era melhor não querer nada: querer as coisas só te deixava infeliz, e eu não era infeliz.

Eu me lembro de uma vez, quando eu estava na faculdade, que uma das meninas da minha turma tinha descoberto uma forma de acessar a internet. Era muito difícil fazer isso, mas ela tinha sido muito esperta, e outras meninas também quiseram ver como era, mas eu não quis. Eu sabia o que era a internet, claro, embora eu fosse muito criança para lembrar: eu só tinha três anos quando se tornou ilegal. Eu não tinha certeza se entendia o que ela fazia, exatamente. Uma vez, na adolescência, eu tinha pedido para o meu avô me explicar, e ele passou muito tempo em silêncio, e depois ele finalmente disse que era uma forma de as pessoas se comunicarem umas com as outras mesmo se estivessem muito longe. "O problema", ele disse, "era que muitas vezes ela permitia que as pessoas compartilhassem coisas ruins… Informações falsas, informações perigosas. E quando isso acontecia, as consequências eram sérias." Ele disse que depois que a internet foi proibida a segurança aumentou, porque todo mundo recebia as mesmas informações ao mesmo tempo, e por isso a chance de haver confusão era menor. Isso me pareceu um bom motivo. Mais tarde, quando as quatro meninas que haviam entrado na internet desapareceram, quase todo mundo achou que o governo as tinha levado. Mas eu me lembrei do que meu avô tinha dito, e me perguntei se pessoas da internet que tinham informações perigosas não teriam entrado em contato com elas e alguma coisa ruim tinha acontecido. A questão é que não havia motivo para se perguntar como seria fazer coisas que eu nunca poderia fazer ou ir a lugares que nunca poderia ir. Eu não pensava em tentar encontrar a internet, e não pensava em ir para outro país. Algumas pessoas que pensavam, mas eu não.

"Não muito", eu disse.

"Mas você não quer ver como é outro país?", David perguntou, e nesse momento até ele começou a falar mais baixo. "Talvez as coisas sejam melhores em outro lugar."

"Melhores como?", perguntei, quase sem querer.

"Ah, melhores em vários sentidos", ele disse. "Talvez em outro lugar tivéssemos empregos diferentes, por exemplo."

"Eu gosto do meu emprego", eu disse.

544

"Eu sei", ele respondeu. "Eu também gosto do meu emprego. Só estou pensando em voz alta."

Mas eu não entendia por que as coisas seriam diferentes em outro país. A doença tinha castigado todos os lugares do mundo. Todos os lugares eram iguais.

Meu avô, porém, tinha viajado para muitos países quando tinha minha idade. Naquela época, você podia ir a qualquer lugar, desde que tivesse dinheiro. Então, depois que terminou a faculdade, ele pegou um avião e desceu no Japão. Do Japão ele foi para o oeste, passando pela Coreia, pela República Popular da China, descendo para a Índia e indo até a Turquia, Grécia, Itália, Alemanha e Países Baixos. Por alguns meses ele ficou na Grã-Bretanha, hospedado na casa de amigos de um amigo da faculdade, e depois voltou a viajar: ele desceu por um lado do litoral da África e subiu pelo outro; desceu por um lado do litoral da América do Sul e subiu pelo outro. Ele foi para a Austrália e para a Nova Zelândia; ele foi para o Canadá e a Rússia. Na Índia ele atravessou um deserto a camelo; no Japão ele escalou uma montanha; na Grécia ele nadou numa água que disse que era mais azul que o céu. Perguntei por que ele não tinha ficado em casa, simplesmente, e ele disse que a casa dele era muito pequena — ele queria ver como as outras pessoas viviam, o que comiam, o que vestiam, o que queriam fazer de suas vidas.

"Eu vim de uma ilha bem pequenininha", ele disse. "E sabia que ao meu redor havia muitas outras pessoas que faziam coisas que eu nunca poderia ver se eu só ficasse lá. Então eu tive que sair."

"O que elas faziam era melhor?", perguntei.

"Não melhor", ele disse. "Mas diferente. Quanto mais eu via, menos eu sentia que podia voltar para o lugar de onde eu tinha vindo." Falávamos sussurrando, ainda que meu avô tivesse ligado o rádio para que a música escondesse a conversa dos dispositivos de escuta espalhados pela casa.

Mas o resto do mundo devia ser melhor, no final das contas, porque na Austrália meu avô conheceu outra pessoa do Hawai'i, e eles se apaixonaram e voltaram para o Hawai'i, onde tiveram um filho, meu pai. E depois eles se mudaram para os Estados Unidos e nunca mais voltaram para seu país, nem antes da doença de 50. E aí era tarde demais, porque todo mundo no Hawai'i tinha morrido, e a essa altura os três eram cidadãos americanos. De qualquer forma, depois das leis de 67 ninguém mais pôde sair do país. As únicas pessoas que se lembravam dos outros lugares eram mais velhas, e elas não falavam daquela época.

Depois de dar dez voltas na pista, decidimos ir embora. Mas quando estávamos saindo ouvimos um baque surdo, e de repente um caminhão chegou andando devagar. Na parte de trás estavam três pessoas ajoelhadas. Não dava para saber se eram homens ou mulheres, porque estavam usando aqueles trajes brancos longos e capuzes pretos que cobriam a cabeça toda e que deviam dar muito calor. As pessoas tinham as mãos amarradas na frente do corpo, e havia dois guardas atrás delas, e eles usavam trajes de resfriamento com capacetes refletores. Por cima do rufar dos tambores, uma voz repetia pelo alto-falante: "Quinta-feira às seis horas. Quinta-feira às seis horas". Só anunciavam Cerimônias assim quando os condenados tinham sido julgados por traição, e em geral apenas quando eram do alto escalão, talvez até funcionários do governo. Normalmente, funcionários do governo recebiam essa punição se tivessem sido flagrados tentando sair do país, o que era ilegal, ou se estivessem tentando *trazer* alguém para o país, o que era tanto perigoso quanto ilegal, porque assim um micróbio podia ser trazido junto de outro país, ou porque estavam tentando disseminar informação não autorizada, geralmente por meio de uma tecnologia que não era permitido ter nem utilizar. Eles colocavam essas pessoas num caminhão e as faziam passar por todas as zonas, para que você pudesse vê-las e xingá-las se quisesse. Mas eu não fiz isso, nem o David, embora ambos tivéssemos ficado observando enquanto o veículo passava por nós e virava na Sétima Avenida na direção sul.

Depois que o caminhão foi embora, porém, uma coisa estranha aconteceu: eu olhei para o David e vi que ele estava olhando o caminhão lá longe, com a boca ligeiramente aberta; e que ele estava com lágrimas nos olhos.

Isso era surpreendente e também muito perigoso — demonstrar qualquer compaixão pelos acusados, por menor que fosse, poderia fazer com que você fosse notado por uma Mosca, porque elas tinham sido programadas para interpretar expressões humanas. Eu logo sussurrei o nome dele, e ele piscou e se virou para mim. Eu olhei ao redor; me pareceu que ninguém nos vira. Mas, por via das dúvidas, era melhor continuar andando, para parecermos normais, então comecei a andar na direção leste, voltando para a Sexta Avenida, e depois de um tempo ele me seguiu. Eu quis dizer alguma coisa para o David, mas não sabia o quê. Eu estava assustada, e não sabia por quê, e também estava brava com ele, por reagir de um jeito tão estranho.

Quando estávamos atravessando a rua 13, ele me disse, em voz baixa: "Aquilo foi horrível".

Ele tinha razão. Aquilo era horrível mesmo, mas acontecia o tempo todo. Eu também não gostava de ver os caminhões passando; eu não gostava de ver as Cerimônias, nem de ouvi-las no rádio. Mas era assim que as coisas funcionavam — se fizesse algo errado você era punido, e não dava para mudar nada daquilo: nem a transgressão, nem a punição.

Mas David estava agindo como se nunca tivesse visto os caminhões. Ele olhou para a frente, mas ficou quieto, mordendo o lábio. Geralmente não usávamos capacete quando andávamos juntos, mas nesse momento ele pegou o dele na bolsa e o colocou, e eu achei bom, porque não era comum demonstrar emoção em público, e fazer isso poderia chamar atenção.

No limite norte do Parque, nós paramos. Aquele era o lugar em que costumávamos nos despedir, onde ele virava à esquerda para ir para a Pequena Oito e eu virava à direita para voltar para casa. Por um tempo, ficamos ali em silêncio. Nossas despedidas nunca eram constrangedoras, porque David sempre tinha algo a dizer, e depois ele se despedia com um aceno e ia embora. Mas nesse dia ele não disse nada, e, pela viseira do capacete, vi que ele ainda estava chateado.

Eu me senti mal por ter sido tão impaciente com ele, ainda que ele estivesse se comportando de maneira descuidada. Ele era meu amigo, e amigos eram compreensivos uns com os outros, mesmo que isso fosse confuso. Eu não tinha sido compreensiva com David, e por estar me sentindo culpada fiz uma coisa estranha: eu estiquei os braços e o abracei.

Não foi fácil, porque ambos os trajes de resfriamento estavam inflados ao máximo, então não pude abraçá-lo de fato e acabei fazendo carinho nas costas dele. Enquanto fazia isso, me peguei fingindo uma situação estranha: que éramos casados, e que ele era meu marido. Não era comum demonstrar afeto em público, nem mesmo para seu cônjuge, mas também não era algo que atraísse olhares; era só incomum. Mas uma vez eu tinha visto um casal se despedindo com um beijo: a mulher estava em pé na entrada do prédio deles e o homem, um técnico, estava indo para o trabalho. Ela estava grávida, e depois de se beijarem ele colocou a mão na barriga dela, e eles se olharam e sorriram. Eu estava no ônibus e virei a cabeça para observá-los, e o homem colocou seu chapéu e saiu andando, o sorriso ainda no rosto. Eu me peguei imaginando que David era meu marido, e que nós éramos um casal como aquele, o tipo de casal que se abraçaria em público porque não conseguia resistir à vontade; o tipo de casal que tem tanto afeto sobrando que era preciso expressá-lo em gestos, porque já não havia mais palavras.

Eu estava pensando nisso quando percebi que David não estava correspondendo meu gesto, que, sob meus braços, ele estava duro e imóvel, e eu me afastei num movimento brusco, dando um passo para trás.

Nesse momento fiquei muito envergonhada. Senti meu rosto ficando quente, e logo coloquei meu capacete. Eu tinha feito uma grande bobagem. Eu tinha feito papel de boba. Eu precisava sair dali.

"Tchau", eu disse, e comecei a andar.

"Espera", ele disse, depois de um instante. "Espera, Charlie. Espera."

Mas eu fingi que não tinha escutado e continuei andando. Não olhei para trás. Entrei no Parque e fiquei na parte dos botanistas esperando até ter certeza de que ele tinha ido embora. Então me virei e fui andando para minha casa. Assim que estava na segurança do nosso apartamento, tirei meu capacete e meu traje. Meu marido estava em outro lugar; eu estava sozinha.

De repente, senti muita raiva. Não sou uma pessoa brava — mesmo quando pequena eu nunca fazia birra, nunca gritava, nunca exigia nada. Eu tentava ser o mais comportada possível para agradar meu avô. Mas nesse momento tive vontade de bater, de machucar, de quebrar as coisas. Mas na casa não havia nada, nem ninguém que eu pudesse bater, machucar ou quebrar: os pratos eram de plástico; as tigelas eram de silicone; as panelas eram de metal. Então lembrei que, ainda que eu não fosse uma criança birrenta, eu muitas vezes tinha me sentido frustrada, e nesses momentos eu gemia e chutava o ar e me arranhava, e meu avô tentava me segurar. Então fui para a minha cama e tentei colocar em prática o método que ele tinha me ensinado quando eu me sentia sobrecarregada, que consistia em me deitar de bruços, enfiar o rosto no travesseiro e puxar o ar até ficar tonta.

Depois disso, me levantei de novo. Eu não podia ficar no apartamento — não conseguia suportar. Por isso coloquei novamente meu traje de resfriamento e voltei para a rua.

A essa altura já era fim de tarde, e o dia estava ficando um pouco mais fresco. Comecei a dar voltas pelo Parque. Era estranho andar sozinha depois de tantas semanas andando com o David, e deve ter sido por isso que, em vez de apenas dar voltas pelo Parque, eu entrei pelo lado oeste. Eu não queria nem precisava de nada do Parque, mas, embora estivesse andando sem rumo, me peguei indo para a parte sudeste.

Não sei por quê, mas diziam que coisas indecentes aconteciam nesse quadrante do Parque. Ninguém sabia ao certo de onde essa fama tinha vindo; como eu já disse, a parte sudeste era, em sua maioria, ocupada pelos carpinteiros, e se você não se incomodasse com o barulho das serras e martelos, podia ser até um lugar agradável — a madeira tinha um cheiro bom, e você podia ficar olhando os carpinteiros fazerem ou consertarem cadeiras, mesas ou baldes, e eles não te enxotavam como alguns dos outros comerciantes faziam. Mas, por algum motivo, era ali que você ia se quisesse encontrar uma das pessoas que eu mencionei antes, aquelas que não tinham licença e que não tinham banca, e que mesmo assim ficavam no Parque, as pessoas capazes de solucionar os problemas sobre os quais ninguém sabia falar.

Uma das teorias que eu tinha ouvido sobre isso não fazia sentido nenhum. A parte sudeste do Parque era a mais próxima de um prédio de tijolos alto que no passado havia sido a biblioteca de uma universidade que ficava ali perto. Depois que fecharam a universidade, tinham transformado o prédio, por um tempo, numa prisão. Agora ele era o arquivo de quatro das zonas do sul da ilha, inclusive a Zona Oito. Era ali que o governo guardava os registros de nascimento e morte de todo mundo que morava nessas áreas, além de qualquer outro documento ou registro sobre esses moradores. A fachada do prédio era toda de vidro, então dava para olhar lá pra dentro e ver as prateleiras cheias de arquivos; no lobby, que ficava no térreo, havia um cubo preto sem janelas, com lados de cerca de três metros cada, e dentro desse cubo preto ficava o arquivista, que conseguia encontrar qualquer documento de que você precisasse. É claro que só funcionários do governo podiam acessar o arquivo, e só funcionários com a permissão mais alta. Sempre havia alguém dentro do cubo preto, e esse era um dos poucos prédios que estava sempre iluminado, mesmo nos horários em que era ilegal acender as luzes porque era desperdício de eletricidade. Eu nunca entendi por que o fato de o lado sudeste do Parque ficar perto do arquivo teria qualquer ligação com as atividades ilícitas que ocorriam ali, mas era o que todo mundo dizia: que era mais fácil fazer coisas perigosas perto de um prédio do governo, porque o governo nunca pensaria que alguém faria coisas ilegais tão perto. Enfim, era isso que todo mundo dizia.

Como eu disse, essas pessoas de que falei não tinham banca ou lugar permanente, então você não podia simplesmente ir a uma parte ou outra e esperar encontrá-las ali — eram elas que encontravam você. O que você fazia era andar devagar por entre os comerciantes. Você não olhava para cima, nem ao redor. Você só andava, olhando as raspas de madeira retorcidas que ficavam espalhadas pelo chão, e depois de um tempo alguém aparecia e te fazia uma pergunta. A pergunta costumava ter duas ou três palavras, e se não fosse a pergunta certa você só seguia andando. Se fosse a pergunta certa, você levantava a cabeça. Eu nunca fiz isso, mas uma vez fiquei perto de um dos carpinteiros e vi isso acontecer. Havia uma moça, bonita e graciosa, e ela estava andando muito devagar, com as mãos atrás das costas. Ela usava um lenço verde na cabeça, e dava para ver parte de seu cabelo, que era grosso, ruivo e ia até o queixo, saindo de debaixo do lenço. Eu a observei andar em círculos por cerca de três minutos antes de a primeira pessoa, um homem de meia-idade baixo e magro, se aproximar dela e dizer algo que não consegui ouvir. Mas ela continuou andando, quase como se não o ouvisse, e ele se afastou. Um minuto depois, outra pessoa a abordou, e ela também continuou andando. Da quinta vez, uma mulher foi até ela, e dessa vez a jovem levantou a cabeça e seguiu a mulher, que a levou para uma barraca pequena, feita de lona, no extremo leste do Parque, levantou um dos lados da barraca e olhou ao redor, vendo se não havia Moscas, antes de convidar a jovem mulher a entrar e em seguida entrar também.

Não sei o que me fez resolver andar pelo quadrante sudeste aquele dia. Eu me concentrei nos meus pés, que avançavam pela serragem. De fato, depois de pouco tempo senti que alguém me seguia. Aí ouvi uma voz masculina dizer, muito baixo, "Procurando alguém?". Mas continuei andando, e logo o homem também se afastou.

Pouco tempo depois, vi os pés de outro homem se aproximarem. "Doença?", ele perguntou. "Remédio?" Mas eu continuei andando.

Por um tempo, nada aconteceu. Comecei a andar mais devagar. E então vi os pés de uma mulher vindo na minha direção; eu soube que os pés eram de mulher porque eram pequenos. Eles chegaram muito perto de mim, e depois ouvi uma voz sussurrar: "Amor?".

Levantei a cabeça e percebi que era a mesma mulher que eu tinha visto antes, que tinha uma barraca na fronteira leste. "Vem comigo", ela disse, e eu a segui até a barraca. Eu não estava pensando no que fazia; simplesmente não estava pensando. Era como se eu estivesse assistindo ao que estava acontecendo, e não vivendo aquilo. Na barraca, eu a vi procurando as Moscas — como ela tinha feito com a mulher — e depois ela me chamou para entrar.

Lá dentro, a barraca estava tão quente que me senti sufocada. Havia uma caixa de madeira rústica que tinha sido trancada com um cadeado e duas almofadas de algodão sujas, e ela sentou-se em uma e eu, na outra.

"Tira o seu capacete", ela disse, e eu tirei. Ela não estava usando capacete, mas estava com um lenço que cobria a boca e o nariz, e nesse momento ela o tirou, e eu vi que alguma doença tinha carcomido a parte inferior esquerda de seu rosto, e que ela era mais jovem do que eu tinha pensado.

"Eu já te vi aqui", ela disse, e eu a encarei. "Sim", ela continuou, "andando pelo Parque com o seu marido. Um homem bonito. Mas ele não te ama?"

"Não", eu disse, depois de me recompor. "Ele não é meu marido. Ele é meu... ele é meu amigo."

"Ah", ela disse, e sua expressão se relaxou. "Entendi. E você quer que ele se apaixone por você."

Por um momento, fiquei sem palavras. Era isso que eu queria? Era por isso que eu tinha ido até ali? Mas isso seria impossível — eu sabia que ninguém nunca ia me amar, não da maneira que as pessoas falavam de amor. Eu sabia que eu não ia amar também. O amor não era pra mim. Saber o que eu sentia era muito difícil. As outras pessoas conseguiam dizer "estou feliz" ou "estou triste" ou "sinto saudade de você" ou "eu te amo", mas eu nunca soube fazer isso. "Eu te amo, gatinha", meu avô dizia, mas só raramente eu conseguia dizer que também o amava, porque eu não sabia o que isso significava. As coisas que eu sentia... com que palavras eu podia descrevê-las? O que eu sentia quando lia os bilhetes que alguém tinha enviado para o meu marido; o que eu sentia quando o via entrar na casa da Bethune Street; o que eu sentia quando o ouvia voltando para casa muito tarde numa noite de quinta-feira; o que eu sentia quando ficava deitada na cama, me perguntando se algum dia ele poderia me tocar, me beijar, mas sabendo que ele nunca faria nada disso — que sentimentos eram esses? Como eles se chamavam? E com o David: o que eu sentia quando ficava no norte do Parque, vendo-o acenar e andar na minha direção; o que eu sentia quando o via ir embora no fim de um dos nossos dias juntos; o que eu sentia nas sextas à noite, quando sabia que o veria no dia seguinte; o que eu senti quando tentei abraçá-lo, e o que senti quando vi o rosto dele, a expressão confusa, e a forma como ele se afastou de mim — que sentimentos eram esses? Eram todos iguais? Todos eram amor? Será que eu era capaz de sentir amor, afinal? Será que aquilo que sempre julguei impossível era algo que eu sempre tinha sentido?

De repente fiquei com medo. Eu tinha me comportado mal, e me colocado em perigo quando fui ali. Eu tinha faltado com o bom senso. "Tenho que ir", eu disse, me levantando. "Desculpe. Tchau."

"Espera", a mulher me chamou. "Eu posso te dar uma coisa: um pó. Você coloca escondido numa bebida, e em cinco dias…"

Mas eu já estava saindo, estava saindo da barraca, depressa, de forma que eu não conseguiria ouvir o que ela dissesse em seguida, de forma que eu não me sentisse tentada a voltar, mas não tão rápido a ponto de atrair a atenção de uma Mosca.

Saí do Parque pela entrada leste. Só faltavam algumas centenas de metros para eu voltar para o meu apartamento, onde estaria em segurança, e assim que chegasse lá eu poderia fingir que nada disso tinha acontecido; poderia fingir que nunca tinha conhecido o David. Eu voltaria a ser quem eu era, uma mulher casada, uma técnica de laboratório, uma pessoa que aceitava o mundo como ele era, que entendia que não adiantava desejar qualquer outra coisa, porque não havia nada que eu pudesse fazer, então era melhor nem tentar.

Parte VI

Primavera, trinta anos antes

2 de março de 2064
Meu Peter querido,

Antes de eu começar a falar: parabéns! Uma promoção muito merecida, mas acho sintomático que, quanto mais você cresce na carreira, menos grandioso e mais hermético o nome do cargo vai ficando. E menos você é reconhecido publicamente. Não que isso seja importante. Sei que já falamos sobre isso, mas você também anda se sentindo um fantasma? Capaz de atravessar portas (se não paredes) que não se abrem para a maioria, mas que nunca é de fato visto: um objeto que mete medo e quase ninguém vê, mas que todo mundo sabe que existe. Uma abstração, e não um ser humano de verdade. Eu sei que tem gente que adora esse tipo de existência espectral. Eu também já fui assim.

Enfim... Sim, obrigado por perguntar, de fato foi hoje que terminamos de assinar a papelada, e agora a casa do Aubrey se tornou, oficialmente, do Nathaniel. Em algum momento o Nathaniel vai deixar a casa para o David, e depois o David vai deixar a casa para outra pessoa, e vou falar mais sobre isso daqui a pouco.

Embora o Nathaniel estivesse morando lá há alguns anos, ele nunca se referiu à casa, nem pensou nela, como a casa dele. Sempre foi a casa "do Aubrey e do Norris", e depois "do Aubrey". Mesmo no enterro do Aubrey, ele falava para as pessoas "irem para a casa do Aubrey para a recepção", até que eu lembrei a ele que não era a casa do Aubrey, era a casa dele. Ele me olhou com aquela cara que ele faz, mas depois eu o ouvi se referindo "à casa". Nem do Aubrey, nem dele, nem de ninguém, só uma casa que tinha aceitado nos receber.

Comecei a passar muito mais tempo na casa (viu? Eu também faço isso) há um ano, mais ou menos. Primeiro veio a morte do Aubrey. Sempre achei que a morte dele teve uma certa elegância: ele parecia estar até bem, e com isso quero dizer que, embora estivesse acabado, ele foi poupado de muitas das humilhações que nós dois tínhamos visto as pessoas passarem na hora da morte nessa última década: nada de feridas abertas, nem pus, nem baba, nem sangue. Então veio o funeral, e a organização dos documentos dele, e depois eu tive que viajar a trabalho por um tempo, e quando voltei a equipe tinha sido demitida (cada um com um acerto especificado no testamento do Aubrey) e o Nathaniel estava tentando aceitar que tinha virado dono de uma casa imensa em Washington Square.

Quando entrei na casa hoje fiquei surpreso, porque ela estava muito diferente. Não tinha nada que o Nathaniel pudesse fazer a respeito das janelas do segundo andar, que tinham sido fechadas com tijolos, ou das grades das janelas nos andares mais altos, mas em geral a casa parecia mais iluminada, mais arejada. Ainda havia algumas obras de arte havaianas nas paredes, apenas as fundamentais — ele tinha mandado as outras para o Metropolitan, onde agora também ficava a maioria das obras importantes que antes tinham pertencido à família real, coisas que o museu deveria proteger e algum dia devolver, mas que agora eram deles —, porém ele tinha mudado a iluminação e pintado as paredes de um tom escuro de cinza, e isso fez o espaço parecer mais ensolarado, ironicamente. O Aubrey e o Norris ainda estavam por todo lado, mas ao mesmo tempo a presença deles tinha desaparecido.

Andamos pela casa e observamos as obras. Agora que o Nathaniel era o dono delas — um homem havaiano com objetos havaianos —, eu consegui vê-las com bons olhos; não parecia que elas estavam sendo exibidas, mas sim que eram motivo de orgulho, se é que isso faz sentido. O Nathaniel falou sobre cada tapeçaria, cada tigela, cada colar: de onde tinham vindo, como tinham sido feitos. Enquanto ele falava, eu o observei. Ele tinha passado tanto tempo querendo ter uma casa bonita, com coisas bonitas, e agora ele tinha. Ainda que o Aubrey tivesse menos bens do que nós dois imaginávamos — ele tinha gastado muito dinheiro em serviços de segurança e prevenção de doenças sem nenhum respaldo científico e, claro, tinha doado um valor muito alto para organizações beneficentes —, havia sobrado o suficiente para que o Nathaniel pudesse, enfim, se sentir seguro. Perto do Ano-Novo, o bebê, que estava mais revoltado que o normal, tinha me dito que o Nathaniel estava saindo com alguém, um advogado do Ministério da Justiça — "É, é um cara bem legal": eu não disse que, se trabalhava no Ministério da Justiça, ele era, necessariamente, cúmplice da operação dos campos de quarentena —, mas o Nathaniel não tocou nesse assunto e eu não perguntei nada, claro.

Depois de fazer o tour pela casa, voltamos para a sala de estar, e o Nathaniel disse que tinha uma coisa para me dar, uma coisa que o Aubrey tinha deixado. Uma das últimas vezes que visitei o Aubrey tinha calhado de ser um de seus momentos de maior lucidez, e durante a visita ele perguntou se eu queria algo de sua coleção. Mas eu tinha dito que não. Com o tempo eu tinha começado a aceitar o Aubrey, e até a gostar dele, mas por baixo dessa aceitação e desse afeto havia um ressentimento: no fim, não era pelos objetos que ele colecionava ou porque ele era dono de mais coisas do Hawai'i do que eu, mas porque ele, meu marido e meu filho haviam se tornado uma família, e eu tinha sido excluído. Quando o Nathaniel conheceu o Aubrey e o Norris, tudo começou a terminar, tão lentamente que no início nem percebi que algo estava acontecendo, e depois de forma tão definitiva que não tive chance de impedir.

Eu me sentei em um dos sofás, e o Nathaniel tirou uma coisa de uma gaveta da mesa de canto: uma caixinha de veludo preto, mais ou menos do tamanho de uma bola de golfe.

"O que é?", perguntei, daquele jeito idiota que as pessoas fazem quando ganham um presente, e ele sorriu. "Abre e vê", ele disse, então eu abri.

Dentro da caixa estava o anel do Aubrey. Eu o tirei da caixa, sentindo seu peso na mão, percebendo que o ouro era morno. Abri a tampa da pérola, mas não havia nada dentro.

"E aí?", perguntou o Nathaniel, num tom amistoso. Ele se sentou ao meu lado.

"E aí que…", eu disse.

"Ele disse que achava que esse anel era a coisa que você mais odiava nele", Nathaniel disse, mas de maneira serena, e eu olhei para ele, surpreso. "Ah, sim", ele continuou. "Ele sabia que você odiava ele."

"Eu não odiava o Aubrey", eu disse, sem convicção.

"Odiava, sim", o Nathaniel afirmou. "Você só não queria admitir a si mesmo."

"Mais uma coisa que o Aubrey sabia e eu não", eu disse, tentando em vão não parecer sarcástico, mas o Nathaniel só deu de ombros.

"Enfim… agora é seu", ele disse.

Coloquei o anel no meu mindinho esquerdo e levantei a mão para ele ver. Eu ainda usava minha aliança de casamento, e ele passou a mão nela, de leve. Ele tinha deixado de usar a dele anos atrás.

Nesse momento, senti que eu poderia ter me aproximado e dado um beijo nele, e que ele teria deixado. Mas eu não o fiz, e ele, como se também sentisse isso, se levantou de repente.

"Olha, quando o David chegar, quero que você não seja só educado, mas que tente apoiá-lo, tá?", ele disse, num tom burocrático.

"Eu sempre apoio o David", eu disse.

"Charles, é sério", ele disse. "Ele vai te apresentar uma… uma pessoa amiga, que é muito importante pra ele. E vai contar uma… uma novidade."

"Ele vai voltar a estudar?", perguntei, só de pirraça. Até eu sabia a resposta. O David nunca mais ia voltar a estudar.

Ele ignorou a provocação. "Só me promete", ele disse. Em seguida, em mais uma mudança de humor repentina, ele voltou a se sentar ao meu lado. "Acho horrível que a relação de vocês esteja assim." Eu não falei nada. "Mas, apesar dos pesares, você ainda é o pai dele", ele disse.

"Fala isso pra ele."

"Eu falo. Mas A Luz é importante pra ele."

"Ai, meu Deus", eu disse. Eu estava torcendo para conseguirmos conversar sem ninguém falar sobre A Luz.

Nesse momento, a câmara de descontaminação fez um barulho, e o David apareceu, e atrás dele vinha uma mulher. Eu me levantei e nós nos cumprimentamos com um aceno. "Olha, David", eu disse, e lhe mostrei o anel, e ele grunhiu e sorriu ao mesmo tempo. "Legal, paizão", ele disse. "Então no fim você conseguiu o que tanto queria." Esse comentário me doeu, mas eu não disse nada. De qualquer forma ele tinha razão: eu havia conseguido.

Nossa relação estava numa fase mais calma, ou seja, tínhamos dado uma trégua, mesmo que não falássemos abertamente sobre isso. Eu não o alfinetava a respeito da Luz e ele não fazia provocações sobre o meu trabalho. Mas esse acordo durava não mais que uns quinze minutos, e só se tivéssemos outro assunto: não quero parecer insensível, mas a morte do Aubrey ajudou muito nesse sentido. Sempre tínhamos que repassar as informações sobre a quimioterapia, monitorar o ânimo e o consumo de água, e discutir como estava o controle da dor. E eu tinha ficado comovido — comovido e, tenho que admitir, um pouco enciumado — quando vi o cuidado, a gentileza, com que o bebê tratou o Aubrey em seus últimos meses de vida: a forma como ele colocava uma compressa fria na cabeça dele, como ele pegava em sua mão, como falava com ele de um jeito que muitas pessoas não conseguem falar com quem está morrendo, um papo tranquilo, sem condescendência, que de fato parecia dirigido ao Aubrey, embora fosse evidente que ele não precisava responder. Ele tinha um dom para ajudar as pessoas que estavam morrendo, um dom raro e valioso que ele poderia ter aproveitado de muitas maneiras.

Por um momento, todos ficamos ali em pé, e então o Nathaniel, que sempre precisava desempenhar o papel de negociador, de mediador, disse: "Ah! E Charles… Essa é a Eden, amiga do David".

Ela era mais velha, devia ter trinta e poucos anos, pelo menos dez a mais que o bebê, uma coreana de pele clara com o mesmo corte de cabelo ridículo que o David estava usando. Tinha tatuagens que desciam pelos braços e subiam pelo pescoço; as costas das mãos eram pontilhadas com estrelinhas minúsculas que depois eu descobriria que formavam constelações — ela tinha tatuado a mão esquerda com as constelações que aparecem na primavera no hemisfério norte; a direita, com as constelações da primavera do hemisfério sul. Ela não era exatamente bonita — o cabelo, as tatuagens e as sobrancelhas exageradas, feitas com uma tinta tão grossa que pareciam uma pintura em alto-relevo, tinham cumprido sua missão —, mas tinha seu charme: parecia uma serpente, uma coisa esguia, feroz, sensual.

Nós nos cumprimentamos com um aceno. "Prazer, Eden", eu disse.

Eu não sabia se ela estava fazendo uma expressão cínica ou se seu sorriso era daquele jeito. "Igualmente, Charles", ela disse. "O David me falou muito de você." Ela disse isso com um tom sugestivo, mas eu preferi não reagir.

"Fico feliz", respondi. "Ah, e pode me chamar de Charles."

"Charles", Nathaniel me repreendeu, mas o David e a Eden só se entreolharam e sorriram, os mesmos sorrisinhos meio cínicos. "Eu te falei", David disse a ela.

O Nathaniel tinha pedido comida — pão sírio e *mezze* — e fomos até a mesa. Eu tinha levado uma garrafa de vinho, e o David, o Nathaniel e eu o bebemos; a Eden disse que preferia beber água.

Começamos a conversar. Eu sabia que todos nós estávamos tomando muito cuidado, e por consequência a conversa ficou muito chata. A situação não foi grave a ponto de falarmos da previsão do tempo, mas também não foi muito melhor que isso. A essa altura a lista de assuntos que eu era proibido de discutir com o David era muito longa, então era mais fácil me lembrar daqueles que eu podia propor sem nos levar a um território perigoso: agricultura orgânica, cinema, robótica, pães de fermentação natural. Me peguei sentindo saudade do Aubrey, que sempre sabia nos conduzir e nos devolver ao caminho certo se alguém enveredasse pelos temas proibidos.

Nesse momento pensei, como muitas vezes fazia durante essas conversas, que o David ainda era uma criança, e era isso — o entusiasmo com que ele falava dos assuntos que o inspiravam, a forma como sua fala se acelerava e sua voz ficava mais aguda — que me levava a querer que ele tivesse feito faculdade. Lá ele teria encontrado a turma dele e ia se sentir menos sozinho. Talvez ele até tivesse se tornado menos estranho, ou pelo menos encontrado pessoas com quem não se sentisse nem um pouco estranho. Eu conseguia imaginá-lo numa sala cheia de gente jovem, todos empolgados com alguma coisa — eu conseguia imaginá-lo pensando que enfim tinha encontrado o lugar dele. Mas não, o lugar que ele tinha escolhido era A Luz, que, graças a você, agora posso ficar monitorando obsessivamente a hora que eu quiser, mas raramente tenho vontade. Houve uma época em que eu queria saber tudo o que o David estava fazendo e pensando — agora só quero não saber, fingir que a vida do meu filho, as coisas que o fazem feliz, não existem.

Mas quem eu estava observando mesmo era a Eden. Ela estava numa das pontas da mesa, com o David à esquerda, e ficava olhando para ele com um carinho um pouco vaidoso, como uma mãe olharia para o filho rebelde, mas genial. David não a mencionava no monólogo dele, mas de vez em quando olhava para ela, e ela assentia, rapidamente, quase como se ele estivesse declamando frases ensaiadas e ela confirmasse que ele tinha acertado. Percebi que ela tinha comido muito pouco — nem sequer tocara no pão sírio; havia uma marca pequena na colherada de homus que ela tinha servido, mas todo o resto permanecia intacto, endurecendo no prato. Nem o copo d'água ela tinha bebido, e a rodela de limão afundava.

Por fim, quando o bebê parou de falar por um instante, o Nathaniel mudou de assunto. "Antes de eu ir buscar a sobremesa", ele disse, "David, você não quer contar a novidade para o seu pai?"

O bebê pareceu tão constrangido que eu soube que não ia gostar de saber a novidade, fosse ela o que fosse. Então, antes que ele pudesse começar a falar, me virei para a Eden. "Como vocês se conheceram?", perguntei.

"Numa reunião", ela respondeu. Ela falava de um jeito vagaroso, quase lânguido, prolongando um pouco as vogais.

"Uma reunião?"

Ela me olhou com desdém. "Da Luz", ela completou.

"Entendi", eu disse, sem olhar para o Nathaniel. "A Luz. E o que você faz?"

"Sou artista", ela falou.

"A Eden é uma artista incrível", David disse, empolgado. "Ela faz o design de todos os nossos sites, todas as nossas campanhas… tudo. Ela é talentosa demais."

"Acredito", eu disse, e, embora eu tivesse me esforçado para não ser sarcástico, ela deu um sorrisinho falso mesmo assim, como se eu tivesse sido e como se fosse eu, e não ela, o alvo do meu próprio sarcasmo. "Vocês estão juntos há quanto tempo?"

Ela fez um leve movimento com o ombro esquerdo. "Nove meses, mais ou menos." Ela olhou para o bebê e lançou um daqueles meio sorrisos dela. "Eu vi o David e tive que pegar ele pra mim." O bebê ficou vermelho, constrangido e lisonjeado, e ela sorriu um pouco mais enquanto olhava para ele.

Nesse momento o Nathaniel interrompeu de novo a conversa. "O que nos leva à novidade que o David vai contar", ele disse. "David?"

"Com licença", eu disse, e me levantei depressa, ignorando o olhar fixo do Nathaniel, e fui correndo para o pequeno lavabo que ficava debaixo da escada. O Aubrey sempre contava que aquele tinha sido o cenário de muitos boquetes de fim de noite entre convidados de seus jantares quando ele era mais novo, mas fazia tempo que tinham colocado um papel de parede com uma estampa de rosas negras meio exagerado que sempre me fazia pensar num prostíbulo da Era Vitoriana. Ali, eu lavei as mãos e respirei fundo. O bebê ia me contar que ia se casar com aquela mulher esquisita e estranhamente sedutora, velha demais pra ele, e era meu dever manter a calma. Não, ele não estava pronto pra se casar. Não, ele não tinha emprego. Não, ele não tinha saído da casa do pai dele. Não, ele não tinha estudado. Mas não cabia a mim dizer nada; na verdade, o que eu pensava era não só irrelevante como indesejado.

Depois de chegar a essa conclusão, voltei para o meu lugar à mesa. "Me desculpem", falei para todos eles. E em seguida para o David: "Me conta a sua novidade, David".

"Então", disse o David, parecendo um pouco envergonhado. Mas em seguida ele desembuchou: "A Eden está grávida".

"*Quê?*", perguntei.

"De catorze semanas", Eden disse, e se recostou na cadeira, e aquele meio sorriso estranho atravessou seu rosto. "O bebê nasce em quatro de setembro."

"Ela não sabia se queria", o bebê continuou, agora mais animado, quando a Eden o interrompeu.

"Mas aí eu pensei" — ela deu de ombros —, "por que não? Eu tenho trinta e oito anos; não tenho todo o tempo do mundo."

Ah, Peter, você deve imaginar o que eu poderia ter dito, talvez até o que deveria ter dito. Mas não. Fazendo tanto esforço que comecei a suar, eu me se segurei, fechei os olhos, joguei a cabeça para trás e não disse nada. Quando os abri — sabe lá quanto tempo depois — todos estavam olhando para mim, não com deboche, mas com curiosidade, talvez até com um pouco de receio, como se tivessem medo de eu explodir, literalmente.

"Entendi", eu disse, da maneira mais neutra que consegui. (E também: trinta e oito anos?! O David tinha só vinte e quatro, e era mais imaturo que a média, inclusive.) "E aí vocês três vão morar aqui, com o seu pai?"

"Três?", perguntou o David, e em seguida sua expressão voltou ao normal. "Ah, verdade. O bebê." Ele levantou um pouco o queixo, sem saber se essa pergunta era uma provocação ou só uma pergunta. "É, acho que sim. Sei lá, espaço não falta."

Mas nesse momento Eden fez um som que era quase um grunhido, e todos nós olhamos para ela. "*Eu* não vou morar aqui", ela disse.

560

"Ah…", disse o bebê, abatido.

"Sem querer ofender", ela disse, talvez para o David, talvez para o Nathaniel, talvez até para mim. "É que eu preciso do meu espaço."

Houve um momento de silêncio. "Bom, parece que vocês dois têm muito a conversar", eu disse, e o David me lançou um olhar cheio de ódio, tanto porque eu tinha razão quanto porque eu o tinha visto sendo humilhado.

Depois disso, me pareceu que eu não tinha mais aonde ir no plano da conversa sem causar algum conflito, então avisei que iria embora, e ninguém me impediu. Consegui me obrigar a dar um abraço no David, embora os dois estivéssemos tão travados que foi mais uma sacudida do corpo, e depois também tentei abraçar a Eden, sentindo seu corpo magro e meio masculino duro sob os meus braços.

O Nathaniel saiu comigo. Quando estávamos no patamar, ele disse: "Antes que você diga qualquer coisa, Charles, quero que você saiba que eu concordo".

"Nate, isso é uma loucura", eu disse para ele. "Ele mal conhece essa pessoa! Ela tem praticamente quarenta anos! A gente sabe alguma coisa sobre essa mulher?"

Ele suspirou. "Eu perguntei pra… pra um amigo meu, e ele disse…"

"O amigo do Ministério da Justiça?"

Ele suspirou de novo, e em seguida olhou para cima. (Hoje em dia ele raramente me olha nos olhos.) "É, o amigo do Ministério da Justiça. Ele foi atrás de informações e disse que a gente não precisa se preocupar. Ela é um membro intermediário, uma tenente da organização, e veio de uma família de classe média de Baltimore, fez graduação em artes, não tem antecedentes criminais relevantes."

"Ela parece maravilhosa", eu disse, mas ele não respondeu. "Nate", eu disse, "você sabe que é você quem vai cuidar desse bebê, né? Você sabe que o David não vai dar conta sozinho."

"Bom, ele vai ter a Eden e…"

"Eu também não contaria com ela."

Ele suspirou de novo. "Tá, pode ser que isso acabe acontecendo", ele admitiu.

Eu me perguntei, como tantas vezes fazia, quando o Nathaniel tinha se tornado uma pessoa tão passiva. Ou talvez não passiva — criar um filho não tem nada de passivo —, mas conformada. Foi quando eu trouxe os dois pra cá? Foi quando o bebê começou a se rebelar? Foi quando ele perdeu o emprego? Foi quando o Norris morreu, ou quando o Aubrey morreu? Foi quando nosso filho entrou para um grupo insurgente pouco relevante? Ou foram os anos que ele tinha passado morando comigo? Tive vontade de dizer "Bem, você fez um ótimo trabalho criando um filho da primeira vez", mas depois me dei conta de que a única pessoa que essa frase incriminava era eu mesmo.

Então eu não disse nada. Em vez disso, ficamos olhando o Parque. As escavadeiras tinham voltado, e expulsaram dali a última versão da favela de sempre — havia um soldado a postos em cada entrada, para garantir que ninguém entraria para refazer os barracos. Lá no alto, o céu estava branco graças aos holofotes.

"Não sei como vocês dormem com tanta luz", eu disse, e ele deu de ombros, mais uma vez resignado.

"Todas as janelas que dão para o Parque foram fechadas, de qualquer forma", ele disse, e se virou para mim. "Fiquei sabendo que vão fechar os campos de refugiados."

Foi minha vez de dar de ombros. "Mas o que vai acontecer com toda aquela gente?", ele perguntou. "Pra onde essas pessoas vão?"

"Por que você não pergunta para o seu amigo no Ministério da Justiça?", perguntei, sendo infantil.

Ele suspirou. "Charles", ele disse, num tom cansado, "só estou tentando puxar assunto."

Mas eu não sabia para onde os refugiados iriam. O movimento de pessoas era tão grande — indo para os hospitais e saindo deles; indo para os campos de quarentena e para os crematórios e para os túmulos e para as prisões — que eu já não conseguia mais acompanhar onde qualquer grupo estava em determinado momento.

Mas, acima de tudo, pensei que a pior parte no fato de o David trazer uma criança para o mundo não era nem sua possível inadequação como pai. Era o próprio fato de criar uma nova vida. As pessoas fazem isso toda hora, claro — e a gente precisa que elas façam. Mas por que alguém faria isso por diversão? Ele decidiu passar a vida tentando destruir o país e a forma como ele funciona. Então por que ele colocaria um bebê pra viver aqui? Quem poderia querer que uma criança crescesse nesta época, neste lugar? Fazer um bebê agora exige uma crueldade muito especial, porque sabemos que esse bebê vai herdar e habitar um mundo sujo, adoecido, injusto e difícil. Então por que alguém faria isso? Isso é ter respeito pela vida?

Com amor,
Charles

5 de setembro de 2064
Meu Peter querido,

Não é isso que eu esperava escrever com a idade que eu tenho, mas... virei avô. A Charlie Keonaonamaile Bingham-Griffith nasceu em 3 de setembro de 2064, às 5h58 da manhã, com três quilos e duzentos gramas.

Antes que eu começasse a ficar lisonjeado, logo se esclareceu que a bebê tinha ganhado esse nome não por minha causa, mas em homenagem à (falecida) mãe da Eden, que tinha esse apelido. É um nome de menina bonita, mas ela não é uma menina bonita. Ela tem um queixo pequeno, um nariz de batata e olhos pequenos e puxados.

Mas eu adoro ela. Acabaram me deixando entrar no quarto da mãe naquela manhã, e acabaram me deixando segurar a bebê. O David ficou em cima de mim, falando coisas como "Segura a cabeça, paizão. Tem que segurar a cabeça!", como se eu nunca tivesse pegado um bebê no colo, e nunca tivesse pegado ele no colo. Mas a encheção de saco dele não me incomodou — me comoveu, na verdade, vê-lo cuidando tanto de outra pessoa, vê-lo tão vulnerável, ver a ternura com que ele segurava a filha.

Agora que a bebê está aqui, restam muitas perguntas sem resposta, inclusive se a Eden vai se mudar para a casa de Washington Square, no final das contas, ou se vai continuar na casa dela no Brooklyn. E quem vai criar a Charlie, já que a Eden avisou que não vai abrir mão do "trabalho" dela com A Luz, enquanto o David, convencional como só os jovens são, acha que eles precisam se casar e morar juntos.

Mas, por enquanto, é a hora de nós quatro ficarmos juntos. (Com a Eden também, é claro.) Ela é de longe a melhor coisa que o David fez na vida, mas antes que você me entenda mal eu já esclareço que ela é a melhor coisa que ele poderia fazer na vida. Minha Charliezinha.

Enfim, é isso. Ainda tenho um pouco de pé atrás, mas fico feliz em saber que o Olivier está de volta. E é claro que estou anexando mais ou menos umas cem fotos.

Te amo,
C.

21 de fevereiro de 2065
Meu querido Peter,

Uma das qualidades do Nathaniel que mais aprendi a valorizar é como ele se sente responsável pelas pessoas que julga menos capazes. Antigamente isso me incomodava. Eu, por exemplo, que era considerado capaz, não era visto como alguém que pudesse precisar de ajuda, de atenção ou tempo. Mas seus alunos, e depois, quando ele saiu da escola, o Norris, o Aubrey e o David tinham sido classificados como vulneráveis, e portanto mereciam seu cuidado.

Mesmo depois de herdar sua parte dos bens de Aubrey, ele continuou encontrando seus dois ex-alunos, Hiram e Ezra, aqueles meninos de que uma vez te falei, que sobreviveram à doença de 50 e depois nunca mais puderam sair de casa. Quando eles completaram doze anos, a mãe deles contratou uma nova equipe de professores particulares, que pudessem ensinar álgebra e física, mas o Nathaniel continuou atravessando a ponte quase toda semana para visitá-los. Depois, quando a Charlie chegou, ele começou a fazer chamadas de vídeo com os meninos, porque estava muito ocupado cuidando dela.

Como eu previa, é o Nathaniel quem cuida da Charlie a maior parte do tempo. Também há uma babá, mas na verdade é ele quem faz tudo: a agenda do David é imprevisível, e a da Eden mais ainda. Acho que eu deveria acrescentar (como o Nathaniel sempre faz) que quando o David *está presente* ele trata a bebê com muito carinho. Mas o que importa, no fundo, não é estar *sempre* presente, mostrar consistência? Não sei se um bom comportamento vale tanto quanto a constância. Quanto à Eden: olha, não vou dizer nada. Nem sei se ela e o David ainda estão juntos, só sei que o David ainda é apaixonado por ela. Mas ela não demonstra quase nenhum interesse pela própria filha. Uma vez ela tinha me dito que queria viver a "experiência" da gravidez, mas parece que ela não queria, ou sequer levou em conta, a experiência de criar um filho. Este mês, por exemplo, ela só veio aqui duas vezes, e nunca quando o David está em casa. O Nathaniel sempre se oferece para levar a bebê para ela, mas ela sempre dá uma desculpa: ou está muito ocupada, ou a casa dela é perigosa, ou ela está ficando gripada. Aí o Nathaniel volta a oferecer um andar da casa, ou pelo menos dinheiro para reformar o apartamento dela, e depois percebe que as duas opções a incomodam, e ela recusa ambas as coisas.

Na semana passada, o Nathaniel me perguntou se eu poderia ir até a casa dos Holson para visitar os meninos — eles não tinham aparecido para as duas últimas chamadas de vídeo e não estavam atendendo as ligações dele, nem respondendo suas mensagens. "Que história é essa?", eu perguntei a ele. "Por que *você* não vai lá?"

"Não posso", ele respondeu. "A Charlie está com tosse e preciso ficar aqui com ela."

"Tá, então por que eu não fico com a Charlie pra você ir?", perguntei. Eu sempre quero ficar com a bebê: todas as noites livres que tenho vou lá passar com ela.

"Charles", ele disse, passando a bebê de um ombro para o outro, "faz esse favor pra mim, tá? Além disso, se houver algum problema talvez você possa ajudá-los."

"Eu não sou médico", lembrei a ele, mas discutir era inútil, de fato. Eu tinha que ir. Não sei como, mas eu e o Nathaniel acabamos criando uma relação mais parecida com um casamento do que quando éramos casados. Isso acontece, em grande parte, por causa da bebê — a sensação é de que estamos revivendo o começo da nossa vida juntos, com a diferença de que agora os dois já sabemos até que ponto o outro nos decepcionou e não estamos mais esperando pra descobrir.

Então, depois da minha última reunião da segunda-feira, fui de carro até Cobble Hill. Eu tinha visto os meninos pela última vez cinco anos antes, quando os pais (ou melhor, a mãe; o sr. Holson, o pai ausente, estava ausente como sempre) tinham feito uma festa de despedida atrasada para o Nathaniel — uma despedida porque ele não faria mais parte da vida do Hiram e do Ezra como professor, é claro. Na ocasião os gêmeos estavam com treze anos, mas pareciam ter nove ou dez. Eles foram muito gentis e distribuíram peda-

565

ços de bolo para mim, para o Nathaniel, para a empregada e para a mãe deles — todos estávamos com o traje de proteção completo porque os meninos tinham dificuldade de respirar usando o deles — antes de enfim pegar as fatias para si mesmos. Os meninos eram proibidos de comer açúcar, o Nathaniel disse que a sra. Holson tinha medo de que causasse inflamação interna (seja lá o que isso significa), mas não houve dúvida de que o bolo, que era levemente doce por conta do purê de maçã que tinha sido misturado à massa, era uma guloseima especial para eles. Eles responderam às minhas perguntas com aquelas vozes agudas e anasaladas, e quando a sra. Holson lhes disse para buscar o cartão que tinham feito para o Nathaniel, eles saíram correndo juntos com o mesmo jeito rígido de pisar, e os ventiladores mecânicos dos dois balançavam junto à lombar.

Quando o Nathaniel me contou o que a sra. Holson planejava para a educação dos meninos, achei a ideia muito peculiar, talvez até cruel. Sim, era possível que os meninos um dia fizessem uma faculdade pela internet e conseguissem um diploma. Talvez até conseguissem ter um emprego, trabalhando lado a lado como engenheiros ou programadores, diante de telas idênticas. Mas o enigma de como a vida deles seria — dentro de casa para sempre, tendo apenas um ao outro e à mãe como companhia — sempre tinha me incomodado.

Não posso dizer que ver os dois me fazia mudar de opinião. Mas eu entendia, sim, que, embora a mãe os tivesse preparado para um mundo em que eles nunca viveriam — e isso ficava evidente nos bons modos, na capacidade de olhar nos olhos, na facilidade para conversar: coisas que nós nunca tínhamos conseguido ensinar direito ao David, isso eu admitia —, ela também os ensinara a aceitar os limites e as restrições de suas vidas. Quando um deles, Hiram ou Ezra (eu ainda não conseguia saber quem era quem), me disse: "O Nathaniel contou que você acabou de voltar da Índia", eu tive que me segurar para não responder sem pensar: "Sim, e vocês já foram?". Em vez disso, eu disse que tinha mesmo ido, e o outro gêmeo suspirou e disse: "Ah, deve ter sido fantástico!". Era a resposta correta, e resposta mais educada (um pouquinho antiquada, talvez), mas não havia desejo nela, nem inveja. Depois de conversarmos mais, percebi que eles sabiam bastante coisa sobre a história do país e sobre os atuais desastres políticos e epidemiológicos, mesmo que parecessem insinuar que sabiam que nunca veriam essas coisas com os próprios olhos; eles tinham conseguido conhecer o mundo e ao mesmo tempo aceitar que nunca fariam parte dele. Mas muitos de nós somos assim: sabemos que a Índia existe, mas nunca vamos fazer parte da Índia. O que era perturbador e surpreendente nesses meninos era que para eles o *Brooklyn* era a Índia. Cobble Hill era a Índia. O jardim dos fundos da casa, que eles viam da janela do quarto de brinquedos, que tinha sido transformado num quarto de estudos, era a Índia — lugares de cuja existência eles tomariam conhecimento, mas que nunca visitariam.

E mesmo assim, por mais comportados que fossem, por mais inteligentes que fossem, eu sentia pena deles. Pensei no David quando tinha quinze anos, quando era expulso de uma escola depois da outra, as linhas tão bonitas que o corpo dele fazia quando ele tentava fazer uma manobra de skate, a forma como ele se levantava quase na mesma hora quando caía no chão, a estrelinha que ele fazia com uma mão só no gramado de Washington Square, a forma como a pele dele parecia cintilante no sol.

Os meninos deviam estar com quase dezoito anos a essa altura, e quando bati à porta da casa, pensei, como muitas vezes pensava, na minha Charlie. *Que esteja tudo bem com eles*, pensei, *porque se eles estiverem bem, minha Charlie também vai ficar bem*. Mas também pensei: *se aconteceu alguma coisa com eles, não vai acontecer nada com ela*. Nada disso fazia sentido nenhum, claro.

Ninguém atendeu, então inseri no teclado o código que o Nathaniel havia me dado e entrei na casa. No segundo em que a câmara de descontaminação se abriu eu soube que alguém tinha morrido ali. Esses novos capacetes deixavam todos os cheiros mais fortes, e eu tirei o meu e puxei minha blusa para cobrir o nariz e a boca. A casa estava escura, como sempre. Não havia nenhum som, nenhum movimento, só aquele fedor.

"Frances!", eu gritei. "Ezra! Hiram! É o Charles Griffith... O Nathaniel me pediu para vir aqui. Oi?"

Mas ninguém respondeu. Havia uma porta que separava o hall de entrada do resto do segundo andar, e eu a abri e quase vomitei. Entrei na sala. Por um tempo não vi nada, e de repente ouvi um som fraco, um zunido, e vi que havia uma nuvem pequena, mas densa, flutuando sobre o sofá. Quando me aproximei, a nuvem revelou-se um enxame de moscas pretas que estavam zumbindo e voando num redemoinho. Elas estavam voando ao redor do corpo de uma mulher, Frances Holson, encolhida, morta por pelo menos duas semanas, talvez mais.

Eu me afastei, com o coração batendo forte. "Meninos!", gritei. "Hiram! Ezra!" Mas mais uma vez ficou tudo em silêncio.

Continuei andando pela sala. Então ouvi outro som, um farfalhar muito fraco. No fim do cômodo vi alguma coisa se mexer, e quando cheguei mais perto vi que era um plástico transparente que cobria toda a porta que separava a sala da cozinha, e que isolava a cozinha do resto da casa. Duas janelas haviam sido recortadas perto do lado inferior direito do plástico: em uma havia duas luvas de plástico penduradas, voltadas para a sala, e a outra era só um retângulo. Era essa janela que tinha se soltado e estava balançando na brisa que entrava por algum lugar que eu não via.

Observei a cozinha através do plástico. A primeira coisa que pensei foi que aquilo parecia a toca de algum bicho: de um esquilo, por exemplo, ou de uma marmota. As cortinas da cozinha estavam fechadas, e todas as superfícies estavam cobertas. Eu abri a parede de plástico e entrei na cozinha, e ali também havia um cheiro de podridão, mas o cheiro não era de origem animal, e sim vegetal. Os balcões estavam abarrotados de pratos, panelas, frigideiras e pilhas de livros didáticos. Na pia, havia mais panelas submersas numa gosma oleosa, como se alguém tivesse tentado limpá-las e desistido no meio. Ao lado da pia havia duas tigelas de sopa, duas colheres e duas canecas, todas limpas. Havia sacos de lixo transbordando para todos os lados que você olhasse, e quando me obriguei a abrir um deles vi que lá dentro não havia membros humanos picados, mas restos de cenoura e farelos de pão, tão podres que tinham ficado líquidos, e saquinhos de chá que pareciam chupados. O cesto de lixo reciclado estava transbordando, uma paródia de uma cornucópia. Peguei uma lata de grão de bico e percebi que a parte interna não só estava vazia como tinha sido esvaziada com tanto cuidado que chegava a brilhar. A lata seguinte estava igual, e a outra também.

No centro do piso, separados por cerca de meio metro, com mais uma pilha de livros servindo de divisória, sobre as quais estavam dois laptops, havia dois sacos de dormir, cada um com um travesseiro e — um detalhe que mexeu comigo — um ursinho de pelúcia acomodado debaixo da primeira camada de cada saco, a cabeça encostada no travesseiro, os olhos pretos fitando o teto. Ao redor dessa área de dormir havia um caminho livre que levava a um banheiro, no qual havia dois ventiladores mecânicos ligados na tomada; havia dois copos na beira da pia, e duas escovas de dente, e um tubo de pasta, ainda quase inteiro. O banheiro levava a uma lavanderia, e ali também nada parecia fora de lugar: os armários estavam cheios de toalhas e papel higiênico e lanternas e baterias e sabão em pó; um jogo de fronhas e duas calças jeans de tamanho infantil ainda estavam na secadora.

Voltei para a cozinha e atravessei a bagunça para chegar ao meio do cômodo, onde olhei ao redor, pensando no que deveria fazer em seguida. Liguei para o Nathaniel, mas ele não atendeu.

Então fui até a geladeira para pegar alguma coisa para beber, e dentro dela não havia nada. Nem uma garrafa de suco, nem um vidro de mostarda, nem uma folha de alface esquecida no fundo de uma gaveta. No freezer também: nada. E aí um desespero me invadiu e eu comecei a abrir todos os armários, todas as gavetas: nada, nada, nada. Não havia nada que fosse comestível naquela cozinha, nem nada — farinha, fermento — que alguém pudesse usar para fazer algo comestível. Era por isso que as latas estavam tão limpas: eles tinham lambido tudo o que podiam até a última gota. Era por isso que a cozinha estava tão bagunçada: eles tinham revirado tudo procurando comida.

Eu não sabia por que eles tinham se isolado — ou, o que era mais provável, por que a mãe deles tinha isolado os dois — na cozinha, mas sabia que deveria ter sido por proteção. Porém, quando a comida acabou, entendi que eles teriam saído e explorado a casa toda, procurando mais.

Saí correndo da cozinha e subi a escada. "Ezra!", eu gritei. "Hiram!" O quarto dos pais ficava no segundo andar, e também estava todo revirado: calcinhas, cuecas, meias e camisetas masculinas penduradas para fora das gavetas, como se o armário as tivesse vomitado; sapatos espalhados para fora do closet.

No terceiro andar, o mesmo padrão: gavetas esvaziadas, armários bagunçados. Só o escritório dos meninos estava tão organizado quanto era na minha memória — eles deviam conhecê-lo a fundo; não precisariam procurar o que sabiam não estar ali.

Nesse momento eu parei, tentando me acalmar. Liguei e mandei mensagens para o Nathaniel de novo. E quando estava esperando o Nathaniel atender olhei pela janela e vi, lá embaixo, dois corpos deitados de bruços no jardim dos fundos da casa.

Eram os meninos, claro. Estavam usando casacos de lã, embora estivesse muito calor para usar lã. Eles estavam bem magros. Um deles, Hiram ou

Ezra, tinha inclinado a cabeça para ficar de frente para o irmão, cujo rosto estava grudado no pavimento. Os ventiladores ainda estavam presos às calças dos dois, os compartimentos de oxigênio esvaziados havia muito tempo. E embora fizesse calor as pedras estavam frias, e isso tinha ajudado a conservar os corpos até certo ponto.

Fiquei lá até a equipe de médicos-legistas chegar, contei o que sabia e depois voltei para a casa para contar ao Nathaniel, que não aceitava a notícia. "Por que eu não fui lá antes?", ele gritou. "Eu sabia que tinha alguma coisa errada, eu *sabia*. Onde estava a empregada? Onde estava o pai deles, *caralho*?"

Eu perguntei algumas coisas; argumentei que podia ser uma questão de saúde pública, e solicitei que fizessem uma investigação completa o mais rápido possível. Hoje recebi o relatório que detalha o que aconteceu, ou pelo menos o que se pensa que aconteceu: a teoria é que, cerca de cinco semanas atrás, Frances Holson tenha apresentado uma "patologia desconhecida". Ela, ao perceber que a doença era contagiosa, isolou os meninos na cozinha e pediu que a empregada fosse até a casa para levar comida. Na primeira semana, pelo menos, ela foi. Mas, à medida que o estado de Frances foi piorando, a empregada ficou com medo de voltar. Supõe-se que Frances tenha ido para o andar de baixo para ficar mais perto dos meninos, e dado a eles o resto da comida que tinha separado para si mesma, entregando-a a eles com as luvas estéreis por uma das janelas recortadas no plástico. Os meninos provavelmente a viram morrer, e depois precisaram seguir a vida tendo visto o cadáver da mãe por pelo menos mais duas semanas. Supõe-se que eles tenham resolvido sair para procurar comida cerca de cinco dias antes de eu os encontrar, saindo pela porta da cozinha e descendo a escada de metal para chegar ao jardim. O Hiram — aquele que estava com o rosto no chão — tinha morrido antes; supunha-se que o Ezra, que tinha virado a cabeça para ficar de frente para o irmão, teria morrido um dia depois.

Mas ainda havia detalhes que não sabíamos, e talvez nunca soubéssemos: por que eles — Frances, Hiram, Ezra — não tinham telefonado pra ninguém? Por que os professores não tinham visto a bagunça na cozinha nas videoaulas e perguntado se eles precisavam de ajuda? Eles não tinham parentes para quem pudessem ligar? Não tinham amigos? Como a empregada havia deixado pessoas tão vulneráveis sozinhas naquela casa? Por que Frances não tinha pedido mais comida? Por que os meninos não tinham pedido? Será que eles pegaram o vírus desconhecido da Frances? Eles não teriam morrido de fome em uma semana, nem em duas. Será que tinha sido o choque de sair da casa? Ou o sistema imunológico deles estava muito frágil? Ou algo sem nome científico: tinha sido desespero? Falta de esperança? Medo? Ou tinha sido uma espécie de entrega, o ato de desistir da vida — porque não havia dúvida de que eles poderiam ter conseguido ajuda, não? Eles podiam se comunicar com o mundo externo: por que não tinham se esforçado mais, a não ser que já estivessem cansados da própria vida, de estar vivos?

E acima de tudo: *onde* estava o desgraçado do pai deles? A equipe do Ministério da Saúde conseguiu localizá-lo, a um quilômetro e meio dali, em Brooklyn Heights, onde tudo indicava que ele vinha morando pelos últimos cinco anos com sua nova família — a nova esposa, com quem ele tinha começado a ter um caso sete anos atrás, e seus dois novos filhos, de cinco e seis anos, ambos saudáveis. Ele disse para os investigadores que sempre verificava se o Hiram e o Ezra estavam sendo bem cuidados, que mandava dinheiro para a Frances todos os meses. Mas quando perguntaram a que funerária ele queria que seus filhos fossem mandados depois da autópsia, ele balançou a cabeça. "Pode ser o crematório municipal", ele disse. "Eles morreram há muito tempo." E depois fechou a porta.

Não contei nada disso para o Nathaniel. Ele ia ficar triste demais. Eu fiquei triste. Como alguém era capaz de rejeitar os próprios filhos daquele jeito, como se eles simplesmente não existissem? Como era possível que um pai fosse tão indiferente?

Ontem à noite, fiquei acordado pensando nos Holson. Por mais que eu me sentisse mal pelos meninos, eu me sentia ainda pior pela Frances: ela tinha criado os dois com tanto cuidado, com tanta vigilância, e no fim eles morreram de desespero. Quando estava quase pegando no sono, eu me perguntei se os meninos não tinham pedido a ajuda de ninguém por um motivo muito simples: eles queriam ver o mundo. Imaginei os dois dando as mãos e saindo pela porta, descendo os degraus e chegando ao quintal. Lá eles teriam ficado em pé, de mãos dadas, sentindo o cheiro do ar e olhando as copas das árvores ao redor deles, boquiabertos, maravilhados, e nesse momento a vida deles teria se tornado lindíssima — pelo menos uma vez —, ainda que estivesse prestes a acabar.

Com amor,
Eu

19 de abril de 2065
Meu querido Peter,

Me desculpe por não ter entrado em contato. Sei que já faz semanas. Mas acho que você vai entender quando eu contar o que aconteceu.

A Eden foi embora. E com "foi embora" não quero dizer que ela sumiu uma noite dessas e deixou só um bilhetinho. A gente sabe onde ela está — no apartamento dela em Windsor Terrace, fazendo as malas, teoricamente. Com "foi embora" eu quero dizer que ela só não quer mais ser mãe. E foi assim mesmo que ela disse: "Acho que eu não levo jeito pra ser mãe".

Não há muito mais a dizer, e não há muito mais motivo para se surpreender. Desde que a Charlie nasceu, acho que vi a Eden umas seis vezes. Eu não moro na casa, isso é verdade, então é possível que ela estivesse indo até lá não só no Dia de Ação de Graças, no Natal e no Ano-Novo e em datas assim, mas, levando em conta como o Nathaniel sempre ficou ansioso perto dela, como sempre a tratou com cautela, eu duvido muito. Ele nunca falou mal dela para mim — não por gostar dela, acho, mas porque pensava que se dissesse "A Eden é uma péssima mãe" em voz alta aí é que ela ia *mesmo* ser uma péssima mãe. Sei que não faz sentido, mas é assim que a cabeça do Nathaniel funciona. Eu e você sabemos como é uma mãe ruim, mas o Nathaniel não sabe — ele sempre amou a mãe dele, e ainda tem dificuldade para entender que nem todas as mães continuam sendo mães por respeito ao dever, e muito menos por afeto.

Eu não estava lá quando ela conversou com o Nathaniel. O David também não estava, e temos cada vez menos noção do que ele faz e aonde vai. Mas parece que ela mandou uma mensagem para o Nathaniel um dia e disse que precisava conversar, e que queria encontrá-lo no Parque. "Vou levar a Charlie", ele disse, e a Eden na mesma hora disse para ele não a levar, porque ela estava com uma gripe "ou algo assim" e não queria passar para a bebê. (O que será que ela pensou? Que ia dizer que não queria mais saber da Charlie e o Nathaniel ia jogar a bebê no colo dela e sair correndo?) Aí eles se encontraram no Parque. O Nathaniel contou que a Eden chegou meia hora atrasada (ela botou a culpa no metrô, que não estava funcionando, mas a essa altura o metrô não estava funcionando havia seis meses) e que apareceu com um cara, que esperou por ela num outro banco a alguns metros deles, enquanto ela contava para o Nathaniel que ia se mudar do país.

"Pra onde?", perguntou o Nathaniel, depois que se recuperou do susto.

"Washington", ela respondeu. "Minha família tirava férias na Orcas Island quando eu era pequena, e eu sempre quis tentar morar lá."

"Mas e a Charlie?", ele perguntou.

E, nesse momento, pelo que ele disse, alguma coisa — culpa, talvez; vergonha, eu espero — atravessou o rosto dela. "É que acho que ela vai ficar melhor aqui com você", ela disse, e em seguida, vendo que o Nathaniel não respondia: "Você é bom nisso, cara. Acho que eu não levo jeito pra ser mãe".

Como tenho me esforçado para não me prolongar muito, vou te poupar das idas e vindas, das súplicas, das muitas vezes que tentamos envolver o David nessa história, das tentativas de negociação, e vou só dizer que a Eden deixou de fazer parte da vida da Charlie. Ela assinou documentos em que abre mão dos próprios direitos, então agora o David é o único responsável pela Charlie. Mas, como eu disse, o David quase nunca está por perto, ou seja, na verdade, embora não perante a lei, o Nathaniel é o único pai que ela tem.

"Não sei o que eu vou fazer", o Nathaniel disse. Isso foi ontem à noite, depois do jantar. Estávamos sentados no sofá da sala de estar. A Charlie estava dormindo no colo dele. "Vou levar ela pra cama."

"Não", eu disse, "deixa que eu fico com ela no colo", e ele me olhou, com aquele olhar típico do Nathaniel — metade irritação, metade carinho —, antes de me dar a bebê.

Passamos um tempo assim, sentados, eu olhando para a Charlie, o Nathaniel fazendo carinho na cabeça dela. Tive a estranha sensação de que tínhamos superado o tempo e ganhado mais uma chance — como pais, como casal. Estávamos ao mesmo tempo mais jovens e mais velhos do que éramos nesse momento, e sabíamos tudo o que poderíamos errar, mas nada do que poderia acontecer, e aquela era nossa bebê, e nada do que tinha acontecido nas últimas duas décadas — meu emprego, as pandemias, os campos, nosso divórcio — de fato havia ocorrido. Mas então eu me dei conta de que, ao apagar tudo isso, eu também estaria apagando o David e, por consequência, a Charlie.

Estiquei o braço e comecei a fazer carinho no cabelo do Nathaniel, e ele me olhou e levantou uma sobrancelha, mas em seguida jogou a cabeça para trás, e ficamos assim por um tempo, eu fazendo carinho na cabeça dele, ele na cabeça da Charlie.

"Acho que eu devia vir morar aqui", eu disse, e ele olhou para mim e levantou a outra sobrancelha.

"Ah, é?", ele perguntou.

"É", respondi. "Eu poderia te ajudar, e passar mais tempo com a Charlie." Eu não tinha planejado sugerir isso, mas, quando falei em voz alta, pareceu a coisa certa. Meu apartamento — que antes tinha sido nosso — tinha se tornado mais um repositório de objetos inanimados do que o lugar onde eu morava. Eu dormia no laboratório. Eu comia na casa do Nathaniel. E depois voltava para o apartamento para trocar de roupa. Não fazia sentido.

"Bom", ele disse, e mudou um pouco de posição. "Eu não diria não." Ele fez uma pausa. "Você sabe que a gente não vai voltar a namorar."

"Eu sei", eu disse. Não fiquei nem ofendido.

"E a gente também não vai transar."

"Depois a gente vê", eu disse.

Ele revirou os olhos. "A gente não vai mesmo, Charles."

"Tá", eu disse. "Talvez a gente transe, talvez não." Mas eu só estava brincando. Também não queria transar com ele.

Enfim, essas são as notícias. Imagino que você tenha várias perguntas, então fica à vontade pra perguntar. Te vejo daqui a alguns dias, de qualquer forma. Não quer me ajudar a fazer a mudança? (Brincadeira.)

Com amor,
Charles

3 de setembro de 2065
Querido Peter,

Muito obrigado a você e ao Olivier pelos brinquedos: eles chegaram na hora certa, e a Charlie adorou, e com isso quero dizer que ela enfiou o gatinho na boca e começou a mordê-lo na mesma hora, e acho que não existe demonstração de afeto mais verdadeira que essa.

Não tenho muita experiência com festas de aniversário de um ano, mas essa foi pequena: só eu e o Nathaniel e o David. E a Charlie, é claro. Você deve ter ouvido a última teoria da conspiração, que diz que o governo inventou a doença do mês passado (com que intenção e com que finalidade ninguém fala, já que a lógica costuma atrapalhar essas teorias), mas parece que o David comprou essa história e tentou falar o mínimo possível comigo durante a tarde.

Eu estava com a Charlie no colo quando ele chegou, todo esfarrapado e com a barba por fazer, mas não pior do que ele anda normalmente, e depois de tirar o traje de proteção e lavar as mãos ele veio andando e simplesmente a tirou do meu colo, como se eu fosse um suporte, nada mais, e deitou com ela no carpete.

Você se lembra do David quando ele era bebê — ele era tão magrinho, tão quieto, e quando não estava quieto estava chorando. Quando eu tinha oito anos, minha mãe, pouco tempo antes de sair de casa, me disse que uma mãe ou um pai decide o que acha do filho nas primeiras seis semanas (ou será que ela disse meses?) de vida do bebê, e, embora eu fizesse de tudo para não me lembrar dessas palavras, elas se intrometiam no meu pensamento, em momentos inoportunos da infância do David. Até hoje eu me pergunto se, em algum lugar lá no fundo, eu na verdade nunca gostei dele, e se ele, em algum lugar lá no fundo, sabe disso.

Essa lembrança explica, em parte, por que a Charlie é uma alegria tão grande — e não só uma alegria, mas também um alívio. Ela é uma bebê fácil de amar, de mimar, de abraçar. O David sempre se debatia e fugia de mim (e do Nathaniel também, pra falar a verdade) quando eu tentava dar um abraço nele, mas a Charlie fica bem pertinho de você, e quando você — eu — sorri pra ela, ela retribui o sorriso. Perto dela, a gente fica mais delicado, mais gentil, como se tivéssemos combinado entre nós de não mostrar pra ela quem somos de verdade, como se ela não fosse gostar se descobrisse, como se fosse se levantar, sair de casa e nunca mais querer ver a gente. Todos os apelidos dela têm a ver com carne. A gente chama ela de "lombinho de porco", "costelinha", "leitoazinha" — só coisas que não comemos há meses, desde que o racionamento começou. Às vezes a gente finge que morde a perninha dela, fazendo uns rosnados pra imitar um cachorro. "Vou te morder", o Nathaniel fala, botando a coxa da Charlie na boca, e ela ri e dá gritinhos. "Vou te morder inteirinha!" (Sim, eu sei que, se for parar pra pensar, isso é meio bizarro.)

O Nathaniel não quis economizar e fez um bolo de limão, e todos nós comemos, menos a Charlie, porque o Nathaniel ainda não deixa ela comer açúcar, e acho que essa é a decisão certa, porque ninguém sabe se ainda vai ter açúcar quando ela chegar à nossa idade. "Vai, pai, só um pouco", David disse, colocando um pedacinho perto dela, como se ela fosse um cachorro, mas o Nathaniel negou com a cabeça. "De jeito nenhum", ele disse, e o David sorriu e suspirou, quase com orgulho, como se ele fosse o avô que discordava das regras muito rígidas do filho. "Vou fazer o quê, Charlie?", ele perguntou pra filha. "Eu tentei." E depois veio o momento inevitável: precisamos colocar a Charlie pra dormir, e em seguida o David voltou para a sala de estar com a gente e começou um daqueles monólogos ensaiados que ele sempre faz, sobre o governo, os campos de refugiados (que ele tem certeza de que ainda existem), os centros de transferência (que ele insiste em chamar de "campos de internação"), a ineficácia das câmaras de descontaminação (e com isso eu secretamente concordo), a eficácia dos remédios naturais (e com isso não concordo) e várias conspirações que dizem que o CDC, assim como outros "institutos de pesquisa financiados pelo governo" (a Rockefeller, por exemplo), está trabalhando não para curar as doenças, mas para criá-las. Ele acha que por trás do governo existe uma conspiração imensa, dezenas de homens brancos grisalhos e taciturnos com uniforme militar em abrigos com paredes revestidas repletos de hologramas e dispositivos de escuta. A realidade é tão banal que ele ficaria arrasado.

Era o mesmo discurso, com algumas poucas variações, que eu tinha ouvido nos últimos seis anos. Mas ele não me incomodava mais — pelo menos não pelos mesmos motivos. Dessa vez, como na anterior, eu olhei para o meu filho, ainda tão entusiasmado, falando tão rápido e tão alto que precisava ficar limpando a saliva toda hora, se debruçando na direção do Nathaniel, que ficava olhando para ele e concordando com a cabeça, com um ar cansado, e senti uma tristeza perversa. Eu sabia que ele acreditava no que A Luz representava, mas eu também sabia que ele tinha se juntado ao grupo em parte porque estava tentando encontrar o lugar dele, um lugar em que enfim sentisse que tinha encontrado seus pares.

Mas, ainda assim, embora ele fosse tão dedicado à Luz, o grupo não parecia tão dedicado a ele. Como você sabe, A Luz tem uma estrutura de poder quase militar, e os membros fazem tatuagens de estrelas na parte interna do braço direito à medida que são promovidos pelo comitê e sobem na hierarquia. A Eden tinha três quando a conhecemos e havia ganhado mais uma quando o Nathaniel a viu pela última vez. Mas no pulso do David havia só uma estrela solitária. Ele era um eterno soldado de infantaria, e o trabalho que sobrava para ele (sei disso pelos seus relatórios) era o mais insignificante de todos: conseguir os materiais e as bugigangas que os engenheiros usavam pra fazer bombas, e os superiores nunca lhe agradeciam nominalmente nos discursos pomposos que faziam nas sedes depois de cada ataque bem-sucedido. Ele era um ninguém, um anônimo, um esquecido. É claro que eu achava isso bom, que ele fosse irrelevante, porque o fato de ninguém prestar atenção nele permitia que ele vivesse em segurança e não se envolvesse demais. Mas também me dei conta de que eu tinha começado a odiar A Luz não só pela mensagem que ela disseminava, mas também porque eles não reconheciam os esforços do meu filho. Ele tinha se juntado ao grupo procurando seu lugar, mas no fim acabaram o tratando como tratavam qualquer pessoa. Como eu sempre digo, sei que isso é perverso — será que eu ficaria mais feliz se ele estivesse com o braço lotado de estrelas azuis? Não, claro que não. Mas seria uma tristeza diferente, uma tristeza misturada, talvez, a um orgulho deturpado, ao alívio de saber que, se eu e o Nathaniel nunca fomos a família dele, ele pelo menos tinha encontrado outra, por mais perigosa ou errada que ela fosse. Tirando a Eden, ele nunca tinha levado ninguém para nos conhecer, ele não falava de amigo nenhum, ele nunca pegou o celular no meio de um jantar porque estava recebendo tantas mensagens que precisava respondê-las, olhando para a tela e sorrindo enquanto digitava uma resposta. Embora nunca o tivesse visto em ação, digamos, eu só conseguia imaginá-lo pelos cantos, à margem do grupo, ou ouvindo conversas para as quais nunca era convidado. Não posso provar nada disso, é claro, mas acho que o fato de ele não ter amigos foi um dos motivos para que ele não passasse mais tempo com a filha — como se ele tivesse medo de infectá-la com a solidão dele, como se ela também fosse passar a vê-lo como alguém sem importância.

Isso me fez ficar triste por ele. Pensei de novo, como sempre pensava — até demais, considerando que agora ele tem vinte e cinco anos, é um homem feito, e inclusive é pai —, em quando ele era pequeno e íamos ao parquinho no Hawai'i, em como as outras crianças fugiam dele, em como ele sabia já naquela época que havia algo de errado nele, algo que repelia as pessoas, algo que o distinguiria e o isolaria pelo resto da vida.

A única coisa que eu posso fazer é continuar torcendo por ele, e fazer o melhor pela filha dele, e com a filha dele. Não posso dizer que posso usá-la para compensar os erros que cometi com ele, mas o que *sei* é que é minha responsabilidade tentar. Tanta coisa mudou desde que o David era bebê; tanta coisa se perdeu. Nossa casa, nossa família, nossa esperança. Mas as crianças precisam dos adultos. Isso não mudou. Então eu posso tentar de novo. Não só posso como devo.

Com amor,
Charles

7 de janeiro de 2067
Meu querido Peter,

Estou terminando um dia muito cansativo, no fim de uma semana muito cansativa. Voltei tarde do Comitê — a babá já tinha colocado a Charlie pra dormir, horas atrás; a cozinheira tinha deixado uma tigela de arroz com tofu e picles. Ao lado da tigela havia uma folha de papel com uma linha verde e grossa, feita com giz de cera, atravessando a página. "Da Charlie, para o papai", a babá tinha escrito no canto inferior direito. Eu a coloquei na minha pasta para levá-la para o laboratório na segunda.

O Comitê tinha discutido o que estava acontecendo no Reino Unido — desculpa, Nova Bretanha — desde a eleição. Você vai gostar de saber que todo mundo achou a transição muito mais harmoniosa do que você. E você não vai ficar surpreso em saber que todo mundo acha que, apesar de tudo, você tomou a decisão errada, e foi muito permissivo com a população, e cedeu demais aos manifestantes. Além disso, todos concordaram que é loucura reabrir o metrô. Você sabe que eu não discordo de todo.

Depois de comer, fiquei andando pela casa. Comecei a fazer isso no fim de todas as semanas. Esse hábito começou naquele primeiro sábado depois do que aconteceu, quando eu tive um sonho. No sonho, eu e o Nathaniel estávamos de novo no Hawai'i, na casa em que morávamos, mas com a idade que temos hoje. Não sei se o David existia nesse sonho — se estava na casa dele, ou morando com a gente, mas fazendo alguma coisa na rua, ou se ele nunca tinha sequer nascido. O Nathaniel estava procurando uma foto de quando tínhamos acabado de nos conhecer. "Percebi uma coisa engraçada na foto", ele dizia. "Preciso te mostrar. Só não lembro onde coloquei."

Foi aí que eu acordei. Eu sabia que estava sonhando, mas alguma coisa me fez me levantar e começar a procurar também. Passei uma hora vagando pelos andares da casa — isso foi antes de a babá e a cozinheira se mudarem para o quarto andar — e abrindo gavetas aleatórias e tirando livros aleatórios das estantes e os folheando. Revirei a tigela cheia de tranqueiras que fica no balcão da cozinha — arames, elásticos, clipes e alfinetes: os objetos pequenos, precários e necessários de que eu me lembrava da minha infância, as coisas que tinham resistido enquanto todo o resto tinha mudado. Olhei o closet do Nathaniel, as camisas que ainda tinham o cheiro dele, e o armário do banheiro, as vitaminas que ele tomava, mesmo muito depois de a ciência ter provado que elas não funcionavam.

Naquelas primeiras semanas, eu não tinha nem o direito nem a vontade de entrar no quarto do David, mas mesmo depois que a investigação terminou eu deixava a porta trancada, e me mudei para o andar de baixo, para o quarto que tinha sido do Nathaniel, para nunca precisar pisar no terceiro andar. Foi só dois meses depois que enfim consegui. O FBI tinha deixado o quarto muito organizado. Tinham reduzido o volume, principalmente: os computadores e telefones do David haviam sumido, assim como os papéis e livros que antes ficavam amontoados pelo chão, o arquivo de plástico com rodinhas que tinha dezenas de gavetinhas, todas lotadas de objetos, pregos, tachinhas e pedaços de arame que serviam para coisas sobre quais eu não podia pensar muito, porque se pensasse eu mesmo teria sido obrigado a denunciá-lo para o FBI muito tempo atrás. Era como se tivessem apagado a década passada inteira, de forma que o que sobrou — a cama, algumas roupas, estatuetas monstros que ele tinha feito na adolescência, a bandeira havaiana que era pendurada na parede de cada quarto que ele ocupasse desde que era bebê — foi o David adolescente, pouco antes de entrar para A Luz, antes de ele, o Nathaniel e eu termos nos afastado, antes de o experimento que era a nossa família ter dado errado. O único sinal de que o tempo tinha passado de fato eram os dois porta-retratos da Charlie que ficavam sobre a mesa de cabeceira ao lado da cama dele: na primeira, que o Nathaniel tinha dado para ele, ela aparecia em seu primeiro aniversário, dando um sorrisão, com o rosto todo melecado de purê de pêssego. O outro é um vídeo curto que o Nathaniel fez alguns meses depois, em que o David aparecia girando a Charlie no colo. Primeiro a câmera filma o rosto dele, depois o dela, e dá pra ver que os dois estão gritando de tanto rir, com a boca escancarada de tanta alegria.

Agora, quase quatro meses depois daquele dia, percebo que às vezes as horas se passam e não penso nem em um, nem em outro, e os instantes de esquecimento — como quando me pergunto, no meio de uma reunião chata, o que o Nathaniel vai fazer para o jantar, por exemplo, ou se o David vai passar em casa esse fim de semana pra ver a Charlie — não me deixam mais desnorteado. Só não consigo deixar de pensar no momento em si, ainda que eu não tenha visto nada, ainda que tenha recusado quando me perguntaram se eu queria ver as imagens confidenciais: a explosão, as pessoas que estavam perto do dispositivo se despedaçando, os vidros ao redor se quebrando. Sei que já te falei que a única imagem que eu vi, antes de fechar de vez o arquivo, foi feita naquela noite. Mostrava o chão, num lugar próximo de onde o dispositivo tinha sido acionado, no corredor de molhos e sopas. Havia uma substância vermelha e pegajosa derramada pelo chão, mas não era sangue, era molho de tomate, e espalhados pelo molho havia centenas de pregos queimados, que tinham ficado pretos e retorcidos com o calor do explosivo. Do lado direito da imagem havia a mão decepada de um homem e parte de um braço, ainda com um relógio de pulso.

A outra imagem que eu vi foi o vídeo que registra o momento em que o David entra na loja. O vídeo não tem som, mas dá pra ver pelo jeito que ele mexe a cabeça que ele está muito agitado. Aí ele abre a boca e dá pra ver que ele está gritando alguma coisa, uma sílaba só: *Pai! Pai! Pai!* Aí ele vai andando para os fundos da loja, e de repente tudo some, e depois a imagem da porta, agora fechada, estremece e fica branca.

É esse vídeo que tenho mostrado para os investigadores e ministros há meses, desde que tive acesso a ele, pra tentar provar que é impossível que o David tenha sido o responsável pelo explosivo, que ele amava o Nathaniel, que ele nunca poderia querer matar o Nathaniel. Ele sabia que o Nathaniel fazia as compras de mercado lá; quando ele descobriu o que A Luz tinha planejado, e quando o Nathaniel tinha mandado uma mensagem dizendo que ia lá, será que ele não foi correndo até lá pra procurar o pai, pra salvar o pai? Eu não podia afirmar que ele nunca iria querer matar as outras pessoas — embora eu tenha afirmado mesmo assim —, mas eu sabia que ele não queria matar o Nathaniel.

Mas o governo não concorda comigo. Na terça-feira, o ministro do interior veio falar comigo pessoalmente e explicou que, como o David era um membro "importante e conhecido" de uma organização insurgente que tinha causado a morte de setenta e duas pessoas, eles eram obrigados a emitir uma condenação póstuma por traição. Isso queria dizer que eu não poderia enterrá-lo num cemitério, e que seus descendentes seriam proibidos de herdar qualquer bem dele, porque seriam todos confiscados pelo governo.

Em seguida ele fez uma cara estranha e disse: "Então é muita sorte, se é que posso usar a expressão nessa situação lamentável, que seu ex-marido tenha especificado no testamento dele que sua casa e todos os seus bens pulariam seu filho e iriam direto para a sua neta".

Eu estava tão chocado com o que ele tinha acabado de dizer sobre a condenação do David que não consegui entender o que ele estava tentando me falar. "Não", eu disse, "não, não é isso. Era para o David herdar tudo."

"Não", disse o ministro, e nesse momento tirou um papel do bolso do uniforme e me entregou. "Acredito que o senhor esteja enganado, dr. Griffith. Está bem claro no testamento dele que ele deixou todos os bens para sua neta, e que você é o executor."

Desdobrei o maço de folhas, e ali estava, como se eu não tivesse testemunhado a elaboração e a assinatura daquele mesmo testamento havia um ano: haveria um fundo de investimento para a Charlie, mas o David herdaria a casa, com uma cláusula que garantia que ela seria da Charlie quando ele morresse. Mas o documento que estava nas minhas mãos, assinado pelo Nathaniel e por mim, com marcas d'água e carimbos com os nomes de todos os três — do advogado, do Nathaniel e do meu —, atestava o que o ministro tinha acabado de dizer. E não só isso: o nome de registro da Charlie no documento não estava grafado "Charlie Bingham-Griffith", mas sim "Charlie Griffith" — e o nome do pai dela, o nome do Nathaniel, tinha sido deletado. Olhei para o ministro e ele me encarou longamente, com uma expressão inescrutável, e em seguida se levantou. "Vou deixar essa cópia para o seu arquivo, dr. Griffith", ele disse, e foi embora. Foi só quando cheguei em casa naquela noite que olhei o documento contra a luz e vi como as assinaturas eram perfeitas, como os carimbos eram convincentes. E de repente senti medo, e tive certeza de que o próprio papel tinha sido adulterado de algum jeito, embora essa tecnologia seja obsoleta há no mínimo uns dez anos.

Desde então venho tentando achar o testamento original, embora pareça uma busca infrutífera e até perigosa. Peguei todos os documentos que o

Nathaniel guardava no cofre, e todas as noites folheio alguns, vendo a vida se apresentar de trás pra frente: documentos que comprovam que o Nathaniel era o guardião legal da Charlie, assinados três semanas antes do ataque; documentos em que a Eden abria mão de qualquer direito à guarda da filha; a certidão de nascimento da Charlie; a escritura da casa; o testamento do Aubrey; nossa certidão de divórcio.

Aí começo a perambular pela casa. Eu me convenço de que estou procurando o testamento, mas não acho que esteja de verdade, porque olho em lugares em que o Nathaniel nunca guardaria um documento assim, e, se *de fato* tivesse guardado uma cópia em casa, ela teria sido tirada dali havia muito tempo, sem que ninguém percebesse. Não adianta procurar, assim como não adianta telefonar para o nosso advogado e ouvir ele dizer que não, que eu estava enganado, que o testamento que eu descrevia nunca tinha existido. "Você passou por muita coisa, Charles", ele disse. "O luto faz as pessoas" — ele parou de falar por um instante — "se confundirem." Então fiquei com medo de novo, e disse que com certeza ele tinha razão, e desliguei o telefone.

Eu tenho sorte, eu sei. Já aconteceu coisa muito pior com parentes de insurgentes, com pessoas vinculadas a ataques muito menos letais do que o ataque com que o David esteve envolvido. Eu ainda sou muito útil para o governo. Você não precisa se preocupar comigo, Peter. Ainda não. Eu ainda não estou em perigo.

Mas às vezes me pergunto se, em vez do testamento, não estou procurando as provas da pessoa que eu fui antes de tudo isso acontecer. Quanto eu tinha que voltar no tempo? Até antes de o governo se estabelecer? Antes de eu atender aquela primeira ligação do ministério, quando perguntaram se eu queria ser "o arquiteto da solução"? Antes da doença de 56? Ou da de 50? Mais ainda? Antes de eu entrar na Rockefeller?

Quanto tempo eu tenho que voltar? De quantas decisões tenho que me arrepender? Às vezes acho que, escondido em algum lugar dessa casa, tem um papel com todas as respostas, e que se eu quiser muito vou acordar no mês ou no ano em que comecei a perder o rumo, mas dessa vez vou fazer o contrário do que fiz. Mesmo se doer. Mesmo se parecer errado.

Com amor,
Charles

21 de agosto de 2067
Querido Peter,

Te mando um oi aqui do laboratório, numa tarde de domingo. Estou me atualizando e lendo alguns dos relatórios de Pequim — o que você achou do de sexta? Ainda não falamos sobre ele, mas acho que você também não deve estar surpreso. Meu Deus, saber, sem sombra de dúvida, que não só aquelas câmaras de descontaminação ridículas como também os capacetes não servem pra nada vai levar os manifestantes para as ruas. As pessoas foram à falência para instalar, manter e substituir essas coisas por quinze anos, e agora a gente vai falar pra todo mundo que opa, foi engano, podem jogar tudo fora? Esse comunicado está agendado para acontecer não na próxima segunda, mas na outra, e a coisa vai ficar feia.

Mas os próximos cinco dias vão ser os mais difíceis. Na terça vão anunciar que a internet vai ser "suspensa" por tempo indeterminado. Na quinta vão anunciar que todas as viagens internacionais, tanto de chegada quanto de saída para outros países, inclusive o Canadá, o México, a Federação Ocidental e o Texas, também vão ser suspensas.

Ando muito ansioso, e a Charlie percebe. Ela sobe no meu colo e coloca a mãozinha no meu rosto. "Ficou triste?", ela me pergunta, e eu digo que fiquei. "Por quê?", ela pergunta, e eu digo que é porque as pessoas do nosso país estão brigando, e que temos que tentar fazê-las pararem de brigar. "Ah… Não fica triste, papai", ela diz. "Eu nunca fico triste com você", digo a ela, embora fique — fico triste porque esse é o mundo em que ela vive. Mas talvez no fim eu devesse dizer a verdade pra ela: que estou triste, sim, que vivo triste o tempo todo, e que não tem problema em estar triste. Mas ela é uma menininha tão alegre que parece errado fazer isso.

O Ministério da Justiça e o Ministério do Interior parecem confiantes de que vão conseguir conter os protestos em três meses. As forças militares estão prontas para agir, mas, como sei que você viu no último relatório, o número de infiltrados entre os militares é alarmante. O exército disse que precisa de tempo pra "testar a lealdade" dos membros (sabe deus o que isso quer dizer); os ministérios da Justiça e do Interior disseram que não têm mais tempo a perder. O último relatório diz que muitos cidadãos de "grupos historicamente prejudicados" estão ajudando as iniciativas insurgentes, mas ninguém tem falado de punições especiais, felizmente — eu sei que sou protegido, sei que sou uma exceção, mas mesmo assim fico ansioso.

Não se preocupe comigo, Peter. Sei que você se preocupa, mas tente não se preocupar. Eles ainda não podem se livrar de mim. Não vão restringir o *meu* acesso à internet, é claro — preciso da internet pra me comunicar com Pequim, pra começo de conversa — e, embora toda a nossa comunicação seja criptografada, talvez eu comece a te mandar cartas através do nosso amigo em comum, só por precaução. Isso significa que é provável que eu escreva com menos frequência (sorte sua), mas que também escreva cartas maiores (azar o seu). Vamos ver como vai ser. Mas você sabe como entrar em contato comigo se houver alguma emergência.

Abraços para você e para o Olivier,
C.

6 de setembro de 2070
Meu querido Peter,

Está muito cedo aqui, e estou te escrevendo do laboratório. Obrigado a você e ao Olivier pelos livros e presentes, aliás — eu queria ter escrito na semana passada, quando eles chegaram, mas esqueci. Eu estava torcendo para a Charlie receber alta para passar o aniversário dela em casa, mas ela teve mais uma convulsão tônico-clônica na terça, por isso decidiram mantê-la internada por mais alguns dias. Se ela continuar estável no fim de semana, vão deixá-la voltar pra casa na segunda.

Tenho passado todos os dias com ela, é claro, e quase todas as noites. O Comitê reagiu de forma humana até demais. Parece que eles sabiam que um filho ou neto de algum de nós ia acabar se infectando — o risco era muito grande pra isso não acontecer — e estão aliviados que tenha sido a minha neta, não a deles. O alívio faz com que se sintam culpados, e a culpa faz com que fiquem generosos: o quarto da Charlie no hospital tem tanto brinquedo que ela nunca vai conseguir brincar com todos, como se os brinquedos fossem uma espécie de sacrifício e ela, uma deusa menor, e ao agradá-la eles estariam protegendo os seus.

Estamos aqui no Frear há dois meses. Amanhã completamos nove semanas, para ser mais exato. Muitos anos atrás, quando eu e o Nathaniel viemos morar aqui, essa era uma ala para pacientes adultos com câncer. Depois, em 56, a transformaram numa ala de doenças infecciosas, e no último inverno numa ala pediátrica de doenças infecciosas. O resto dos pacientes está no que costumava ser a unidade de queimados, e os pacientes com queimaduras foram transferidos para outros hospitais. No começo da infecção, antes de fazerem o comunicado para o público, eu passava correndo por esse hospital, sem nunca olhar o prédio imenso, porque sabia que esse era o lugar mais preparado para receber as crianças que ficariam doentes, e porque eu achava que, se nunca olhasse a fachada, nunca veria a parte de dentro.

A ala fica no décimo andar e a vista, no lado leste, é do rio, e por consequência dos crematórios, que estão funcionando sem parar desde março. No começo, quando estive aqui como visitante, não como acompanhante — ou como "ente querido", como chamam a gente aqui no hospital —, você olhava para fora e via as vans cheias descarregando os cadáveres nos barcos. Os corpos eram tão pequenos que eles conseguiam colocar quatro ou cinco em cada maca. Depois das primeiras seis semanas, o governo construiu uma cerca na margem leste do rio, porque os pais tinham começado a pular na água quando os barcos saíam, gritando o nome dos filhos, tentando nadar na direção da outra margem. A cerca impedia que isso acontecesse, mas as pessoas no décimo andar (principalmente pais, já que a maioria das crianças estava inconsciente) ainda podiam olhar lá para fora para se distrair e acabar encontrando, na mais cruel das ironias, o lugar aonde quase todos os filhos iriam pouco depois, como se o Frear fosse só uma escala antes de chegarem ao destino. Então o hospital mandou cobrir todas as janelas que davam para a face leste, neste andar e em todos os outros, e contratou estudantes de arte para pintá-las. Mas, à medida que os meses se passaram, as cenas que os estudantes tinham pintado — da Quinta Avenida ladeada de palmeiras, com crianças felizes andando pela calçada; de crianças felizes dando pedaços de pão para os pavões do Central Park — também começaram a parecer cruéis, e depois de um tempo mandaram pintar tudo de branco.

A ala tem capacidade para cento e vinte pacientes, mas agora cerca de duzentos estão internados aqui. A Charlie é a que está aqui há mais tempo. Ao longo das últimas nove semanas, várias outras crianças chegaram e foram embora. A maioria fica aqui só por noventa e seis horas, mas teve um menininho, que devia ser um ano mais velho que a Charlie — parecia ter sete anos, talvez oito —, que foi internado três dias antes dela e que morreu na semana passada. Ele era o segundo paciente mais antigo. Todo mundo que está aqui tem um parente que trabalha para o governo, ou para quem o governo deve algum favor, um favor grande o suficiente para que a pessoa não vá para um centro de transferência. Pelas primeiras sete semanas tivemos um quarto individual, e embora tenham me prometido que sempre teríamos, pelo tempo que fosse necessário, chegou um momento em que eu não conseguia mais justificar isso para mim mesmo. Então agora a Charlie tem dois coleguinhas de quarto, num espaço em que mais três poderiam dormir. Os outros pais e eu nos cumprimentamos com um aceno — todo mundo usa tantos trajes de proteção que só conseguimos ver os olhos uns dos outros —, mas de resto a gente finge que os outros não existem. Só os nossos filhos existem.

Eu vi o que vocês têm feito aí, mas aqui colocam paredes de plástico transparente ao redor da cama de cada criança, como aquela que o Ezra e o Hiram fizeram; os pais ficam sentados do lado de fora e colocam as mãos nas luvas embutidas em uma das paredes para tentar oferecer pelo menos algo parecido com o toque. Os poucos pais que por algum motivo nunca foram expostos ao vírus anterior, o que apresenta reação cruzada com o vírus de agora, são proibidos de entrar no Frear — eles são tão vulneráveis quanto as crianças e deveriam estar isolados. Mas não estão, é claro. Eles ficam na frente do hospital, mesmo com o calor, que tem estado quase insuportável nesses últimos meses, e olham pela janela. Anos atrás, quando eu era criança, vi um vídeo de uma aglomeração que estava esperando na frente de um hotel em Paris pra ver um cantor sair na sacada do quarto. Aqui a aglomeração é do mesmo tamanho, mas enquanto aquele grupo era impaciente, quase histérico, esse é silencioso, até demais, como se qualquer barulho que fizessem pudesse diminuir a chance de conseguirem entrar para ver os filhos. Mas não existe nenhuma possibilidade de isso acontecer, pelo menos enquanto as crianças estiverem tão contagiosas ou capazes de espalhar o vírus. Os que têm sorte podem, pelo menos, ver uma transmissão ao vivo em que seus filhos aparecem deitados, inconscientes, na cama; os que não têm sorte nem isso.

As crianças chegam ao Frear como indivíduos independentes, mas depois de duas semanas sendo tratadas com Xychor elas ficam todas parecidas.

Você sabe o que acontece: os rostos chupados, os dentes amolecidos, a queda de cabelo, as extremidades cheias de bolhas. Eu li o relatório de Pequim, mas aqui a taxa de mortalidade é mais alta entre crianças de dez anos ou menos; os adolescentes têm muito mais chance de sobreviver, ainda que a taxa de sobrevivência — dependendo dos relatórios — também seja baixa.

O que ainda não sabemos, e não vamos saber por mais uma década, no mínimo, é quais são as consequências do uso de Xychor a longo prazo. O medicamento não foi feito para crianças, e certamente não deveria ser administrado nas doses que estão usando. Uma coisa que *já* sabemos, desde a semana passada, é que a toxicidade altera — não sabemos como — o desenvolvimento puberal. Ou seja: há uma grande chance de a Charlie ficar estéril. Depois que ouvi isso em uma das reuniões do Comitê a que consegui comparecer, mal deu tempo de eu chegar ao banheiro antes de começar a chorar. Eu tinha conseguido proteger a Charlie por tantos meses. Se eu tivesse conseguido protegê-la por nove meses, só nove meses, teríamos a vacina. Mas não consegui.

Eu sabia pelos relatórios que ela mudaria, e ela mudou, mas até onde vai essa transformação é uma das muitas coisas que ainda não sei. "Haverá danos", li no último relatório, que em seguida sugeria, com termos vagos, que danos poderiam ser esses: diferenças cognitivas. Atraso nos reflexos. Atrofia do crescimento. Infertilidade. Cicatrizes. O primeiro é o mais assustador, porque "diferenças cognitivas" é uma expressão que não diz nada. O fato de ela estar mais quieta, sendo que antes falava sem parar: isso é uma diferença cognitiva? A frieza repentina: é uma diferença cognitiva? O novo jeito formal de dizer as coisas: "Quem sou eu, Charlie?", perguntei a ela no dia em que recobrou a consciência. "Você me conhece?" "Sim", ela disse, depois de me observar com atenção, "você é o meu avô." "Isso", eu disse, e estava sorrindo tanto que meu rosto doía, mas ela só me encarava, quieta e inexpressiva. "Sou eu. Seu papai que te ama." "Avô", ela repetiu, mas foi só isso, e depois ela voltou a fechar os olhos — *isso* é uma diferença cognitiva? O jeito truncado de falar, a falta de senso de humor, a forma como ela fica observando meu rosto com uma expressão serena, mas levemente desconcertada, como se eu fosse de outra espécie e ela estivesse tentando me interpretar — isso é uma diferença cognitiva? Ontem à noite li pra ela uma história que antes ela adorava, sobre uma dupla de coelhos falantes, e, quando terminei, momento em que ela normalmente diria "De novo!", ela só me olhou, com os olhos vazios. "Coelho não fala", ela disse, por fim. "Verdade, querida", eu disse, "mas é uma história." E então, como ela não respondeu, só continuou me encarando com uma expressão insondável, eu completei: "É faz de conta".

Lê de novo, papai! Capricha mais nas vozes dessa vez!

"Ah…", ela disse, enfim.

Será que *isso* é uma diferença cognitiva?

Ou esse novo jeito sério dela — a forma como ela usa a palavra "avô" dá a impressão de que ela está levemente insatisfeita, como se soubesse que não mereço esse título tão grandioso — é a consequência inevitável de ter visto tanta morte? Mesmo que eu tenha tomado o cuidado de não falar disso com ela, da gravidade da doença dela, das centenas de milhares de crianças que morreram a essa altura, ela deve ter intuído de alguma forma, não deve? Substituíram os coleguinhas de quarto sete vezes em duas semanas, as crianças se transformam num cadáver em um só fôlego e eles as tiram do quarto às pressas embaixo de uma cabana de musselina para que a Charlie, que está dormindo, de qualquer forma, não veja ninguém partir — ainda há atos de bondade como esse.

Fiz carinho no couro cabeludo dela, que está cheio de cascas e dos primeiros fiozinhos de cabelo que começaram a nascer. Pensei de novo na frase do relatório que repito para mim mesmo várias vezes por dia: *Essas conclusões continuam no plano da especulação até que tenhamos uma amostra maior de sobreviventes para estudar, bem como a duração dos efeitos.* "Dorme, Charliezinha", eu disse para ela. Antigamente ela teria feito um pouco de manha, pedido pra eu contar mais uma história, mas agora ela fecha os olhos na mesma hora, um ato de submissão que me dá calafrios.

Na sexta passada, fiquei observando a Charlie dormir até as onze da noite (ou 23h, como o governo prefere hoje em dia) até que finalmente me obriguei a ir embora. Lá fora, as ruas estavam vazias. No primeiro mês eles tinham aberto uma exceção ao toque de recolher para os pais que esperam na rua, e eles dormiam na calçada, em cobertores que traziam de casa; geralmente, o outro pai ou mãe, se houvesse, passava ao amanhecer para ajudar a pessoa que dormia, trazendo comida e tomando seu lugar na calçada. Mas o governo ficou com medo de que houvesse protestos e baniu reuniões noturnas, mesmo sabendo que a única coisa que aquelas pessoas queriam estava dentro do hospital. Eu era a favor de dispersarem essas pessoas, claro, mesmo que só por uma questão epidemiológica, mas o que eu não tinha percebido até todo mundo ir embora é que os sons mínimos e humanos daquelas pessoas, os suspiros, os roncos e os murmúrios, o estalido de alguém virando a página de um livro, o gorgolejo da água que alguém bebe de uma garrafa, de alguma maneira equilibravam os outros barulhos: os caminhões refrigerados que ficavam esperando nas docas, o baque macio que os corpos embrulhados em lençóis faziam quando eram empilhados, os barcos indo e voltando. As pessoas que trabalhavam na ilha tinham sido treinadas para fazer seu trabalho em silêncio, por uma questão de respeito, mas às vezes você ouvia uma delas exclamar alguma coisa, ou xingar, ou às vezes dar um grito, e não dava pra saber se era porque alguém tinha derrubado um corpo ou porque um lençol havia se soltado e revelado um rosto, ou simplesmente porque alguém tinha se cansado do trabalho de incinerar tantos corpos, corpos de criança.

O motorista sabia aonde eu estava indo naquela noite, e eu pude encostar a cabeça na janela e dormir por meia hora antes de ouvi-lo avisar que tínhamos chegado ao centro.

O centro fica numa ilha que meio século atrás havia sido uma reserva natural para pássaros ameaçados de extinção: andorinhas, mergulhões, águias-pescadoras. Em 55 as andorinhas já tinham sido extintas, e no ano seguinte construíram outro crematório na margem sul. Mas depois a ilha foi atingida pela enchente e ficou abandonada até 68, quando o governo começou a reconstruí-la discretamente, criando bancos de areia artificiais e muros de concreto.

A ideia é que os muros protejam a ilha de enchentes futuras, mas eles também são uma medida para esconder o que acontece ali dentro. Essa nunca foi a intenção, mas esse centro acabou recebendo praticamente só crianças. Muito se discutiu se deveríamos permitir que os pais entrassem ou não. Eu opinei que sim — a maioria dos pais era imune. Mas os psicólogos do Comitê acharam que não devíamos — segundo eles, o problema era que eles ficariam traumatizados com o que vissem no centro, e esse trauma, numa escala tão ampla, poderia piorar a instabilidade social. No fim, construíram um alojamento para os pais no norte da ilha, mas desde o que aconteceu em março todos eles estão proibidos de entrar. Por isso os pais fizeram um assentamento — os mais ricos chegaram a construir casinhas de tijolos, os mais pobres com papelão — na costa de New Rochelle, mas a única coisa que eles conseguem ver de lá é o muro que cerca a ilha e os helicópteros descendo do céu.

Muito se falou, como você se lembra, sobre a localização desse centro. A maior parte do Comitê tinha defendido que a instalação fosse feita em um dos antigos campos de refugiados: Fire Island, Block Island, Shelter Island. Mas eu insisti nessa ilha: ficava longe o suficiente de Manhattan para que não houvesse muitos visitantes inesperados; não longe demais para os helicópteros e barcos, que poderiam facilmente descer o rio para chegar ao crematório, agora que as vias estão novamente abertas.

Mas, embora eu nunca tenha dito isso, na verdade escolhi esse lugar por causa do nome: Davids Island. Não David no singular, mas vários, como se quem habitasse essa terra não fosse uma população (quase só) de crianças, mas de Davids. Meu filho, multiplicado, em todas as idades possíveis, fazendo tudo o que meu filho gostava de fazer em vários momentos da vida. Construindo bombas, sim. Mas também lendo, jogando basquete, correndo por aí feito um cachorrinho doido para fazer eu e o Nathaniel rirmos, girando a filhinha dele no ar, deitando comigo na cama quando estava trovejando e ele ficava com medo. Os Davids mais velhos seriam pais dos Davids mais novos, e quando um deles enfim morresse — embora isso fosse demorar muito tempo, já que os moradores mais velhos ainda tinham só trinta anos, a idade que o meu David teria, se estivesse vivo — seria substituído por outro, de forma que a população de Davids continuasse sempre igual: nunca aumentaria nem diminuiria. Não haveria nenhum mal-entendido, ninguém se preocuparia que os Davids mais novos eram meio diferentes, meio estranhos, porque os Davids mais velhos conseguiriam entendê-los. Não existiria solidão, porque esses Davids nunca saberiam o que eram pais, nem colegas de escola, nem desconhecidos, nem pessoas que não queriam brincar com eles: eles só conheceriam uns aos outros, ou seja, eles mesmos, e a felicidade deles seria completa, porque eles nunca conheceriam a agonia de querer ser outra pessoa, porque não haveria mais ninguém para admirar, mais ninguém para invejar.

Às vezes eu venho aqui, tarde da noite, quando até os moradores do assentamento já foram dormir, e sento na beira da água escura e salobra e fico olhando a ilha, que está sempre iluminada, e penso no que os meus Davids devem estar fazendo agora: talvez os mais velhos estejam tomando uma cerveja. Talvez alguns dos adolescentes estejam jogando vôlei sob aquelas luzes brancas que nunca se apagam e transformam a água ao redor da ilha num rastro brilhoso de óleo. Talvez os mais novos estejam lendo gibi debaixo do cobertor com uma lanterna — ou seja lá o que as crianças de hoje em dia fazem quando ficam de bobeira. (*Será* que elas ainda ficam de bobeira? Devem ficar, não?) Talvez estejam lavando a louça do jantar, porque os Davids mais novos aprenderam a ajudar nas tarefas de casa, aprenderam a ser boas pessoas, a tratar os outros com gentileza; talvez haja um monte de Davids jogados numa cama de muitos metros de largura, na qual todos dormem amontoados, um com o bafo quente na nuca do outro, uma mão que se estica pra coçar a perna e acaba coçando a perna do outro. Mas não faz diferença: os dois vão sentir do mesmo jeito.

"David", eu falo pra água, bem baixinho, para não acordar os pais que estão dormindo atrás de mim. "Tá me ouvindo?" Aí eu fico prestando atenção.

Mas ninguém nunca responde.

Com amor, Charles.

5 de setembro de 2071
Meu querido Peter,

Hoje foi a festa de aniversário de sete anos da Charlie, que não conseguimos fazer na quinta, como tínhamos planejado, porque ela não estava se sentindo bem. Acabei não falando quando conversamos, mas nesse último mês ela tem tido crises de ausência: só duram de oito a onze segundos, mas ela tem tido essas crises mais vezes do que eu imaginava. Ela teve uma no consultório do neurologista, na verdade, mas eu não tinha percebido até o médico me mostrar: um olhar longo e silencioso, com a boca levemente aberta. "É nisso que você tem que prestar atenção", o médico disse, mas eu tive vergonha de dizer que ela muitas vezes ficava com aquela cara, que eu tinha visto aquela expressão antes e havia simplesmente pensado que era parte da pessoa que ela era agora, e não sinal de algum problema neurológico. Um efeito colateral do Xychor, mais um, principalmente em crianças que foram tratadas com o medicamento antes da puberdade. O médico acha que ela vai deixar de ter essas crises sem tomar remédio — não tive coragem de fazê-la tomar mais um, ainda mais um remédio que possa deixá-la ainda mais anestesiada —, mas não sabe "quais podem ser os danos ao desenvolvimento dela".

Depois dessas convulsões ela fica amolecida, apaziguada. Desde que voltou pra casa ela anda tão retesada; quando estendo a mão pra ela, ela cambaleia pra trás com uma certa rigidez, com os braços e as pernas endurecidos, e seria cômico se não fosse trágico. Agora eu sei o modo como devo pegá-la no colo e trazê-la para perto de mim, e quando ela começa a se contorcer — ela não gosta mais que a abracem — eu sei que ela melhorou.

Eu tento facilitar ao máximo a vida dela. O Centro Rockefeller da Criança e da Família fechou por falta de alunos, então eu a matriculei numa escola primária cara e pequena perto de Union Square, onde cada aluno tem um professor só para si. A escola disse que ela pode começar no fim de setembro, assim que engordar um pouco mais e tiver um pouco mais de cabelo. É claro que eu não me importo se ela tem cabelo ou não, mas esse é o único aspecto da aparência com o qual ela parece se preocupar. De qualquer forma eu gostei de ficar com ela em casa mais um pouco. A diretora da escola sugeriu que eu desse um bicho de estimação pra ela, pra ela interagir com alguma coisa, então na segunda comprei um gato, uma coisinha cinza, e dei de presente pra ela quando acordou. Ela não chegou a sorrir — ela raramente sorri hoje em dia —, mas demonstrou um interesse imediato no gato, pegando-o no colo e olhando a carinha dele.

"Qual vai ser o nome dele, Charlie?", eu perguntei. Antes da doença, ela dava nome pra tudo: para as pessoas que via na rua, para as plantas que estavam nos vasos, para as bonecas que ficavam na cama dela, para os dois sofás do andar de baixo que ela dizia que pareciam hipopótamos. Então ela olhou para mim com aquele novo olhar perturbador, em que você podia ver ou profundidade ou vazio.

"Gato", ela disse, enfim.

"E se for um nome que... explique mais como ele é?", perguntei. ("Faça ela descrever as coisas pra você", a psicóloga dizia. "Faça ela falar mais. Você não vai conseguir resgatar a imaginação dela necessariamente, mas você pode lembrar a ela que a imaginação existe e que ela pode usá-la.")

Ela ficou em silêncio por tanto tempo, olhando o gato e fazendo carinho no pelo, que pensei que ela havia tido outra crise. Mas aí ela voltou a falar. "Gato pequeno. Gatinho", ela disse.

"Isso", falei, e senti meus olhos arderem. Senti, como muitas vezes sinto quando olho para ela, uma dor profunda, uma dor que começa no coração e irradia para o corpo inteiro. "Ele é pequeno mesmo, né?"

"Sim", ela concordou.

Ela mudou tanto. Antes da doença, eu ficava junto à porta do quarto dela, olhando, porque não queria falar nada e interromper a brincadeira, e a ouvia falando com os bichinhos de pelúcia, usando uma voz pra dar as ordens e outra pra interpretar cada um, e sentia alguma coisa dentro de mim se inflar. Quando eu estava na faculdade de medicina, me lembro que uma mulher, mãe de uma criança com síndrome de Down com diagnóstico pós-natal, veio conversar com a gente sobre a forma como os médicos e geneticistas haviam falado com ela, que variava entre a insensibilidade e a completa falta de noção. Mas ela contou que depois, no dia em que ela e a bebê receberam alta, o residente que estava de plantão foi se despedir delas. "Curte bastante ela", ele disse para essa mulher. *Curte bastante ela*: nunca ninguém tinha dito que ela poderia gostar de estar com a bebê, que a bebê poderia ser uma fonte não de problemas, mas de prazer.

E, dessa mesma maneira, eu sempre tinha curtido a Charlie. Eu sempre soube disso — era impossível separar essa alegria, esse prazer que eu sentia estando com ela do amor que sentia por ela. Agora, porém, essa alegria sumiu, foi substituída por uma outra sensação, uma sensação mais profunda e mais dolorosa. É como se eu não conseguisse vê-la sem senti-la três vezes: a sombra de quem ela um dia foi, a realidade de quem ela é, a projeção de quem ela pode se tornar. Fico de luto por uma, fico chocado com a outra e me preocupo com a terceira. Eu nunca tinha percebido o quanto eu havia projetado para o futuro dela até ela sair do coma tão mudada. Eu sabia que não era capaz de prever o que Nova York, o país, o mundo viraria quando o futuro chegasse — mas eu sempre soube que ela conseguiria viver seu futuro com coragem e com franqueza, que ela tinha a confiança, o charme e a intuição necessários para sobreviver.

Mas agora passo o tempo todo preocupado com ela. Como ela vai viver nesse mundo? Quem ela vai ser? Aquela imagem que eu nem havia percebido que tinha na cabeça, dela chegando em casa de madrugada, adolescente, voltando da casa de uma amiga, eu dando uma bronca nela por ter chegado tão tarde — isso ainda vai acontecer? Ela vai conseguir andar pelo Village — desculpa, Zona Oito — sozinha? Ela vai ter amigos? O que vai ser da Charlie? Meu amor por ela às vezes me parece terrível, imenso, sombrio: uma onda tão violenta e silenciosa que não existe escapatória — a única escolha é se deixar levar.

Eu entendo que nesse amor terrível também existe uma consciência cada vez maior de que o mundo em que vivemos — um mundo que, sim, eu ajudei a criar — não é um mundo que tolera pessoas frágeis, diferentes ou deficientes. Sempre me perguntei como as pessoas sabem que chegou a hora de ir embora de um lugar, seja ele Phnom Penh, Saigon ou Viena. O que precisava acontecer para você abandonar tudo, para você perder a esperança de que as coisas podiam melhorar, para você ir em busca de uma vida que nem podia começar a imaginar? Eu sempre tinha pensado que essa consciência vinha aos poucos, aos poucos, mas de maneira contínua, de forma que as mudanças, por mais assustadoras que fossem quando vistas isoladamente, ficassem imunizadas pela própria frequência, como se os alertas fossem normalizados pela própria quantidade.

E de repente é tarde demais. Todo esse tempo, enquanto você estava dormindo, enquanto você estava trabalhando, enquanto você estava jantando ou lendo para os seus filhos ou conversando com seus amigos, os portões estavam se fechando, estavam bloqueando as estradas, os trilhos do trem estavam sendo desmontados, estavam atracando os navios, as rotas dos voos estavam mudando. Certo dia alguma coisa acontece, talvez uma coisa irrelevante até, as lojas deixam de vender chocolate, por exemplo, ou você percebe que não existe mais nenhuma loja de brinquedos na cidade, ou você vê que estão demolindo o parquinho do outro lado da rua, desmontando o trepa-trepa e colocando as peças num caminhão, e você entende, de súbito, que está correndo perigo: que a TV não vai mais voltar. Que a internet não vai mais voltar. Que, embora a pior parte da pandemia tenha passado, ainda estão construindo campos. Que quando alguém disse, na última reunião do Comitê, que "a mania que certas pessoas têm de procriar sem parar foi bem-vinda pelo menos uma vez na história" e ninguém disse nada, nem você, que tudo o que você suspeitava sobre este país — que os Estados Unidos não eram para todo mundo; que não eram para pessoas como eu, ou como você; que os Estados Unidos são um país que tem a perversão no coração — era verdade. Que quando a Lei de Cessação e Prevenção contra o Terrorismo foi aprovada, permitindo que os insurgentes condenados no país pudessem escolher entre a internação e a esterilização, era inevitável que o Ministério da Justiça acabasse dando um jeito de estender essa punição primeiro para os filhos e depois para os irmãos desses insurgentes condenados.

Aí você se dá conta: eu não posso ficar aqui. Não posso criar a minha neta aqui. Aí você aciona alguns contatos. Você tenta se informar discretamente. Você entra em contato com seu melhor amigo, seu amigo mais antigo, seu ex-parceiro, e pede que ele te ajude a sair do país. Mas ele não consegue. Ninguém consegue. Seu governo diz que sua presença é essencial. Dizem que você poderia viajar com um passaporte com prazo limitado, mas que não podem emitir um passaporte igual para a sua neta. Você sabe que eles sabem que você nunca iria embora sem ela — você sabe que é por causa dela que você tem que ir; você sabe que eles vão usá-la para garantir que você nunca saia.

Você passa a noite toda acordado; você pensa no seu falecido marido, no seu falecido filho, no projeto de lei que tornaria ilegal uma família como a que você um dia teve. Você pensa no orgulho que sentia antigamente; em como um dia se gabou de ser um chefe de laboratório tão jovem; em como você se candidatou por vontade própria para ajudar a construir os sistemas dos quais agora você quer fugir. Você pensa em como sua segurança só é garantida enquanto você continuar colaborando. Você só queria poder retroceder no tempo. Esse é o seu sonho, seu desejo mais profundo.

Mas você não pode. Você só pode tentar proteger a sua neta. Você não é um homem corajoso — disso você sabe. Mas, por mais covarde que seja, você nunca vai abandoná-la, mesmo que ela tenha se tornado uma pessoa com quem você não consegue se conectar e que não compreende.

Toda noite você pede perdão.

Você sabe que esse perdão nunca virá.

Com amor, Charles

Parte VII

Verão de 2094

Eu estava nervosa no dia em que vi meu marido pela primeira vez. Foi na primavera de 2087; eu tinha vinte e dois anos. Na manhã em que deveria conhecê-lo, eu acordei mais cedo do que o normal e coloquei o vestido que meu avô tinha comprado para mim em algum lugar — era verde, feito bambu. Na cintura havia uma faixa que amarrei num laço, e mangas longas, que escondiam as cicatrizes que eu tinha por causa da doença.

No escritório do agente de matrimônio, que ficava na Zona Nove, me levaram para uma sala branca comum. Eu tinha perguntado ao meu avô se ele iria ao encontro comigo, mas ele havia dito que eu deveria encontrar o candidato sozinha, e que ele ficaria me esperando do lado de fora, na sala de espera.

Depois de alguns minutos, o candidato chegou. Ele era bonito, tanto quanto na foto, e eu fiquei chateada, porque sabia que eu não era bonita, e o fato de ele ser atraente me faria parecer ainda mais feia. Pensei que talvez ele fosse rir de mim, ou desviar o olhar, ou dar meia-volta e ir embora.

Mas ele não fez nada disso. Ele me cumprimentou com uma saudação demorada e eu fiz o mesmo, e nós nos apresentamos. Depois ele se sentou e eu também me sentei. Havia uma chaleira com chá em pó e duas xícaras e um pratinho com quatro biscoitos. Ele perguntou se eu queria chá, e eu disse que sim, e ele me serviu um pouco de chá.

Eu estava ansiosa, mas ele tentou deixar a conversa descontraída. Já sabíamos todas as coisas importantes sobre o outro: eu sabia que os pais e a irmã dele tinham sido condenados por traição e mandados para campos de trabalho, e que depois foram executados. Eu sabia que ele tinha feito mestrado em biologia e estava estudando para o doutorado quando foi expulso por ter familiares condenados por traição. Ele sabia quem eram meu avô e meu pai. Ele sabia que a doença tinha me deixado estéril; eu sabia que ele tinha preferido ser esterilizado a ser mandado para os centros de reabilitação. Eu sabia que ele tinha sido um aluno promissor. Eu sabia que ele era muito inteligente.

Ele perguntou o que eu gostava de comer, de que tipo de música eu gostava, se eu estava gostando do meu emprego na Rockefeller, se eu tinha algum hobby. Reuniões entre familiares de pessoas condenadas por traição geralmente eram gravadas, mesmo reuniões como aquela, então nós dois tomamos cuidado. Eu gostei de ver que ele era cuidadoso, e que não tinha me feito perguntas que eu não conseguisse responder; gostei da voz dele, que era macia e delicada.

Mas eu ainda não sabia se queria me casar com ele. Eu sabia que precisaria me casar um dia. Mas quando me casasse eu não moraria mais só com o meu avô, e eu queria postergar essa decisão o máximo que pudesse.

Mas no fim eu decidi me casar. No dia seguinte, meu avô encontrou o agente para combinar os últimos detalhes, e logo um ano tinha se passado e chegou a véspera da minha cerimônia de casamento. Naquela noite fizemos um jantar comemorativo, para o qual meu avô tinha conseguido suco de maçã, que bebemos nas nossas xícaras preferidas, e laranjas, que estavam secas e azedas, mas que adoçamos com mel artificial. No dia seguinte eu voltaria a ver o homem que seria meu marido; ele não tinha conseguido reverter a condenação e voltar a estudar, mas meu avô havia arranjado um emprego para ele no Lago, e ele começaria na semana seguinte.

Quando estávamos terminando o jantar, meu avô disse: "Gatinha, quero te dizer uma coisa sobre seu futuro marido".

Ele tinha passado o jantar inteiro sério e quieto, mas quando perguntei se ele estava bravo comigo ele só sorriu e balançou a cabeça. "Não, não estou bravo", ele disse. "Mas é um momento delicado. Minha gatinha cresceu e vai se casar." Nesse momento ele prosseguiu: "Pensei muito se deveria ou não te falar isso. Mas eu acho… acho que devo falar, e depois vou explicar os motivos".

Ele se levantou para ligar o rádio e voltou a se sentar em seguida. Ele passou um bom tempo em silêncio. Então ele disse: "Gatinha, seu futuro marido é como eu. Você entende o que quero dizer?".

"Ele é cientista", eu disse, embora já soubesse disso. Ou queria ser cientista, pelo menos. Isso era bom.

"Não", meu avô disse. "Bem, sim. Mas não é isso que estou tentando dizer. Estou tentando dizer que ele é... como eu sou, mas também como seu outro avô é. Era." Aí ele ficou em silêncio, até ver que eu tinha entendido o que ele queria dizer.

"Ele é homossexual", eu disse.

"Isso", meu avô respondeu.

Eu sabia um pouco sobre a homossexualidade. Eu sabia o que era; sabia que meu avô era homossexual e que um dia a lei havia permitido isso. Hoje em dia não era legal nem ilegal. Você podia ser homossexual. Você podia ter relações sexuais com uma pessoa do mesmo sexo, embora não fosse recomendado. Mas você nunca poderia se casar com uma pessoa do mesmo sexo. Teoricamente, todos os adultos podiam morar com outra pessoa que não fosse da mesma família, ou seja, era possível que dois homens ou duas mulheres morassem juntos, mas pouquíssimas pessoas faziam isso — se você vivesse junto com outra pessoa e não fossem casados, vocês receberiam cupons de alimentos e tíquetes de água e eletricidade para uma pessoa só. Havia apenas três tipos de moradia: moradias para pessoas solteiras, moradias para pessoas casadas (sem filhos) e moradias para famílias (uma para famílias com um filho; outra para famílias com dois ou mais filhos). Até completar trinta e cinco anos, você podia morar numa residência para uma pessoa solteira. Mas depois, de acordo com a Lei do Casamento de 2078, você tinha que se casar. Se você se casasse e se divorciasse ou ficasse viúvo, você tinha quatro anos para se casar de novo, e, por dois anos, tinha direito de participar de um programa de recolocação subsidiado pelo governo. Eles abriam algumas exceções, é claro, para pessoas como meu avô. O governo também respeitava todas as uniões homossexuais existentes, mas só por vinte anos depois da aprovação da lei. Por tudo isso não fazia sentido decidir morar com uma pessoa com quem você não fosse casado; era quase impossível que duas pessoas sobrevivessem com os benefícios de uma só. A sociedade ficava mais estável e saudável quando os cidadãos se casavam, por isso o governo tentava desestimular outros possíveis formatos.

598

Outros países tinham banido a homossexualidade por questões religiosas, mas aqui não se tratava disso. Aqui, a homossexualidade não era recomendada porque as pessoas adultas tinham o dever de ter filhos, já que a taxa de natalidade do país havia chegado a níveis alarmantes, porque muitas crianças morreram em decorrência das doenças de 70 e 76 e muitos dos sobreviventes ficaram inférteis. Além do mais, as crianças morreram de um jeito tão chocante que muitos pais e pessoas que tinham tido filhos ficaram com receio de ter mais filhos, porque achavam que essas crianças também morreriam de uma maneira igualmente chocante. Mas o governo também perseguia os homossexuais porque muitos deles tinham participado da rebelião de 67; haviam apoiado os insurgentes, e o governo precisou puni-los e, acima de tudo, controlá-los. Uma vez meu avô me contou que muitos representantes das minorias raciais também haviam participado da rebelião, mas puni-los da mesma forma era contraproducente, já que o governo precisava do maior número de pessoas para repovoar o país.

Mas, embora a homossexualidade não fosse ilegal, também não era um assunto sobre o qual as pessoas falavam. Além do meu avô, eu não conhecia nenhum outro homossexual. Eu não tinha opinião sobre isso; eles só eram pessoas que não afetavam minha vida.

"Ah...", eu disse para o meu avô nesse momento.

"Gatinha", meu avô começou a falar, e de repente parou. Aí ele começou de novo. "Espero que um dia você entenda por que decidi que essa era a melhor opção pra você. Eu quis encontrar um marido que eu soubesse que sempre cuidaria de você, que sempre protegeria você, que nunca levantaria uma mão pra você, que nunca gritaria com você, que nunca te humilharia. Acredito que esse jovem seja essa pessoa.

"Eu poderia não te contar isso. Mas eu *quero* te contar, porque não quero que você se culpe pelo fato de você e seu marido não terem relações sexuais. Não quero que você pense que é culpa sua se ele não te amar de determinadas formas. Ele vai te amar de outras formas, ou pelo menos demonstrar amor por você de outras formas, e essas são as formas que importam."

Eu fiquei pensando. Nenhum dos dois disse nada por um bom tempo.

Então falei: "Talvez ele mude de ideia".

Meu avô olhou para mim e em seguida olhou para baixo. Houve outro momento de silêncio. "Não", ele disse, com uma voz muito delicada. "Ele não vai, gatinha. Essa é uma coisa que ele não pode mudar."

Sei que isso vai parecer bobagem, porque meu avô era tão inteligente que, como já falei, eu acreditava em tudo que ele dizia. Mas mesmo que ele tenha me avisado, sempre torci para que ele estivesse enganado a respeito do meu marido, para que um dia meu marido começasse a sentir atração física por mim. Eu não sabia exatamente como isso poderia acontecer. Sei que não sou bonita. E também sabia que, mesmo que eu *fosse* bonita, isso não faria diferença para o meu marido.

Mas nos dois primeiros anos do nosso casamento, mais ou menos, eu sonhava que ele se apaixonava por mim. Não era um sonho de verdade, mas eu sonhava acordada, já que nunca tive esse sonho quando estava dormindo, embora sempre pensasse que seria bom. No sonho, eu estava deitada na minha cama e de repente sentia que meu marido se deitava na cama ao meu lado. Ele me abraçava e depois a gente se beijava. O sonho acabava assim, mas às vezes eu tinha outros sonhos, nos quais meu marido me beijava quando estávamos em pé, ou que íamos ao centro e ouvíamos música e ficávamos de mãos dadas.

Eu entendia que meu avô me dissera a verdade sobre meu marido antes de me casar para que eu não me culpasse por meu marido não ter atração por mim. Mas saber a verdade não a tornava mais fácil; não me fazia parar de querer que talvez meu marido fosse uma exceção, que talvez nossa vida acabasse sendo diferente do que meu avô tinha me dito. E mesmo que isso não tivesse acontecido era difícil parar de querer. Eu sempre fui boa em aceitar as coisas como elas eram, mas aceitar isso era mais difícil do que eu tinha imaginado. Eu tentava todos os dias e fracassava todos os dias. Havia alguns dias, talvez até algumas semanas, em que eu não torcia para que talvez, talvez, meu avô tivesse se enganado a respeito do meu marido — que talvez algum dia ele fosse corresponder meu amor. Eu sabia que era mais realista, e por isso menos desgastante, passar meu tempo tentando aceitar, e não tendo esperança de que aquilo mudasse. Mas ter esperança, ao mesmo tempo que me fazia me sentir pior, também me fazia me sentir melhor.

Eu sabia que quem estava escrevendo aqueles bilhetes para o meu marido era um homem — eu sabia pela caligrafia da pessoa. Saber disso me deixava triste, mas não tanto quanto eu ficaria se os bilhetes tivessem sido escritos por uma mulher: isso significava que meu avô estava certo; que meu marido era como ele havia dito. Mas eu ficava chateada mesmo assim. Mesmo assim sentia que tinha fracassado, ainda que meu avô tivesse me dito para não pensar assim. De certa forma, eu não precisava saber quem aquela pessoa era, como eu não precisava saber o que acontecia na casa da Bethune Street — qualquer coisa que eu descobrisse seria inútil, seriam apenas algumas informações a mais. Eu não seria capaz de mudar nada; não seria capaz de corrigir nada. Mas ainda assim eu queria saber — era como se saber fosse melhor do que não saber; por mais difícil que fosse. Foi por esse mesmo motivo, acho eu, que meu avô tinha me falado sobre meu marido.

Mas, por mais triste que eu ficasse com o fato de o meu marido ser incapaz de me amar, o fato de o David ser incapaz era ainda pior. Era pior porque eu não tinha entendido muito bem o que sentia por ele; era pior porque eu sabia que em determinado momento eu tinha começado a pensar que ele poderia gostar de mim da mesma forma, que ele poderia gostar de mim como meu marido não podia. E o pior de tudo era que eu estava enganada — ele não sentia por mim o que eu sentia por ele.

No sábado seguinte, às 16h, fiquei em casa. Meu marido estava tirando um cochilo no nosso quarto; ele disse que andava muito cansado e precisava se deitar. Mas depois de dez minutos eu desci e abri a porta do prédio. Era um dia claro e quente, e o Parque estava muito cheio. Havia bastante gente esperando na frente do vendedor de metal que tinha a banca mais próxima da fronteira norte. Mas depois algumas pessoas saíram e de repente eu vi o David. Embora estivesse quente, a qualidade do ar estava boa, e ele estava segurando o capacete dele em uma das mãos. Com a outra mão ele protegia os olhos, e virava a cabeça de um lado para o outro, devagar, procurando alguma coisa ou alguém.

Nesse momento percebi que ele estava me procurando, e me encolhi, encostada na porta, antes de lembrar que eu nunca tinha dito ao David onde morava — ele só sabia que eu morava na Zona Oito, como ele. Eu estava pensando nisso quando ele pareceu estar olhando direto para mim, e prendi o fôlego, como se isso fosse me fazer ficar invisível, mas em seguida ele virou a cabeça na direção oposta.

Por fim, depois de dois minutos, mais ou menos, ele foi embora, olhando por cima do ombro uma última vez à medida que avançava na direção oeste.

No sábado seguinte, aconteceu a mesma coisa. Dessa vez eu estava esperando diante da porta exatamente às 15h55, para poder vê-lo se aproximar, ficar no meio do lado norte do Parque, e me procurar pelos onze minutos seguintes antes de ir embora. No outro sábado a mesma coisa, e no outro também.

Eu me senti bem por saber que ele ainda queria me ver, mesmo depois de eu ter me humilhado. Mas também fiquei triste, porque sabia que não podia mais vê-lo. Sei que isso parece bobo, ou até infantil, porque, mesmo que o David não sentisse por mim o que eu sentia por ele, ele ainda queria ser meu amigo, e eu não vivia falando que queria ter um amigo?

Mas eu não podia mesmo vê-lo de novo. Sei que parece que isso não faz sentido. Mas precisei de tanta energia e tanta disciplina para me lembrar de não esperar o amor do meu marido que eu achava que não tinha mais forças para não esperar o amor do David. Era difícil demais. Eu teria que aprender a esquecer ou ignorar o que sentia pelo David, e eu não ia conseguir fazer isso se continuasse me encontrando com ele. Era melhor fingir que nunca tínhamos nos conhecido.

No último andar do edifício em que eu trabalhava havia uma estufa. Não era a estufa que tinha recebido o nome do meu avô — essa ficava em outro edifício.

A estufa do Larsson Center não estava funcionando como estufa, e sim como museu. Nesse museu, a universidade mantinha um espécime de cada planta que a RU tinha desenvolvido para usar em medicações antivirais desde 2037. As plantas eram cultivadas em vasos de barro individuais e ficavam enfileiradas, e, embora não parecessem tão importantes, embaixo de cada uma tinha uma etiqueta que dizia seu nome em latim, o nome do laboratório que a tinha desenvolvido e o medicamento para qual havia contribuído. Tinham transferido a maior parte da pesquisa botânica para a Fazenda, mas ainda havia alguns cientistas da RU que participavam do programa de desenvolvimento.

Qualquer pessoa podia visitar essa estufa, mas poucas visitavam. Na verdade, poucas pessoas subiam até a cobertura, e eu não conseguia entender, porque era muito agradável. Como já falei, o campus inteiro fica sob um biodomo, e por isso está sempre climatizado, e perto da estufa há mesas e bancos, então você pode se sentar e olhar o East River, ou as coberturas de outros edifícios, e algumas são usadas para cultivar vegetais, frutas e ervas que a lanchonete usa para cozinhar para os empregados da universidade. Qualquer pessoa que trabalhasse na Rockefeller podia comprar almoço na lanchonete com desconto, e muitas vezes eu levava meu almoço para a cobertura, onde podia comer sozinha sem me sentir constrangida.

Era muito bom ficar na cobertura durante o verão. Você quase sentia que estava ao ar livre, mas era melhor, porque, ao contrário de quando de fato estava ao ar livre, você não precisava usar o traje de resfriamento. Você podia só ficar sentado de macacão, comer seu sanduíche e olhar a água marrom lá embaixo.

Enquanto comia eu pensei, como muitas vezes pensava, no David. Fazia quase um mês desde que eu o vira pela última vez, e, embora estivesse me esforçando ao máximo para esquecê-lo, ainda via todos os dias coisas que eu achava que talvez o interessassem, e era muito difícil lembrar a mim mesma que eu não ia mais vê-lo, e que eu precisava parar de fazer observações e guardá-las para compartilhar com ele. Mas nesse momento me lembrei que meu avô tinha dito que você não precisa fazer observações só para contar para outra pessoa; que observar as coisas só por observar era uma coisa boa. "Por quê", eu perguntei, e ele pensou por um instante. "Porque a gente é capaz", ele disse, enfim. "Porque é isso que os seres humanos fazem." Às vezes eu tinha medo de que minha falta de interesse em fazer observações significasse que eu não era humana, mas eu sabia que não era isso que meu avô quisera dizer.

Eu estava pensando nisso quando as portas do elevador se abriram e três pessoas, uma mulher e dois homens, saíram. Eu soube na mesma hora que eles eram funcionários do governo, pela forma como se vestiam, e percebi que estavam no meio de uma discussão, porque um dos homens estava inclinado na direção do outro, e todos estavam sussurrando. Então a mulher me viu e disse: "Ah, meu Deus… gente, vamos tentar ir pra outro lugar", e, antes que eu pudesse dizer que poderia sair, eles voltaram para o elevador e foram embora.

Meu avô sempre dizia que as pessoas que trabalhavam para o governo e as pessoas que não trabalhavam compartilhavam o desejo de nunca se encontrar: o governo não queria nos ver, e nós não queríamos vê-los. E na maior parte do tempo isso não acontecia. Os ministérios ficavam todos numa zona só, e os funcionários do governo tinham ônibus, supermercados e edifícios residenciais só deles. Essas pessoas não moravam em uma zona só, embora muitos dos membros mais antigos morassem na Zona Catorze, assim como muitos dos cientistas da RU, engenheiros e pesquisadores mais velhos da Fazenda e do Lago.

Era sabido que havia um escritório de funcionários do governo em todas as instituições de pesquisa biológica no país. Isso era necessário, para que pudessem cuidar de nós. Mas, embora todos soubéssemos que havia um escritório na RU, ninguém sabia onde ele ficava nem quantas pessoas trabalhavam lá. Tinha gente que dizia que eram menos de dez pessoas. Mas outros falavam que eram mais, muito mais, talvez até cem pessoas, duas para cada pesquisador responsável. Havia boatos de que o escritório ficava no subsolo, muitos andares para baixo, abaixo até dos supostos laboratórios adicionais onde ficavam os supostos ratos adicionais, e os supostos centros cirúrgicos, e que esses escritórios subterrâneos eram conectados a túneis especiais, onde havia trens especiais que levavam essas pessoas de volta para os ministérios, ou até a Municipalidade Um.

Mas outras pessoas diziam que eles ficavam em salas pequenas num dos edifícios menos utilizados, e isso deveria ser a verdade, embora a RU não tivesse um campus tão grande que você não acabasse cruzando com todo mundo depois de certo tempo, e ainda assim eu nunca tinha visto esses funcionários do governo, embora eu os tivesse reconhecido na mesma hora.

Na verdade, a presença deles era uma novidade relativamente recente. Quando meu avô começou a trabalhar na Rockefeller, por exemplo, era só um centro de pesquisa. Os laboratórios recebiam subsídio do governo, e às vezes eles colaboravam com vários ministérios, principalmente os ministérios de Saúde e do Interior, mas o governo não tinha jurisdição sobre o trabalho que desenvolviam. Mas depois de 56 isso mudou, e em 62, quando o governo se estabeleceu, determinou-se que eles supervisionariam todos os centros de pesquisa do país. No ano seguinte, os quarenta e cinco estados foram divididos em onze prefeituras, e em 72, um ano depois de criarem as zonas, o nosso foi um dos noventa e dois países que assinaram um tratado com Pequim, que concedia pleno acesso a todas as instituições científicas em troca de financiamento e outros recursos, inclusive comida, água, medicamentos e ajuda humanitária. Por causa disso, mesmo que todos os projetos federais fossem monitorados pelo governo, só os funcionários do governo que supervisionavam instituições como a RU prestavam contas a Pequim — Pequim não se importava com as outras iniciativas do país, só com aquelas que trabalhavam com doenças e prevenção de doenças, como a nossa.

Além das pessoas que sem dúvida eram funcionárias do governo, também era inevitável que houvesse muitos cientistas e outros pesquisadores que trabalhavam tanto para o instituto quanto para o governo. Isso não significava que fossem informantes — o instituto estava ciente dessa dupla atuação. Meu avô foi um desses casos: ele tinha começado como cientista, mas depois também passou a trabalhar para o governo. Quando eu nasci, ele era muito poderoso. Mas depois ele foi perdendo o poder, e no curto período em que os insurgentes tomaram o controle do país pela segunda vez ele foi assassinado por sua ligação com o governo e pelo que ele tinha feito para tentar impedir que a doença se alastrasse.

O que quero dizer é que era estranho ver esses funcionários do governo andando pelo campus tão abertamente e se comportando de forma tão estranha. Então acho que não é nenhuma surpresa que, após uma semana, mais ou menos, eu tenha voltado depois de almoçar na cobertura e visto cinco ph.Ds animados, cochichando num canto da sala de descanso sobre um comunicado que havia acabado de chegar do Ministério da Saúde, que dizia que todos os centros de contenção da nossa prefeitura seriam fechados, e que isso passaria a valer imediatamente.

"O que você acha que isso quer dizer?", perguntou um dos ph.Ds, que sempre começava esse tipo de conversa com a mesma pergunta, e que às vezes eu ouvia repetindo para outras pessoas as respostas que ele tinha recebido.

"É óbvio", disse outro, que era grande e alto, e que segundo boatos tinha um tio que era um dos vice-ministros do Interior, "que quer dizer que essa coisa nova não só é de verdade como foi projetada para ser altamente mortal e contagiosa".

"Por que você acha isso?"

"Porque sim. Se fosse fácil de tratar, ou de isolar, o sistema antigo continuaria funcionando bem: se alguém fica doente, você isola a pessoa por uma semana ou duas e vê se ela melhorou, e se não melhorar levam ela para um centro de transferência. Isso funcionou muito bem nos últimos, o quê, vinte e cinco anos?"

"Na verdade", disse outro ph.D, que revirava os olhos sempre que o sobrinho do vice-ministro do Interior falava alguma coisa, "eu nunca achei que esse sistema funcionava. É muita margem pra erro."

"É, o sistema tem suas falhas", disse o sobrinho do vice-ministro do Interior, irritado porque o outro estava discordando dele. "Mas a gente não pode esquecer o que os centros de contenção fizeram por nós." Eu já tinha ouvido o sobrinho do vice-ministro do Interior defender os centros de contenção em outras situações; ele sempre fazia questão de lembrar que graças aos centros os cientistas tiveram a chance de conduzir estudos com seres humanos em tempo real e de selecionar residentes para participar de testes de medicamentos. "Agora eles devem estar pensando que, seja lá o que for isso, ou não vai dar tempo de emplacar a medida paliativa do centro de contenção, ou isso nem vai ser necessário, porque a taxa de mortalidade vai ser tão alta, e as mortes, tão rápidas, que o melhor a se fazer, e a solução mais eficiente, vai ser só mandar todos os casos direto para os centros de transferência e tirar essas pessoas da ilha o quanto antes."

Ele pareceu muito entusiasmado com isso. Todos eles, na verdade. Não havia dúvida de que existia uma nova doença, uma doença grave, e tinha chegado a hora de eles testemunharem tudo e tentarem propor soluções. Nenhum deles parecia preocupado; nenhum deles parecia ter medo de que eles próprios pudessem adoecer. Talvez eles tivessem razão em não ter medo. Talvez essa doença não fosse afetá-los — eles sabiam mais do que eu sobre ela, então eu não poderia dizer se estavam errados ou não.

No ônibus, a caminho de casa, pensei no homem que eu havia visto dois anos antes, aquele que tinha tentado fugir do centro de contenção e fora impedido pelos guardas. Desde então eu olhava pela janela toda vez que passávamos pelo centro. Não sei por que eu fazia isso — o centro não existia mais, e de qualquer forma a fachada era toda espelhada, então era impossível ver a parte de dentro. Mas eu olhava mesmo assim, como se um dia o homem pudesse aparecer de novo, dessa vez saindo do centro de roupa normal porque tinha se curado e ia voltar para casa, ou para o lugar onde morava antes de ficar doente.

As semanas seguintes foram muito agitadas para todos que trabalhavam no laboratório, inclusive para mim. Ficou mais difícil ouvir as conversas, porque os cientistas passaram a fazer muito mais reuniões, muitas delas lideradas pelo dr. Wesley, e por consequência os ph.Ds tinham muito menos tempo de se reunir e conversar sobre o que havia acontecido nessas reuniões, e menos tempo para eu tentar escutar o que diziam.

Levei vários dias para entender que até os cientistas mais velhos estavam surpresos com o que estava acontecendo. Muitos deles tinham sido ph.Ds ou pós-doutorandos durante a doença de 70, mas agora o governo estava muito mais forte do que naquela época, e a presença constante e cada vez mais numerosa dos funcionários do governo os deixava confusos e até ansiosos: as três pessoas que eu vira na cobertura, mas também muitas outras, dezenas delas, de vários ministérios diferentes. Elas estavam ali para gerenciar as medidas que seriam tomadas em resposta à doença, e passariam a administrar não só nosso laboratório, mas todos os laboratórios da RU.

A nova doença ainda não tinha nome, mas todos nós estávamos terminantemente proibidos de falar sobre ela com qualquer pessoa. Se falássemos, poderíamos ser acusados de traição. Pela primeira vez, achei bom que eu e o David não estivéssemos mais nos falando, porque eu nunca tinha precisado guardar segredo de um amigo, e por isso não sabia se me sairia bem. Mas agora isso já não era mais um problema.

Desde que parei de ver o David, eu voltei a monitorar meu marido nas noites de quinta. Como antes, não havia muita coisa para ver — ele só ia até a casa na Bethune Street, batia na porta daquele jeito diferente, dizia alguma coisa que eu não conseguia ouvir e depois entrava e sumia —, e mesmo assim eu continuava espiando, em pé debaixo da escada da casa do outro lado da rua. Uma vez a porta se abriu um pouco mais do que o habitual e eu vi a pessoa que estava lá dentro: um homem branco mais ou menos da idade do meu marido e cabelo castanho-claro colocou a cabeça para fora e olhou depressa para os dois lados antes de fechar a porta de novo. Depois que a porta se fechava, eu ficava lá por mais uns minutos, esperando para ver se acontecia mais alguma coisa, mas nunca acontecia nada. Então eu voltava para casa.

Na verdade, tudo tinha voltado a ser como era antes de eu conhecer o David, mas ao mesmo tempo as coisas estavam diferentes, porque eu tinha me sentido outra pessoa enquanto tive a amizade do David e, agora que não tinha mais, ficava difícil lembrar quem eu era de fato.

Certa noite, cerca de seis semanas depois de eu ter encontrado o David pela última vez, eu e meu marido estávamos jantando quando ele perguntou: "Naja, tudo bem com você?".

"Sim", eu disse. "Obrigada", eu me lembrei de dizer.

"Como vai o David?", ele perguntou, depois de um momento de silêncio, e eu levantei a cabeça.

"Por que você está perguntando?", eu disse.

Ele levantou um dos ombros e depois o deixou cair. "Só lembrei de perguntar", ele respondeu. "Está fazendo tanto calor... vocês dois continuam caminhando, ou estão passando mais tempo no centro?"

"Nós não somos mais amigos", eu disse, e meu marido, do outro lado da mesa, ficou em silêncio.

"Sinto muito, Naja", ele disse, e nesse momento eu dei de ombros. De repente fiquei brava: fiquei brava porque meu marido não tinha ciúme do David, nem da minha amizade com ele; fiquei brava por ele não ter ficado aliviado porque eu e o David não éramos mais amigos; fiquei brava por ver que ele não tinha ficado surpreso.

"Aonde você vai nas suas noites livres?", perguntei a ele, e gostei de vê-lo fazendo uma expressão surpresa e se recostando na cadeira.

"Eu encontro os meus amigos", ele respondeu, depois de uma pausa.

"O que você faz com eles?", perguntei, e ele ficou em silêncio de novo.

"A gente conversa", ele disse, enfim. "E joga xadrez."

Então nós dois ficamos em silêncio. Eu ainda estava brava; ainda queria fazer perguntas. Mas eram tantas que eu não sabia por onde começar, e além do mais eu estava com medo: e se ele me dissesse alguma coisa que eu não queria ouvir? E se ele ficasse bravo comigo e gritasse? E se ele saísse correndo do apartamento? Aí eu ia ficar sozinha, e não ia saber o que fazer.

Por fim ele se levantou e começou a recolher os pratos. Tínhamos comido cavalo naquela noite, mas nenhum de nós tinha comido tudo. Eu sabia que meu marido ia embalar as sobras num papel para depois usarmos os ossos para dar sabor ao mingau.

Era terça-feira, e era minha noite livre, mas quando comecei a andar na direção do nosso quarto e meu marido colocou os pratos sobre o balcão para me levar o rádio, eu o interrompi. "Não quero ouvir rádio", eu disse. "Quero ir dormir."

"Naja", meu marido disse, vindo na minha direção, "tem certeza de que você está bem?"

"Sim", respondi.

"Mas você está chorando", meu marido disse, embora eu não pensasse que estava chorando. "O... o David te machucou de algum jeito, Naja?"

"Não", respondi. "Não, ele não me machucou. Só estou muito cansada e gostaria de ficar sozinha, por favor."

Ele se afastou, e eu fui ao banheiro e depois para a minha cama. Algumas horas depois, meu marido entrou. Não era comum que ele fosse se deitar tão cedo, mas nós dois vínhamos trabalhando até mais tarde, e ele, como eu, estava muito cansado. No dia anterior tínhamos sido acordados por uma batida policial cedo da manhã. Mas, embora nós dois estivéssemos cansados, só ele dormiu depressa, porque eu fiquei acordada, vendo a luz do holofote se mexendo no teto. Imaginei meu marido na Bethune Street jogando xadrez com outra pessoa, mas, por mais que eu tentasse, eu só conseguia visualizar a parte interna da casa igual ao nosso apartamento, e a única pessoa que eu conseguia ver jogando xadrez com meu marido não era o homem que abria a porta, mas o David.

Em meados de julho, eu tinha começado a sentir que vivia em dois mundos. O laboratório havia se transformado: a cobertura do Larsson tinha se tornado uma sala para uma equipe de epidemiologistas do Ministério da Saúde, e uma parte da maior passagem subterrânea fora adaptada e agora servia de sala para alguns dos funcionários do Ministério do Interior. Os cientistas corriam de um lado para o outro com uma cara preocupada, e até os ph.Ds estavam quietos. A única coisa que eu sabia era que aquilo que haviam descoberto, o que quer que fosse, era muito perigoso, tanto que o perigo tinha ofuscado até o entusiasmo da descoberta.

Mas fora da RU tudo continuava como sempre. O ônibus me buscava; o ônibus me deixava no ponto. Havia produtos no supermercado, e houve uma semana em que a carne de cavalo estava com desconto, como às vezes acontecia quando havia um excedente nas indústrias da região oeste. A rádio tocava música nos horários de sempre e transmitia boletins informativos nos horários de sempre. Você não via nenhum dos preparativos que eu sabia, porque tinha aprendido na escola, que tinham sido feitos antes da doença de 70: não havia um aumento de militares nas ruas, o governo não estava requisitando imóveis, não tinham restabelecido o toque de recolher. Aos fins de semana, o

Parque ficava cheio de gente, como sempre, e embora David tivesse parado de me procurar, eu ainda ficava na porta do edifício e olhava pela janela todos os sábados no mesmo horário em que antes nos encontrávamos, procurando por ele como ele tinha procurado por mim. Mas eu nunca o vi. Algumas vezes me perguntei se deveria ter comprado o pó da vendedora e o colocado escondido na bebida do David, como ela dissera, mas em seguida eu me lembrava que não fora David quem tinha decidido parar de me encontrar — eu que tinha decidido parar de encontrá-lo. Nesse momento eu me perguntava se deveria ir ao Parque e deixar aquela mulher me encontrar de novo — não por causa do pó que faria David se apaixonar por mim, mas de um outro pó, um pó que me fizesse acreditar que alguém poderia me amar.

Acho que a única coisa que tinha mudado fora do meu trabalho era o fato de que meu marido tinha começado a passar mais tempo em casa, muitas vezes dormindo na cama dele ou cochilando no sofá. Ele até voltava para casa mais cedo em suas noites livres, e quando isso acontecia eu percebia, ouvindo seus passos, que ele estava andando de um jeito diferente, mais pesado. Normalmente ele andava com passos leves, mas agora, quando se deitava na cama, ele gemia, baixinho, como se sentisse dor, e ultimamente seu rosto estava inchado. Ele vinha fazendo horas extras no Lago, assim como eu vinha fazendo horas extras no laboratório, mas eu não sabia se ele sabia do que eu sabia, que também não era tanto assim. As pessoas que trabalhavam no Lago e na Fazenda faziam trabalhos essenciais, mas, assim como eu não sabia o que elas de fato faziam nesses empregos, elas muitas vezes não sabiam também. Ele poderia estar fazendo hora extra, por exemplo, porque um laboratório — e talvez até um laboratório da RU — tinha pedido um certo material de um certo tipo de planta com urgência, mas, assim como eu não sabia como os ratos que eu estava preparando seriam usados, ele poderia não saber como a amostra que estava preparando seria usada. Eles só lhe davam ordens, e ele obedecia. A diferença era que eu não tinha curiosidade de saber por que me mandavam fazer alguma coisa; me bastava saber que meu trabalho era importante; que eu era útil, e que aquilo precisava ser feito. Mas meu marido terminaria o doutorado em dois anos quando foi declarado inimigo do estado e expulso da universidade — era natural que ele quisesse saber por que pediam que fizesse determinadas coisas. Ele talvez quisesse até dar uma opinião. Mas ele nunca dava.

Eu lembro que, certa vez, eu tinha ficado muito chateada depois de uma aula que meu avô me deu sobre as perguntas que eu deveria fazer às pessoas. Muitas vezes eu saía dessas aulas me sentindo frustrada, porque elas me lembravam da dificuldade que eu tinha para fazer, falar e pensar as coisas que pareciam tão fáceis para as outras pessoas. "Eu não sei fazer as perguntas certas", eu disse para o meu avô, ainda que isso não fosse exatamente o que eu queria dizer, ainda que eu não soubesse dizer o que queria de verdade.

Meu avô ficou um momento em silêncio. "Às vezes não fazer perguntas é uma coisa boa, gatinha", ele disse. "Não fazer perguntas é algo que pode proteger a gente." Aí ele olhou para mim, olhou de verdade para mim, como se quisesse memorizar como era o meu rosto porque talvez nunca mais me visse de novo. "Mas às vezes você precisa perguntar, mesmo que seja perigoso." Ele parou de falar de novo. "Você vai se lembrar disso, gatinha?"

"Sim", respondi.

No dia seguinte, no trabalho, fui falar com o dr. Morgan. O dr. Morgan era o pesquisador mais experiente do laboratório e supervisionava todos os técnicos. Mas embora ele fosse o mais experiente, os ph.Ds não queriam ser como ele. "Deus me livre de acabar igual ao Morgan", eu às vezes ouvia um deles dizer aos outros. Isso acontecia porque o dr. Morgan não tinha um laboratório dele e ainda trabalhava para o dr. Wesley, embora estivesse no laboratório havia sete anos. Na verdade, eu e o dr. Morgan tínhamos entrado no laboratório do dr. Wesley no mesmo ano. Meu avô havia me dito que todo laboratório tinha pelo menos uma pessoa com pós-doutorado que nunca ia embora, que continuava ali, mas que eu nunca deveria dizer isso para eles, ou lembrar que eles estavam ali havia muito tempo, ou perguntar por que eles não tinham ido trabalhar em outro lugar.

Então eu nunca disse nada disso. Mas o dr. Morgan sempre me tratou bem e, diferente de muitos dos outros cientistas no laboratório, sempre me cumprimentava se me visse no corredor. Mesmo assim eu raramente o procurava, a não ser quando queria pedir permissão para sair mais cedo ou chegar mais tarde, e, como não sabia a melhor forma de abordá-lo, passei cerca de cinco minutos esperando perto da estação de trabalho dele enquanto a maior parte dos funcionários estava almoçando, sem saber o que fazer e torcendo para que ele me visse em algum momento.

Por fim ele me viu. "Tem alguém me olhando", ele disse, e se virou. "Charlie, o que você está fazendo aí?"

"Desculpe, dr. Morgan", eu disse.

"Aconteceu alguma coisa?", ele perguntou.

"Não", eu disse. Depois não consegui pensar em mais nada para dizer. "Dr. Morgan", falei depressa, antes de perder a coragem, "será que o doutor pode me dizer o que está acontecendo?"

O dr. Morgan olhou para mim, e eu olhei para ele. Desde sempre havia alguma coisa no dr. Morgan que me lembrava meu avô, embora eu tivesse demorado um tempo para entender o que era: ele era muito mais jovem que o meu avô, era só alguns anos mais velho que eu. Ele não era branco. E, ao contrário do meu avô, ele não era reconhecido nem influente. Mas depois me dei conta de que era porque ele sempre respondia quando eu fazia uma pergunta — outras pessoas no laboratório, mesmo que eu perguntasse, me diziam que eu não entenderia, mas o dr. Morgan nunca disse isso.

"É uma zoonose, e com certeza é uma febre hemorrágica", ele disse, enfim. "E o vírus se dissemina tanto por meio de aerossóis e gotículas contaminadas quanto por fluidos corporais, e por isso a doença é extremamente contagiosa. Ainda não sabemos ao certo qual é o período de incubação, ou quanto tempo leva do diagnóstico até a morte. A doença foi descoberta no Brasil. Identificaram o primeiro caso no nosso país cerca de um mês atrás, na Prefeitura Seis." Ele não precisava dizer que isso era uma boa notícia, porque a Prefeitura Seis era a prefeitura menos populosa de todas. "Mas desde então a gente sabe que a doença está se espalhando. Ainda não sabemos com que velocidade. É só isso que eu posso dizer."

Não perguntei se era porque ele não sabia mais ou porque não podia me dizer mais. Eu só agradeci e voltei para o meu departamento, para pensar no que ele tinha me contado.

Eu sei que a primeira coisa que as pessoas podiam se perguntar era como essa doença tinha chegado aqui. Um dos motivos para não ter havido nenhuma pandemia em vinte e quatro anos era o fato de, como eu já disse, o governo ter fechado todas as fronteiras e proibido as viagens internacionais. Muitos países fizeram o mesmo. Na verdade, só havia dezessete países no total — Nova Bretanha, alguns países da Europa Antiga e outros no Sudeste da Ásia — que permitiam o acesso recíproco entre seus cidadãos.

Mas, embora a lei proibisse as pessoas de entrar e sair, isso não queria dizer que ninguém entrava e saía *de verdade*. Quatro anos atrás, por exemplo, houve um boato de que tinham encontrado um passageiro clandestino da Índia dentro de um contêiner em um dos portos da Prefeitura Três. E, como meu avô sempre dizia, um micróbio pode viajar na garganta de qualquer um: na de uma pessoa, é claro, mas também na de um morcego, ou uma cobra, ou uma pulga. (Isso é modo de dizer, já que cobras e pulgas não têm garganta.) Como o dr. Wesley sempre dizia, um único hospedeiro bastava.

E também havia outra teoria, uma teoria que eu nunca falaria em voz alta — embora os outros falassem —, que dizia que o próprio governo criava as doenças, que metade de cada instituição de pesquisa, e até a RU, se dedicava a criar novas doenças, e a outra metade tentava descobrir como destruí-las, e sempre que o governo achava necessário eles acionavam uma das novas doenças. Não me pergunte como sei que as pessoas achavam isso, porque eu não saberia dizer — eu só sei. O que posso dizer é que meu pai achava isso, e também por isso ele foi declarado inimigo do estado.

Mas, embora eu já tivesse ouvido essas teorias antes, eu não acreditava nelas. Se isso era verdade, porque o governo não espalhou uma doença em 83 ou 88, durante as rebeliões? Aí meu avô ainda estaria vivo, e eu ainda poderia conversar com ele.

Eu também nunca falaria isso, mas às vezes torcia para que aparecesse mesmo outra doença vinda de muito longe. Não porque eu queria que as pessoas morressem, mas porque seria uma prova. Eu queria ter certeza de que havia outros lugares, e outros países, e pessoas que viviam nesses países e pegavam o ônibus e trabalhavam nos laboratórios delas e faziam seus hambúrgueres de ratão-do-banhado para jantar. Eu sabia que eu nunca poderia conhecer esses lugares — eu nem *queria* poder conhecê-los.

Mas às vezes eu queria saber que eles existiam, que todos aqueles países a que meu avô tinha ido, todas aquelas ruas pelas quais ele tinha andado, ainda estavam no mesmo lugar. Às vezes eu queria até fingir que ele não tinha morrido, que eu não tinha visto com meus próprios olhos o momento em que tinham matado meu avô, mas que, quando ele caiu pelo buraco da plataforma, ele tinha aterrissado em uma das cidades para as quais tinha viajado quando era jovem: Sydney ou Copenhague ou Xangai ou Lagos. Talvez ele estivesse lá, pensando em mim, e, por mais que eu sentisse saudade dele do mesmo jeito, me bastaria saber que ele ainda estava vivo, lembrando de mim, num lugar que eu não poderia nem imaginar.

Ao longo das semanas seguintes, as coisas começaram a mudar. No começo não foi nada óbvio — você não via caminhões enfileirados ou mobilização militar, nada disso —, mas foi ficando evidente que alguma coisa estava acontecendo.

Eles faziam a maior parte do trabalho à noite, então foi quando eu estava no ônibus, indo para a RU, no sentido norte, que comecei a perceber as diferenças. Certa manhã, por exemplo, ficamos mais tempo do que o normal parados no posto de controle; em outra, um soldado apontou para a testa de cada passageiro antes de embarcamos um novo termômetro que eu nunca tinha visto. "Pode seguir", dizia o soldado, mas não de um jeito grosseiro, e depois, embora ninguém tivesse perguntado, ele disse: "é um novo equipamento que o governo está testando". No outro dia ele não estava lá, mas em seu lugar havia outro soldado, parado, nos observando, com uma mão encostada na arma, à medida que embarcávamos. Ele não disse nada e não fez nada, mas seus olhos iam de um lado para o outro, nos esquadrinhando, e quando o homem que estava na minha frente ia subir no ônibus o soldado esticou o braço. "Pare", ele disse. "O que é isso?", e apontou para uma mancha da cor de uvas amassadas que havia no rosto do homem. "Marca de nascença", disse o homem, que não pareceu nem um pouco assustado, e o soldado pegou um dispositivo no bolso e apontou uma luz para o rosto do homem, depois leu o que o dispositivo dizia e assentiu com a cabeça, fazendo um sinal com a ponta da arma para que o homem entrasse no ônibus.

Não posso dizer o que as outras pessoas do meu ônibus tinham percebido ou não. Por um lado, era tão raro que as coisas mudassem na Zona Oito que era impossível não perceber o que mudava. Por outro, quase ninguém prestava atenção nas mudanças. Mas só posso deduzir que a maioria de nós sabia, ou desconfiava, do que estava acontecendo: todos nós, sem exceção, trabalhávamos para instituições governamentais, afinal de contas; aqueles que trabalhavam em lugares que estudavam ciências biológicas talvez soubessem mais do que quem trabalhava no Lago ou na Fazenda. Mesmo assim, ninguém dizia nada. Se você quisesse, era fácil acreditar que não estava acontecendo nada.

Um dia, eu estava no lugar em que sempre me sentava no ônibus, olhando pela janela, quando de repente vi o David. Ele estava usando o macacão cinza de sempre e estava andando pela Sexta Avenida. Isso foi logo antes de precisarmos parar no posto de controle da rua 14, e enquanto esperávamos na fila eu o vi virar à direita na rua 12, indo na direção oeste e desaparecendo de vista.

O ônibus avançou um pouco, e eu me virei no assento. Me dei conta de que era impossível que aquele fosse o David; o horário do ônibus dele já tinha se passado havia uma hora — ele já estaria na Fazenda, trabalhando.

Mas ainda assim eu tinha muita certeza de que o vira, mesmo que fosse impossível. Pela primeira vez, senti um tipo de medo de tudo o que estava acontecendo: a doença, o fato de eu saber tão pouco, o que ia acontecer. Eu não tinha medo de ficar doente; não sabia exatamente por quê. Mas naquele dia no ônibus tive a sensação estranha de que o mundo estava mesmo sendo dividido, e que em um mundo eu estava indo para o meu trabalho, para cuidar dos mindinhos, enquanto em outro David estava indo para um lugar diferente, um lugar que eu nunca tinha visto, de que nunca tinha ouvido falar, como se na verdade a Zona Oito fosse muito maior do que eu sabia, e dentro dela houvesse lugares de cuja existência todas as outras pessoas sabiam, mas, por algum motivo, eu não.

Eu sempre pensava no meu avô, mas havia dois dias em que eu pensava ainda mais. O primeiro era o dia 20 de setembro, o dia em que o mataram. O outro era 14 de agosto, o dia que o tiraram de mim, o último dia que passei com ele, e, embora eu saiba que isso vai parecer estranho, essa data era ainda mais difícil para mim do que o dia da morte dele.

Eu tinha passado aquela tarde com ele. Era um sábado, e ele tinha ido me encontrar no que tinha sido nosso apartamento, mas agora era o apartamento em que eu e meu marido morávamos. Eu e meu marido só estávamos casados desde o dia 4 de junho, e, dentre todas as coisas que eu achava estranhas e difíceis na vida de casada, a mais estranha e difícil era não ver meu avô todos os dias. Ele tinha se mudado para um flat muito pequeno na parte leste da zona, e nas duas primeiras semanas do meu casamento eu tinha ido até o prédio dele todos os dias depois do trabalho e esperado na rua, às vezes por horas, até ele chegar em casa. Todos os dias ele sorria, mas também balança-va a cabeça. "Gatinha", ele dizia, dando uma palmadinha no meu cabelo, "nunca vai ficar mais fácil se você continuar vindo aqui toda noite. E seu marido ainda vai ficar preocupado."

"Não vai, não", eu dizia. "Eu avisei que ia vir te visitar."

Aí meu avô suspirava. "Sobe", ele dizia, e eu subia com ele, e ele colocava a pasta na mesa e me dava um copo d'água, e depois ele me acompanhava andando até a minha casa. No caminho, ele me perguntava como estava meu trabalho, e como estava meu marido, e se estávamos nos sentindo bem no apartamento.

"Eu ainda não entendo por que você precisou sair", eu dizia.

"Eu já te expliquei, gatinha", meu avô dizia com um tom carinhoso. "Porque o apartamento é seu. E porque agora você é casada... você não pode ficar grudada no seu avô velhinho pra sempre."

Pelo menos eu e meu avô passávamos todos os fins de semana juntos. Todas as sextas-feiras, meu marido e eu o convidávamos para jantar, e ele e meu marido falavam sobre questões científicas complexas, e eu só conseguia entender os primeiros dez minutos da conversa. Depois, no sábado e no domingo, ficávamos só nós dois. Nessa época meu avô estava numa situação difícil no trabalho dele — os insurgentes tinham tomado a capital seis semanas antes e feito comícios enormes em que prometiam restabelecer a tecnologia para todos os cidadãos e punir os líderes do regime. Fiquei com medo quando ouvi isso, porque meu avô fazia parte do regime. Eu não sabia se ele era um dos líderes, só sabia que ele era importante. Mas até então nada tinha acontecido, além de o governo ter instituído um toque de recolher que começava às 23h. Todo o resto parecia igual ao que sempre tinha sido. Eu estava começando a pensar que no fim das contas nada mudaria, porque, na verdade, nada tinha mudado. Para mim, não importava quem mandava no governo: eu era só uma cidadã e continuaria sendo de qualquer forma, e não cabia a mim pensar nesse tipo de coisa.

Aquele sábado, 14 de agosto, era um dia normal. Estava muito calor, e por isso eu e meu avô nos encontramos às 14h no centro e ouvimos um quarteto de cordas. Depois ele comprou sorvete de leite para nós dois, e nos sentamos em uma das mesas, comendo o sorvete com colherzinhas. Ele perguntou como estava meu trabalho, e se eu gostava do dr. Wesley, que certa vez tinha trabalhado para o meu avô, muitos anos antes. Eu disse que gostava do trabalho, e que o dr. Wesley era legal, e as duas coisas eram verdade, e ele assentiu. "Que bom, gatinha", ele disse. "Fico feliz em saber disso."

Passamos um tempo no ar-condicionado, depois meu avô disse que o pior do calor já deveria ter passado, e que podíamos ver o que os vendedores estavam expondo no Parque, porque às vezes fazíamos isso antes de eu voltar para casa.

Estávamos a três quarteirões da entrada norte quando a van parou do nosso lado e três homens vestidos de preto saíram dela. "Dr. Griffith", um deles disse para o meu avô, e meu avô, que tinha parado para olhar a van se aproximando, em pé ao meu lado com a mão no meu ombro, nesse momento pegou minha mão e a apertou, puxando meu rosto para que eu olhasse para ele.

"Tenho que ir com esses homens, gatinha", ele disse, calmamente.

Eu não entendi. Senti que ia desmaiar. "Não", eu disse. "Não, vovô."

Ele deu uma batidinha na minha mão. "Não se preocupa, gatinha", ele disse. "Eu vou ficar bem. Eu prometo."

"Entra", disse outro homem, mas meu avô o ignorou. "Vai pra casa", ele sussurrou pra mim. "São só três quadras até você chegar. Vai pra casa, e fala para o seu marido que me levaram, e não se preocupa, tá? Logo eu volto pra ficar com você."

"Não", eu disse, e meu avô me deu uma piscadinha e entrou na parte traseira da van. "Não, vovô", eu disse. "Não, não…"

Meu avô me procurou com os olhos, sorriu e começou a dizer alguma coisa, mas nesse momento o homem que tinha dito para ele entrar bateu a porta, os três homens entraram no banco da frente e a van saiu.

A essa altura eu estava gritando, e, embora algumas pessoas tivessem parado para me olhar, a maioria não parou. Comecei a correr atrás da van, mas era tarde demais. Ela estava indo na direção sul, mas depois virou na direção oeste, e fazia tanto calor, e eu corria tão devagar que tropecei e caí, e por um tempo fiquei na calçada, me chacoalhando.

Por fim eu me levantei. Caminhei até o nosso prédio e subi pro apartamento. Meu marido estava lá, e quando me viu ele abriu a boca, mas antes que ele pudesse falar eu contei o que tinha acontecido, e na mesma hora ele foi até o armário, pegou a caixa que continha os nossos documentos e tirou alguns de lá. Depois ele foi até a gaveta que ficava embaixo da minha cama e pegou algumas das nossas moedas de ouro. Ele as colocou numa sacola, depois colocou água numa caneca e me ofereceu. "Eu tenho que ir ver se consigo ajudar o seu avô", ele disse. "Volto assim que puder, tá?" Eu concordei.

Esperei meu marido voltar a noite toda, sentada no sofá com meu traje de resfriamento. O sangue do lugar onde eu tinha ralado a testa secou e eu senti coceira. Depois, muito tarde, pouco antes de o toque de recolher começar, ele voltou, e quando perguntei "Cadê meu avô?", ele olhou para baixo.

"Desculpa, Naja", ele respondeu. "Não quiseram soltar ele. Eu vou continuar tentando."

Nesse momento eu comecei a gemer, a gemer e me sacudir, e depois de um tempo meu marido buscou o travesseiro na minha cama para que eu pudesse cobrir a boca, e sentou no chão ao meu lado. "Eu vou continuar tentando, Naja", ele repetiu. "Eu vou continuar tentando." E ele tentou, mas depois, no dia 15 de setembro, me informaram que meu avô tinha sido condenado e seria executado, e cinco dias depois o mataram.

Hoje era o aniversário de seis anos do dia em que levaram meu avô, e eu e meu marido sempre relembramos essa data bebendo uma garrafa de suco com sabor de uva comprada no supermercado. Meu marido servia um copo para cada um, e nós dois dizíamos o nome do meu avô em voz alta e depois bebíamos.

Eu sempre passava esse dia sozinha. Todo dia 13 de agosto nos últimos cinco anos meu marido perguntava: "Você quer ficar sozinha amanhã?", e eu dizia "Sim", embora no último ano, mais ou menos, eu tivesse começado a me perguntar se isso era mesmo verdade, ou se eu estava dizendo que sim só porque era mais fácil para nós dois. Se meu marido perguntasse, em vez disso, "Você quer companhia amanhã?", será que eu também não diria "Sim"? Mas era impossível saber com certeza, porque na noite anterior ele tinha perguntado se eu queria ficar sozinha, como sempre, e eu havia respondido que sim, como sempre.

Eu sempre acordava o mais tarde possível nesse dia, porque assim sobrava menos tempo para gastar. Quando eu finalmente me levantava, mais ou menos às 11h, meu marido já tinha saído e deixado a cama dele feita com o cuidado de sempre e uma tigela de mingau para mim dentro do forno, com outra tigela invertida sobre ela para que o mingau não ficasse seco. Estava tudo como sempre.

Mas quando eu estava indo para o banheiro, depois de lavar minha tigela, percebi que havia um pedaço de papel no chão perto da porta. Fiquei um tempo olhando o papel, porque por algum motivo tive medo de pegá-lo. Quis que meu marido estivesse em casa para me ajudar. Depois pensei que talvez fosse um bilhete para o meu marido, enviado por aquela pessoa que ele amava, e isso me deixou com mais medo ainda — era como se, ao tocá-lo, eu acabasse provando que essa outra pessoa existia, que ela tinha conseguido entrar no nosso prédio, de alguma maneira, e subido as escadas e deixado um bilhete. E depois fiquei brava, porque, embora soubesse que meu marido não me amava, como ele poderia se importar tão pouco comigo a ponto de não dizer para essa pessoa que esse era o pior dia da minha vida, que todos os anos nessa data eu só conseguia pensar no que um dia eu tivera e em como tudo tinha sido tirado de mim? Foi essa raiva que, por fim, fez eu me agachar e pegar o bilhete do chão.

Mas então minha raiva desapareceu, porque o bilhete não era para o meu marido. Era para mim.

Charlie, me encontre hoje no nosso contador de histórias de sempre.

Não estava assinado, mas só poderia ser do David. Nesse momento fiquei confusa e comecei a andar em círculos, pensando em voz alta no que deveria fazer em seguida. Eu estava envergonhada demais para vê-lo: eu havia interpretado mal o que ele sentia por mim e tinha me comportado como uma idiota. Quando pensava nele, eu me lembrava da expressão que ele tinha feito antes de eu me afastar, e como essa expressão não era maldosa, mas algo pior — era uma expressão gentil, e até triste, e isso me deu mais vergonha do que se ele tivesse me empurrado, ou debochado de mim, ou rido de mim.

Mas eu também sentia falta dele. Eu queria vê-lo. Eu queria sentir aquilo que tinha sentido quando estava com ele, como só o meu avô tinha feito com que me sentisse antes, como se eu fosse especial, como se eu fosse uma pessoa que ele quisesse investigar melhor.

Fiquei um bom tempo andando de um lado para o outro. Mais uma vez quis ter algo para limpar no apartamento, algo para organizar, algo para fazer. Mas eu não tinha nada. As horas se passaram devagar, tão devagar que eu quase fui ao centro para me distrair, mas eu não queria colocar meu traje de resfriamento e tampouco queria sair do apartamento — não sei por quê.

Finalmente eram 15h30, e embora eu levasse só cinco minutos, ou menos, para chegar à barraca do contador de histórias, eu resolvi já sair. Foi só quando estava andando que me perguntei pela primeira vez como David tinha descoberto onde eu morava, e como tinha conseguido entrar no nosso prédio, porque havia duas portas e um sensor de impressão digital, e de repente eu parei e quase dei meia-volta — e se meu marido tivesse razão e o David fosse *mesmo* um informante? Mas aí lembrei a mim mesma mais uma vez de que eu não sabia de nada, e não era ninguém, e não tinha nada a esconder e nada a dizer, e de qualquer forma havia outras explicações: ele poderia ter me visto voltar para casa num dos dias. Ele poderia ter entregado o bilhete para um dos vizinhos que estavam entrando no prédio, e pedido que passasse o papel por debaixo da porta do meu apartamento. Seria incomum fazer isso, mas David era incomum. Porém esse raciocínio me levou a outro pensamento incômodo: por que ele queria me ver depois de todo esse tempo? E se ele *sabia* onde eu morava, por que não tinha tentado se comunicar comigo antes?

Eu estava tão perdida em pensamentos que só quando ouvi alguém falando comigo me dei conta de que estava em pé no canto da barraca do contador de histórias, sem me mexer. "Vai entrar, moça?", perguntou o assistente do contador de histórias, e eu acenei que sim e estendi meu tecido no chão, bem atrás.

Eu estava ajeitando minha bolsa ao meu lado quando senti que havia alguém perto de mim, e quando olhei para cima era o David.

"Oi, Charlie", ele disse, e se sentou ao meu lado.

Meu coração estava acelerado. "Oi", eu disse.

Mas nenhum de nós pôde dizer mais nada, porque o contador de histórias tinha começado a falar.

Não sei dizer sobre o que era a história daquele dia, porque não consegui me concentrar — só consegui pensar nas perguntas e dúvidas que eu tinha —, então fiquei surpresa quando ouvi a plateia aplaudir e de repente David me dizer: "Vamos para os bancos".

Os bancos não eram bancos de verdade, mas uma fileira de blocos de concreto que tinham sido usados anos atrás para evitar aglomerações. Depois da derrota dos insurgentes, o governo deixou uma fileira de blocos na frente de um edifício do lado leste do Parque, e às vezes as pessoas, principalmente os idosos, se sentavam ali e ficavam vendo o grupo que circulava o Parque passar. A vantagem dos bancos é que davam privacidade, ainda que ficassem ao ar livre, e você podia parar ali e descansar. A desvantagem era que ficavam muito quentes, e no verão você conseguia sentir o calor que emanava das pedras mesmo se estivesse com o traje de resfriamento.

David escolheu um dos bancos mais ao sul, e por um momento nenhum de nós disse nada. Ambos estávamos de capacete, mas, quando ergui o braço para tirar o meu, ele me impediu. "Não", ele disse. "Fica com ele. Fica com ele e olha pra frente, e não reage ao que vou dizer." E eu obedeci.

"Charlie", ele disse, e em seguida parou. "Charlie, eu vou te contar uma coisa."

A voz dele estava diferente, mais séria, e mais uma vez eu senti medo. "Você ficou bravo comigo?", perguntei a ele.

"Não", ele respondeu. "Não, claro que não. Você só precisa prestar atenção, tá?" E ele virou a cabeça na minha direção, só um pouco, e eu acenei que sim, só um pouco também, para mostrar que eu estava entendendo.

"Charlie, eu não sou daqui", ele disse.

"Eu sei", eu disse. "Você é da Prefeitura Cinco."

"Não", ele disse. "Não sou. Eu sou... Sou da Nova Bretanha." Ele olhou para mim de novo, bem rápido, mas eu continuei sem expressão, e ele prosseguiu: "Sei que isso vai parecer... estranho", ele disse. "Mas me mandaram pra cá. Meu empregador me mandou pra cá."

"Por quê?", eu sussurrei.

Então ele olhou para mim. "Por sua causa", ele disse. "Para encontrar você. E para cuidar de você até o perigo passar." Eu não disse nada, e ele continuou: "Você sabe que tem uma nova doença chegando".

Por um momento, fiquei tão chocada que não consegui falar. Como David sabia sobre a doença? "A doença é real?", perguntei.

"É", ele disse. "É real, e vai ser muito, muito mortal. Tão mortal quanto a doença de 70... ou pior. Não é por isso que precisamos ir embora imediatamente, ainda que seja um agravante."

"O quê?", perguntei. "Ir embora?"

"Charlie, olha pra frente", ele sussurrou, depressa, e eu mudei de posição. Não era recomendado demonstrar raiva ou medo. "Sem emoções ruins", ele me lembrou, e eu assenti, e voltamos a ficar em silêncio.

"Eu trabalho para um homem que era um grande amigo do seu avô", ele disse. "O melhor amigo dele. Antes de o seu avô morrer, ele pediu para o meu empregador ajudar a tirar você do país, e estamos há seis anos tentando fazer isso. No começo desse ano, pareceu, enfim, que isso seria possível, que tínhamos encontrado uma solução. E agora encontramos. Agora a gente pode te tirar aqui, e te levar pra um lugar seguro."

"Mas aqui é seguro", eu disse, quando consegui falar, e mais uma vez senti a cabeça dele se virar, só um pouco, na minha direção.

"Não, Charlie", ele disse. "Aqui não é seguro pra você. Você nunca vai estar em segurança aqui. E além do mais", e nesse momento ele mudou de posição no bloco, "você não quer outra vida pra você, Charlie? Num lugar onde você possa ser livre?"

"Eu sou livre aqui", eu disse, mas ele continuou falando.

"Um lugar onde você possa… sei lá, ler um livro, ou viajar, ou ir aonde quiser? Um lugar onde você possa… fazer amigos?"

Eu não conseguia falar. "Mas tenho amigos aqui", eu disse. Ele não respondeu, então acrescentei: "Todos os países são iguais".

E nesse momento ele de fato se virou na minha direção, e através da viseira colorida dele eu vi que seus olhos, que eram grandes e escuros, como os do meu marido, estavam me olhando fixamente. "Não, Charlie", ele disse, num tom gentil, "não são."

Nesse momento me levantei. Eu estava me sentindo estranha — as coisas estavam acontecendo muito rápido e eu não estava gostando. "Tenho que ir", eu disse. "Não sei por que você está me dizendo essas coisas, David. Não sei por quê, mas o que você está me dizendo é traição. Inventar histórias desse tipo é alta traição." Senti que meus olhos estavam ficando quentes, que meu nariz começava a escorrer. "Não sei por que você está fazendo isso", eu disse, e percebi que minha voz estava ficando mais alta e mais desesperada. "Não sei por quê, não sei por quê", e David de repente se levantou e fez uma coisa extraordinária: ele me puxou para perto dele, me abraçou e não disse nada, e depois de um tempo eu retribuí o abraço, e embora no começo eu tivesse sentido vergonha, imaginando que as pessoas deveriam estar olhando para nós, em seguida parei completamente de pensar nelas.

"Charlie", disse o David, em algum lugar acima da minha cabeça, "eu sei que tudo isso é um grande choque pra você. Eu sei que você não acredita em mim. Sei de tudo isso. E eu sinto muito. Eu queria facilitar as coisas pra você." E nesse momento senti que ele tinha colocado alguma coisa dentro do bolso do meu traje de resfriamento, alguma coisa pequena e dura. "Quero que você abra isso só quando voltar pra casa e estiver sozinha", ele disse. "Entendeu? Só quando você tiver certeza absoluta de que não tem ninguém te observando. Nem o seu marido." Eu assenti mais uma vez, com a cabeça encostada no peito dele. "Tá", ele disse. "Agora nós vamos nos separar, e eu vou andar na direção oeste, e você vai na direção norte e vai subir no seu apartamento, e depois eu vou te mandar uma mensagem avisando onde a gente vai se encontrar da próxima vez, tá?"

"Como?", eu perguntei.

"Não se preocupe", ele disse. "Só saiba que eu vou fazer isso. E se o que está no seu bolso agora não te convencer, você não vai estar lá. Mas, Charlie", e nesse momento ele respirou fundo; eu senti a barriga dele se encolhendo, "eu espero que você vá. Prometi para o meu empregador que não vou voltar pra Nova Bretanha sem você."

E então ele afastou os braços de repente e saiu, andando na direção oeste: não muito rápido, não muito devagar, como se fosse só mais um comprador no Parque.

Eu fiquei parada ali por alguns segundos. Tive a estranha sensação de que o que tinha acontecido era um sonho, e que eu continuava sonhando. Mas não era. Lá em cima, o sol estava quente e branco, e eu sentia o suor escorrendo pelo meu corpo.

Coloquei o traje de resfriamento no nível máximo e fiz o que David tinha dito. Assim que entrei no apartamento, porém, e tranquei a porta e tirei meu capacete, senti que ia desmaiar e me sentei, no chão mesmo, encostando a cabeça na porta e puxando o ar em grandes tragadas até me sentir melhor.

Eu me levantei, enfim. Conferi se a porta estava trancada de novo, chamei meu marido, ainda que estivesse claro que ele não estava em casa. Mesmo assim verifiquei todos os cômodos: a cozinha, a sala, nosso quarto, o banheiro. Olhei até os armários. Depois, voltei para a sala. Fechei as cortinas das janelas — uma delas dava para a parte de trás de outro prédio, a outra para a saída de ar. Só então me sentei no sofá e coloquei a mão no bolso.

O pacote tinha mais ou menos o tamanho de uma casca de noz. Era de papel pardo e o conteúdo era duro. O papel tinha sido colado com fita adesiva, e depois de tirá-la eu percebi que embaixo da primeira camada de papel havia uma segunda, e depois uma camada de papel branco fino, que eu também rasguei. E o que sobrou foi uma bolsinha preta feita de um tecido grosso e macio e fechada com um cordão. Soltei o cordão, abri a mão e sacudi a bolsinha, e de repente o anel do meu avô caiu na minha mão.

Eu não sabia o que esperar, e só depois percebi que devia ter ficado com medo, que eu poderia estar levando qualquer coisa: um explosivo, um frasco cheio de vírus, uma Mosca.

Mas, de certa maneira, o anel era pior. Não sei explicar direito, mas vou tentar. Era como se eu estivesse descobrindo que uma coisa que eu pensava ser de um jeito era de outro. É claro, isso já tinha acontecido antes: David tinha me dito que não era quem eu pensava que ele era. Mas eu havia conseguido duvidar dele antes de ver o anel. Eu tive o que meu avô certa vez tinha chamado de "negação plausível", e isso quer dizer que você pode fingir não saber uma coisa, mas ao mesmo tempo saber. E então, se David estava me dizendo a verdade sobre si mesmo, queria dizer que as outras coisas que ele dissera também eram verdade? Como ele sabia sobre a doença? Será que o tinham enviado para me encontrar mesmo?

Então os outros países *não eram* iguais ao nosso?

Quem era o David, final?

Olhei para o anel, que era pesado, como eu me lembrava, a tampa de pérola ainda lisa e brilhante. "Se chama nácar", meu avô explicou. "É um tipo de carbonato de cálcio que um molusco produz, e vai criando camadas e mais camadas disso ao redor de uma substância irritante, como um grão de areia, no manto dele. Dá pra ver que é muito resistente."

"Os seres humanos podem fazer nácar?", perguntei, e meu avô deu um sorriso.

"Não", ele disse. "Os humanos precisam se proteger de outras formas."

Fazia quase vinte anos desde que eu tinha visto o anel pela última vez, e nesse momento eu o apertei na mão: era morno e sólido. *Tive que dar o anel pra fada*, meu avô tinha dito. *A fada que cuidou de você quando você ficou doente.* E, embora eu soubesse que ele havia dito isso de brincadeira, e também soubesse que fadas não existiam, acho que foi isto que me deixou mais triste: saber que, no fim, meu avô não tinha pagado um preço para que eu voltasse. Saber que eu só tinha voltado, simplesmente, e que um dia ele havia enviado o anel para outro lugar, para outra pessoa, e agora que ele tinha voltado para mim eu já não sabia mais o que ele significava, nem onde estivera, nem o que um dia simbolizara.

Nos encontramos de novo na quinta-feira seguinte. Naquela manhã, no trabalho, eu tinha ido ao banheiro, e quando voltei para minha mesa havia um pedacinho de papel dobrado enfiado debaixo de uma das caixas de solução salina, e eu o peguei, olhando em volta para ver se tinha alguém me observando, mas é claro que não tinha: éramos só eu e os mindinhos.

Quando cheguei ao centro, às 19h, ele já estava lá, parado na frente, e me estendeu a mão. "Pensei em darmos uma volta na pista", ele disse, e eu concordei. Lá dentro, ele comprou suco de fruta para nós dois e começamos a caminhar, devagar, mas não muito devagar, no nosso ritmo normal. "Não tira o capacete", ele disse, e eu obedeci, abrindo a pequena abertura da boca quando queria beber um gole. Era fresco dentro do centro, mas algumas pessoas ficavam de capacete mesmo assim, só por preguiça, e ninguém achava isso suspeito. "Que bom que você veio", David disse, em voz baixa. "É a noite livre do seu marido", ele completou, e isso não era uma pergunta, mas uma afirmação, e quando me virei para encará-lo ele balançou a cabeça, só um pouco. "Sem susto, sem raiva, sem agitação", ele me lembrou, e eu olhei para outra coisa.

"Como você sabe das nossas noites livres?", perguntei, tentando ficar calma.

"Seu avô disse para o meu empregador", ele respondeu.

Pode parecer estranho que David não tenha me falado para nos encontrarmos no meu apartamento, ou no dele. Mas eu não ia querer que ele entrasse no meu apartamento, e não estaria disposta a ir ao dele, e, além disso, era mais seguro nos encontrarmos num local público. No ano das rebeliões, antes de o governo retomar o poder, todo mundo pensava que a maioria dos espaços privados eram monitorados, e até hoje você tinha que confiar muito em alguém para visitar a casa da pessoa.

Por um tempo, nenhum de nós disse nada. "Você tem alguma pergunta pra me fazer?", ele perguntou, naquela mesma voz calma, que era tão diferente do David que eu conhecia. Mas, mais uma vez, tive que me lembrar que o David que eu conhecia não existia. Ou talvez existisse, mas não era com ele que eu estava falando nesse momento.

Eu tinha muitas perguntas, é claro, tantas que era impossível saber por onde começar: o que dizer, o que perguntar.

"As pessoas na Nova Bretanha não falam de um jeito diferente?", eu perguntei.

"Sim", ele disse. "A gente fala."

"Mas você fala como as pessoas daqui", eu disse.

"Estou fingindo", ele respondeu. "Se estivéssemos num lugar seguro, eu falaria com a minha voz normal, e você acharia a minha voz diferente."

"Ah…", eu disse. Ficamos em silêncio por um tempo. Então perguntei uma coisa em que eu vinha pensando havia muito tempo. "Seu cabelo", eu disse, "é comprido." Ele olhou para mim, surpreso, e eu fiquei orgulhosa de mim mesma por tê-lo surpreendido. "Uma mecha caiu do seu boné da primeira vez que eu te vi na fila do ônibus", eu disse, e ele concordou.

"É verdade, eu tinha cabelo comprido", ele disse. "Mas eu cortei, faz meses."

"Pra não chamar atenção?", eu perguntei, e ele acenou que sim de novo.

"Sim", ele disse, "pra não chamar atenção. Você é muito observadora, Charlie", e eu sorri, só um pouco, contente por David me achar observadora, e contente porque sabia que meu avô ficaria orgulhoso de mim por perceber uma coisa que talvez as outras pessoas não tivessem percebido.

"As pessoas na Nova Bretanha têm cabelo comprido?", perguntei.

"Algumas têm", ele disse. "Outras não. As pessoas usam o cabelo como quiserem."

"Até os homens?", perguntei.

"Sim", ele disse, "até os homens."

Pensei nisso, num lugar onde você pudesse usar cabelo comprido se quisesse — isso se seu cabelo crescesse. Então eu perguntei: "Você conheceu meu avô?".

"Não", ele respondeu. "Nunca tive essa sorte."

"Sinto saudade dele", eu disse.

"Eu sei, Charlie", ele falou. "Sei que você sente."

"É verdade mesmo que mandaram você aqui pra me buscar?", perguntei.

"É", ele disse. "Só estou aqui por isso."

626

Nesse momento eu não soube mais o que dizer, de novo. Sei que vou parecer vaidosa, e não sou uma pessoa vaidosa, mas ouvir que o David tinha vindo por minha causa, só por minha causa, fez com que eu me sentisse leve por dentro. Eu queria poder ouvir aquela frase várias vezes; eu queria poder contar para todo mundo. Alguém tinha vindo para cá para me encontrar: era só por isso que ele tinha vindo. Ninguém teria acreditado nisso — eu mesma não acreditava.

"Não sei mais o que perguntar", eu disse, enfim, e mais uma vez senti que ele estava me olhando, só um pouco.

"Bom", ele disse, "acho que vou começar te explicando o plano", e ele me olhou de novo, e eu concordei com a cabeça, e ele começou a falar. Demos voltas e mais voltas na pista, às vezes passando na frente das pessoas que estavam caminhando, às vezes sendo ultrapassados por elas. Não éramos os mais rápidos nem os mais lentos, nem os mais jovens nem os mais velhos — e se alguém nos visse de cima não seria possível saber quem estava falando sobre coisas normais e quem estava, naquele momento, discutindo uma coisa tão perigosa, tão absurda, que nem ao menos seria possível imaginar que aquelas pessoas ainda estivessem vivas.

Parte VIII

Verão, vinte anos antes

17 de junho de 2074
Meu Peter querido,

Obrigado pela mensagem tão linda e generosa, e peço desculpas por demorar tanto pra responder. Eu queria ter escrito antes, porque sabia que você ia ficar preocupado, mas até agora eu não tinha encontrado um novo mensageiro em que confiasse de fato.

É claro que não estou chateado com você. Claro que não. Você fez tudo o que pôde. A culpa foi minha. Eu devia ter deixado você me tirar daqui quando tive a oportunidade (e você também). Fico pensando sem parar: se eu tivesse te pedido cinco anos atrás, estaríamos na Nova Bretanha agora. Não teria sido fácil, mas pelo menos seria possível. Então, invariavelmente, meus pensamentos vão ficando mais perigosos e mais desesperadores: se tivéssemos ido embora, a Charlie teria ficado doente mesmo assim? Se ela não tivesse ficado doente, ela estaria mais feliz hoje? E eu?

Depois eu penso que talvez esse (não tão) novo jeito de pensar, de ser, da Charlie, a tenha preparado melhor para a realidade deste país, no final das contas. Talvez a frieza seja um tipo de impassibilidade, e isso possa ajudá-la a enfrentar o que quer que este mundo esteja virando. Talvez as perdas que eu

628

tanto lamentei em nome dela — de uma certa complexidade emocional, da capacidade de demonstrar emoções, de uma certa rebeldia até — sejam as que deveriam me deixar aliviado. Nos meus momentos mais otimistas, quase consigo pensar que ela evoluiu, de certa forma, e se tornou o tipo de pessoa que mais tem condições de viver no nosso tempo. *Ela* não se incomoda com quem ela é.

Mas o ciclo de sempre se repete: se ela não tivesse ficado doente... Se ela não tivesse tomado Xychor... Se ela tivesse crescido num país onde a ternura, a vulnerabilidade e o romance ainda fossem, se não estimulados, pelo menos tolerados. Quem ela seria? Quem eu seria, sem essa culpa, essa tristeza, e a tristeza que a culpa me faz sentir?

Não se preocupe com a gente. Ou melhor, se preocupe, sim, mas não mais do que você já ia se preocupar. Eles não sabem que eu tentei fugir. E como sei, nunca deixo de lembrar a nós dois que eles ainda precisam de mim. Enquanto existir doença, vou continuar existindo.

Obrigado.
Com amor (como sempre.),
Charles

21 de julho de 2075
Querido Peter,

Estou te escrevendo às pressas, porque quero pegar o mensageiro antes que ele saia. Quase te liguei hoje, e talvez ainda te ligue, mas está cada vez mais difícil conseguir uma linha segura. Se eu der um jeito nesses próximos dias, te ligo.

Acho que comentei que, no início do verão, comecei a deixar a Charlie sair sozinha pra fazer caminhadas curtas. E quando falo "curtas" são curtas mesmo: ela pode andar um quarteirão ao norte, até a Mews, depois para o leste, até a Universidade, e para o sul, até a Washington Square North, e depois voltar para casa pelo oeste. Eu resisti por muito tempo, mas um dos professores particulares dela disse que era uma boa ideia — ela vai fazer onze anos em setembro, como ela mesma me lembrou, e eu tinha que deixar ela sair no mundo, mesmo que só um pouco.

Então eu deixei. Nas três primeiras semanas coloquei um segurança para segui-la, só por precaução. Mas ela fez exatamente o que eu tinha dito, e eu ficava observando pela janela do segundo andar enquanto ela subia a escada e voltava pra casa.

Eu não queria que ela soubesse como eu estava nervoso, então eu esperava a hora do jantar pra falar sobre isso. "Como foi sua caminhada, gatinha?", eu perguntava.

Ela levantava a cabeça e me olhava. "Boa", ela dizia.

"O que você viu?", eu perguntava.

Ela pensava. "Árvores", ela respondia.

"Que legal", eu dizia. "O que mais?"

Outra pausa. "Prédios", ela dizia.

"Me fala sobre os prédios", eu pedia. "Você viu alguém em alguma janela? De que cor eram os prédios? Algum tinha floreiras na frente? De que cor eram as portas?" Eles ajudam a Charlie, esses exercícios, mas também me fazem sentir como se estivesse treinando uma espiã: você viu alguma pessoa suspeita? O que a pessoa estava fazendo? O que estava vestindo? Consegue identificar essa pessoa nas fotos que estou te mostrando?

Ela se esforça muito pra me dizer o que ela acha que eu quero. Mas a única coisa que eu quero é que um dia ela volte pra casa e me conte que viu alguma coisa engraçada, ou bonita, ou empolgante, ou assustadora — a única coisa que eu quero é que ela tenha a capacidade de contar uma história pra si mesma. Às vezes ela me olha enquanto está falando, e concordo com a cabeça ou sorrio para mostrar que estou gostando, e toda vez que faço isso sinto aquele aperto horrível no peito, aquela sensação que só ela consegue causar em mim.

No fim de junho, comecei a deixá-la ir sozinha. Quando não estou em casa, mando a babá esperar que ela chegue; só demora sete minutos para ela dar volta, e isso com bastante tempo para ela parar e olhar as coisas no caminho. Ela nunca teve curiosidade de andar mais, e além disso está fazendo muito calor. Mas, no começo do mês, ela perguntou se podia entrar no Parque.

Uma parte de mim achou o máximo: minha Charliezinha, que nunca pede nada nem quer ir a lugar nenhum, que às vezes parece completamente desprovida de vontades, desejos e preferências. Mas isso não é verdade: ela sabe a diferença entre doce e salgado, por exemplo, e prefere salgado. Ela sabe a diferença entre uma camisa bonita e uma camisa feia, e prefere a bonita. Ela sabe quando alguém dá uma risada maldosa ou uma risada alegre. Ela não sabe explicar por quê, mas ela sabe. E eu sempre falo: ela pode pedir o que quer; ela pode gostar de alguém, ou de alguma coisa, ou de algum lugar, mais do que de outro. E também pode não gostar. "Você só precisa dizer", eu falo pra ela, "só precisa pedir. Entendeu, gatinha?"

Ela me olha, e eu não sei o que ela está pensando. "Sim", ela diz. Mas não sei se ela entende.

Eu jamais teria deixado ela sequer entrar no Parque seis meses atrás. Mas agora que o governo se restabeleceu, você só pode entrar lá se for morador da Zona Oito — tem guardas que ficam em todas as entradas verificando os documentos das pessoas. Depois que converteram o resto do Central Park, no ano passado, tive medo de que fossem transformar todos os parques em centros de pesquisa, ainda que esse não fosse o plano inicial. Mas, graças a uma rara aliança, os ministros de saúde e justiça se juntaram para convencer o restante do Comitê de que diminuir os espaços de convívio público *aumentaria* as atividades criminosas e obrigaria possíveis grupos insurgentes a procurar espaços subterrâneos, onde não conseguiríamos monitorá-los. Então vencemos essa batalha, mas foi por pouco, porém agora parece que a Union Square vai seguir os passos da Madison Square e virar, se não um centro de pesquisa, pelo menos um espaço adaptável para diversos fins do governo: um mês um necrotério temporário, no outro uma prisão temporária.

Mas Washington Square é outra história. É um parque pequeno, numa zona residencial, e por isso nunca preocupou muito o governo. Ao longo dos anos os assentamentos surgiram e foram destruídos, depois reapareceram e foram destruídos de novo: mesmo com a minha vista da janela do andar de cima eu percebia que derrubavam tudo de forma mecânica, que o soldado jovem que ficava perto do portão norte girava o cassetete meio de má vontade, que a operadora de escavadeira jogava a cabeça pra trás e bocejava, com uma mão no painel de controle e a outra pendurada pela janela.

Mas quatro meses atrás uma coisa grande caindo com um baque surdo me acordou, e olhei lá pra fora e vi que a escavadeira tinha voltado, mas dessa vez para desenterrar as árvores do lado oeste do Parque. Duas escavadeiras trabalharam por dois dias, e quando terminaram a equipe de transplante chegou, amarrou as raízes das árvores caídas em montes de aniagem e terra, e depois elas também sumiram, supostamente foram para a Zona Catorze, para onde estão transferindo muitas das árvores maduras.

Agora o Parque está vazio, despido de árvores, a não ser por uma faixa que vai do canto nordeste ao canto sudeste. Nessa parte ainda há alguns bancos, algumas trilhas e resquícios do parquinho. Mas sou obrigado a pensar que é temporário; no resto do Parque, os trabalhadores passam o dia revestindo de concreto partes que um dia foram cobertas de grama. Um dos meus colegas do Ministério do Interior disse que vão transformar esse espaço em uma feira ao ar livre, com comerciantes que vão substituir as lojas que não temos mais.

Então foi ali, nesse último pedaço de verde que sobrou, que deixei a Charlie passear. Nosso combinado era que ela não saísse dessa parte e não falasse com ninguém, e se alguém a abordasse ela deveria voltar direto pra casa. Nas duas primeiras semanas eu a observei — eu tinha instalado uma câmera em uma das janelas do último andar, e quando estava sentado no laboratório eu conseguia vê-la pela tela, andando depressa na direção da parte sul do Parque, sem nunca parar para olhar ao redor, e depois descansando alguns segundos antes de voltar. Logo ela voltava para casa, e a segunda câmera a mostrava entrando, trancando a porta e indo tomar um copo d'água na cozinha.

Ela geralmente vai andar no fim da tarde, quando o sol está mais baixo, e enquanto eu falo ou escrevo consigo ver as andanças dela, uma listra na tela que vai se afastando da câmera e depois se aproxima, o corpinho redondo e o rostinho redondo da Charlie recuando e depois voltando.

Até que chegou a última quinta-feira. O Comitê tinha convocado todo mundo. O tema da conversa era o traje de resfriamento, que provavelmente vai ser lançado no ano que vem, e que é diferente da sua versão porque a nossa vem com um capacete rígido com um escudo de filtragem de poluentes integrado. Você já colocou um traje desses? Você tem que andar rebolando, e o capacete é tão pesado que o fabricante vai adicionar um suporte para o pescoço ao modelo. Mas funciona de verdade. Fizemos um grupo para testá-lo uma dessas noites, e pela primeira vez em anos entrei no laboratório sem começar a tossir, bufar e suar. Mas os trajes vão custar caro, e o governo está estudando se vai ser possível baixar o preço — deixaria de custar uma fortuna astronômica e passaria a custar uma pequena fortuna.

Mas enfim, eu estava meio ouvindo o que estavam dizendo, meio prestando atenção na Charlie, que estava começando a andar pelo Parque. Fui ao banheiro, busquei um chá, voltei pra minha mesa. Um dos ministros do Interior estava falando muito, ainda fazendo uma apresentação sobre as dificuldades de produzir os trajes em grande escala, então olhei de novo para a minha tela. E aí eu vi que a Charlie não estava em lugar nenhum.

Eu me levantei, como se isso fosse ajudar em alguma coisa. Depois de chegar à parte sul do Parque, ela costuma se sentar em um dos bancos. Quando leva um lanche, ela come o lanche. Depois ela levanta e começa a andar para o norte. Mas nesse momento não havia nada: só um funcionário do governo varrendo a calçada e, no fundo, um soldado olhando na direção sul.

Eu acessei a câmera e a virei para a direita, mas só havia os soldados de uniforme azul-marinho, parecia um grupo de engenheiros, medindo o Parque. Depois virei a câmera para a esquerda o máximo que consegui.

Por um tempo não vi nada. Só a pessoa que estava varrendo e o soldado, e no canto noroeste outro soldado, que ficava batendo o pé: um daqueles gestos casuais e relaxados que me desconcertam mais que tudo — perceber que, mesmo depois de tanta coisa ter mudado, as pessoas ainda batem o pé, ainda cutucam o nariz, ainda coçam as costas e arrotam.

Então, bem no cantinho do limite sudeste, eu vi alguma coisa, um movimento. Ampliei a imagem o máximo que consegui. Tinha dois meninos — me pareciam dois adolescentes — parados de costas para a câmera, falando com alguém que estava de frente para a câmera. Eu só conseguia ver os pés dessa pessoa, que estava de tênis branco.

Ah, não, não pode ser, eu pensei.

Logo os meninos saíram, e eu vi que a terceira pessoa era a Charlie, que estava de tênis branco e um vestido esportivo vermelho, e ela estava seguindo esses meninos, que andavam na direção leste na Washington Square South, sem nem olhar para onde iam.

"Guarda!", gritei para a tela, embora fosse inútil. "Charlie!"

Mas é claro que ninguém parou, e eu fiquei sentado olhando os três sumirem de vista, saindo da câmera. Um dos meninos tinha apoiado um braço nos ombros dela; ela era tão baixinha que a cabeça batia logo abaixo da axila do menino.

Pedi para a minha secretária enviar uma unidade de segurança até lá e desci correndo para pegar o meu carro, e enquanto ia para o sul liguei várias vezes para a babá. Quando ela enfim atendeu, gritei com ela. "Mas dr. Griffith", ela disse, com a voz trêmula, "a Charlie está aqui. Ela acabou de voltar pra casa."

"Deixa eu ver ela", eu disse, nervoso, e quando o rosto da Charlie apareceu na tela, com a mesma expressão de sempre, eu quase comecei a chorar. "Charlie", eu disse a ela. "Gatinha. Você tá bem?"

"Sim, vovô", ela respondeu.

"Não sai daí", eu disse a ela. "Fica aí. Estou indo pra casa."

"Tá bem", ela falou.

Em casa, eu dispensei a babá (sem dizer se era só por aquele dia ou pra sempre, e fiz isso de propósito) e subi para o quarto da Charlie. Ela estava sentada na cama, com o gato no colo. Eu estava com medo de ver roupa rasgada, machucados, choro, mas ela parecia igual — um pouco corada, talvez, mas isso podia ser pelo calor.

Eu me sentei ao lado dela, tentando me acalmar. "Gatinha", comecei, "eu te vi no Parque hoje." Ela não desviou o olhar. "Pela câmera", eu disse, mas ela continuou quieta. "Quem eram aqueles meninos?", perguntei. Ela não respondeu, então falei: "Eu não fiquei bravo, Charlie. Só quero saber quem eles são".

Ela ficou em silêncio. Depois de quatro anos, já me acostumei aos silêncios dela. Não se trata de desobediência ou teimosia. Ela só está pensando no que responder, e isso leva tempo. Por fim ela disse: "Eu conheci eles".

"Tá", eu disse. "Quando você conheceu eles? E onde?"

Ela franziu o cenho, se concentrando. "Na semana passada", ela respondeu. "Na University Place."

"Perto da Mews?", perguntei, e ela acenou que sim. "Como é o nome deles?", perguntei, mas ela balançou a cabeça, e percebi que ela estava ficando incomodada — que ela não sabia ou não lembrava. Essa era uma das coisas que eu vivia lembrando a ela: *Pergunta o nome das pessoas. E, se você esquecer, pergunta de novo. Você pode perguntar e tem todo o direito de fazer isso.* "Tudo bem", eu disse. "Você viu esses meninos todos os dias desde que se conheceram?" Ela balançou a cabeça mais uma vez.

Enfim ela disse, bem baixinho: "Eles me falaram pra gente se encontrar no Parque hoje".

"E o que vocês fizeram?", perguntei.

"Eles falaram pra gente andar um pouco", ela disse. "Mas aí…" E nesse momento ela parou e encostou o rosto nas costas do Gatinho. Ela começou a se balançar, como ela sempre faz quando fica chateada, e eu passei a mão nas costas dela. "Eles falaram que eram meus amigos", ela disse, enfim, e abraçou o gato com tanta força que ele soltou um grito. "Eles falaram que queriam ser meus amigos", ela repetiu, quase num gemido, e eu dei um abraço nela, e ela não fugiu.

A médica disse que não haverá nenhum dano permanente: pequenas lacerações, pequenas escoriações, um pequeno sangramento. Ela sugeriu que a Charlie se consultasse com um psicólogo, e eu concordei, mas não disse que a Charlie já frequenta um psicólogo, uma terapeuta ocupacional e uma terapeuta comportamental. Depois entreguei o vídeo para o Ministério do Interior e pedi uma busca completa — eles demoraram três horas pra identificar os meninos, e os dois têm catorze anos, moram na Zona Oito e são filhos de cientistas do Memorial, um branco, o outro asiático. Um dos pais é amigo de um amigo do Wesley e mandou uma mensagem pedindo que tenhamos compaixão por seu filho, e o Wesley me entregou a carta pessoalmente ontem, com uma expressão neutra. "Eu não me importo, Charles", ele disse, e quando amassei o papel e o devolvi a ele, ele só assentiu, me deu boa noite e foi embora.

Hoje, como fiz nas últimas três noites, vou ficar sentado ao lado da cama da Charlie. Na quinta, mais ou menos trinta minutos depois de pegar no sono, ela começou a fazer uma espécie de rosnado baixo que saía do fundo da garganta, contorcendo os ombros e a cabeça. Mas depois ela parou, e eu a vigiei por mais uma hora, mais ou menos, e depois fui pra minha cama. Pensei, como tantas vezes penso, que queria que o Nathaniel estivesse aqui. Também pensei, como raramente penso, que a Eden podia estar aqui. Mas acho que eu queria mesmo era alguém que também fosse responsável pela Charlie, além de mim.

Não posso dizer que o que aconteceu era a coisa que eu mais temia que acontecesse com ela — meu maior medo é que ela morra —, mas chegou perto. Eu já tinha tentado conversar com ela sobre o corpo, falar que é só dela, que ela não tinha que fazer nada que não quisesse. Não, não foi isso. Eu não tinha *tentado*, eu tinha *conversado*. Eu sabia que ela era vulnerável; eu sabia que uma coisa assim podia acontecer. Não era nem isso: eu sabia que *ia* acontecer. E sei que a gente deu sorte — que, por pior que tenha sido, poderia ter sido pior.

Quando eu estava na graduação, tive um professor que dizia que existiam dois tipos de pessoas: aquelas que choravam pelo mundo e aquelas que choravam por si mesmas. Chorar pela sua família, segundo ele, também era chorar por você mesmo. "Aqueles que se vangloriam dos sacrifícios que fizeram por sua família na verdade não estão se sacrificando", ele disse, "porque a família é uma extensão da própria identidade, e por isso é uma manifestação do ego dessas pessoas." Segundo ele, o verdadeiro altruísmo se manifesta quando você se doa para um desconhecido, para alguém cuja vida nunca teria nenhuma relação com a sua.

Mas eu tinha tentado fazer isso, não tinha? Eu *tinha tentado* melhorar a vida das pessoas que eu não conhecia, e isso tinha me custado minha família, e por consequência minha própria vida. E agora também questionam as melhorias que tentei implementar. Não posso fazer mais nada para ajudar o mundo, só posso tentar ajudar a Charlie.

Agora estou muito cansado. Estou chorando, claro, e deve ser um choro egoísta. Mas não conheço ninguém que não chore por si mesmo hoje em dia — por culpa da doença não temos mais como separar o "eu" dos outros, e assim, mesmo que você esteja pensando nelas, nessas milhões de pessoas com quem você divide a cidade, no fundo você está se perguntando quando a vida delas pode acabar encostando na sua, e cada contato é uma infecção, cada toque uma morte em potencial. É egoísmo, mas parece que não tem outro jeito, pelo menos por enquanto.

Meu amor para você e para o Olivier,
Charles

3 de dezembro de 2076
Meu querido Peter,

Anos atrás, quando eu estava visitando Asgabate numa viagem, conheci um homem num café. Isso foi nos anos 20, quando a República do Turcomenistão ainda se chamava Turcomenistão e ainda estava sob um regime autoritário.

Eu estava na universidade naquela época, e esse homem começou a puxar assunto comigo: o que tinha me levado a Asgabate? O que eu tinha achado? Agora me dei conta de que ele devia ser um espião ou algo desse tipo, mas naquela época, como eu era imaturo e burro, e solitário ainda por cima, não vi problema nenhum em dizer que o estado autocrático era desumano e que, embora eu não estivesse defendendo a democracia, uma monarquia constitucional como aquela em que eu vivia e a distopia em que ele vivia eram coisas bem diferentes.

Ele ouviu, todo paciente, enquanto eu fazia meu discursinho pretensioso, e depois, quando terminei, ele disse "Vem comigo". Fomos até uma das janelas abertas. O café ficava no segundo andar de um prédio localizado numa via secundária estreita, um atalho para o Russian Market, uma das últimas ruas da cidade que não tinham sido demolidas e reconstruídas com vidro e aço. "Olha lá fora", o homem disse. "Para você isso parece uma distopia?"

Eu olhei. Uma das coisas mais estranhas de Asgabate era que você via pessoas vestidas para o século XIX circulando por uma cidade que tinha sido projetada para o século XXII. Lá embaixo, vi mulheres de vestidos estampados, com lenços estampados e coloridos na cabeça, carregando sacolas volumosas que pareciam muito pesadas, homens passando em carrinhos de mão motorizados e crianças de uniforme escolar gritando umas com as outras. Era um dia ensolarado e bonito, e até hoje, mesmo que não seja mais possível lembrar como era a sensação do inverno, consigo evocar o frio visualizando aquele cenário: um grupinho animado de meninas adolescentes com bochechas tingidas de vermelho; um homem idoso passando uma batata recém-assada de uma mão para outra, o vapor brilhando diante do rosto; o cachecol de lã de uma mulher flutuando em volta da testa.

Mas não era o frio que o homem queria que eu visse, e sim a vida que se vivia nele. As mulheres de meia-idade com sacolas lotadas de compras de supermercado, fofocando na frente de uma porta pintada de azul, o grupo de meninos jogando futebol, as duas meninas passeando pela rua comendo pão, de braços dados — quando passaram lá embaixo, uma dela disse alguma coisa para a outra e as duas começaram a rir, cobrindo a boca com a mão. Havia um soldado, mas ele estava encostado na fachada de um prédio, com a cabeça apoiada no tijolo, os olhos fechados, equilibrando um cigarro no lábio inferior, descansando sob o sol fraco.

"Então você vê", meu amigo me disse.

Ultimamente tenho pensado muito nessa conversa, e na pergunta que fica subentendida: *este lugar* parece *uma distopia?* Muitas vezes faço essa pergunta a respeito desta cidade, na qual não existem mais lojas, mais ainda existe comércio, que agora é feito no Parque e atrai o mesmo tipo de gente que sempre atraiu: casais andando devagar, crianças gritando porque os pais não querem comprar um doce, uma mulher de voz aguda pedindo para um vendedor grosseiro baixar o preço de uma panela de cobre. Não existem mais teatros, mas as pessoas ainda se reúnem para ver shows nos centros comunitários que foram criados em todas as zonas. Como não há mais a quantidade de crianças e jovens que deveria haver, os que sobraram recebem mais cuidado, mais amor, embora agora eu saiba por experiência própria que o cuidado às vezes tem mais características de ditadura do que de amor. A resposta implícita na pergunta do homem era que nada *parece* uma distopia, que na verdade a distopia pode ser qualquer coisa.

Mas ao mesmo tempo tem, sim, coisas que parecem distópicas. As coisas que eu citei são elementos da vida oficial, da vida que se pode viver acima do solo. Mas existe uma outra vida que só vemos de soslaio, em lampejos, em movimentos. Não existe televisão, por exemplo, não existe internet, e mesmo assim mensagens continuam sendo transmitidas e os dissidentes continuam conseguindo telegrafar seus relatos. Às vezes fico sabendo deles nos nossos informes diários, e em geral demora só uma semana, mais ou menos, para descobrirem essas pessoas — uma quantidade surpreendente, ou talvez nem tanto, tem parentesco com funcionários do governo —, mas sempre há aqueles que conseguem fugir da gente. Não existe viagem internacional, mas todo mês há registros de tentativas de deserção e botes que viraram na costa do Maine, da Carolina do Sul, de Massachusetts ou da Flórida. Não existem mais campos de refugiados, mas ainda há registros — menos, é verdade — de refugiados vindos de países ainda piores que o nosso, que o governo encontra, coloca num barquinho precário e manda de volta para o mar sob guarda armada. Viver num lugar assim é saber que esse mínimo movimento, essa contração, esse zumbido fraco, como se fosse um pernilongo, não é obra da sua imaginação, e sim a prova de outra existência, do país que você um dia conheceu e sabe que ainda deve existir, que continua pulsando e avançando, mas que os seus sentidos por pouco não conseguem registrar.

Informação, investigação, análise, notícia, boato: uma distopia esvazia esses termos e os transforma em uma coisa só. Existe o que o governo diz, e existe todo o resto, e esse resto pertence a uma categoria: a da informação. Numa distopia jovem, as pessoas querem informação — querem desesperadamente, são capazes de matar para conseguir. Mas com o passar do tempo esse desejo diminui, e dentro de poucos anos você esquece o gosto, você esquece a emoção de saber uma coisa antes de todo mundo, de contar para os outros, de ter a chance de guardar um segredo e pedir que os outros façam o mesmo. Você se liberta do fardo do conhecimento; você aprende, se não a confiar no governo, a se render ao governo.

E a gente tenta facilitar ao máximo esse processo de esquecer, de desaprender. É por isso que todas as distopias parecem ter sistemas e uma aparência tão genéricos; os veículos de informação são descartados (a imprensa, a televisão, a internet, os livros — ainda que eu ache que deveríamos ter mantido a televisão, que pode ser útil de tantas formas) e as coisas elementares ganham ênfase — as coisas colhidas ou feitas à mão. Depois de um tempo, esses dois mundos, o primitivo e o tecnológico, acabam se unindo em projetos como a Fazenda, que parece uma iniciativa agrária, mas que vai receber recursos dos sistemas de irrigação e dos sistemas climáticos mais sofisticados que o governo pode pagar. Depois de um tempo, esperamos que as pessoas que trabalham lá esqueçam como essa tecnologia era usada antes, e o que é capaz de fazer, e de quantas formas dependíamos dela antigamente, e que informações poderia oferecer.

Eu penso em você, no que você está fazendo aí, Peter, e sei que estamos condenados. Claro que eu sei. Mas o que eu posso fazer agora? Para onde posso ir? Na semana passada mudaram minha profissão em todos os meus documentos do governo. Eu era "cientista", virei "administrador sênior". "Uma promoção", disse o ministro do Interior, "parabéns". E se por um lado é mesmo, por outro não é. Se eu ainda estivesse registrado como cientista, em teoria poderia comparecer a simpósios e conferências internacionais — não que eu esteja recebendo tantos convites assim. Mas como administrador não há motivo, nem necessidade, para eu sair daqui. Sou um homem poderoso num país do qual não posso sair, e isso me transforma num prisioneiro.

É por isso que estou te mandando isso. Não acho que vão confiscar meus pertences. Mas isso vale dinheiro, e acho que, se um dia acontecer de eu e a Charlie de fato *podermos* sair daqui, não vamos poder levar nosso dinheiro e nossas coisas. Talvez a gente não possa levar nada. Então te peço para guardar isso pra gente. Talvez um dia eu consiga pegar de volta, ou te pedir para vendê-lo para usarmos o dinheiro para nos mudarmos para algum outro lugar. Sei que pareço ingênuo falando essas coisas. Mas também sei que você, gentil como é, não vai rir da situação. Sei que você está preocupado comigo. Eu queria poder te dizer que não precisa se preocupar. Por ora, sei que você vai cuidar disso para mim.

Com amor,
Charles

29 de outubro de 2077
Meu querido Peter,

Me desculpe por não ter escrito, e pode deixar que vou mandar notícias com mais frequência, mesmo que seja pra dizer "Estou aqui e estou vivo". É bondade sua querer saber disso tudo. E obrigado pelo novo mensageiro — é muito mais seguro, acho, que a pessoa venha do seu lado do que do meu, ainda mais agora.

Todo mundo está chocado com a notícia de que vocês vão romper relações com a gente. Não estou dizendo isso em tom de acusação, e não que fosse mudar alguma coisa, mas parecia só mais uma daquelas ameaças que nunca viram realidade. O maior receio não é exatamente o fato de não sermos reconhecidos por *vocês*, mas a possibilidade de outros lugares se inspirarem em vocês e fazerem a mesma coisa.

Mas ao mesmo tempo entendemos completamente o motivo. Quando começamos a conversar sobre a Lei do Casamento, seis anos atrás, não parecia só impossível, mas ridículo. Tinha saído aquele estudo feito pela Universidade de Candar, que afirmava que havia uma relação entre os níveis crescentes de tensões sociais em três países e a porcentagem de homens solteiros na faixa dos vinte e cinco anos. O estudo não levava em conta outros efeitos decisivos para o desequilíbrio social, como a pobreza, o analfabetismo, as doenças e as catástrofes climáticas, e depois de um tempo foi descreditado.

Mas acho que esse estudo impactou certos membros do Comitê muito mais do que eu tinha imaginado (e talvez até eles), embora, no verão passado, a proposta tenha sido resgatada e refeita com uma nova abordagem: o casamento seria uma forma de estimular a repovoação, e de fazer isso dentro de uma instituição com o apoio do governo. Um vice-ministro do Interior e uma vice-ministra da Saúde assinaram juntos a proposta, que era muito completa e racional até demais, retratando o casamento não como uma expressão de afeto, mas como um ato de submissão às necessidades da sociedade. E talvez seja mesmo. Os vice-ministros explicaram como funcionaria o sistema de recompensas e incentivos para o casamento, que, segundo eles, a gente poderia usar para convencer a população de que se tratava de um estado de bem-estar social mais abrangente. Haveria subsídios de habitação e o que eles estão chamando de "incentivos para procriação", ou seja, as pessoas receberiam recompensas, em benefícios ou em dinheiro, por ter filhos.

"Nunca pensei que eu viveria pra ver o dia em que recompensariam os negros livres que fizessem mais negros livres", disse um dos ministros de Justiça, num tom cínico, e todo mundo engoliu em seco.

"A sociedade precisa de todas as pessoas, sem exceção, pra se reconstruir", disse a vice-ministra do Interior.

"Situações extremas exigem medidas extremas", o ministro de Justiça respondeu, em voz baixa, e houve um silêncio carregado.

"Então tá", disse a vice-ministra do Interior, em tom de conclusão.

Houve mais um momento de silêncio, também desagradável, mas também prefigurativo, como se fôssemos todos atores de uma peça e, num momento especialmente tenso, alguém tivesse esquecido suas falas.

Por fim, alguém se manifestou. "Ah, e qual é a definição de casamento, nesse caso?", ele perguntou.

Todo mundo que estava na sala olhou ou para a mesa ou para o teto. O homem que fez a pergunta era um dos representantes do Ministério de Farmacologia que tinha acabado de chegar do setor privado. Eu não sabia quase nada sobre ele, só que era branco, e devia ter uns cinquenta e poucos anos, e que os dois filhos e o marido dele tinham morrido em 70.

"Então", disse a vice-ministra do Interior, enfim, e ela também ficou em silêncio, olhando ao redor da sala com uma expressão quase desesperada, como se quisesse que alguém respondesse por ela. Mas ninguém respondeu. "Vamos respeitar todos os contratos matrimoniais preexistentes, é claro", ela disse, depois de um tempo.

"Mas", ela prosseguiu, "a intenção da Lei do Casamento é estimular a procriação, e por isso" — ela lançou mais um olhar pedindo ajuda para o resto da sala; mais uma vez, ninguém ajudou — "somente uniões entre homens biológicos e mulheres biológicas terão direito aos benefícios. Mas isso não quer dizer", ela acrescentou, depressa, antes que o ministro de Farmacologia pudesse falar, "que estamos propondo que qualquer... punição moral recaia sobre as pessoas que não se encaixam nessa definição, só estamos dizendo que esses casais não terão direito aos incentivos do governo".

Todo mundo começou a fazer perguntas ao mesmo tempo, gritando. Das trinta e duas pessoas que havia naquela sala, pelo menos nove — inclusive, se não me engano, uma das autoras da proposta, uma mulher franzina — não teriam direito aos benefícios se essa lei fosse aprovada. Se estivéssemos só em dois ou três, eu teria ficado mais preocupado — nesse tipo de situação, as pessoas tendem a negar os próprios interesses por achar que isso as protege como indivíduos. Mas, nesse caso, éramos muitos para que uma proposta como aquela fosse aprovada, isso sem falar que havia muitas perguntas sem resposta: então casamentos entre pessoas inférteis não dariam mais direito a benefícios do governo? E os casais do mesmo sexo que tinham filhos biológicos, ou tinham condições de ter mais? O que ia acontecer com viúvas e viúvos, que nunca tinham sido tão numerosos na história do país? Estávamos pensando do *mesmo* em pagar as pessoas para ter filhos? E se elas tivessem filhos e esses filhos morressem — elas continuariam recebendo o benefício? Isso significava que ninguém mais poderia escolher ter filhos ou não? E se a pessoa fértil fosse incapaz do ponto de vista físico ou mental — mesmo assim íamos estimular essa pessoa a ter filhos? E os casos de divórcio? Essa medida não acabaria obrigando mulheres a continuar em casamentos abusivos? Uma pessoa estéril teria o direito de se casar com uma pessoa fértil? E se uma pessoa fosse transexual — será que essa lei não a deixaria numa zona cinza incontornável? De onde ia sair o dinheiro para colocar esse plano em prática, ainda mais agora que dois dos nossos principais parceiros comerciais ameaçavam cortar relações conosco? Se a procriação era tão essencial para o futuro do país, não faria mais sentido perdoar os inimigos do estado e estimulá-los a ter filhos, mesmo que num ambiente controlado? Por que não podíamos só adotar filhos dos refugiados, que agora eram órfãos, ou trazer crianças de países destruídos pelas mudanças climáticas, e assim desfazer de vez a ideia de que só pais biológicos são pais de verdade? Os autores queriam mesmo que a gente explorasse um trauma nacional e existencial — o fato de uma geração inteira de crianças ter sumido — para vender uma pauta moralista? No fim da reunião os autores da proposta pareciam estar quase chorando, e todo mundo saiu da sala de mau humor.

Eu estava voltando para o meu carro quando ouvi alguém chamar meu nome, e me virei e vi que era o ministro da Farmacologia. "Não vai ser aprovada", ele disse, com tanta firmeza que quase abri um sorriso: ele era tão jovem e falava com tanta propriedade! Aí me lembrei que ele tinha perdido a família inteira, e que só por isso já merecia meu respeito.

"Espero que você tenha razão", eu disse, e ele concordou com a cabeça. "Não tenho dúvida", ele disse, e me cumprimentou com um aceno e saiu andando na direção do carro dele.

Veremos. Com o passar dos anos, já fiquei chocado, horrorizado e com medo da capacidade que as pessoas têm de se adaptar às coisas: o medo da doença, o instinto humano de se manter saudável, ofuscou qualquer outro desejo e valor a que as pessoas davam importância, assim como muitas liberdades que pareciam inalienáveis. O governo usou esse medo como fermento e agora cria o próprio medo quando acha que a população está fraquejando. Na segunda-feira começa a terceira semana consecutiva de debates sobre a Lei do Casamento, e parece que a gente pode conseguir barrar essa ideia — a crítica de vocês ajudou muito, sem dúvida. Não sei como isso pode ser aprovado sem nos alienar completamente da Europa Antiga, mas eu já me enganei muitas vezes.

Torçam por nós. Escrevo mais na semana que vem. Manda um abraço meu para o Olivier. E guarda outro pra você.

Charles

3 de fevereiro de 2078

Querido Peter, a lei foi aprovada. Vão anunciar amanhã. Não sei o que dizer. Escrevo mais em breve. Charles

15 de abril de 2079
Querido Peter,

Está muito cedo, acabou de amanhecer, e eu não consigo dormir. Não tenho dormido nada nesses últimos meses. Tenho tentado me deitar mais cedo, perto das onze, e não depois da meia-noite, e fico na cama. Às vezes não durmo, mas entro num estado limítrofe entre a vigília e o sono, um estado no qual tenho uma consciência aguda tanto do colchão sobre o qual estou deitado quanto do barulho do ventilador girando no teto. Nessas horas, eu revisito os acontecimentos do dia, mas nessa reprise às vezes sou participante e às vezes testemunha, e nunca sei em que momento a câmera pode girar no tripé e mudar minha perspectiva.

Ontem à noite vi o C. de novo. Ele não faz muito o meu tipo, e não acho que eu faça o dele. Mas ambos temos a mesma permissão de segurança e classificação, ou seja, ele pode ir à minha casa e eu posso ir à dele e podemos deixar nossos respectivos carros esperando para depois nos levar para casa sem nenhum questionamento ou problema.

Às vezes a gente esquece que precisa de toque. Não é como a comida ou a água ou a luz ou o calor — a gente consegue passar anos sem. O corpo não lembra a sensação; ele tem a bondade de permitir que você esqueça. Nas duas primeiras vezes transamos bem rápido, de um jeito quase violento, como se nunca mais fôssemos ter aquela oportunidade, mas as últimas três vezes foram mais relaxadas. Ele mora na Zona Catorze, numa casa geminada selecionada pelo governo que só tem os itens básicos e um cômodo praticamente vazio atrás do outro.

Depois do sexo, a gente finge que as escutas não existem — a gente também tem esse privilégio — e fica conversando. Ele tem cinquenta e dois anos, é vinte e três anos mais novo que eu, só doze anos mais velho do que o David seria hoje. Às vezes ele fala dos filhos — o mais novo faria dezesseis este ano, tinha só um ano a mais do que a Charlie vai ter em setembro — e do marido dele, que trabalhava no departamento de marketing de uma empresa farmacêutica em que ele também já trabalhou. O C. cogitou se matar depois que eles morreram, todos em menos de seis meses, mas no fim não se matou, e agora ele diz que não lembra por quê.

"Eu também não lembro por que não me matei", eu disse, mas assim que terminei de falar percebi que era mentira.

"Sua neta", ele disse, e eu concordei.

"Você tem sorte", ele disse.

Você deve se lembrar que era o C. quem tinha certeza absoluta de que a Lei do Casamento não seria aprovada. Até hoje, até quando estávamos nos encontrando quase em segredo, ele continuou dizendo que a iam revogar a lei a qualquer momento. "Por que permitir que pessoas que não vão ter filhos se casem?", ele perguntava. "Se a ideia é ter mais crianças em geral, por que não colocar alguns de nós para sermos cuidadores, ou para fazer um trabalho de apoio? Não estão fazendo tudo isso para tentar explorar ao máximo o potencial de todos os cidadãos?" Quando um dia falei da conclusão inevitável — que, apesar das promessas do Comitê, a Lei do Casamento acabaria levando à criminalização da homossexualidade por questões morais —, ele discordou com tanta fúria que minha única reação possível foi pegar minhas coisas e ir embora. "Qual é o motivo disso?", ele me perguntou, repetidas vezes, e quando eu disse que o motivo era o mesmo em qualquer situação em que criminalizavam a homossexualidade — inventar um bode expiatório que leve a culpa pelos problemas de um Estado enfraquecido —, ele me acusou de ser amargo e cínico. "Eu acredito nesse governo", ele disse, e, quando falei que também já tinha acreditado, ele me mandou embora, dizendo que éramos incompatíveis do ponto de vista filosófico. Ficamos sem nos falar por semanas. Mas depois a necessidade nos uniu de novo, e o motivo da nossa volta foi justamente a coisa sobre a qual não podíamos mais falar.

No fim dos encontros ele me acompanha até a porta; damos um abraço, em vez de um beijo, e combinamos o próximo. Nas reuniões do Comitê, nos tratamos de maneira cordial. Nem muito distante, nem muito amistosa. Acho que ninguém percebe nada de diferente. Da última vez que nos encontramos, ele me disse que tinham começado a aparecer esconderijos, principalmente no extremo oeste da Zona Oito, para pessoas que não podem se encon-

645

trar num espaço privado como nós dois. "Não são bordéis", ele esclareceu. "São mais pontos de encontro."

"O que as pessoas fazem lá?", perguntei.

"As mesmas coisas que a gente faz aqui", ele disse. "Mas não só sexo."

"Ah, não?", perguntei.

"Não", ele respondeu. "Elas também conversam. Elas vão lá e conversam."

"Sobre o quê?", eu perguntei.

Ele deu de ombros. "Sobre as coisas que as pessoas falam", ele disse, e nesse momento me dei conta: eu não sabia mais sobre o que as pessoas falavam. Se você nos escutasse no Comitê, ia achar que as pessoas só falam em derrubar o governo, fugir do país, causar tumulto. Mas, ao mesmo tempo, que outro assunto nos resta? A gente não tem cinema, nem televisão, nem internet. Você não pode passar uma noite discutindo uma reportagem ou um livro, ou se gabando de uma viagem que fez para algum lugar desconhecido, como se fazia antigamente. Não pode falar sobre a pessoa com quem acabou de transar, nem sobre a entrevista que fez para um novo emprego, nem contar que queria comprar um carro novo, um apartamento, óculos escuros. Não dá pra falar sobre essas coisas porque essas coisas não são mais possíveis, pelo menos não abertamente, e com elas também desapareceram horas, dias de conversa. No mundo em que vivemos hoje o que manda é a sobrevivência, e a sobrevivência só existe no tempo presente. O passado deixou de ser relevante; o futuro nunca virou realidade. A sobrevivência comporta a esperança — pressupõe a esperança, na verdade —, mas não comporta o prazer, e não vira assunto. Conversa, toque: as coisas que sempre faziam eu e o C. voltarmos — em algum lugar em Downtown, numa casa à beira do rio, existiam outras pessoas como nós, que falavam umas com as outras só para ouvir alguém responder, para ter uma prova de que a identidade de que se lembravam ainda existia, apesar de tudo.

Depois voltei para casa. Eu contratava uma guarda da Segurança para ficar no andar de baixo nas noites em que eu sabia que ia sair, e depois que a liberei subi no quarto da Charlie e fiquei sentado na beirada da cama, olhando para ela. Ela é uma dessas crianças que não parecem nem a mãe nem o pai. Talvez o nariz dela lembre o da Eden, e acho que ela tem a boca comprida e fina do David, mas de certa forma nada no rosto dela me lembra nenhum dos dois, e acho isso bom. Ela é uma criatura à parte, uma criatura que não carrega o fardo da história. Ela estava usando um pijama de manga curta, e eu passei a mão nos braços dela, que são cheios de furinhos que as cicatrizes deixaram. Ao lado dela o Gatinho arfava, com uma ferida cheia de pus na patinha direita, e eu sabia que logo teria de levá-lo ao veterinário pra uma injeção letal, e teria que inventar uma mentira pra contar pra Charlie.

Na cama, pensei no Nathaniel. Quando tenho sorte, consigo pensar nele não como uma fonte de culpa ou de autopunição, mas de uma forma neutra. Quando estou com o C., às vezes fecho os olhos e consigo fingir que ele é o Nathaniel quando tinha cinquenta e dois anos. A cara, o cheiro, o som, o gosto do C. são completamente diferentes dos do Nathaniel, mas pele é pele. Eu não seria capaz de admitir isso para mais ninguém além de você (não que eu tenha outra pessoa pra quem contar isso), mas cada vez mais venho tendo uns sonhos nos quais revisito cenas e momentos da minha vida com o Nathaniel, mas nos quais o David, e depois a Eden, e depois até a Charlie, não aparecem, como se nunca tivessem existido. Esses sonhos muitas vezes são banais: eu e o Nathaniel, ficando cada vez mais velhos, discutindo se devemos plantar girassóis ou não, ou, certa vez, tentando tirar um guaxinim do sótão. Parece que a gente mora num chalé na praia em Massachusetts, e, embora eu nunca veja a parte de fora da casa, acho que sei como ela é.

Durante o dia, às vezes falo com o Nathaniel em voz alta. Por uma questão de respeito, raramente falo de trabalho, porque isso ia deixá-lo muito incomodado. Então eu pergunto sobre a Charlie. Depois daquele primeiro problema com os meninos, eu conversei com ela sobre sexo, e sobre abuso sexual, de um jeito muito mais completo do que tinha feito antes. "Você tem alguma pergunta?", perguntei a ela, e depois de um tempo ela balançou a cabeça. "Não", ela disse. Ela ainda não gosta que a toquem em lugar nenhum, e, embora às vezes eu fique triste por ela, também a invejo: em outra época levar uma vida sem desejo (e sem imaginação, ainda por cima) seria motivo de pena, porém agora pode garantir a sobrevivência dela — ou pelo menos aumentar suas chances de sobreviver. Mas, ainda assim, essa aversão não impediu que ela acabasse desviando do caminho de novo, e depois da segunda vez voltei a conversar com ela. "Gatinha", eu falei, e não soube mais o que dizer. Como eu poderia dizer a ela que aqueles meninos não sentiam atração por ela, que só a viam como uma coisa que podiam usar e jogar fora? Eu não consegui, não consegui… me senti um traidor só de pensar nisso. Nesses momentos eu queria que alguém sentisse desejo por ela, que mesmo que esse desejo viesse manchado de maldade, pelo menos haveria alguma paixão, ou alguma forma de paixão — ia provar que alguém a via como uma pessoa bonita, especial, desejável; ia mostrar que um dia alguém poderia amá-la de um jeito tão profundo quanto eu, mas ao mesmo tempo diferente.

Ultimamente, me pego pensando cada vez mais que, dentre todos os horrores que as doenças infligiram, um dos que menos se discute é a forma violenta como elas nos dividiram em categorias. A primeira e mais óbvia divisão é a dos vivos e o dos mortos. Depois vêm a dos doentes e dos saudáveis, dos enlutados e dos aliviados, dos curados e dos incuráveis, dos que têm seguro de saúde e dos que não têm. A gente monitorava essas estatísticas; a gente tomava nota. Mas havia também as outras divisões, aquelas que não pareciam merecer o registro: as pessoas que viviam com outras pessoas e as pessoas que viviam sozinhas. As pessoas que tinham dinheiro e as pessoas que não tinham. As pessoas que tinham contatos e as pessoas que não tinham. As pessoas que tinham aonde ir e as pessoas que não tinham.

No fim, não fez tanta diferença quanto a gente achava que faria. Os ricos morreram mesmo assim, talvez mais devagar do que deveriam; alguns pobres sobreviveram. Depois que a primeira onda do vírus tinha varrido a cidade, levando as presas mais fáceis — os indigentes, os doentes e os jovens —, ele quis repetir, e repetir de novo, e de novo, até que só quem teve sorte sobreviveu. Mas ao mesmo tempo ninguém teve sorte: a Charlie teve sorte? Talvez sim — ela está aqui, afinal de contas, ela pode falar, andar, aprender, está saudável e lúcida, é amada e, eu sei, capaz de amar. Mas ela não é quem poderia ter sido, porque ninguém é — a doença roubou alguma coisa de todos nós, por isso nossa definição de sorte é muito relativa, como sempre acontece com a sorte, e quem dita esses parâmetros são as outras pessoas. A doença esclareceu tudo o que somos; revelou as ficções que tínhamos inventado sobre as nossas vidas. Ela revelou que esse progresso e essa tolerância não necessariamente geravam mais progresso e tolerância. Ela revelou que a gentileza não gera mais gentileza. Ela revelou que, na verdade, a poesia da nossa vida é muito frágil — ela mostrou que a amizade é uma coisa quebrável e provisória, que as relações amorosas dependem do contexto e das circunstâncias. Não havia lei, acordo, nem amor que fosse mais forte do que a nossa vontade de sobreviver, ou, para os mais generosos, a vontade de fazer nossa comunidade, seja ela qual for, sobreviver. Às vezes sinto um leve constrangimento coletivo pelas pessoas que, como eu, também sobreviveram — quem tinha tentado privar outra pessoa, talvez até um conhecido, ou um parente de um conhecido, de remédios, vagas de hospital ou comida, se assim pudéssemos salvar a nós mesmos? Quem tinha denunciado alguém que conhecia, e alguém de quem talvez até gostasse — um vizinho, um conhecido, um colega —, para o Ministério da Saúde, e tinha aumentado o volume do fone de ouvido para abafar o som dessa pessoa pedindo ajuda enquanto a levavam para a van estacionada, gritando sem parar que tinha havido algum mal-entendido, que aquelas marcas espalhadas pelo braço de sua filha eram só eczema, que a ferida na testa do filho era só uma espinha?

E agora a doença está controlada, e voltamos a pensar nas coisas corriqueiras da vida: se vamos conseguir comprar frango, e não tofu, no supermercado; se nossos filhos vão conseguir entrar nessa universidade, e não naquela; se vamos dar sorte no sorteio de moradia deste ano e mudar da Zona Dezessete para a Zona Oito, ou da Zona Oito para a Zona Catorze.

Mas por trás de todas essas preocupações e pequenas ansiedades está algo mais profundo: quem somos de verdade, nossa essência, o que vem à tona quando todo o resto foi embora. Aprendemos a adaptar essa pessoa sempre que possível, a ignorar quem sabemos que somos. Na maior parte do tempo a gente consegue. E esse é o único jeito: a gente finge pra não perder a sanidade. Mas todos nós sabemos quem somos, lá no fundo. Se sobrevivemos, é porque somos *piores* do que sempre imaginamos ser, não melhores. Na verdade, às vezes parece que todos que sobreviveram são aqueles que foram astutos, ardilosos ou traiçoeiros o suficiente para sobreviver. Sei que acreditar nisso também é uma forma de romantização, mas nos meus momentos mais extravagantes faz todo o sentido: somos os que ficaram para trás, os restos, os ratos, se engalfinhando por migalhas de comida podre, as pessoas que escolheram permanecer na Terra enquanto aquelas que eram melhores e mais espertas foram pra um outro lugar com o qual só nos resta sonhar, porque temos medo até de abrir a porta pra olhar lá dentro.

Charles

15 de setembro de 2081
Querido Peter,

Obrigado, como sempre, pelos presentes de aniversário que você mandou para a Charlie. São especialmente bem-vindos este ano. O racionamento está tão rígido que faz catorze meses que ela não ganha nenhuma roupa nova, muito menos um vestido. Obrigado também por deixar que eu diga que fui eu quem comprei. Tive vontade, como tantas vezes tenho, de contar pra ela sobre você, de contar que tem outra pessoa, uma pessoa que mora muito longe, que também gosta dela. Mas eu sei que isso nos colocaria em risco.

Hoje fui falar com a diretora da escola dela. Ano passado, quando ela estava no penúltimo ano, comecei a desconfiar que a escola a desaconselharia a fazer faculdade, embora todos os professores tenham apoiado, e mesmo se não tivessem as notas da Charlie em matemática e física já garantiriam uma vaga numa escola técnica, no mínimo.

Faz anos que venho tentando articular para mim mesmo a extensão das deficiências da Charlie. Como você sabe, ainda há pouquíssimos estudos sobre os efeitos de longo prazo do Xychor nas crianças que receberam o remédio em 70, em parte porque, claro, os sobreviventes são relativamente poucos, e em parte porque os guardiões e pais daqueles que *de fato* sobreviveram têm receio de sujeitar os filhos a mais estudos e testes. (Eu mesmo sou uma dessas pessoas egoístas que resolveram atravancar o conhecimento científico proibindo que estudem minha neta.) Mas os estudos que foram publicados, aqui e em vários institutos da Europa Antiga, que recebem mais verba, não ajudaram de nada, e ainda estou para ver minha Charlie em alguma das descrições que leio. Quero esclarecer que não busquei uma explicação porque sinto que preciso entendê-la melhor do que já entendo para amá-la mais. Mas tem uma parte de mim que vive torcendo para, se houver outras pessoas como ela, que um dia ela veja alguém com quem possa se identificar, com quem possa se sentir em casa. Ela nunca teve nenhum amigo. Não sei se ela sente a solidão de forma muito profunda, ou se — diferente do pai dela, coitado — é capaz de perceber a própria solidão. O que mais desejo, porém, é que um dia alguém livre ela dessa solidão, de preferência antes que ela consiga identificar a sensação.

Mas até agora não apareceu ninguém. Ainda não sei dizer até que ponto ela compreende as coisas que não compreende, se é que você me entende. Às vezes tenho medo de estar me enganando, de procurar na Charlie uma humanidade que já não existe mais. Aí ela faz um comentário de uma sensibilidade absurda, tão relevante que fico morrendo de medo de ela ter percebido que um dia duvidei da humanidade dela. Certa vez ela me perguntou se eu gostava mais dela antes de ela ficar doente, e senti que tinha levado um soco no plexo solar e precisei puxá-la num abraço para que ela não visse a minha expressão. "Não", eu disse pra ela. "Eu sempre te amei do mesmo jeito desde o dia em que você nasceu. Eu não escolheria mudar nada na minha gatinha." O que eu não podia dizer, porque ela ia ficar confusa, ou porque ia parecer algo muito próximo de um insulto, era que agora eu a amava *mais* do que antes; que meu amor por ela era terrível porque era mais violento, que era uma coisa triste e complexa, uma massa disforme de energia.

Na escola, a diretora me entregou uma lista de três universidades de matemática e ciências que ela achava que seriam boas opções para a Charlie: todas a duas horas de distância da cidade, todas pequenas e seguras. As três garantiam aos formandos um emprego numa instituição de Nível Três ou mais alto. A mais cara dessas universidades era só para mulheres, e foi essa que escolhi para a Charlie.

A diretora escreveu alguma coisa. Depois fez uma pausa. "A maior parte dos funcionários de Nível Um do governo escolhe serviços de segurança vinte e quatro horas para seus filhos", ela disse. "Você gostaria de usar o serviço da universidade, ou seguir com a sua segurança particular?"

"Vou continuar com a minha", eu disse. Pelo menos o governo pagaria por isso.

Falamos sobre mais alguns detalhes, e então a diretora se levantou. "A Charlie vai sair da última aula", ela disse. "Devo ir buscá-la, e vocês voltam juntos pra casa?" Eu respondi que sim, e ela saiu da sala para avisar a assistente.

Nesse momento, eu me levantei e olhei as fotografias das alunas expostas na parede. Sobraram quatro escolas particulares só para meninas na cidade; essa é a menor de todas, e atrai o que a escola chama de meninas "aplicadas", embora essa palavra seja um eufemismo, já que nem todas têm talento acadêmico. Na verdade, essa palavra é uma tentativa de expressar a timidez das alunas e seu "atraso no desenvolvimento social", como a escola chama.

A reitora voltou com a Charlie, e nós nos despedimos e saímos da escola. "Pra casa?", perguntei quando entramos no carro. "Ou quer comer alguma coisa gostosa?"

Ela pensou. "Pra casa", ela disse. Às segundas, quartas e sextas, além das aulas normais, ela tem aulas práticas de habilidades interpessoais, nas quais treina comunicação verbal e não verbal com um psicólogo. Isso sempre a deixa cansada, e ela recostou a cabeça no banco e fechou os olhos, tanto porque estava mesmo exausta quanto porque, na minha opinião, queria evitar as perguntas que ela sabia que eu faria e que ela teria dificuldade para responder: como foi a escola hoje? Como foi a aula de música? O que vocês escutaram? O que você sentiu ouvindo a música? O que você acha que o músico estava tentando dizer? Qual é sua parte preferida da composição, e por quê?

"Vovô", ela dizia, frustrada, "não sei te responder isso."

"Você *sabe*, sim, gatinha", eu dizia. "E você tem se saído muito bem."

Cada vez mais me pergunto como vai ser quando ela for adulta. Durante os primeiros três anos depois de ela se recuperar, minha única preocupação era mantê-la viva: eu monitorava o quanto ela comia, quanto dormia, o branco dos olhos, o vermelho da língua. Mas, depois do primeiro problema com os meninos, passei a pensar principalmente em protegê-la, embora essa vigilância fosse mais complicada, já que dependia tanto da minha supervisão quanto da esperança de que ela entendesse em quem podia confiar e em quem não podia. A obediência era crucial para que ela sobrevivesse, mas será que eu a ensinara a ser obediente *demais*?

Quando aconteceu pela segunda vez, comecei a pensar em como ela seguiria a vida dela — como eu poderia defendê-la de pessoas que tentassem se aproveitar dela; como ela poderia viver depois da minha morte. Eu sempre tinha pensado que ela passaria a vida inteira comigo, mesmo que sempre soubesse que não seria a totalidade da vida *dela*, e sim da minha. Agora eu tenho quase setenta e sete anos, e ela tem dezessete, e mesmo que eu viva por mais dez anos — se eu não morrer, ou se não sumirem comigo, como aconteceu com o C. —, ainda vou deixá-la com décadas para enfrentar sozinha.

Por outro lado, talvez a sociedade que está por vir seja mais fácil para ela lidar em certos aspectos. Há agentes de matrimônio (todos licenciados pelo governo) abrindo empresas, prometendo encontrar um par para qualquer pessoa. O Wesley vai garantir um emprego pra ela, e o sistema de pontos vai garantir que ela sempre tenha comida e abrigo. Eu preferiria continuar vivo para cuidar dela quando ela entrasse na meia-idade, mas só *preciso* continuar vivo pra dar um jeito de encontrar um marido que possa cuidar dela, pra conseguir um emprego pra ela em um lugar em que eu saiba que ela vai ser bem tratada. Saber disso facilita o meu trabalho. Há muito tempo eu deixei de acreditar que estava fazendo alguma coisa pra ajudar a ciência, ou a humanidade, ou este país ou esta cidade, mas saber que estou fazendo tudo para ajudá-la, para protegê-la, torna a minha vida suportável.

Ou pelo menos é nisso que eu consigo acreditar — em alguns dias mais do que em outros.

Um abraço para você e para o Olivier.
Charles

1 de dezembro de 2083
Meu querido Peter,

Feliz aniversário! Setenta e cinco. Ainda é praticamente um bebê. Queria ter alguma coisa pra te mandar, mas é você quem está me mandando presentes — uma foto sua e do Olivier de férias vale como presente. E obrigado pelo xale tão bonito que vou dar para a Charlie quando ela vier para as festas daqui a duas semanas. O novo mensageiro está uma beleza, aliás — muito mais discreto do que o anterior, e muito mais rápido.

A casa foi quase toda convertida. Já fizeram dois discursos sobre a minha generosidade nas reuniões do Comitê, mas eu nunca cheguei a ter escolha — quando as forças militares pedem para usar uma casa particular, eles não estão pedindo: estão mandando. Enfim, eu tive sorte de ficar com ela esse tempo todo, ainda mais em tempos de guerra. Mas eu pedi, sim, a unidade que eu queria, e eles me deram: eles separaram oito apartamentos, e o nosso fica no terceiro andar, com face norte, no que antes eram o quarto e o quarto de brinquedos da Charlie, que agora é a sala. Estou dormindo no quarto até ela chegar, e depois vou para a sala. Como a casa estava no nome dela, ela vai ficar com o apartamento quando se casar, e eu vou ser transferido para um apartamento nesta zona, e isso também foi parte do acordo.

Embora eu esteja morando no que é, na prática, um quartel militar, não tem nenhum soldado bonito andando por aqui. Na verdade, deram os outros apartamentos para vários técnicos de operações, homens atarracados que desviam o olhar quando nos cruzamos nas escadas, e de cujos apartamentos às vezes ouço o chiado de mensagens radiofônicas distorcidas.

Você falou na sua última carta que eu parecia otimista a respeito da situação toda. Acho que a melhor palavra deve ser "resignado": meu lado mais orgulhoso gostou de ver que fui uma das últimas três pessoas do Comitê que tiveram suas casas solicitadas, e meu lado mais prático sabia que, com a Charlie fazendo faculdade, eu não precisava de uma casa tão grande, de qualquer forma. Além do mais, a casa nunca foi minha de verdade: era do Aubrey e do Norris, e depois do Nathaniel. Mas eu — como a coleção do Aubrey, cujas últimas peças doei uma a uma para o Metropolitan e depois, quando o museu foi fechado, para várias organizações privadas — no máximo podia dizer que tinha morado nesse lugar, nunca que tinha sido o dono. Ao longo dos últimos anos, esta casa, que um dia foi tão simbólica — um repositório dos meus ressentimentos; uma projeção dos meus medos —, se tornou, enfim, só uma casa: um abrigo, não uma metáfora.

Estou, sim, preocupado com a reação da Charlie. Ela sabe o que aconteceu; fui visitá-la na faculdade há algumas semanas, e quando questionei se ela queria perguntar alguma coisa ela balançou a cabeça. Estou tentando facilitar as coisas para ela, o máximo que posso. Por exemplo: hoje em dia não existe mais uma grande variedade de cores de tinta, mas eu disse que ela poderia escolher a cor que quisesse, e talvez pudéssemos até desenhar uma estampa na parede do quarto, apesar de nenhum dos dois ser bom de desenho. "O que você quiser", eu digo pra ela. "O apartamento é seu." Às vezes ela concorda e fala "eu sei", mas outras vezes ela balança a cabeça. "Não é meu", ela diz, "é nosso. Seu e meu, vovô", e aí eu sei que, embora ela se esforce ao máximo, ela tem pensado no futuro, e isso a assusta. Então eu mudo de assunto, e a gente começa a falar de outra coisa.

O C. sempre teve certeza de que havia mais gente trabalhando no alto escalão do governo do que poderíamos imaginar, e isso, segundo ele, tornava a nossa situação mais perigosa, não menos, já que essas pessoas seriam capazes de transformar em exemplo qualquer pessoa que elas pegassem desrespeitando a lei pra se proteger, como sempre acontece na lógica irracional dos vulneráveis. Ele argumentava que a Lei do Casamento nunca teria sido aprovada sem nossa presença no Comitê e para além dele, e que nossa culpa e nossa vergonha internalizada por não poder procriar tinham levado a um tipo muito perigoso de patriotismo, que nos fazia tentar compensar essa situação criando leis que acabavam por ameaçar nossa vida. "Mas", ele dizia, "mesmo que piore muito, sempre vai haver alguma brecha pra gente, desde que a gente siga as regras em público." Isso foi pouco antes de ele desaparecer. Um ano depois, como você sabe, eu comecei a ir a um daqueles esconderijos de que ele tinha me falado, e que continuam de pé, intactos, enquanto tantas outras coisas acabaram sendo destruídas, ou cooptadas ou reinventadas. Com a Charlie na faculdade, tenho ido cada vez mais, e, agora que a casa virou um edifício residencial, desconfio que eu passe a ir mais ainda.

As mudanças também me fizeram pensar no Aubrey e no Norris. Fazia anos que eu não pensava neles, mas recentemente me peguei falando em voz alta especialmente com o Aubrey. Ainda parece que a casa é dele, mesmo depois de todo esse tempo que moro aqui — que agora é quase o tempo que o Aubrey morou. Nas conversas que tenho com ele, ele está bravo, bravo mas tentando disfarçar. E depois de um tempo ele não consegue mais. "Que merda você foi fazer, Charles?", ele me pergunta, de um jeito que nunca perguntaria na vida. "O que você fez com a minha casa?" E embora eu diga a mim mesmo que nunca me importei com a opinião do Aubrey, nunca sei o que responder.

"O que você fez, Charles?", ele pergunta sem parar. "O que você fez?" Mas, toda vez que abro a boca para responder, não sai nada.

Com um abraço para você e para o O.
Charles

12 de julho de 2084
Querido Peter,

Ontem à noite eu sonhei com o Hawai'i. Na noite anterior, eu estava no meu bordel preferido, dormindo ao lado do A., quando as sirenes começaram a soar.

"Meu Deus, meu Deus", disse A., recolhendo as roupas, os sapatos. "É uma batida."

Homens começaram a se amontoar nas portas, abotoando as camisas e afivelando os cintos, com uma expressão ou de indiferença ou de pavor. Era mais seguro ficar em silêncio durante essas batidas, mas alguém — um moço que faz alguma coisa no Departamento de Justiça — ficou repetindo: "O que a gente está fazendo não é ilegal; o que a gente está fazendo não é ilegal", até alguém falar pra ele calar a boca, que a gente já sabia disso.

Ficamos lá, esperando, cerca de trinta de nós nos quatro andares. Não estavam procurando ninguém por ser homossexual — a pessoa poderia estar sendo acusada de roubo, furto ou fraude —, e, embora não pudessem nos prender por quem éramos, podiam, sim, nos humilhar. Por que, então, estavam tentando prender essa pessoa quando sabiam que ela estava ali, e não de forma discreta, em casa? Era pelo espetáculo de nos levar, em uma fila única, para fora, as mãos levantadas acima da cabeça como se fôssemos criminosos, pelo prazer mórbido de amarrar nossas mãos e nos colocar ajoelhados na calçada, pelo sadismo de pedir para repetirmos nossos nomes — *Mais alto, eu não ouvi* — e gritar cada um dos nomes para o colega que consultava a base de dados: *Charles Griffith. Washington Square North, número 13. Disse que é cientista na RU. Idade: oitenta em outubro.* (E aí um sorrisinho: *Oitenta? Você ainda está fazendo isso com* oitenta anos? Como se fosse absurdo, obsceno, que alguém tão velho ainda quisesse sentir o toque de outra pessoa, sendo que, na verdade, essa é a sensação que mais desejamos.) E depois vinha o desconforto de passar horas de cócoras na rua, a cabeça baixa como se você sentisse vergonha, e o suspeito já tinha sido encontrado havia muito tempo, e você esperava que o teatro acabasse, que um deles se cansasse e nos deixasse ir embora, a risada dos outros soldados ecoando enquanto voltavam para os carros. Eles nunca nos agrediam fisicamente, nunca nos xingavam — eles não podiam; muitos de nós éramos muito poderosos —, mas era evidente que nos desprezavam. Quando enfim nos levantamos e nos viramos na direção da casa, dava para ver a rua voltando a ficar escura, os vizinhos que tinham ficado espiando pelas janelas, sem dizer nada, indo dormir porque o show havia acabado. "Era melhor proibirem de uma vez", alguém, um homem jovem, resmungou depois da última batida, e um monte de gente começou a gritar com ele, perguntando como ele podia ser tão ignorante, mas eu entendi o que ele estava tentando expressar: que, se fôssemos ilegais, saberíamos qual era nossa situação. Do jeito que as coisas estavam, não éramos nada — as pessoas sabiam da nossa existência, mas não nos nomeavam; nos toleravam, mas não nos reconheciam. Vivíamos numa incerteza constante, esperando o dia em que seríamos declarados inimigos do estado, esperando a noite em que, em questão de horas, de um só documento assinado, aquilo que fazíamos deixasse de ser um constrangimento e se tornasse crime. A própria palavra que designava o que éramos tinha, em algum momento, de alguma maneira, sumido do vocabulário das pessoas: para nós, éramos só "pessoas como nós": "Sabe o Charles? Ele é um de nós". Até nós tínhamos começado a usar eufemismos, porque não sabíamos dizer o que éramos.

As batidas policiais quase nunca incluíam o interior da casa — como eu disse, muitos de nós éramos muito poderosos, e parecia que sabiam que encontrariam tanto contrabando lá dentro que para processar tudo aquilo não poderiam fazer quase nada pelo resto da semana —, mas em todos os quartos havia condutos nos quais você podia jogar seus pertences, e o primeiro lugar a que íamos depois de voltar para dentro da casa era o cofre que ficava no porão, onde pegávamos de volta nossos livros, carteiras, dispositivos e o que mais tivéssemos jogado, e depois íamos embora, muitas vezes sem nem sequer nos despedirmos da pessoa com quem estávamos, e da próxima vez que fôssemos lá ninguém tocaria no assunto, fingiríamos que nunca tinha acontecido.

Anteontem, estávamos esperando havia três minutos a batida na porta, o megafone anunciar um dos nossos nomes, quando nos demos conta de que as sirenes não estavam vindo na nossa direção. Mais uma vez, houve uma troca de olhares silenciosa — as pessoas no primeiro e no segundo andar olhando para cima, nos procurando no terceiro e no quarto, todos na expectativa —, quando, enfim, um jovem no primeiro andar destrancou a porta, com movimentos cautelosos, e depois de uma pausa a escancarou com um gesto dramático, parando bem no meio da soleira.

Ele gritou, e nós descemos a escada correndo e vimos que a Bank Street tinha virado um rio, a água correndo na direção leste. "O rio Hudson transbordou", ouvi alguém dizer com uma voz baixa e surpresa, e logo depois outra pessoa disse: "O cofre!", e todo mundo correu para o porão, que já estava se enchendo de água. Fizemos uma corrente para conseguir levar os livros e equipamentos que tínhamos guardado ali para o sótão, e depois ficamos diante das janelas do primeiro andar, vendo a água subir. O A. tinha um dispositivo de comunicação, de um tipo que eu nunca havia visto antes, diferente do que eu tinha — eu nunca perguntei o que ele fazia, e ele nunca me disse —, e o usou para falar algumas poucas palavras tensas, e dez minutos depois uma flotilha de botes infláveis apareceu.

"Saiam da casa", disse o A., que até então eu via apenas como um homem passivo e meio manhoso, mas que de repente tinha se transformado numa pessoa assertiva e severa: a persona profissional dele, imaginei. "Pessoal, façam fila pra entrar nos barcos." A essa altura a água já estava cobrindo os degraus da entrada da casa.

"Mas e a casa?", alguém perguntou, e todos sabíamos que ele estava se referindo aos livros no sótão.

"Eu cuido deles", disse um homem mais jovem, que eu nunca tinha visto, mas que sabia ser o dono da casa, ou gerente, ou zelador — eu nunca soube o que, mas sabia que ele era o responsável. "Podem ir."

Então a gente foi. Dessa vez, fosse por A. e por quem ele era, ou pela natureza da crise, que nos igualava a todos, os soldados não fizeram nenhuma piada, nenhum deboche: eles estenderam a mão e nós a pegamos, e eles nos colocaram nos botes, e toda essa interação foi tão objetiva — colaboramos com eles porque precisávamos de alguém que nos salvasse, e eles estavam ali para nos salvar — que quase deu para acreditar que o desprezo que tinham por nós era um fingimento, que eles nos respeitavam como respeitavam qualquer pessoa. Atrás de nós, outra frota estava chegando, e soava um comunicado pelo megafone: "Residentes da Zona Oito! Evacuem as suas residências! Fiquem na porta e esperem o resgate!".

A essa altura a água estava subindo tão rápido que o barco chegava a balançar, como se estivesse passando por cima de uma onda, e o motor fraquinho engasgava com as folhas e gravetos. Um quarteirão ao leste, na Greenwich Street, outros botes motorizados se juntaram a nós na direção leste, das ruas Jane e 12 Oeste, e todos fomos avançando lentamente na direção da Hudson Street, onde grupos de soldados empilhavam sacos de areia na tentativa de conter o rio.

Ali havia veículos de emergência, e ambulâncias, mas eu desci do bote e fui embora, andando na direção leste, sem nunca olhar para trás: era melhor não se envolver onde você não fosse necessário; não havia motivo, nem honra. Eu não tinha me molhado muito, mas sentia minhas meias úmidas, e enquanto andava agradeci por não estar usando meu traje de resfriamento, apesar do calor. Na esquina da rua 10 Oeste com a Sexta Avenida, um pelotão de soldados passou correndo por mim, e cada grupo segurava um bote inflável no alto da cabeça. Eles pareciam muito cansados, eu pensei, e como não estariam? Dois meses atrás, os incêndios; mês passado, as chuvas; este mês, as enchentes. Quando enfim cheguei em casa, tudo estava em silêncio, mas eu não sabia se era pelo horário ou porque os moradores tinham sido recrutados para ajudar.

No dia seguinte — terça: ontem — fui trabalhar e não fiz quase nada além de ouvir as reportagens de rádio sobre a enchente, que tinha tomado conta de boa parte da Zona Oito e as zonas Sete e Vinte e Um inteiras, indo do que tinha sido a rodovia até o extremo leste, e em alguns pontos até a Hudson Street. Ao que tudo indica, a casa da Bank Street foi destruída; alguém vai me informar de uma forma ou de outra. Duas pessoas morreram: uma idosa caiu da escada de casa na rua 11 Oeste enquanto tentava chegar ao bote e quebrou o pescoço; um homem na Perry Street se recusou a sair de seu apartamento, que ficava no subsolo, e se afogou. Duas ruas foram praticamente poupadas, por obra do acaso: o exército tinha derrubado três árvores imensas e condenadas na Bethune com a Washington na manhã de segunda, e as árvores impediram que a rua alagasse. E na Gansevoort o exército estava abrindo uma vala na Greenwich para redirecionar um cano de saneamento danificado, e isso também minimizou o estrago. Enquanto alguns anos antes eu teria ficado revoltado com a enchente — porque se tornara inevitável graças a anos de inação e arrogância por parte do governo —, percebi que dessa vez eu não conseguia sentir quase nada. Na verdade, eu só sentia uma certa exaustão, e mesmo isso surgia não como uma sensação, mas como a ausência de sensação. Eu ouvi o rádio e bocejei sem parar, olhando pela janela da minha sala para o East River, que o David sempre dizia que parecia leite com chocolate, e observando um barquinho avançar aos poucos na direção norte: talvez indo para a Davids Island, talvez não.

Mas, se eu não conseguia sentir nada a respeito da enchente, havia outras pessoas que sentiam: os manifestantes que se reuniam todos os dias no Parque e eram obrigados a sair dali todas as noites. Eu esperava ver uma aglomeração quando voltasse para casa — eles tinham descoberto havia muito tempo quais de nós fazíamos parte do Comitê, e sempre conseguiam adivinhar quando chegávamos em casa à noite. Por mais que mudássemos de motorista com frequência, ou tentássemos atualizar nossa agenda, não adiantava: o carro se aproximava de casa e lá estavam eles, com aquelas placas e slogans. Eles podem fazer isso; estão proibidos de se reunir na frente de prédios do governo, mas não na frente das nossas casas, e acho que faz sentido — eles odeiam os arquitetos, e não as construções que erguemos.

Mas ontem à noite não tinha ninguém, só o Parque com os comerciantes e pessoas comprando nas bancas. Isso significava que, por causa das enchentes, o governo tinha arranjado um motivo para fazer a ronda e investigar as pessoas que estavam protestando, e eu acabei ficando um tempo a mais na rua, apesar do calor, observando pessoas normais fazendo coisas normais, antes de entrar na casa e subir para o apartamento.

Naquela noite, sonhei com a época em que eu era adolescente, na fazenda dos meus avós em Lā'ie. Era o ano do primeiro tsunami, e, embora estivéssemos (só um pouco) mais afastados da costa e não tivéssemos sido atingidos, eles sempre disseram que seria melhor se tivéssemos, porque aí podíamos ter pegado o dinheiro do seguro e começado do zero, ou simplesmente desistido. Na situação em que se encontrava, a fazenda era muito bem cuidada para ser abandonada, mas também danificada demais para um dia voltar a ser produtiva. O monte que garantia a sombra para o jardim de ervas da minha avó tinha sido destruído, e os canais de irrigação tinham ficado cheios de água do mar — você tirava e ela voltava, e foi assim por meses. Havia sal grudado em todas as superfícies: as árvores, os animais, os vegetais, as laterais da nossa casa estavam todos manchados de branco. O sal deixava o ar pegajoso, e, quando as árvores deram frutos naquela primavera, as mangas, as lichias e os mamões tinham gosto de sal.

Eles nunca foram pessoas felizes, meus avós: compraram a fazenda num raro momento de romantismo, mas o romance é efêmero. Mesmo assim eles continuaram se dedicando a ela muito depois de deixar de ser prazeroso, em parte porque tinham vergonha de admitir que haviam fracassado, e em parte porque tinham uma imaginação limitada e não conseguiam pensar no que mais poderiam fazer. Eles planejavam viver como seus próprios avós tinham sonhado antes da Restauração, mas fazer alguma coisa porque seus antepassados quiseram fazê-la — satisfazer as ambições de outras pessoas — é uma

660

motivação muito fraca. Eles criticavam minha mãe por não ser havaiana o suficiente, e aí ela foi embora, e eles tiveram que me criar. Eles também me criticavam por não ser havaiano o suficiente, e ao mesmo tempo me garantiam que eu nunca seria, mas quando eu também fui embora — afinal, por que eu ficaria num lugar a que diziam que eu nunca pertenceria? — eles ficaram igualmente decepcionados.

Mas o sonho não tinha tanto a ver com eles, tinha mais a ver com uma história que minha avó me contara quando eu era criança, sobre um lagarto faminto. Todos os dias o lagarto ficava andando pela terra, comendo. Ele comia frutos e grama, insetos e peixes. Quando a lua nascia, o lagarto ia dormir e sonhava em comer. Depois a lua se punha, e o lagarto acordava e começava a comer de novo. A maldição do lagarto era que ele nunca ficaria satisfeito, embora não soubesse que isso era uma maldição: ele não era tão inteligente assim.

Um dia, milhares e milhares de anos depois, o lagarto acordou, como sempre, e começou a procurar comida, como sempre. Mas havia algo de errado. Então o lagarto percebeu: não havia mais nada para comer. Não havia mais plantas, nem pássaros, nem grama, flores ou moscas. Ele tinha comido tudo; ele tinha comido as pedras, as montanhas, a areia, o solo. (Nesse momento minha avó cantava a letra de uma antiga canção de protesto havaiana: *Ua lawa mākou i ka pōhaku / I ka ʻai kamahaʻo o ka ʻāina.*) A única coisa que tinha sobrado era uma fina camada de cinzas, e por baixo das cinzas — o lagarto sabia — ficava o centro da terra, que era de fogo, e, embora pudesse comer muitas coisas, isso ele não podia comer.

Então o lagarto fez a única coisa que podia fazer. Ele se deitou sob o sol e esperou, cochilando e guardando suas energias. E naquela noite, quando a lua estava nascendo, ele se apoiou sobre o próprio rabo e engoliu a lua.

Por um instante, a sensação foi maravilhosa. Ele tinha passado o dia todo sem beber água, e a lua era tão gelada e lisa dentro da barriga que era como se ele tivesse engolido um ovo imenso. Mas, enquanto ele sentia essa satisfação, algo mudou: a lua continuava subindo, tentando sair de dentro dele para seguir sua jornada no céu.

Isso não pode acontecer, o lagarto pensou, e logo cavou um buraco, estreito, mas profundo, ou o mais profundo possível antes de chegar ao fogo do centro da terra, e enfiou o focinho inteiro no buraco. Assim a lua não vai poder ir a lugar nenhum, ele pensou.

Mas ele estava enganado. Pois assim como a natureza do lagarto era comer, a natureza da lua era subir no céu, e mesmo que o lagarto fechasse a boca com muita força a lua continuava subindo. Mas o buraco na terra no qual o lagarto tinha enfiado o focinho era tão apertado que a lua não conseguiu sair da boca dele.

Então o lagarto explodiu, e de repente a lua se libertou da terra e continuou sua jornada.

Por milhares e milhares de anos depois disso, nada aconteceu. Bem, estou dizendo que nada aconteceu, mas durante esses anos tudo o que o lagarto tinha comido voltou. As pedras e o solo voltaram. A grama, as flores, as plantas e as árvores voltaram; os pássaros, os insetos, os peixes e os lagos voltaram. Quem cuidava disso isso era a lua, que nascia e se punha todas as noites.

A história terminava assim. Eu sempre tinha imaginado que fosse um conto folclórico havaiano, mas não era, e quando eu perguntava para ela quem tinha lhe contado essa fábula, ela dizia: "Minha avó". Quando eu estava na faculdade cursando uma aula de etnografia, pedi que ela a escrevesse para mim. Ela debochou de mim. "Por quê?", ela perguntou. "Você já sabe tudo." Sim, eu disse a ela, mas era importante para mim ouvi-la como ela contaria, não como eu me lembrava. Mas ela nunca a escreveu, e eu era orgulhoso e não quis pedir de novo, e depois terminei a disciplina.

Mais tarde, vários anos depois — quase não estávamos nos comunicando a essa altura, afastados pela falta de interesse e pela decepção mútuas —, ela me mandou um e-mail, e nesse e-mail estava a história. Isso foi durante meu Wanderjahr, e eu me lembro de recebê-lo quando estava num café em Kamakura com os meus amigos, mas foi só na semana seguinte, quando eu estava em Jeju, que o li. Lá estava aquela velha história tão conhecida e inexplicável, exatamente como eu me lembrava dela. O lagarto morria, como sempre; a terra se reconstruía, como sempre; a lua brilhava no céu, como sempre. Mas dessa vez havia uma diferença: depois que tudo tinha crescido de novo, minha avó escreveu, o lagarto voltou, mas dessa vez ele não era um lagarto, mas *he mea helekū* — uma coisa que fica em pé. E esse ser agia exatamente como seu antigo ancestral, que morrera havia tanto tempo: ele comia, comia sem parar, até que um dia ele olhou ao redor e percebeu que não tinha sobrado mais nada, e ele também foi obrigado a engolir a lua.

É claro que você sabe o que eu estou pensando. Por muito tempo, imaginei que no final seria um vírus que destruiria a todos nós, que os seres humanos seriam abatidos por algo a um só tempo maior e muito menor do que nós. Agora eu entendi que não se trata disso. Nós somos o lagarto, mas também somos a lua. Alguns de nós morrerão, mas os outros, nós, vamos continuar fazendo o que sempre fizemos, seguindo absortos pelo caminho, fazendo o que a nossa natureza nos impele a fazer, com nossos movimentos silenciosos, incompreensíveis e irrefreáveis.

Com amor,
Charles

2 de abril de 2085
Querido P.,

Obrigado pela sua mensagem e pela informação. Vamos torcer para que seja verdade. Deixei tudo pronto, só por precaução. Pensar nisso me deixa nervoso, então não vou falar disso aqui. Sei que você me disse para não agradecer, mas vou agradecer mesmo assim. Eu preciso muito que isso aconteça, mais do que antes, e vou explicar por quê.

A Charlie tem estado bem, ou pelo menos da melhor forma possível. Expliquei a Lei dos Inimigos para ela, e, embora saiba que ela entendeu, não sei se ela entende completamente o impacto que a lei vai ter na vida dela. Ela só sabe que é por isso que ela foi expulsa da faculdade, três meses antes de se formar, e que teve que ir ao escrivão da zona para que ele carimbasse o documento de identidade dela. Mas ela não parece exatamente preocupada, abalada ou triste, e isso me deixa aliviado. "Desculpa, gatinha, desculpa", eu digo para ela, e ela balança a cabeça. "Não é sua culpa, vovô", ela disse, e eu tive vontade de chorar. Ela está sendo punida por ser filha de pais que ela nunca conheceu — essa punição já não basta? Quanto mais ela precisa aguentar? E além de tudo é ridículo — essa lei não vai barrar os insurgentes. Nada vai. Enquanto isso, há a Charlie e a nova tribo de pessoas que vivem fora da lei: os filhos, irmãos e irmãs dos inimigos do estado, a maioria deles falecida ou desaparecida há muito tempo. Na última reunião do Comitê, nos disseram que, se não pudermos acabar de vez com os insurgentes, ou pelo menos controlá-los, será necessário implementar "restrições mais severas". Ninguém explicou quais seriam essas restrições.

Como você deve perceber, meu estado é bem pior do que o dela. Não paro de pensar no futuro dela, que tantas vezes — nem preciso te contar — me deixou apavorado. Ela estava indo bem na faculdade e chegou a gostar das aulas. Eu estava sonhando com a possibilidade de ela fazer um mestrado, talvez até um doutorado, ou de conseguir uma vaga num laboratório pequeno em algum lugar: não precisava ser nada muito chique, nada muito elegante, nada de muito prestígio. Ela poderia ir para um centro de pesquisa em uma municipalidade menor, ter uma vida boa e tranquila.

Mas agora ela está proibida de terminar até a graduação. Na mesma hora procurei meu contato no Ministério do Interior e implorei para ele abrir uma exceção. "Por favor, Mark", eu disse. Ele encontrou a Charlie certa vez, anos atrás; depois que ela voltou do hospital, ele lhe deu um coelhinho de pelúcia. Ele tinha perdido o próprio filho. "É punição demais. Dê mais uma chance pra ela."

Ele suspirou. "Se o clima fosse outro, eu daria, Charles, eu juro", ele disse. "Mas estou de mãos atadas… mesmo pra ajudar você." Depois ele disse que a Charlie era "uma das poucas que tinham dado sorte", que ele já tinha "mexido os pauzinhos" para ajudá-la. O que isso significa eu não sei, e de repente não quis mais saber. Mas o que está claro, de fato, é que estão me isolando. Eu já sabia há um tempo, mas isso provou. Não vai acontecer de imediato, mas vai acontecer. Eu já vi acontecer. Você não perde sua influência da noite para o dia — acontece pouco a pouco, ao longo de meses e anos. Se tiver sorte, você só se torna insignificante, e te colocam num cargo irrelevante em que você não pode prejudicar ninguém. Se não tiver sorte, você vira um bode expiatório, e, ainda que isso pareça um autoelogio meio perverso, eu sei que, considerando o que implementei, o que planejei, o que supervisionei, sou um forte candidato a algum tipo de repúdio público.

Então eu preciso agir rápido, só por precaução. Em primeiro lugar preciso conseguir um emprego para ela numa instituição do governo. Seria difícil, mas ela ficaria em segurança e teria esse emprego para o resto da vida. Vou falar com o Wesley, que não ousa me dizer não, mesmo hoje em dia. E depois, por mais absurdo que pareça, tenho que conseguir um marido para ela.

664

Não sei quanto tempo eu tenho — quero deixá-la numa situação boa, ou pelo menos quero poder melhorar a vida dela. É o mínimo que eu posso fazer.

Vou esperar mais notícias suas.

Um abraço para você e para o Olivier,
C.

5 de janeiro de 2086
Meu querido Peter,

Ontem a onda de calor deu trégua aqui, e dizem que amanhã ela vai seguir para o norte. Os últimos dias foram de pura agonia: mais mortes, e eu tive que usar alguns dos meus cupons para trocar o ar-condicionado. Eu vinha guardando os cupons para comprar uma roupa bonita para a Charlie, algo que ela pudesse usar para os nossos compromissos. Você sabe que eu não gosto de te pedir essas coisas, mas será que você não poderia mandar alguma coisa para ela? Um vestido, ou uma blusa e uma saia? Por causa da seca quase não estão mandando tecido para a cidade, e quando mandam o preço é absurdo. Estou enviando uma foto e as medidas dela. Normalmente eu teria dinheiro, claro, mas estou tentando economizar o máximo que posso para dar a ela quando ela se casar, principalmente enquanto ainda estão me pagando em ouro.

Mas não dá para evitar certas despesas. Foi o A. quem me apresentou a esse novo agente de matrimônio, a pessoa que ele contratou para organizar o casamento dele mesmo com uma viúva lésbica. Se existe uma prova de que não tenho mais o mesmo prestígio, é o fato de que demorei para conseguir um horário com esse agente, embora ele seja conhecido por ajudar qualquer pessoa afiliada a um ministério que tenha nível sênior. Precisei pedir para o A., que hoje em dia raramente vejo, conseguir um horário com ele.

Não gostei dele já de primeira. Era um homem alto e magro que nunca olhava nos olhos, e fez questão de mostrar de todas as formas que estava me fazendo um favor.

"Onde você mora?", ele perguntou, mas eu sabia que ele já tinha as informações básicas sobre a minha vida.

"Zona Oito", eu disse, dando corda.

"Normalmente só aceito candidatos da Zona Catorze", ele disse, e eu também já sabia disso, porque ele tinha me dito por mensagem antes mesmo de nos encontrarmos.

"Sim, e agradeço muito", eu disse, da maneira mais inexpressiva possível. Por um tempo, ficamos em silêncio. Eu não disse nada. Ele não disse nada. Mas, por fim, ele suspirou — o que mais ele poderia fazer, afinal? — e pegou seu bloco de papel para começar nossa entrevista. Estava um calor absurdo no escritório dele, mesmo com o ar-condicionado. Pedi um copo d'água, e ele pareceu ofendido, como se eu tivesse pedido algo ridículo, como conhaque ou uísque, e em seguida pediu que a secretária me levasse.

E aí a humilhação propriamente dita começou. Idade? Profissão? De que classe? Qual era meu endereço exato na Zona Oito? Bens? Etnia? Onde eu tinha nascido? Quando eu tinha sido naturalizado? Desde quando estava na RU? Era casado? Já tinha sido casado? Com quem? Quando ele morreu? Como? Quantos filhos tínhamos? Ele era meu filho biológico? Qual era a etnia do pai dele? E da mãe? Meu filho estava vivo? Quando ele tinha morrido? Como? Eu estava ali para falar da minha neta, correto? Quem era a mãe dela? Por que, onde ela estava? Ela estava viva? Minha neta era filha biológica do meu filho? Ela ou meu filho tinham algum problema de saúde? A cada resposta, eu ia sentindo a atmosfera ao meu redor mudar, ficando cada vez mais sombria, à medida que os anos se chocavam uns contra os outros.

Depois vieram as perguntas sobre a Charlie, embora ele já tivesse visto os documentos dela, com o carimbo do X escarlate de "Relação com Inimigo" que cobria o rosto dela: quantos anos ela tinha? Qual era o grau de escolaridade dela? Qual era a altura e o peso? Quais eram os interesses dela? Quando ela tinha ficado estéril, e como? Por quanto tempo ela tinha tomado Xychor? E, por fim, como ela era?

Fazia muito tempo que eu não precisava descrever com tantos detalhes como a Charlie era ou não, o que ela conseguia ou não conseguia fazer, as coisas em que ela se destacava e as coisas em que tinha dificuldade: acho que a última vez tinha sido quando estava tentando conseguir uma vaga para ela no ensino médio. Mas depois de dizer o básico, me esforçando ao máximo, eu me vi falando mais — sobre como ela tinha sido cuidadosa com o Gatinho, como, quando ele estava quase morrendo, ela o seguia por cada cômodo até entender que ele não queria que o seguissem, que queria ficar sozinho; como, quando dormia, ela franzia a testa de um jeito que a fazia parecer não brava, mas curiosa e pensativa; como, embora não soubesse me dar um abraço ou um beijo, ela sempre sabia quando eu estava triste ou preocupado, e me trazia um copo d'água, ou, quando havia, uma xícara de chá; como, quando era criança e tinha acabado de voltar do hospital, ela às vezes se jogava no meu colo depois de uma convulsão e me deixava fazer carinho em sua cabeça, o cabelo fino e leve e macio como uma penugem; como a única coisa que tinha ficado de sua vida antes da doença tinha sido seu cheiro, uma coisa quente, meio animal, como um pelo limpo e morno depois de tomar sol; sobre como ela sabia se virar de formas que ninguém imaginaria — ela raramente se deixava abater, ela sempre queria tentar. Depois de um tempo, um lado meu percebeu que o agente tinha parado de fazer anotações, e o único som na sala era o da minha voz, e mesmo assim continuei falando, mesmo que a cada frase parecesse que eu estava arrancando meu coração do peito e o devolvendo ao lugar, todas as vezes — aquela dor horrível, dilacerante, aquela alegria e aquela tristeza insuportáveis que eu sentia sempre que falava da Charlie.

Por fim eu parei, e, em meio ao silêncio, que agora era tão intenso que vibrava, ele perguntou: "E o que ela quer de um marido?". E mais uma vez senti aquela angústia, porque só o fato de eu ter marcado aquele horário, eu, e não ela, era a única coisa que o agente precisava saber: isso ofuscaria tudo que eu tinha dito sobre a Charlie, tudo que ela era além disso.

Mas eu disse para ele. Uma pessoa boa, eu disse. Uma pessoa protetora, uma pessoa honesta, uma pessoa paciente. Uma pessoa sábia. Ele não precisava ser rico, nem ter estudado, nem ser inteligente, nem bonito. Ele só precisava me prometer que a protegeria para sempre.

"O que você tem a oferecer a essa pessoa em troca?", o agente perguntou. Ele se referia a um dote. Tinham me dito que, por conta da "condição" da Charlie, eu provavelmente teria que oferecer um dote.

Eu disse a ele o que eu podia oferecer, com o tom mais confiante possível, e a caneta dele pairou sobre o papel por um instante, e depois ele escreveu o valor.

"Eu vou precisar conhecê-la", ele disse, enfim, "e aí vou saber como seguir com a busca."

E então ontem voltamos lá. Eu tinha me perguntado se devia ou não tentar preparar a Charlie, explicar o que ela devia dizer, e tinha decidido não fazer isso, porque não só seria inútil como a deixaria mais ansiosa. Por consequência, eu estava muito mais nervoso que ela.

Ela se saiu bem, dentro do possível para ela. Eu vivo com ela e a amo há tanto tempo que às vezes fico surpreso quando vejo outras pessoas interagindo com ela, quando mais uma vez me dou conta de que essas pessoas não a veem como eu a vejo. Eu sei disso, claro, mas me permito o luxo da incompreensão. E aí eu olho a cara da pessoa, e lá vem aquela sensação de novo: como se o meu coração fosse arrancado das veias e artérias; como se meu coração fosse substituído e afundasse no meu peito.

O agente disse para ela que eu e ele íamos conversar, e que ela podia esperar na recepção, e eu sorri e fiz um gesto para ela antes de acompanhá-lo, voltando para a sala quase me arrastando, como se tivesse voltado para a escola e o diretor tivesse me chamado por ter feito uma coisa errada. Eu quis desmaiar, ou cair no chão, qualquer coisa que interrompesse aquele momento, que despertasse alguma empatia, algum sinal de humanidade. Mas meu corpo, como sempre, fez o que deveria fazer, e eu me sentei e encarei aquele homem, um homem que podia garantir a segurança da minha neta.

Ficamos em silêncio por um tempo, os dois se encarando, mas eu o interrompi: eu estava cansado daquele jogo teatral, de como aquele homem sabia que estávamos vulneráveis e parecia gostar disso. Eu não queria ouvir o que sabia que ele ia dizer, mas também queria que ele dissesse, porque então aquele momento chegaria ao fim e já começaria a virar parte do passado. "Você pensou em alguém?", perguntei a ele.

Mais um silêncio. "Dr. Griffith", ele disse, "sinto muito, mas acho que não sou o agente certo para ajudar vocês."

Mais uma pontada no meu coração. "Por que não?", perguntei, mesmo não querendo perguntar, porque não queria ouvir a resposta. *Fala*, eu pensei. *Quero ver você falar.*

"Com todo o respeito, doutor", ele disse em seguida, embora não houvesse respeito em sua voz, "com *todo o respeito*… Acho que o senhor precisa ser mais realista."

"O que o senhor está insinuando?", perguntei.

"Doutor, me desculpe", ele disse, "mas a sua neta é…"

"Minha neta é o quê?", rebati, e ficamos em silêncio mais uma vez.

Ele parou de falar. Vi que ele percebeu que estava saindo do sério; vi que ele entendeu que eu queria um motivo para brigar com ele; vi que ele decidiu ser cauteloso.

"Especial", ele disse.

"É mesmo", eu disse. "Ela é especial, sim, muito especial, e vai precisar de um marido que entenda que ela é especial."

Essa frase deve ter parecido tão raivosa quanto eu estava me sentindo, porque a voz dele, até então desprovida de compaixão, mudou, de certa forma. "Quero te mostrar uma coisa", ele disse, e tirou um envelope fino de baixo da pilha que estava sobre a mesa. "Esses são os candidatos que encontrei para a sua neta", ele disse.

Eu abri o envelope. Dentro dele havia três fichas, do tipo de ficha que você entrega a um agente. Papéis duros, com cerca de dezoito centímetros, com a foto do candidato de um lado e as informações do outro.

Olhei as fichas. Todos eram estéreis, claro, o "E" vermelho aparecia gravado sobre a testa de cada um. O primeiro tinha mais ou menos cinquenta anos, tinha ficado viúvo três vezes, e meu lado mais antiquado e não muito racional — o lado que se lembrava daqueles programas sinistros na TV em que os homens matavam a esposa, desovavam o corpo e passavam décadas fugindo da justiça — ficou arrepiado, e virei a ficha dele ao contrário, rejeitando-o antes de chegar a ler o resto das informações, que deviam mostrar que todas as esposas tinham morrido em decorrência da doença, e não por culpa dele (mas mesmo assim ele tinha dado tanto azar, para ter perdido três esposas, que esse azar era quase criminoso). O segundo homem parecia ter quase trinta anos, mas tinha uma expressão tão raivosa — uma boca finíssima e cruel, os olhos atônitos e esbugalhados — que eu tive uma visão, mais uma vez vinda daqueles velhos programas de TV a que às vezes ainda assisto quando estou no escritório tarde da noite, daquele homem batendo na Charlie, machucando a Charlie, como se eu conseguisse ver o potencial de violência na cara dele. O terceiro era um homem de trinta e poucos anos que tinha um rosto comum e calmo, mas quando li as informações vi que ele era considerado MI: mentalmente incompetente. Essa é uma definição ampla que compreende todos os tipos de enfermidades que antes eram conhecidas como doenças mentais, mas também deficiências mentais. A Charlie não é considerada MI. Eu planejava te pedir para me mandar dinheiro para subornar qualquer pessoa que eu precisasse para não deixar que isso acontecesse, mas no fim não foi necessário: ela tinha passado nos testes; ela tinha se salvado.

"Quem são essas pessoas?", eu perguntei, e minha voz cortou o silêncio.

"Esses são os três candidatos que consegui encontrar que estariam abertos a se casar com sua neta", ele disse.

"Por que você estava procurando candidatos antes mesmo de conhecê-la?", eu perguntei, e enquanto falava me dei conta de que ele tinha decidido quem a Charlie era a partir dos arquivos antes de conhecê-la, provavelmente muito antes de me conhecer. Conhecê-la não tinha mudado a opinião dele, só tinha confirmado a imagem que ele já tinha.

"Acho que vocês deviam procurar outro agente", ele repetiu, e me entregou um papel, no qual estavam impressos os nomes de outros três agentes, e entendi que antes mesmo da consulta ele já sabia que não iria me ajudar. "Essas pessoas vão ter candidatos mais… adequados às suas necessidades."

Graças a deus ele não sorriu, ou eu teria feito uma bobagem, alguma coisa masculina e animal: teria avançado nele, cuspido nele, jogado tudo que havia na mesa dele no chão — o tipo de coisa que alguém em um daqueles programas de TV teria feito. Mas nesse momento não havia ninguém assistindo à minha performance, não havia câmera, a não ser aquela minúscula que eu sabia que estava escondida em algum lugar dos painéis do teto, gravando a cena que acontecia lá embaixo com certa indiferença: dois homens, um idoso, outro de meia-idade, entregando papéis um para o outro.

Eu me recompus e fui embora com a Charlie. Eu a abracei o mais apertado que ela permitiu. Disse que eu ia encontrar alguém para ela, ainda que sentisse alguma coisa dentro de mim se desfazendo: e se ninguém quisesse a minha gatinha? *Alguém* teria que ver como ela é querida, como ela é amada, como ela é corajosa, não? Ela sobreviveu, mas está sendo punida por sobreviver. Ela não era como aqueles candidatos — pessoas excluídas, indesejadas. Eu pensava isso, mas sabia que para alguém eles também não eram excluídos nem indesejados, ainda que — aquela dor no coração de novo — a pessoa que gostava deles talvez olhasse para a ficha da Charlie e pensasse: "Então eles querem que ele se contente com *isso*? Deve ter alguém melhor. Deve ter mais alguém".

Que mundo é esse? Ela sobreviveu para viver neste mundo? Me diz que vai ficar tudo bem, Peter. Me diz e eu vou acreditar em você, só dessa última vez.

Com amor,
Charles

21 de março de 2087
Ah, Peter querido,

Como eu queria que a gente pudesse falar por telefone. Já desejei isso muitas vezes, mas hoje à noite estou desejando mais do que nunca, tanto que antes de me sentar para te escrever eu passei a última meia hora falando com você em voz alta, sussurrando bem baixinho para não acordar a Charlie, que está dormindo no outro cômodo.

Não escrevi sobre os prospectos de casamento da Charlie tanto quanto poderia porque queria esperar até ter uma coisa mais positiva para contar. Mas cerca de um mês atrás conheci um novo agente, Timothy, especializado no que um colega meu chamou de "casos incomuns". Ele tinha contratado o Timothy para encontrar alguém para o filho dele, que havia sido declarado MI. Demorou quase quatro anos, mas o Timothy acabou encontrando alguém para ele.

A cada agente que eu conhecia, fui tentando me mostrar mais confiante do que eu estava de fato. Eu admitia que tinha consultado alguns dos colegas da pessoa, mas nunca especificava quantos. Dependendo da pessoa, eu tentava fazer a Charlie parecer exigente, misteriosa, genial, distraída. Mas todos os contatos acabavam da mesma forma, às vezes antes mesmo que eu pudesse levar a Charlie para conhecê-los; eles me apresentavam o mesmo tipo de candidatos, às vezes até candidatos que eu já tinha visto antes. Me mostraram aquele moço pálido e calmo com o selo de MI outras três vezes desde que recebi a ficha dele pela primeira vez, e sempre que via o rosto dele eu sentia uma mistura de tristeza e alívio: tristeza por ver que ele também ainda não tinha encontrado ninguém; alívio porque não era só a Charlie que estava nessa situação. Pensei na ficha dela, agora com as bordas amassadas, sendo mostrada inúmeras vezes, e os clientes ou seus pais a deixando de lado. "Ela não", eu os imaginava dizendo, "a gente já viu essa." E depois, à noite, quando estavam sozinhos: "Coitada daquela menina, solteira até hoje. Pelo menos o nosso filho não está nesse estado de desespero".

Mas dessa vez fui sincero. Falei exatamente quais eram os agentes que eu tinha encontrado. Falei de todos os candidatos que me foram apresentados ou que eu havia conhecido, sobre os quais eu tinha feito anotações. Fui o mais sincero que eu podia sem começar a chorar ou ser desleal com a Charlie. E quando o Timothy disse: "Mas beleza não é tudo. Ela é charmosa?", eu esperei até ter certeza de que ia conseguir controlar minha voz para dizer que não.

Na nossa segunda reunião, ele me deu cinco fichas, e eu não tinha visto nenhuma delas. Alguma coisa me incomodou nas quatro primeiras, mas depois veio a última. Era um homem jovem, só dois anos mais velho que a Charlie, com olhos escuros e grandes e um nariz marcante, e estava olhando direto para a câmera. Havia uma qualidade inquestionável nele — a beleza, para começar, mas também uma firmeza, como se alguém tivesse tentado convencê-lo a sentir vergonha de si mesmo e ele tivesse recusado. Sobre a foto dele havia dois selos: um que o declarava estéril, outro que declarava que ele tinha parentesco com uma pessoa considerada inimiga do estado.

Olhei para o Timothy, que estava me observando. "O que ele tem de errado?", perguntei.

Ele deu de ombros. "Nada", ele disse. Ele fez uma pausa. "Ele escolheu a esterilização", ele acrescentou, e estremeci um pouco, quando sempre acontecia quando eu ficava sabendo que alguém tinha feito isso: isso queria dizer que ele não tinha perdido a fertilidade por causa de uma doença ou um remédio; queria dizer que ele tinha preferido ser esterilizado a ser enviado para um centro de reabilitação. Você podia escolher o corpo ou a mente, e ele tinha escolhido a mente.

"Então eu gostaria de marcar uma reunião com ele", eu disse, e o Timothy concordou com a cabeça, mas quando eu estava saindo da sala ele me chamou de volta.

"Ele é uma pessoa ótima", ele disse, e essa era uma construção estranha hoje. Eu tinha investigado o Timothy antes de marcar horário com ele da primeira vez — antes de entrar nessa carreira, ele tinha sido assistente social. "Mas venha com a mente aberta, tá?" Eu não sabia o que isso queria dizer, mas concordei, ainda que ter uma mente aberta também fosse um anacronismo, um conceito de antigamente.

O dia do nosso encontro chegou e eu fiquei nervoso de novo, mais do que o normal. Eu tinha começado a sentir que, embora a Charlie ainda fosse jovem, as opções dela estavam quase acabando. Depois disso, eu ia precisar começar a procurar fora dessa municipalidade, fora dessa prefeitura. Eu precisaria torcer para que o Wesley me fizesse mais um último favor, depois do favor que ele me fez antes — dar um emprego para a Charlie, um emprego de que ela gostava. Eu precisaria tirá-la daquele emprego e levá-la para outro lugar, e depois eu precisaria dar um jeito de ir também, e precisaria da ajuda do Wesley. Eu faria isso, naturalmente, mas seria difícil.

O candidato já estava lá quando cheguei, sentado na salinha de decoração neutra que todos os agentes tinham para esse tipo de encontro, e quando entrei ele se levantou e nós nos cumprimentamos com um aceno. Olhei para ele quando ele voltou a se sentar na cadeira dele, e me sentei na minha. Eu tinha imaginado que o Timothy havia pedido aquilo porque o homem seria muito diferente, para pior, do que era na foto, mas não era o caso: ele era parecido com a imagem, um jovem bonito e bem-arrumado, os mesmos olhos escuros marcantes, a mesma expressão destemida. A família do pai dele era da África Ocidental e do sul da Europa; a da mãe, do Sul da Ásia e da Ásia Oriental — ele lembrava o meu filho, só um pouco, e precisei desviar o olhar.

Eu tinha as informações sobre ele porque as lera na ficha, mas fiz as mesmas perguntas: onde ele tinha crescido, o que tinha estudado, o que ele fazia hoje. Eu sabia que os pais e a irmã dele tinham sido declarados inimigos do estado; eu sabia que por isso ele havia perdido os últimos anos do doutorado; eu sabia que ele estava tentando recorrer da decisão, agora que a Lei do Perdão fora aprovada; eu sabia que ele tinha tido uma professora, uma microbióloga conhecida que estava ajudando no caso dele; eu sabia que, se concordasse com o casamento, ele queria postergar a data por até dois anos, para tentar terminar os estudos. Ele confirmou todas essas informações; seu relato não destoou do que eu já sabia.

Perguntei sobre os pais dele. Ele não tinha nenhum parente vivo. Quando você pergunta sobre isso, a maioria dos familiares de inimigos do estado demonstra ou revolta ou vergonha; dava para ver que eles tinham que engolir alguma coisa, um excesso de sentimento, dava para ver que eles estavam colocando em prática a estratégia que tinham aprendido para controlar as emoções.

Mas ele não estava nem revoltado, nem envergonhado. "Meu pai era físico; minha mãe era cientista política", ele disse. Ele falou o nome da universidade em que eles davam aulas, uma instituição prestigiosa antes de ser absorvida pelo governo. A irmã tinha sido professora de literatura inglesa. Todos haviam se juntado ao movimento insurgente, mas ele não. Perguntei por quê, e pela primeira vez ele pareceu incomodado, mas eu não sabia se era porque ele estava pensando na câmera escondida no teto ou na família dele. "Eu dizia que era porque eu queria ser cientista", ele disse, depois de pensar um pouco, "porque eu pensava... eu pensava que podia fazer mais se me tornasse um cientista, se tentasse ajudar desse jeito. Mas no fim..." E nesse momento ele parou de falar de novo, e dessa vez eu soube que era por causa da câmera e do gravador.

"Mas no fim você se enganou", eu terminei a frase por ele, e ele me olhou e depois olhou para a porta, depressa, como se a qualquer momento um esquadrão de polícia fosse derrubá-la e nos levar à força para uma Cerimônia. "Não tem problema", eu disse, "tenho idade pra falar o que eu quiser", embora eu soubesse que isso não era verdade. Ele também sabia, mas não tentou discordar.

Continuamos falando, agora sobre a dissertação que ele tinha precisado abandonar, sobre o emprego que ele queria conseguir no Lago enquanto tentava reverter a condenação. Falamos sobre a Charlie, sobre quem ela era, sobre o que ela precisava. Eu fui — eu não sabia por quê, naquela ocasião — sincero com ele, ainda mais sincero do que tinha sido com o Timothy. Mas parecia que nada o surpreendia; era como se ele já tivesse visto a Charlie; como se já a conhecesse. "Você precisa cuidar dela sempre", eu me ouvi dizer, e repetir, e ele me olhou e assentiu, e nesse momento entendi que ele estava aceitando o acordo de casamento, que eu enfim tinha encontrado uma pessoa para ela. E em algum momento, de alguma maneira, cheguei a outra conclusão. Entendi o que o Timothy tinha tentado me comunicar a respeito do homem; entendi o que eu tinha visto nele — entendi por que ele estava disposto a se casar com a Charlie. Quando me dei conta aquilo se tornou óbvio —, eu tinha percebido antes mesmo de conhecê-lo.

Eu o interrompi no meio de uma frase. "Eu sei quem você é", eu disse, e, como ele não reagiu, prossegui: "Eu sei o que você é", e nesse momento ele abriu a boca, ligeiramente, e ficamos em silêncio.

"É visível assim?", ele perguntou em voz baixa.

"Não", eu disse. "Só sei porque eu também sou", e nesse momento ele se recostou na cadeira, e percebi que algo no olhar dele mudou, que ele me olhou de novo, de um jeito diferente.

"Posso te pedir pra parar?", perguntei, e ele me olhou, aquele menino determinado, questionador, corajoso, bobo. "Não", ele disse baixinho. "Eu prometo que sempre vou cuidar dela. Mas não consigo parar." Ficamos em silêncio.

"Prometa que você nunca vai fazer nada que possa colocá-la em risco", eu disse, e ele assentiu. "Não vou", ele disse. "Eu sei ser discreto." *Discreto*: que palavra deprimente para sair da boca de alguém tão jovem. Era uma palavra do tempo do meu avô, ou de antes, não uma palavra que precisaria ter voltado ao nosso vocabulário.

Meu desgosto deve ter ficado estampado no meu rosto, porque ele fez uma expressão preocupada. "Senhor?", ele perguntou.

"Não foi nada", eu disse. Depois perguntei: "Aonde você vai?".

Ele ficou em silêncio. "Vai?", ele repetiu.

"É", eu disse, e acho que pareci impaciente. "Aonde você vai?"

"Não entendi", ele disse.

"Entendeu, sim", eu disse. "Jane Street? Horatio? Perry? Bethune? Barrow? Gansevoort? Qual?" Ele engoliu em seco. "Eu vou descobrir de qualquer forma", lembrei a ele.

"Bethune", ele respondeu.

"Ah", eu disse. Fazia sentido. A da Bethune atraía um público mais intelectual. O homem que administrava a casa, Harry, um gay afeminado e espalhafatoso que tinha um alto cargo no Ministério da Saúde, tinha dedicado dois andares a bibliotecas que pareciam ter saído de uma comédia de costumes antiga; os quartos ficavam em cima. Corriam boatos de que também havia uma masmorra, mas, sinceramente, acho que o próprio Harry tinha inventado isso para fazer o lugar parecer mais interessante do que era. Eu havia começado a frequentar a da Jane Street, que tinha uma atmosfera muito mais objetiva: você entrava e se divertida, depois ia embora. De qualquer forma, era um alívio: eu não gostava nem um pouco da ideia de olhar para cima e ver o marido da minha neta me encarando.

"Você tem um parceiro?", perguntei.

Ele engoliu em seco de novo. "Tenho", ele disse, em voz baixa.

"Você ama essa pessoa?"

Dessa vez ele não hesitou. Ele me olhou nos olhos. "Amo", ele disse, com uma voz firme.

De repente senti uma tristeza imensa. Coitada da minha neta, que eu ia casar com um homem que a protegeria, mas nunca a amaria, pelo menos não da forma como todos nós precisamos ser amados; coitado daquele rapaz, que nunca poderia viver a vida que merecia ter. Ele só tinha vinte e quatro anos, e quando temos vinte e quatro anos nosso corpo é feito para o prazer e vivemos apaixonados o tempo todo. Vi, de repente, o rosto do Nathaniel quando eu o conheci, a pele escura, linda, a boca aberta, e desviei o olhar, porque tive medo de começar a chorar.

"Senhor?", eu o ouvi perguntar, com uma voz delicada. "Dr. Griffith?" Era com essa voz que ele falaria com a Charlie, eu pensei, e me obriguei a sorrir e voltei a olhar para ele.

Chegamos a um acordo naquela tarde. Ele não parecia se importar muito com o dote, e depois que assinamos a carta de intenção descemos a escada juntos, a ficha dele dentro da minha pasta.

Na calçada, mais uma vez nos cumprimentamos com um aceno. "Vou gostar de conhecer a Charlie", ele disse, e eu respondi que tinha certeza de que a Charlie também ia gostar de conhecê-lo.

Ele estava indo embora quando chamei seu nome, e ele se virou e voltou a se aproximar de mim. Por um instante, eu não soube como começar. "Me diz", comecei a falar, e em seguida fiz uma pausa. Aí eu soube o que queria dizer. "Você é um homem jovem", eu disse. "Você é bonito. Inteligente." Comecei a falar mais baixo. "Você ama uma pessoa. Por que você está fazendo isso agora, tão jovem? Não entenda errado… Eu estou muito grato", acrescentei, rapidamente, embora a expressão dele continuasse a mesma. "Pela Charlie. Mas por quê?"

Ele deu um passo adiante. Ele era alto, mas eu era mais, e por um segundo pensei, por mais ridículo que fosse, que talvez ele me beijasse, que sentiria a boca dele encostando na minha, e fechei os olhos, só por um instante,

676

como se assim fosse fazer isso acontecer. "Eu também quero me sentir seguro, dr. Griffith", ele respondeu, com um tom de voz que era quase um sussurro. Nesse momento ele se afastou. "Eu tenho que me proteger", ele disse. "Senão não sei o que vou fazer."

Foi só quando cheguei em casa que comecei a chorar. A Charlie ainda estava no trabalho, felizmente, então eu estava sozinho. Chorei pela Charlie, porque a amava muito, e porque esperava que ela soubesse que eu fiz o que pensei ser o melhor para ela, que eu tinha priorizado a segurança dela, e não a realização. Chorei pelo homem que talvez se tornasse seu marido, porque ele precisava se proteger daquele jeito, porque este país tinha limitado a vida dele. Chorei pelo homem que ele amava, que nunca poderia construir uma vida ao lado dele. Chorei pelos homens das fichas que eu tinha visto e rejeitado em nome da Charlie. Chorei pelo Nathaniel, depois pelo David, e até pela Eden, todos desaparecidos havia tanto tempo, sem que Charlie se lembrasse de nenhum deles. Chorei pelos meus avós, e pelo Aubrey e o Norris, e pelo Hawai'i. Mas acima de tudo chorei por mim, pela minha solidão, e por este mundo que eu tinha ajudado a criar, e por todos esses anos: pelas pessoas que morreram, pelas pessoas que se perderam, pelas pessoas que desapareceram.

É raro eu chorar, e eu tinha esquecido que, por baixo do desconforto físico, também havia uma espécie de euforia, seu corpo inteiro participa do processo, a engrenagem dos vários sistemas se põe em movimento, enchendo os dutos de líquidos, bombeando ar para os pulmões, os olhos ficam brilhantes, a pele se enche de sangue. Me vi pensando que minha vida estava chegando ao fim, que, se a Charlie aceitasse aquele menino, meu último dever estaria concluído — eu a havia protegido, eu a havia acompanhado até a idade adulta, havia conseguido um emprego e um companheiro para ela. Não havia mais nada que eu pudesse fazer, mais nada que eu pudesse desejar. Tudo que eu vivesse a partir desse ponto seria bem-vindo, mas desnecessário.

Não muitos anos atrás, Peter, eu tinha certeza de que te veria de novo. Almoçaríamos juntos, você e eu, a Charlie e o Olivier, e talvez depois os dois iriam a algum lugar, a um museu ou ao teatro (estaríamos em Londres, é claro, não aqui), e eu e você passaríamos a tarde juntos, fazendo alguma coisa que você fazia todos os dias, mas que para mim tinha se tornado algo exótico — ir a uma livraria, por exemplo, ou a um café, ou a uma butique, onde eu compraria alguma futilidade para a Charlie: um colar, talvez, ou um par de sandálias. À medida que a tarde se prolongava, voltaríamos para a sua casa, a casa que nunca verei com meus próprios olhos, onde o Olivier e a Charlie estariam preparando o jantar, e eu precisaria explicar o que eram alguns dos ingredientes para ela: *isso é camarão; isso é ouriço-do-mar; isso é um figo.* Para a sobremesa, compraríamos bolo de chocolate, e nós três veríamos a Charlie comer bolo pela primeira vez, e veríamos se abrir em seu rosto uma expressão que eu não via desde que ela tinha ficado doente, e nós íamos rir e aplaudir, como se ela tivesse feito algo incrível. Cada um teria um quarto, mas ela iria para o meu porque não ia conseguir dormir naquela noite, de tão empolgada que ficaria com tudo o que tinha visto, ouvido, cheirado, experimentado, e eu a abraçaria como fazia quando ela era pequenininha, e sentiria seu corpo estremecer de tanta energia. E no dia seguinte íamos levantar e fazer tudo de novo, e no seguinte também, e no seguinte, e ainda que boa parte dessa nova vida fosse aos poucos se tornar normal para ela — eu voltaria aos velhos hábitos em questão de dias, com as memórias se reafirmando —, ela nunca perderia essa nova expressão de surpresa, ela olharia ao redor com a boca sempre um pouco entreaberta, o rosto voltado para o céu. A gente sorriria quando a visse assim; qualquer pessoa sorriria. "Charlie!", chamaríamos, quando ela entrasse em um desses transes, para acordá-la, para lembrar onde ela estava e quem ela era. "Charlie! Tudo isso é seu."

Com amor,
C.

5 de junho de 2088
Meu Peter tão querido,

É oficial. Minha gatinha se casou. Como você pode imaginar, foi um dia de emoções complexas: quando estava em pé olhando os dois, tive uma daquelas sensações de salto no tempo que tenho tido com cada vez mais frequência, e essa foi mais intensa do que a média — eu estava no Hawai'i, de mãos dadas com o Nathaniel, estávamos olhando para o mar, e na frente do mar o Matthew e o John tinham colocado aquela chupá de bambu. Devo ter feito uma cara estranha, porque em dado momento o (agora) marido da Charlie olhou para mim e perguntou se tinha acontecido alguma coisa. "Só a terceira idade", eu respondi, e ele aceitou essa resposta; para os jovens, podemos atribuir tudo o que é desagradável ao envelhecimento. Lá fora, ouvimos as tropas passando por nós, os gritos dos insurgentes ao longe. Depois que eles assinaram os documentos, voltamos juntos para o que agora é a casa deles e comemos um bolo feito com mel de verdade que comprei como um presente especial. Nenhum de nós comia bolo havia meses, e, embora eu tivesse receio de que a conversa não fluísse, eu não precisava ter me preocupado, porque todos estávamos tão concentrados em comer que quase não havia necessidade de falar.

Agora os insurgentes invadiram o Parque, e, ainda que os apartamentos sejam de face norte, dava para ouvi-los gritando, e depois os alto-falantes, ainda mais altos que eles, lembrando a todos do toque de recolher das 23h, avisando que as pessoas que não obedecessem seriam presas imediatamente. Essa foi minha deixa para voltar para casa, para o meu novo apartamento de um quarto em um edifício antigo na esquina da rua 10 com a University, a apenas quatro quarteirões da casa da Charlie: me mudei na semana passada. Ela queria que eu ficasse com eles, só por mais uma semana, mas eu a lembrei que agora ela é uma mulher adulta, uma mulher casada, e que no dia seguinte eu iria jantar com ela e com o marido, como tínhamos combinado. "Ah", ela respondeu, e por um momento pensei que ela ia chorar, minha Charlie tão corajosa que nunca chora, e eu quase cheguei a mudar de ideia.

Fazia muitos anos que eu não dormia sozinho numa casa. Deitado lá, pensei na Charlie, em sua primeira noite de casada. Por enquanto, eles só têm uma cama de solteiro estreita, a cama em que a Charlie dormia, e o sofá da sala. Não sei o que eles vão fazer, se vão comprar uma cama de casal ou se ele simplesmente vai querer dormir separado — não tive coragem de perguntar. Tentei me concentrar na imagem dos dois em pé diante da porta aberta do apartamento, acenando para mim enquanto eu descia as escadas. Em dado momento eu tinha olhado para cima e o visto colocar a mão no ombro da Charlie, de leve, tão de leve que talvez ela nem tenha sentido. Eu havia falado com ela antes; tinha dito o que ela podia esperar — ou melhor, o que não esperar. Mas será que essa explicação seria suficiente para ela? Será que ela ainda torceria para que seu marido um dia a amasse de outro jeito? Será que ela sentiria vontade de ter contato físico? Será que ela se culparia quando isso não acontecesse? Será que eu tinha tomado a decisão errada em nome dela? Será que eu tinha poupado a Charlie da dor, mas também impedido que ela sentisse prazer?

Mas, como sempre tenho que me lembrar, pelo menos ela vai ter alguém. Não digo só alguém que cuide dela, que a proteja dos perigos do mundo, que explique a ela as coisas que são incompreensíveis. Quero dizer que agora ela faz parte de uma unidade, assim como eu e ela um dia fomos uma unidade, assim como eu, o Nathaniel e o David éramos. A nossa sociedade não é feita para os solteiros e para as pessoas sem vínculos — não que a velha sociedade fosse também, por mais que a gente fingisse o contrário.

Quando eu tinha a idade de Charlie, eu desdenhava da ideia do casamento, dizia que era uma invenção opressora; eu não acreditava num relacionamento regulamentado pelo Estado. Eu sempre tinha pensado que não havia nada de inferior na vida de uma pessoa solteira.

Até que, certo dia, percebi que era inferior. Isso foi durante a terceira quarentena de 50, e pensando agora consigo ver que foi uma das fases mais felizes da minha vida. Sim, havia ansiedade e temor, e todos estavam assustados. Mas foi a última vez que estivemos todos juntos como uma família. Do lado de fora estavam o vírus, os centros de contenção e as pessoas morrendo; do lado de dentro estávamos eu, o Nathaniel e o David. Por quarenta dias, depois por oitenta dias, depois por cento e vinte dias, não saímos do apartamento nenhuma vez. Naqueles meses, o David ficou mais doce e conseguimos nos reaproximar. Ele tinha onze anos, e agora consigo pensar naquela época e entender que ele estava tentando escolher que tipo de pessoa se tornaria: ele ia escolher ser uma pessoa que mais uma vez ia tentar levar a vida que seus pais tinham levado, o tipo de vida que esperávamos que ele tivesse? Ou ele ia escolher se tornar outra pessoa e encontrar outro formato para quem queria ser? Quem ele ia ser? O menino do ano anterior, que tinha ameaçado os colegas da escola com uma seringa — ou um menino que um dia usaria uma seringa de outro jeito, do jeito que uma seringa deveria ser usada, num laboratório ou num hospital? Anos mais tarde, eu pensaria: ah, se tivéssemos passado só mais umas semanas com ele perto da gente, longe do mundo; ah, se tivéssemos conseguido mostrar para ele que a segurança era algo valioso, e que nós poderíamos oferecer isso a ele. Mas não tivemos mais umas semanas e não conseguimos mostrar para ele.

Foi na metade do segundo período de quarenta dias que eu recebi um e-mail de uma antiga amiga da época da faculdade de medicina, uma mulher chamada Rosemary, que se mudou para a Califórnia para fazer pós-doutorado quando eu voltei para o Hawai'i. A Rosemary era muito inteligente e engraçada e era solteira desde que eu a conhecera. Começamos a nos corresponder, e nossas mensagens eram um mix de assuntos corriqueiros e relatos de coisas que tinham acontecido nos últimos vinte e anos. Dois membros da equipe dela tinham adoecido, ela escreveu; seus pais e amigos mais próximos tinham morrido. Eu contei a ela sobre a minha vida, sobre o Nathaniel e o David, contei que estávamos juntos no nosso apartamento pequeno. Escrevi para ela que eu tinha me dado conta de que fazia quase oitenta dias que eu não via outras pessoas, e, ainda que perceber isso fosse chocante, mais chocante ainda era o fato de que eu não tinha vontade de ver mais ninguém. O David e o Nathaniel eram as únicas pessoas que eu queria ver.

Ela respondeu no dia seguinte. Não havia mais ninguém de quem eu sentisse muita falta?, ela perguntou; não havia ninguém que eu não via a hora de rever assim que revogassem as restrições? Não, respondi, não havia. E eu estava falando a verdade.

Ela nunca mais me escreveu. Dois anos depois, fiquei sabendo por um conhecido em comum que ela tinha morrido no ano anterior, em uma das novas ondas da doença.

Desde então penso nela com frequência. Com o tempo entendi que ela estava solitária. Não é possível que eu tenha sido a única pessoa que ela tentou encontrar que estivesse tão solitária quanto ela — nos comunicávamos de forma tão espaçada que ela deve ter tentado entrar em contato com umas dez pessoas antes de falar comigo —, mas eu queria ter mentido para ela: queria ter dito que eu sentia, sim, falta dos meus amigos, que a minha família *não* me bastava. Eu queria ter pensado em procurá-la antes de ela ter tido o impulso de me procurar. Eu queria não ter ficado tão agradecido, depois da morte dela, por não ter precisado viver a vida que ela teve, por ter meu marido e meu filho, por nunca correr o risco de ficar sozinho. Que bom, eu tinha pensado, que bom que eu não sou assim. Aquela ficção tão linda que contamos a nós mesmos quando éramos mais jovens, de que os amigos eram a nossa família, que tinham o mesmo valor que marido, esposa e filhos, se revelou uma mentira na primeira pandemia: as pessoas que você mais amava eram as pessoas com quem você tinha escolhido morar — amigos eram um item supérfluo, um luxo, e, se ao descartá-los você tivesse mais chances de proteger sua família, você os descartava prontamente. No fim você escolhia, e você nunca escolhia seus amigos, não se tivesse um parceiro ou um filho. Você seguia a sua vida e esquecia deles, e sua vida não piorava por causa disso. À medida que a Charlie foi ficando mais velha, comecei a pensar ainda mais na Rosemary, e tenho vergonha de admitir. Eu ia poupá-la daquele destino, eu dizia a mim mesmo: eu ia garantir que as pessoas não sentissem pena dela como eu tinha sentido da Rosemary.

E agora consegui fazer isso. Eu sei que a presença de outra pessoa não erradica completamente a solidão; mas também sei que um companheiro é um escudo, e que sem outra pessoa a solidão acaba se infiltrando, um fantasma que atravessa as janelas e desce goela abaixo, te enchendo de uma tristeza que nada pode aplacar. Eu não posso prometer que a minha neta não vá se sentir solitária, mas eu impedi que ela ficasse sozinha. Eu garanti uma testemunha para a vida dela.

Ontem, antes de a gente sair do cartório, olhei a certidão de nascimento dela, que tivemos de levar para provar sua identidade. Essa era a nova certidão, aquela emitida para mim pelo ministro do Interior em 66, a versão em que seu pai não constava — ela a protegera por um tempo, mas depois deixou de a proteger.

Quando o nome do pai da Charlie fora apagado, o mesmo acontecera com seu próprio nome: Charlie Keonaonamaile Bingham-Griffith, um nome lindo e escolhido com tanto amor foi reduzido pelo governo e se transformou em Charlie Griffith. Era uma redução de quem ela era, porque nesse mundo, o mundo que eu tinha ajudado a criar, não existia nenhum excesso de beleza que fosse intencional. A beleza que restava era incidental, acidental, as coisas que não podiam ser destruídas: a cor do céu logo antes de chover, as primeiras folhas verdes da acácia da Quinta Avenida antes de serem colhidas.

Esse tinha sido o nome da mãe do Nathaniel: Keonaonamaile, uma planta havaiana. Eu te dei uma certa vez — uma trepadeira com folhas que têm cheiro de pimenta e limão. Usamos *leis* dessa planta no nosso casamento — no dia anterior, escalamos as montanhas, com o David entre nós dois, o ar úmido ao redor, e cortamos um ramo que crescia entre duas árvores koa. Era um colar que as pessoas usavam em casamentos, mas também em formaturas e aniversários: uma planta para ocasiões especiais, de uma época em que havia tantas plantas que algumas eram consideradas especiais e outras não, e você podia só pegá-las da árvore e no dia seguinte as jogava no lixo.

Naquele dia, descemos a montanha, os sapatos deslizando na lama, o David entre nós dois, segurando uma mão de cada um. O Nathaniel tinha cortado o suficiente para que cada um de nós usasse um bom pedaço no pescoço, mas o David queria usar o dele enrolado na cabeça, como uma coroa. O Nathaniel o ajudou, amarrando a trepadeira e a colocando na testa dele.

"Eu sou um rei!", David disse, e nós demos risada. "Sim, David", dissemos, "você é um rei… o rei David."

"Rei David", ele disse. "Agora esse é o meu nome." E depois ele ficou sério. "Vocês não podem esquecer", ele disse. "Vocês têm que me chamar assim, tá? Prometem?"

"A gente promete", dissemos. "Não vamos esquecer. Vamos chamar você assim." Era uma promessa.

Mas nunca a cumprimos.

Charles

Parte IX

Outono de 2094

Ao longo das semanas seguintes, eu e o David falamos sobre o nosso plano. Ou melhor, o plano era dele, e ele estava me contando esse plano.

No dia 12 de outubro, eu iria embora da Zona Oito. Ele não ia me dizer como, exatamente, até momentos antes. Até lá, eu não deveria fazer nada fora do comum. Eu deveria seguir com a minha rotina diária: eu deveria ir ao trabalho, deveria ir ao supermercado, deveria fazer uma caminhada de vez em quando. Continuaríamos nos encontrando todos os sábados na barraca do contador de histórias, e, se o David precisasse se comunicar comigo entre esses encontros, ele daria um jeito de me avisar. Mas se não tivesse notícias dele, não era para eu me preocupar. Eu não deveria preparar nada, nem embalar nada que eu não pudesse carregar na minha ecobag. Eu não ia precisar levar roupas, nem comida, nem mesmo os meus documentos: novos seriam emitidos assim que eu chegasse na Nova Bretanha.

"Tenho um monte de bônus que guardei ao longo dos anos", eu disse a David. "Eu poderia trocá-los por cupons adicionais de água ou até de açúcar… Eu poderia levar esses cupons."

"Você não vai precisar deles, Charlie", David disse. "Só leve coisas que têm um significado especial pra você."

No final do nosso primeiro encontro depois da conversa nos bancos, quando eu tinha começado a acreditar nele, perguntei ao David o que ia acontecer com o meu marido. "É claro que o seu marido pode ir", ele disse. "Também nos preparamos pra recebê-lo. Mas Charlie... talvez ele não queira ir."

"Por que não?", perguntei, mas David não respondeu. "Ele adora ler", eu disse. Naquela caminhada na pista, eu tinha perguntado muitas coisas sobre a Nova Bretanha, e o David tinha dito que me falaria mais durante a viagem — que era muito arriscado falar naquele momento. Mas uma coisa que ele de fato *disse* era que na Nova Bretanha você podia ler o que quisesse, o quanto quisesse. Eu pensei no meu marido, em como ele se obrigava a ler devagar, porque só era permitido pegar emprestado um livro a cada duas semanas, e ele tinha que fazer o livro durar. Pensei nele sentado na mesa da nossa casa, apoiando o lado direito do rosto na mão direita, totalmente imóvel, um sorrisinho no rosto, mesmo quando o livro falava dos cuidados e da nutrição de plantas comestíveis hidropônicas tropicais.

"Sim", David disse, devagar, "mas Charlie... tem certeza de que ele ia querer ir embora?"

"Tenho", eu disse, embora não tivesse. "Lá ele poderia ler qualquer livro que quisesse. Até os ilegais."

"É verdade", disse David. "Mas ele pode ter outros motivos para querer ficar aqui, no final das contas."

Eu refleti sobre isso, mas não consegui pensar em nenhum motivo. A não ser por mim, meu marido não tinha família aqui. Ele não teria nenhum outro motivo para ficar. E ainda assim, como David, por alguma razão eu não tinha certeza de que ele ia querer ir embora. "Como assim?", perguntei, mas David não respondeu.

No encontro seguinte, antes de o contador de histórias começar, David me perguntou se eu precisava de ajuda na hora de falar com meu marido. "Não", eu disse. "Eu consigo sozinha."

"Seu marido sabe ser discreto", David disse, e não perguntei como ele sabia disso. "Então eu sei que ele vai lidar bem com isso." Pareceu que ele queria dizer alguma outra coisa, mas não disse.

Depois da apresentação do contador de histórias, nós caminhamos. Eu tinha imaginado que nossos encontros seriam difíceis, que eu teria que decorar muitas informações, mas não foram. Na maior parte do tempo, pareceram mais oportunidades de o David ter certeza de que eu estava me mantendo calma, de que eu não estava fazendo nada, de que eu confiava nele, embora ele nunca tivesse me perguntado isso.

"Sabe, Charlie", ele disse, de repente, "a homossexualidade não é ilegal na Nova Bretanha."

"Ah", eu disse. Não sabia mais o que dizer.

"Pois é", ele falou. Mais uma vez, ele pareceu querer dizer alguma outra coisa, mas mais uma vez ele não disse.

Naquela noite, pensei que o David já sabia muitas coisas sobre mim. Em certos aspectos, isso era perturbador, assustador, até. Mas também era relaxante, e até reconfortante. Ele me conhecia como meu avô tinha me conhecido, e essa informação, é claro, havia partido do meu próprio avô. David não conheceu meu avô, mas seu empregador sim, então parecia, de certa forma, que meu avô ainda estava vivo e estava comigo.

Mas também havia certas coisas que eu não queria que David soubesse. Eu tinha entendido, com o passar do tempo, que ele sabia que meu marido não me amava, e nunca me amaria, não da maneira que se espera que um marido ame sua esposa, nem da maneira que eu esperava ser amada. Isso me dava vergonha, porque amar alguém não é vergonhoso, mas *é* vergonhoso não ser amado em troca.

Eu sabia que precisaria perguntar para o meu marido se ele queria ir comigo. Mas os dias se passaram e eu não perguntei. "Você perguntou pra ele?", David questionou no encontro seguinte, e eu só balancei a cabeça. "Charlie", ele disse, de um jeito que não era rude, mas também não era gentil, "eu preciso saber se ele vai junto. Isso afeta o planejamento. Você quer que eu te ajude?"

"Não, obrigada", eu respondi. Meu marido podia não me amar, mas era meu marido, e era minha responsabilidade falar com ele.

"Então você me promete que vai falar com ele hoje à noite? Só temos mais quatro semanas."

"Sim", eu disse. "Eu sei."

Mas não perguntei para o meu marido. Naquela noite, fiquei deitada na cama, apertando o anel do meu avô, que eu deixava debaixo do meu travesseiro, onde sabia que ninguém iria encontrá-lo. Na outra cama, meu marido dormia. Ele estava muito cansado de novo, cansado e ofegante, e, quando estava levando os pratos para a cozinha, ele tropeçou, mas conseguiu se apoiar na mesa antes de derrubar alguma coisa. "Não foi nada", ele me disse. "Só tive um dia cansativo." Eu disse para ele ir se deitar, que eu lavaria a louça, e ele insistiu um pouco, mas depois foi para o quarto.

Eu só precisava chamar o nome dele, e ele acordaria, e eu perguntaria a ele. Mas se eu perguntasse e ele dissesse não? E se ele dissesse que preferia ficar? "Ele sempre vai cuidar de você", meu avô tinha dito. Mas se eu fosse embora, esse sempre acabaria, e aí eu ficaria sozinha, completamente sozinha, e a única pessoa que poderia me proteger seria o David, e mais ninguém que se lembrasse de mim, e de quem eu era, e de onde eu tinha morado um dia, e de quem eu tinha sido. Era mais seguro não perguntar nada — se não perguntasse eu estaria aqui, na Zona Oito, e ao mesmo tempo não estaria, e, à medida que o dia 12 de outubro se aproximava cada vez mais, esse parecia o melhor lugar para mim. Era como ser criança, quando eu só precisava seguir instruções e nunca precisava pensar no que ia acontecer depois, porque eu sabia que meu avô já tinha pensado em tudo por mim.

Por muitas semanas, estive guardando dois segredos: o primeiro era que havia uma nova doença. O segundo era que eu iria embora. Mas enquanto só uma outra pessoa sabia do segundo, muitas pessoas — todas as que trabalhavam no meu laboratório; muitas das pessoas da RU; vários funcionários do governo; generais e coronéis; pessoas anônimas de Pequim e da Municipalidade Um, cuja aparência eu nem podia imaginar — sabiam do primeiro.

E agora mais pessoas estavam começando a saber também. Não houve nenhum comunicado oficial no boletim informativo das várias zonas, nenhum informativo pelo rádio, mas todo mundo sabia que alguma coisa estava acontecendo. Um dia, no final de setembro, eu saí de casa e descobri que o Parque estava completamente vazio. Os vendedores tinham sumido, e as barracas, e até a fogueira que nunca se apagava. E não só estava vazio como estava limpo: não havia serragem no chão, nem peças de metal, nem pedaços de barbante voando pelo ar. Tudo tinha desparecido, mas eu não tinha ouvido nada durante a noite, nenhum barulho de escavadora, nem lavadoras ou varredores industriais. As estações de resfriamento também tinham sumido, e os portões de cada uma das quatro entradas, que tinham sido retirados havia muito tempo, foram colocados de volta no lugar e trancados.

Naquela manhã, o clima no ônibus estava muito tenso. Não era tanto o silêncio, era a ausência absoluta de som. Não havia um protocolo perceptível de enfrentamento de doenças, porque o governo tinha mudado demais desde 70, mas era como se todo mundo já soubesse o que estava acontecendo, e ninguém quisesse ouvir que suas suspeitas eram verdadeiras.

No trabalho, havia um bilhete me esperando embaixo de uma das gaiolas dos ratos, o primeiro que chegou desde que eu e o David tínhamos começado a nos encontrar na barraca do contador de histórias. "Estufa da cobertura, 13h", o bilhete dizia, e às 13h eu fui até a cobertura. Não havia ninguém lá, exceto um jardineiro com um traje de algodão verde, regando os espécimes, e antes que eu pudesse me perguntar como ia procurar o próximo bilhete do David na estufa se o jardineiro não ia embora, ele se virou e eu vi que era o David.

Ele logo levou um dedo à boca, fazendo um gesto para que eu ficasse em silêncio, mas eu já estava chorando. "Quem é você?", perguntei. "Quem é você?"

"Charlie, fica quieta", ele disse, e se aproximou de mim e se sentou ao lado de onde eu tinha caído no chão, e colocou um braço sobre meu ombro. "Está tudo bem, Charlie", ele disse. "Está tudo bem." E ele me abraçou e me confortou, e depois de um tempo eu me acalmei. "Eu desliguei as câmeras e os microfones, e até as 13h30 as Moscas não vão voltar", ele disse. "Você viu o que aconteceu hoje", ele prosseguiu, e eu acenei que sim. "Agora a doença tomou conta da Prefeitura Quatro, e logo vai chegar aqui. Quanto pior ficar a situação, mais difícil vai ser a gente ir embora", ele disse. "Então a data mudou: 2 de outubro. O governo vai fazer um comunicado oficial nesse dia; os testes e as evacuações para os centros de transferência vão começar nessa tarde. Vão implementar um toque de recolher no dia seguinte. Está muito em cima da hora para o meu gosto, mas os planos mudaram tantas vezes que isso foi o melhor que eu consegui. Você entendeu, Charlie? Você tem que estar pronta para ir no dia 2 de outubro."

"Mas é nesse sábado!", eu disse.

"É, e eu peço desculpas", ele disse. "Eu me enganei… Tinham me dito que o governo só anunciaria no dia 20 de outubro, no mínimo. Mas eu estava errado." Ele respirou fundo. "Charlie", ele disse, "você falou com o seu marido?" E, como eu não disse nada, ele me pegou pelos ombros e me virou de frente para ele. "Me escuta, Charlie", ele disse, com uma voz séria. "Você *precisa* falar com ele. Hoje à noite. Se você não falar, vou concluir que você vai embora sem ele."

"Não posso ir embora sem ele", eu disse, e comecei a chorar de novo. "Não consigo."

"Então você precisa falar com ele", disse David. Ele olhou para o relógio dele. "A gente tem que ir", ele disse. "Vai você primeiro."

"E você?", eu perguntei.

"Não se preocupe comigo", ele disse.

"Como você conseguiu entrar aqui?", eu perguntei.

"Charlie", ele disse, num tom impaciente. "Depois eu te falo. Agora vai. E fale com o seu marido. Me promete."

"Prometo", eu disse.

Mas eu não falei. No dia seguinte, tinha outro bilhete me esperando: *Falou?* Mas eu o amassei e o queimei num bico de Bunsen.

Isso foi na terça-feira. Na quarta, a mesma coisa aconteceu. Depois chegou a quinta-feira, três dias antes da data em que iríamos embora, a noite livre do meu marido.

E nessa noite meu marido não voltou para casa.

Mas, se me perguntassem, eu não saberia dizer por que decidi confiar no David. A verdade era que eu não confiava nele, ou não completamente, pelo menos. Esse David era diferente do David que eu tinha conhecido: era mais sério, menos surpreendente, mais assustador. Mas o outro David também era assustador; ele era muito descuidado, muito incomum. De certa forma, eu achava mais fácil aceitar esse David, mesmo que sentisse que a cada dia o conhecia menos. Às vezes eu segurava o anel do meu avô e pensava em tudo o que David sabia a meu respeito, e repetia para mim mesma que eu podia acreditar no David, que ele era uma pessoa que iria me proteger, que alguém de confiança do meu avô tinha enviado o David. Em outros momentos, eu ficava olhando para o anel, segurando a lanterna embaixo das cobertas enquanto meu marido dormia, me perguntando se aquele anel era mesmo do meu avô. Será que o dele não era maior? Será que havia uma marca no ouro, do lado direito? Era legítimo ou uma cópia? E se ele não tivesse enviado o anel para esse amigo, no final das contas? E se tivessem roubado o anel dele? Aí eu pensava: não valeria a pena mentir por isso — não valeria a pena sequestrar alguém por isso. Ninguém pagaria o meu resgate; ninguém daria falta de mim. Não havia motivo para o David querer me levar.

Mas, ao mesmo tempo, também não havia motivo para ele querer me salvar. Se não valia a pena me levar, também não valia a pena me salvar.

Então não sei dizer por que decidi ir, nem se de fato cheguei a decidir. Aquilo parecia muito distante, muito improvável, uma história de faz de conta. Eu só sabia que iria para um lugar melhor, um lugar para o qual meu avô queria que eu fosse. Mas não sabia nada sobre a Nova Bretanha, a não ser que era um país, e que antigamente tinha uma rainha, e depois um rei, e que lá também falavam inglês, e que o governo tinha cortado relações com eles no final dos anos 70. Acho que isso tudo parecia uma brincadeira, de certa forma, como as que eu fazia com o meu avô, nas quais fingíamos conversar — isso também era uma conversa que a gente estava fingindo, e eu também fingiria ir embora. No nosso último encontro, eu tinha perguntado mais uma vez ao David se eu devia mesmo deixar os bônus para trás, porque eu poderia precisar deles depois, quando voltasse, mas David me interrompeu. "Charlie, você nunca mais vai voltar", ele disse. "Quando você sair daqui, você nunca mais vai voltar. Entendeu?"

"Mas e se eu quiser?", perguntei.

"Acho que você não vai querer", ele disse, devagar. "Mas, mesmo que queira, você não vai poder. Iam te capturar e te matar numa Cerimônia se você tentasse fazer isso, Charlie."

Eu disse que entendia, e pensei que tinha entendido, mas talvez não tivesse. Num sábado, perguntei para o David o que aconteceria com os mindinhos, e ele disse que eu não podia pensar nos mindinhos, e que eles ficariam bem: outro técnico cuidaria deles. Nesse momento fiquei chateada, porque, embora soubesse que eu não era a única pessoa que saberia cuidar dos mindinhos, às vezes eu gostava de fingir que era. Gostava de fingir que eu era a pessoa mais indicada para prepará-los, a melhor, a mais cuidadosa, que mais ninguém poderia ser tão bom quanto eu. "Você tem razão, Charlie, você tem razão", ele dizia, e depois de um tempo eu me acalmava.

Naquela quinta-feira, enquanto esperava meu marido, fiquei pensando nos mindinhos. Eles eram uma parte tão importante da minha vida aqui que eu tinha decidido que, quando fosse trabalhar no dia seguinte, no que David tinha me lembrado que seria meu último dia na Rockefeller University, eu ia roubar uma placa de Petri cheia deles. Só uma placa, com alguns mindinhos num pouco de solução salina. David tinha dito que eu deveria levar só o que tivesse valor emocional pra mim, e os mindinhos tinham valor.

Eu tinha espaço de sobra na minha bolsa. As únicas coisas que coloquei nela foram a metade das moedas de ouro que guardávamos embaixo da cama, quatro calcinhas e sutiãs e o anel do meu avô, além de três fotografias dele. David tinha dito para eu não levar roupas, nem comida, nem mesmo água — me dariam tudo isso lá. Enquanto colocava as coisas na bolsa, eu tinha pensado de repente em levar os bilhetes que meu marido guardava, mas depois tinha mudado de ideia, assim como tinha desistido de levar todas as moedas de ouro. Tentei me convencer de que, quando meu marido decidisse ir comigo, ele levaria a outra metade. Quando terminei, a bolsa continuava tão pequena e leve que eu podia enrolá-la e enfiá-la no bolso do meu traje de resfriamento, que agora estava pendurado no armário.

Eu sabia que ia precisar falar com o meu marido naquela noite, e por isso, em vez de colocar minha roupa de dormir, eu me deitei na cama vestida, pensando que se estivesse menos confortável eu não dormiria. Mas acabei dormindo mesmo assim, e quando acordei dava para ver que era muito tarde, e quando olhei o relógio eram 23h20.

Levei um susto. Onde ele estava? Ele nunca, nunca mesmo, tinha ficado na rua até tão tarde.

Eu não sabia o que fazer. Fiquei andando pelo cômodo principal, batendo uma mão na outra e me perguntando inúmeras vezes em voz alta onde ele poderia estar. Então eu me dei conta de que sabia onde ele estava: ele estava na casa da Bethune Street.

Antes que eu pudesse voltar a ter medo, coloquei meus documentos no bolso, para caso me parassem. Peguei a lanterna que estava embaixo do meu travesseiro. Calcei os sapatos. Depois saí do apartamento e desci as escadas.

Lá fora, tudo estava muito silencioso e, sem a luz da fogueira do Parque, muito escuro. Só havia um holofote aqui e ali, se movendo em círculos lentos, iluminando a lateral de um edifício, uma árvore, uma caminhonete estacionada, por um instante, antes de mais uma vez abandoná-los na escuridão.

Eu nunca tinha saído tão tarde de casa, e, embora não fosse ilegal sair a essa hora, também não era algo comum. Você só precisava parecer saber aonde estava indo, e eu sabia aonde estava indo. Andei na direção oeste, cruzando a Pequena Oito, olhando para os apartamentos lá no alto e me perguntando qual deles era o do David, e depois atravessei a Sétima Avenida, depois a Hudson. Quando eu estava atravessando a Hudson, uma tropa de soldados passou por mim, e ele se viraram para me olhar, mas quando viram quem eu era, só uma mulher asiática comum, baixinha, de pele escura, eles continuaram andando sem nem me parar. Na Greenwich Street, eu virei à direita e comecei a andar na direção norte, e logo eu estava virando à esquerda na Bethune e andando até o número 27.

Quando estava prestes a subir a escada, eu parei, invadida pelo medo, e por um tempo fiquei me balançando, e consegui ouvir meus próprios gemidos. Mas depois subi, tropeçando na pedra que faltava no segundo degrau, e bati na porta no ritmo que eu tinha memorizado meses antes: *toc-to-toctoc-toc- -toc-toc-to-toc-toctoc.*

No início, tudo ficou em silêncio. E depois ouvi alguém descendo uma escadaria e a janelinha se abriu, e um pedaço do rosto de um homem, um rosto avermelhado com olhos azuis, apareceu me procurando. Ele me olhou, e eu olhei para ele. Houve um breve silêncio. Então ele disse: "Nunca houve tanto princípio quanto há agora; nem tanta juventude ou velhice quanto há agora", e, como eu não respondi, ele repetiu a frase.

"Eu não sei como responder a isso", eu disse, e antes que ele pudesse fechar a janela acrescentei: "Espere... espere. Meu nome é Charlie Griffith. Meu marido não voltou para casa, e acredito que ele esteja aqui. O nome dele é Edward Bishop".

Ao ouvir isso, o homem arregalou os olhos. "Você é a esposa do Edward?", ele perguntou. "Como é seu nome, mesmo?"

"Charlie", eu disse. "Charlie Griffith."

Nesse momento a janelinha se fechou com um baque e a porta se abriu, poucos centímetros, e o homem do outro lado, um homem alto e branco de meia-idade, com cabelo fino e loiro-claro, me chamou para dentro e em seguida voltou a trancar a porta. "Lá em cima", ele disse, e enquanto o seguia eu olhei para a esquerda e vi uma porta que estava entreaberta, e pela fresta vi o brilho de um abajur.

A escadaria tinha sido coberta com um carpete estampado em bordô e azul-marinho com formas e linhas rodopiantes, e rangia à medida que subíamos. No segundo patamar havia outra porta, e eu percebi que a casa tinha sido transformada em um conjunto de apartamentos, um por andar, mas ainda estava sendo usada como uma única casa, de acordo com a construção original: a parede da escadaria tinha sido pintada com rosas, e a pintura ia além do segundo andar e subia até o fim. Sobre o corrimão havia roupas secando — meias, camisas e cuecas.

O homem bateu à porta e girou a maçaneta ao mesmo tempo, e eu entrei com ele.

A primeira coisa que pensei foi que tinha, de alguma forma, voltado ao escritório do meu avô, ou pelo menos o escritório de que eu me lembrava de pouco antes de eu ficar doente. Havia estantes de livros em todas as paredes, e nelas havia o que pareciam ser milhares de livros. Havia um tapete no chão, uma versão maior com uma estampa mais detalhada do que aquele que cobria a escadaria, e havia poltronas e um cavalete em um canto do cômodo com a pintura do rosto de um homem feita pela metade. Cortinas cinza-escuras escondiam as grandes janelas, e havia uma mesinha com mais pilhas de livros, além de um rádio e um tabuleiro de xadrez. E, no canto oposto, de frente para o cavalete, havia uma televisão, algo que eu não via desde criança.

Bem na minha frente havia um sofá, não do tipo que tínhamos em casa, e sim um modelo mais largo, que parecia confortável, e nesse sofá estava um homem, e esse homem era o meu marido.

Eu fui correndo até ele e me ajoelhei ao lado de sua cabeça. Ele estava de olhos fechados, e estava suando, e sua boca estava entreaberta porque ele estava tentando respirar. "Mangusto", eu sussurrei, e peguei uma das mãos dele, que estavam cruzadas sobre o peito. Estava úmida e fria. "Sou eu", eu disse. "A Naja." Ele soltou um gemido muito fraco, nada além disso.

Então ouvi alguém dizer o meu nome, e olhei para cima. Era um homem cuja presença eu não tinha notado, que tinha cabelo loiro-escuro e olhos verdes e mais ou menos a minha idade, e que também estava ajoelhado ao lado do meu marido, e nesse momento vi que ele segurava a cabeça do meu marido com uma mão e acariciava seu cabelo com a outra. "Charlie", o homem repetiu, e fiquei surpresa ao ver que ele tinha lágrimas nos olhos. "Charlie, que bom te conhecer, finalmente."

"Você tem que tirar ele daqui", uma outra pessoa disse, e me virei e vi que era o homem que tinha aberto a porta.

"Meu Deus, Harry", disse outra voz, e eu olhei para cima e vi que havia três homens no cômodo, e todos estavam em pé a alguns metros do sofá, e olhavam para o meu marido. "Não seja tão insensível."

"Não vem me dar sermão", disse o homem da porta. "A casa é *minha*. Ele está colocando todos nós em risco ficando aqui. Ele tem que sair."

Um dos outros começou a discutir com ele, mas o homem que estava fazendo carinho no cabelo do meu marido os interrompeu. "Tudo bem", ele disse. "O Harry tem razão; é muito perigoso."

"Mas para onde vocês vão?", perguntou um dos homens, e o homem loiro olhou para mim.

"Pra casa", ele disse. "Charlie, você pode me ajudar?", e eu concordei com a cabeça.

Harry saiu, e os outros dois ajudaram o homem loiro a levantar meu marido, ainda que ele estivesse gemendo. "Está tudo bem, Edward", disse o homem loiro, que segurava meu marido pela cintura. "Tudo bem, querido. Vai ficar tudo bem." Juntos, eles começaram a levá-lo pelas escadas, andando devagar, e meu marido gemia e reclamava a cada degrau, e o homem loiro o acalmava e fazia carinho em seu rosto. Na base da escada, a porta do apartamento do térreo agora estava completamente aberta, e o homem loiro disse que precisava pegar as bolsas dele e do meu marido, e entrou lá.

Eu o segui, mas só me dei conta disso quando me vi dentro do apartamento e todos os homens ali dentro estavam me olhando. Eram seis, embora eu não conseguisse ver o rosto de nenhum deles direito e distinguisse apenas o ambiente em si, cuja decoração era parecida com a do cômodo do andar de cima, mas mais luxuosa, com móveis mais elegantes e tecidos mais nobres. Em seguida percebi que tudo estava desgastado: os cantos do carpete, as costuras do sofá, a lombada dos livros. Ali também havia uma televisão, embora ela também estivesse desligada, só uma tela preta. Ali também tinham removido as paredes e transformado o que poderia ser um apartamento de um quarto num único espaço amplo.

Em seguida os homens foram para perto da porta, e um deles trouxe o homem loiro para perto de si. "Fritz, eu conheço alguém que pode ajudar", ele disse, "deixa eu avisar ele", mas o homem loiro balançou a cabeça. "Não posso fazer isso com você", ele disse. "Você com certeza vai ser enforcado ou apedrejado, e seu amigo também", e o outro homem, como se admitisse que ele tinha razão, assentiu e se afastou dele.

Eu estava olhando para eles quando senti que alguém me observava, e me virei para a esquerda e vi um dos ph.Ds, aquele que sempre revirava os olhos quando via o sobrinho do vice-ministro do Interior.

Ele se aproximou de mim. "Charlie, né?", ele perguntou, em voz baixa, e eu confirmei. Ele olhou na direção do hall de entrada, onde os dois homens continuavam segurando meu marido, rodeados por outros homens. "O Edward é seu marido?", ele perguntou.

Eu acenei que sim. Eu não conseguia falar, mal conseguia balançar a cabeça, mal conseguia respirar. "O que aconteceu com ele?", perguntei.

Ele balançou a cabeça. "Não sei", ele disse, parecendo preocupado. "Não sei. Me parece insuficiência cardíaca. Mas eu sei que não é… não é a doença."

"Como você sabe?", perguntei.

"A gente já viu alguns infectados", ele disse. "E não é isso… eu sei. Se fosse, estaria saindo sangue do nariz e da boca dele. Mas, Charlie, não leve ele para o hospital, aconteça o que acontecer."

"Por que não?", eu perguntei.

"Porque não. Eles vão achar que é a doença. Eles não sabem tudo o que a gente sabe. E vão mandá-lo direto para um dos centros de contenção."

"Não existem mais centros de contenção", eu lembrei a ele.

Mas ele balançou a cabeça de novo. "Existem, sim", ele disse. "Só o nome que mudou. Mas é pra esses lugares que estão levando os primeiros casos, pra… pra estudar essas pessoas." Ele olhou de novo para o meu marido, e depois voltou a olhar para mim. "Leva ele pra casa", ele disse. "Deixa ele morrer em casa."

"Morrer?", eu perguntei. "Ele vai morrer?"

Mas aí o homem loiro se aproximou de mim de novo, dessa vez com sua bolsa e a bolsa do meu marido penduradas no ombro. "Charlie, a gente tem que ir", ele disse, e eu fui com ele, mais uma vez sem me dar conta.

Alguns dos homens beijaram o homem loiro no rosto; outros beijaram meu marido. "Tchau, Edward", um disse, e depois todos disseram: "Tchau, Edward. Tchau". "A gente te ama, Edward." "Tchau, Edward." E então a porta se abriu, e nós três saímos para a rua.

* * *

Andamos na direção leste. O homem loiro estava à direita do meu marido, eu à esquerda. Os braços do meu marido estavam apoiados nos nossos ombros, e cada um segurava a cintura dele com um braço. Ele mal conseguia andar, e na maior parte do tempo seus pés se arrastavam. Ele não era pesado, mas, como eu e o homem loiro éramos mais baixos que ele, era difícil direcioná-lo.

Na Hudson Street, o homem loiro olhou ao redor. "Vamos atravessar a Christopher, depois vamos passar pela Pequena Oito e seguir ao leste pela rua 9 antes de virar na Quinta", ele disse. "Se pararem a gente, vamos dizer que ele é seu marido, eu sou amigo dele e ele... ele ficou bêbado, tá?" Era ilegal ficar bêbado em locais públicos, mas eu sabia que naquela situação era melhor dizer que meu marido estava bêbado do que doente.

"Tá", eu disse.

Andamos pela Christopher Street na direção leste sem dizer nada. As ruas estavam tão vazias e escuras que eu mal conseguia ver aonde estávamos indo, mas o homem loiro avançava depressa e com firmeza, e eu tentei acompanhar o ritmo dele. Depois de um tempo chegamos à Waverly Place, a fronteira mais a oeste da Pequena Oito, que era bem iluminada, e nos encostamos num edifício próximo para evitar que nos vissem.

O homem loiro olhou para mim. "Só mais um pouco", ele me disse, e depois repetiu a mesma coisa, com uma voz delicada, para o meu marido, que tossiu e gemeu. "Eu sei, Edward", ele disse para o meu marido. "Estamos quase chegando, eu juro... Estamos quase chegando."

Andamos o mais rápido possível. À minha esquerda, eu via as torres da Pequena Oito, as janelas quase todas apagadas a essa altura. Eu me perguntei que horas deviam ser. À nossa frente, eu via o grande prédio que tinha sido construído vários séculos antes para ser uma prisão. Depois ele virou uma biblioteca. Depois voltou a ser prisão. Agora era um edifício residencial. Atrás dele havia um parquinho de concreto, que geralmente as crianças não podiam usar porque ficava quente demais.

Bem quando estávamos nos aproximando desse prédio fomos parados. "Parados", ouvimos, e paramos de repente, quase deixando meu marido cair. Um guarda, todo vestido de preto, o que indicava que ele era um policial municipal, não um soldado, parou na nossa frente, apontando a arma para o nosso rosto. "Aonde vocês estão indo a essa hora?"

"Guarda, estou com meus documentos", o homem loiro começou a dizer, pegando a bolsa, e o guarda retrucou: "Eu não pedi seus documentos. Eu perguntei aonde vocês estão indo".

"Estamos voltando para o apartamento dela", disse o homem loiro. Eu sabia que ele estava com medo, mas tentando não estar. "O marido dela... O marido dela bebeu um pouco demais, e..."

"Onde?", perguntou o guarda, e eu achei que ele parecia afoito. Os policiais ganhavam pontos a mais quando prendiam pessoas por atentados à qualidade de vida.

Mas antes que ele pudesse responder ouvimos outra voz, que dizia: "*Achei* vocês!", como se estivesse cumprimentando alguém, um amigo que ia encontrá-lo para um show ou para caminhar e tinha se atrasado, e o homem loiro, o guarda e eu nos viramos e vimos o David. Ele estava vindo da direção oeste e se aproximando de nós, e não usava o macacão cinza, e sim uma camisa de algodão azul e uma calça parecidas com as que o homem loiro estava usando, e, embora estivesse andando depressa, ele não estava tão rápido assim, e vinha sorrindo e balançando a cabeça. Em uma mão ele trazia uma garrafa térmica, na outra uma pequena carteira de couro. "Eu *falei* pra vocês não saírem do lugar... Fiquei procurando vocês pelo complexo inteiro", ele disse, ainda sorrindo, para o homem loiro, que tinha aberto a boca surpreso, mas a fechou e só concordou com a cabeça.

"Desculpa, seu guarda", David disse para o homem de preto. "Esse bobão aqui é meu irmão mais velho, e a esposa dele, e o nosso amigo" — ele fez um gesto na direção do homem loiro — "e infelizmente meu irmão passou um pouco do ponto hoje. Fui buscar água pra ele no nosso apartamento, e quando voltei, esses três..." — ele olhou para nós com um sorriso carinhoso — "resolveram sair andando sem me esperar." E nesse momento ele sorriu para o guarda, e balançou um pouco a cabeça e revirou os olhos. "Olha, estou com os documentos dos três aqui", ele disse, e entregou a carteira para o guarda, que ainda não tinha baixado a arma, e que vinha olhando para todos nós enquanto David falava. Ele pegou a carteira e abriu o zíper. Quando o guarda tirou os documentos lá de dentro, vi um brilho prateado.

O guarda verificou os documentos e, quando leu o último, ele de repente endireitou a postura e fez uma saudação. "Peço desculpas", ele disse para o David. "Eu não sabia, senhor."

"Não precisa se desculpar, seu guarda", David disse. "Você só está fazendo seu trabalho."

"Obrigado, senhor", disse o guarda. "Precisam de ajuda para levá-lo para casa?"

"É muita gentileza da sua parte, mas não precisa", David respondeu. "Parabéns pelo trabalho que vocês estão fazendo."

O guarda fez mais uma saudação, e David fez o mesmo. Aí ele pegou meu lugar do lado esquerdo do meu marido. "Ah, seu bobão", ele disse para o meu marido. "Vamos levar você pra casa."

Nenhum de nós disse nada até termos atravessado a Sexta Avenida. "Quem é…", o homem loiro começou a falar, e em seguida disse "Obrigado", e David, que não estava mais sorrindo, balançou a cabeça. "Se a gente passar por mais um guarda, deixa que eu falo com ele", ele disse, em voz baixa. "Se formos parados, ninguém pode fazer cara de preocupação. Vocês têm que parecer… exaustos, tá? Mas não assustados. Charlie, você entendeu?" Eu confirmei. "Eu sou amigo da Charlie", ele disse para o homem loiro. "David."

O homem loiro assentiu. "Meu nome é Fritz", ele disse. "Eu sou…" Mas ele não continuou a frase.

"Eu sei quem você é", David disse.

O homem loiro me olhou. "Fritz", ele disse, e eu balancei a cabeça para mostrar que tinha entendido.

Chegamos em casa sem que nos parassem de novo, e assim que entramos o David fechou a porta da frente, me entregou a garrafa térmica, pegou meu marido no colo e subiu a escada com ele. Não entendi como ele conseguiu fazer isso, porque os dois eram mais ou menos do mesmo tamanho, mas ele fez.

Dentro de casa, ele levou meu marido para o nosso quarto, e, mesmo com tudo que estava acontecendo, senti uma pontada de vergonha porque tanto David quanto Fritz estavam vendo como dormíamos, longe um do outro, em camas separadas. Em seguida eu me lembrei que eles já sabiam disso e fiquei com mais vergonha ainda.

Mas nenhum dos dois pareceu perceber isso. Fritz tinha sentado ao lado do meu marido na cama e voltou a fazer carinho na cabeça dele. David estava segurando o pulso do meu marido e olhando o próprio relógio. Depois de um tempo, ele pousou o braço do meu marido ao lado dele, num movimento delicado, como se devolvesse o braço para ele. "Charlie, você pode me trazer água?", ele perguntou, e eu fui buscar.

Quando voltei, David também estava ajoelhado ao lado da cama, e pegou a caneca d'água que lhe entreguei e a levou à boca do meu marido. "Edward, você consegue engolir, pelo menos um pouco? Isso, isso. Um pouquinho mais. Ótimo." Ele colocou a caneca no chão ao seu lado.

"Você sabe que ele está indo embora", ele disse, embora eu não soubesse com quem ele estava falando: comigo ou com Fritz.

Foi Fritz quem respondeu. "Eu sei", ele disse, em voz baixa. "Ele recebeu o diagnóstico há um ano. Eu pensei que ele ia ter um pouco mais de tempo."

"De quê?", eu me ouvi perguntando. "Diagnóstico de quê?"

Os dois me olharam. "Insuficiência cardíaca congestiva", Fritz disse.

"Mas isso tem tratamento", eu disse. "Dá pra curar."

Mas Fritz balançou a cabeça. "Não", ele disse. "Não no caso dele. Não para parentes de inimigos do estado." E ao dizer isso ele começou a chorar.

"Ele não me contou", eu disse, quando consegui falar de novo. "Ele não me contou." E comecei a andar de um lado para o outro, a sacudir as mãos, a repetir — "Ele não me contou, ele não me contou" — até que Fritz saiu do lado do meu marido e pegou as minhas mãos.

"Ele estava procurando a hora certa pra te contar, Charlie", ele disse. "Mas ele não queria te preocupar. Ele não queria te deixar chateada."

"Mas eu *estou* chateada", eu disse, e dessa vez foi David que precisou me pegar e me colocar sentada na minha cama, e me balançar de um lado para o outro, exatamente como meu avô fazia.

"Charlie, Charlie, você tem sido tão corajosa", ele disse, me balançando. "Está quase acabando, Charlie, está quase acabando." E eu chorei sem parar, mesmo estando com vergonha de chorar, e com vergonha de estar chorando tanto por mim quanto pelo meu marido: eu estava chorando porque sabia muito pouco, e porque compreendia muito pouco, e porque, ainda que meu marido não me amasse, eu amava meu marido, e acho que ele sabia disso. Eu estava chorando porque ele *amava alguém*, essa pessoa que sabia tudo sobre mim e sobre quem eu não sabia nada, e eu estava chorando porque essa pessoa também ia perdê-lo. Eu estava chorando porque ele estava doente e não pensou em me dizer ou não conseguiu me dizer — eu não sabia qual das duas opções tinha sido, mas não fazia diferença: eu não soube.

Mas eu também estava chorando porque sabia que meu marido era o único motivo que me faria ficar na Zona Oito, e agora meu marido ia morrer, e eu tampouco ia ficar. Eu estava chorando porque os dois iríamos embora, para lugares diferentes, e iríamos separados, e nenhum dos dois nunca mais voltaria para esse apartamento nessa zona nessa municipalidade nessa prefeitura, nunca mais.

Esperamos o resto da noite e toda a sexta-feira até meu marido morrer. De manhã, David tinha saído para registrar nossa ausência em nossos empregos no centro. Fritz também morava no Edifício Seis, onde David tinha dito que morava, e, como ele era solteiro, não precisávamos nos preocupar com a possibilidade de alguém perceber que ele não tinha aparecido.

Quando David voltou, ele deu um pouco mais do líquido que havia na garrafa térmica para o meu marido, e o rosto dele se acalmou e ele começou a respirar mais fundo. "Podemos dar mais se ele começar a sofrer muito", ele disse, mas nem eu nem Fritz dissemos nada.

Ao meio-dia fiz almoço, mas ninguém comeu. Às 19h, David requentou a comida no forno, e dessa vez todos os três comemos, sentados no chão do nosso quarto, olhando meu marido dormir.

Ninguém disse nada, ou quase nada. Em dado momento, Fritz perguntou a David: "Você é do Ministério do Interior?", e David sorriu um pouco e respondeu: "Mais ou menos isso", e Fritz parou de fazer perguntas.

"Eu trabalho no Ministério das Finanças" ele disse, e David assentiu. "Acho que você já deve saber disso", Fritz disse, e David assentiu de novo.

Acho que seria natural pensar em perguntar ao Fritz como e quando ele e meu marido tinham se conhecido, e desde quando eles se conheciam, e se ele era a pessoa que mandava aqueles bilhetes para o meu marido. Mas eu não perguntei. Pensei nisso, é claro, por muitas horas, mas no fim não perguntei. Eu não precisava saber.

Dormi na minha cama naquela noite. David dormiu no sofá na sala. Fritz dormiu ao lado do meu marido na cama dele, abraçando-o mesmo que meu marido não pudesse retribuir o abraço. Quando ouvi alguém dizer meu nome, abri os olhos e vi o David em pé diante da cama. "Está na hora, Charlie", ele disse.

Eu olhei para onde meu marido estava deitado, imóvel. Ele estava respirando, mas com muita dificuldade. Fui até a cama e me sentei no chão, perto da cabeça dele. Os lábios dele estavam azulados, quase roxos, uma cor estranha que eu nunca tinha visto num ser humano. Segurei a mão dele, que ainda estava quente, mas em seguida me dei conta de que só estava quente porque Fritz a tinha segurado.

Ficamos sentados ali por muito tempo. Quando o sol começou a nascer, a respiração do meu marido ficou entrecortada, e Fritz olhou para David, que estava sentado na minha cama, e disse: "Agora, por favor, David", e aí ele olhou para mim, porque eu era a esposa dele, e eu também concordei com a cabeça.

David abriu a boca do meu marido. Aí ele tirou um pedaço de pano do bolso e o mergulhou dentro da garrafa térmica, e depois torceu o pano sobre a boca do meu marido antes de passá-lo na gengiva, na parte interna da bochecha e na língua dele. E depois ficamos ouvindo a respiração do meu marido ficar mais lenta, e mais profunda, e mais espaçada, até que ele parou de respirar.

Fritz foi o primeiro a falar, mas não foi com a gente, e sim com meu marido. "Te amo", ele disse. "Meu Edward." Percebi nesse momento que ele tinha sido a última pessoa a falar com meu marido, porque quando eu enfim tinha falado com ele, na noite de quinta, ele já não estava consciente. Ele se debruçou para beijar meu marido na boca, e David desviou o olhar, mas eu não: eu nunca tinha visto ninguém beijar meu marido, e nunca mais veria.

Então ele se levantou. "O que a gente faz?", ele perguntou ao David, e David disse: "Eu cuido dele". Fritz concordou. "Obrigado", ele disse, "muito obrigado, David. Obrigado", e eu pensei que ele fosse chorar de novo, mas ele não chorou. Então ele olhou para mim. "Bem, então tchau, Charlie", ele disse. "Obrigado por... por ter sido tão gentil comigo. E com ele."

"Eu não fiz nada", eu disse, mas ele balançou a cabeça.

"Fez, sim", ele disse. "Ele gostava de você." Ele soltou um suspiro demorado e trêmulo, e pegou sua bolsa. "Eu queria ficar com alguma coisa dele", ele disse, "uma recordação."

"Pode ficar com a bolsa dele", eu disse. Mais cedo, tínhamos revirado a bolsa, como se dentro dela pudesse haver a cura da doença, ou outro coração, mas só havia o uniforme do trabalho, e documentos, e um pacotinho de papel dobrado com alguns cajus dentro, e um relógio.

"Tem certeza?", Fritz perguntou, e eu disse que tinha. "Obrigado", ele disse, e com cuidado colocou a bolsa do meu marido dentro da dele.

Eu e David acompanhamos Fritz até a porta. "Bem, então...", ele disse de novo, e dessa vez ele começou a chorar. Ele cumprimentou David com um aceno, depois fez o mesmo comigo, e nós retribuímos o gesto. "Me desculpem", ele disse, porque estava chorando. "Desculpem, desculpem. Eu amava ele demais."

"A gente entende", David disse. "Não precisa pedir desculpa."

E então eu me lembrei dos bilhetes. "Espera", eu disse para o Fritz, e fui até o armário e peguei a caixa e abri o envelope, e dele tirei os bilhetes. "São seus", eu disse, entregando-os a ele, e ele olhou os bilhetes e começou a chorar de novo.

"Obrigado", ele me disse, "obrigado". Por um instante pensei que ele fosse tocar em mim, mas ele não tocou, porque não aconteceu.

Depois ele abriu a porta e saiu. Ouvimos os passos dele descendo as escadas e andando pelo corredor, e o barulho dele abrindo a porta e a deixando bater quando saiu, e depois ele se foi, e tudo voltou a ficar em silêncio.

Então só nos restava esperar. Às 23h em ponto, eu deveria estar esperando na margem na altura da rua Charles com o Hudson, onde um barco ia me encontrar. Esse barco me levaria até outro barco, um barco muito maior, e esse barco me levaria para um país do qual eu nunca tinha ouvido falar, chamado Islândia. Na Islândia, eu ficaria em isolamento por três semanas, para garantir que eu não tinha a nova doença, e depois eu embarcaria num terceiro barco, e esse barco me levaria para a Nova Bretanha.

Mas David não me encontraria na margem. Eu teria que ir sozinha. Ele ainda tinha algumas coisas para resolver aqui, então eu só o veria novamente quando desembarcasse na Islândia. Ao saber disso, comecei a chorar de novo. "Você consegue, Charlie", ele disse. "Eu sei que você consegue. Você tem sido tão corajosa. Você *é* corajosa." E, por fim, enxuguei os olhos e concordei com a cabeça.

Enquanto não chegava a hora, David disse, eu deveria ficar em casa e tentar dormir, mas eu tinha que lembrar de sair com um pouco de antecedência. Ele ia cuidar para que o corpo do meu marido fosse recolhido e cremado, mas só depois que eu saísse. Ele disse que tínhamos sorte que o tempo estava bom, mas mesmo assim ele colocou o traje de resfriamento no meu marido e o ligou, mas não colocou o capacete.

"Agora eu preciso ir", ele disse. Ficamos em pé diante da porta. "Você lembra do plano?", ele perguntou. Eu acenei que sim. "Você tem alguma dúvida?", ele perguntou. Eu balancei a cabeça. Então ele colocou as mãos nos meus ombros e eu me encolhi, mas ele não tirou as mãos. "Seu avô ficaria orgulhoso de você, Charlie", ele disse. "Eu também fico." Ele me soltou. "Te vejo na Islândia", ele disse. "Você vai ser uma mulher livre."

Eu não sabia o que isso queria dizer, mas eu disse "Até lá" e ele fez uma saudação, como tinha feito para o guarda na noite de quinta, e depois foi embora.

Voltei para o nosso quarto, que agora era meu quarto, e que amanhã seria o quarto de outra pessoa. Peguei três das moedas que tinham sobrado na gaveta debaixo da minha cama. Eu me lembro de quando meu avô me disse que, em certas culturas, as pessoas depositavam moedas de ouro sobre os olhos dos mortos, e em outras colocavam moedas debaixo da língua da pessoa falecida. Não lembro por que faziam isso. Mas fiz o mesmo: uma moeda sobre cada olho, uma debaixo da língua. O resto das moedas eu coloquei na minha bolsa. Pensei que devia ter me lembrado de dar os cupons que eu tinha juntado para o Fritz, mas acabei esquecendo.

Então me deitei ao lado do meu marido. Eu o abracei. Foi um pouco difícil por causa do traje de resfriamento, mas eu consegui. Foi a primeira vez que cheguei tão perto dele, a primeira vez que encostei nele. Eu o beijei no rosto, que estava frio e liso, como pedra. Beijei a boca. Beijei a testa. Passei a mão no cabelo dele, nas pálpebras, nas sobrancelhas, no nariz. Eu o beijei e fiz carinho nele por muito tempo. Falei com ele. Pedi desculpas. Falei que eu ia para a Nova Bretanha. Falei que ia sentir saudade dele, que nunca ia esquecê-lo. Falei que o amava. Pensei no momento em que o Fritz tinha dito que meu marido gostava de mim. Eu nunca tinha imaginado que um dia veria a pessoa que mandava aqueles bilhetes para o meu marido, mas isso tinha acontecido.

Quando acordei estava escuro, e eu fiquei nervosa porque tinha esquecido de programar o despertador. Mas eram pouco mais de 21h. Tomei um banho, ainda que não fosse um dia de água. Escovei os dentes e guardei a escova na minha bolsa. Tive medo de me deitar de novo e acabar pegando no sono, então me sentei na cama e fiquei olhando meu marido. Minutos depois, coloquei o capacete de resfriamento nele, porque assim o rosto e a cabeça dele não iam começar a apodrecer antes que o cremassem. Sei que isso não fazia diferença para ele, nem para ninguém, na verdade, mas eu não queria pensar no rosto dele ficando preto e mole. Eu nunca tinha passado tanto tempo perto de uma pessoa morta, nem com o meu avô — meu marido havia organizado a cremação dele, não eu, porque eu tinha ficado muito triste.

Às 22h20 me levantei. Eu estava usando uma camisa preta simples e calça preta, como David tinha me instruído. Coloquei minha bolsa no ombro. No último minuto também coloquei meus documentos na bolsa. David dissera que eu não ia precisar deles, mas pensei que talvez precisasse se me parassem a caminho da margem oeste. Depois tirei os documentos da bolsa de novo e os deixei debaixo do meu travesseiro. Pensei na placa de Petri com os mindinhos que eu nunca ia conseguir pegar. "Tchau, mindinhos", eu disse em voz alta. "Tchau." Meu coração estava tão acelerado que eu respirava com dificuldade.

Tranquei meu apartamento pela última vez. Passei a chave por baixo da porta.

E então eu estava na rua, andando na direção oeste, fazendo um caminho parecido com o de duas noites atrás. Lá em cima, a lua estava tão clara que, mesmo quando os holofotes se afastaram, eu conseguia ver o caminho. David tinha me dito que depois das 21h a maioria das Moscas teria debandado para se agrupar ao redor dos hospitais e monitorar as zonas de alta densidade, graças aos preparativos para o comunicado que aconteceria no dia seguinte, e de fato só vi uma ou duas, e, em vez do zumbido habitual, estava tudo em silêncio.

Cheguei à margem às 22h45. Sentei numa parte em que a terra estava seca para não ficar andando de um lado para o outro. Ali não havia nenhuma luz. Até as fábricas do outro lado do rio estavam no escuro. O único som era o da água batendo nas barreiras de concreto.

Então ouvi um barulho muito fraco. Parecia um sussurro, ou o vento. E aí vi uma coisa: uma bolha de luz amarelada que parecia flutuar sobre o rio como um pássaro. Logo ela ficou maior, e mais nítida, e percebi que era um barquinho de madeira, do tipo que eu sabia pelas fotos que as pessoas um dia tinham usado para navegar pelo Lago quando ele de fato era um lago.

Eu me levantei, e o barco se aproximou da margem. Havia duas pessoas dentro dele, ambas vestidas de preto dos pés à cabeça. Um dos homens segurava uma lanterna, que ele baixou quando o barco se aproximou da terra. Até os olhos deles estavam cobertos com faixas finas de gaze preta, e tive dificuldade de vê-los naquela luz fraca.

"Naja?", um deles perguntou.

"Mangusto", eu respondi, e o homem que tinha falado estendeu a mão e me ajudou a subir no baco, que balançou sob meus pés, e eu pensei que ia cair.

"Você vai sentar aqui", ele disse, e me ajudou a entrar no espaço que ficava entre ele e o outro remador, e quando me encolhi o máximo que pude eles me cobriram com uma lona. "Não faz barulho nenhum", ele disse, e eu concordei, ainda que ele não pudesse me ver. Então o barco começou a avançar, e o único barulho era o ruído dos remos cortando a água e o dos homens inspirando e expirando.

Depois que David tinha me dito que não me encontraria na margem, eu tinha perguntado a ele como eu saberia que as pessoas que chegassem eram as pessoas certas. "Você vai saber", ele disse. "Não tem mais ninguém na margem nesse horário. Nem nunca." Mas eu tinha dito que precisava ter certeza.

Duas semanas depois de eu e meu marido nos casarmos, houve uma batida policial no nosso prédio. Era a primeira batida que eu presenciava sem meu avô, e fiquei tão apavorada que não conseguia parar de gemer, gemer e golpear o ar e me balançar. Meu marido não soube o que fazer, e quando tentou pegar na minha mão eu dei um tapa nele.

Naquela noite, tive um sonho em que eu havia voltado do trabalho para casa e estava fazendo o jantar quando ouvi o som da chave girando na fechadura. Mas quando a porta se abriu não era meu marido, e sim um grupo de policiais, que gritavam e me mandavam deitar no chão, e os cães deles latiam e avançavam em mim. Eu acordei chamando meu avô, e meu marido foi buscar um copo d'água e ficou sentado ao meu lado até eu dormir de novo.

Na noite seguinte, eu estava fazendo o jantar quando ouvi o barulho da chave na fechadura, e embora fosse só meu marido, é claro, na hora fiquei tão assustada que deixei cair a panela cheia de batata no chão. Depois de me ajudar a limpar tudo, quando estávamos jantando, meu marido disse: "Tive uma ideia. E se a gente escolher duas palavras para ser nosso código, uma coisa que a gente possa dizer antes de entrar no apartamento, pra sabermos que é o outro? Eu falo a minha palavra, e você fala a sua, e aí nós dois sabemos que somos quem dizemos ser".

Eu fiquei pensando. "Que palavras podemos usar?", perguntei.

"Então", meu marido disse, depois de pensar um pouco. "E se você for... Vamos ver... Uma naja?" Eu devo ter feito uma cara de surpresa, ou de ofendida, porque ele sorriu para mim. "As najas são muito ferozes", ele disse. "São pequenas, mas rápidas, e se te pegam podem te matar."

"E você vai ser o quê?", eu perguntei.

"Vejamos", ele disse, e o observei enquanto ele pensava. Meu marido gostava de zoologia, gostava de animais. No dia em que nos conhecemos, haviam transmitido um comunicado via rádio que dizia que os pinguins-de-magalhães tinham sido declarados oficialmente extintos, e meu marido expressou tristeza ao saber disso, disse que eles eram animais resilientes, mais resilientes do que as pessoas imaginavam, e também mais humanos do que as pessoas pensavam. Quando ficavam doentes, ele disse, os pinguins se afastavam do bando para morrer sozinhos, sem nenhum outro pinguim para cuidar dele.

"Eu vou ser um mangusto", ele disse, enfim. "Um mangusto pode matar uma naja, na verdade, se ele quiser, mas é muito raro isso acontecer." Ele sorriu de novo. "É muito trabalhoso. Então eles preferem se respeitar. Mas nós vamos ser uma naja e um mangusto que não só se respeitam: vamos ser uma naja e um mangusto que se unem pra proteger um ao outro dos animais da selva."

"Naja e Mangusto", eu repeti, e depois de um tempo ele assentiu.

"Nomes um pouco mais perigosos do que Charlie e Edward", ele disse, e sorriu de novo, e eu percebi que ele estava debochando, mas de um jeito legal.

"Sim", eu disse.

Eu tinha contado ao David essa história em uma das nossas primeiras caminhadas, quando ele ainda era técnico da Fazenda e meu marido ainda estava vivo. E então, quando estávamos diante da minha porta antes de ele sair, ele disse: "E se a gente usar um código, palavras como Naja e Mangusto? Assim você vai saber que as pessoas que vão te encontrar são quem devem ser."

"Sim", concordei. Era uma boa ideia.

Nesse momento eu estava agachada na mesma posição embaixo do assento do meio do barco. O barco balançava e oscilava, mas continuava avançando, o barulho dos remos atravessando a água, contínuos e infalíveis. Então, pelo fundo do barco, que tremia, ouvi um barulho de motor, e enquanto eu prestava atenção ele foi ficando cada vez mais alto.

"Merda", ouvi um dos homens xingar.

"É um dos nossos?", o outro perguntou.

"Tá muito longe pra eu saber", disse o primeiro, e xingou de novo.

"Que porra esse barco está fazendo aqui?"

"E eu vou saber, caralho?", disse o primeiro homem. Ele xingou de novo. "Bem, a gente não tem saída. Vamos ter que correr o risco e torcer pra ser um dos nossos." Ele me cutucou com o pé, não muito forte. "Moça: fica quieta e não se mexe. Se eles não forem dos nossos..."

Mas depois eu não consegui ouvir mais nada, porque o barulho do motor ficou muito alto. Percebi que eu nunca tinha perguntado ao David o que deveria fazer se me pegassem, e que ele nunca tinha me dito. Será que ele tinha tanta certeza de que tudo aconteceria como ele planejara? Ou será que esse, na verdade, era o plano, e iam me entregar a pessoas que iam me machucar, que iam me levar para algum lugar e fazer maldades comigo? O David, que sabia de tantas coisas e tinha previsto tantas coisas, teria me dito o que eu deveria fazer se algo desse errado, não? Eu não poderia ser tão ingênua a ponto de não pensar em perguntar a ele, não? Comecei a chorar, bem baixinho, e coloquei um pedaço da lona dentro da boca. Será que eu tinha errado em confiar no David? Ou tinha acertado, e alguma coisa tinha acontecido com ele? Será que ele havia sido preso, ou baleado, ou raptado? O que eu ia fazer se me pegassem? Oficialmente, eu não era ninguém: eu não estava nem com os meus documentos. É claro que poderiam fazer o que quisessem mesmo que eu estivesse com meus documentos, mas sem eles seria muito mais fácil. Eu queria estar com o anel do meu avô na mão, porque eu poderia apertá-lo e fingir que estava tudo bem. Eu quis estar em casa, e que meu marido estivesse vivo, e que eu não tivesse visto nem vivido as coisas que tinham acontecido nos últimos três dias. Quis nunca ter conhecido o David; quis que ele estivesse comigo nesse momento.

Mas aí eu me dei conta: independentemente do que acontecesse, esse era o fim da minha vida. Talvez fosse o fim de verdade. Talvez fosse só o fim da vida que eu tinha vivido até então. Mas, de qualquer forma, minha vida me importava menos, porque a pessoa que mais tinha se importado com a minha vida havia partido.

"Você", ouvi alguém dizer, mas em meio ao ruído do motor eu não conseguia saber se era uma das pessoas que estavam no barco comigo ou alguém do outro barco — que eu sentia que estava parando ao nosso lado —, tampouco com quem essa pessoa estava falando. E de repente tiraram a lona de cima de mim, e senti o vento no rosto, e levantei a cabeça para ver quem estava falando comigo e aonde eu iria em seguida.

Parte x

16 de setembro de 2088

Meu Peter querido,

Estou escrevendo bem rápido, porque esta é a última chance que vou ter — a pessoa que vai dar um jeito de te entregar minha mensagem está esperando na frente da minha cela, mas tem que ir embora em dez minutos.

Você sabe que vou ser executado daqui a quatro dias. O movimento insurgente precisa ter um rosto, e o governo precisa de um bode expiatório, e a minha morte foi o acordo que eles fizeram. Consegui, porém, algumas concessões dos dois lados, já que vou ser enforcado num local público, na frente de uma multidão enlouquecida: que eles deixassem a Charlie e o marido dela em paz, que ela nunca fosse punida no meu lugar; que o Wesley sempre vai tratá-la de maneira digna. Seja qual for o lado que saia vitorioso, eles vão protegê-la — ou ao menos não vão agredi-la.

Se eu confio neles? Não. Mas ao mesmo tempo tenho que confiar. Morrer não me assusta, mas é insuportável deixá-la aqui, neste lugar, sozinha. Ela não estará sozinha, é claro. Mas ele também não pode ficar aqui.

Peter, eu te amo. Você sabe que eu te amo, e sempre te amei. Eu sei que você também me ama. Por favor, cuida dela, da minha Charlie, da minha neta. Por favor, dê um jeito de tirá-la deste país. Dê a ela a vida que ela deveria ter vivido, se eu tivesse saído daqui antes, se eu pudesse tê-la salvado. Você sabe que ela precisa de ajuda. Por favor, Peter. Faça tudo o que você puder. Salve a minha gatinha.

Quem diria que a Nova Bretanha, logo a Nova Bretanha, um dia seria o paraíso, e este país acabaria nessa situação deplorável, nessa podridão? Bem, você já sabia, eu sei. E eu também sabia. E eu sinto muito. Sinto muito por tudo o que aconteceu. Eu tomei as decisões erradas, e depois continuei tomando muitas outras decisões erradas.

Meu outro pedido — não para você, mas para alguém ou algo — é o seguinte: que um dia eu possa voltar para a Terra como um urubu, uma harpia, um morcego gigante cheio de micróbios, algum bicho com asas flexíveis que fique voando por sobre as terras arrasadas, procurando carniça. Onde quer que eu acorde, vou voar primeiro pra cá, seja lá como estiverem chamando este lugar: Nova York, Nova Nova York, Prefeitura Dois, Municipalidade Três, seja o que for. Eu vou passar pela casa onde eu morava em Washington Square e vou procurá-la, e se não a encontrar lá vou voar para o norte até a Rockefeller e lá vou procurá-la.

E, se ela também não estiver lá, eu vou concluir que deu tudo certo. Não que ela desapareceu, ou morreu, ou foi internada em algum lugar, mas que você está com ela, que você conseguiu salvá-la no final. Não vou nem sobrevoar a Davids Island, nem os crematórios, nem os aterros sanitários, nem as cadeias, nem os centros de reabilitação ou contenção, tentando em vão reconhecer o cheiro dela, gritando o nome dela o tempo todo. Não. Eu vou me regozijar. Vou matar um rato, um gato, o bicho que eu achar, vou comê-lo para ficar mais forte, e vou abrir minhas asas cheias de nervuras bem abertas e vou soltar um guincho, um som carregado de esperança e expectativa. E depois vou virar para o leste e começar meu longo voo por sobre o mar, batendo as asas e indo na sua direção, e na direção dela, e talvez até do marido dela, até chegar a Londres, até encontrar meus amores, a liberdade, a segurança, a dignidade — até chegar ao paraíso.

Agradecimentos

Agradeço, acima de tudo, ao dr. Jonathan Epstein, da EcoHealth Alliance, e aos cientistas da Rockefeller University, que me ofereceram insights valiosos no começo da minha pesquisa: Jean-Laurent Casanova, Stephanie Ellis, Irina Matos e Aaron Mertz. Agradeço profundamente ao dr. David Morens dos National Institutes of Health e do National Institute of Allergy and Infectious Diseases, que não só intermediou esses contatos como também teve a generosidade de dedicar seu tempo durante uma pandemia real para ler sobre uma pandemia imaginária.

Minha profunda gratidão a Dean Baquet, Michael "Bitter" Dykes, Jeffrey Fraenkel, Mihoko Iida, Patrick Li, Mike Lombardo, Ted Malawer, Joe Mantello, Kate Maxwell, Yossi Milo, Minju Pak, Adam Rapp, Whitney Robinson, Daniel Schreiber, Will Schwalbe, Adam Selman, Ivo van Hove, Sharr White, Ronald Yanagihara, Susan Yanagihara, Troy Chatterton, Miriam Chotiner-Gardiner, Toby Cox, Yuko Uchikawa e toda a equipe da Three Lives Books de Nova York, por todo o apoio, a fé e a generosidade que me ofereceram tanto na vida profissional quanto pessoal. Obrigada também a Tom Yanagihara e Ha'alilio Solomon por sua ajuda com a 'Ōlelo Hawai'i. Qualquer erro que tenha sobrado — isso sem falar na decisão de remapear a topografia de O'ahu para adequá-la à narrativa — é meu.

Tenho a extrema sorte de ter duas agentes, Anna Stein e Jill Gillett, que não só nunca me pediram para fazer concessões como nunca deixaram de me oferecer paciência e dedicação. Também sou muitíssimo grata a Sophie Baker e Karolina Sutton, que protegeram este livro e lutaram por ele, e a todos os meus editores, publishers e tradutores, especialmente Cathrine Bakke Bolin, Alexandra Borisenko, Varya Gornostaeva, Kate Green, Stephan Kleiner, Päivi Koivisto-Alanko, Line Miller, Joanna Maciuk, Charlotte Ree, Daniel Sandström, Victor Sonkine, Susanne van Leeuwen, Maria Xilouri, Anastasia Zavozova e à equipe da Picador UK.

Gerry Howard e Ravi Mirchandani resolveram apostar em mim quando mais ninguém o faria; eu sempre serei grata a eles pela proteção, pela paixão e pela confiança. Também tenho a sorte de ter Bill Thomas ao meu lado, e sua firmeza e tranquilidade; obrigada, Bill, e todo mundo da Doubleday e da Anchor, principalmente Lexy Bloom, Khari Dawkins, Todd Doughty, John Fontana, Andy Hughes, Zachary Lutz, Nicole Pedersen, Vimi Santokhi e Angie Venezia, e também Na Kim, Terry Zaroff-Evans e, sempre, Leonor Mamanna.

Eu não teria concebido este livro, e muito menos o escrito, se não fosse por uma série de conversas e trocas que tive com Karsten Kredel, com quem tenho o privilégio de contar como editor e amigo querido, que mudaram minha visão de mundo. Um dos meus maiores presentes nos últimos cinco anos foi minha amizade com Mike Meagher e Daniel Romualdez, cuja hospitalidade, sabedoria e generosidade me trouxeram um aconchego e uma alegria imensuráveis. Kerry Lauerman tem sido uma fonte de humor e bons conselhos há mais de uma década.

E por fim: sou abençoada por ter conhecido Daniel Roseberry, que enriquece e embeleza minha vida com sabedoria, empatia, inteligência, imaginação, humildade e constância; eu não teria sobrevivido aos últimos dois anos sem ele. E nada do que sou — como editora, escritora ou amiga — seria possível sem meu primeiro leitor, e meu leitor preferido, Jared Hohlt, que me sustentou com seu amor e sua compaixão mais vezes e de mais formas do que eu saberia dizer. Além deste livro, vocês têm a minha devoção.

ESTA OBRA FOI COMPOSTA EM ELECTRA PELO ACQUA ESTÚDIO E IMPRESSA
PELA LIS GRÁFICA EM OFSETE SOBRE PAPEL PÓLEN SOFT DA SUZANO S.A.
PARA A EDITORA SCHWARCZ EM AGOSTO DE 2022

A marca FSC® é a garantia de que a madeira utilizada na fabricação do papel deste livro provém de florestas que foram gerenciadas de maneira ambientalmente correta, socialmente justa e economicamente viável, além de outras fontes de origem controlada.